Jolene Walker

Stadt, Land, Frau
Eine vergessene Liebe

Roman
Deutsche Erstausgabe
Dezember 2020

ISBN 9798587144811

Impressum

c/o autorenglück.de
Franz-Mehring-Str. 15
01237 Dresden

Korrektorat: sks-heinen.de

jolenewalker@outlook.de
Für aktuelle Informationen folge mir auf Instagram: @walkerjole.

Meinen Blog, rund ums Schreiben und das Maya- Universum, findest du auf: walkerjole.wordpress.com

Liebe Josefine, danke für deine Unterstützung und dein Vertrauen. Ohne dich hätte ich wohl einen Teil des Romans an die Wand gefahren.

Menschen verändern dich.

Kapitel 1

Es war wieder einer dieser verfluchten Tage, an dem die Telefone nicht aufhörten zu klingeln.

Die typische Melodie übertönte ihre überforderten Kollegen und Kolleginnen, mit denen Sia sich das Großraumbüro teilte. Plötzlich kam Ostern. Plötzlich brauchte man Ware, schnellstmöglich. *Sofort! Nein, keine Teillieferung! Die Maschinen laufen, denken Sie an die Produktionskosten! Der Lkw wartet!*

Sia war gestresst. Eigentlich sollte sie das alljährliche Theater gewohnt sein, schließlich war es zur Weihnachtszeit nicht anders. Vielleicht lag es daran, dass sie bald ihre Periode bekam und die körperliche hormonelle Umstellung sie zusätzlich belastete. Männer konnten froh sein. Vermutlich würden sie nicht mal zur Arbeit erscheinen und sich krankschreiben lassen für Dinge, bei denen sich Frauen zusammenreißen sollten.

Vielleicht war Sia aber auch nur verletzt, weil ihr Freund Dario nicht zurückgeschrieben hatte. So wie er es immer tat. Warum konnte er auf banale Dinge, ob er heute Abend vorbeikommen und das Wochenende mit ihr verbringen möchte, nicht direkt antworten?

Vermutlich fragte er gerade bei seinen Kumpels rum, was sonst so auf dem Plan stand. Dann erst, wenn nichts Tolles, wie eine Party bei Freunden oder ein Fußballspiel im Fernsehen anfiel, schrieb er Sia zurück.

»Frau Arens!«, rief plötzlich ihr Chef, sodass Sia vor Schreck zusammenzuckte. Der Mann mit ergrautem Haar warf einer ihrer Kollegen erbost eine Mappe mit Dokumenten auf den Tisch.

»Wenn Sie die Zeit für Ihr Handy haben, dann haben Sie sicher auch Zeit, Ihren Kollegen unter die Arme zu greifen. Gehen Sie an das verdammte Telefon!«

»E-entschuldigen Sie bitte«, haspelte Sia und legte ihr Smartphone beiseite. Sie nahm den Hörer ab und während sie sich wie üblich am Telefon meldete, stampfte ihr Chef aus dem Büro.

Sia warf ihrem Kollegen einen entschuldigenden Blick zu. Normal schimpfte niemand, wenn man mal kurz das Handy zur Hand nahm, doch in diesen Tagen hatte der Stress auf der Arbeit überhandgenommen.

»Ich warte auf meine Lieferung!«, brüllte ihr jemand ins Ohr. War klar, Sia hatte wieder einen wütenden Kunden in der Leitung.

»Wen habe ich denn am Telefon?«, fragte sie freundlich, obwohl ihr Bauch verkrampfte. Als Vertriebsassistentin war Sia mittlerweile geübt und beschwichtigte ihren aufgebrachten Kunden souverän, indem sie sein Anliegen annahm. Sie würde sich direkt darum kümmern. Dabei schweifte ihr Blick zurück auf ihr Handy. Noch keine Antwort. Dario war wieder so abweisend, dass sie sich unnötig und bedürftig fühlte. Wie eine Klette, die nicht mehr ohne ihren Freund klarkam.

Sollte sie ihm noch einmal schreiben? Vielleicht, dass sie ihn vermisste und ihn brauchte? Immerhin waren sie schon zwei Jahre zusammen.

*

Sia hatte heute eine Stunde länger gearbeitet, um ihren Chef zufriedenzustellen, was ihr einigermaßen gelungen war. Dennoch nahm er sie nicht wirklich ernst. So wie er es dauernd tat. Sia sollte Kaffee kochen, weil sie die Jüngste im Büro war und Getränke bringen, die Kunden in den Hallen herumführen, bis ihr Chef so weit war, sie in Empfang zu nehmen. Dabei war es nicht Sias Job, aber sie war froh, dass sie auch mal aus dem Büro herauskam. Es strengte sie ungemein an, den ganzen Tag vor dem PC verbringen zu müssen.

Kaum verließ Sia das große Firmengebäude, vibrierte ihr Handy. Sie nahm es gleich zur Hand und freute sich, dass Dario sich endlich bei ihr meldete. Doch als sie nachschaute, war es nur ihre Freundin.

Sia tadelte sich für den Gedanken. Was hieß hier »nur«? Verena war einer der wichtigsten Menschen in ihrem Leben. Sie war immer erreichbar und zur Stelle, wenn Sia sie brauchte. Sia hoffte, dass sie Verena gegenüber nur eine halb so gute Freundin war.

»Hey, Liebes«, sprach Verena, ehe Sia sie begrüßen konnte. »Ich habe ewig nichts mehr von dir gehört.« Sie klang besorgt.

Sia seufzte und ging ausgelaugt in Richtung ihres Autos. Sie fuhr ein gebrauchtes Audi A3 Cabriolet. Mit seinem weißen Lack und dem Cabriodach fiel er zwischen den anderen Autos direkt auf.

»Entschuldige bitte, ich bin schrecklich.« Sia seufzte erneut. »Aber bei der Arbeit geht es derzeit drunter und drüber. Bald ist Ostern und alle wollen ihre Schokoladenosterhasen und Schokoeier in den Regalen stehen haben.«

»Oh, nein. Ich habe es mir fast gedacht. Wie wäre es, wenn ich dich auf einen Cappuccino einlade oder vielleicht ein leckerer

Cocktail?«, fragte Verena mit aufgesetzt erotischer Stimme, sodass Sia lachen musste.

»Das klingt super.« Das Angebot war verlockend und doch überlegte sie, ob sich Dario nicht noch kurzfristig melden würde. Sie hatten sich seit einer Woche nicht mehr gesehen.

»Und? Was sagst du? In einer halben Stunde?«, fragte Verena und ließ nicht locker.

»Gut«, entschied Sia, auch wenn es ihr nicht ganz recht war. Wenn ihr Freund viel lieber mit seinen Kumpels rumhing, dann konnte sie das auch. »Ich fahr direkt los«, meinte sie schließlich.

»Super! Ich freue mich.« Verena legte auf und Sia war sich mittlerweile sicher, die richtige Entscheidung getroffen zu haben. Bei ihrem Glück hätte sie den Freitagabend alleine verbracht und aus Frust den halb vollen Eisbecher bei einer grottenschlechten Schnulze geleert.

*

»Du siehst schrecklich aus, total übermüdet.« Verena war früher als Sia bei ihrem Lieblingscafé angekommen. Sie stand auf und umarmte ihre Freundin.

»Danke für die Einladung«, sagte Sia und setzte sich an den dunklen Holztisch, auf dem ein grünes Kerzenglas platziert war. »Das habe ich echt gebraucht.«

»Was ist denn los?«, fragte Verena. Sie klemmte eine Strähne ihres schwarzen, gelockten Haares hinters Ohr. Ihr bedrucktes Wickelkleid, das ihren Busen betonte und ihre Taille schmaler zeichnete, als sie es eh schon war, ließ sie wie eine Künstlerin aussehen. Eine verdammt erotische Künstlerin.

Verena war mit ihren 32 Jahren vier Jahre älter als Sia und doch verstanden sie sich ziemlich gut. Sia hatte zufällig ihre Bekanntschaft gemacht, als sie eins von Verenas Bildern im Schaufenster ihrer Galerie entdeckt und sich direkt in das Motiv schockverliebt hatte. Das Bild mit den Blättern und Ästen, wodurch die Sonne golden hindurchstrahlte, hing noch in ihrem Schlafzimmer. Sobald Sia am Morgen aufwachte und den Druck auf Leinwand erblickte, war ihr, als würde sie durch ein begrüntes Waldgebiet spazieren.

Sia war fasziniert von Verenas Talent als Fotografin, dass sie deswegen in ein längeres Gespräch geraten waren, welches sie dann genau in diesem Café fortgeführt hatten.

»Gefühlt rasten alle Kunden aus, weil sie am liebsten schon direkt nach Weihnachten ihre Osterhasen in den Einkaufsregalen haben wollen«, gab Sia freudlos von sich.

»Dabei haben wir erst Ende Februar«, stellte Verena nachdenklich fest.

Sia lächelte ausgelaugt. »Ja, genau. Aber das ist dem Endkunden wohl egal. Er kauft es ja, sonst wären sie nicht in den Regalen.«

»Immerhin arbeitest du für einen der größten Schokoladenhersteller der Welt.« Verena versuchte, ihre Freundin aufzumuntern.

»Immerhin.« Sia stöhnte, sie wühlte in ihrer Handtasche und brachte Verenas Augen zum Leuchten, indem sie ihr zwei Tafeln Schokolade reichte.

»Die vernasche ich noch heute, ehe ich ins Bett komme.« Verena grinste über beide Ohren, als sie den Süßkram wie Hehlerware in ihrer Handtasche verschwinden ließ.

»Bitte nicht.« Sia lachte. »Du bekommst nur Bauchschmerzen und Anton schimpft dann wieder mit mir.«

Die beiden wurden in ihrer Unterhaltung unterbrochen, als die Kellnerin an den Tisch kam und sie begrüßte. »Was darf es sein?«, fragte sie ein wenig zu freundlich.

»Ich hätte gerne einen Cappuccino und ein Stück Schokoladenkuchen«, sagte Verena. Sie brauchte keine Karte, sie war so oft hier gewesen, dass sie die Menüauswahl auswendig kannte.

Sia hob mahnend die Augenbrauen und warf Verena einen unheilvollen Blick zu. »Ich hätte gerne einen alkoholfreien Mojito«, sagte sie. Erst als die Bedienung weg war, schimpfte sie. »Der Kuchen, dann die Schokolade? Ich glaube, ich sollte dir die Tafeln wieder abnehmen.«

Verena legte schützend ihre Hand auf ihre Handtasche und funkelte Sia böse an. »Wehe«, drohte sie.

»Ich will keinen Ärger mit Anton«, protestierte Sia.

»Der muss davon doch nichts wissen.«

Als Sia mürrisch schaute, lachte Verena. »Du hast ja recht. Ich muss es dir lassen, dafür, dass du in einer Schokoladenfabrik arbeitest, bist du echt gut in Form. Ich wäre vermutlich aufgegangen wie ein Hefeteig.«

Sia lächelte verlegen. Sie konnte mit Komplimenten schlecht umgehen. Sie war schon immer schlank gewesen. Eher unfreiwillig, weil sie eine schlechte Esserin war, besonders in Stresssituationen. Vermutlich hielt sie ihr Gewicht bei der Arbeit auch nur deswegen.

Sie klemmte sich eine lange Strähne ihres hellbraunen Haares hinters Ohr. »Ich hätte auch viel lieber einen Busen wie deinen«, gestand sie leise.

Verena blickte überrascht in ihren Ausschnitt und lächelte anzüglich. »Komm, deine sind nicht kleiner.«

»Doch! Total!« Sia glaubte ihr kein Wort.

Ihre Freundin berührte ihre eigenes D-Körbchen und streckte die andere Hand nach dem Busen von Sia, um ihn ungeniert mitten im Café abzutasten. Sia war so überrumpelt, dass sie die Grapscherei nicht ganz freiwillig über sich ergehen ließ.

»Na, deine sind minimal leichter und weicher«, meinte Verena schließlich, als würde sie tagtäglich fremde Busen abtasten. Auch wenn es Sia peinlich war, musste sie kichern.

Als die Kellnerin die Getränke und den Kuchen brachte, warfen sich die beiden Freundinnen verschwörerische Blicke zu, bis die Kellnerin vom Tisch verschwand.

Sia nahm einen Schluck von ihrem gekühlten Getränk und beruhigte sich langsam. »Männer stehen auf große Busen«, sagte sie.

»Ja, doch«, gestand Verena und rührte den Zucker in ihr Heißgetränk. »Auch wenn sie mir im Alter bis zu den Knien hängen, wird Anton vermutlich nicht die Finger davon lassen können.«

Sie lachten wieder. Sia sah ihre Freundin an, die so zufrieden wirkte und seit Jahren in einer glücklichen Beziehung steckte.

Verena hatte keine wirklichen Erwartungen an ihren Mann Anton, mit dem auch Sia befreundet war. Vor einigen Jahren hatte Verena noch gesagt, dass ihre Beziehung bestimmt nicht lange halten und sie sich wie alle anderen Paare trennen würden. Jetzt war sie gut vier Jahre mit ihm verheiratet.

Sia wurde ein wenig klamm ums Herz. Sollte sie ebenso ihre Erwartungen gegenüber Dario herunterschrauben? Sie blickte auf ihr Handy, er hatte noch immer nicht zurückgeschrieben. Sie könnte ihn anrufen und dauerklingeln lassen, bis er ranging, und ihn darauf ansprechen, was los war. Aber dann wäre sie wieder diejenige, die ihn bedrängte. Sie würde die gleiche Leier zu hören bekommen, dass er auch mal Zeit für sich und seine Kumpels brauchte. Dass Dario kein Mann war, der 24 Stunden mit seiner Freundin abhing.

Sie könnten sich trennen, daran hatte Sia schon gedacht. Sia war 28, bis sie einen gescheiten Mann fand, würde es eine Ewigkeit dauern. Mit Männern konnte sie ziemlich schlecht. Dario war Banker, ein Beruf, in dem man viel verdiente. Sia wollte Kinder und eine Familie, mit Haus und allem Drum und Dran. Wie lange sollte sie noch warten?

Außerdem fand Sia sich selbst nicht hübsch, wer würde sie denn daten wollen? Obwohl ihr Umfeld beteuerte, wie bildschön sie war. Sia fühlte es einfach nicht und war um jede Zuneigung froh, auch wenn sie darum betteln musste.

»Jetzt echt?«, nörgelte Verena und rollte mit den Augen. »Kaum sitzen wir beisammen, schon hängst du an deinem Handy«, warf sie ihrer Freundin vor.

Sia sah entsetzt auf. Sie war so in Gedanken gewesen, dass sie unterbewusst das Handy zur Hand genommen hatte. Beschämt senkte sie den Blick. »Tut mir leid … er … er hat sich nur wieder nicht gemeldet.«

Verena beruhigte sich, schweigsam lehnte sie sich zurück und betrachtete Sia.

»Ich will mich nicht trennen«, sagte Sia gleich, ehe sie etwas zu hören bekam, was sie nicht hören wollte. Sie brauchte diese Beziehung, sonst wäre sie ganz alleine. Das Single-Leben wusste man auszuhalten oder nicht, und Sia gehörte zu den Menschen, die sich ohne einen Partner fehl am Platz fühlten. Emanzipation hin oder her.

»Was hältst du davon, wegzufahren? Urlaub zu machen, ein paar Tage ganz alleine?« Verenas Stimme klang wohlwollend, keinerlei Drang oder einem vorwurfsvollen Unterton. »Wenn du willst, können wir gemeinsam irgendwohin, ohne Anton. Nur wir zwei. Du lässt dein Handy zu Hause, vergisst Dario und deine Arbeit. Vielleicht merkt er endlich, was er an dir hat.«

Nachdenklich ließ Sia die Eiswürfel im Glas klimpern, indem sie den Strohhalm hin und her bewegte. Auch wenn sie Verena über alles liebte, Sia würde es mit ihr alleine nicht aushalten. Zumal Anton es nicht ohne seine Frau aushielt. Sobald sie für längere Zeit getrennt waren, meldete er sich alle fünf Minuten. Das hatte Sia schon damals im gemeinsamen Urlaub mit Verena durchgemacht. Da wollte Verena einfach mal raus aus ihrem Alltag. Dabei hatte sie Sia nur schmerzlich vor Augen geführt, dass sie keine funktionierende Beziehung führte.

»Du lässt ihm alles durchgehen«, sprach Verena auf Sias Schweigen. »Du bemutterst ihn regelrecht, als wäre er ein Pascha.«

»Das stimmt doch gar nicht«, nörgelte Sia.

»Sia«, mahnte ihre Freundin. »Er bringt dir seine Dreckwäsche, damit du sie wäschst, während er mit seinen Jungs die Gegend unsicher macht. Ich kann mich noch gut erinnern, wie eingeschnappt er war, weil du nichts zu essen zu Hause hattest, obwohl er Bescheid gegeben hatte, dass er vorbeischaut. Gefühlt datest du einen 5-jährigen Jungen, der in seiner Trotzphase steckt.«

»Aber was ist, wenn es ihm total egal ist, dass ich weg bin?!«, platzte es aus Sia heraus. Sogleich nahm sie sich beschämt zurück, so einfach war ihre tiefste Angst aus ihr herausgebrochen. Etwas, von dem sie nicht einmal wollte, das ihre beste Freundin Verena es wusste.

Sia hatte schon seit Langem eingesehen, dass sie Dario nicht mehr wert war als die Dinge, die sie für ihn tat.

Verena legte ihre Hand auf die von Sia. »Wenn er sich in deiner Abwesenheit nicht meldet, hast du die Antwort darauf, wie wichtig du ihm wirklich bist.«

Kapitel 2

Es war Montagmorgen und Sias Kopf dröhnte vom Klingeln der Telefone. Das ruhige Wochenende war dahin. Zwei Kollegen waren sich schon an die Gurgel gegangen, weil Termine nicht eingehalten worden waren.

Die Maschinen liefen in drei Schichten und doch schaffte es ihr Produktionsleiter, die Aufträge zu verbaseln.

Das Telefon klingelte von Neuem. Als sie die interne Nummer sah, schoss ihr Puls in die Höhe. Das hatte nichts Gutes zu bedeuten. Es war Frank, ihr Produktionsleiter.

»Hallo Frank«, grüßte sie angespannt.

»Sia? Wir haben ein Problem«, sagte er gleich. Wusste sie es doch. »Ich schaffe die Lieferung für Lidl nicht rechtzeitig.«

»Ist das dein Ernst?«, gab Sia fassungslos wieder. Das war ihr größter Kunde, der die Marge auf Centbeträge runterhandelte und doch mit der Masse Gewinn erwirtschaftete.

»Die Gussform ist gerissen, die ganze Maschine liegt lahm, weil sich die flüssige Schokolade überall verteilt und ins Getriebe geraten ist. Also ein Super-GAU«, erklärte er.

Die Panik von eben nahm zu. »Hast du schon irgendetwas fertig, sodass zumindest eine Teillieferung raus kann?« Sia wollte am liebsten schreien, aber wenn die Gussform kaputt war und die Maschine deswegen nicht weiterlaufen konnte, dann war es nun mal so. Jetzt ging es nur noch um Schadensbegrenzung.

»Zwei Paletten von 28«, antwortete Frank leise.

Sia wusste nicht wirklich, wie Herzinfarkte zustande kamen, aber wenn sie diesen Stress jedes Jahr aufs Neue durchmachen müsste, würde sie irgendwann tot umfallen.

»Gut«, gab Sia geschlagen von sich. »Seht zu, dass ihr die Maschine sauber bekommt und eine neue Gussform bestellt. Ich rufe den Kunden an.«

»Danke, Sia«, brachte Frank hervor, als wüsste er genau, was ihr bevorstand.

Sia legte auf, ihre Hand ruhte noch auf dem Hörer. Der Kunde, den sie anrufen musste, war einer der größten. Dieses Telefonat würde unschön werden.

Sia atmete tief ein. Sie hatte die aktuellen Daten parat und wann sie die nächste Lieferung rausschicken mussten.

Mit einem Mal war alles still um sie. Als es ihr bewusst wurde, schaute sie sich nach ihren Kollegen und Kolleginnen um, die sie anstarrten. Sie hatten mitbekommen, was passiert war, und betrachteten sie voller Furcht vor dem gewaltigen Anschiss, der ihr nun blühte. Niemand verscherzte es sich mit Lidl. Niemand.

Sia schloss die Augen. Sie drückte die Kurzwahltaste und wurde auch schon verbunden.

Als sie den Einkäufer am Ohr hatte, brauchte sie einen Moment, um sich vorzustellen und ihr Anliegen vorzutragen.

»Hallo, Herr Mönch.« Sia legte eine kleine Pause ein, ehe sie sich einen Ruck geben konnte, weiterzusprechen. »Ich habe keine guten Nachrichten.« Sia schluckte. »Leider ist die Maschine ausgefallen und wir können derzeit nicht mehr produzieren.«

»Was?!«, fuhr sie der Chefeinkäufer an. »Ist das Ihr Ernst?! Wissen Sie, was das für uns bedeutet?! Wie unfähig kann ein solch professionelles Unternehmen sein?! Ist Ihnen nicht in den Sinn gekommen, die Tage zuvor zu prüfen, ob alles in Ordnung ist?! Soll ich etwa Ihren Job machen und nun stündlich anrufen, um zu wissen, ob Sie lieferfähig sind?! So etwas bemerkt man zuvor, nicht einen Tag vor Auslieferung!«

Es war Stress, es ging um die Lebensmittel-Maschinerie. So schnell wie möglich, so günstig wie möglich und das in Massen. Der Einkäufer schrie Sia durchs Telefon hindurch an, zweifelte an ihrer Kompetenz und allem anderen. »Verbinden Sie mich sofort mit Ihrem Vorgesetzten!«

Sia war nicht dumm, sie würde ihren Chef nicht unvorbereitet vor die Hunde werfen. Sie vertröstete den Kunden und gab Bescheid, dass sie ihn ausfindig machen und er sich so bald wie möglich melden würde.

Angespannt legte sie auf und fühlte die Blicke der anderen im Raum. Doch sie sah nicht auf, sondern stand mit dem Dokument des Auftrages auf und ging mit strammem Gang zum Büro ihres Chefs.

Die Tür stand auf, während er unzufrieden auf der Tastatur herumtippte.

Zögerlich klopfte Sia am Türrahmen an. »Herr Schein, wir haben ein Problem«, sagte sie gleich und ihr Vorgesetzter schaute vom PC-Bildschirm auf.

»Wir schaffen die Auslieferung des großen Auftrags nicht. Ich habe den Kunden informiert, dass die Lieferung morgen nicht rausgeht … er will Sie sprechen.«

»Das kann doch nicht wahr sein!«, schrie Herr Schein und streckte sich über den Tisch nach dem Dokument in Sias Hand.

»Die Form ist kaputt und die Maschine muss gereinigt werden«, erklärte sie.

»Warum haben Sie nicht aufgepasst?!«, rief er weiter. »Ist Ihnen denn gar nicht in den Sinn gekommen, schon zuvor zu fragen, ob ein Teil der Ware fertig ist?! Warum fängt die Produktion einen Tag vor Auslieferung an, zu produzieren?!«

Der Zorn ihres Vorgesetzten prasselte auf Sia nieder. Das war alles nicht ihr Job, sie hatte die Aufgabe, Kunden telefonisch zu betreuen, Aufträge anzunehmen und anzulegen. Die Planung und Auslieferung waren eine andere Stabstelle.

Doch Sia erwiderte nichts, Herr Schein war viel zu aufgebracht, als dass sie gegen ihn anreden konnte. Gefühlt hatte ihr Chef mit seinen Beschimpfungen erst angefangen, da klingelte sein Telefon. Er nahm ab und forderte Sia mit einer abwertenden Handbewegung auf, das Büro zu verlassen.

Sia konnte nicht schnell genug zu den Damentoiletten flüchten und sich in eine Kabine einsperren. Aufgelöst setzte sie sich auf den Toilettendeckel und schlug die Hände vors Gesicht. Sie schluchzte bitterlich und wollte nur noch weg.

Kapitel 3

Sia war heilfroh, als ihre Mutter sie zum Abendessen eingeladen hatte, dann müsste sie nicht mehr für sich selbst kochen. Besser gesagt, Sia wäre mit leerem Magen ins Bett gegangen, weil sie so ausgelaugt war. Was am nächsten Tag nur wieder Bauchschmerzen bedeutet hätte.

Als Dankeschön für das warme Abendessen überreichte Sia ihrer Mutter ein paar Tafeln Schokolade, die sie aus dem Lagerverkauf mitgebracht hatte.

»Oh, super! Meine Lieblingsschokolade«, sagte Sias Mutter begeistert. Ihre braunen Augen leuchteten wie die von Verena, als sie die Markenschokolade in Händen hielt.

Sias Bruder und ihr Vater saßen bereits am Esstisch. »Ursula, keine Naschereien vor dem Essen«, mahnte ihr Ehemann.

Seine Warnung kam zu spät, Sias Mutter hatte die Packung bereits angebrochen und vernaschte den ersten Riegel. Ursula hatte breite Hüften und kurze Haare, die sie nicht mehr färbte, weil sie es leid war, und doch wirkte sie durch ihre Art Jahre jünger. Dabei war ihr ältestes Kind 28 Jahre alt und ihr jüngstes fast schon 19.

Kaum war die Schokolade in ihrem Mund, schaute Ursula ihre Tochter verwundert an, die ihrem Vater zur Begrüßung einen Kuss auf die Wange gab.

»Die hat mir auch mal besser geschmeckt. Die ist ja nur noch süß, schmeckt fast nicht mehr nach Schokolade und schmilzt kaum auf der Zunge. Die Konsistenz hat ein wenig was von einem Kaubonbon«, stellte Ursula murrend fest.

Sia hielt ihrem Vater ihren Teller hin, den er mit Klößchen befüllte. »Das liegt an der neuen Rezeptur«, erklärte Sia. »Verbesserte Rezeptur«, fügte sie in Anführungszeichen hinzu. »So können die Hersteller mogeln und den Zuckeranteil erhöhen. Es ist günstiger als Kakao und Milchpulver. Das zieht sich derzeit durch die ganze Lebensmittelbranche. Solange der Endverbraucher fleißig weiterkauft«, sagte sie und zuckte ermüdet mit den Schultern.

»Den Endverbraucher für dumm verkaufen«, korrigierte Sias Vater seine Tochter.

»Erwin«, mahnte Ursula.

Sias Vater schenkte die Suppe aus dem Topf auch den anderen ein. »Ist doch so. Keiner hat mehr eine Ahnung, was hinten auf der

Verpackung steht. Man braucht ein Handbuch, um zu entziffern, was man da isst.«

Sia rollte mit den Augen, ihr Vater würde gleich Fahrt aufnehmen und über alles herziehen, was nur ansatzweise mit ihrem Job zu tun hatte. »Können wir bitte über etwas anderes reden? Ich habe heute echt genug von meiner Arbeit«, meinte sie.

»Kannst ja erzählen, was mit Tante Evie ist«, schmatzte Sias Bruder und tunkte ein weiteres Stück Graubrot in die Suppe.

»Pascal, nicht mit vollem Mund«, schimpfte Erwin und hatte selbst die Backen voll.

Sia wurde hellhörig. »Was ist denn mit Tante Evie?«

Ihre Tante war die Älteste von sechs Geschwistern mütterlicherseits. Sia hatte sie seit Jahren nicht mehr gesehen. Nur letztes Jahr zu Weihnachten hatte sie von ihrem Elternhaus aus angerufen. Aber ihre Tante war so mies gelaunt gewesen, dass Sia das Telefonat schnell an ihre Mutter abgedrückt hatte. Obwohl die beiden sich auch nicht mehr wirklich verstanden.

Seitdem Tante Evies Mann, Mario, verstorben war, war sie alleine für den alten Milchbauernhof ihrer Großeltern verantwortlich und deshalb ziemlich mürrisch.

»Deine Tante ist vor ein paar Wochen mit dem Fuß falsch aufgetreten und hat seitdem noch Probleme.« Sias Mutter wurde kurz still, bevor sie betreten weitererzählte. »Sie muss sich schonen. Was sie nicht macht, weil sie niemanden hat, der ihr auf dem Hof hilft.«

Sia erinnerte sich vage daran, wie sie früher ihre Sommerferien auf dem Hof verbracht hatte. Zu der Zeit, in der ihre Oma und ihr Opa noch gelebt hatten.

Es war dort wirklich schön gewesen. Nach ihrem Tod hatte sich Tante Evie mit all ihren Geschwistern verkracht, weil sie den alten Bauernhof, der über Generationen in Familienbesitz war, nicht verkaufen wollte.

Ursula stöhnte mitgenommen. »Mein Bruder hat angerufen, er kann ihr nicht helfen, weil er als Handwerker selbst zu viel zu tun hat und am Hof nicht wirklich verdient, wenn er dort ist.«

»Also, ich geh da nicht wieder hin«, meinte Pascal. »Die letzten Sommerferien hat sie mich morgens um vier aus dem Bett geworfen und ich bin vor 22 Uhr nicht zurück ins Haus gekommen.«

Sias Vater lachte und zerzauste seinem Sohn die Haare. »Sahst danach aber ziemlich kräftig und gesund aus, nicht so blass wie sonst.« Pascal grinste, aber dennoch würde er sich nicht umstimmen lassen.

Erwin protestierte ebenso. »Ich werde auf dem alten Hof auch nicht helfen. Da kommste gar nicht gegen an, die mit ihren veralteten Werkzeugen. Da kannste gleich die 140 Kühe mit der Hand melken. Sie hätte den Hof verkaufen sollen.«

Sias Mutter starrte nachdenklich in ihre Suppe. »140 Kühe sind es schon lange nicht mehr«, erzählte sie leise.

Erwin nickte und schaute genauso betreten auf seinen fast leeren Teller. »Als Bauer arbeitest du hart und verdienst nicht gut. Alles kommt billig aus dem Ausland, während in Deutschland die Richtlinien fürs Düngen und Spritzen verschärft werden. Es ist die reinste Katastrophe für die Landwirtschaft.«

»Ich weiß auch nicht mehr weiter. Wir können Evie wieder Geld schicken, aber für wie lange?« Ursula schüttelte den Kopf. »Die armen Tiere, um die sich niemand kümmert.« Sie legte den Löffel weg, obwohl sie ihr Essen kaum angerührt hatte. Aber die Missstände schlugen ihr wohl auf den Magen.

»Die Kühe brauchen regelmäßig zu fressen. Hab vom Bruder gehört, das Vieh steht bis zu den Knöcheln im eigenen Mist.« Nachdem Ursula es von sich gegeben hatte, war dem Letzten am Tisch der Appetit vergangen.

Sia sah sich in der schweigenden Runde um, ihre Mutter hatte Tränen in den Augen. Ob sie an ihre Eltern und den funktionierenden Betrieb von damals dachte?

Sia war jede Ferien bei ihren Großeltern gewesen. Sie verband ihre Kindheit mit brennenden Schrammen und Freiheit. Wann war sie das letzte Mal durch einen Wald gelaufen, hatte Verstecken gespielt oder Blumenketten geflochten? Wann hatte sie sich als Erwachsene je so frei gefühlt?

Am liebsten wollte sie wieder hin und alles noch einmal erleben, das kalte Wasser vom Bach im Wald, die Sonne auf der Haut und die Gerüche der verschiedenen Gräser.

Sia war aufgeregt und erinnerte sich an Verenas Worte im Café, dass sie für eine Zeit aus der Stadt verschwinden sollte. Ganz alleine. War das die Möglichkeit, um Dario zu zeigen, wie sehr er Sia brauchte?

Ihre folgenden Gedanken sprach Sia aus, ehe sie eine vernünftige Entscheidung treffen konnte.

»Ich fahre«, sagte sie.

Ihre Familie sah stumm auf. Niemand von ihnen hatte wohl erwartet, dass sie so etwas sagen würde.

Sia wiederholte sich, diesmal hatte sie mehr Kraft in der Stimme. »Ich fahre hin und schaue, wie weit ich Tante Evie helfen kann.«

»Du gehst da nicht hin, um Ferien zu machen«, warf ihr Vater schmunzelnd ein.

Sia zögerte. »Das ist mir bewusst.« Sie sprach noch mit dieser überzeugten Stärke, als wüsste sie genau, was sie da tat. Dabei hatte sie keine Ahnung, was sie erwarten würde.

»Sia«, appellierte ihr Vater. »Das ist kein Bürojob. Wobei du deiner Tante sicher bei ihrem Papierkram helfen könntest. Aber was ist mit deiner Arbeit?«

»Wenn es sein muss, lasse ich mich freistellen«, meinte sie. Ihren bezahlten Urlaub würde man ihr wegen der dringlichen Auftragslage erst gar nicht genehmigen. Aber wenn Sia erklärte, wie schlimm es um ihre Verwandte stand, müsste die Personalleitung klein beigeben.

Jetzt mischte sich Sias Mutter ein. »Das ist verrückt. Wer bezahlt deine Miete?«

»Ich habe ein wenig gespart«, antwortete ihre Tochter abgeklärt.

Sias Eltern wirkten unzufrieden, während ihr Bruder schadenfroh vor sich hin grinste.

Erwin sah zu seiner Frau. »Vielleicht schafft sie es, Evies Meinung zu ändern und den Hof zu verkaufen?«

Sias Herz klopfte aufgeregt. Sie verstand gerade selbst nicht, in was sie sich hineinmanövriert hatte. Auch wenn sie verunsichert war, hatte sie seit Langem ein gutes Bauchgefühl. Sie hatte ganz vergessen, wie es sich anfühlte, mit ihrem Körper im Einklang zu sein. In diesem Moment wusste Sia ganz genau, was sie wollte. Sie wollte weg und hoffte, es war die Chance, ein paar Dinge in ihrem Leben neu zu regeln.

Kapitel 4

Sia hatte es wirklich durchgezogen. Nachdem sie der Personalleiterin ihr Problem geschildert hatte, hatte sie sie für ganze vier Wochen freigestellt, ohne Bezahlung. Sias Finanzen würden es für einen Monat verkraften können. Ihr Urlaub ins Ausland fiel dann ins Wasser, aber auch in Deutschland gab es schöne Gegenden, in denen man ein paar Tage verbringen konnte.

Gefühlt in Sekundenabständen schaute Sia auf ihr Handy. Dario hatte sich nicht gemeldet. Sie hatten sich zwar heute Morgen in ihrer Wohnung voneinander verabschiedet, dennoch hoffte sie darauf, dass er ihr schreiben würde. So etwas wie, dass er sie vermisste und sich freute, wenn sie wieder nach Hause kam. Doch Dario ignorierte sie oder hatte etwas Besseres zu tun, als sich bei ihr zu melden und ihr noch einmal eine gute Fahrt zu wünschen.

Sia fühlte sich elend. Entschlossen steckte sie ihr Handy weg und versuchte, vom Gedanken loszukommen, dass Dario sie schneller vergessen würde, als ihr lieb war. Notgedrungen vertraute sie darauf, dass er endlich begreifen würde, wie wichtig sie für ihn war.

Geduld. Sia atmete tief ein. Mit der Zeit konnte sie sich auf ihre Umgebung konzentrieren. Wie lange war es her, dass sie mit dem Zug gefahren war? Es hatte etwas Nostalgisches. Von Anfang an stand für sie fest, dass sie mit dem Zug herfahren würde. Das hatte sie nämlich als Kind getan, dann, wenn ihre Eltern sie nicht begleiten konnten. Obwohl es keine Weltreise war, war Sia immer sehr stolz auf sich gewesen, wenn sie vom Bahnhof aus der Telefonzelle ihre Mutter anrief, um Bescheid zu geben, dass sie heile angekommen war. Dann musste Sia auch schon auflegen, weil ihr Opa just in diesem Moment mit seinem Traktor vorfuhr, um seine Enkelin abzuholen.

Einmal im Jahr, in den Sommerferien, machten sie alle gemeinsam auf dem Bergmanns-Hof Ferien. Sia konnte sich noch gut daran erinnern, wie ihre Mutter jeden Kram aus der Stadt für Oma und Opa mitbrachte. Sobald kein Platz mehr im Kofferraum war, stopfte sie alles in den Beinbereich der Kinder. Sodass Sia die Fahrt über im Schneidersitz saß. Ihr Bruder Pascal war noch so klein, seine Füße reichten gerade einmal über den Sitz.

Kaum fuhren sie den Hof hoch, kam ihnen schon Opa Pepe mit ausgestreckten Armen entgegen, um sie zu begrüßen. Sias Opa hatte einen grauweißen Schnurrbart und war unrasiert. Seine Kleidung war ihm zu groß, im Alter hatte er abgebaut und trug seine ausgeleierte Cordhose mit Hosenträgern. Ihre Oma Erla hatte im Haus und bei der Arbeit ein geblümtes Kopftuch auf. Es war ungewohnt, wenn sie es abends abnahm und ihr schneeweißes Haar zum Vorschein kam. Sie war so schön rund, so wie eben eine Bäuerin sein sollte.

Wirklich mit anpacken musste Sia auf dem Hof nicht. Ihre Großeltern schonten sie, weil sie früher so zierlich war. Dafür kochte ihr Opa frische Milch ab, die sie gemeinsam tranken. Wie gut und cremig die Milch schmeckte, kein Vergleich zur haltbaren verpackten Milch.

Sias Opa roch nach Heu, Schweiß und ein bisschen nach Kuhmist. Aber die Kombination war einzigartig. Als sie sich seinen Geruch in Erinnerung holte, roch es nach Heimat. Ein wohliger herber Hauch, der sie auf der Zugfahrt ein wenig mehr zur Ruhe kommen ließ.

Verträumt saß Sia am Fenster und schaute hinaus auf die Felder, die endlos an ihr vorbeizuziehen schienen. So entspannt, war sie ewig nicht mehr gewesen. Sia wurde erst bewusst, wie gut es ihr ging, als sie ihre eigene Spiegelung entdeckte, in der sie selig lächelte.

*

Der Zug kam im Bahnhof zum Stehen. Sia nahm ihr leichtes Gepäck. Sie hatte nicht viel dabei, schließlich war sie nicht hier, um Ferien zu machen. Sie kam in ihre alte Heimat, um tatkräftig mit anzupacken. Natürlich waren ein paar schicke Sachen dabei, die ein Landmädchen tragen würde, so unvorbereitet war Sia dann doch nicht.

Mit dem Taxi fuhr sie den Rest der Strecke. Sia saß auf dem Rücksitz und beobachtete die ersten Bauern, die mit ihren Traktoren auf den Feldern waren. Einer von ihnen fuhr eine überdimensionale Landmaschine auf der Landstraße und war dem Taxifahrer zu langsam. Der Gegenverkehr ließ kein Überholmanöver zu, sodass der Fahrer ungeduldig wurde.

»Die mit ihren Traktoren«, schimpfte er. »Überdüngen doch eh nur alles.«

»Durch das Düngen erhöht sich der Ertrag, ohne könnte der Bauer gar nicht genug ernten«, erklärte Sia beiläufig, was sie einst von ihrem Opa gelernt hatte. Sie war so sehr in Gedanken gewesen, dass sie erst einen Augenblick später bemerkte, dass sie etwas gesagt hatte.

Der Taxifahrer murrte unzufrieden und fuhr den Rest der Strecke stillschweigend, was Sia gelegen kam.

Als sie einen Jungbauern auf dem Feld entdeckte, der mit seinem Sohn im Traktor saß, winkte sie ihnen begeistert zu. Früher hatte sie auch jedem Bauern zugewunken. Die beiden hoben die Hand und freuten sich. Sia konnte es nicht erwarten, nach all der Zeit endlich wieder auf dem Hof zu sein.

Es war ein mulmiges Gefühl, gepaart mit Vorfreude, als sie die Straße erreichten, die zu dem alten Haus ihrer Großeltern führte. Von jetzt auf gleich hatte Sia damals dem Hof den Rücken gekehrt. Ihre Großeltern hatten oft angerufen und sie gebeten, wieder in den Ferien zu kommen. Aber Sia mochte nicht mehr. Irgendetwas war der Grund gewesen. Sie konnte sich nicht mehr erinnern, warum sie sich so viele Ausreden hatte einfallen lassen. Dass sie für die Schule lernen musste, um bessere Noten zu bekommen. Dass sie neue Freunde kennengelernt hatte und mit ihnen Zeit verbringen mochte und deswegen ihre Großeltern nicht besuchen konnte. Nach jeder Lüge fühlte sich Sia schlechter. Die Schuldgefühle erdrückten sie, dass sie körperlich abbaute und das so sehr, dass ihre Eltern sie zum Glück auch nicht auf den Hof schicken wollten.

Als ihre Großeltern in kürzester Zeit nacheinander verstorben waren, konnte Sia nicht einmal zur Beerdigung, weil sie ständig ohnmächtig geworden war.

Gefühlt war Sia so oft im Krankenhaus gewesen, dass es ein Wunder war, dass sie die Schule geschafft hatte.

Sia blieb die Luft weg, als sie die holprige Auffahrt hoch auf den Hof fuhren. Der Asphalt hatte sich gelöst, man spürte jede Unebenheit.

War sie hier richtig? Sia weitete die Augen. Hatten sie aus Versehen einen anderen Hof angesteuert, der nur so ähnlich aussah wie der aus ihrer Kindheitserinnerung?

Wo waren die Hühner, die sonst auf dem Hof, den Feldern, Wiesen und Wäldern stolz herumspazierten? Warum wirkte es auf dem Grundstück so düster, als würde niemand mehr dort leben? Es brauchte einen Moment, bis Sia verstand, dass die bunten Blumen und das selbst angebaute Gemüse ihrer Oma fehlten. Ob Frühling, Sommer, Herbst oder Winter. Ihre Oma wusste genau, welche Pflanzen wo gesetzt werden mussten. Radieschen, Spinat und Erbsen. Es war gang und gäbe, dass sie auch für sich selbst anbauten.

Das Taxi fuhr mitten auf den Hof. Ringsherum stand der alte Hühnerstall, der Schuppen mit dem Fahrzeug und Werkzeugen. Der neue Viehstall und die alte Scheune, wo das Futter und Liegestroh für die Kühe lagerten. Von den anderen maroden Gebäuden abgesetzt, stand das uralte Haus ihrer Großeltern. Neben der Tür hing kein Blumentopf mit farbenfrohen Fuchsien und auch ihre Großeltern saßen nicht auf der Bank neben dem Eingang. Dort, wo ihr Opa sich kurz in der Sonne ausruhte, während ihre Oma die gute Saat von der schlechten trennte.

Sia hatte diesen Ort gegen die Malediven und andere Ferienorte eingetauscht. Doch wie war der Kindertraum von einem Bauernhof derart verkommen?

Der ganze Hof war mit einem Koppelzaun versehen. Ein Stecksystem mit zwei Zaunriegeln. Er war so baufällig wie alles andere auf dem Grundstück. Früher hatte Opa Pepe das Holz aus dem eigenen Wald geholt und ihn gemeinsam mit seinen Söhnen und Schwiegersöhnen errichtet. Da war Sia noch so klein gewesen, dass sie gebückt unter dem Zaun hindurchklettern konnte. Jetzt müsste sie schon zwischen die zwei Zaunriegel klettern, um auf den Hof nebenan zu gelangen.

Sia stockte ein weiteres Mal. Sie konnte gar nicht mehr wegsehen und war vom modernen Nachbarhof beschämt. Den Bungalow hatte Sia noch vage in Erinnerung. Rechts und links standen neue Hallen. Der Neubau, der an den Hof von Sias Großeltern grenzte, war ein Stellplatz für den Fuhrpark. Der linke Neubau schien eine gigantische Lagerhalle zu sein. Der Hof war überdacht. Egal wo Sia hinsah, entdeckte sie Solaranlagen. Eine riesige blaue Landmaschine stand vor dem Bungalow, noch größer als die, die Sia auf der Landstraße gesehen hatte. Ein junger Mann lief um das Fahrzeug herum und reichte jemanden nach oben ein Werkzeug.

Das Taxi kam zum Stehen, Sia schnallte sich ab und bezahlte gleich. Als sie aussteigen und sehen wollte, wer da auf dem angrenzenden Hof arbeitete, trat sie mit ihren Pumps direkt in ein Stück von einem Kuhfladen. Ehe sie entsetzt aufschreien konnte, schlug ihr der bestialische Gestank vom Bergmanns-Hof entgegen. Das war kein Vergleich mehr zu früher. Was war nur passiert?

Der Taxifahrer konnte nicht schnell genug verschwinden. Hastig gelangte er zum Kofferraum und reichte Sia mit einem vorwurfsvollen Blick ihre Tasche. Es ging wohl noch immer darum, dass die Bauern zu viel düngten, und vielleicht hatte er sogar recht.

Mit einem Affenzahn düste der Fahrer den Hof rückwärts runter. Sia sah ihm ratlos nach, als wollte sie noch einmal abwägen, ob sie wirklich so lange hierbleiben wollte. Ein ganzer Monat, bis sie wieder zu Hause sein würde.

Sia hielt sich ihr dünnes Tuch um den Hals an die Nase. Der saure Gestank von Kuhmist überwältigte sie. So hatte sie es nicht in Erinnerung.

Ihr Blick ging zur Haustür, die Kühe muhten. Obwohl Sias Mutter Bescheid gegeben hatte, dass sie heute ankommen würde, begrüßte sie sonst niemand.

Sia sah auf den Nachbarhof. Der Motor vom Traktor lief und hörte sich dabei nicht gut an. Bei der Person oben drauf handelte es sich um eine schlanke, großgewachsene Frau. Sia war erstaunt. *Eine Frau?* Sie trug ihr schwarzes gewelltes Haar, das ihr bis zur Brust reichte, in einem Mittelscheitel. »Motor aus! Motor aus!«, rief sie aufgebracht in Richtung des Führerhauses. Ihre Stimme klang rau.

Neugierig beobachtete Sia die junge Frau, die vielleicht in ihrem Alter war. Ihr schwarzes Haar erinnerte sie an die dichte Mähne eines gepflegten Pferdes. Sie trug eine ausgewaschene Jeans und ein kariertes Hemd, dazu lässige Bikerboots, die wohl schon ein paar Jahre auf dem Buckel hatten.

Sia sah ihr einen Moment zu lange zu. Sie kam ihr so bekannt vor, aber ganz fern, etwas, was sie nicht greifen konnte und eigentlich nicht wollte.

Dann wurde die Frau auf den Neuankömmling aufmerksam. Verlegen hob Sia die Hand.

Die junge Frau schaute mürrisch und grüßte nicht zurück. Sia war es so unangenehm, dass sie gleich zum Haus rüberging.

»Wie unfreundlich«, sagte sie leise. Vermutlich war sie wütend, weil es auf dem Hof so bestialisch stank.

Nur ein paar Schritte und Sia bemerkte den langen Riss in der Hausfassade. Das Haus war schon immer etwas krumm und abfallend gewesen, aber gegenwärtig wirkte das Gebäude alt und krank.

Bevor Sia hineinging, bemühte sie sich, den Mist an ihrem Schuh loszuwerden, aber ganz bekam sie die Sohle nicht sauber und ließ ihre Pumps draußen vor der Tür stehen.

Als sie die Haustür öffnete, sah sie sich verstohlen nach der Jungbäuerin um. Ihre Blicke trafen sich. Ertappt warf Sia die Tür hinter sich zu.

»Puh. Der will ich nicht alleine begegnen«, raunte sie. Ihr Herz trommelte aufgeregt. Der Geruch der Räume holte sie zurück zum Wesentlichen. Im Haus stank es zum Glück nicht, dafür roch es würzig nach Holz. Ein wenig wie Zimt und Kardamom.

Sia sah sich um. Sie war erwachsen geworden, ihr kam alles viel kleiner vor als zu Kindertagen. Drinnen war es noch wie früher. Ein wenig märchenhaft. Als hätte hier eine Hexe ihr Versteck. Die Küche mit ihren alten Schränken und dem uralten Holzkohle-Herd. Von den Deckenbalken baumelten Kräuterbündel. Es war nicht mehr so sauber wie zu Omas Zeiten. In den Ecken hingen Spinnweben, die Kräuter konnte man so sicher nicht mehr gebrauchen. Die kleine Küche und das schmale Wohnzimmer waren offen und wie ein L geschnitten.

»Tante Evie?«, rief Sia. Niemand antwortete ihr, dabei hatte ihre Tante Bettruhe verordnet bekommen.

Sia atmete tief ein. Sie war alleine und das brauchte sie für den Moment. Sie legte ihre Tasche neben der Tür ab, wo die Kommode stand. Mit langsamen Schritten ging sie zur Küche rüber.

Oma Erla hatte oft in einem großen Topf Sirup eingekocht oder Pfefferminz- und Salbeibonbons hergestellt. Die Erinnerung trieb Sia den Geruch von heilenden ätherischen Düften in die Nase, sodass sie unbewusst tiefer einatmete.

Ihre Oma hatte ein Händchen für alles gehabt. Sia entdeckte die alten verstaubten Kochbücher im Regal. Sie nahm sich eins, um darin herumzublättern. Die schwarze Tinte war verblasst, das Papier hart und wellig. Eins der Kochbücher hatte immerzu offen auf dem Küchentisch gelegen und wurde nur dann weggeräumt, wenn sie alle zum Essen zusammenkamen. Am Esstisch war zu wenig Platz gewesen, sodass Opa Pepe meist hinter ihnen saß und die heiße Suppenschüssel auf der Hand oder auf dem Schoß balancierte.

Sia hob den Blick aus dem Buch und sah sich noch einmal um. Im Wohnzimmer stand noch das alte Sofa mit dem roten Samtbezug und dunkler Holzverzierung. Vor dem Fenster, vor dem der Fernseher auf einer Kommode platziert war, konnte man direkt auf den Hof nebenan schauen. Die alten vergilbten Gardinen verschleierten die Aussicht. Vom Fenster neben dem Eingang blickte Sia auf die eigene Auffahrt.

Als sie jemanden bemerkte, schlug plötzlich die Haustür auf. »Tante Evie«, hauchte Sia entsetzt und konnte nicht fassen, wie alt und grau sie mit den Jahren geworden war.

Sie hatte Gummistiefel an, deren stinkenden Mist sie bis in die Küche brachte. Unberührt von Sias Anwesenheit warf sie einen schweren Beutel mit Saat in die Ecke. Dann erst musterte sie Sia von Kopf bis Fuß.

»Du ergibst ja nicht mal eine helfende Hand.« Das hatte Sias Opa oft gesagt, aber sein Lachen nahm die Schärfe aus der Bemerkung. Wie es ihre Tante aussprach, verletzte Sia zutiefst.

Auf die erhoffte Umarmung konnte sie wohl lange warten. »Solltest du dich nicht ausruhen?«, gab Sia verunsichert von sich.

»Und? Wer kümmert sich um die Tiere? Deine feine Mutter sicher nicht«, motzte Tante Evie.

Sia ging auf ihre schnippische Art erst gar nicht ein. »Ich bin jetzt hier«, sagte sie dafür.

»Das sehe ich.« Ihre Tante rümpfte die Nase. Sie hielt nicht viel von ihrer Nichte und machte kein Geheimnis draus. Sie war frustriert, aber Sia wollte das nicht auf sich sitzen lassen und straffte die Schultern.

»Was kann ich machen? Was soll ich tun?«, fragte sie energisch.

Ihre Tante sah sie wieder so abschätzend an. »Ich habe die Tiere gefüttert.«

Sia war verwirrt, auch wenn sie es nicht genau wusste, kam ihr die Tageszeit falsch vor. Hatte ihr Opa die Tiere nicht morgens und abends gefüttert? Zu Mittagszeit ging er dann nur kontrollieren, ob die Kühe noch genug hatten. Jetzt war es Vormittag.

»Ich habe es nicht früher geschafft«, antwortete Tante Evie kleinlaut, sie hatte sehr wohl Sias Mimik lesen können. »An der Garderobe hängt Arbeitskleidung. Mit den hohen Hacken vor der Tür gehst du lieber nicht in den Stall. Du kannst den Mist der Kühe neben dem Güllesilo parken.«

Sia war ein wenig angeekelt, aber sie war ja da, um zu helfen. »Warum neben dem Silo?«, fragte sie.

»Es ist voll, hab noch keinen Abnehmer gefunden, und um einen neuen Silo zu bauen, habe ich kein Geld«, nörgelte ihre Tante.

Sia sah durch das Wohnzimmerfenster auf den Hof nebenan, woraufhin Tante Evie verachtend schnaubte. Ihre Nichte wusste wohl noch, wie es früher auf dem Hof zugegangen war.

»Die kaufen den Mist nicht mehr. Seitdem ich ihnen nicht den Hof verkaufen will, stellen sie sich quer.«

»Was?«, hauchte Sia.

Tante Evie wollte raus, doch Sia hielt sie auf. »Warte, wohin willst du? Ruh dich doch aus.«

Ihre Tante hörte nicht. »Die Felder müssen aufgeräumt werden, bevor die Saat losgeht. Ich muss die hochgewachsenen Sträucher am Feldrand zurückstutzen und tief liegende Äste abschneiden.«

Sia war nicht gewillt, sie gehen zu lassen. »Lass mich das machen«, schlug sie vor, obwohl sie keine Ahnung hatte, wie sie was zu tun hatte. Sie dachte, ein Rasenmäher würde schon ausreichen.

Tante Evie lachte abschätzig. »Genau. Kümmer dich um die Kühe, dann ist mir geholfen. Im Traktor muss ich nur sitzen«, meinte sie und verließ das Haus.

Sia stand überrumpelt in der Küche. Das ging nicht ganz nach Plan. Sie hörte den alten Traktor, mit dem sich ihre Tante über den Hof auf die Straße mühte.

Plötzlich röhrte der gewaltige Motor von nebenan auf. Sia schaute durch das Wohnzimmerfenster und entdeckte wieder diese junge Frau, die diesmal freudig lachte, weil sie ihre Landmaschine in Gang gebracht hatte.

Kapitel 5

Draußen auf dem Hof stank es noch immer und es stammte nicht nur vom Silo, dessen Inhalt vor sich hin gärte.

Sia hatte sich noch nicht an den beißenden Geruch gewöhnen können und hoffte, dass es ihr bald den Geruchssinn wegätzte, sonst würde sie sich gleich übergeben müssen.

Im alten Blaumann vom verstorbenen Mann ihrer Tante ging sie fast unter, Sia trug auch seine Stiefel, die ihr viel zu groß waren. In der Familie nannten sie ihn alle Onkel Mario. Er war ein Quereinsteiger gewesen. Als er nach der Heirat mit Tante Evie hergezogen war, hatte er seinen Job als Versicherungskaufmann an den Nagel gehängt. Schließlich musste der Familienbetrieb weitergeführt werden und er hatte ein echtes Talent dafür. Mit tausend neuen Ideen und Visionen geriet er ständig mit Opa Pepe aneinander. Onkel Mario pochte darauf, den Hof zu erweitern, was Schulden mit sich brachte. Opa Pepe gefiel das gar nicht. Er war ein Mann, der bemüht war, schuldenfrei zu leben. Wenn es sein musste, dann überzog er kurzfristig sein Konto, aber nicht mehr. Kredite machten einen nur abhängig.

Nach dem Tod ihrer Großeltern, übernahmen Onkel Mario und Tante Evie den Hof. Das war vielleicht etwa 16 Jahre her. Alle hatten davon geschwärmt, wie groß der Hof durch Onkel Mario geworden war und wie viele Kühe sie nun hatten. Doch dann kam der Krebs.

Sia war traurig und in Gedanken. Erst auf dem Weg zum Stall bemerkte sie wieder die Frau, die auf ihrem riesigen Gefährt stand und auf sie herabschaute. Der Motor schnurrte mittlerweile wie ein Kätzchen, wie ein ziemlich großes Kätzchen.

Während die Frau sie anstarrte, wischte sie sich übers Kinn. *Schon ein wenig gruselig,* dachte Sia und war froh, im Stall verschwinden zu können.

Diesen Stall kannte Sia noch nicht. Kaum zog sie das große Rolltor auf, kam ihr der geballte Gestank der eingesperrten Kühe entgegen, sodass Sia die Hand auf Mund und Nase schlug. Die Kühe muhten unzufrieden. Sie wussten nicht, wer Sia war. Vielleicht waren sie auch nur so aufgebracht, weil es so dreckig war und sie es genauso wenig ertrugen wie Sia.

60 Stück, enthorntes, deutsches Braunvieh, standen aneinandergereiht in der Mitte des Stalles. Die Futterboxen waren

mit Metallrohren getrennt und Kühe mampften träge ihr Futter. Wenn es hier nicht so verdammt ekelig gewesen wäre, hätte sich Sia ein kleines Lächeln abgewinnen können.

Es war dieselbe Rasse, die ihr Opa gezüchtet hatte. Das deutsche Braunvieh war nicht die leistungsstärkste Milchkuh, aber mit ihrem braunen, fast grauen Fell und der hellen Schnauze glaubte man, irgendwo auf den Bergen in der Alm zu stehen. Links und rechts waren betonierte Wege, die durch den dunklen Matsch nicht zu erkennen waren.

Es waren mehr als 100 verdreckte Boxen. Wie Sias Mutter gesagt hatte, standen die Tiere bis zu den Knöcheln in ihrem eigenen Mist. Auch wenn die Kühe genug Platz hatten, um sich zu bewegen, war es entsetzlich. Sie sahen nicht fit aus, sondern krank.

Der Stall war früher trocken und sauber gewesen. Sia wusste noch, wie es war, mit den Kälbern im weichen Heu zu schlafen. Ihr kamen die Tränen, was war nur passiert? Ihre Tante hätte den Hof verkaufen sollen, anstatt die Tiere verwahrlosen zu lassen.

Sia nahm die Schubkarre, Schaufel und Heugabel. »Gleich geht es euch besser«, sagte sie und sprach sich damit selbst Mut zu.

Zum Glück machten die Kühe ihr keine wirklichen Probleme, als freuten sie sich, dass sich endlich jemand um sie kümmerte. Es waren nur Rinder und doch verstanden sie, dass Sia ihnen helfen würde.

Sia schwitzte und schaufelte mit der alten Schüppe den klebrigen Mist vom Boden. Schon als sie die dritte Liegebox erreichte, waren ihre Arme schwer wie Blei.

In der Zwischenzeit hatte sie aus dem Wasserschlauch getrunken und hoffte, keine Bauchschmerzen zu bekommen. Es war alles voller Fäkalien, es wäre ein Wunder, wenn sie sich nichts einfing.

Die Kühe ließen sich zum Glück nicht wirklich von Sia stören. Es war nur der abgeschottete Bulle, der unruhig in seiner großen Box hin und her stampfte. Als Sia an seine Box gelangte, musste sie ihn zu ihrem eigenen Schutz rauslassen. Er sprang spielerisch umher und trat nach hinten aus, sodass Sia sich erst erschrak und dann doch lachte. Er wollte gleich ein paar der Kühe bespringen.

»Hey!«, rief Sia. »Hey!«, wiederholte sie und pikste ihn notgedrungen mit der Heugabel in den Hintern. Der Bulle gab es auf und trabte die Wege weiter. Sia atmete auf, als er sie nicht mit seinen Hörern aufspießen wollte. Seine hatte er noch.

Die Milchkühe von Sias Opa waren Weidekühe gewesen. Sie eingesperrt in Boxen zu sehen, tat ihr leid. Aber sie traute sich nicht, sie rauszulassen.

Der Misthaufen draußen wurde größer. Es war zu viel. Selbst die Hühner mieden ihn. Sia hörte sie vereinzelnd gackern, aber sie kamen nicht aus ihrem Stall raus. Vielleicht war es ihnen auch zu ekelig.

Als Sia die Boxen endlich geschafft hatte, reinigte sie mit dem Wasserschlauch die Hufe der Tiere und ihre Euter. Sie waren nicht wirklich kooperativ, das Wasser war kalt, dennoch schien es den Kühen besser zu gehen.

Nachdem der Dreck weggespült worden war, bemerkte Sia die langen Hufe der Tiere und wie schwerfällig sie sich bewegten. Wie alte Leute, die es mit den Gelenken hatten. Sie brauchten unbedingt einen Hufschneider oder einen Tierarzt, der sich um sie kümmerte.

Sia wollte warten, bis das Wasser einigermaßen abgelaufen war, um dann die Boxen mit trockenem Liegestroh auszulegen.

Ausgelaugt kehrte sie ins Haus zurück und suchte im Adressbuch nach jemanden, der ihr helfen konnte, die Gülle loszuwerden. Aber sie fand im Zettelwirrwarr nicht einmal die Adresse eines Tierarztes. Mit dem Handy wollte sie online jemanden aus der Gegend suchen, aber es gab kein freies WLAN. Wo war sie nur gelandet?!

Vom Wohnzimmer aus blickte Sia zum Hof nebenan, der viel moderner war als der ihrer Tante.

Früher hatte sich ihr Großvater sehr gut mit dem ehemaligen Hofbesitzer verstanden. Sie hatten sich ständig über den Zaun hinweg miteinander unterhalten oder sich aus der Ferne ein Handzeichen zum Gruß gegeben.

Laut Tante Evie wollten sie nicht mal mehr ihre Gülle haben, dabei waren es Ackerbauern, wenn sich Sia recht entsann. Sias Tante war mit ihrer ruppigen Art auch nicht wirklich der netteste Mensch der Welt. Wenn Sia freundlich fragte, könnten sie den überschüssigen Mist eventuell doch dort loswerden?

Sia atmete auf, ihr war es unangenehm, besonders weil die junge Frau sie zuvor so wütend angesehen hatte. Aber Sia war da, um zu helfen und ein bisschen Ordnung in den Hof zu bringen. Solange Tante Evie es nicht erfuhr, würde es keinen Ärger geben. Einmal fragen, das kostete doch nichts.

Draußen zog Sia ihre Stiefel über und verließ den Hof, indem sie zwischen die Zaunlatten auf das angrenzende Grundstück kletterte. Sie klopfte sich den Dreck von der Arbeitshose und kam dem jungen Mann entgegen, den sie schon zuvor gesehen hatte.

»Hi«, grüßte sie. »Ich bin Sia, vom Hof nebenan«, stellte sie sich vor und zeigte hinter sich.

Der junge Mann reichte ihr die Hand. »Ich bin Jochen, ich arbeite als Aushilfskraft.«

»Freut mich«, sagte Sia und kam gleich zum springenden Punkt. »Ich brauche jemanden, der mir die Gülle abnimmt.«

»Ah.« Jochen verstand und wies Sia zum Bungalow. »Da musst du die Chefin fragen.«

Jochen musste nicht erklären, wen er meinte. Es war die mürrische junge Frau, die Sia heute Vormittag auf dem Traktor gesehen hatte.

Auch wenn ihr nicht ganz wohl bei der Sache war, folgte sie seiner Anweisung.

Noch ehe Sia in die Nähe vom Eingang gelangte, bemerkte sie das Leuchten eines PC-Monitors links vom Fenster. War das ihr Büro? Sia öffnete die schwere Metalltür. Bevor sie den Bungalow betrat, zog sie ihre dreckigen Stiefel aus.

Wie sie es sich schon gedacht hatte, befand sich hinter dem Fenster das Büro. Den Gang entlang ging eine weitere Tür rechts ab, aber das war nicht Sias Ziel.

Ihr Herz klopfte und im selben aufgeregten Takt klopfte sie an die angelehnte Tür.

»Herein«, bat sie die raue Frauenstimme. Sia war angespannter als zuvor und biss sich verlegen auf die Unterlippe.

Die junge Frau, die heute eine riesige Maschine repariert hatte, saß nun im Bürostuhl und schaute Sia unzufrieden durch ihre Brillengläser hindurch an. Mit dem Gestell auf der Nase sah sie noch viel strenger aus.

Sias Bauch wurde steinhart. Sie wurde das Gefühl nicht los, dass sie die Frau kannte, aber nur woher? Sia sollte etwas sagen, aber diese graublauen Augen nahmen ihr jegliche Konzentration.

Die Frau betrachtete sie, als wüsste sie genau, wer sie war.

Sia schluckte, es war ihr nicht geheuer. Ihr Mut von vorhin verließ sie. Warum war sie ihr gegenüber nur so abweisend?

Die Frau nahm die Brille von der Nase, das war das Zeichen, dass Sia endlich die Klappe aufmachen musste.

»Hallo«, sagte sie leise. »Ich bin Sia, vom Hof nebenan.« Sia machte keine Anstalten, ihr die Hand zu reichen, vermutlich würde die Chefin sie im Regen stehen lassen. »Früher hat euer Hof einen

Teil unserer Gülle abgekauft. Ich wollte fragen, ob vielleicht noch Interesse besteht?«

Die Frau wandte sich eiskalt ihrem Computer zu. »Nein, haben wir nicht«, antwortete sie knapp.

»Warum nicht?«, platzte es zu laut aus Sia heraus. Die Abneigung traf sie hart. Dabei hatte ihre Tante erklärt, dass sie ihr den Hof abkaufen wollten. Aber früher war doch alles so harmonisch zwischen ihnen gewesen.

»Keine Ahnung, was deine Tante den Tieren verfüttert, aber die Gülle tut unseren Pflanzen nicht gut und ich habe kein Silo, in dem ich es strecken könnte«, antwortete ihr Gegenüber abgeklärt.

Es war nicht nett, aber damit konnte Sia etwas anfangen. Nur hatte sie mit dieser Erklärung nicht gerechnet. Ihr wurde klar, dass es immer zwei Seiten einer Geschichte gab.

Sia räusperte sich. Nur noch eine Frage, dann könnte sie endlich verschwinden. »Weißt du vielleicht, wer mir sonst helfen könnte?« Plötzlich grummelte ihr vor Hunger der Magen. Beschämt legte Sia die Hand auf den Bauch und versuchte, den Hilferuf ihrer Innereien zu dämmen.

Die Frau schaute wieder so mürrisch, dass Sia verlegen wurde. »Vielleicht am Hof von Holger«, antwortete sie.

Sia stand mit halben Fuß im Flur. »Wo finde ich den?«

»Die Straße runter, bis zum nächsten Hof«, erklärte die Chefin, während sie mit der Maus auf irgendwelchen Feldern herumklickte.

»Danke«, gab Sia hastig von sich und wollte gehen.

»Warte.« Die Chefin hielt sie unerwartet auf. »Hier«, sagte sie und warf Sia ein belegtes Brot, eingepackt in Klarsichtfolie, zu.

Sia fing es auf. Es dauerte einen Moment, bis sie die nette Geste verstand und lächelte. »Danke«, sagte sie und es klang diesmal aufrichtiger. So unfreundlich konnte die Jungbäuerin gar nicht sein. Sia nahm den kleinen Funken Hoffnung und fragte gleich weiter. »Weiß du, wo ich einen Tierarzt finde? Es gibt kein Internet.«

»Bei uns schon«, meinte die Chefin und streckte sich nach einem Adressbuch. Auf einem Klebezettel notierte sie die Nummer, sie stand auf und reichte es Sia. Sie war so groß, dass Sia sprachlos zu ihr aufsah.

Erst jetzt bemerkte die Chefin, dass Sia mit bunten Socken hereingekommen war. Plötzlich lächelte sie, dabei funkelten ihre graublauen Augen amüsiert. Vermutlich fand sie die aufgedruckten Ananasse und Lamas witzig.

Sia sollte sich nochmals bedanken und gehen, aber wie die Jungbäuerin sie anlächelte, blieb sie einfach regungslos stehen. Ihre Haut war hell und passte zu ihren rosigen Lippen. Aber nicht ihre vollen Lippen machten ihr Lächeln so perfekt, sondern die minimale Lähmung rechts ihrer Unterlippe. Die Bäuerin sah damit so süß aus, dass Sia gar nicht mehr ihren Blick von ihr nehmen konnte. Beim Sprechen fiel dieser winzige Makel gar nicht auf.

»Du bist wirklich … wunderschön.« Kaum verließen die Worte Sias Mund, erstarrte sie zu einer Salzsäule und weitete panisch die Augen. Es war ihr rausgerutscht!

Die Chefin lachte tief aus ihrer Brust heraus und machte damit Sia noch viel verlegener.

»Ich bin Ylvie«, stellte sie sich schließlich vor.

Irgendetwas stimmte nicht. Der Name war Sia nicht fremd. »Ylvie«, wiederholte sie, ein wenig zu nachdenklich, ein wenig zu verträumt. Auch wenn es Sias Mimik nicht zeigte, fühlte sie sich unwohl, als würde sie sich mit einem unsichtbaren Geist in einem Raum aufhalten.

Sia lächelte zurückhaltend und riss sich zusammen.

Als sie Ylvie wieder in die Augen sah, war sie nicht mehr amüsiert, nicht mal mehr wütend, sondern sie schaute traurig.

Sia wollte fragen, ob alles in Ordnung war. Aber die Worte kamen ihr nicht über die Lippen. Das mulmige Gefühl in ihr wurde stärker. Sie wollte nur noch verschwinden.

»Danke für die Hilfe«, sagte sie leise. »Entschuldige die Störung.« Sia verließ das Büro und konnte nicht schnell genug in ihre Stiefel schlüpfen.

»Ylvie«, flüsterte sie und wiederholte den fremden Namen, der wie eine bittere Erinnerung schmeckte.

Kapitel 6

Anstatt nach Hause verschlug es Sia über den großen fremden Hof auf die Straße. Das mit der Gülle wollte sie so schnell wie möglich hinter sich bringen.

Sia ging hastig am Gebäude entlang, weil sie fürchtete, dass sie vielleicht von der gigantischen Landmaschine umgefahren werden könnte. In Gedanken wiederholte sie Ylvies Namen, aber verbat es sich dann. Sie zog die Folie vom Brot ab und verschlang die Hälfte nur mit ein paar Bissen, weil sie Hunger hatte und weil sie nicht mehr an eben denken wollte. Dabei war sie so kopflos, dass sie unerwartet in einen älteren Mann lief, der die Halle für die Fahrzeuge durch das große offene Tor verließ.

»Entschuldigung, ich habe nicht aufgepasst.« Sia erschrak und lächelte verlegen. Sie hätte ihn fast umgeworfen.

Der Mann lachte. Seine Augen kamen ihr schmerzlich bekannt vor. Ihr wurde augenblicklich flau im Magen, sodass sie die Reste vom Brot nicht mehr herunter bekam. Doch sie hielt ihre Fassade aufrecht.

Sia wollte dem Mann erst die Hand reichen, ließ es dann aber sein. Nachher wollte er sie auch nicht grüßen, wie es Ylvie getan hatte.

»Hallo, ich bin Sia. Vom Hof nebenan«, stellte sie sich vor.

»Ich bin der Ludwig.« Der Mann nickte und lächelte noch, er sah Sia so an, als würde er sie kennen. Wie Ylvie. Sia entglitt langsam ihr Lächeln.

»Ich mache mich wohl besser auf den Weg«, sprach sie verlegen. »Ich muss meine Gülle loswerden«, erklärte sie dann.

»Tschüss Sia, pass auf dich auf«, verabschiedete sie der Mann, sodass sich fast ihr Magen umdrehte. Sias Gang wurde hastiger, sie packte das Brot mit der Klarsichtfolie in ihre Latzhose und beeilte sich. Je schneller sie sich bewegte, umso besser erging es ihr. Auf der Landstraße war ihr schließlich, als würde sie wieder Luft bekommen.

Ludwig sah ihr wehmütig nach. Er hatte vieles geglaubt, aber sie wiederzusehen, daran nicht mehr. Hatte sie eben mit Ylvie gesprochen?

Neugierig ging er ins Büro, wo seine Tochter konzentriert auf den PC starrte und irgendwelche Listen durchklickte, um Daten nachzutragen.

»Papa? Hast du die Mischung für den Klee zusammen?«, fragte sie abgelenkt.

»Ja«, antwortete er knapp und setzte sich auf das alte Ledersofa in der Ecke. Seine Tochter nickte zufrieden.

»Habt ihr miteinander gesprochen?«, fragte er.

Sein Blick ging auf Ylvies Hand, die die Maus fester hielt. »Ja«, antwortete sie kurz angebunden. Ihr Vater bemerkte ihre Anspannung direkt.

»Und?«, fragte er diesmal ein wenig vorsichtiger.

»Was meinst du?« Ylvie sah nicht einmal zu ihm.

»Na, ich weiß nicht. Habt ihr euch von damals erzählt?«

Ylvie seufzte. »Sie war das letzte Mal vor 16 Jahren hier. Sie erinnert sich nicht mal mehr an mich.« Sie sagte es so beiläufig, als hätte es keine Bedeutung.

»Die war damals gertenschlank, jetzt hat sie ziemliche …« Ludwig hob die Hände, um etwas anzudeuten, von dem seine Tochter gar nicht begeistert war.

»Paps!«, mahnte Ylvie und schaute grimmiger als zuvor.

»Sie ist zu Fuß unterwegs … du weißt, das ist ein ganzes Stück ohne Traktor.« Er konnte sich schon denken, wohin seine Tochter Sia geschickt hatte.

Ylvie bemühte sich, sich auf ihre Arbeit zu konzentrieren. »Die kriegt das irgendwie hin«, meinte sie leise.

Ihr Vater schaute durchs Fenster. »Willst du den Klee nicht heute Abend säen, dann hast du morgen mehr Zeit.«

Seine Tochter schnaubte angestrengt und rückte vom Tisch ab. »Nur, wenn du die Buchhaltung machst.«

Ludwig lachte zufrieden und nahm auf ihrem Sitz Platz. »Mein Gott, hast du ’nen warmen Hintern.«

*

Mit ihrer Offlinekarte wusste Sia ungefähr, wo ihr Ziel war. Zu Fuß hatte sie eine ziemliche Strecke vor sich. Sie versuchte, Verena zu erreichen, aber sie ging nicht ran. Dabei hätte ihr Sia zu gerne erzählt, was heute alles passiert war.

In ihrer Hosentasche kramte sie nach der Nummer vom Tierarzt. Einen Moment zu lange betrachtete Sia die Handschrift mit den runden Buchstaben. Ehe sie sich überhaupt einen Gedanken dazu erlaubte, wählte sie die Rufnummer von Herrn Doktor med. vet. Jürgen Weber. Es dauerte, bis jemand abnahm und sich am Telefon meldete.

»Hallo? Weber hier«, sagte er zwar nur, aber es reichte, dass Sia heraushören konnte, wie sympathisch der Tierarzt war.

»Hallo, mein Name ist Sia, vom Bergmanns-Hof. Ich habe ein paar Kühe, die müsste sich jemand mal ansehen.« Sia wollte ihrer Tante keine Schwierigkeiten bereiten, aber das Wohl der Tiere hatte Vorrang. »Die Kühe sehen kränklich aus und ich glaube, sie haben Probleme mit den Hufen.«

»Das klingt nicht gut«, sagte der Arzt nachdenklich, während das Rascheln von Papier durch den Hörer gelangte. Anscheinend suchte er im Terminkalender und bot Sia einen Termin in zwei Tagen an. Das dauerte ihr viel zu lang, aber ändern konnte sie es nicht.

Sia atmete auf. Ein Punkt auf ihrer imaginären Liste, den sie durchstreichen konnte. Sie lächelte vor sich hin und erinnerte sich daran, dass sie noch etwas zu essen hatte. Ihre zu großen Gummistiefel nervten sie. Sie hätte ihre alten Sportschuhe anziehen sollen, aber daran hatte sie gar nicht gedacht und hoffte, dass sie durch das Scheuern keine Blasen bekommen würde.

Der letzte Bissen Brot verschwand in ihrem Mund, da spürte sie, wie die Erde unter ihr leicht bebte, und nahm ein Fahrzeug wahr, das sich von hinten näherte. Sia machte Platz und wich auf den Grünstreifen aus.

Das Fahrzeug kam näher. Das Dröhnen der Maschine ging ihr durch Mark und Bein. Jemand hupte sie an. Sia versuchte, noch weiter am Rand zu gehen. Der laute Traktor hinter ihr hupte noch einmal. Sia war genervt, würde sie weiter ausweichen, würde sie noch im Graben landen. War der Traktor wirklich so breit, dass er sie nicht umfahren konnte?

Als sie sich umsah, fuhr diese riesige Landmaschine in Schrittgeschwindigkeit neben ihr her. Es war das Fahrzeug vom Hof nebenan.

»Ich kann dich ein Stück mitnehmen!«, rief ihr Ylvie durchs offene Fenster und stoppte das Ungetüm.

Sia war heilfroh, vergessen waren die beklemmenden Gefühle von vorhin. So wäre sie früher zu Hause und müsste nicht zwei Stunden durch die Pampa wandern.

Sie kletterte die Streben zum Fahrerhaus hoch. Als sie die Beifahrerseite öffnen wollte, hielt sie Ylvie auf. »So nicht. Du kannst dich am Geländer festhalten«, sagte sie und deutete mit einem Blick auf Sias dreckige Kleidung.

Daran hatte Sia gar nicht gedacht. Ein wenig beschämt nickte sie und hielt sich fest. Es ruckelte etwas, sie fühlte sich unsicher, aber der Traktor fuhr nicht allzu schnell und die Straßen waren unbefahren.

»Machst du das schon lange?«, fragte Sia, dabei glaubte sie nicht, dass Ylvie sie wegen des lauten Motors hören würde. Aber sie nickte und sah wieder so unzufrieden aus. Als sie gelächelt hatte, hatte es Sia besser gefallen.

Sia fühlte sich fehl am Platz und Ylvie half ihr nicht gerade bei einem guten Gefühl. Sie hätte sich gerne mit ihr darüber unterhalten, wie es für sie als Jungbäuerin war. Schließlich war der Beruf des Bauern doch eine Männerdomäne.

Ylvie war sicher auf dem Weg zu den Feldern. Jetzt besaßen sie auch die Felder, um den alten Hof ihres Opas. Ihre Mutter hatte einst erzählt, dass Onkel Mario sie verkauft hatte, um den neuen Stall zu finanzieren.

Nach einer gefühlten Ewigkeit kamen sie endlich an ihrem Ziel an. Um ehrlich zu sein, wäre Sia die Strecke lieber gelaufen, anstatt sie stumm mit Ylvie zu verbringen.

Als Sia absprang, fuhr Ylvie gleich weiter. Sie gab Sia nicht einmal die Chance, sich zu bedanken.

Auch wenn Sia sich mies fühlte, zwang sie sich ein Lächeln auf und winkte Ylvie zum Abschied zu.

Der Bauernhof von Holger war größer als der von Ylvie. Etwas verloren eilte Sia zum Haus und klopfte an. Ein junger Mann machte ihr auf und schien in Eile zu sein. Doch als er Sia vor der Tür erblickte, nahm er sich die Zeit. Besonders, um die fremde Frau genauer zu betrachten.

Holger wirkte ein wenig jünger als Sia, er war groß und breit. »Hallo«, sagte er und grinste. Über seinem Hemd trug er eine Weste. Auf den ersten Blick sah er aus wie ein recht attraktiver Altbauer.

Sia reichte ihm die Hand und setzte ihr freundlichstes Lächeln auf. »Hallo, ich bin Sia vom Bergmanns-Hof. Ich habe leider ein kleines Problem«, sagte sie gleich.

»Dann lass mal hören«, meinte Holger und trat schmunzelnd aus dem Haus, die Augen noch bei Sia.

»Meine Kühe machen derzeit ein wenig viel Mist und ich muss etwas loswerden«, erklärte sie verlegen.

Holger nickte. »Dünger kann ich immer gut gebrauchen«, antwortete er mit einem strahlenden Lächeln. »Acht Euro pro Kubikmeter«, war gleich sein Angebot.

Sia musste kein Händler sein, ihr Bauchgefühl sagte ihr bereits, dass das ein mieser Preis war. Aber dann wäre sie den Mist los und Sia könnte neue Gülle anlegen.

Sie streckte die Hand aus. »Zwölf Euro!«, verhandelte sie selbstsicher.

Holger schlug ein. Sia konnte die rauen Schwielen auf ihrer weichen Haut spüren. Es bereitete ihr unerwartet eine Gänsehaut.

»Okay.« Er lachte. »Dazu ein Kneipengang, sollte passen.«

Das war hinterhältig. »Ich muss besser handeln lernen«, sagte sie und grinste.

Holger wirkte zufrieden. »Ich komme dann morgen vorbei«, schlug er vor und schaute Sia noch immer so begeistert an. Ihr war es nicht wirklich unangenehm. Im Gegenteil, es bereitete ihr Herzklopfen. Es war ewig her, dass jemand sie so angesehen hatte.

»Das klingt gut.« Sia verabschiedete sich und wollte den beschäftigten jungen Mann nicht aufhalten.

»Nicht etwa zu Fuß?«, rief er Sia nach.

»Ist schon in Ordnung«, rief sie zurück. Sie lächelte und ging weiter.

»Nein, warte. So geht das nicht«, meinte Holger. Er schien den Prinzen in Ritterrüstung spielen zu wollen und Sia tat es ganz gut, dass sich jemand um sie bemühte. Was hätte sie nicht alles dafür gegeben, wenn Dario so zu ihr wäre.

Bei Holger durfte sie im Fahrerhaus mitfahren, aber ihre Stiefel musste Sia doch draußen lassen.

Der Traktor, den Holger fuhr, war in etwa so groß wie der von Ylvie. Aber er schien nicht so modern.

»Bist du den ganzen Weg zu Fuß gekommen?«, fragte er, während sein Blick auf die Straße gerichtet war.

»Nein«, antwortete Sia. »Ylvie war so nett und hat mich hergefahren.« Dass sie sich draußen an den Sprossen festhalten musste, verschwieg sie.

Holger hob die Augenbrauen und gab ein verwundertes »Aha« von sich. Sia sah ihn an, sie hätte zu gerne gewusst, was er damit andeuten wollte, aber ließ es sein. Sie mochte nicht mehr über Ylvie sprechen. Dennoch brannte ihr die eine Frage unter den Fingernägeln. Nach einer Weile hielt sie es nicht mehr aus.

»Ist die immer so unfreundlich?«, fragte sie.

Holger schmunzelte und zuckt mit den Schultern. »Sie ist eine tüchtige Frau und kann sich behaupten.«

Es war keine wirkliche Antwort auf ihre Frage, aber das Thema Ylvie reichte für heute. Sia wollte dieses merkwürdige, beklemmende Gefühl nur noch loswerden.

»Ich habe dich noch nie gesehen«, sagte Holger schließlich.

Sia lächelte. »Meiner Tante geht es nicht so gut. Tante Evie ist die älteste Schwester meiner Mutter.«

»Ah, jetzt verstehe ich.« Holger nickte. »Das ist gut, dass du da bist. Wenn man auf dem Bauernhof alleine ist, geht man in Arbeit unter. Mario hat das ganz gut hinbekommen, doch nach der Milchkrise 2009 und seiner Krankheit ging es bergab. Die Discounter haben wieder einmal Druck gemacht, der Bauer hat von der Molkerei für seine Milch nur noch 30 Cent pro Liter bekommen. Die Großen diktieren dir einen Preis, während Futter für das Tier und alles andere teurer wird. Trotz Krebs hatte er sich abgeschuftet.«

Holger warf Sia einen nachdenklichen Blick zu. Er hatte sich in ihrer Nähe so gut gefühlt, dass er, ohne groß zu überlegen, drauflos geplappert hatte. Sie waren auf dem Dorf und er ziemlich gut informiert. Sia nahm es ihm nicht übel, hier kannte man sich noch. Es war nicht so unpersönlich wie in der Stadt.

Holger fuhr auf den Bergmanns-Hof und ließ Sia vor dem Haus raus. »Ich freu mich schon auf mein Bier!«, rief er ihr zu, als er wendete und davonfuhr.

Sia winkte ihm gut gelaunt nach. Der kleine alte Traktor ihrer Tante stand in der Scheune. *Sie ist schon zurück?*

Die Haustür öffnete sich. »Du bist zum Arbeiten hier und nicht auf Männerschau«, schimpfte ihre Tante gleich.

»Ich habe gearbeitet!«, wehrte sich Sia. »Außerdem, warst du schon im Kuhstall und hast gesehen, was ich geleistet habe? Ich war unterwegs, um mich um die Gülle zu kümmern, die bis zum Rand voll ist!«

»Was bezahlt er?«, wollte Tante Evie wissen. Nicht mal ein Danke bekam Sia für ihre Mühe.

Eingeschnappt verschränkte sie die Arme vor der Brust. »Zwölf Euro.«

»Das ist viel zu wenig!«, rief Tante Evie aus.

Empört folgte ihr Sia ins Haus. »Niemand will die überschüssige Gülle haben, weil die Tiere krank sind. Übermorgen kommt auch der Tierarzt. Die Hufe der Tiere sehen schrecklich aus.«

»Was?!« Tante Evie stand kurz davor, auszurasten. »Hufpflege machen wir selbst am Hof!«

Sia war nicht mehr zu halten. »Das sieht man ja! Die Kühe stehen, als hätten sie X-Beine!«

»Ich kann mir das nicht leisten! Ich bin alleine!« Tante Evie blieb stur, sie wollte keinen Tierarzt auf ihrem Hof.

»Ich bezahle das! Ich bin jetzt da!«, rief Sia, sodass es ihr im Hals kratzte. Wenn das Dorf sie nicht gehört hatte, dann die Nachbarn von nebenan.

Tante Evie sah sie an, sie erwiderte nichts mehr und humpelte ins Wohnzimmer, wo sie auf dem Sofa ihr Bein hochhob.

Sias Herz klopfte, sie war explodiert, obwohl das gar nicht ihre Art war. Sie räusperte sich und sah den dick angeschwollenen Knöchel ihrer Tante. Das schlechte Gewissen ließ nicht lange auf sie warten. Sia ging rüber zur Küche, öffnete vom Kühlschrank das Kühlfach und suchte nach Eisbeuteln, doch fand lediglich eine Tüte gefrorener Erbsen. Sie brachte sie ihrer Tante und legte sie ihr vorsichtig auf den Fuß, wodurch sie wehleidig aufstöhnte.

»Du hast sicher Hunger«, sagte Sia. »Ich koch etwas. Du bleibst liegen und ruhst dich aus.«

»Ich muss aber noch …«, motzte ihre Tante gleich los.

»Ich mach das schon!«, wurde Sia wieder laut. »Ich lege das Stroh aus, fütter die Kühe und melke sie. Einigermaßen weiß ich noch, wie es geht. Der Automat ist noch der, den Opa bedient hat.«

Tante Evie schaute mürrisch.

»Fängt nicht gleich dein Tatort an? Mach den Fernseher an und lass mal gut sein«, erwiderte Sia auf ihren wütenden Blick.

In der Küche schaute sie sich nach den Vorräten um. Als sie ein Glas Würstchen fand, dachte sie an die leckere Kartoffelsuppe ihrer Oma Erla. Im Kochbuch suchte sie im selbst angelegten Inhaltsverzeichnis. Ihre Großmutter war sehr penibel gewesen, aber nur so schaffte man es, Bäuerin zu sein. Sia fand das Rezept und krempelte die Ärmel hoch.

»Würstchensuppe, auch ohne Würstchen sehr lecker«, las Sia leise für sich vor und stellte sich dabei die Stimme ihrer Oma vor. Sie hatte die alte Frau bildlich vor sich, mit ihrem Bauernkleid und ihrer Schürze, mit ihrer breiten Hüfte und ihrem üppigen Busen. Immerzu stemmte sie die Hände an die Hüfte. Dann, wenn sie schimpfte oder nachdachte.

»Portionen vier bis sechs Leute.« Sia tippte auf die Zeile mit der Handschrift einer längst verstorbenen Frau. Wie schön, dass sie diese Erinnerungstücke zurückgelassen hatte.

Die Portionen kamen Sia auf den ersten Blick zu viel vor. Aber sie war ja nicht wie sonst alleine. Vielleicht könnten ihre Tante und sie die nächsten Tage davon essen. Bekanntlich schmeckte ein Eintopf besser, je länger er zog.

»Eine große Gemüsezwiebel«, nuschelte Sia vor sich hin und suchte in den Schränken. Sie fand keine und wollte ihre Tante nicht beim Fernsehen stören. Ohne Zwiebel würde es auch funktionieren. Sia war zwar zum Heulen, aber durch eine Zwiebel musste es nicht unbedingt sein.

»Zwei bis drei große Kartoffeln schälen, waschen und in Würfel schneiden.« Sia fand ein altes Netz, in dem runzelige Knollen lagen. Die waren gekauft. Früher hatte ihre Oma sie selbst angebaut und über den Winter gut eingelagert. Sia wusch sie, schälte die dicke Schale und würfelte die gelbe Knolle, wie ihre Oma es aufgeschrieben hatte.

»Mit zwei Esslöffel Öl und einem EL Butter leicht anbraten.« Sia fand das Öl, aber im Kühlschrank war keine Butter. Auch die hatte ihre Oma Erla im Fass selbst gestampft. Sie war fest, aber schmeckte nach guter Milch. Die Erinnerung ließ Sia das Wasser im Mund zusammenlaufen. Was würde sie nicht alles für ein Brot mit der dick bestrichenen Butter ihrer Oma tun. Ein bisschen Salz und es wäre perfekt.

Den alten Ofen beheizte Sia mit Holz. Sie wusste nicht genau, wie viel hineingehörte, aber lieber mehr als zu wenig. In das Essen musste Tomatenmark. Sia fand den in der Tube. Sie benutzte es auch zu Hause. Aber sie wünschte sich sehnlichst, den selbst eingekochten ihrer Oma, der, der nicht zu deftig war, sondern mild. Damals hatten ihre Großeltern hinter dem Haus ein Gewächshaus gehabt, in denen die dicken wulstigen Früchte heranwuchsen. Schon von Weitem roch man den würzigen Geruch der Pflanzen.

Sia briet das Tomatenmark mit den Kartoffeln an, löschte den Sud mit Wasser. Früher nahm ihre Großmutter Rinderbrühe, die sie selbst eingekocht hatte. Etwas vorwurfsvoll sah Sia zu ihrer Tante, die sich ins Fernsehprogramm vertieft hatte. Ihre Nichte nahm einen Beutelclip und eine Schale zur Hand. Evie schien es gar nicht mitzubekommen, wie Sia die Erbsen kurz von ihrem geschwollenen Knöchel nahm, um die Schale damit zu füllen.

Danach schloss sie den Beutel und legte ihn zurück auf die Schwellung.

Eine halbe Stunde sollte nun das Essen köcheln. Zehn Minuten vorher mussten die Würstchen klein geschnitten werden, um sie in die Suppe zu geben. Die kleine Pause gönnte sich Sia und setzte sich ihrer Tante gegenüber auf den Sessel. Gespannt verfolgte Tante Evie das Geschehen im Fernsehen. Gut so, Sia hatte keine Kraft mehr für Auseinandersetzungen.

Je mehr Ruhe Sias Körper bekam, umso mehr spürte sie die Erschöpfung. Sie war ausgelaugt und für den Tag bedient, aber es war eine andere Art der Ermüdung. Sia fühlte sich wohl, als hätte sie ein gutes Training im Fitnessstudio hinter sich.

Nach einer halben Stunde klingelte der Timer auf Sias Handy. Sie stand auf und servierte das sämige Essen in zwei tiefen Tellern.

Es wurde gerade spannend in der Serie. »Danke«, sagte Tante Evie abgelenkt und verfolgte die nächste Szene. Auch Sia hatte die Folge gepackt, dabei war der Sender eher etwas für die ältere Generation.

Tante Evie nahm den ersten Löffel in den Mund und lächelte. »Wie bei Muttern musst du noch üben.«

Sia schaute mürrisch, ihre Tante konnte die Stichelei nicht sein lassen und doch war ihre Nichte zufrieden. Das war das erste Mal heute, dass ihre Tante lächelte.

Während der Verbrecher im ganzen Land von den Kommissaren verfolgt wurde, redete Tante Evie, ohne die Augen vom Bildschirm zu nehmen.

»Du musst noch das Stroh für die Kühe auslegen. Du musst auch noch das Vieh füttern. Das Mischverhältnis habe ich an die Wand geschrieben, um es nicht zu vergessen. Von den Silagen habe ich nicht mehr viel, also musst du mehr Kraftfutter nehmen. Wenn du die Kühe melkst, achte darauf, dass die Euter sauber sind, und eine der Saugpumpen funktioniert nicht einwandfrei, die musst du für den Melkvorgang an die Zitze halten.«

»Gut, mache ich«, gab Sia etwas genervt von sich. Schließlich hatte sie das auch vor.

Als Sia wieder im Stall war, wirkten die Kühe viel zufriedener. Sobald sie die erste Ladung Heu ausgelegt hatte, legte sich gleich eine von ihnen auf das weiche Bett.

Lachend streichelte Sia der Kuh über die Stirn, die ihre liebevolle Berührung genoss. Sia wurde traurig, dass sie kein

Namenshalsband mit Glocke trug, wie ihr Opa einst aus Leder gefertigt hatte. Im Stall nahm er ihnen den Blechschmuck ab, erst wenn es hoch auf die Felder ging, wo die Kühe im Sommer grasen konnten, da hatte er sie ihnen angelegt. Wenn sie davonliefen, waren sie schneller durch das Läuten wiederzufinden. Oder es sollte die Wölfe und Bären abschrecken.

Sia hatte hier noch nie Bären oder Wölfe gesehen. Aber der gemeine Blick von Ylvie hatte schon etwas davon.

»Du siehst aus wie eine Emma«, sagte Sia und streichelte die liegende Kuh noch ein wenig länger. Schließlich kümmerte sich Sia um das Futter. Das Kraftfutter war ihr nicht geheuer. Gepresste, trockene Nahrung konnte doch gar nicht gut für die Kuh sein. Ihr Opa hatte seine Kühe mit Gras oder Heu gefüttert, selbst im Winter gab es nur das gute Fressen.

Es war bereits Schlafenszeit, als Sia endlich mit dem Melken der Kühe fertig war. Sie konnte kaum noch die Augen offen halten und rollte das Tor zum Kuhstall zu. Auch wenn sie müde war, begleitete sie das Gefühl, dass sie heute etwas geschafft hatte und es den Tieren jetzt viel besser ging.

Als Sia über den Hof schlenderte, drang das Gackern der Hühner zu ihr durch, aber keins der Tiere war zu sehen. Neugierig nahm ihr Schritttempo zu und sie ging rüber zum maroden Hühnerstall, der vermutlich beim nächsten Sturm umstürzen würde.

Es war dunkel und es gab kein Licht. Sia zückte ihr Handy und schreckte damit ein paar der Hühner auf. Es stank, Sia hustete. Es war so staubig, dass sie gefühlt jeden Partikel einatmete. Es war genauso schlimm wie im Kuhstall.

Nachdem die Hühner sich einigermaßen an Sias Anwesenheit gewöhnt hatten, saßen sie still auf den Stangen. Sie sahen krank aus, mit wenig Gefieder.

Sia war kaputt, sie wollte nicht mehr die Ruhe der Tiere stören, eine Nacht würden sie so wohl noch überstehen. Auch wenn sie ein ziemlich schlechtes Gewissen hatte. Sia hatte keine Kraft, um ihnen zu helfen.

Zurück im Haus war ihre Tante auf dem Sofa eingeschlafen. Sia musste schmunzeln. Das war ihren Großeltern auch oft passiert. Die Arbeit auf dem Bauernhof war knüppelhart.

Sia schaltete den Fernseher aus und stupste vorsichtig ihre Tante. »Tante Evie«, flüsterte sie. »Du musst ins Bett.«

Ihre Tante schreckte schnarchend auf. Sie war so übermüdet, dass sie sich erst orientieren musste.

»Du bist im Wohnzimmer eingeschlafen.« Sia konnte sich ein leises Lachen nicht verkneifen. »Komm, ich bringe dich ins Bett«, sagte sie und brachte ihre Tante in das alte Schlafzimmer ihrer Großeltern. Sia ließ das Licht aus, das Deckenlicht aus dem Flur reichte. Sie schlug die Decke zurück und half ihrer humpelnden Tante, sich hinzusetzen. Nachdem sie sich hingelegt hatte, deckte sie sie ordentlich zu. »Morgen ist ein neuer Tag«, sagte Sia, wie es ihre Oma immer getan hatte.

Wehmütig verließ sie das kleine Schlafzimmer und zog die Tür zu. Wie in alter Gewohnheit machte sie die Lichter aus und als sie nach oben wollte, übersprang sie die zweite Stufe von unten. Sia hielt im Dunkeln kurz ein, das war etwas, was sie als Kind getan hatte.

Die zweite Stufe von unten quietschte. Ob das nach all den Jahren noch so war? Sia streckte vorsichtig den Fuß aus und stieg auf die vorletzte Stufe, dessen altes Holz sogleich ächzte. Sia konnte nicht beschreiben, was das für ein Gefühl war, aber es gab ihr Sicherheit, eine Art Beständigkeit in dem sich stetig wandelnden Universum. Als würden alle schlafen und die kleine Sia war nur in der Nacht durstig geworden und holte sich etwas zu trinken. Dann jagte ihr plötzlich eine alte Erinnerung nach, wie ihr jemand im gleichen Alter heimlich die Treppe nach oben folgte.

Sia erschrak, ihr Blick suchte die Richtung vom Hof nebenan, aber ihr Unwille, sich an etwas zu erinnern, war stärker. Schon fast panisch kniff sie die Augen zu und hastete die Stufen hoch.

Sia wollte duschen, aber sie war komplett am Ende ihrer Kräfte. »Fünf Minuten, mehr brauche ich nicht«, nuschelte sie und ließ sich aufs Bett fallen, um sich kurz auszuruhen. Kaum schloss sie die Augen, zuckte sie vor Schreck, weil sie glaubte zu stürzen und schlief ein. Keinen Moment dachte sie mehr an Dario.

Kapitel 7

Am nächsten Morgen schlug Tante Evie unliebsam Sias Zimmertür auf. Draußen war es noch stockdunkel.

»Aufstehen«, brummte die alte Frau ungeduldig. »Ich ruf dich schon die ganze Zeit.«

»Lass mich noch ein bisschen schlafen«, moserte Sia und zog die Decke über den Kopf.

»Du hast genug geschlafen. Unten steht Frühstück. Die Kühe haben Hunger und müssen gemolken werden. Sonst mach ich das«, drohte Tante Evie regelrecht.

»Ist ja gut«, gab Sia gequält von sich und richtete sich wie eine Marionette mit schlaffen Gliedern auf.

»Beeil dich!«, rief ihre Tante, die die Treppe herunterhumpelte.

Sia war noch von gestern angezogen. Sie kämmte sich nicht einmal die Haare, sondern drehte den Zopf neu ein, verschwand kurz auf Toilette und kam ihrer Tante nach.

»Heute machst du nichts mehr«, schimpfte Sia und setzte sich an den Esstisch.

Tante Evie sah sie an. »Wir teilen uns die Arbeit, dann ist es leichter für mich. Ich bin wieder auf den Feldern und du kümmerst dich um die Tiere.« Ehe Sia Einwände erheben konnte, fiel ihr ihre Tante ins Wort. »Das Futter ist knapp, ich muss zusehen, dass ich dieses Jahr mehr anbaue. Damit die Kühe nicht auf das Kraftfutter angewiesen sind.« Das Letzte sprach sie leise aus.

Tante Evie war dem Futter gegenüber wohl auch skeptisch.

»Ich mach beides«, erwiderte Sia. »Der Kuhstall muss ja nicht mehr komplett ausgemistet werden, ich säubere schnell die Durchgänge. Heute kommt auch Holger vorbei, um die überflüssige Gülle abzuholen.«

Tante Evie schaute böse, woraufhin Sia einlenkte. »Er lässt dir so viel übrig, dass du deine Felder noch düngen kannst.« Dennoch grummelte die alte Frau.

Sia schmierte sich müde ein Brot und nahm einen Schluck vom viel zu starken Kaffee. Aus dem Augenwinkel sah sie zu ihrer Tante, die einen Bissen von ihrem Käsebrot nahm.

»Die Hühner sehen nicht gesund aus«, traute sich Sia zu sagen.

Tante Evie seufzte. »Ich konnte die Tiere nicht mehr reinholen, also musste ich sie drinnen lassen. Ich war nur noch froh, dass ich es geschafft habe, sie zu füttern. Der Stall müsste größer sein, aber

…« Sie brauchte nicht weitersprechen, Sia wusste, dass es am Geld mangelte.

»Die von nebenan beschäftigen eine Aushilfskraft …« Sia kam nicht dazu, auszusprechen. Ihre Tante wurde wütend.

»Wovon soll ich den denn bezahlen? Aus den Rippen kann ich es mir nicht schneiden.«

Sia wurde still, verdiente ihre Tante wirklich so wenig?

»Der Ausbau des Kuhstalls hat uns das Genick gebrochen. Ich wollte es zu Anfang gar nicht, aber Mario … er war so begeistert. Mehr Kühe würden mehr Verdienst bringen und, und, und. Aber nach der Milchkrise war gar nicht mehr daran zu denken. Jedes Jahr haben wir es gerade so geschafft, uns über Wasser zu halten. Aber ohne deinen Onkel konnte ich der Arbeit nicht mehr nachkommen.«

Es wurde kurz still zwischen ihnen, bis Sia wieder das Wort ergriff. »Warum hast du den Hof damals nicht verkauft?« Sia war darauf vorbereitet, dass ihre Tante ausrasten würde, aber sie erntete lediglich einen bösen Blick.

»Ich kenne nichts anderes«, antwortete Tante Evie streng. »Während meine Geschwister weiter die Schulbank drückten und ihr Leben lebten, war ich es, die unseren Eltern unter die Arme gegriffen hat. Ich wäre als junges Ding auch gerne in die Stadt gezogen, aber dann wären meine Eltern ganz alleine gewesen. Ich habe die Schule abgeschlossen und bin direkt in den Familienbetrieb mit eingestiegen. Die anderen wollten ja nicht arbeiten.« Mit den anderen meine Tante Evie ihre jüngeren Geschwister. »Es hat ihnen zu sehr gestunken, war ihnen zu schwer. Als würde ich es nicht riechen, wenn es stinkt. Als wäre ich nicht müde, nachdem ich mich um die Kühe gekümmert habe. Sie konnten das alles hinter sich lassen, ich aber nicht«, gab Tante Evie gehässig von sich und nahm einen kräftigen Schluck von ihrem Kaffee. »Natürlich fällt es ihnen leicht, zu sagen, dass ich den Hof verkaufen soll. Aber das ist mein Zuhause. Ich bin hier geboren und aufgewachsen. Ohne den Hof wäre ich heimatlos.« Tante Evies zynische Art ging in den letzten Worten unter. Sie stand auf, nahm sich ihre Jacke und humpelte zur Tür raus.

Sia wurde innerlich still. Sie war auch so jemand, der das alles hinter sich gelassen hatte.

*

Sia säuberte den Kuhstall, gab den Kühen ihr Futter, wobei sie wieder ihre Bedenken hatte. Vielleicht waren die Kühe wegen des Futters so matt und antriebslos?

Das Tor ging auf. Verwundert schaute Sia auf, als ihre Tante mit Krücken herein kam. Sie konnte es wahrscheinlich nicht sein lassen und musste Sia kontrollieren. Dabei hatte gestern auch alles gut ohne ihre Hilfe geklappt.

»Du solltest zum Arzt«, nörgelte Sia.

»Ja, ja«, meinte ihre Tante und humpelte rüber zu den Kühen, die schon an der gefliesten kleinen Melkstation standen. Auch wenn der Stall relativ neu war, wirkte die Station wie ein Anbau. Über eine Rampe gelangten vier Milchkühe auf eine Erhöhung und konnten angeschlossen werden.

Mit geübten Griffen reinigte Tante Evie die Euter und schloss die Zitzenbecher an, dabei ging sie ein wenig rabiat um. »Du musst den Euter stimulieren, dann geben die Kühe gleich viel mehr Milch. Die Kälber machen es nicht anders«, lehrte sie ihre Nichte.

Sia sah sich im Stall um, es war ihr schon gestern aufgefallen, aber sie hatte so viel zu tun, dass sie ganz vergessen hatte zu fragen.

»Wo sind eigentlich die ganzen Kälber?« Der Hof damals war ein Mischbetrieb gewesen. Sie hatten das Futter selbst angebaut, mit Milchkühen und deren Aufzucht.

»Ich habe sie alle an den Metzger verkauft, weil ich mich nicht mehr um sie kümmern konnte. Die anderen Betriebe hatten ihren eigene Nachzucht.« Tante Evie antwortete klar, doch ihr Blick war so traurig, dass Sia nicht wütend auf sie sein konnte. Ihr kamen schon fast selbst die Tränen.

In der Zeit, in der die Kühe gemolken wurden, schwiegen sie sich an. Wie schrecklich es für die Kühe sein musste, ohne ihre Kinder zu sein und dafür einen unersättlichen Milchkasten zu stillen.

Nachdem die Kühe umsorgt waren, ließ sich Tante Evie nicht aufhalten und verließ den Hof.

In der Zwischenzeit hatte sich Sia vorgenommen, sich um die Hühner zu kümmern. Sie öffnete die Holztür, da kamen ihr schon drei von ihnen entgegengeflogen und flüchteten nach draußen.

Sia lachte über den plötzlichen Ausbruch, musste aber husten, weil es im Hühnerstall so staubig war. Sie nahm den dünnen Schal um ihren Hals und band daraus ein Mundschutz. Sie jagte die anderen Tiere raus, nur der Hahn wehrte sich. Doch gegen den Besen kam er nicht an und folgte seinen Damen aufgebracht.

Der Kot war überall und vertrocknet. Trotz Mundschutz würde sich Sia vermutlich die Vogelgrippe einfangen. Sie bürstete den Dreck zusammen und kam doch nicht dagegen an. Sie ärgerte sich, weil der Stall so klein war und das Holz der Wände verwittert. Sia dachte gleich an den Riss im Haus. Ehe sie sich weiter in ihre Wut steigern konnte, entdeckte sie in den alten Legeboxen frisch gelegte Eier und freute sich, als hätte sie einen Schatz gefunden. Überglücklich suchte sie die Eier zusammen und legte sie vorsichtig in einen Eimer.

Als es einigermaßen sauber war, verließ Sia den maroden Stall. Die Hühner hatten sich mittlerweile beruhigt, sie pickten und scharrten zufrieden auf dem Hof. Sie waren sogar bis zu den brachliegenden Feldern rund ums Grundstück gelangt. Nebenan waren sie nicht, der Boden war betoniert. Auch wenn die Hühner nun draußen waren, sahen sie mit ihrem zerrupften Federkleid erbärmlich aus. Sobald der Tierarzt kam, würde Sia ihn darauf ansprechen.

Sia nahm den Eimer. Auf dem Hof nebenan war nichts los. Ob Ylvie auf den Feldern war oder im Büro? Zögerlich ging Sia zum Koppelzaun rüber, der die beiden Höfe trennte, die nicht unterschiedlicher sein konnten. Das Alte und das Neue, genau an diesem Zaun kreuzte sich die Zeit. Sia sah in den Eimer, in dem die gefiederten Eier lagen. Auch wenn die Hühner kränklich wirkten, hätte Sia nichts gegen ein wachsweiches Ei.

Sie wollte rüber und sich bei Ylvie für ihre Hilfe bedanken. Aber irgendwie kam sie kein Stück weiter. Es war, als würde ihr Geist ihren Körper festhalten. Sia verließ der Mut, sie wendete sich vom Zaun ab und ging mit ihren Eiern zurück ins Haus.

An der Kommode neben der Tür suchte Sia nach einem Telefonbuch, fand dafür diesmal ein altes verlottertes Adressbuch. Sie suchte nach einem Zimmermann und fand sogar einen, den sie gleich anrief.

»Zimmermann!«, meldete sich der junge Mann am Telefon. Sia musste lachen, er hieß wirklich Zimmermann mit Nachnamen.

»Hallo, mein Name ist Arens. Ich rufe vom Bergmanns-Hof an. Das Haus hat ein Riss in der Fassade, ob Sie sich das vielleicht anschauen könnten?«

»Ja, natürlich!«, gab der Mann auf der anderen Seite tatkräftig wieder. »Ich komme die Tage rum, wenn ich Zeit habe.«

»Das klingt gut. Ich freue mich.« Sia legte auf und war voller Tatendrang, obwohl sie müde war und ihr jeder Knochen von gestern schmerzte.

Sie hörte einen Traktor, der einige Augenblicke später auf den Hof fuhr. *Holger!* Endlich ging es auf dem Hof weiter. Ein Problem nach dem anderen, Sia war so erleichtert. Sie trat über die Türschwelle und winkte ihm zu.

Holger strahlte übers ganze Gesicht und Sia fand ihn noch eine Spur attraktiver als gestern. Langsam, aber sicher entwickelte sie eine Vorliebe für liebevolle Jungbauern.

Holger drehte auf dem Hof, sodass er rückwärts mit seinem Anhänger in die Nähe des Silos kam. Er sprang vom Traktor ab und schloss gleich einen Schlauch an, der die Gülle abpumpte. Es stank höllisch, aber Sia hatte sich mittlerweile daran gewöhnt und Holger schien es nicht zu stören.

Sie kam ihm entgegen und er lächelte noch immer. »Also nächste Woche Freitag nehm ich dich dann mit«, verkündete er mit Dialekt und dennoch verstand Sia jedes Wort. Sie lachte, der Kneipengang würde ihr wirklich guttun.

»Seit dein Onkel tot ist, ist alles schwieriger für deine Tante geworden. Habe gestern noch mit meinem Vater darüber gesprochen, dass du bei uns warst. Früher hatte Mario noch 160 Tiere, jetzt nicht mal mehr die Hälfte. Da schrumpft auch der Verdienst und als Milchbauer bricht dir gewaltig etwas weg.« Sia hörte ihm gespannt zu. »Hab gehört, dass Biobauern gefragt sind.« Es war dieses einzige Wort in diesem Satz, was Sia wirklich aufhorchen ließ. *Biobauer*?

Holger fuhr fort. »Aber erst mal die ganze Umstellung. Es muss ja auch finanziert werden und die Subventionen vom Staat reichen da meist nicht aus. Hier in Deutschland werden die Richtlinien verschärft, wodurch dem Bauern mehr Kosten entstehen und das Ausland darf frei Schnauze sein Billigzeug einliefern.« Holger schien richtig angefressen über das Thema zu sein. Er hatte es auch schon gestern angesprochen. Der Verlauf des Gespräches kam Sia recht bekannt vor.

»Mein Vater sagt das auch oft«, gab sie leise von sich.

»Die kleinen Bauern haben eigentlich keine Chance mehr, von ihrer Landwirtschaft zu leben. Aber es ist der Bauer, der den Menschen nährt.« Holger senkte kopfschüttelnd den Blick und stemmte die Hände an die Hüfte. »Wenn jeder regional und saisonal kaufen würde, wäre die Welt um einiges gesünder.«

»Ja, das stimmt.« Sie lächelte. Sie mochte es, dass Holger nicht aufbrausend geworden war. Es war doch ein Thema, an dem man sich aufreiben konnte.

Aus der Ferne drang der Laut eines Traktors, der die Straße hochfuhr. »Der hört sich nicht mehr gut an«, bemerkte Holger.

Es war Tante Evie mit ihrem kleinen Schrotthaufen auf großen Rädern, die die holprige Auffahrt hochkam. Holger winkte Evie zu und drehte dann den Hahn ab. Es war nur diese kleine Geste, die Sia begeisterte. Dario hatte nämlich nie Lust auf Sias Familie. Sias Mutter regte sich oft auf, wenn sie Dario im Supermarkt oder irgendwo anders traf, er erst so tat, als würde er sie nicht kennen, oder übersehen. Sia wusste, dass er einfach nicht schnell genug die Flucht ergreifen konnte. Es tat Sia weh, auch wenn sie verstand, dass Dario sich ungern mit Fremden unterhielt, aber das war ihre Familie.

Als sie wieder an ihn dachte, fiel ihr ein, dass er sich noch nicht bei ihr gemeldet hatte. Vielleicht war er eingeschnappt, weil er die Idee, dass Sia bei ihrer Tante war, um ihr auf dem Bauernhof zu helfen, idiotisch fand. *»Wer ist denn heutzutage noch Bauer?«*, hatte er gespottet.

Holger schenkte Sia noch ein Lächeln, ehe er den Traktor startete. »Ich hol dich dann um sieben ab«, sagte er. Sie winkte ihm zu und half dann ihrer Tante den Traktor runter, weil sie ihre Schwierigkeiten hatte. Als sie Tante Evies enorm angeschwollenen Knöchel sah, schimpfte sie.

»So geht das nicht weiter! Nicht mal mehr dein Knöchel ist zu sehen. Du wirst morgen zum Arzt fahren«, grollte sie.

»Wie soll ich dahin kommen?«, stöhnte Tante Evie ausgelaugt.

»Ich rufe dir ein Taxi«, meinte Sia und ehe ihre Tante etwas erwidern konnte, fiel sie ihr ins Wort. »Ich bezahle!«

Im Haus nahm Tante Evie am Küchentisch Platz, sie legte ihr Bein auf den Stuhl neben sich und verschnaufte. Sie hatte starke Schmerzen und doch zwang sie sich zur Arbeit. Der Hof bedeutete ihr wohl alles.

»Warum zwingst du dich?« Sia legte ihr die gestrigen Tiefkühlerbsen aus dem Eisfach auf den Fuß.

»Die Kühe müssen fressen, das Zeug, was sie notgedrungen haben, tut ihnen nicht gut«, erklärte sie angespannt. Ein Thema, das auch ihr an die Nieren ging.

Als die Erbsen die Schwellung kühlten, wurde Tante Evie ruhiger. »Mit deinem Onkel war alles leichter. Er wusste sich immer zu helfen.« Ihr Blick ging zu Boden, auch nach drei Jahren saß die Trauer tief. »Jetzt habe ich zumindest die Felder sauber. Wenn es mir besser geht, fahre ich gleich wieder raus, um den Boden zu lockern.«

»Nein, das wirst du nicht«, tadelte Sia.

»Wer soll es dann sonst machen?«, gab ihre Tante gereizt von sich.

»Das mache ich«, erwiderte Sia.

»Du hast ja keine Ahnung wie«, zeterte sie.

»Du erklärst es mir und fertig.«

Während ihres Schlagabtausches erwärmte Sia die Reste vom Vortag. Nachdem der angedickte Eintopf aufgekocht war, stellte Sia erst ihrer Tante, dann sich selbst einen Teller auf den Esstisch.

»Der Holger ist schon ein fleißiger Junge«, merkte Tante Evie an und rührte in der heißen Pampe. »Er kommt von 'nem guten Hof.«

Endlich hatte sie mal etwas Nettes zu sagen.

»Nächste Woche Freitag will er mich mit zur Dorfkneipe nehmen«, meinte Sia daraufhin.

Tante Evie nickte. »Er ist eine gute Partie.«

Sia lachte. »Nur weil ich mit ihm einen trinken gehe, heißt es nicht, dass ich seine Braut werde.«

»Auf dem Land ist es ein wenig anders.« Tante Evie zuckte mit den Schultern, als wäre es selbstverständlich und jeder müsste die Marotten hier kennen.

»Ich bin aber nicht vom Land.« Sia war amüsiert. Als würde man durch einen Gefallen jemand ein Ja-Wort schulden. »Ich bin am Ende des Monats eh wieder weg.«

Tante Evie wurde still und sah auf ihren Teller.

Anscheinend hatte das, was Sia gesagt hatte, ihre Tante getroffen. Aber warum? Sie war doch kein Stück mit Sias Hilfe zufrieden.

Kapitel 8

Am nächsten Tag verabschiedete Sia ihre Tante in das wartende Taxi. Sie hatte ihr Geld in die Hand gedrückt, was sie ungern annahm, und doch ließ sie es sich nicht nehmen, Sia auf ihre Arbeiten aufmerksam zu machen.

»Vergiss nicht, die Hühner zu füttern und sie wieder einzusammeln. Die Kühe müssen pünktlich gemolken werden, sonst schmerzen ihnen die Euter und wenn sich alles entzündet, kann ich die Milch gleich wegschütten.«

»Ja, ich denke daran«, gab Sia genervt von sich und stöhnte hörbar. Während sie ihre Tante drängen musste, fuhr ein kleiner Transporter den Hof hoch. Auf seitlichen Logos erkannte man direkt, dass es der Landtierarzt war, den Sia die Tage angerufen hatte.

Tante Evie wollte aus dem Taxi, um den Tierarzt zu sprechen, aber Sia schlug die Tür zu. »Ich mach das schon!«, meinte sie schroff. Der Taxifahrer nahm es zum Glück als Zeichen und fuhr die Ausfahrt runter.

Sia kam dem Mann im Transporter entgegen. Er lächelte und begrüßte sie mit einem festen Händedruck.

»Hallo, ich bin Jürgen«, stellte er sich mit Vornamen vor, was Sia ziemlich nett fand.

»Freut mich«, sagte sie und strahlte vermutlich wie ein Honigkuchenpferd. »Ich bin Sia.«

Jürgen war wesentlich älter als sie und doch wirkte er mit seinem leicht ergrauten Haar fit und agil. Er war Brillenträger, was ihn belesen aussehen ließ. Was er als Tierarzt sicher auch war.

Sia begleitete Jürgen in den Stall. »Mir bereiten die Hufe der Tiere Sorge. Sie stehen nicht richtig und bewegen sich, als hätten sie Gelenkbeschwerden.« Sie wollte es nicht sagen, aber musste. »Sie haben lange keine Hufpflege mehr bekommen und standen im eigenen Mist.«

Jürgen hatte seinen schwarzen Arztkoffer dabei. Als sie das Tor passierten, staunte er nicht schlecht. »Der Stall ist schön trocken.«

Sia freute sich und fragte sich gleichzeitig, ob er schon einmal hier gewesen war und die Missstände gesehen hatte.

»Ihr Fell ist matt und die Kühe wirken müde. Ich frage mich, was ihnen fehlt«, meinte sie.

»Dafür, dass ich dich das erste Mal auf dem Hof sehe, hast du ziemlich Ahnung von den Tieren«, stellte Jürgen fest.

Sia streichelte eine der Kühe und lächelte verlegen. »Ich weiß nicht wirklich viel, aber ich bin sozusagen auf dem Bergmanns-Hof aufgewachsen. Ich bin die Nichte von Evie«, erklärte sie schließlich.

Jürgen schmunzelte. »Ich kannte deinen Opa noch, da hatte ich erst als Tierarzt angefangen.«

So alt schien er dann doch nicht zu sein.

»*Die Kuh kann nicht sprechen, deswegen müssen wir sie aufmerksam beobachten.*« Gemeinsam wiederholten sie das Lieblingszitat von Opa Pepe und lachten. Seit Sia auf dem Hof war, war sie ungewohnt flirty und ließ es sich nicht nehmen, Jürgen ein wenig länger in die braunen Augen zu sehen.

Schließlich räusperte sich der Tierarzt und machte sich an die Arbeit. Er stellte sich neben eine der Kühe und klopfte ihr ans Hinterbein, das sie gleich aufstellte. Er dachte nach, nachdem er sich den Huf genauer angesehen hatte.

»Die Hufe müssen ordentlich gestutzt werden. Bei allen. Ich könnte das übernehmen, aber das wird zu teuer. Außerdem bin ich nicht so geübt wie der Fachmann. Ich mache das nur bei Kühen, bei denen es wirklich akut ist. Ich würde dir einen professionellen Klauenschneider empfehlen.«

»Hast du vielleicht eine Adresse oder Telefonnummer für mich?«, fragte Sia. Jürgen ließ sich kein zweites Mal bitten. Aus seinem Koffer brachte er sein Adressbuch hervor, zwischen den Seiten blätterte er nach einer Visitenkarte und reichte sie Sia.

»Helmut ist ziemlich geübt und macht das professionell. Er nimmt ein wenig mehr, aber dafür hat er eine Maschine, in der er die Kühe stabilisieren kann und sie nicht austreten. Er legt auch Datenblätter für jede Kuh an, sodass man beim nächsten Schneiden weiß, bei welcher Kuh es Probleme gab.«

Sia studierte die Visitenkarte, sie würde später anrufen und nachfragen.

Jürgen schaufelte das Kraftfutter der Tiere in die Hand. »Das ist minderwertiges Futter. Vermutlich geht es den Kühen deswegen nicht gut. Kraftfutter gibt die meiste Energie, Weizen, Soja, Mais. Alles schön kompakt gepresst. Aber es greift den Magen der Kuh an, weil es nicht wiedergekäut wird, was die Speichelbildung hemmt«, erklärte er geduldig. »Dabei schützt der Speichel den Pansen vor der Übersäuerung. Die Azidose führt zur Störung des Säure-Basen-Haushalts. Die Mikroben sterben ab, so gelangen

Giftstoffe ins Blut, was zu Stoffwechselstörungen und Leberschäden führen kann.« Jürgen seufzte, warf das Futter zurück und klopfte sich die Hände sauber. »Es zieht einen ganzen Rattenschwanz mit sich. Die Kuh hat ein geschwächtes Immunsystem, braucht öfter Medikamente, was früher oder später zur Unfruchtbarkeit führt und dann taugt sie nur noch fürs Schlachten.«

Sia war noch nie fachlich aufgeklärt worden und erschrak ein wenig vor dem Futter. Ihr Bauchgefühl hatte ihr schon gesagt, dass es nicht gut sein konnte, aber so schlimm hatte sie es nicht erwartet.

»Es sollte definitiv mehr Silage als Kraftfutter sein«, meinte Jürgen.

»Silage?«, fragte Sia.

»Das ist gelagertes und konserviertes Futter«, antwortete Jürgen. »Es ist Gärfutter durch Milchsäure haltbar gemacht. Das ist Mais oder Gras, die langen planenabgedeckten Hügel, die man auf Bauernhöfen sieht.«

Jetzt erst dämmerte es Sia. So viel hatte sie nicht aus ihrer Vergangenheit behalten können.

Sie lächelte beschämt. »Kennst du jemanden, bei dem ich besseres Futter bekomme?«

»Hier, Ylvie«, meinte Jürgen und zeigte blind in die Richtung ihres Hofes. »Sie handelt neben Saatgut auch mit Tierfutter. Eure Höfe sind gleich nebeneinander, vielleicht macht sie dir einen guten Preis«, schlug er vor.

Ylvie war nicht so gut auf Sia zu sprechen und Sia hatte ein merkwürdiges Gefühl bei ihr, sodass sie am liebsten gar nicht mehr an sie denken wollte. Es war schrecklich, dass der Tierarzt ausgerechnet sie nannte. Aber Sia mochte sich nicht vor Jürgen anstellen, nur weil sie aufgrund eines Gefühls nichts mit Ylvie zu tun haben wollte. Das war ihr Problem und für das Tierwohl würde sie es beiseiteschieben müssen.

»Jemand anderen kennst du nicht?«, fragte Sia vorsichtig und zog die Wörter, weil sie selbst wusste, wie lächerlich sie sich verhielt.

Jürgen reichte ihr aus seinem Notizbuch eine weitere Visitenkarte. »Du kannst ja fragen«, sagte er. »Wenn du das Futter gewechselt hast und sie noch immer matt sind, rufst du mich noch einmal an.«

Jürgen sah sich ein letztes Mal nach den Kühen um. »Ist bald wieder Zeit, die Kühe decken zu lassen. Oskar brennt vermutlich schon darauf.«

»Oskar?«, fragte Sia und lachte. Sie wusste, dass Jürgen den Bullen meinte, aber sie wusste nicht, dass er Oskar hieß.

»Die anderen Höfe lassen nur noch künstlich befruchten. Es ist kostengünstiger und effektiver. Aber dein Opa und Mario hatten die gleiche Meinung. *Eine Kuh braucht einen Bullen,* und ich kann es ihnen nicht verübeln.« Er grinste, wodurch sich die Fältchen um seine Augen kräuselten und er damit so verdammt gut aussah, dass Sia ihn unverhohlen anstarrte.

Jürgen wurde verlegen, für einen Moment sahen sie sich an und lächelten. »Kann ich sonst noch etwas für dich tun?«, fragte er dann.

Sia kam ins Schleudern, als sie endlich bemerkte, wie unangemessen sie sich verhielt. Überfordert hielt sie sich die Stirn und bekam rote Wangen. »Ja, ja«, stotterte sie. »Die Hühner sehen auch nicht gesund aus.« Im Eilschritt nahm Sia Jürgen mit zum Hühnerstall.

»Oh, ja, ich seh es schon«, sagte er und zeigte beim Vorbeigehen auf einen flüssigen Hühnerhaufen. »Die haben Durchfall. Der Kot muss fester sein.« Jürgen schnappte sich eins der kleineren Hühner und schaute durchs Gefieder. »Ja«, sagte er bestätigt, während die unzufriedene Henne gluckste. »Kein Parasitenbefall. Sie haben alle kaum etwas auf den Rippen. Wenn das mit dem Darm schon lange so geht, ist es kein Wunder, dass sie ihr Gefieder verlieren. Das liegt wieder am Futter. Ich gebe dir gleich ein Medikament, das mischst du am besten drunter und achtest darauf, dass sie alles auffressen. Aber die Eier solltet ihr für die nächsten 14 Tage nicht verzehren.«

Jürgen gab das Huhn frei und ging zu seinem Wagen, wo er hinten die Ladetür öffnete. Sia staunte. Wie in einer kleinen Arztpraxis.

»Es kommt häufig vor, dass ich operieren muss, auch Menschen«, meinte Jürgen auf ihren Blick hin.

»Menschen?«, fragte Sia ungläubig.

»Ja.« Jürgen lachte. »Tatsächlich habe ich letzte Woche einem der Bauern den Finger genäht. Er hatte beim Schreinern nicht aufgepasst.«

Sia schaute fassungslos. Jürgen schien sehr begabt. Aus einem Fach reichte er Sia eine Packung mit dem Medikament für die Hühner.

»Was schulde ich dir?«, fragte sie in Wildwestmanier.

Jürgen lachte. »Nichts.« Sia wollte protestieren. »Ich habe nicht wirklich etwas gemacht. Aber beim nächsten Mal meldest du dich bei mir und nicht beim Tierarzt außerorts.«

»Nein, ganz sicher nicht«, versicherte Sia.

Jürgen war mit seiner Arbeit fertig und doch stand er da. Sia wollte sich verabschieden, aber irgendwie kam sie gar nicht dazu. Bis dann Jürgen die Türen schloss und zur Fahrerseite ging. »Wir sehen uns«, sagte er.

»Ja, bestimmt«, erwiderte Sia mit ein wenig zu viel Gefühl. Jürgen lächelte. Er startete den Motor und fuhr den Hof runter, dabei sah er immer wieder zu ihr, bis er aus der Auffahrt raus war.

»Wow«, flüsterte Sia. Ihr Herz klopfte. Auf dem Land waren die Männer schon ziemlich … nett.

Als sie zurück zum Haus wollte, bemerkte sie Ylvie, wie sie mit einem Sack Saatgut über den Hof ging.

Sia verschwand, ehe sie von ihr entdeckt wurde. Sie mochte nicht von ihr gesehen werden, geschweige mit ihr reden. Aber sie hatte Hunger, vielleicht hätte sie wieder ein Brot für sie?

Den Gedanken verwarf Sia, so schnell er aufgekommen war. Sie hatte andere Dinge zu erledigen und rief die beiden Männer an, die auf der Karte standen.

Der Klauenschneider wollte am Wochenende kommen, weil er sonst keine Termine frei hatte. Sonntags gab es einen Aufpreis, damit war Sia einverstanden, schließlich ging es um das Wohl der Tiere.

Beim Futterlieferanten verschlug es ihr die Sprache, als sie erfuhr, wie viel er verlangte. Sia sagte, dass sie sich melden würde. Sie legte auf und ihr Blick ging durchs Wohnzimmerfenster auf Ylvies Hof. Ylvie stand mit Jochen, ihrer Aushilfskraft, vor dem Traktor und unterhielt sich mit ihm. Sie verdiente als Ackerbäuerin auf den ersten Blick ziemlich gut. Vielleicht hätte Sias Opa seinerzeit vom Milchbauer zum Ackerbauer wechseln sollen?

Es war der Wunsch nach der Leichtigkeit von damals, als Sia entschloss, sich noch einmal mit Ylvie zu unterhalten. Sie musste dieses komische Gefühl ihr gegenüber beiseiteschieben. Ylvie war einfach ein mürrischer Mensch und außerdem ging es ums Geschäftliche. Bei der Gülle und dem Tierarzt hatte Ylvie ihr auch geholfen. Es wäre wirklich schön, wenn die Höfe wieder gut miteinander auskamen. *Für Opa.*

Sia verließ das Haus, ging über den knatschenden Kiesboden bis zum Koppelzaun. Sie kletterte durch die morschen Zaunlatten und als Ylvie sie entdeckte, verging ihr das Lachen. Noch eben hatte sie sich amüsiert mit Jochen unterhalten.

Sia vereiste regelrecht. Sie blieb an Ort und Stelle stehen. Warum mochte sie Sia nicht? Holger und Jürgen fanden sie ganz nett, das glaubte sie zumindest.

Sia atmete tief durch und nahm ihren Mut zusammen. Jochen verstand wohl, dass mit Ylvie nicht mehr gut zu reden war, und flüchtete in die Halle mit den Fahrzeugen.

Ylvie ging in Richtung Bungalow. Warum lief die denn vor ihr weg?

»Ylvie?!«, rief Sia ihr hinterher. Sie hätte gehen sollen, aber sie brauchte Futter. »Ich brauche Futter für meine Kühe.«

»Ich habe nichts mehr«, entgegnete Ylvie mürrisch.

»Was?« Sia sah sich sprachlos auf dem Hof um. Sie waren riesengroß und hatten kein Futter mehr?

»Ich habe nichts mehr auf Vorrat«, log Sia, weil sie die Kühe nicht mit gepresstem Pulverzeug füttern wollte. Sie lief Ylvie ins Büro nach.

»Heu, Großballen 140 Euro pro Tonne, Stroh 90 Euro die Tonne, Sojaschrot 350 Euro die Tonne, plus Lieferkosten«, zählte Ylvie auf.

»Lieferkosten? Unser Hof ist keine 500 Meter voneinander entfernt! Dabei hast du eben noch gesagt, ihr hättet nichts mehr auf Lager!«, protestierte Sia.

»Wir sind in den Wintermonaten. Die Nachfrage regelt den Preis. Letztes Jahr war es trocken und dieses Jahr sieht es wohl nicht anders aus«, erwiderte Ylvie kühl.

»Kein Wunder, bei dem, was ihr in die Umwelt blast«, gab Sia schnippisch von sich und spielte auf die Pestizide an, die Ackerbauern benutzten.

Mit einem Mal hatte sie Ylvies volle Aufmerksamkeit, aber nicht die der guten Art. Sie drehte sich Sia zu und stellte sich mit verschränkten Armen bedrohlich nahe vor sie. Weil Sia kleiner war als sie, bückte sie sich leicht vor und schüchterte sie ein Stück mehr ein.

»Wer von uns hat die Kühe, die fressen wollen und das Erdklima erwärmen?«, zischte sie.

Sia war durch die plötzliche Nähe irritiert. Ihr Herz schlug schneller und ihr wurde unangenehm warm. Sie brauchte einen Moment, um sich zu fangen.

»Da beißt sich die Katze wohl in den Schwanz.« Sia wurde knatschig. Schließlich verdiente Ylvie ihr Geld mit dem Futter für die Milchbauern. »Dann suche ich mir halt andere Hilfe«, gab sie eingeschnappt von sich. Sie hatte es versucht. Wenn Ylvie wirklich so wütend war, weil Tante Evie den Hof nicht an sie verkaufen wollte, dann sollte sie zusehen. Nun endlich verstand Sia die Abneigung ihrer Tante.

»Warte«, sagte Ylvie gereizt und stöhnte, als wäre Sia ein anstrengendes Kind. »Wie viel brauchst du?«

Sia war verwirrt und wusste nicht mehr, ob sie nun wütend oder erleichtert sein sollte. Aber für falschen Stolz war kein Platz.

»Was fressen 60 Kühe?«, fragte sie leise, was Ylvie herablassend lächeln ließ. Sie machte sich lustig über Sia, weil sie nicht wusste, wie viel ihre Tiere fraßen. Woher sollte Sia das denn wissen?! Ylvie brachte sie auf die Palme. Kraftfutter und Großballen waren eine ganz andere Rechnung, die sie als Quereinsteigerin nicht kannte.

Amüsiert nahm Ylvie ihren Taschenrechner vom Schreibtisch und rechnete Sia vor, was sie brauchte. Sie hielt ihr die Summe vors Gesicht.

»Was kostet mich das?«, brummte Sia angespannt.

Ylvie bereitete ihr den Kaufpreis, wie der Futterhändler am Telefon. Das war Sia keine wirkliche Hilfe.

»Weniger«, meinte sie aufgestachelt.

Ylvie schaute skeptisch und ihr Lächeln nahm eine andere Form an, es war weniger herablassend.

»Das ist eine Ausnahme.« Konzentriert tippte Ylvie auf ihrem Taschenrechner und zeigte ihr die Endsumme auf dem Display. Es war viel und doch um Längen günstiger als zuvor. Sia hätte ihr schon fast vor Freude um den Hals springen können, doch sie bemühte sich, grimmig zu schauen. Anscheinend konnte man Ylvie nur so beeindrucken.

»Ohne Lieferkosten«, forderte Sia knapp.

Jetzt musste Ylvie sich das Grinsen verkneifen und biss sich auf die Unterlippe. »Keine Lieferkosten«, erwiderte sie beschwichtigend und legte den Taschenrechner beiseite. »Die Lieferung kommt dann morgen.«

»Heute Abend«, forderte Sia und räusperte sich. Sie hatte Fahrt aufgenommen und merkte, dass sie gleich Schiffbruch erleiden würde, wenn sie ihr Glück strapazierte. Sie nahm sich zurück, schließlich hatte sie schon das, was sie brauchte und wollte Ylvie nicht unnötig reizen.

»Ich muss die Tiere heute Abend wieder füttern und ich will nicht, dass sie ihr gepresstes Zeug fressen«, erklärte sie.

Ylvie hob die Augenbrauen. »Hast du nicht eben noch gesagt, dass du nichts mehr da hast?«

Sia geriet in Panik. »Genau!«, erwiderte sie, als sie sich an ihre Lüge erinnerte. »Deswegen solltest du erst recht frühzeitig liefern und mit gutem Futter könnt ihr unseren Dünger benutzen.«

Ylvie kam Sia einen Schritt näher und verschränkte erneut die Arme vor der Brust. Diesmal bäumte sie sich auf und sah auf sie hinab. Das war wohl das Zeichen, dass sie lieber verschwinden sollte.

Es war vermutlich der blödeste Zeitpunkt, aber Sia wollte es endlich wissen. »Warum kannst du mich nicht leiden?«, fragte sie und konnte sich denken, dass die junge Bäuerin nicht viel von Stadtmenschen hielt.

Ylvie neigte sich vor und verfinsterte ihr Gesicht um einiges mehr, sodass Sia nun endlich Angst vor ihr bekam.

»Du hast damals erzählt, dass ich Läuse habe«, gab sie wütend von sich. »Das halbe Dorf hat mich gemieden.«

Sia sah sie entsetzt an. »W-was?!«, stammelte sie. »D-das habe ich nicht!« Es war plötzlich wie ein Klick, als hätte Ylvie mit ihren Worten einen Schalter umgelegt und Sia erinnerte sich an einen Teil ihrer Kindheit zurück. Genau in diesem Moment wusste sie wieder, wie Ylvie als Kind ausgesehen hatte.

Starr blickte sie ihr in ihre graublauen Augen. Es waren plötzlich so viele Gefühle da, dass Sia sich am liebsten übergeben hätte.

Ylvie hatte sich verändert. Schon damals war sie schön gewesen, doch jetzt war sie zu einer attraktiven jungen Frau mit viel mehr Stärke geworden.

»Die Leute erlauben sich deswegen noch immer einen Scherz mit mir«, knurrte sie.

Genauso wütend wurde auch Sia. »Du hast mich früher Stadtpflänzchen genannt und dich über alle meine Arbeiten lustig gemacht.«

»Du kannst ja noch immer keinen Besen richtig halten, Prinzessin.«

Es war unerhört.

»Du bist …«, fauchte Sia.

»Was bin ich?«, knurrte Ylvie.

Sia musste sich zusammenreißen. Sie sollte sich entschuldigen, das mit den Läusen war wirklich nicht okay gewesen und letztendlich ging es um das Futter ihrer Kühe. Aber sie hielt die Ungerechtigkeit nicht aus!

»'Ne doofe Kuh!«, platzte es schließlich aus ihr heraus und sie hasste sich augenblicklich dafür, dass sie ihren kindischen Groll nicht runterschlucken konnte. Im Gegenteil, sie streckte Ylvie noch die Zunge raus, was sie total verwirrte.

Ylvie konnte von Glück reden, dass ihr Sia nicht den Mittelfinger zeigte. *Soll sie ihr Futter doch behalten!*

Sia machte auf dem Absatz kehrt und knallte die Tür hinter sich zu.

*

Über den restlichen Tag hinweg versuchte Sia, den anderen Futterhändler zu erreichen. Aber es war immerzu besetzt oder niemand ging ran.

Sia musste langsam die Tiere füttern und sträubte sich, sie mit ihrem Billigfutter zu versorgen. Träge zog sie sich die Handschuhe an. Mittlerweile hatte Sia Schwielen an den Händen und Blasen an den Innenseiten ihrer Daumen. Es tat höllisch weh.

Ehe sie das Haus verließ, bemerkte sie einen Lkw, der auf den Hof fuhr. Neugierig sah sie nach, das Firmenlogo von Ylvies Betrieb prangte auf der Seite. Sie fuhr den Gabelstapler höchstpersönlich und brachte das Heu direkt zu den Tieren, als wüsste sie genau, wie es hier auf dem Hof funktionierte. Den Rest belud sie in die frei stehende Scheune.

Ja, natürlich, Ylvie war früher oft zu Besuch gewesen. Sia war verwundert, dass sie so eine selbstständige Frau vergessen hatte. Damals hatte Ylvie kürzeres Haar gehabt, aus der Ferne hatte sie mit ihrer Kleidung ausgesehen wie ein schwarzhaariger Nick Carter. Die Erinnerung echote in ihr nieder wie ein schrecklicher Moment. Sia konnte sich das grausame Gefühl selbst nicht erklären.

Sia atmete tief ein und war über die Futterlieferung erleichtert. Ylvie schaute zwar grimmig, aber damit konnte sie Sia nicht mehr beeindrucken. Ihre Hilfe bedeutete ihr so viel, dass sie lächeln musste.

Schließlich machte sich Sia auf den Weg in den Stall, um den Kühen ihr Fressen zu reichen. Die Tiere waren erst skeptisch, doch als die erste Kuh zu fressen begann, fügten sich auch die anderen. Die Kühe muhten laut. Sia glaubte, dass sie ihr frisches Futter zu genießen wussten.

Gekonnt fuhr Ylvie den breiten Gang rauf und runter. Als die Kühe versorgt waren, hielt sich Sia den Magen. Durch den ganzen Stress hatte sie selbst vergessen zu essen.

Ylvie hielt neben ihr den Gabelstapler an und reichte ihr eine Brotbox. »Wird Zeit, dass du dir deine eigenen Brote schmierst«, gab sie angefressen von sich.

»Deine Brote schmecken mir aber besser«, meinte Sia und ließ sich nicht von ihrer brummigen Art einschüchtern.

Ylvie bekam plötzlich rote Wangen. Als Sia es bemerkte, tat Ylvie so, als wenn nichts wäre, und gab wieder Gas. »Die Rechnung kommt per Post«, rief sie Sia noch zu.

»Danke!« Sia winkte ihr zum Abschied und öffnete die Brotbox. Überglücklich und zufrieden aß sie ihr Wurstbrot.

*

Erst nach getaner Arbeit bemerkte Sia, dass sie heute komplett alleine war. Als sie reinging, klingelte das Haustelefon und ihre Tante war dran.

»Hallo Sia«, sprach sie angeschlagen. »Ich bin im Krankenhaus.«

»Oh nein, was ist passiert?«, fragte Sia entsetzt.

Tante Evie zögerte, ehe sie antwortete. »Die Entzündung ist schlimmer geworden und die vorherigen Antibiotika haben wohl nicht gewirkt. Aber es ist alles gut«, beruhigte sie ihre Nichte. »Ich soll für ein paar Tage zur Kontrolle dableiben.«

Auch wenn Tante Evie es herunterspielte, merkte Sia, wie schlecht es ihr ging. Sie versuchte, sie ein wenig abzulenken.

»Der Tierarzt meinte, den Kühen gehe es so weit gut, aber sie brauchen alle einen Klauenschneider.«

»Was wollte Jürgen haben?«, fragte Tante Evie.

Sia lächelte. »Nichts, aber das nächste Mal soll ich ihn wieder rufen, wenn etwas anfällt.« Sie erzählte weiter. »Ich habe auch schon beim Klauenschneider angerufen und jemanden gefunden. Der kommt am Wochenende. Zwei Tage braucht er, hat er gesagt.«

»Am Wochenende?«, fragte Evie unzufrieden.

»Ja, in der Woche hatte er keine Termine frei.«

»Aber Sonntag nimmt er Aufschlag.«

»Ist schon gut. Ich kümmere mich darum«, sagte Sia leise und war drum bemüht, ihre Tante zu beruhigen. »Den Hühnern geht es auch nicht gut. Ich soll ihnen etwas ins Futter geben. Die Eier muss ich entsorgen.«

»Verflucht«, schimpfte Evie. »Im Adressbuch ist die Telefonnummer der örtlichen Bäckerei. Ruf da bitte an und sag ihnen Bescheid. Die kaufen unsere Eier.«

»Das mache ich«, antwortete Sia und nahm es zur Hand. »Ich habe Futter für die Tiere geordert«, gab Sia stolz von sich, aber verheimlichte fürs Erste, dass es vom Hof nebenan kam, weil sie ihre Tante nicht unnötig stressen wollte. »Die Kühe haben gefressen wie sonst nichts Gutes.«

Auch wenn Sia glücklich über den Zustand war, hörte man es ihrer Tante an, dass sie es nicht war. »Sia, ich kann das nicht bezahlen«, sprach sie unruhig ins Telefon.

Sia ging erst gar nicht darauf ein. »Lass das mal meine Sorge sein. Seh deinen Krankenhausaufenthalt wie einen Urlaub.«

»Urlaub? Ich weiß gar nicht, was das ist«, meinte Tante Evie.

Sia kicherte zwar, aber ihre Tante war aufgebracht.

»Du verstehst dich mit Holger gut. Wenn du Hilfe brauchst, kannst du ihn vielleicht fragen. Du bist jung und hübsch. Er wird deine Bitte sicher nicht abschlagen können.«

Sia freute sich über das merkwürdige Kompliment und fragte sich gleichzeitig, ob Ylvie ihr vielleicht auch deswegen geholfen hatte. Sie wurde verlegen und versuchte, es zu überspielen.

»Ruh dich aus, der Hof wird schon nicht untergehen. Morgen komme ich mit Kleidung vorbei. Dann sprechen wir weiter.«

Sie legte auf, ehe ihre Tante noch etwas erwidern konnte. Wie automatisiert hob Sia den Kopf und sah durchs Wohnzimmerfenster auf den Hof, auf dem Ylvie noch spät abends arbeitete.

Kapitel 9

Die Kühe muhten laut über den ganzen Hof. Es war bereits hell, als Sia aus ihrem Schlaf erschrak. Ohne ihre Tante hatte sie verschlafen!

Hastig stieg sie aus dem Bett und lief die Treppe nach unten. Über ihren Schlafanzug zog sie ihren viel zu großen Blaumann und stürmte in den Stall, um sich um die Kühe zu kümmern.

»Tut mir leid, tut mir leid. Das passiert nicht noch einmal! Versprochen!«, jammerte Sia und machte sich an die Arbeit. Sie müsste auch noch die Hühner versorgen und ihnen ihre Medizin geben.

Gegen Mittag war Sia endlich fertig. Ihr hing der Magen zwischen den Kniekehlen. Im Haus sah sie sich in den Vorratsschränken um, aber es war nichts mehr zu essen da. Nur eine halbe Scheibe Brot, das bereits am Rand verschimmelt war. Niemand war einkaufen gewesen und die Eier von heute Morgen wollte Sia nicht essen. Die Tiere waren krank, und dass sie krank werden würde, konnte sie nicht gebrauchen.

Sia hatte geplant, ihre Tante zu besuchen. Mit dem Besuch könnte sie ihren Einkauf kombinieren. Als sie nach oben gehen wollte, um zu duschen und sich fertig zu machen, entdeckte sie auf der Arbeitsfläche die Brotdose von Ylvie.

Es musste der Hunger sein, anders konnte es sich Sia nicht erklären, als sie die Brotdose nahm und die Küche nach draußen verließ. Im Eilschritt gelangte Sia zum Zaun und blieb stehen, als sie unten am Boden um den Zaunpfahl Gänseblümchen entdeckte. Sias Herz klopfte. Sie mussten erst neu geblüht sein, weil sie noch so klein und zierlich waren.

Sie überlegte nicht lange, als sie sich hinhockte und sie am Stiel pflückte, um die Blüten in der Brotdose zu verschließen. Danach kletterte sie zwischen die Zaunlatten und gelangte auf Ylvies Hof.

Nachdem sie ihre dreckigen Stiefel ausgezogen hatte, öffnete sie die schwere Eingangstür zum Bungalow. Als sie zaghaft an die Bürotür klopfte und hineintrat, war es nicht Ylvie, die in ihrem Bürostuhl saß, sondern Ludwig. Ylvies Vater.

Er lächelte, als er Sia bemerkte, und wirkte viel freundlicher als seine Tochter. »Sia«, gab er begeistert von sich. »Was kann ich für dich tun?«, fragte er dann.

Sia hob die Brotdose. »Ich wollte sie Ylvie zurückgeben.«

»Sie ist in der Küche«, sagte er gleich, woraufhin Sia hellhörig wurde.

Ylvies Vater lachte und zeigte in die Richtung.

»Danke.« Sie eilte auf Socken den dunklen Flur entlang, die erste Tür rechts stand offen.

Ylvie war an der Küchenzeile und schmierte sich auf der Arbeitsfläche ein Brot. Sie schaute auf, als sie Sia entdeckte und guckte gleich wieder so mürrisch. »Vergiss es«, knurrte sie, aber Sia hatte solch einen Hunger.

Sie kam näher und stellte sich neben Ylvie. Gierig schaute sie auf die belegte Stulle. »Ich hatte noch kein Frühstück«, sagte sie leise, sodass Ylvie ihr schließlich unfreiwillig ihr Brot reichte.

»Deine Brote schmecken so saftig«, sagte Sia und biss gleich ein großes Stück ab.

»Ich mach auch ordentlich Butter drauf, bis an den Rand. Das hat meine Mutter früher gemacht«, meinte Ylvie. Sia hatte es wirklich geschafft, ihr ein Lächeln zu entlocken.

»Wo … wo ist eigentlich deine Mutter?«, fragte sie leise. Seit ihrer Ankunft hatte sie sie kein einziges Mal gesehen.

Ylvie schmierte ein weiteres Brot, das Lächeln in ihrem Gesicht verblasste. »Ein plötzlicher Schlaganfall. Sie ist vorletztes Jahr verstorben.«

»Das tut mir so leid.« Sia war erschüttert.

»Mir das mit deinem Onkel«, flüsterte Ylvie.

Von der Trauer übermannt, lehnten sich beide an die Arbeitsfläche der Küchenzeile und aßen still ihr Brot.

»Kann ich noch eine Scheibe haben?«, fragte Sia nach einer Weile, da hatte sie kaum den letzten Bissen im Mund.

Ylvie schob ihr den Aufschnitt zu und gab ihr zu verstehen, dass sie sich bedienen durfte. Sia war ein wenig enttäuscht, sie war erwachsen und doch hätte sie sich gewünscht, dass Ylvie ihr Brot schmierte.

Im Gegensatz zu Ylvie kratzte Sia die Butter dünn aufs Brot, was Ylvie zum Stöhnen brachte.

»Als Bäuerin kann man ruhig etwas mehr draufmachen, man braucht nicht auf seine Figur zu achten. Den Rest erledigt die körperliche Arbeit.« Sie nahm Sia das Messer ab, weil sie nicht mit ansehen konnte, wie unbeholfen sie mit der Scheibe Brot umging.

Sia lachte. »Ich habe Muskelkater an Stellen, da wusste ich gar nicht, dass ich Muskeln habe.« Sie rieb sich den Po, woraufhin Ylvie nur anzüglich grinste.

Ungeduldig nahm Sia ihr das Brot ab und hielt dann still, als sich kurz ihre Finger berührten. Es waren solche Ereignisse, die ihre Erinnerungen aus der Kindheit freikratzten. Es war alles so lange her. Ylvie hatte ihr schon damals die Brote geschmiert. Wie alt war Sia da gewesen, sieben oder vielleicht zwölf? Sie hatten oben auf den Wiesen mit den Kühen ihre Butterbrote gegessen.

»Das … das mit den Läusen tut mir wirklich leid«, entschuldigte sich Sia.

Ylvie brummte unzufrieden. »Keiner wollte mehr mit mir spielen«, klagte sie und machte Sia ein schlechtes Gewissen. »Aber dennoch danke.«

Sia schaute fragend. Sie war so gemein gewesen und Ylvie bedankte sich dafür?

»Das Gerücht über meine angeblichen Läuse hatte immer wieder kursiert, sodass ich gefühlt fast jeden Abend mit meiner Mutter verbracht habe«, erklärte Ylvie. »Sie war nicht wirklich eine herzliche Frau. Ich weiß nicht, ob du dich erinnern kannst, sie war sehr forsch und laut.«

Sia lachte und hielt sich den Mund, weil sie nicht wusste, ob es sich schickte. Aber es stimmte. Sie hatte ständig mit Ylvie geschimpft, auch oft mit Sia, weil sie Ylvie von der Arbeit abhielt.

Was sie wohl noch alles vergessen hatte und an was sie sich noch erinnern würde?

Ylvie schmunzelte und senkte den Blick. »Anfangs hat sie gedroht, mir die Haare zu scheren, aber dann hat sie nur laut geseufzt und mir stundenlang auf ihrem Schoß mit einem Herrenkamm die Haare durchgekämmt.« Für einen Moment schwieg Ylvie, als würde sie kurz in der Vergangenheit schwelgen. »Es war so beruhigend, dass ich meist einschlief und Papa mich dann ins Bett getragen hat. Also, danke dafür.«

Sia war von der rührenden Geschichte so mitgerissen, dass sie Ylvie umarmen musste und sie fest an sich drückte.

Ylvie war überrumpelt. »Du bist ja noch immer so eine Klette«, gab sie gehässig von sich.

Entsetzt ließ Sia los und starrte sie verstört an. Sie fühlte sich zurückgewiesen wie von Dario. Es war schrecklich. Sia fühlte sich wieder so bedürftig.

»E-entschuldige bitte«, haspelte sie mit glühenden Wangen. »Danke für die Brote«, fügte sie noch hinzu, als sie im nächsten Moment die Küche verließ und draußen fast über ihre Stiefel gestolpert wäre.

Verwirrt sah Ylvie ihr nach und nahm kopfschüttelnd die Tupperdose zur Hand. Als sie merkte, dass etwas in dem Behälter war, öffnete sie ihn und entdeckte die Gänseblümchen.

»Die ersten für dieses Jahr, hm?« Ylvie grinste vor sich hin. Sie nahm eine der kleinen Blüten am Stängel und drehte sie sanft zwischen ihren Fingern.

Kapitel 10

Egal, wie schnell Sia auch lief, dieses beklemmende Gefühl in ihrer Brust wollte nicht mehr verschwinden. Warum hatte sie Ylvie umarmt? Sie kannten sich von früher, aber auch nicht mehr. Sia hasste sich dafür, dass ihre Gefühle sie übermannt hatten. Wie unglaublich peinlich!

Sia stürmte in das Schlafzimmer ihrer Tante, das einst ihren Großeltern gehört hatte. Mitten im Raum kam sie zum Stehen. Bei Tageslicht sah sie es zum ersten Mal. Das Zimmer wirkte so viel kleiner als in ihrer Erinnerung. Die schlecht verputzten weißen Wände mit den dunklen Holzbalken, der alte Boden, der ächzte, sobald man auf ihn trat.

Es war alles unverändert, selbst die Bettwäsche war noch dieselbe. Doch es fehlte der typische Geruch ihrer Großeltern, der Sonnenschein im Sommer, der durch das kleine Fenster den ganzen Raum mit seinem Licht flutete und die winzigen Staubpartikel sichtbar in der Luft umherschwebten.

Als Kind hatte sie manche Nacht bei ihren Großeltern im Bett verbracht, obwohl sie zu dritt wenig Platz hatten.

Sia wurde träge, sie wollte sich nur noch hinlegen und schlafen, aber ihre Tante war ganz alleine, wie Sia. Dieses Gefühl war dunkel und Sia fühlte sich, als hätte man sie zu eng in eine Decke gewickelt, aus der sie nicht mehr herauskam. Wie leicht wäre es, von hier zu verschwinden, alles zurückzulassen, und nie wieder herzukommen? Nur wegen Ylvies abweisender Haltung? Dabei war es doch Sia gewesen, die Grenzen überschritten hatte. Wer umarmte auch einen fast fremden Menschen?

Sia wundert sich gar nicht mehr, warum ihre Tante so mürrisch war. Alles musste sie alleine machen.

Aufgestachelt packte Sia das ein, was ihre Tante für einen längeren Krankenhausaufenthalt benötigen würde. Es war die alte Tasche ihrer Oma, die aus Stoff und die ein bisschen aussah wie ein großer alter Arztkoffer.

Sia kamen die Tränen, ihre Tante konnte sich nichts Neues leisten und doch war sie geblieben und kämpfte alleine für den Hof. Wie sollte man etwas aufgeben, das man schon immer gemacht hatte?

Waren nicht Sias Eltern und ihre Verwandten schrecklich, dass sie ihrer Tante in den Ohren hingen, dass sie den Hof verkaufen sollte? Wenn es darum ging, standen sie sofort auf der Matte, aber wehe einer von ihnen sollte aushelfen, dann hatte niemand Zeit und nicht das Geld.

Sia war knapp eine Woche auf dem Bauernhof ihrer Tante, es war aufwühlend und durch die Arbeit hart. So selten wie noch nie hatte sie nach ihrem Handy geschaut, dabei hatte sie ihrer Mutter und Verena versprochen, sich so oft wie möglich zu melden. Aber wenn Sia freie Zeit hatte, dann nur zum Essen, Duschen und Schlafen. Sie hatte den besten Schlaf seit Langem. In der Nacht war es draußen dunkel, kein Straßenlicht, das sie davon abhielt, oder Straßenlärm, der sie störte. Dazu kam das Gefühl der Bestätigung, dass sie den Tag wirklich etwas Sinnvolles getan hatte, anstatt nervige und kräftezehrende Telefonate zu führen. Egal, wie sehr man sich auch bemühte, der Chef saß einem im Nacken und hielt einen vor versammelter Mannschaft zum Narren.

Auf dem Hof war Sia ihr eigener Chef. Natürlich schimpfte ihre Tante ständig mit ihr, weil sie vieles noch nicht wusste und nicht kräftig genug war, aber das konnte sie ihr verzeihen. Die Arbeit einer Bäuerin hatte nichts Demütigendes. Jetzt, wo Sia sich wieder gesammelt hatte, war sie froh, dass sie von zu Hause weg war und es noch ein bisschen dauern würde, bis sie nach Bremen zurück musste.

*

Tante Evie schlief tief und fest. Sia gelangte vorsichtig ins Krankenzimmer, wo sie ihre ältere Bettnachbarin begrüßte und gleich den Schrank ihrer Tante einräumte. Sie stellte ihr Bücher zum Lesen hin, mit ihrer Lesebrille und der Tageszeitung. Onkel Mario hatte früher die Zeitung gelesen und Tante Evie wollte genau wissen, was in der Stadt und der Welt wieder los war. Meist war sie am Kochen oder hatte andere Dinge zu tun und er las ihr bereitwillig vor. Das waren Dinge, an die Sia sich noch erinnern konnte. Kinder hatte sie keine, es sollte nicht sein.

Als sich Sia hinsetzte, schaute die Bettnachbarin auf. »Sie schläft den ganzen Tag.« Sie zeigte auf Tante Evie. »Eine Frau in ihrem Alter sollte nicht so hart arbeiten«, sagte sie. »Der Arzt hat erwähnt, wenn sie weiter so macht und sich nicht ausruht, muss der Fuß ab.«

Entsetzt weitete Sia die Augen. Besorgt streckte sie sich nach der Hand ihrer Tante und weckte sie ungewollt aus dem Schlaf.

»Tante Evie, geht es dir gut?«, fragte Sia leise und lächelte gezwungen.

Ihre Tante erwiderte ihr Lächeln, sie wirkte recht entspannt. »Ist ein bisschen langweilig hier.«

Sia war nervös, sie drückte die Hand ihrer Tante. Die Nachricht von eben war erschreckend. Sie wollte nicht, dass ihrer Tante der Fuß amputiert werden musste.

»Du musst den Hof verkaufen«, sagte sie, ehe sie der Mut verlor.

Aufgeregt richtete sich Tante Evie auf und setzte sich, dabei verzog sie vor Schmerz das Gesicht. Der Fuß schmerzte noch. »Wo soll ich dann hin?«, schimpfte sie. »Ich habe nichts anderes als den Hof.«

Sia löste sich von ihrer Tante. »Verkauf ihn an Ylvie. Sie ist genauso mürrisch wie du, eigentlich solltet ihr euch ziemlich gut verstehen.«

Ihre Tante blieb stur und wollte aus dem Krankenbett klettern, aber Sia hielt sie auf. »In drei Wochen bin ich nicht mehr da. Du musst dich schonen, sonst verlierst du deinen Fuß. Auf Krücken wird es dir schwerfallen, die Kühe zu versorgen.«

Es war eine Warnung, die ihre Tante trotz ihrer Aufruhr verstand. »Du hast recht, bis dahin muss ich wieder fit werden.«

Kapitel 11

Es waren nur ein paar Tage, aber Sia hatte eine Art Rhythmus gefunden. Sie musste nicht einmal mehr auf die Uhr schauen, wann sie was zu erledigen hatte. Sobald sie eine Aufgabe abgearbeitet hatte, kümmerte sie sich gleich um die Nächste.

Sie dachte sogar daran, frühzeitig zu essen und mit diesem Gedanken musste Sia unwillkürlich an Ylvie und ihre leckeren Butterbrote denken. Doch sobald Sia sie auf dem Hof nebenan sah, tat sie so, als hätte sie sie übersehen. Die plötzliche Umarmung war ihr noch immer unangenehm. Besonders Ylvies Reaktion hatte sie verletzt.

Ylvie entging es nicht. Sie verkrampfte sichtlich, weil sie nicht wusste, was mit dem Stadtpflänzchen los war.

*

Am Wochenende kam wie bestellt der Hufschneider. Er hatte ein Riesenapparat dabei, ein gigantisches Gestell aus Metallstangen, in das sich die Kuh hinstellen musste, und dann in die Waagerechte gebracht wurde. Sia war von der Maschine beeindruckt, auch wenn Jürgen ihr zuvor davon erzählt hatte. Bisher kannte Sia es nur, dass man die Hufe der Tiere im Stehen schnitt. Helmut, der Hufschneider, grinste, als Sia aus dem Staunen nicht mehr herauskam.

»So kann ich effektiver und sicherer arbeiten, ohne dass die Tiere unkontrolliert austreten. Es ist auch rückenschonender für mich.« Der alte Mann stellte den Computer ein, in dem er die Datenblätter für die neuen Kühe anlegte. »Die meisten Betriebe haben mehr als 60 Kühe. Da lohnt sich so ein großes Spielzeug.«

Sia nickte und verstand. Es war ihre Aufgabe, die Kühe zu bringen. Irgendwie merkten die Tiere, dass etwas nicht in Ordnung war. Als Sia eine von ihnen nach draußen geleitete, trat sie aus und wehrte sich. Die Kuh bockte mitten auf dem Hof. Der Hufschneider konnte ausweichen, doch kontrollieren ließ sich das Tier nicht mehr.

Sia war überfordert und traute sich nicht mal mehr, die Leine zu nehmen. Wenn es so weiterging, würden sie heute nicht einmal eine Kuh schaffen.

»Du musst sie beruhigen und dich selbst auch. Die Tiere merken, wenn du nervös bist.« Sia sah sich um und entdeckte Ylvie, die über den Zaun kletterte und ihr wohl oder übel zu Hilfe kam.

Sia wurde verlegen, als Ylvie die Kuh an der Leine zog und ohne Umwege direkt zur Gerätschaft brachte. Der Hufschneider machte gleich dicht und bewegte den Apparat.

Als die Kuh laut wurde und die anderen Tiere mit ihrer Nervosität ansteckte, lachte Ylvie und klopfte der nun halb liegenden Kuh auf die Schulter.

»Na, der ist nur da, damit es dir besser geht. Gleich hast du es hinter dir.« Ylvie war ausgelassen, ganz anders als die Tage zuvor, sodass auch Sia langsam zur Ruhe kam.

Der Hufschneider schimpfte nicht, dennoch hatte er viele Mängel aufzuzählen. Er hielt eine Schablone an die Hufe und schnitt so viel Horn weg, dass Sia bange wurde.

»Das sind ziemlich tiefe Defekte. Das kommt von falscher Belastung. Sieht aus, als wurden die Kühe das letzte Mal vor einem Jahr beschnitten. Dabei muss das mindestens alle halbe Jahre passieren.«

Sia fühlte sich schrecklich, es war leicht, ihrer Tante einen Vorwurf zu machen. Aber sie sah ein, dass ihre Familie Mitschuld daran trug, weil sie sie mit ihren Problemen alleine gelassen hatten.

Während der Hufschmied fleißig weiterschnitt und erzählte, kamen zwei Traktoren mit einigen älteren Herren die Straße entlang. Unerwartet fuhren sie auf den Bergmanns-Hof rauf, was Sia irritierte.

Ylvie brachte die nächste Kuh und winkte den Männern zu, die ihre Fahrzeuge abstellten und zu ihnen rüber kamen. Überfordert stellte sich Sia den Fremden vor.

»Ah, die kleine Ursula«, erwähnte einer von ihnen, wodurch Sia kichern musste. So hatte man sie früher genannt, wenn Besuch auf den Hof kam. Nachdem das Gestell mit der Kuh hochgefahren worden war, kam Ylvie zu ihnen.

»Moin Hermann«, sagte sie und begrüßte die anderen auch mit Namen. Natürlich, man kannte sich im Dorf.

Die Männer teilten sich auf, schnackten mit dem Hufschneider und begutachteten seine Arbeit. Viele von ihnen waren selbst erfahren.

»Schlimm«, hörte Sia einen der Männer sagen, der den ungeschnittenen Huf vom liegenden Rind begutachtete.

»Was machen die alle hier?«, tuschelte Sia. Sie wollte nicht von älteren unbekannten Herren verurteilt werden.

Ylvie lächelte. Es war wieder dieses Lächeln, das so bezaubernd aussah, dass Sia sie anstarrte.

»Das sind die Bauern aus der Umgebung, die kommen, um zu schauen. Auf dem Hof deiner Tante ist lange nichts mehr passiert. Die haben sicher mitbekommen, dass der Hufschneider in der Nähe ist. Dann ist das Interesse noch größer. Außerdem lernen sie jedes Mal noch etwas dazu, was sie bei ihren Tieren besser machen können. Es ist Brauch, einmal gucken zu kommen.«

Ylvie war vermutlich auch nur deswegen anwesend.

»Und sie sind sicher auch zur Brautschau hier.« Ylvie grinste. Mit ihrer kleinen Lähmung sah es aus, als würde sie sich seitlich auf die Unterlippe beißen.

»Brautschau?«, wiederholte Sia und verstand nicht, was sie meinte.

Ylvie hob anzüglich die Augenbrauen und musterte sie von Kopf bis Fuß.

Erst jetzt begriff Sia, dass es um sie ging. »Ich habe einen Freund«, protestierte sie.

Ylvie verging das Grinsen. Sie stemmte die Hände an die Hüften und sah den anderen Bauern zu, die mit Ratschlägen und Tratsch den Hufschneider bei Laune hielten. Wirklich zum Helfen waren sie nicht gekommen. Sia musste darüber lachen und begleitete schließlich die nächste fertige Kuh aus dem Gitter zurück in den Stall. Dabei bemerkte sie, dass sich die Kuh für ihre fast 500 Kilo recht geschmeidig bewegte.

Sia war dank Ylvies Hilfe mit der Zeit viel ruhiger geworden und traute sich mehr zu.

Als sie mit der nächsten Kuh beim Hufschneider stand, suchten ihre Augen nach ihr. Sie suchte so etwas wie eine Bestätigung, vielleicht wieder solch ein süßes Lächeln. Auch ein kurzes Nicken hätte sie gefreut. Aber Ylvie war nicht mehr da. Erst als Sia auf den Hof nebenan blickte, entdeckte sie, wie sie in Richtung ihres Bungalows verschwand.

Es war spät geworden und bereits dunkel. Der Hufschneider hatte mehr als die Hälfte geschafft, die restlichen Kühe wollte er morgen behandeln.

Sia wusste noch, dass ihr Opa ein Glas Schnaps ausschenkte, wenn Leute aus der Umgebung zu Besuch kamen. Die Bauern sagten nicht Nein, obwohl sie ihre Traktoren noch fahren mussten. Hier waren sie noch echte Männer – oder doch nur lebensmüde.

Als sie die älteren Herren verabschiedete, bemerkte sie das Licht in Ylvies Büro. Auch während der Nacht brannte es noch.

Kapitel 12

Wie war die Woche verflogen? Sia hatte durchgehend gearbeitet, die Tiere und sich selbst versorgt. Mit jedem Tag ging es den Kühen und den Hühnern besser. Auch Sia schien mit ihren Aufgaben über sich hinauszuwachsen.

Es war Freitagabend. Sia hatte die Kühe heute früher gefüttert und gemolken. Jetzt war sie geduscht und angezogen. Ein wenig zu süß, dafür, dass sie bereits 28 Jahre alt war und einen Freund hatte. Aber die paar SMS, die sie mit Dario ausgetauscht hatte, waren nicht mehr als die Bekundung, dass sie noch lebten. Und das Schöne war, dass Sia es nicht wirklich störte. Natürlich gab es ab und zu das Ziepen in der Bauchregion, aber Sia war einfach zu kaputt, um darüber zu jammern, wie wenig Aufmerksamkeit sie von Dario bekam. Sie selbst vergaß ja für einige Zeit, dass es ihren Freund überhaupt gab.

Holger wollte sie heute auf das verabredete gemeinsame Bier abholen, für das Sia bezahlen musste, weil er ihr die schlechte Gülle ihrer kranken Tiere abgekauft hatte.

Sia schaute sich oben im Schlafzimmer noch einmal im Spiegel an. Über ihrem gerafften Blümchenkleid trug sie ein hellblaues Strickjäckchen und graue Kniestrümpfe. So war sie als Jugendliche herumgelaufen. Sie drehte die langen, vorderen Haarsträhnen zusammen und sicherte sie mit Bobby Pins. Sia kicherte über sich selbst und zog alte weiße Chucks über, da fuhr schon ein Wagen auf den Hof. Sie beeilte sich, nahm ihre Tasche, schloss ab und ging dem wartenden VW Polo entgegen.

»Bist du bereit?«, fragte Holger.

Sia stieg auf der Beifahrerseite ein. »Um ehrlich zu sein, ich bin hundemüde.«

Holger lachte so laut, dass der Radiosprecher nicht mehr zu hören war. »Ja, mir geht es nicht anders. Aber sonst kommen wir niemals unter die Leute und von der Arbeit weg. Die paar Stunden tun uns sicher gut.«

Mit guter Laune lenkte Holger den Wagen Richtung Ausfahrt.

Die Kneipe war urig, warm und dicht an dicht mit Gästen besucht. Auf Anhieb fühlte sich Sia wohl. Besonders, weil sie nicht die einzige Frau war.

Als Holger mit ihr eintrat, musste sie sich erst mal ein Dutzend Leuten vorstellen.

»Holger?!«, gab die blonde mollige Kellnerin begeistert von sich. »Wen hast du uns denn da mitgebracht?«

»Das ist Sia«, antwortete er. »Die Nichte von Evie.«

Ganz baff stemmte die Kellnerin die Hand an die Hüfte. »Wusste ich gar nicht«, sagte sie.

Sia wurde etwas verlegen. »Bin nur für ein paar Wochen da, bis meine Tante wieder aus dem Krankenhaus raus ist.«

»Das mit dem Krankenhaus habe ich gehört. Ich habe mich schon gefragt, wer sich um den Hof kümmert.« Die überfreundliche Kellnerin schaute Sia von Kopf bis Fuß an. Danach ging ihr Blick zu Holger. Es war so eindeutig, dass Sia lachen musste. Spätestens heute Abend müsste sie ihm erzählen, dass sie einen Freund hatte. Selbst Holger wurde es unangenehm, sodass er Sia mit sich zog und sich mit ihr in die hinterste Ecke verkrümelte, wo sie ihre Ruhe hatten.

»Die wollen alles genau wissen, kannst froh sein, dass sie dich nicht nach deiner Blutgruppe und deinem Krankenverlauf ausgefragt haben.«

Sia lachte. Es war so schön unbefangen mit ihm. Nicht ein Mal hatte er sein Handy gezückt, um zu schauen, ob ihm jemand geschrieben hatte. Seine Augen waren ständig bei Sia. Etwas, was sie vermisst hatte und heimlich genoss.

Holger kümmerte sich wie ein Gentleman um sie, rückte einen Stuhl für sie zurück und obwohl Sia ihn einladen musste, holte er die Getränke.

»Wie ist es mit der Arbeit auf dem Hof?«, fragte er, als er an seinem Radler nippte.

»Superanstrengend, aber mittlerweile habe ich den Bogen raus.« Sia lächelte.

»Das ist gut zu hören. Man gewöhnt sich daran und kann eigentlich gar nicht mehr anders. Wer rastet, der rostet«, sagte Holger und hörte sich an wie ein alter Mann. Sia musste wieder lachen.

»Wie sieht es bei dir aus?«, fragte sie.

»Im Winter haben wir unsere Fahrzeuge gewartet und repariert. Langsam geht es raus auf die Felder.«

Während Holger erzählte, bemerkte Sia, dass ein weiterer Gast hereinkam, eher hereinstürmte. Es verschlug ihr die Sprache, als sie Ylvie entdeckte, die sich umsah und jemanden suchte.

Sias Herz klopfte schneller. Suchte sie etwa nach ihr?

Doch Ylvie gesellte sich zu einer Gruppe junger Leute, die sie mit Beifall und Rufen willkommen hießen.

»Du lebst noch?«, scherzte einer von ihnen. »Hätte nicht gedacht, dass wir dich noch zu Gesicht bekommen, bevor die Saat losgeht.«

Ylvie setzte sich mit dem Rücken zu Sia und hatte sie zum Glück nicht bemerkt. Es war komisch, dabei hätte Sia sie am liebsten begrüßt.

Holger entging es nicht. »Du hast ja deine Bekanntschaft mit ihr gemacht«, merkte er mit einem Grinsen an.

Sia schmunzelte mit dem Schluck Bier im Mund, das hatte sie wirklich.

»Kennt ihr euch schon lange?«, fragte er.

Sia wusste im ersten Moment nicht, was sie antworten sollte. »Als Kinder haben wir oft zusammen gespielt«, sagte sie.

Holger nickte. »Eure Betriebe kamen eigentlich sehr gut miteinander aus. Aber nach Marios Tod ist das Verhältnis etwas angespannt. Ludwig, Ylvies Vater, wollte Evie den Hof abkaufen, weil sie es alleine nicht mehr schaffte und es den Tieren nicht mehr gut ging. Dabei wollte ihr Vater nur helfen. Aber manchmal fehlt den Leuten die Einsicht.« Holger senkte den Kopf und klang ein wenig vorwurfsvoll. Sia konnte es ihm nicht verübeln.

Erneut suchte ihr Blick nach Ylvie, die sich ausgelassen mit ihren Freunden unterhielt und lachte. Sie sah so schön aus, wenn sie lachte, nicht so mürrisch, wie sie es bei Sia war. Sie konnte Sia einfach nicht leiden. Niedergeschlagen nahm sie einen weiteren Schluck von ihrem Bier.

»Hat sie wie du Landwirt gelernt?«, fragte Sia.

Holger sah sich kurz nach Ylvie um. »Erst hat sie sich gesträubt, den Hof von ihrem Vater zu übernehmen. Sie war das einzige Kind und ist gegen den Willen von Ludwig in die Stadt gezogen, um dort einen kaufmännischen Beruf zu lernen.« Holger trank sein Alster. »Ich kann ihre Flucht verstehen. Der Job des Bauern ist hart und die Leute reden nicht gut über unseren Beruf. Aber irgendwann dann hat sie wohl verstanden, dass sie als einziger Nachkomme den Hof übernehmen muss und sie macht ihren Job für eine Frau sehr gut.«

Sia lehnte sich zurück. »Was heißt denn bitte für eine Frau?«

Holger lachte und hob abwehrend die Hände. »Entschuldige, du hast recht. Aber ihr Hof ist nach ihrer Generation auch verloren.«

Sia hob fragend die Augenbrauen. Verstohlen suchte ihr Blick wieder nach Ylvie. Ihr entging nicht, dass Ylvie sich wieder umsah. Ob sie jemanden erwartete? Vielleicht ihren Freund oder einen Schwarm?

Holger schmunzelte süffisant. Er kreuzte die Arme auf dem Tisch und beugte sich zu Sia. »Ylvie ist lesbisch«, flüsterte er und trank sein Bier.

Sia war schockiert und anscheinend sah man es ihr an, als Holger wieder lachte. Sia nahm gleich einen Schluck von ihrem Bier. Egal, wie überrascht sie auch war, sie versuchte, so zu tun, als wäre es etwas Banales. Schließlich kam sie aus der Stadt und Stadtmenschen waren weltoffen.

»Und warum sollte es dann nicht mit der Nachfolge klappen?« Sia klang ein wenig verunsichert.

Holger zuckte mit den Schultern. »Für ein Kind braucht man schon einen Mann.«

Sia schaute skeptisch. Seine Aussage gefiel ihr nicht. Sie hielt den Mund, weil sie keine Lust auf Grundsatzdiskussionen hatte.

»Und alle wissen es?«, fragte sie dafür leise.

»Wir sind zwar Bauern, aber keine Steinzeitmenschen. Auch bei uns ist die Homosexualität angekommen.« Er lachte und machte Sia auf einen Mann mit Begleitung aufmerksam. »Das sind Uwe und Karl. Beide stockschwul und seit sechs Jahren verheiratet.«

Sia kam aus dem Staunen nicht heraus. Während sie gemütlich ihr Bier tranken, tratschte Holger, wer mit wem mal was hatte und wie es ausgegangen war.

Der Abend war ungemein amüsant, auch wenn Sia Lästern doof fand.

»Ich glaube, ich sollte dich nach Hause bringen.« Holger grinste. Während er bei einem Radler geblieben war, hatte Sia schon drei Bier getrunken. Sia hatte seine Gesellschaft so genossen, dass sie sich einfach hatte fallen lassen können. Solch einen entspannten Abend hatte sie ewig nicht mehr gehabt.

Holger nahm sie bei der Hand, er konnte sehen, dass sie keine geübte Trinkerin war. Als sie gingen, bemerkte Ylvie sie endlich.

Sia sagte nichts, lächelte nur und verließ mit Holger die Kneipe.

Von einem auf den anderen Moment verging Ylvie die gute Laune. Sie wühlte einen Geldschein aus der Hose und warf ihn auf den Tisch. »Die letzte Runde geht auf mich«, sagte sie hastig und stand auf.

»Hey! Ylvie!«, riefen ihr ihre Freunde hinterher, da war sie schon draußen und hielt Sia auf, indem sie sie am Arm festhielt. Sie zog Sia einen Schritt von ihrer Begleitung fort, damit sie nicht mehr seine Hand halten konnte.

»Hallo Holger«, begrüßte Ylvie ihn beiläufig. Sie klang atemlos. »Wohin willst du?«, fragte sie Sia dann.

»Ich wollte nach Hause, Holger fährt mich«, antwortete sie und war überrascht, dass Ylvie ihr nachgekommen war.

Ylvie sah Holger an, aber sprach mit ihr. »Ich wollte auch nach Hause, wenn du willst, fahre ich dich.«

Sia zögerte, schließlich war sie schon in Begleitung.

Ylvie antwortete an ihrer Stelle. »Für ihn ist es ein Umweg, dich ganz bis zum Hof zu fahren.«

Sia blickte zu Holger, er wirkte ein wenig angefressen. Aber die lange Fahrt wollte sie ihm nicht zumuten. »Das war ein wirklich schöner Abend«, sagte sie und verabschiedete sich von ihm.

Er grinste. »Das sollten wir wiederholen.«

Sia erwiderte sein Lächeln. »Sehr gerne.«

Doch Ylvie schien es überhaupt nicht zu gefallen. Sie zog Sia zu ihrem Auto und war wieder so genervt. Warum hatte sie ihr dann angeboten, sie zu fahren? Sia fühlte sich unwohl, dass sie am liebsten mit Holger gegangen wäre.

Die Fahrt über wechselten sie kein einziges Wort miteinander. Die Atmosphäre war angespannt.

Sia sah zu Ylvie, die sich im Dunkeln auf die Straße konzentrierte. Sie hatte den ganzen Abend nichts außer Süßgetränke getrunken.

Irgendwann bemerkte Ylvie, dass Sia sie anstarrte. »Ist was?«, raunte sie.

Sia richtete den Blick sogleich auf die Straße. »Nein, nichts«, fiepste sie und presste die Lippen zusammen.

*

Es war einfach die körperliche Arbeit, die Sia auslaugte, sodass sie im Wagen eingeschlafen war. Vorsichtig öffnete Ylvie die Beifahrerseite und berührte Sia an der Schulter. »Hey, wir sind da«, sagte sie.

Müde öffnete Sia die Augen und schnallte sich ab. Ihr war ein wenig schwummrig, sodass sie sich an Ylvie festhielt, als sie aus dem alten Mercedes ausstieg.

»Hey, vorsichtig«, mahnte Ylvie mit weicher Stimme, was Sia gar nicht passte. Plötzlich war sie superlieb? Irgendetwas stimmte doch nicht.

Sie pikste Ylvie mit dem Zeigefinger. »Du kannst so nett sein, wie du willst«, nörgelte sie angetrunken. »Ich werde den Hof nicht an euch verkaufen.«

»Schon gut«, antwortete Ylvie und machte sich anscheinend lustig über Sias Zustand.

Sia pikste sie erneut und berührte ihren schmalen Arm, der so fest war. Sia drückte gleich ein wenig mehr, sodass Ylvie lachte und ihn für sie anwinkelte.

»Das ist mein Bizeps«, meinte sie belustigt und präsentierte ihre Muskeln.

Sia lächelte jetzt. »Für eine Frau bist du echt stark.«

»Das macht die Arbeit«, meinte Ylvie.

Sia betrachtete erneut verträumt ihr Lächeln. »Ich wüsste so gerne, warum du mich nicht leiden kannst«, flüsterte sie. Das Lächeln in ihrem Gesicht verschwand gänzlich. Sie ließ Ylvie einfach stehen und ging ins Haus.

»Ich … ich …«, brachte Ylvie leise hervor, da schloss Sia bereits die Haustür hinter sich.

Ylvie zögerte, doch sie raffte sich zusammen, ging ums Auto und stieg ein. Sie wartete noch einen Moment, bis Sia das Licht anschaltete, erst dann fuhr sie vom Hof.

Kapitel 13

Einen wirklichen Kater hatte Sia nicht, dennoch pochte ihr am nächsten Morgen seicht der Schädel. Sie trank Wasser und an der frischen Luft ging es ihr ein wenig besser.

Nach getaner Arbeit im Stall knuddelte Sia einige der Kühe. Durch das Schneiden der Hufe bewegten sie sich wesentlich geschmeidiger. Sie wirkten zufrieden und Sia war es auch. Mit Sonntagszuschlag hatte Sia für die Kuhpediküre knapp 1500 Euro zahlen müssen. Aber das war es ihr wert gewesen.

Die Rechnung für das Futter war noch nicht gekommen. Ihre Finanzen schrumpften. Sia überlegte nicht lange, als sie ihr Handy hervorkramte und ihre beste Freundin anrief, die zum Glück auch gleich ranging.

»Sia!«, gab sie begeistert von sich. »Wie schön, von dir zu hören.« Sie hatten sich in der Zwischenzeit ein paar Nachrichten geschrieben, zum Telefonieren war Sia gar nicht gekommen. Es tat richtig gut, Verenas Stimme zu hören.

»Du glaubst gar nicht, was los war«, meinte Sia und erzählte ihr von den Tieren, denen es mittlerweile besser ging, und von dem Hufschneider. Aber Jürgen und Holger erwähnte sie mit keinem Wort, sie fürchtete, die Unterhaltung würde eine unangenehme Wendung für sie nehmen.

»Du?«, fragte Sia. »Wenn es dir keine Umstände macht, könntest du nutzloses Zeug aus meiner Wohnung verkaufen? Ich habe noch eine alte Spiegelreflexkamera, die ich nie benutze.« Sia hatte sie damals gekauft, weil sie geglaubt hatte, vielleicht auch solche Bilder wie Verena schießen zu können. Aber ihre Freundin hatte da einfach mehr Talent. Seitdem verstaubte das teure Ding im Schrank.

»Weißt du, ich spiele auch schon länger mit dem Gedanken, mein Sofa loszuwerden. Es ist echt viel zu groß für die kleine Wohnung und im Schmuckkasten ist eine rosa Dose mit Echtschmuck.«

»Sia, Sia«, stoppte Verena sie. »Was ist denn los? Steckst du etwa in Geldnot?«

»Nein.« Sia beruhigte ihre Freundin. »Ich habe zum Glück ein bisschen gespart. Aber ich glaube nicht, dass es reichen wird.« Sia seufzte. »Es wurde schon länger nichts mehr am Hof gemacht«, erklärte sie und verließ den Stall Richtung Haus, wo der Riss in der Fassade ihr noch einmal ins Auge sprang.

»Du willst deine Tante also nicht dazu überreden, den Hof zu verkaufen?«, fragte Verena und klang verunsichert.

Sia schwieg für einen Augenblick. »Ich weiß es nicht. Meine Tante möchte es nicht, aber ihr geht es nicht gut. Irgendwann wird sie auch einsehen, dass sie aufgeben muss. Spätestens, wenn es keine Besserung für sie gibt. Vielleicht kann ich den letzten Rest aus dem Hof herausholen, verstehst du? Um einen höheren Verkaufspreis zu erzielen, damit sie später etwas mehr hat.« Sia wurde leise. »Ohne den Hof steht Tante Evie mit nichts da.«

Kapitel 14

Mitten bei der Arbeit bekam Sia unerwartet eine Nachricht von Dario.

»Hey, Schatz. Was machst du? Ich vermisse dich. Schade, ich stecke mitten in der Arbeit, sonst hätten wir telefonieren können.«

Sia war baff. Gefühlt hatten sie ewig nicht mehr miteinander gesprochen. Sia hatte einfach so viel zu tun und kaum lag sie abends im Bett, da schlief sie auch schon ein, ohne noch einen Finger krümmen zu können.

Sie hätte ihr Handy auf laut stellen können, aber sie war ganz froh, dass sie Dario ungewollt zappeln ließ, weil er es sonst mit ihr tat.

Ehe sie ihrem Freund antworten konnte, vibrierte ihr Handy und das Bild ihrer Mutter erschien auf dem Display.

»Hallo Mama«, gab Sia begeistert von sich, doch ihre Mutter fiel ihr direkt ins Wort.

»Sia?! Was muss ich da von Verena hören? Warum verkaufst du deine Sachen?«

»Mama, ist doch alles gut. Es sind nur unnötige Dinge, die ich durch mein Leben schleppe«, meinte Sia.

Ursula ließ sich nicht beruhigen. »Du versuchst, einen Hof zu retten, der nicht mehr zu retten ist! Sia, du kämpfst gegen Windmühlen.« Ihre Mutter wurde hysterisch und stöhnte dann, als hätten sie stundenlang miteinander diskutiert.

»In der Gegend gab es einen Milchbauern, der war größer als der Hof deines Onkels. 400 Kühe, doch nach der Milchkrise hat er sich nicht mehr erholen können und musste Insolvenz anmelden. Alle Tiere mussten nach und nach zum Schlachter.«

»Das ist schrecklich! Ich will nicht, dass Tante Evies Kühe zum Schlachter müssen!« Sia war geschockt.

»Sia«, mahnte ihre Mutter wieder. »Was hat der Hufschneider verlangt?« Ehe ihre Tochter antworten konnte, sprach sie weiter. »Der Job des Bauern ist nur noch harte Kalkulation. Bitte verschulde dich nicht wie deine Tante. Die Tiere müssen fressen, sie bekommen Medikamente, wenn sie krank sind. Die Geräte müssen gewartet werden. Manche trächtigen Kühe bekommen ihr Kalb nicht so einfach, der Tierarzt muss bezahlt werden.« Ihre

Mutter zählte weiter auf. »Ein männliches Kalb ist Ausschussware, ein gutes und gesundes bringt vielleicht 80 Euro, ein krankes 20. Dabei kostet die Aufzucht 130. Es ist ein reines Verlustgeschäft.« Ursula war beunruhigt.

»Ausschussware?« Sia schluckte, es dämmerte ihr langsam. Tante Evie hatte schon erzählt, dass sie die Kälber an den Metzger verkaufen musste, weil sie sich nicht mehr um sie kümmern konnte.

Niemand sprach darüber. Erst, als ihre Mutter es sagte, wurde Sia bewusst, dass die Milchindustrie kaum Verwendung für männliche Kälber hatte.

»Der Tierarzt nimmt 50 Euro für die Erstuntersuchung. Wenn das Kalb gerade mal 30 Euro einbringt, rentiert sich das nicht. Die ganz schmächtigen, die sich nicht verkaufen lassen, lassen Bauern aus schierer Existenznot verdursten, weil sie sie nicht durchbringen können.« Ursula atmete angespannt in den Hörer. Das waren eigentlich Dinge, die sie längst vergessen wollte.

»Es ist ein grauenvoller Job, Sia.« Sie flehte ihre Tochter regelrecht an, keine Dummheit zu begehen.

»Der Endverbraucher hat keinen Bezug mehr zu den Tieren, ihm ist das alles egal, Hauptsache, er bekommt seine 60-Cent-Milch und sein 2,99-Euro-Fleisch. Dass man so billige Produkte bekommt, macht ihn nicht stutzig, er denkt darüber nicht nach.« Sia schwieg betreten. Auch, wenn ihre Mutter sie nicht direkt gemeint hatte, war Sia mitschuld. Sie war auch eine derjenigen, die unüberlegt bei den Angeboten an der Fleischtheke zugriffen, weil es so verlockend war. Dabei waren es Tiere, die geschlachtet wurden, und keine Euroartikel im Ramschabteil.

»Der Bauer fügt sich nur, weil er nicht das aufgeben möchte, was er Jahre gemacht hat. Jemand, der in der Stadt lebt, gibt ja auch nicht so einfach seinen Job und sein Leben auf. Zumindest haben Stadtmenschen keinen Familienhof, der über Generationen weitergeführt wurde.« Ursula legte eine kleine Pause ein. Die Unterhaltung wühlte sie ungemein auf.

»Die ganze Welt zeigt auf die Bauern, keiner sieht, wie machtlos sie gegen die Kaufkraft des Endverbrauchers sind. Es ist nicht mehr wie in Opas Zeiten, Sia. Die Milch deiner Tante schmeckt nicht, weil die Tiere zu viel Kraftfutter bekommen, es ist günstiger. Die Qualität der Milch ist auch nicht mehr ausschlaggebend, mittlerweile geht es nur noch um die Masse.«

Sia stützte ihren Kopf und ließ die Worte ihrer Mutter sacken.

»Es ist mir nicht leichtgefallen, den Hof zu verlassen. Deine Tante denkt, wir anderen sind Verräter, weil wir sie im Stich gelassen haben. Aber wir wollten nicht mit ihr untergehen. Wir hätten ständig draufzahlen müssen, was sie die ganze Zeit macht. Sie hat die Lebensversicherung deines Onkels verbraucht und ihre eigene schon vor Jahren auszahlen lassen.« Ursula sprach mit Sorge.

Sia wusste nicht, was sie sagen sollte. Ehe sie sich wieder beisammen hatte, fuhr ein Wagen vor. Es war der Zimmermann, der wegen der gerissenen Fassade vorbeischauen wollte.

Es war nur eine kurze Zeit auf dem alten Bauernhof ihrer Großeltern und doch hatte Sia es geschafft, ein paar Dinge zu regeln. Egal, was ihre Mutter eben gesagt hatte, Sia lächelte wieder.

»Mama, der Zimmermann ist da«, gab sie Bescheid.

»Der Zimmermann?« Ihre Mutter verstand gar nichts mehr.

Sia ging auf das Fahrzeug zu. »Ja, ein Riss in der Hausfassade. Ich wollte wissen, was es damit auf sich hat.«

»Vermutlich ein morscher Dachbalken«, meinte Ursula nachdenklich. »Sia?«, sagte sie dann. »Ich habe noch ein bisschen Geld übrig, das eigentlich für den Urlaub geplant war. Wenn du es brauchst …«

»Danke Mama, irgendwie schaffe ich das schon.«

»Sia.« Ihre Mutter hörte sich wieder so besorgt an, als würde ihre Tochter auf einer Klippe stehen und springen wollen.

»Der Hof tut mir unglaublich gut, Mama. Seit ich hier bin, habe ich die Nächte durchgeschlafen. Ich habe keine Kopfschmerzen und keine Bauchschmerzen mehr.« Dass Sia gestern einen über den Durst getrunken hatte, verheimlichte sie. »Mir tut jeder Muskel weh, aber ich bin momentan so glücklich.« Als ihre Mutter darauf nicht reagierte, fügte Sia hinzu: »In ein paar Wochen bin ich wieder zu Hause.«

»Ich hoffe, du kannst Tante Evie dazu überreden, den Hof zu verkaufen.« Nach einem kurzen Schweigen legte Ursula auf.

Aber was würde passieren, wenn Tante Evie den Hof verkaufen würde? Was würde mit den Rindern passieren? Sie waren keine Hochleistungsmilchkühe und doch fraßen sie genauso viel, wenn nicht sogar mehr. Die Rasse ihres Großvaters setzte gut Fleisch an. Aber Sia könnte es nicht aushalten, Mitschuld daran zu haben, dass sie zum Schlachter geführt wurden.

Alles sträubte sich in ihr. Sia atmete durch. Der Zimmermann stand schon draußen. Er schaute sich um und betrachtete den Riss, der bis nach oben zum Dach führte.

Oh, Gott. Auf den ersten Blick sah der junge Mann aus wie ein erwachsener Engel. Großgewachsen, blond, blaue Augen und schön gebräunte Haut. Sein Lächeln war so faszinierend, dass Sia zuerst kein Wort herausbekam.

Beide starrten sich an, bis der Zimmermann Sia die Hand reichte und sich vorstellte. »Ich bin Peter«, sagte er.

»Hallo, ich bin Sia«, piepste sie wie eine Maus, was den jungen Mann zum Lachen brachte und Sia wieder so verlegen wurde. Peter bemerkte sofort, dass Sia ihn mochte. So selbstbewusst präsentierte er sich auch.

»Ich sehe dich das erste Mal in dieser Gegend. Du bist nicht von hier, oder?«, fragte er.

Sia nickte. »Ich bin die Nichte von Evie. Eigentlich lebe ich in Bremen, aber bin für ein paar Wochen zu Besuch und versuche, auszuhelfen.«

»Das klingt gut. Der Hof braucht jede Hilfe, die er bekommen kann«, meinte Peter und schaute sich den Riss in der Hausfassade noch einmal genauer an.

Sia nutzte die Gelegenheit, und musterte ihn ungeniert. Niemals im Leben hätte sie sich getraut, jemanden wie ihn auf einer Party oder irgendwo anders anzusprechen.

»Ich hoffe, das ist nur ein morscher Dachbalken«, meinte Peter nachdenklich.

»Meine Mutter sagte das auch am Telefon.« Sie lächelten sich beide an.

Peter zeigte nach oben. »Ich schaue mir mal das Dach an, das Haus ist schon ein paar Jahre älter.«

»Ja, natürlich.« Sia ging voran. Sie sah den Weg bis zum Dachboden immer wieder hinter sich und kicherte dämlich. Mittlerweile hatte sie ganz rosige Wangen. Vergessen waren Holger, Jürgen und Dario. Aber ein bisschen gucken sollte ja nicht verboten sein.

Über die Dachluke kamen sie auf den verstaubten Boden. Ein paar Dachziegel fehlten und ließen das Tageslicht rein.

Peter sah sich um und berührte das Holz.

Während er den Schaden begutachtete, bemerkte Sia ein paar alte Koffer. Sie waren verstaubt und mit Spinnweben umgeben, doch das hielt sie nicht auf, die verrosteten Schlösser zu öffnen. Unter alten, bestickten Laken entdeckte sie etwas, was sie ins Staunen versetzte.

»Ein Teil des Daches muss erneuert werden«, sagte Peter. »Der tragende Balken ist nicht mehr zu retten. Durch die Feuchtigkeit ist er morsch geworden.« Er rieb die Finger aneinander.

Sia stand auf, auch wenn sie ihm zuhörte, hatte sie ihre Augen auf dem Stapel alter Schwarz-Weiß-Fotos, die von ihrem Hof stammten. Sie ging alle durch, sah alte Leute, die sie nicht kannte, aber sofort wusste, dass es verheiratete Paare waren, die auf dem Bergmanns-Hof gearbeitet hatten. Ihre Vorfahren.

Sia war ein wenig mitgerissen und hielt die Erinnerungsstücke aus der Vergangenheit fest.

»Kannst du mir ungefähr sagen, was mich das kosten würde?«, fragte sie und schaute wie der Zimmermann zur Decke. Selbst ein Laie konnte sehen, in welch schlechtem Zustand das Dach war.

»Vielleicht 60 Euro pro Quadratmeter, ohne Materialien«, antwortete er.

Sia war elend zumute, sie hatte doch erst die Klauenpflege bezahlt, auf die Rechnung das Futters wartete sie noch. Entmutigt begleitete sie den jungen Mann nach unten. Mit so viel hatte sie nicht gerechnet.

Vor dem Haus blieb Peter stehen. Ihm war Sias Unsicherheit nicht entgangen. Er stemmte die Hände an die Hüften und zeigte mit einer Kopfbewegung in Richtung des Waldes, der weit hinter den Feldern lag. »Wenn ich mich nicht irre, gehörte der Wald damals zu diesem Hof, jetzt wohl dem Nachbarhof.« Sia war entsetzt, das wusste sie gar nicht.

»Deine Tante hat ihn verkaufen müssen.« Peter sah sich um. »Es steht nicht sehr gut um den Bergmanns-Hof.« Schon wieder wagte es jemand, so etwas zu sagen. Peters Attraktivität half über das Bauchstechen nicht hinweg.

»Ylvie besitzt einen Kettensägeführerschein, wenn du sie fragst, kann sie dir aus Kulanz vielleicht das Material stellen. Aber das Holz müsste Monate, wenn nicht Jahre zur Trocknung lagern. Vielleicht tauscht ihr das frische Holz mit dem örtlichen Schreiner«, meinte er schließlich.

Wieder Ylvie. Peter sammelte langsam weniger Bonuspunkte.

Der strahlende Goldkopf brachte einen Notizblock hervor und schrieb auf, was er an Materialien brauchte. Er riss den Zettel raus und reichte ihn Sia. »Wenn du alles zusammen hast, melde dich einfach.«

Er verabschiedete sich und fuhr vom Hof runter. Erst da bemerkte Sia Ylvie, die sie mürrisch aus der Ferne beobachtet hatte.

Vor dem Bungalow stand eine Palette, die sie per Hand mit Saatsäcken belud.

Der Schreck darüber, dass Opa Pepes Wald nicht mehr ihnen gehörte, saß tief. Sia war wütend auf Ylvie, dabei war es ihre Tante, die die Fläche verkauft hatte.

Sia wollte gleich zur Sache kommen und kletterte über den Zaun.

Ylvie ließ sich nicht aufhalten und brachte unbeirrt einen Sack nach dem anderen nach draußen, bis die Palette kniehoch beladen war.

»Ylvie?«, fragte Sia schroff.

»Nein«, antwortete sie, ohne sie angehört zu haben.

»Ich brauche Holz«, entgegnete Sia stur.

Ylvie stöhnte und setzte den nächsten schweren Sack ab. »Dann fahr in den Baumarkt.«

»Du hast einen Kettensägeführerschein, du könntest mir …«

»Nein«, wiederholte Ylvie und verschwand in ihr Büro.

Sia kam ihr nach. »Aber der Wald hat damals meinen Großeltern gehört«, protestierte sie.

»Jetzt gehört er zu dem Hof hier«, erwiderte Ylvie gereizt.

»Ich bitte dich um Hilfe und du bist so arrogant!« Sia stampfte mit dem Fuß auf, als wäre sie ein aufgebrachtes Kind.

»Arrogant?« Sia hatte endlich ihre volle Aufmerksamkeit. »Der Hof ist nicht mehr zu retten und du steckst unnötig Energie hinein. Deine Tante soll ihn verkaufen und gut ist.« Ylvie ließ Sia nicht zu Wort kommen. »Wenn du bitte gehen könntest, ich habe gleich Kundschaft.«

Kaum hatte sie es ausgesprochen, fuhr ein Mercedes Benz GLK die Straße hoch auf Ylvies Auffahrt und kam vor dem Büro zum Stehen. Ein junger, bulliger Mann stieg aus und nahm sich die Sonnenbrille von der Nase. Er war rot im Gesicht, seine Haare kupferblond. Er trug Hemd und Hose. Auf den ersten Blick sah er aus wie die ältere Version des Jungen auf den Mad-Comics.

Sia wollte das von eben nicht auf sich sitzen lassen, doch als sie bemerkte, wie verkrampft Ylvie wirkte und bitterböse guckte, hielt sie den Mund. Sie folgte ihr nach draußen.

Der Mann kam im selbstbewussten Gang auf Ylvie zu und reichte ihr zur Begrüßung die Hand. »Ylvie«, sagte er begeistert und musterte doch nur Sia, die beschämt einen halben Schritt zurückwich. Wie er guckte, mochte sie gar nicht.

Der Typ grinste unverhohlen. »Wen haben wir denn da?«, fragte er amüsiert und ehe er Sia die Hand geben konnte, mischte sich Ylvie ein.

»Das ist die Bäuerin von nebenan. Sie wollte gerade verschwinden.« Ylvie funkelte Sia mahnend an.

»Ah, der alte Hof. Will Evie endlich verkaufen?«, fragte er.

»Lass es gut sein, Kevin, wenn, geht der Hof an mich«, stellte sie kühl klar, als wäre Sia gar nicht anwesend.

»Hast recht. Ihr habt eh die Felder drumherum gekauft, die Mühe lohnt sich nicht für den kleinen Fleck. Abreißen wäre für mich zu teuer.«

»Was?« Sia sah entsetzt zu Ylvie.

Kevin lachte dreckig. »Der Ackerbauer braucht seine Fläche.«

Aber natürlich! Ylvie wollte den Hof kaufen, um ihn abreißen zu lassen! Was war mit den Kühen und dem Haus ihrer Großeltern?!

Kevin bückte sich zu den Säcken. »Ich habe eine neue Maschine und wollte testen, wie gut sie funktioniert. Mordsding und neu auf dem Markt.« Er riss einen der Säcke auf und fühlte mit der Hand rein. Vermutlich prüfte er, ob die Samen gut waren.

»Muss ich davon ausgehen, dass die Saat verlaust ist?«, scherzte er und als er lachte, wurde er im Gesicht röter.

Ylvie warf Sia einen wütenden Blick zu. »Nein, die Ware ist in Ordnung.« Obwohl sie gereizt war, bemühte sie sich um Fassung.

Sia fühlte sich schuldig. Ylvie wurde wegen ihrer miesen Lüge von damals noch immer aufgezogen.

Sie wollte verschwinden, blieb aber stehen, als sich Kevin ein Stück weit mehr über Ylvie lustig machte.

Wutentbrannt zog sich Sia ihren Stiefel aus und warf damit den reichen Bonzen ab. »Das ist nicht nett!«, rief sie und stampfte mit nur einem Stiefel davon.

Kevin lachte. »Temperament hat die Kleine.« Er stierte Sia belustigt hinterher und klopfte sich den Mist von seinem weißen Hemd.

Fassungslos nahm Ylvie den Stiefel und lief Sia hinterher, die den Zaun passierte.

»Verschwinde«, schimpfte Sia, als sie ihr nachkletterte.

»Dann nimm deinen Stiefel«, gab Ylvie belustigt von sich. Der Klang ihres Lachens durchzog Sias ganzen Körper, sodass sie kurz innehielt.

»Lass ihn irgendwo liegen!«, motzte sie dennoch.

»Du könntest ihn mir auch abnehmen«, meinte Ylvie und folgte ihr bis nach Hause.

Sia war eingeschnappt. Vielleicht war sie auch nur auf sich und ihr dummes Verhalten von damals wütend. »Lass mich in Ruhe!«, gab sie zornig von sich. Sie wollte die Haustür schließen, aber Ylvie war stärker und drückte sie auf.

Sie lachte noch, Sia war so sehr davon angetan, dass ihre Wut fast verpuffte.

Ylvie stellte den Stiefel vor der Haustür ab. »Du hast den reichsten Bauern der Umgebung mit deinem Miststiefel abgeworfen und mir vielleicht mein größtes Geschäft vermasselt.«

»Er, er war gemein zu dir«, stotterte Sia. »Und du warst gemein zu mir!«, verteidigte sie sich.

»Willst du mich mit dem anderen Stiefel abwerfen?« Ylvie schien Sia kein Stück ernst zu nehmen.

»Verdient hättest du es!«

Ylvie nickte, als würde sie darüber nachdenken. Sie wollte gehen, da hielt Sia sie am Arm fest. »Was ist mit dem Holz?«, fragte sie mit Herzklopfen. »Ich brauche es, um das Dach auszubessern. Wir könnten das Holz aus dem Wald bei einem Schreiner austauschen.«

Ylvie sah sie an, länger, als man es tun würde, und Sias Herz klopfte gleich ein wenig schneller.

»Ich überlege es mir«, antwortete sie schließlich und ging.

Kapitel 15

Am Abend stand Sia angespannt im Kuhstall und schob das Futter zu den Kühen heran. Sie war in Gedanken, als im nächsten Augenblick Ylvie durchs Tor kam und mit ihren langen Beinen einen schnellen Gang hinlegte.

Sia zuckte vor Schreck zusammen, mit ihr hatte sie gar nicht mehr gerechnet. Ob es ein Nachspiel geben würde, weil sie mit dem Stiefel Ylvie das Geschäft vermasselt hatte?

Sia schluckte, doch als sie in Ylvies Hand eine Brotdose entdeckte, wurde sie um einiges ruhiger.

Erst jetzt wurde ihr bewusst, dass sie das Mittagessen ausfallen lassen und noch nicht zu Abend gegessen hatte. Nach heute Vormittag war sie so aufgewühlt gewesen, dass sie nicht daran gedacht hatte.

Sehnsüchtig blickte sie zur Brotdose. Ylvie lächelte und zog Sia wieder einmal in ihren Bann. Sia mochte es wirklich gerne, wenn sie die Mundwinkel hob.

Als Ylvie ihr die Brotdose reichte, klopfte Sias Herz schneller, als würde es jedes Mal schlafen und sobald die Jungbäuerin in der Nähe war, zum Leben erwachen. Es war merkwürdig. Sia bemühte sich, ruhig zu atmen.

»Nimm schon«, drängte Ylvie und streichelte eine der Kühe. Die Tiere waren ihr vertraut, als hätte sie schon einmal im Stall gearbeitet.

»Ich musste das Angebot anpassen«, sagte Ylvie und warf Sia einen vorwurfsvollen Blick zu. »Aber er ist halt ein Arsch. Kevin hätte die Ware auch so zum Tiefstpreis bekommen.«

Ylvie hielt ihr noch immer die Brotdose hin. Hatte Sia das Butterbrot noch verdient? Der Hunger war mittlerweile so groß, dass Sia nicht anders konnte, als es anzunehmen.

»Was ist Kevin für ein Bauer?«, fragte sie und öffnete ungeduldig die Plastikbox.

»Ein Milchbauer mit Mischbetrieb. Er baut sein Futter selber an und sorgt für Nachzucht. Kevin prahlt überall, dass er durch seine Grünbepflanzung den CO2-Ausstoß seiner Kühe ausgleicht. Dabei geht das Grün für das Futter der Tiere drauf, die sich wie in einem Hamsterrad drehen.«

Ylvie streichelte die Kuh neben ihr noch ein wenig, die Ylvie entspannt den Kopf in die Hand drückte, damit sie die richtige

Stelle kraulen konnte. Ylvie lachte. »War wohl nicht die richtige Stelle was, Emma?«

Sia wurde hellhörig, nachdem sie von ihrem Leberwurstbrot abbiss. »Das ist nicht Emma, das da ist Emma«, korrigierte sie und zeigte auf die Kuh am Ende des Ganges, die es sich im Heu bequem gemacht hatte.

Ylvie schüttelte den Kopf. »Das ist Emma, die andere ist Berta.«

»Berta?«, gab Sia ungläubig von sich. »Die sieht doch nicht aus wie eine Berta.«

»Natürlich«, erwiderte Ylvie. »Dick und stämmig, so wie eine Kuh sein sollte.« Ylvie streichelte Emma ein wenig liebevoller. »Die hier ist noch klein und schmal, wie eine Emma.«

»Da bin ich überhaupt nicht deiner Meinung«, protestierte Sia und biss diesmal ein großes Stück von ihrem Brot ab.

Ylvie sah sie an und lächelte, sie zeigte an das andere Ende der Reihe. »Und wer ist das da?«, fragte sie.

Sia überlegte. »Natalie.«

»Natalie?«, fragte Ylvie skeptisch. »Das ist nicht dein Ernst, die sieht eher aus wie eine Gudrun.«

Sia lachte. »Wenn sie noch die Halsbänder von meinem Opa tragen würden, hätten wir nicht das Problem.«

Ylvie senkte den Blick. Mit einem Mal sah sie so traurig aus, dass Sia glaubte, dass sie ihren Großvater genauso vermisste, wie Sia es tat. Am liebsten hätte sie sie wieder umarmt, doch Sia spannte jeden Muskel an, um es ja nicht zu wagen. Dafür betrachtete sie Ylvie und verstand nicht, warum sie hier war und ihr Brote brachte, wo sie mehr oder weniger an dem schlechten Geschäft schuld war.

Die Idee, dass Ylvie sie vielleicht doch mögen könnte, keimte in ihr auf. »Und?«, fragte Sia schließlich, als sie das erste Brot aufgegessen hatte. Es hatte so gut geschmeckt, dass sie das Käsebrot hinauszögerte.

Ylvie sah auf und schien nicht mehr so ausgelassen wie zuvor. Sie schaute zu Emma und streichelte sie weiter, während Sia auf eine Antwort wartete.

Sie hatte schon verstanden, dass Sia auf das Holz aus dem Wald hinauswollte. Früher hatten sie dort oft gemeinsam verstecken gespielt.

»Der Hof ist nicht mehr zu retten«, sagte Ylvie leise.

»Das stimmt nicht!« Sia war außer sich. Schon wieder so eine bescheuerte Bemerkung! Konnten die Leute es nicht einfach sein lassen?!

Ylvie schüttelte verständnislos den Kopf. »Deine Tante ist nicht die erste Milchbäuerin, die das Handtuch werfen muss. Solange du nicht aufrüstest wie Kevin, kannst du es vergessen. Aber ich glaube nicht, dass du das Geld dafür hast. Mit deinen 40 Kühen wirst du das nicht zahlen können.«

Ylvie sprach so giftig, dass Sia immer unwohler wurde.

»Es sind immer noch 60«, korrigierte sie.

»Mehr als 20 von ihnen sind zu alt. Durch die Ernährung mit dem Kraftfutter sind einige unfruchtbar und reif für das Schlachthaus.«

»Woher willst du das überhaupt wissen?!«, gab Sia wütend mit zittriger Stimme von sich.

Ylvie kam einen Schritt auf sie zu. »Du bist gerade einmal eine Woche hier, Stadtpflänzchen. Ich schon mein ganzes Leben.«

Ylvie bemerkte die Unsicherheit in Sias Augen, auch ein wenig Angst. Aber sie wollte ihr keine falschen Hoffnungen machen. Ihre Tante hatte ohne Unterstützung den Hof vor die Wand gefahren. Sie hätte expandieren müssen, mindestens 200 Kühe, die sie bis zum Gehtnichtmehr hätte ausbeuten sollen. Sie mit Medikamenten vollstopfen und ihnen ihre Babys wegnehmen.

Ylvie behielt das alles für sich, weil das Pflänzchen die Wahrheit nicht verkraften würde.

»Ich … werde dir den Hof nicht verkaufen.« Sia hatte wieder Mut gefunden.

Ylvie sah in ihre tiefbraunen Augen. Sie hatte sich verändert. Niemals im Leben hätte Sia sich damals von Ylvie einschüchtern lassen.

»Das werden wir noch sehen«, knurrte sie. Ylvie sah sich noch einmal im Kuhstall um. »Den Preis, den ich zahle, zahlt niemand anderes«, sagte sie und blickte Sia wieder in die Augen, die sich diesmal mit Tränen füllten. »Ich kann mir aber gut vorstellen, dass Evie aus Trotz jemanden den Hof unter Wert verkauft.«

»Das werde ich nicht zulassen«, japste Sia.

»Es ist nur eine Frage der Zeit, bis dir die Luft ausgeht«, meinte Ylvie selbstgefällig und verließ den Stall.

Sia war mit einem Mal so schlecht, dass sie es bereute, etwas gegessen zu haben. Verzweifelt umklammerte sie die Brotdose. Ylvies Fürsorge und das, was sie eben gesagt hatte, passte einfach nicht zusammen. Sie lief ihr nach.

»Das ist der Hof von meinem Opa und meiner Oma!«, rief Sia und bemerkte viel zu spät, dass sie weinte.

Ylvie kletterte zwischen den Zaunlatten hindurch. »Der Hof wird dich genauso ruinieren wie deine Tante. Du bist zu spät, Sia, der Hof hätte Jahre zuvor Unterstützung gebraucht.« Diesmal klang sie liebevoller, als wollte sie Sia ins Gewissen reden.

»Bitte!«, rief Sia verzweifelt. Hilflos wischte sie sich die Wangen trocken. »Ich bezahle auch.«

Ylvie stöhnte. »Was du tust, ist, es hinauszuzögern, wie es deine Tante tut, und das zum Leid der Tiere.« Ylvie wandte sich ab, als könnte sie sich das alles nicht mehr ansehen. Sie verschwand in Richtung Bungalow und ließ Sia zurück.

Sia konnte nicht mehr aufhören zu weinen. Die Tränen kamen ganz unvermittelt. Im Leben hatte sie sich noch nie so einsam gefühlt, wie sie es jetzt tat. Den einzigen Halt gab ihr die doofe Butterbrotdose.

Sia umklammerte sie, während ihre Tränen wie schwerer Regen auf das harte Plastik trommelten.

Kapitel 16

Der nächste Morgen war für Sia eine Tortur. Seit es den Hühnern besser ging, krähte auch der Hahn wieder. Sia hatte keine Lust zu essen, aber zwang sich das alte Brot aus der Brotdose vom Vortag auf, um wenigstens bei Kräften zu bleiben.

Mit der Schubkarre brachte sie das Futter zu den Kühen, weil sie sich nicht zutraute, den alten Traktor zu fahren. Sie machte die Gänge sauber und molk die Kühe, nachdem sie die Hühner gefüttert und ihre Eier entsorgt hatte.

Die vorletzte Kuh stand bereit, um gemolken zu werden, da fuhr der Milchtransporter auf den Hof. Er kam alle zwei Tage. Heute schien der Fahrer entspannter zu sein als die letzten Male.

Sia war müde und lächelte dennoch, besonders, als er ihr diesmal die Hand zum Gruß reichte.

»Freut mich, den neuen Zustand vom Stall zu sehen, und wie es den Kühen geht. War schon schwer, als alter Milchbauer mit ansehen zu müssen, wie es den Tieren erging.«

Sia stockte kurz und erinnerte sich an das Gespräch mit ihrer Mutter. War der Mann der Bauer mit den 400 Kühen, der seinen Betrieb hatte aufgeben müssen? Sie begriff nun, warum er zuvor so unzufrieden gewesen war. Sicher hatte der Zustand der Kühe ihn getroffen.

Der Mann ging ein paar Schritte zu den bereits gemolkenen Kühen rüber. Er nahm das graugrüne Heu in die Hand. »Das Futter ist gut, beste Qualität, nicht jede Kuh kann von solch einem Glück reden.«

Sia war erstaunt, das Futter hatte sie günstig ergattert. Dabei fiel ihr ein, dass sie noch keine Rechnung bekommen hatte.

Dennoch wäre es Sia lieber gewesen, die Kühe raus über die Straßen ins Tal hoch zu den oberen Feldern zu bringen. Aber sie traute es sich nicht zu. Dabei wusste sie nicht einmal, ob ihre Tante nicht auch dort die Felder verkauft hatten, wie sie die Felder um das Grundstück herum und das Stück Waldgebiet an Ylvie verkauft hatte.

Ylvie. Alleine durch den Gedanken an sie biss Sia die Zähne zusammen. Nie wieder würde sie sie um Hilfe bitten. Das Futter würde Sia bei jemand anderem bestellen. Eigentlich musste Sia zusehen, dass sie das Futter für die Tiere selbst anbaute.

Nach einer Weile verabschiedete Sia den Fahrer, der die Milch abgepumpt hatte. Als er fort war, ging ihr Blick zum Hof nebenan, der wie leer gefegt war. Vielleicht hatten sie heute einen Ruhetag. Als Ackerbauer musste man viel arbeiten, aber man hatte zumindest keine Tiere, die rund um die Uhr versorgt werden mussten.

Zuerst hatte Sia daran gedacht, die Saat für die Felder bei Ylvie zu kaufen. Wenn sie sich gut verstehen würden sicher, aber jetzt nicht mehr.

Sia wollte sich im Wohnzimmer für eine halbe Stunde hinlegen und dann anfangen, zum Mittag zu kochen, dabei hatte sie schon Hunger.

Mit einem Mal dröhnte der Klang einer Kettensäge durch das Gebiet. Der Motor brummte und die Maschine schrie auf, als sie Holz berührte. Das unerwartete Geräusch sickerte durch Sias ganzen Körper, als würde sie mitten im Geschehen stehen.

Plötzlich hupte jemand hinter ihr von der Straße aus. Es war ein Traktor mit einem Anhänger.

Ludwig, Ylvies Vater, saß vor dem Lenker und winkte Sia zu, die gleich angelaufen kam.

»Willst du zuschauen?«, fragte er.

Sias Herz klopfte wie wild, sie öffnete die Beifahrerseite und sprang auf.

»Seit wann ist sie draußen?«, haspelte sie aufgeregt und konnte es nicht glauben. »Ist sie wegen mir im Wald?«

Ludwig lachte. »Sie hatte schon immer eine Schwäche für dich. Selbst als Kind hat sie dir bei den Hofarbeiten unter die Arme gegriffen.«

Sia sah Ludwig verunsichert an. Es war wieder eine vage Erinnerung, die sie ein wenig wütend stimmte, aber er hatte recht. Ylvie hatte ihr oft geholfen, den Hof zu fegen, und dabei mit ihr geschimpft, weil sie sich in ihren Augen nicht Mühe gab und es ihr nicht ordentlich genug war.

Das, was Ylvies Vater gesagt hatte, lag ihr ein wenig zu schwer auf der Brust. Sia wollte sich nicht lange an der neu angeknüpften Erinnerung aufreiben, doch sie konnte nicht anders. *Eine Schwäche? Für mich?*

Holger hatte erzählt, dass Ylvie lesbisch war. Sie erhoffte sich doch nicht etwa, dass sie bei ihr landen konnte?

Sia war angst und bange. Sie war doch keine Lesbe und hätte sich ohrfeigen können, weil sie ihre alte Spielkameradin ständig um

Hilfe gebeten hatte. War doch klar, dass sie auf falsche Gedanken kam.

Sia wurde von ihren eigenen Vermutungen, die sie Ylvie unterstellte, schlecht.

Ylvie war ein Mensch wie jeder andere. Wenn Sia einen jungen Mann als Nachbarn gehabt hätte, ob sie genauso abscheulich gedacht hätte?

Ludwig fuhr Sia in den Wald. Das fräsende Geräusch der Kettensäge mit dem knarrenden Motor wurde lauter. Plötzlich rief Ylvie so laut, dass Sia eine Gänsehaut bekam.

Ein Baum in der Ferne knackte gefährlich, brach und fiel bebend zu Boden. Sia erschrak und hielt sich an Ludwig fest, der belustigt weiter in den Wald lenkte. Sie fuhren tiefer, bis sie die Fahrzeuge antrafen, mit denen Ylvie und Jochen hergekommen waren.

Einer der Bäume lag auf dem Boden. Jochen ging Ylvie zur Hand und entfernte die Äste, während sie abschätzend in die Krone des nächsten Baumes sah, an dessen Stamm sie sich abstützte. Zum Schutz trug Ylvie einen orangenen Helm, dessen Sichtschutz sie hochgeklappt hatte. Dazu trug sie Hörschutz und Handschuhe. Ihre Warnweste stand offen. Die große Kettensäge hatte sie noch in der Hand.

Sias Herz schlug schneller als zuvor. Es war neu, sie hatte noch nie eine Frau mit solch einer Maschine gesehen. Es faszinierte sie so sehr, dass es auf ihrer Haut prickelte.

Ylvie entdeckte den kleinen Traktor ihres Vaters. Sie winkte ihm zur Begrüßung zu, als sie Sia sah, hielt sie in ihrer Bewegung inne. Für einen Moment blickten sich die beiden Frauen aus der Ferne in die Augen. Sia wusste nicht, was sie machen sollte. Wegschauen wollte sie nicht und hielt Ylvies fordernden Blick stand. Ylvie war einfach supersexy in ihrer Holzfällerinmontur.

»Soll ich raus und helfen?«, fragte Sia abgelenkt.

»Nein, bleib sitzen. Die machen das schon und hier drinnen ist es muckelig warm«, antwortete Ludwig und rieb sich die kalten Hände.

Sias Blick hing noch an Ylvie, ihr angestrengter Atem schwebte sichtbar wie Nebel aus ihrem Mund hinaus. Schließlich zeigte sie von einem Baum zum anderen.

»Du sollst dir einen aussuchen«, meinte Ludwig und stupste seine Beifahrerin mit der Schulter an.

Sia war überfordert, dann schlug sie voller Tatendrang die Hände zusammen. »Den linken«, antwortete sie knapp und zeigte auf die größere Tanne mit dem dickeren Stamm.

Ylvie grinste, als wäre das auch ihre Wahl gewesen. Sias Herz pochte mittlerweile so wild, dass sie nicht mehr still sitzen bleiben konnte und ihre Hände unter ihre Schenkel klemmte. Sie biss sich auf die Unterlippe, um sich ein Grinsen zu verkneifen. Sie war so aufgeregt.

Als Ylvie die Kettensäge wieder in Betrieb nahm, vibrierte der Laut durch den ganzen Wald und durch Sia hindurch.

»Sie ist 'ne Wucht, oder?«, fragte Ludwig begeistert.

»Ja«, hauchte Sia leise und gebannt zugleich. »Das ist sie.«

Bevor der Baum fiel, rief Ylvie erneut. Sia klammerte sich an Ludwig. Das Beben brachte den Traktor zum Schaukeln, sodass Sia es wie eine Achterbahnfahrt über sich ergehen ließ. Trotz des Schrecks lachte sie.

»Was machen wir jetzt?«, fragte sie und traute sich, die Augen zu öffnen. Sie konnten den Stamm schlecht so auf das Dach packen.

»Wir bringen das Holz zum Schreiner.« Genau, so wollten sie es machen. Das frische Holz gegen bereits getrocknetes eintauschen. Sia musste sicher auch das bezahlen. Die Begeisterung schwächte ab. Für einen Moment sah sie nur noch ihre schrumpfenden Rücklagen.

Unerwartet klopfte es an die Fahrerseite und Ylvie öffnete die Tür. »Willst du gemeinsam mit Jochen aufräumen und ich fahr los?«, fragte sie ausgelaugt.

»Ja.« Ihr Vater hievte sich vom Sitz nach draußen.

Als er unten war, stieg Ylvie ein und brachte den Geruch des Waldes mit.

Sia war angespannt, das prickelnde Gefühl wollte gar nicht mehr abklingen.

»Du heulst ja nicht mehr«, merkte Ylvie an.

»Warum sollte ich …« Sia stockte. Sie verstand sofort und schaute grimmig. Wie gemein von ihr, sie wegen gestern aufzuziehen. Doch ehe sie mosern konnte, fuhr Ylvie den Traktor mit dem Anhänger um, sodass sie rückwärts zu den gefällten Bäumen stand.

Sia würde es nicht laut sagen, aber sie war von Ylvies Können beeindruckt.

Jochen kletterte auf den Anhänger und zog ein Drahtseil aus einer Spule. Er kettete den ersten Stamm an und gab Ylvie ein Zeichen, indem er hinten gegen die Laderampe schlug. »Du kannst!«, rief er.

Ylvie bewegte den Hebel, mit dem sie die Geschwindigkeit der Spule kontrollieren konnte, und zog das Drahtseil langsam ein. Der Motor lief und mit seiner Kraft gelangte der Stamm ruckelnd auf die Ladefläche. Sia war das nicht geheuer, sie sah nach hinten und hielt sich an Ylvie fest, weil das Fahrzeug schaukelte.

»Ich bin ja da, du brauchst keine Angst zu haben.« Ylvie machte sich erneut über Sia lustig, sodass ihre Beifahrerin wütend wurde. Dabei ruckelte das Fahrzeug diesmal so stark, dass sich Sia mit beiden Händen an Ylvie klammerte.

Als die Stämme endlich oben drauf und gesichert waren, verabschiedete sich Ylvie bei den beiden Männern und fuhr den unebenen Waldweg entlang.

Die Fahrt über redete Ylvie nicht, was Sia unangenehm wurde.

»Machst du das öfter?«, fragte sie.

»Was? Bäume fällen?« Sia nickte. »Mein Vater hat keinen Sohn, also mache ich das, um ihn zu entlasten. Auf dem Land ist gut zu tun. Es macht mir ja auch Spaß«, antwortete Ylvie.

»Du kannst es auf jeden Fall ziemlich gut«, lobte Sia, auch wenn sie sich ein wenig sträubte.

Ylvie lächelte. »Danke.«

Die Landstraße war kaum befahren. Die Wege waren eng und die Straßenseiten mit unendlich vielen Bäumen bepflanzt. Sia konnte es nicht erwarten, dass der Frühling kam und damit die Blumen und grünen Blätter.

Nach einer dreiviertel Stunde fuhren sie beim Schreiner vor.

»Bleib sitzen, okay?«, bat Ylvie und stieg aus. Da kam ihr ein junger Mann entgegen. Er wirkte verschlossen, mit gesenktem Blick und doch lächelte er.

Sia winkte ihm zu, aber er schaute beschämt weg. *Wie merkwürdig.* Sia glaubte, etwas falsch gemacht zu haben.

Als Ylvie ihre Geldbörse zückte, um zu bezahlen, wollte Sia aussteigen. Schließlich waren es ihre Kosten. Doch der junge Schreiner wollte Ylvies Geld nicht und Sia fiel ein, dass sie gar nicht ihr Portemonnaie dabei hatte. Wie unangenehm.

Ylvie schüttelte dem jungen Mann zufrieden zum Abschied die Hand. Sia glaubte, dass sie nach Hause fahren würde, doch zuerst löste Ylvie den Anhänger und verteilte Unterlegkeile unter die Räder. Der junge Schreiner stand noch immer auf dem Hof. Ylvie winkte ihm zu, ehe sie in den Wagen einstieg.

»Warum hat er kein Geld genommen?«, fragte Sia gleich.

»Unter Freunden hilft man sich«, antwortete Ylvie und grinste. »Als wir den Hof ausgebaut haben, haben er und sein Vater mitgeholfen, die neue Lagerhalle zu bauen. Dabei haben sie gut verdient.« Ylvie startete den Motor und fuhr vom Hof. »Die automatischen Tore sind der Wahnsinn. Sie erleichtern mir die Arbeit um einiges«, gab sie begeistert von sich. Dann stöhnte sie gequält. »Ich habe echt Hunger.«

»Ich könnte kochen, wenn du magst«, schlug Sia vor.

Ylvie schaute skeptisch. »Ich glaube ja, dass du kaum das Talent hast, ein Spiegelei zu braten.«

»Hey!«, schimpfte Sia und wurde gleichzeitig verlegen, weil Ylvie nicht ganz unrecht damit hatte. War das wirklich so offensichtlich?

Eingeschnappt verschränkte sie die Arme vor der Brust. »Ich könnte dich ja zum Essen einladen, aber ich habe kein Geld dabei.«

Ylvie lachte. »Da hast du wohl Glück gehabt. Ich esse nämlich viel.« Amüsiert zuckte sie mit den Schultern. »Dann muss ich dich wohl zum Mittagstisch einladen.«

Sia wurde ein wenig komisch. Wieder dachte sie an Holgers Worte, dass Ylvie lesbisch war. Aber ehe sie sich weiter in einen Strudel von blödsinnigen Gedanken verstricken konnte, schaute sie auf die Straße. »Ja, das klingt sehr gut.«

Keine zwanzig Minuten später waren sie in der Kneipe, in der Sia schon mit Holger gewesen war.

Es war nicht viel los und Ylvie begrüßte ein paar der Anwesenden mit einem Handschlag. Sie setzten sich an einen freien Tisch an der Wand, da kam auch die Kellnerin vom letzten Mal, die blondierte Pummelige, die am liebsten Sia nach ihrem ganzen Leben ausgefragt hätte.

»Hallo Ylvie«, grüßte sie. »Schau an, unsere Sia ist auch da. Schön, euch zu sehen.«

Sia war erstaunt, dass sie sich ihren Namen gemerkt hatte. Ylvie stöhnte und streckte sich. Man merkte, dass sie sich an diesem Ort wohlfühlte.

»Bringst du zwei Mal das, was Bernd gekocht hat, mit bisschen Brot und zwei Süßgetränke?«

»Das mach ich doch glatt.« Die Kellnerin berührte Ylvie an der Schulter und verschwand hinter dem hohen Tresen.

»Wer kennt dich eigentlich nicht?«, fragte Sia schnippisch, was Ylvie wieder zum Lachen brachte.

Sia lehnte sich vor und stützte ihr Gesicht in die Hände, um so besser Ylvie zu betrachten. Es machte Ylvie so verlegen, dass sie auf den Tisch schaute.

»Weißt du«, sagte Sia, »an unsere Vergangenheit kann ich mich kaum erinnern. Nur, wenn du bestimmte Dinge erwähnst, dann fallen sie mir ein.« Mittlerweile fand es Sia ziemlich schade.

Ylvie mied Sias Blick und zuckte mit den Schultern. »Vielleicht ist es ganz gut so.«

Sia sah sie an. Ehe sie fragen konnte, wie sie das gemeint hatte, kam die Bedienung aus der Küche und brachte ihnen das Essen. Linseneintopf mit Reis, dazu zwei Cola.

»Lasst es euch schmecken«, sagte die Bedienung und kehrte in die Küche zurück.

Das Essen sah nicht wirklich appetitlich aus. Sia drehte den Teller und versuchte, die Pampe ins rechte Licht zu rücken. Auch wenn der Eintopf ein bisschen gewöhnungsbedürftig aussah, duftete es herrlich süß und deftig, auch nach frischen Kräutern.

Ylvie nahm den Löffel zur Hand. »Stell dich nicht so an. Der schmeckt echt gut.«

Ertappt sah Sia auf. Ylvie schaufelte sich den ersten Bissen in den Mund und hob mahnend die Brauen.

»Kann doch nicht sein, dass du nach 16 Jahren immer noch keinen Linseneintopf magst«, nörgelte sie. »Bernd ist ein echt guter Koch.«

»Aber das sieht so …«

»Wehe«, drohte Ylvie. »Du isst das und du isst auch auf.«

»Du hörst dich an wie meine Mutter«, meckerte Sia.

»Wie soll denn eine richtige Bäuerin aus dir werden, wenn du nicht vernünftig isst?«, argumentierte Ylvie.

Sia kicherte. Das mit der Bäuerin gefiel ihr. Sie nahm das Besteck zur Hand und traute sich, etwas auf die Löffelspitze zu nehmen. Langsam, unter Ylvies mahnenden Blick, nahm sie ihn zwischen die Lippen. Erstaunt hob Sia die Brauen.

»Du hast recht, das schmeckt.«

Ylvie schüttelte nur den Kopf. »Immer muss man dich zu deinem Glück zwingen.« Sie aß weiter und zeigte mit dem Löffel vorwurfsvoll auf Sia. »Kannst du dich noch an Pablo erinnern?«, fragte sie streng.

Ein Wort, ein Name, es machte klick, sodass Sia erwartend aufschaute.

»Du hast ihm heimlich deine Reste gegeben. Sobald du im Sommer da warst, hat der Hund zehn Kilo zugenommen.«

»Das stimmt doch gar nicht!«, protestierte Sia.

»Und ob! Er musste noch Tage danach leiden, wenn du ihm Bohneneintopf zum Fressen gegeben hast. Papa hat den Hund nachts nicht mehr ins Haus gelassen.«

»Hey!«, mahnte Sia. »Ich hatte keine andere Wahl, wenn ich nicht aufgegessen habe …« Sie sprach nicht weiter, weil es ihr nicht richtig vorkam. Wenn sie ihren Teller nicht aufaß, durfte sie nicht drüben bei Ylvie schlafen.

Sia wurde nachdenklich. Wie hatte sie den treudoofen Pablo nur vergessen können? Wie hatte sie Ylvie vergessen können?

»Hat er noch lange gelebt?«, fragte sie leise.

»Ja, klar«, antwortete Ylvie knapp und verheimlichte, dass er von einem anderen Hund totgebissen worden war. Sia würde nur wieder heulen und das wollte sie nicht. Ylvie ertrug es selbst nach so vielen Jahren nicht, wenn sie Tränen in den Augen hatte.

Als sie aufgegessen und ihr Getränk halb ausgetrunken hatte, blickte Ylvie wütend auf. Sia hatte wieder einmal nicht mehr als die Hälfte runterbekommen.

Sia schaute schuldig. »Sonst bekomme ich Bauchschmerzen«, sagte sie leise.

Die Kellnerin kam vorbei und räumte bei Ylvie ab. »Hat es etwa nicht geschmeckt?«, fragte sie Sia erschüttert.

»Sie isst wie eine Maus«, antwortete Ylvie.

»Das stimmt doch gar nicht!«, erwiderte Sia.

»Und ob«, hielt Ylvie dagegen. Sie schaute zur Kellnerin auf. »Kannst du das vielleicht einpacken und ein bisschen Nachschlag drauf machen? Dann kann sie es heute Abend essen.«

»Gerne«, antwortete sie.

»Ich esse nicht wie eine Maus«, zischte Sia, als sie alleine waren.

Ylvie verschränkte die Arme vor der Brust und betrachtete Sia zufrieden. Ein paar Dinge änderten sich wohl nie.

Kapitel 17

Sia hätte das gestrige Mittagessen strecken können, damit sie auch heute Mittag etwas Warmes im Bauch hatte, obwohl die Pampe schwer zu schlucken war.

Die Kühe waren gemolken, als sie auf den Hof zurückkehrte und es lecker nach Essen roch. Das Licht im Haus war aus. Niemand war da, der ihr nach einem anstrengenden Tag etwas kochte. Wie hypnotisiert folgte Sia der Duftfährte bis zum Zaun und schnupperte schon wie ein Hund. Der leckere Geruch trieb ihr das Wasser in den Mund. Jemand musste bei Ylvie zu Hause das Abendessen zubereitet haben.

Ihr Bauch grummelte. Sia hatte nicht die Geduld, sich hinter den Herd zu stellen, und erinnerte sich, dass sie auf dem Hof nebenan ein willkommener Gast gewesen war. Zumindest hatte man gleich für sie mitgedeckt.

Sia haderte, es schickte sich nicht, aber sie hatte solch einen Hunger. Lieber sollte sie sich ein Brot schmieren. Dabei dachte sie nur wieder an Ylvies Butterbrote. Sia kam sich sehr gerissen vor, als ihr einfiel, dass sie Ylvie noch ihre Brotdose zurückbringen musste. Im Eilschritt ging sie ins Haus, schnappte sich die Plastikbox und kehrte zurück auf den Hof, um dort durch die Zaunstege zu klettern.

Draußen vor dem Bungalow zog sie ihre Gummistiefel aus und schämte sich ein wenig, dass sie über den Weg Dreck mitgebracht hatte. Auf Ylvies Hof war es sauber und alles noch neu.

Um keinen Schmutz mit hinein zu nehmen, zog sie ihre Schutzkleidung aus und hatte ganz vergessen, dass sie noch ihre gepunktete Pyjamahose an hatte. Sia öffnete die schwere Eingangstür und schlich sich den langen Flur bis zur Küche.

Ludwig saß am Esstisch, während Ylvie am Herd das Essen in einen tiefen Teller gab. Als Sia das dunkle Porzellan mit den handbemalten, hart arbeitenden Bauern sah, war es auf einmal wie früher.

»Guck mal, wen wir als Gast haben«, bemerkte Ludwig mit einem breiten Lächeln.

Ylvie schaute kurz auf und grinste, als sie die nächste Kelle vom Eintopf eingoss. Ehe sie über Sias Anwesenheit nörgeln konnte, klopfte ihr Vater gegenüber aufs Platzdeckchen. »Komm, setz sich. Du hast sicher Hunger«, meinte er und blätterte in der Zeitung.

Beschämt trat Sia näher. Ylvie stellte zuerst ihrem Vater einen vollen Teller hin, Sia einen halb vollen und sich selbst eine ordentliche Portion. Dann erst setzte sie sich auf die Eckbank, mit dem Rücken zum Fenster.

»Kartoffelsuppe mit Würstchen mag ich am liebsten«, sagte Sia und lächelte versonnen. Die, die sie bei ihrer Ankunft gekocht hatte, hatte kaum Geschmack gehabt. Ylvie war nicht nur Bäuerin, sondern auch eine ziemlich gute Köchin.

»Ylvie soll dir gleich noch einen Nachschlag geben, wenn du aufgegessen hast«, meinte Ludwig.

»Sie sollte zusehen, dass sie zu Hause kocht«, erwiderte seine Tochter.

»Aber warum?«, protestierte Sia. »Früher war ich auch willkommen.«

»Früher warst du auch kleiner«, entgegnete Ylvie und verengte die Augen.

Sia war empört. »Willst du etwa sagen, dass ich zu viel esse?!«

»Oha. Jetzt solltest du aufpassen, was du sagst.« Ludwig amüsierte sich über die beiden und legte schließlich die Zeitung beiseite.

Ein Laster fuhr die Straße hoch auf den Hof. »Die wissen doch, dass wir um die Uhrzeit nicht mehr abladen.« Ylvie stöhnte und sah sich nach dem Lkw um.

Als ihr Vater aufstehen wollte, ging sie an seiner Stelle. »Ist schon gut, ich mach das«, meinte sie.

Sia sah Ylvie nach, die draußen dem Fahrer gleich zurief. »Rückwärts! Fahr rückwärts rein!«

Ludwig schaute mit langem Hals zum Fenster. »Sie kommen jedes Jahr und wissen immer noch nicht, dass es so leichter für uns ist.«

»Was wird denn geliefert?«, fragte Sia neugierig.

»Frisches Saatgut für die nächste Zeit. Wenn der Bodenfrost weg ist, geht es für uns los. Für dich bald auch«, meinte er. »Wenn du deine Kühe behalten willst, müssen sie fressen und selber anbauen ist günstiger als kaufen.«

Sia nickte, das müsste sie wirklich. Dabei wusste sie kein Stück, wie sie vorgehen sollte. Sia hatte so viele Fragen, aber Ylvie auf dem Gabelstapler war interessanter. Sie beförderte die Ware auf den Paletten hin und her. Es war nicht gelogen, dass das Tor mit Bewegungsmelder ziemlich praktisch war.

»Schau.« Ludwig lenkte Sias Aufmerksamkeit auf sich und tippte auf einen Zeitungsausschnitt. »Vielleicht ist dieses Thema für dich interessant.«

»Biomilchbauer, die Zukunft ist längst angekommen.«

Kapitel 18

Sia hatte auf dem Hof ihrer Tante keinen Internetzugang. Irgendwann würde sie sich darum kümmern, aber momentan hatte sie viel zu viel zu tun und um ehrlich zu sein, vergaß sie es auch.

Ehe sie wieder die Kühe füttern müsste, schlich sie auf Ylvies Hof und gönnte sich eine Pause.

Heute war der Himmel grau und es nieselte ununterbrochen. Sia versteckte sich unter dem Dachvorsprung, der an ihren Hof grenzte. Sie schickte ihrer Tante Bilder von den Kühen, ganz viele von ihren Klauen und von dem Futter. Auch welche, wo die Kühe kauten und gemütlich in die Kamera schauten.

Tante Evie freute sich und kommentierte jedes Bild mit Herzchenaugen.

»Die Kühe haben lange nicht mehr so zufrieden ausgeschaut«, schrieb sie.

Die Bemerkung machte Sia glücklich und traurig zu gleich. Ihre Tante war am Ende ihrer Kräfte gewesen und jetzt war Sia da, unerfahren und doch mit Elan. Die Tage wurden weniger, nur noch zwei Wochen, dann müsste Sia wieder nach Hause.

Sie verließ den Chat und kontrollierte ihr Bankkonto nach möglichen Eingängen, weil Verena den Tag zuvor Bescheid gegeben hatte, dass sie einige ihrer Besitztümer verkauft hatte. Als Sia die grünen Zahlen neben den roten entdeckte, schlug ihr Herz aus. Niemals hatten ihre Sachen so viel Geld eingebracht.

Umgehend legte sie ihr Handy ans Ohr und ließ bei Verena klingeln. Doch sie ging nicht ran. Sia musste ihr schreiben. Sie war so euphorisch, dass ihre Hände zitterten, während sie tippte.

»Brauchst gar nicht so lange klingeln lassen, ich weiß, du wirst nur schimpfen«, schrieb Verena. *»Ich habe auch ein paar alte Sachen von mir verkauft«*, meinte sie daraufhin.

»Du bist verrückt, darum habe ich dich nicht gebeten«, antwortete Sia.

»Ich weiß, aber ich wusste, bei dir wäre es besser aufgehoben, als dass ich das Geld wieder in eine unnütze teure Handtasche stecke. Der Bauernhof tut dir gut und wenn ich dir etwas helfen kann, dann tut es mir gut.«

Sia war gerührt. *»Du bist einfach die Beste.«*

Im nächsten Moment bemerkte Sia, wie Ylvie den Bungalow verließ. Aus ihrem Versteck heraus machte sie einen Schnappschuss von ihr, wie sie beschäftigt um ihren Traktor ging, um etwas zu prüfen. Dabei wehte ihr langes schwarzes Haar im Wind.

Sias beste Freundin war begeistert. *»Woah. Laufstegmodel?«*, schrieb sie.

»Die sehen alle so gut aus. Ich glaube, das liegt daran, dass sie wegen ihres Berufs viel an der Sonne sind«, meinte Sia und grinste.

»Hast du noch immer keinen Internetanschluss, dass du versteckt auf ihrem Hof was abzweigen musst?«

Sia schickte ihrer Freundin einen böse guckenden Smiley. *»Die haben hier genug und viel mehr!«*

Woraufhin ihr Verena mit einem lachenden Smiley antwortete. *»Lass dich nicht erwischen.«*

Sia verabschiedete sich und googelte bei der Kälte weiter mit ihrem Handy. Durch den Nieselregen wurde sie nass, sodass sie sich vom Hof wegdrehte, um sich ein wenig mehr zu schützen. Der Online-Artikel, den sie herausgesucht hatte, war ziemlich interessant.

Plötzlich nahm ihr jemand über Kopf das Handy aus der Hand. Sia erschrak, als sie zurückwich, stieß sie gegen jemanden.

»Biobauer?«, fragte Ylvie und verzog skeptisch das Gesicht. »Ist das dein Ernst?«

»Hey!«, schimpfte Sia und streckte sich nach ihrem Smartphone, doch Ylvie war größer. Sia stützte sich an sie und spürte ihren festen Körper unter der dicken Kleidung, sodass sie verlegen zurückwich.

Ylvie gab ihr schließlich ihr Handy wieder. »Was schleichst du hier rum? Mittag ist noch nicht«, nörgelte sie.

»Ha, ha«, gab Sia missmutig von sich.

»Geh nach Hause«, forderte Ylvie. Der Regen nahm zu.

Sia wollte den Artikel noch lesen, aber es war Ylvies Grundstück und wie weit sie ihre Geduld auf die Probe stellen konnte, wusste sie nicht. Schließlich ging sie.

»Das mit dem Biobauernhof würde ich mir aus dem Kopf schlagen«, sagte Ylvie noch, ehe Sia verschwand.

Sia sah sich nach ihr um, da war Ylvie schon auf dem Weg zum Bungalow.

»Warum soll ich mir das aus dem Kopf schlagen?«, fragte sie und lief ihr nach. Dabei hatte ihr doch Ludwig den Zeitungsartikel gezeigt, in dem es um einen Jungbauer ging, der den konventionellen Betrieb seiner Eltern umgestellt hatte.

Hastig entledigte sich Sia ihrer Gummistiefel und ihrer Latzhose.

In der Zwischenzeit ging Ylvie rüber in die Küche. Sie holte sich einen Apfel aus dem Kühlschrank, wusch ihn und lehnte sich mit einem Obstmesser an die Arbeitsfläche.

»Deine Kühe müssen mindestens zwei Jahre Biofutter fressen, bis du deine Milch als Biomilch verkaufen kannst. Bis dahin sitzt du auf deinen Kosten fest. Du musst deine Medikamente umstellen, weniger Ertrag plus Kosten sind ein Haufen Geld. Ich kenne die Richtlinien nicht genau, aber der Stall muss angepasst werden. Deine Kühe brauchen Auslauf.«

Deine Kühe? Ylvie hatte es nur beiläufig erwähnt und doch nahm es Sia wie eine Art Kompliment auf.

»Alles muss dokumentiert werden, noch mehr als zuvor. Über 30.000 Euro und die hast du nicht.« Ylvie zählte die Nachteile auf, als hätte sie sich damit schon einmal befasst. Sie drehte sich der Arbeitsfläche zu, die eine Hälfte des Apfels schälte sie, die andere nicht. Den Teil ohne Schale reichte sie Sia. Mit der anderen Hälfte setzte sie sich an den Küchentisch und machte die Beine lang.

Sia biss ein Stück vom süß säuerlichen Apfel ab. »Hast du überlegt zu wechseln? Also Biobäuerin zu werden?«

»Zuvor schon, aber das kann ich mir bei meiner Größe nicht leisten. In der Umgebung gibt es keinen Bauern, der bereit wäre, mir Biofutter abzukaufen«, erklärte sie. »Das Gebäude haben wir erst neu renoviert und angebaut. Als Biobauer würde ich zu Anfang die Kosten nicht decken können.«

Sia kaute langsam und dachte nach. »Aber langfristig … das würde klappen. Du könntest deine Saat und dein Korn teurer verkaufen.«

»An wen denn? Wie viele Ökobauern kennst du in der Gegend?«, erwiderte Ylvie.

»Aber denk doch mal an die Umwelt, an das Bienensterben. In Zukunft wird jeder zweite Mensch mit Krebs in Berührung kommen«, argumentierte Sia.

»Ich kann nur das anbauen, was der Endverbraucher bereit ist zu zahlen«, gab Ylvie leicht gereizt von sich. »Ihm ist es anscheinend egal.«

»Wenn du den Anfang nicht machst, wirst du es nicht wissen. Es gibt das Internet, es gibt bestimmt Menschen, die …«

»Sia, es reicht!« Mit einem Mal donnerte Ylvie die flache Hand auf den Tisch. »Erklär mir nicht meinen Job!« Sie stand auf und wollte verschwinden. Aber Sia gab ihr nicht die Möglichkeit und versperrte ihr den Weg.

»Warum?«, giftete Sia zurück. »Weil ich ein Stadtpflänzchen bin, weil du dein ganzes Leben hier verbracht hast?«

»Ganz genau. Du bist gerade mal zwei Wochen auf dem Hof und räumst den Mist der Kühe weg. Du bezahlst schön alles von deinem Bürojob. Stell dir vor, wenn dein sicherer Job, bei dem du bequem dein Geld verdienst, wegfallen würde.«

»Mein Job ist nicht bequem!«, schrie Sia außer sich. Sie ballte die Hände zu Fäusten. »Ich arbeite genauso hart, wie ihr es tut!«

»Genau.« Ylvie belächelte ihre Aussage. »Merkt man an deinen lackierten Fingernägeln.«

Verwirrt sah Sia auf ihre Hände. Sia hatte ewig keinen Nagellack mehr getragen und wurde wütender als zuvor.

»Jetzt hast du keine Argumente mehr und meinst, mich so verletzen zu können?« Sie war aufgebracht. »Kosten hier, Ertrag da, alles andere zählt nicht. Nicht das Wohl der Natur, nicht das Wohl der Tiere.«

Ylvie wurde laut. »Wir sind Bauern, Sia! Wir sind selbstständig. Du siehst selbst, wie lange wir arbeiten, um die Bevölkerung zu füttern, und trotzdem hat keiner Respekt vor uns! Die Welt glaubt, wir sind stinkende Höhlenmenschen mit dem Wissensstand vor 100 Jahren! Genau wie du! Kommst her und meinst, mir etwas von deinen Tagträumen zu erzählen. Weil die Stadtpflanze ja um einiges gebildeter ist als der Bauerntölpel!«

»Hör auf!« Sia war überfordert und schubste Ylvie. »Das habe ich nicht gesagt!«

»Bio funktioniert einfach nicht«, erwiderte Ylvie. »Er fördert Pilz und Sporen. Wenn alle umstellen, reichen die Lebensmittel nicht mehr und wir sind wieder am Anfang mit den Preisen.«

Ylvie wollte nicht aufhören, Blödsinn zu reden, sodass Sia sie noch einmal schubste. Diesmal so kräftig, dass sie sie mit dem Rücken an die Wand stieß.

»Aber du würdest dauerhaft Kosten senken, wenn du auf teure Dünger- und Pflanzenschutzmittel verzichtest!«

»Woher hast du denn das her?! Von irgendeinem Internet-Ökonomen, der sich noch nie die Hände schmutzig gemacht hat? Soll ich etwa das Unkraut mit den Händen rausrupfen?!«

»Du hörst mir gar nicht zu!«, rief Sia wutentbrannt.

Ylvie packte sie am Arm. »Du hörst mir nicht zu! Gerät Unkraut ins Futter, gelangt es mit dem Mist wieder aufs Feld. Das ist ein Teufelskreis!« Ylvies Griff wurde fester, aber Sia war so geladen, dass sie den Schmerz kaum wahrnahm.

»Dünge ich nicht, fällt der Ertrag kleiner aus, spritze ich kein Schutzmittel, habe ich das gleiche Problem. Ein Bauernhof ist ein Wirtschaftsbetrieb! Was man tut, muss sich rentieren!«

»Hör auf!«, rief Sia wieder und krallte sich in Ylvies Kleidung. Ihr Herz trommelte wie wild. In ihrem Kopf stürmte es. Mit einem Mal war sie ohne Worte, obwohl Tausende Gedanken zugleich durch ihre Hirnwindungen strömten. Ylvie sollte endlich aufhören, so wütend auf sie zu sein!

Es war plötzlich, als wäre Sia nicht mehr Herrin ihrer Sinne. Außer sich reckte sie sich auf Zehenspitzen und drückte Ylvie fest ihre Lippen auf den Mund. Sia war so aufdringlich, sie bemerkte nicht einmal, wie Ylvie sie vor Schreck von sich stieß.

Sias ganzer Körper bebte. Ihr Herz schlug so fest, dass sie es in ihrer Brust spürte. Was war das nur für ein Gefühl? Im nächsten Moment war Ylvies Widerwille wie im Keim erstickt. Sie erwiderte Sias forschen Kuss und es fühlte sich an, als würde man nach Hause kommen. Eine unbeschreibliche Wärme ebbte durch Sias Körper, sodass sie alles um sich herum vergaß.

Trotz weicher Knie stand sie fest auf beiden Beinen. Ihr Kuss wurde inniger. Es war anders als mit einem Mann und Sia glaubte, nie wieder jemand anderen küssen zu können. Ihre Zunge umspielte die von Ylvie. Niemals im Leben hätte sie geglaubt, so fordernd sein zu können. Der Geschmack des Apfels verdünnte sich, bis sie endlich Ylvie schmecken konnte. Sia wurde gierig, dass sie Ylvie am Kragen ihres Hemdes tiefer zu sich zerrte und ihr einen süßen Seufzer entlockte. Sia erschrak und wich zurück. Wie erstarrt betrachtete sie Ylvie, die benommen nach Atem rang und sie verwirrt ansah.

Es war wie ein Schlag auf den Hinterkopf. Sia wurde schwindelig. Sie wollte sich nicht erinnern, sie wollte das alles nicht zurück, was sie all die Zeit begraben hatte!

»An dem Apfel war noch Schale!«, schrie sie und hätte nicht trotziger reagieren können. Sia lief davon und dachte nicht einmal daran, ihre Sachen mitzunehmen, sondern rannte durch den Regen nach Hause. Egal, wie schnell sie lief, egal, wie sehr sie sich beeilte, sie konnte ihrer Vergangenheit nicht mehr entkommen.

Sia war es, die Ylvie damals vorgeschlagen hatte, sich heimlich im Stall ihres Opas zu küssen. Mit dem hirnrissigen Vorwand, um für Jungs zu üben. Ylvie war schon immer so schön gewesen.

Mit rasendem Herzen warf Sia die Haustür hinter sich zu und verriegelte sie. Sie berührte ihre brennenden Lippen und rutschte mit nassen Socken auf den Boden.

Was war los mit ihr? Sie hatten sich doch nur gestritten.

Sia war übergeschnappt, ihr Herzschlag wollte sich nicht mehr normalisieren. Die Kühe müssten gefüttert werden, aber sie konnte das Haus nicht mehr verlassen. Wie sollte sie Ylvie jemals wieder in die Augen sehen? Sia war es, die Ylvie zu einer homosexuellen Frau gemacht hatte. Es war alleine ihre Schuld, dass sie lesbisch war! Wie entsetzlich.

Das war also der Grund, warum Sia das alles verdrängt hatte und nicht mehr herkommen wollte? Dieses mulmige Gefühl, das sie seit ihrer Ankunft begleitet hatte?

Ylvie hatte recht. Sia würde es hier nicht mehr lange aushalten.

Kapitel 19

Am Abend stand Sia mit Überwindung im Stall und hatte nicht verdauen können, was passiert war.

Der Schrecken über ihr eigenes Verhalten steckte ihr noch in den Knochen. Die Kühe schienen es zu spüren und muhten beunruhigt.

Sia pumpte die Milch ab, sie trug die Kleidung und Gummistiefel von ihrer Tante, die ihr noch zu groß waren, aber besser passten.

Warum hatte sie nur so reagiert? Hätte sie das mit jemand anderen genauso getan? War Sia mittlerweile so verzweifelt auf der Suche nach Zuneigung, dass sie sich anderen aufzwang? Dass sie sich einer Frau aufgedrängt hatte?

Sia war so angespannt, dass Ylvie sie vielleicht sehen könnte, dass sie das Licht am Haus ausgelassen hatte und nur ein paar der Lampen im Stall leuchteten.

Als sie sich wieder erinnerte, wie Ylvie und sie als Kinder heimlich halb nackt im Stroh gelegen hatten, hockte sie sich panisch zu Boden und umklammerte ihren Besen. Sie war schuld, dass Ylvie lesbisch war. Sia wollte nicht daran denken und doch pochte ihr die Erinnerung süß im Schoß. Was passierte nur mit ihr?

Voller Zweifel bemerkte sie viel zu spät, das jemand vor dem Stall stand. Als sie mit einem unguten Gefühl aufsah, entdeckte sie Ylvie und wurde panisch. Sie war gekommen, um ihr ihre Sachen zu bringen. Aber als sie Sia so auffand, warf sie genervt die Kleidung vors Tor und hastete davon.

Sia war entsetzlich zumute, sie musste sich entschuldigen und lief Ylvie mit weichen Knien hinterher.

»Ylvie!«, rief sie, als sie zwischen den Zaunstegen auf ihren Hof kletterte. Sie schaute wieder so grimmig.

Sia atmete und doch kam es ihr vor, als würde sie die Luft anhalten. »Das, das heute Vormittag … tut, tut mir unendlich leid. Ich weiß nicht, was in mich gefahren ist. Das ist …«

»Ja«, knurrte Ylvie. »Es ist nicht gerade nett, jemanden zu küssen, wegen eines Apfels zu motzen und dann davonzulaufen.«

Sia war so überfordert, dass ihr die Tränen kamen und Ylvie nur noch wütender schaute.

»Mich zu küssen, kann jetzt nicht wirklich so schlimm gewesen sein«, nörgelte sie und wollte gehen.

»Nein, nein«, gab Sia ängstlich von sich. Ihr Körper war so angespannt, sie konnte nicht lauter sprechen. »Ich … ich wollte keine Lesbe aus dir machen.« Ihr versagte die Stimme. Sia ging so verkrampft, als hätte sie unerträgliche Schmerzen.

»Was?« Ylvie verstand kein Wort.

Sia hielt sich am Zaun fest, weil sie glaubte, sonst nicht mehr eigenständig stehen zu können.

»Das, das damals …«, versuchte sie zu erklären.

Ylvie verstand nicht, bis der Groschen fiel.

»Ach so, damals … du erinnerst dich wieder.« Sie schien verwundert.

Sia nickte zögerlich.

Nachdenklich kehrte Ylvie zum Zaun zurück und lehnte sich an ihn, indem sie lässig die Arme darüber legte. Sie schien kurz nachzudenken.

»Dadurch hast du mich nicht lesbisch gemacht … es hat mir eher einiges klargemacht.« Ylvie war kein bisschen mehr aufgebracht. »Du bist ja nicht homosexuell geworden, oder?«

Sia sah panisch auf. »Nein.«

Ylvie lächelte matt, als hätte Sia mit der Antwort ihre Gefühle verletzt.

»Ich denke, dass es dazugehört, um erwachsen zu werden.« Ylvie lachte leise.

Sia war bewusst, dass Ylvie es herunterspielte, nur weil Sia wieder weinte. Sie schluchzte. »Ist denn alles gut zwischen uns?«, fragte sie vorsichtig.

Ylvie schaute nachdenklich. »Ich denke schon«, antwortete sie.

»Es tut mir leid«, wiederholte Sia.

Ylvie schmunzelte und zog dann doch eine bedrückte Miene. »Ich kann mir Schlimmeres vorstellen, als unerwartet von einer schönen Frau geküsst zu werden.«

Ehe Sia ihr in die Augen sehen konnte, begab sich Ylvie mit gemütlichem Gang über den Hof zum Bungalow.

Sia stand noch da. Sie hatte sich entschuldigt, doch sie fühlte sich kein Stück erleichtert.

Kapitel 20

Auch wenn alles gut zwischen Ylvie und Sia schien, blieb Sia lieber zu den Essenszeiten zu Hause. Ylvie kam auch nicht mit Broten rüber. Sie gingen sich sozusagen aus dem Weg.

Sia fühlte sich noch immer schlecht, sodass sie Verena anrief und ehe sie überhaupt etwas sagen konnte, anfing zu weinen.

»Sia, was ist denn los?«, fragte Verena schockiert.

»Ich habe mich in meinem Leben noch nie so einsam gefühlt«, plärrte sie und schniefte gleich.

»Was ist denn passiert?«

Es war einfach schrecklich, wie sollte Sia ihr erzählen, was sie angestellt hatte?

»Sia?«, mahnte ihre Freundin. »Rede mit mir, danach geht es dir besser.«

Sia fing gleich an, ohne Punkt und Komma zu erzählen, und ließ dabei kein Detail aus, egal, wie peinlich es ihr auch war. Sie wollte dieses schreckliche Gefühl nur noch loswerden und hoffte, dass Verena recht behalten würde.

»Ich wollte nur, dass sie den Mund hält, ich war so in Rage. Ich verstehe es selbst nicht und jetzt …« Sia war ratlos.

»Und jetzt bekommst du keine Butterbrote mehr?«, fragte Verena.

Sia lachte und weinte dann doch wieder. Mittlerweile dröhnte ihr der Schädel. »Das ist also das Wichtigste, was du behalten hast?«

»Ich finde es unendlich süß, dass sie nicht vergessen hat, dass du Apfel mit Schale auf den Tod nicht ausstehen kannst. Na ja und ich denke, wir hatten alle mal homosexuelle Erfahrungen«, beschwichtigte ihre Freundin.

»Aber doch nicht so. Ich habe alles kaputt gemacht. Wie kann man sich nach so etwas wieder in die Augen sehen? Ich bin froh, wenn ich nach Hause kann und alles vergesse«, quengelte Sia.

»Willst du wirklich wieder nach Hause?«, fragte Verena. »Was ist mit deinen Plänen?«

»Welche Pläne?«, fragte Sia.

»Der Biobauernhof du Dummerchen«, entgegnete Verena.

»Aber Ylvie hat mir gesagt, dass es sich nicht lohnen würde.«

»Und deswegen hast du sie vor Wut geküsst?«, meinte ihre Freundin.

»Verena!«

Sias Freundin lachte. »Ich finde, du solltest es erst recht in Angriff nehmen.«

»Was ist mit meinem Job, meiner Wohnung? Meine Eltern bringen mich um, wenn ich genauso durchdrehe wie meine Tante.«

»Ich habe mal gehört, wenn man eine Leiche unter einer Weinrebe vergräbt, dann braucht man sie wohl ihr ganzes Leben nicht mehr düngen«, sagte Verena darauf nur.

»Was? Woher hast du denn das?« Sia war angeekelt.

Ihre Freundin kicherte. »Ich glaube, es ging doch eher um einen toten Esel.«

»Nicht gerade toll«, gab Sia leise von sich.

»Wenn du auf dem Hof bleibst, dann haben die Tiere eine Chance, oder?«

Sia kamen wieder die Tränen.

»Sia? Wenn es dir zu viel ist, komme ich vorbei. Ich schließe den Laden und bin in Nullkommanichts bei dir und greife dir mit meinen Spargelarmen unter die Arme.«

Sia war wieder zum Lächeln und wischte die letzten Tränen unterm Kinn fort. »Schon gut. Ich danke dir.«

Verena schwieg. Sie schien mit der Situation nicht zufrieden zu sein.

»Dass du mir zuhörst, reicht mir vollkommen«, meinte Sia und war froh, dass sie aussprechen konnte, was ihr auf der Seele brannte.

Kapitel 21

Sie kannten sich nicht mehr wirklich. Sie hatten eine gemeinsame Vergangenheit, aber die Gegenwart war eher belastend, weil Sia auf Ylvie angewiesen war.

Das wurde Sia bewusst, als der Schreiner mit dem Holz für die Reparaturen fürs Dach kam und es auf dem Hof ablud.

Er verhielt sich merkwürdig und Sia wusste nicht, wie sie mit ihm umgehen sollte, er wollte ihr nicht einmal die Hand zur Begrüßung geben.

Ob Ylvie den Transporter gehört hatte? Als sie den Schreiner entdeckte, kam sie rüber und kletterte zwischen die Zaunstege.

Nur kurz warf sie einen Blick auf das Holz. »Danke fürs Aushelfen. Du hast sogar an die Späne für die Tiere gedacht.« Ylvie lachte, aber machte keine Anstalten, ihm diesmal die Hand zu geben. Sie hatte wohl gemerkt, dass er sich nicht ganz wohl in Sias Gegenwart fühlte. »Dafür muss ich dich auf ein Bier einladen.«

»Das klingt gut.« Der junge Schreiner lächelte. Er stieg auf seinen Laster und fuhr gekonnt mit dem langen Anhänger rückwärts die Ausfahrt runter.

Sia war noch unwohl.

»Er ist etwas speziell«, sagte Ylvie. »Aber ein wirklich netter Kerl.«

»Danke«, sagte Sia. Sie wusste dennoch nicht, wie sie sich verhalten sollte, und es lag nicht mehr an dem Jungen, sondern an Ylvie selbst.

Als sie sich anschwiegen, sprach Sia das Sinnvollste an, was man in solch einem Moment bereden konnte. »Die Rechnung für das Futter habe ich noch nicht bekommen. Du könntest mir auch gleich die für das Holz geben.«

Ylvie zuckte mit den Schultern. »Postweg, dauert hier immer so lange.«

Sia wurde stutzig. »Wir wohnen nebenan.«

Erneut zuckte Ylvie mit den Schultern. Sie verließ den Hof und Sia schaut ihr nach. Die Landmaschine stand mit einem Aufsatz auf dem Hof.

»Geht es raus?«, fragte Sia.

»Ja, langsam muss ich Vorbereitungen treffen. Wäre gut, wenn du auch bald damit anfängst«, meinte Ylvie.

Sia kam näher an den Zaun. Die Sonne blendete sie, dass sie die Hand über die Augen hielt. »Ich habe keine Ahnung, wie ich das machen soll«, gestand sie kleinlaut.

Ylvie sah Sia für einen Moment an und wirkte zappelig. »Wenn du willst, kannst du mit und es dir ansehen«, meinte sie schließlich.

Es war wie ein Strohhalm, nach dem Sia griff, als sie gleich zu Ylvie rüberwollte, dann aber stehen blieb, weil der Geruch vom Stall an ihr klebte. Sie wollte duschen, sie mochte nicht neben Ylvie stinken.

»Wann willst du los?«, fragte sie.

»Jetzt«, antwortete Ylvie. »Das ist kein Date«, sagte sie dann und lachte. »Ich wohne schon zu lange neben euch, das bisschen Mief macht mir nichts mehr.«

Sia wurde rot. Erst zögerte sie, doch lief dann zurück zum Haus. In Hast zog sie ihre Stiefel und ihren Einteiler aus, um Ylvie nachzulaufen, die schon Richtung Traktor war.

Sia stieg in das Gefährt ein, das größer war als ihr Hühnerstall. Als sie die Armatur erblickte, war sie von der Technik überwältigt. »Der sieht von innen ganz anders aus als der meiner Tante.«

»Das will ich doch hoffen.« Ylvie lachte wieder. »Das Ding kostet so viel wie ein Haus.«

Sie startete den lauten Motor und fuhr an, dabei drehte sie das Lenkrad so geschmeidig, als würde der Traktor keine Tonnen wiegen.

Es war schön, oben auf zu sitzen. Sia winkte den anderen Bauern zu, die ihnen auf der Landstraße entgegenkamen. Ylvie wusste von jedem, wer er war und zu welchem Hof er gehörte.

Einige Fahrzeuge überholten sie und hupten aufgebracht, weil ihnen die gigantische Landmaschine zu langsam war.

»Kein Anstand«, knurrte Ylvie.

Verlegen biss sich Sia auf die Lippen, was Ylvie nur wieder zum Lachen brachte. »So eine bist du also auch, oder wie?«

»Ja«, gab Sia quengelig von sich. »Es ist so schlimm, wenn man zu spät zur Arbeit kommt oder schnell irgendwohin will.«

»In Zukunft lässt du es sein und bist freundlich zu den Bauern, und du überholst lieber nicht bei überbreiten Fahrzeugen.« Sie drehte den Kopf zu ihr und sah sie mit erhobenen Augenbrauen an.

»Ja, ja. Ist gut«, gab Sia nervös von sich und drückte Ylvies Gesicht zurück in Richtung der Fahrbahn. »Kannst du dann bitte auf die Straße achten?«

Ylvie lachte, es war eines, das Sia durch den ganzen Körper vibrierte, und es lag nicht am ruckelnden Fahrzeug.

»Mach ich dich etwa nervös?«, fragte sie und wollte Sia eigentlich nur aufziehen. Dabei dachte Sia nur wieder daran, dass sie sich gestern geküsst hatten. Wobei es nicht ganz stimmte. Sia hatte sich Ylvie aufgedrängt.

Innerlich rastete sie aus. Wenn sie alleine in ihrem Zimmer gewesen wäre, hätte Sia vor Stress in ihr Kissen geschrien. Sie musste sich ablenken, ehe sie sich weiter in dieses Gefühl hineinsteigern konnte.

»Wie viele Stunden arbeitest du am Tag?«, fragte Sia und merkte selbst, wie fiepsig ihre Stimme klang.

Ylvie konzentrierte sich auf die Straße. »Eigentlich den ganzen Tag. Zur Aussaat wirds mehr und im Sommer bin ich meist vor 23 Uhr nicht zu Hause.«

Sia sah sie erschrocken an. »Verdienst du zumindest gut?« Wer viel arbeitete, musste doch auch mehr verdienen.

»Nach all den Abzügen kommt es meist auf den Verkaufspreis an, was der Markt hergibt. Das liegt dann zwischen eins zwei oder eins acht.«

Sias Augen wurden größer. »Das ist wenig für so viel Arbeit«, sagte sie gerade heraus.

Ylvie schmunzelte. »Schon, aber es macht mir Freude.« Sie schaute kurz zu Sia und wandte den Blick gleich zurück auf die Straße. »Dir geht es auch besser, seit du auf dem Hof bist, oder?«

Sia überlegte. »Ich schlafe immerhin wie ein Stein«, antwortete sie. »Was macht dir so viel Freude an der Arbeit, dass man so viele Überstunden in Kauf nimmt?«

Sia bemerkte, wie Ylvies Gesichtszüge weicher wurden. »Ich bin draußen an der frischen Luft und bin mein eigener Chef. Mir sitzt niemand im Nacken, außer mein eigener Arbeitsdrang. Ich mag es gerne, wenn alles seinen geordneten Gang nimmt.«

»Warum bist du dann weggegangen?«, fragte Sia.

Ylvie warf ihr kurz einen erstaunten Blick zu und musste grinsen. »Aha. Du hast also so ein paar Dinge über mich in Erfahrung gebracht?«

»Die Leute reden. Ich weiß jedenfalls, wer mit wem was alles hatte.« Sia kicherte.

Ylvie lachte wieder so, dass Sias Herz schneller zu schlagen begann. Wie schön konnte ein Lachen klingen?

Langsam entspannte sich Sia und lehnte sich zurück in den Sitz. Sie war Ylvie so nahe, es war unangenehm, aber zeitgleich auch sehr angenehm.

»Ich weiß nicht«, sagte Ylvie. »Ich wollte mal weg, alles hinter mir lassen«, antwortete sie. »Aber irgendwann habe ich es eingepfercht im Büro nicht mehr ausgehalten. Die Stadt ist nichts für mich. Ich habe dafür ziemlich viel gelernt, was mir geholfen hat zu expandieren.«

Da war es wieder, das Thema mit dem Geld.

»Was ist eigentlich mit deiner Arbeit? Bist du zufrieden?«, fragte Ylvie.

Sia stockte, weil Ylvie ihren Job zuvor als bequem bezeichnet hatte und er wirklich alles andere als bequem und freudebringend war.

»Es ist … ein Job, bei dem ich gutes Geld verdiene. Ich habe geregelte Zeiten und meinen Urlaub«, zählte Sia auf, als müsste sie sich daran erinnern, warum sie ihn machte. Um ehrlich zu sein, graute es ihr, in einigen Tagen zurückzukehren, wo das schrille Telefon nicht mehr aufhörte, zu klingeln.

Ylvie nickte, als ahnte sie, was Sia versuchte. Sie antwortete nicht darauf, sollte sie auch nicht. Sia fühlte sich wieder ein Stück unwohler.

»Wann kommt der Zimmermann?«, fragte Ylvie, als wollte sie, dass Sia weiterredete.

»Die Tage«, antwortete sie knapp.

Ylvie verzog den Mundwinkel. »Mir wäre lieber gewesen, du hättest jemand anderen gerufen. Er und Holger sind nicht der beste Umgang.«

Sia war ein wenig mitgenommen. »Hast du deswegen darauf bestanden, mich nach Hause zu fahren? Aber du hast mich doch zu Holger geschickt.«

»Nicht, um mit ihm auf ein Date zu gehen. Sondern um deine Gülle loszuwerden«, meinte Ylvie streng.

»Das war kein Date«, erwiderte Sia schnippisch.

»Im Dorf sieht man das anders.« Ylvie zuckte mit den Schultern, als wäre das glasklar.

»Ich habe doch einen Freund!«, protestierte Sia.

»Ja? Und wo ist er?«, fragte Ylvie spöttisch. »Du bist unglaublich hübsch, Sia, die Männer hier werden zu kleinen Jungs, wenn sie dich sehen.« Auch wenn sie so nette Dinge sagte, schaute Ylvie grimmig, dass Sia gar nicht entscheiden konnte, ob sie sich über das Kompliment freuen oder verärgert sein sollte.

Der Traktor ruckelte aufs Feld, der Boden war uneben, aber ihr Sitz federte es ab.

Mit einigen Einstellungen auf dem Touchscreen fuhr der Traktor erneut an, doch diesmal bewegte er sich von ganz alleine. Ylvie musste nur einen Hebel betätigen und draußen setzte sich der hintere Anhänger ab. Sogleich wühlte er den Boden auf.

Sia saß zwar nur im Fahrerhaus, dennoch bekam sie mit, wie der Motor der Landmaschine gegen die Kraft der dunklen Erde anfuhr. Ylvie war es gewohnt und ließ sich kein Stück aus der Ruhe bringen.

»Der Grubber wühlt jetzt tief und grob die Erde auf und lockert sie. So kann die Pflanze besser Wurzeln bilden, als wenn ich nur pflügen würde. Das kommt natürlich auch auf den Boden und die Bodenfeuchtigkeit an. Im schlimmsten Fall müsste ich nachgraben.« Ylvie lachte, als wäre Bäuerin zu sein, abenteuerlich.

»Mit dem Grubber dauert zwar alles länger, aber so habe ich nach Erfahrung gesündere Pflanzen und einen besseren Ertrag«, erklärte Ylvie laut, damit Sia sie verstand. »Ich bereite die Erde für die Kreiselegge vor, mit der wird die Erde ein wenig feiner aufgewühlt, später, für die Saat.«

»Wie viele Felder hast du?«, fragte Sia. »Gehen wir die heute alle durch?«

Ylvie lachte. »Nein, das schaffe ich leider nicht. Das sind ungefähr 200 Hektar. Das müssten vielleicht 280 Fußballfelder sein.«

Kein Wunder, dass Ylvie solche großen Gerätschaften brauchte, die eine ganz andere Dimension hatten als die von Sias Tante.

Sia sah aus dem Fenster. »Ist das alles Unkraut?«, fragte sie und hätte sich auf die Zunge beißen können. Sie hatte sich gestern erst über dieses Thema mit Ylvie gestritten und sie wusste ja, wie es ausgegangen war.

»Das ist Klee«, erzählte Ylvie.

Sia schaute sie eindringlich an.

»Was denn?«, fragte Ylvie.

»Du weißt schon, dass Klee ein zertifiziertes Biodüngermittel ist?« Sia wurde patzig.

Ylvie warf ihr einen selbstgefälligen Blick zu.

»Was machst du mit dem Klee?«, fragte Sia, weil Ylvie nicht von alleine mit der Sprache rausrückte.

»Wie du sagtest, ich dünge damit meine Felder. Aber es ist auch ein guter Nährstofflieferant für Nutztiere. Einige Felder kann ich stehen lassen und verkaufe es online, die Nachfrage ist da, aber eher von kleinen Bauern. Viel verdiene ich nicht«, antwortete sie schließlich.

Sia wurde still, also hatten sie sich gestern umsonst gestritten. Ylvie hätte auch sagen können, dass sie bereits einige Dinge umsetzte. Hatte sie etwa nur einen Grund gesucht, um mit ihr zu streiten? Sia fühlte sich wieder so unsicher.

Der Traktor fuhr von alleine weiter, als Ylvie in ihrer Tasche kramte und eine Brotdose herausbrachte. Sie bemerkte den sehnsüchtigen Blick von Sia und wünschte sich, sie würde sie mit diesem Blick anschmachten. Ylvie lachte über ihren eigenen Gedanken.

»Was ist denn?«, moserte Sia und bekam rote Wangen.

»Hier«, meinte Ylvie. »Käse oder Leberwurst?«, fragte sie nur. Sia schaute überfordert und konnte sich nicht entscheiden. Auch wenn der Traktor mit GPS fuhr, nahm Ylvie nur kurz den Blick vom Feld. Mit einem Grinsen teilte sie die Brote.

»Jetzt kannst du von beiden etwas abhaben«, sagte sie und entlockte Sia ein bezauberndes Lächeln.

Ylvie hätte niemals geglaubt, dass sie nach dem Kuss wieder nebeneinander sitzen könnten. Sia hatte sich verändert. Früher war sie mutiger und forscher. Jetzt traute sie sich kaum noch, etwas zu sagen. Der Kuss gestern musste ein Verzweiflungsakt gewesen sein.

Nachdem das Feld fertig war, wechselten sie aufs nächste. »Magst du mal ausprobieren?«, fragte Ylvie und brachte ihren Traktor zum Stehen.

Sia schaute sie verunsichert mit ihren wunderschönen braunen Augen an.

»Ich bin ja da. Wir brauchen nur die Plätze tauschen.« Ylvie glaubte, dass sie noch etwas Überzeugungsarbeit leisten musste, aber da kletterte Sia ihr schon über den Schoß. Ylvie schluckte. Es dauerte einen Moment, bis sie verstand, dass Sia mehr Platz brauchte, und rückte ab.

»Okay«, sagte Sia aufgeregt und hielt die Hände hoch. »Computer, fahr«, scherzte sie und brachte Ylvie wieder zum Lachen.

»Ja, so in etwa sieht die Zukunft aus«, meinte sie. Ylvie erklärte Sia, was sie eingeben musste, und sie tippte fleißig die Koordinaten ein. Plötzlich fuhr der Traktor an.

»Ich fahre!«, kreischte Sia und klatschte begeistert in die Hände. Ylvie hätte niemals geglaubt, so viel Freude an diesem Tag zu haben.

*

Am Abend fuhren sie nach Hause.

»Den Kühen hängen die Mägen bestimmt bis zu den Kniekehlen«, meinte Sia und entlockte Ylvie ein weiteres Lächeln. Sie hatten bereits vor einer Weile die Plätze gewechselt. Sia fühlte sich mittlerweile in Ylvies Nähe besser, selbst die kurzen Erinnerungsfetzen von gestern ärgerten sie nicht mehr.

Es wurde dunkel. Sia genoss die gemütliche und stille Fahrt mit Ylvie. Zu gerne hätte sie gewusst, was damals passiert war, warum sie den Kontakt abgebrochen und nie wieder miteinander gesprochen hatten.

Aber Sia traute sich nicht zu fragen. Vielleicht lag es daran, dass sie sich schon damals geküsst hatten?

Ylvie ließ Sia auf der Straße vor ihrem Hof raus und fuhr weiter auf den Hof nebenan.

Die Kühe hatten sie bemerkt und muhten ungeduldig.

Als Ylvie ihren Traktor parkte, waren ihre Augen nur noch bei Sia, die gleich in den Stall verschwand, um sich um die Tiere zu kümmern.

Ylvie stieg aus, ihr Vater hatte sie kommen sehen. »Du hast Sia mitgenommen?«, fragte er. Es war seiner Tochter ein wenig unangenehm, dabei hatte es ihr doch gefallen, mit Sia Zeit zu verbringen.

»Sie ist ein tüchtiges Mädchen«, sagte Ludwig. »Sie hat nicht einmal wegen der Arbeit gejammert, sondern packt richtig an. Wenn ihr heiraten würdet, und Evie ihr vielleicht den Hof vermacht …«

»Papa«, mahnte Ylvie und reinigte den Grubber vom groben Schmutz. »Wehe du erwähnst so etwas auch nur ansatzweise in ihrer Gegenwart.«

Ihr Vater folgte ihr. »Ich mein ja nur. Ich mag, wie sie dich um den Finger wickelt.«

»Mich wickelt niemand um den Finger«, schimpfte Ylvie und ihr Puls nahm zu. Ihr Blick ging zurück zum Stall.

Es war schrecklich genug, dass Sia plötzlich aus dem Nichts aufgetaucht war und so einfach alles vergessen hatte.

Kapitel 22

Der Wagen vom Zimmermann war schon auf dem Hof. Die Tür zum Haus stand offen, Peter und sein Kollege brachten laufend Werkzeuge hinauf ins Dachgeschoss. Als Sia Ylvie und Jochen am Zaun entdeckte, war sie verwundert und kam zu ihnen rüber.

»Ich sollte dem lieber eine reinhauen«, motzte Jochen.

Ylvie beruhigte ihn. »Es lohnt nicht, sich wegen des Deppen die Finger schmutzig zu machen.«

Sia sah von Jochen zu Ylvie. »Was ist denn los?«, fragte sie, weil beide so grimmig schauten.

Ehe sie eine Antwort bekam, kletterte Ylvie über den Zaun.

Jochen zeigte auf Sia und warnte sie. »Wegen dir mache ich heute Überstunden.«

»Wegen mir?« Sia war komplett überfragt. »Was hat das denn zu bedeuten?«

Peter kam die Treppe runtergepoltert und war über Ylvies Anwesenheit genauso verwundert, wie es Sia war.

»Willst du mir etwa wieder zur Hand gehen?«, fragte er und wirkte dabei kein bisschen mehr attraktiv. Eher arrogant.

Ylvie verschränkte die Arme vor der Brust. »Das hättest du wohl gerne.«

»Was suchst du dann hier?«, fragte Peter und grinste überheblich.

»Ich hab ’nen freien Tag und verbringe ihn hier auf dem Hof«, entgegnete Ylvie, als wäre es das Normalste dieser Welt.

Er belächelte ihre Aussage und ging wieder an die Arbeit. Sia wollte ihm nach, aber Ylvie hielt sie auf.

»Das schafft er mit seinem Kollegen schon alleine.«

Sia war verunsichert, und doch blieb sie stehen. Besonders, weil Ylvie sie an ihrem Handgelenk festhielt. Fast, als wollte sie sie davon abhalten, eine Dummheit zu begehen.

Es war zwar kühl, aber die Sonne schien und der Himmel war wolkenlos. Sia hatte ihre Arbeiten fürs Erste erledigt und erlaubte sich eine kleine Pause. Sie setzte sich zu Ylvie auf die alte Bank, die neben der Haustür stand. Es fühlte sich gut an, die Temperaturen waren einigermaßen in der Sonne zu ertragen. Bald war Frühlingsanfang.

Ylvie hatte sich zurückgelehnt und genoss mit geschlossenen Augen die warmen Sonnenstrahlen. Die Arme hatte sie vor der Brust verschränkt. Auch wenn man ihre Anspannung bemerkte, mochte Sia ihre Gesellschaft. Ob die beiden in etwa das gleiche Bild abgaben wie ihre Großeltern?

Sia kicherte.

»Was ist?«, fragte Ylvie.

Sia zuckte mit den Schultern. »Ach nichts, ist nur schön auf dem Plätzchen.«

Peter polterte die Stufen hinunter und jedes Mal, wenn er runterkam, quietschte die zweite Stufe von unten. Vielleicht sprach Sia ihn darauf an. Aber sie entschied, den Mund zu halten, sie fürchtete nur weitere Kosten.

Er wollte Material holen, den großen Balken hatten sie schon zu zweit mit dem Kranaufzug durchs Dachfenster hochgebracht. Sia erwiderte sein strahlendes Lächeln.

Es missfiel Ylvie so sehr, dass sie ihr gegen den Fuß trat.

»Warum magst du ihn nicht? Er macht doch einen kompetenten Eindruck«, fragte Sia, als Peter nach oben zurückkehrte.

Ylvie schnaubte aufgebracht und schloss die Augen. Diesmal lehnte sie sich mit der Schulter gegen Sia. Der unerwartete Körperkontakt überraschte sie. Ungewollt dachte Sia wieder an den Kuss und hätte im Erdboden versinken können.

Sias Nervosität fiel Ylvie nicht auf und sie lehnte sich ein wenig mehr an sie. Es sollte Sia vielleicht unangenehm sein, aber es gefiel ihr und als Ylvie sich schließlich mit dem Kopf auf ihren Schoß bettete, fürchtete sie, dass ihr Herz nie wieder normal schlagen würde.

Mit mürrischem Gesichtsausdruck lag sie da, die Arme noch immer verschränkt, das eine Bein auf der Sitzfläche angewinkelt, das andere stützte sie auf dem Boden ab.

Mit so viel Nähe war Sia völlig überfordert.

»Guckst du, ob ich Läuse habe?«, fragte Ylvie und warf Sia ein Stück mehr aus der Bahn.

»L-Läuse?«, stotterte sie.

»Ich hab vermutlich keine, aber sicher ist sicher«, meinte Ylvie.

Nur zögerlich kam Sia ihrer Bitte nach und es schien, je mehr sie ihr Haar berührte, desto mehr entspannte Ylvie.

»Du machst mir nichts als Ärger«, schimpfe sie.

Sia zählte gedanklich alle Dinge auf, die Ylvie schon für sie getan hatte.

»Es tut mir leid«, sagte sie und durchkämmte mit den Fingern ihr langes Haar. Mit der Zeit gab sie sich mehr Mühe und streichelte ihr liebevoller durch ihre dunkle Mähne. Vielleicht war es das, was Ylvies Zunge lockerte, als sie leise zu erzählen begann.

»Eine meiner Freundinnen hatte Schluss mit mir gemacht. Ich war hackedicht an dem Abend. Peter und seine Freunde hatten mich aufgegabelt.«

Sia ahnte Schlimmes und hielt in ihrer Bewegung ein, doch führte sie ihre Streicheleinheiten fort, damit Ylvie nicht aufhörte zu reden.

»Er hat mir nichts getan«, sagte sie. »Na ja, er hat mich halb nackt ausgezogen und Fotos von mir geschossen, die die Jungs natürlich untereinander ausgetauscht haben. Es war wohl seine Art, mich von meiner Homosexualität kurieren zu wollen.«

Sia zuckte zusammen, woraufhin Ylvie die Lider aufschlug.

»Das ist schrecklich«, hauchte sie und wurde von Ylvies warmen graublauen Augen erneut so einfach in ihren Bann gezogen. »Das wusste ich nicht. Sonst hätte ich ihn niemals angerufen. Ich sage ihm sofort, dass er gehen soll.«

Ylvie ließ Sia nicht aufstehen. »Das ist Jahre her, er war und ist noch immer ein Idiot. Ich will nur nicht, dass dir so etwas Ähnliches passiert.«

Sia war gerührt und ihre Berührungen wurden um einiges liebevoller. Es hatte nichts mehr mit Läuseabsuchen zu tun.

Ob Ylvie so angespannt war, dass sie diese Ablenkung gebraucht hatte und Sia deswegen gebeten hatte, mit ihren Haaren zu spielen? Sie hatte zuvor erzählt, dass ihre Mutter sie auf Läuse abgesucht und es sie beruhigt hatte.

»Du bist ziemlich tough«, flüsterte Sia, woraufhin Ylvie nur brummte und ihr doch ein Lächeln entlockte. Sia flocht ihr ein paar Strähnen ins Haar, so wie sie es als Kind getan hatte, als sie mit Ylvie bei den Kühen auf der Weide gewesen war.

Ylvies Haar war noch immer so pechschwarz, aber es war nicht mehr so weich wie damals. Es war wesentlich fester und dicker. Durch die Kälte war es kühl und fühlte sich glatt an. Es fehlte nur noch ein Kranz aus Gänseblümchen auf ihrem Haupt. Sia kam aus der Träumerei nicht heraus. Ylvie sah aus wie eine schlafende Märchenprinzessin, die mürrisch schaute.

Von oben hörten sie es Klopfen und Reißen, auf den Hinterhof fiel ein Balken, den die beiden Zimmermänner aus dem Fenster geworfen hatte. Im nächsten Augenblick kam Peter wieder die

Stufen runter. Er grinste anzüglich, als er die beiden Frauen gemeinsam sah.

»Wow, das ist echt …«

Ylvie trat mit einem Mal so fest gegen die Armlehne der Sitzbank, dass Sia glaubte, die Bank würde jeden Moment zusammenkrachen.

Wütend richtete sich Ylvie auf. »Ich schwöre dir, nur noch eine einzige Andeutung, ich fahre dir mit dem Mähdrescher übers Gesicht.«

Sia war schockiert. Ylvie brachte Peter dazu, zu seinem Wagen zu eilen, sein Werkzeug zu holen und sich wieder nach oben zu verkrümeln.

»So ein Idiot«, knurrte Ylvie. Sie pulte sich die geflochtenen Zöpfe auseinander und setzte sich zurück auf ihren Platz.

Sia versuchte, ihre Flechtarbeit zu retten. »Lass die doch drin.«

»Das sieht albern aus«, meinte Ylvie.

»Gar nicht, das sieht süß aus«, erwiderte Sia.

»Ich will aber nicht süß aussehen.« Ylvie blieb stur.

»Wie dann?« Sia war genervt. Sie hatte sich echt Mühe gegeben.

Anzüglich wackelte ihre Sitznachbarin mit den Augenbrauen. »Sexy wäre mir lieber.«

Sia konnte ihr den Gedanken nicht verübeln. Schließlich waren sie keine kleinen Kinder mehr. Wenn sie mit Ylvie zusammen war, vergaß sie es einmal mehr und verhielt sich für ihre 28 Jahre ziemlich kindisch.

Normalerweise war es auf der Straße vor den Höfen ruhig. Bis unerwartet ein dunkler Kombi hochfuhr.

Sogleich sprang Sia auf und konnte es nicht fassen. Sie lief dem Wagen entgegen, der zum Stehen gekommen war.

»Verena?!«, rief sie begeistert und riss die Beifahrerseite auf.

Ihre Freundin schnallte sich ab und fiel ihr kreischend in die Arme, sie drückten sich fest und jauchzten wie Teenager, die sich eine Ewigkeit nicht mehr gesehen hatten.

Anton schaltete den Motor aus. »Ihr habt euch erst vor zwei Wochen das letzte Mal gesehen«, meinte er vorwurfsvoll und lachte doch, weil sich die beiden so freuten. Als er ausstieg, entdeckte er Ylvie auf der Bank und hob zur Begrüßung die Hand.

Kurz löste sich Verena von Sia und schaute sie genauer an. »Dario wollte nicht mitkommen.« Sie sah zu Anton, der die Fahrerseite schloss. »Wir haben es ihm angeboten, aber er …«

Sia ließ ihre Freundin nicht ausreden und umarmte sie nochmals. »Das ist doch egal, ich freue mich so, euch zu sehen. Was für eine gelungene Überraschung.«

Anton kam ums Auto herum und nahm beide in den Arm. »Schön, dass wir wieder zusammen sind«, scherzte er und brachte seine Liebsten zum Kichern.

Verena bemerkte Ylvie. »Ihr habt euch vertragen?«, fragte sie.

Ylvie bekam es mit und bemerkte, wie sich Sias Wangen röteten. Wie viel wusste ihre Freundin? Hatte sie ihr etwa von dem Kuss erzählt?

Ylvie musste schlucken und dennoch versteckte sie ihre Unsicherheit gekonnt. Sie stand auf, kam ihnen entgegen und streckte den Neuankömmlingen zur Begrüßung die Hand aus.

»Hallo, ich bin Ylvie«, sagte sie. Sie gab erst Anton die Hand, dann Verena, die Ylvie gleich herzlich umarmte. Ylvie grinste und sah zu Sia. Ihre Freundin und sie hatten wohl etwas gemeinsam.

»Wenn du nicht mehr alleine bist, dann gehe ich jetzt.« Ylvie verabschiedete sich von der kleinen Gruppe.

»Warte, nein« Verena hielt sie auf. »Du musst nicht wegen uns gehen.«

»Schon gut, ich habe noch zu tun«, sagte sie.

»Dein Freund ist eine ziemlich Flachpfeife«, raunte Ylvie, als ihr Sia zum Zaun folgte. Sie kletterte rüber, während Sia sie fassungslos anstarrte.

»Sia? Wo sind deine Kühe?« Auf hochhackigen Schuhen eilte Verena zum Stall. Anton sah ihr kopfschüttelnd nach, während er das Gepäck aus dem Kofferraum auslud.

Mit Mühe schob Verena das Tor zum Kuhstall weiter auf. »Gott, Anton! Sieh dir das an!«, quietschte sie. Die Kühe schienen den Besuch zu mögen und muhten zur Begrüßung.

Ihre Freundin lenkte Sia ab, sodass sie erst einen Augenblick später bemerkte, dass Ylvie verschwunden war. Zögerlich folgte Sia Verena in den Stall.

»Warum ist sie gegangen?«, fragte Anton und kam ihr nach.

»Sie war eigentlich nur da, weil ich einen Handwerker auf dem Dach habe, dem sie nicht wirklich vertraut«, antwortete Sia.

Anton sah sie mit einem Blick an, den vermutlich nur große Brüder draufhatten. »Aha«, gab er unzufrieden von sich. »Und warum mag sie den Typen nicht?« Sein Blick wurde eindringlicher. Sia hatte eigentlich keine andere Wahl, als sich ihm anzuvertrauen.

Kapitel 23

Es war der nächste Tag, Peter hatte Sia versprochen, dass der Auftrag heute erledigt sein sollte.

»Der Dachstuhl ist weniger schlimm betroffen, als ich gedacht habe. Die paar kleinen Stellen bessern wir bis heute Abend aus.«

Sia war erleichtert, aber richtig zeigen konnte sie es nicht. Sie hielt mehr Abstand zu Peter, mehr als man zu einer fremden Person halten würde. Peter schien es nicht aufzufallen oder sich daran zu stören. Er kam Sia ein Stück näher, woraufhin sie zurückwich, bis sie die schmale Wand zum Treppenaufgang im Rücken hatte.

Der Mitarbeiter von Peter rumpelte auf dem Dach. Peter sah hoch. »Ich sollte mich an die Arbeit machen«, meinte er. Sia erwiderte gezwungen sein Lächeln.

»Ich weiß ja nicht«, sagte er und kam Sia erneut ein Stück näher. Ylvie hätte ihm dafür sicher eine verpasst. Er sprach leise. »Wenn du heute Abend Lust hast, könnten wir vielleicht etwas trinken gehen.« Er lächelte, wie es nur Surferboys konnten.

»Wie wäre es, wenn wir alle gemeinsam anstoßen. Meine Frau kocht. Das wird bestimmt ein richtiger Spaß«, sprach Anton aufgesetzt fröhlich. Er stand am Küchentisch und tat superbegeistert.

Peter trat zurück. Im ersten Moment schien es ihm nicht zu gefallen. Doch dann nickte er. »Klingt gut.« Er lächelte Sia noch einmal an und kletterte die Stufen hoch.

Endlich konnte Sia aufatmen und bemerkte, wie angespannt ihre beiden Freunde waren. Man sah es ihnen nicht wirklich an, aber sonst quasselten sie ohne Punkt und Komma.

Als sie von oben Schritte hörten, sahen sie hoch zur Decke.

Antons Blick ging zu Sia. »Ich fahr los und besorge eine Kiste Bier und etwas Hochprozentiges.«

»Warum so viel?«, fragte sie. Sie wollte keine Schnapsleichen beherbergen.

»Lass das mal meine Sorge sein«, antwortete Anton und sein Blick ging zu Verena. »Soll ich sonst noch etwas im Supermarkt kaufen?«

»Nudeln mit Bolognese klingt gut, oder?«

Anton nickte, ihm war anzusehen, dass er ungern ging. »Ich beeile mich«, sagte er und verabschiedete sich bei Verena mit einem Kuss.

Sia erstarrte, es war nichts dabei. Sie hatte Anton und Verena sich schon so oft küssen gesehen. Doch diesmal dachte sie gleich daran, wie forsch sie Ylvie geküsst hatte.

*

Am späten Abend saßen sie am Küchentisch. Anton öffnete nach dem Essen ein Bier nach dem anderen und reichte es den Gästen. Er schenkte ihnen Schnaps ein. Während er nur ein Bier getrunken hatte, setzte er immerzu ein leeres Schnapsglas an die Lippen und tat so, als würde er mit Peter und seinem Arbeitskollegen trinken.

»Du kannst ja nicht nur uns einschenken«, lallte Peter. »Die Damen müssen auch noch trinken.«

Anton zögerte, lachte dann. »Natürlich!«, sagte er und schenkte Sia und Verena einen winzigen Schluck in die Schnapsgläser.

Verena und Sia machten gute Miene zum bösen Spiel.

»Meinst du, euer Plan geht auf?«, flüsterte Sia.

Verena stieß ihr Glas an das ihrer Freundin. »Das werden wir dann sehen«, meinte sie und kippte sich das klare Tröpfchen in den Hals.

Keine Stunde später waren die beiden Zimmermänner auf dem Sofa im Wohnzimmer eng umschlungen eingeschlafen. Anton stand vor ihnen und schnaubte angestrengt. Er hatte sie vom Küchentisch dorthin verfrachtet.

Er sah zu den beiden Frauen. »Dann wollen wir mal«, sagte er. Er suchte in Peters Hosentaschen nach einem Handy, als er es fand, legte er es beiseite und zog den beiden murrenden Männern die Oberteile aus. Anton brachte Peter dazu, sich hinzulegen, und seinen Kumpel, sich auf ihn zu legen. Ihre schlaffen Arme positionierte er wie in einer Umarmung und nahm wieder das Handy von Peter. Das alte Smartphone verlangte zum Glück kein Passwort.

Anton warf Sia und Verena einen Blick zu. Während Sia angespannt war, bemühte sich Verena, nicht zu kichern. Ihr Mann konnte sich ebenso schlecht das Grinsen verkneifen. Er schoss ein paar Fotos und setzte sich den Männern gegenüber in den Sessel. »Ha, der hat Facebook und hat sich nicht mal abgemeldet.«

Sia wurde bange. »Meint ihr nicht, wir machen es nicht noch schlimmer? Wir sind eigentlich kein Deut besser als er.«

»Wenigstens lernt er fürs Leben«, meinte Anton. »Wenn der Vollidiot überhaupt etwas lernen kann.«

Verena stieß Sia mit der Hüfte an. »Entspann dich ein wenig. Man sieht auf den ersten Blick, dass es zwei Schnapsleichen sind. Dennoch reicht es, dass die Leute sich über ihn lustig machen.«

Anton hielt in seiner Bewegung ein, woraufhin Sia und Verena auf ihn aufmerksam wurden.

»Was ist?«, fragte Sia.

»Er hat das Foto noch«, antwortete er. Anton hatte die Bildergalerie durchsucht, um zu sehen, welche Bilder Peter hatte.

»Es hat eine schlechte Qualität, als hätte er es von einem Monitor abfotografiert.« Anton sah verzweifelt aus. »Er hat auch Bilder von anderen Frauen. Vermutlich, um sie unter seinen Freunden herumzuzeigen. Wie tief kann man als Mensch sinken?«

»Was?« Sia war fassungslos und nahm ihm das schmierige Handy aus der Hand. Hatte Peter noch nie etwas davon gehört, dass man auch mal sein Handy desinfizieren sollte?! Dahin war die Vorstellung eines männlichen Engels.

Da war es, das Bild, von dem Ylvie gesprochen hatte. Sie waren irgendwo auf den Feldern. Es muss Sommer gewesen sein. Draußen war es dunkel und das Bild wurde mit Blitzlicht aufgenommen. Ylvies langes Haar bedeckte zur Hälfte ihr Gesicht. Jemand hatte ihr das Retro-80er-T-Shirt ausgezogen und sie lag betrunken da. Er hatte so einfach ein Bild von ihr in ihrem blauen BH geschossen und trug es seither mit sich herum.

Die Wut in Sia loderte auf. Sie wollte ihm eine verpassen. Anton ging dazwischen und hielt sie auf.

»Zieh ihn aus! Zieh ihn komplett nackt aus!«, forderte sie außer sich.

»Sein Freund hat nichts angestellt«, meinte Anton.

»Woher willst du das wissen?«, zischte Sia. Sie war geladen und stand kurz davor, zu explodieren.

»Dann mach ich es!«, schimpfte sie und riss sich von Anton los, der noch einmal nach ihr schnappte.

»Dann nimm zumindest das Gesicht von seinem Kumpel nicht auf«, forderte er.

Vor Wut kamen Sia die Tränen. »So ein unglaublicher Arsch.«

Anton suchte den Blick seiner Frau, er stöhnte und tat dann das, was Sia von ihm verlangte. Er hatte nicht wirklich Freude daran, zwei Männer auszuziehen.

Als die beiden Betrunkenen splitterfasernackt waren, schoss Sia ein Foto nach dem anderen.

»Langsam reicht es«, meinte Anton. Sia hörte nicht, setzte sich stur auf den Sessel und tippte auf dem Handy rum.

Verena war besorgt. »Was tust du da?«

»Ich habe das bescheuerte Bild von eben gepostet und ändere gerade das Passwort von dem Idioten!«

Bis die E-Mail kam, nutzte Sia die Zeit und löschte alle Fotos der anderen Frauen. Noch ein letztes Mal sah sie Ylvie und wischte sich zornig die Tränen fort.

»Ich poste nur das blöde alberne Bild, nicht wo sie nackt sind«, meinte sie und beruhigte endlich ihre Freunde.

»So ein Arschloch, so ein unglaubliches Arschloch«, gab Sia von sich. »Die gleiche Scheiße hätte er auch mit mir gemacht. Soll er selbst sehen, wie es ist.« Sia zückte ihr eigenes Handy und machte ein paar Fotos für sich.

Anton schmunzelte und verschränkte die Arme. »Du magst Ylvie wohl sehr gerne.«

Wütend stand Sia auf. »Der Idiot wird morgen früh sein blaues Wunder erleben.«

*

Sia war schon draußen gewesen, sie hatte ihre Wut und Energie gut dazu verwenden können, ihre Kühe und Hühner zu umsorgen.

Als sie wieder im Wohnzimmer stand, wurde sie laut. »Aufstehen!«, rief sie und trat mit Socken gegen das Sofa. Ihren Blaumann hatte sie noch an.

Die beiden Männer stöhnten und sahen sich entsetzt gegenseitig an. Sie konnten nicht schnell genug voneinander loskommen.

Während sie versuchten, unter starken Kopfschmerzen zu verstehen, was passiert war, drohte Sia Peter.

»Du wirst alle Bilder, die du von Ylvie und den anderen Frauen auf dem PC hast, löschen. Alle! Wenn du das nicht machst, wird das ganze Dorf erfahren, was für ein Mistkerl du bist!«

»Was?« Peter zog sich unter Hast an.

»Raus hier!«, rief Sia, sodass Anton und Verena verschlafen aus ihrem Zimmer kamen. Sia hatte sie nicht wecken wollen, aber sie stand unter Feuer.

Die beiden Zimmermänner packten ihre Sachen. Draußen auf dem Hof stieß der Kumpel Peter. »Du scheiß Schwuchtel«, drohte er ihm. Doch setzte er sich zu ihm in den Transporter und sie fuhren davon.

Im Eilschritt kam Ylvie aus ihrem Bungalow. Ihr Gang wurde langsamer, als sie sah, dass die beiden Zimmermänner den Hof verließen. In ihrer Hand hielt sie ihr Handy.

Sia war so aufgebracht, sie konnte sich jetzt nicht mit ihr unterhalten und flüchtete in den Stall. Obwohl sie eben erst gefegt hatte, nahm sie abermals den Besen zur Hand.

Ylvie kletterte über den Zaun, sie hob Anton und Verena zur Begrüßung kurz die Hand und folgte Sia.

»Sia«, sagte sie und berührte sie an der Schulter, als sie sie eingeholt hatte. Atemlos hielt sie ihr Handy hoch. »Einer meiner Freunde hat mir vor fünf Minuten einen Link geschickt«, meinte sie entgeistert. »Was ist gestern passiert?«

»Lass mich«, zickte Sia und wollte Ylvie nicht ansehen.

Sie hielt sie am Arm fest und bat sie, stillzuhalten. »Du hättest dir wegen mir keinen Ärger machen müssen.«

»Er ist ein Arschloch!«, fauchte Sia. Sie versuchte, es zu verhindern, aber ihr kamen die Tränen.

»Sia?«, gab Ylvie leise von sich. Sie klang so traurig.

»Ich habe das nicht alleine gemacht«, schluchzte sie. »Anton und Verena haben mir geholfen.«

Ylvie war ein wenig überrumpelt, Sia hatte ihnen also davon erzählt?

»Er kann von Glück reden, dass ich ihm nicht an die Gurgel gegangen bin.« Sia weinte mittlerweile bitterlich.

»Warum weinst du denn?«, fragte Ylvie und lächelte matt.

»Weil er ein Idiot ist«, fuhr Sia sie an.

Ylvie nickte. »Das stimmt, aber wegen ihm einen dicken Kopf zu bekommen, lohnt nicht.«

Sia ließ den Besen fallen und umarmte Ylvie, weil sie nicht aufhören konnte zu weinen. Sie fühlte sich schlecht, als wäre sie schuld daran, dass man ein Nacktbild von Ylvie geschossen hatte. Als hätte sie es verhindern können, wenn sie bei ihr gewesen wäre. Aber sie war es nicht und das tat ihr weh. Sie war nicht hier gewesen, als es Ylvie schlecht ging, als das blöde Nacktbild von ihr gemacht wurde, als ihre Mutter gestorben war. Sia weinte, weil sie ihrer Vergangenheit nachtrauerte.

Ylvie sagte nichts. Sie seufzte und nahm Sia fester in den Arm. Sie drückte sie und streichelte ihr behutsam über den Rücken.

»Danke«, hauchte sie und gab ihr einen Kuss auf den Scheitel, woraufhin Sia nur noch mehr weinte.

Jetzt lachte Ylvie. »Hey, so schlecht sind meine Umarmungen nun echt nicht.« Sia drückte ihr Gesicht nur noch fester an ihre Brust.

Nach einer Weile beruhigte sich Sia. Anton tauchte am Tor auf. Er wurde wütend, als er Sias Zustand bemerkte. Doch dass Ylvie bei ihr war, beruhigte ihn. »Frühstück steht auf dem Tisch. Verena hat Kaffee gekocht«, gab er kurz Bescheid und ging, um die beiden nicht weiter zu stören.

»Ein Kaffee wird dir sicher guttun«, meinte Ylvie und gab Sia aus ihrer Umarmung frei. Aber Sia ließ sie nicht gehen und nahm sie an die Hand. Sie führte sie aus dem Stall, während sie schniefte und sich die letzten Tränen von den Wangen wischte.

Ylvie kam ins Straucheln, es war, als wären sie wieder kleine Mädchen. Es war Sia, die immer entschied, wohin sie gingen und was sie als Nächstes machten. Es fehlte nur noch, dass sie auf bossy Art sagte, dass sie küssen üben müssten. Es war nur eine Erinnerung und doch röteten sich Ylvies Wangen.

Es war merkwürdig, Ylvies Hand zu halten. Das prickelnde Gefühl auf ihrer Haut, wanderte ihr bis auf den Rücken. Sia hatte so etwas ewig nicht mehr gespürt. Um ehrlich zu sein, seit ihrer Kindheit nicht mehr.

Ylvie schien aufgewühlt und doch folgte sie Sia ins Haus. Ehe sie reingingen, blieb Ylvie stehen. Sia dachte gleich an Dario, der sich bei ihren Freunden unwohl fühlte.

»Die sind echt nett«, beteuerte Sia.

Ylvie lächelte matt. Sia sah verheult so süß aus, dass sie für sie die letzte Träne am Kinn fortwischte. »Das glaube ich dir, besonders, weil sie so etwas für mich getan haben.«

»Wenn du nervös bist, kann ich dir wieder den Kopf kraulen«, schlug Sia vor, was Ylvie zum Lachen brachte.

Sie nahm Ylvies Reaktion als Bestätigung, drückte ihre Hand fester und führte sie hinein.

Anton machte gleich Platz für ihren Gast und brachte Kaffee. »Geht es dir besser?«, fragte er Ylvie, obwohl es Sia gewesen war, die wie ein kleines Mädchen geplärrt hatte.

»Ja.« Ylvie wiederholte sich. »Ja. Ich … Ich weiß gar nicht, was ich sagen oder wie ich euch danken soll.«

Verena stellte das geschnittene Gemüse auf den Tisch. »Du bist gut zu unserer Sia, mehr braucht es nicht.« Verena blickte zu ihrer Freundin. »Sie hat uns einiges erzählt, was du für sie getan hast.«

»Unter Protest hat sie das gemacht. Unter Protest«, moserte Sia und putzte sich mit einem Taschentuch die Nase.

Beim Frühstück brachte Verena ihre Spiegelreflexkamera heraus und schoss ein paar Fotos. Ein paar mehr von Ylvie.

»Verena hat eine Galerie und ist vom Beruf Fotografin«, erklärte Sia. »Die knipst alles, was ihr vor die Linse kommt. Gestern hat sie nichts anderes getan.«

»Darf ich die Bilder verwenden?«, fragte Verena Ylvie.

Ylvie wusste es nicht genau, erst als Sia lächelte, nickte sie.

Als Ylvie ihren Kaffee ausgetrunken hatte, stand sie auf. »Ich sollte langsam wieder. Ich habe noch etwas zu tun.« Sie reichte Anton die Hand. »Noch einmal danke.«

Der große Mann stand auf und umarmte Ylvie. »Was dir passiert ist, hat niemand verdient und ich hoffe, durch die Aktion wird ihm bewusst, wie viel Schaden er damit angerichtet hat.«

Kurz kniff Ylvie die Augen zu und drückte Anton. »Danke«, hauchte sie diesmal und verabschiedete sich mit einem Räuspern.

Sia stand gleich auf und begleitete sie bis nach draußen zum Zaun, der ihren Hof voneinander trennte.

»Das Holz ist morsch. Früher oder später solltest du es ausbessern«, meinte Ylvie und inspizierte die Stelle, an der sie immer rüber kletterten.

»Keine Ahnung wie, aber du wirst mir vermutlich helfen. Schließlich gehört dir unser Wald«, entgegnete Sia.

Ylvie hob die Augenbrauen. »Du meinst meinen Wald.«

»Irgendwann hole ich mir den zurück.« Sia bewies Kampfgeist.

»Hoffentlich erlebe ich das noch.«

Sia schaute mürrisch, weil Ylvie sie nicht ernst nahm, und lächelte dennoch.

In dem Moment bemerkten beide den Auslöser von Verenas Kamera. Sie stand an der Tür und hatte sie mit einem weiteren Bild überrascht.

»Eure Kinder werden es mir danken«, rief sie ihnen zu.

Sia wurde gleich rot und verstand erst nicht, was Verena damit sagen wollte.

Ylvie räusperte sich erneut. »Wo wir bei Familienplanung sind. Trenn dich von deinem Freund. Jemand, der dich liebt, lässt dich nicht hängen. Nicht, wenn du alle Hilfe brauchst, die du bekommen kannst. Wenn es dir nur danach geht, mit jemanden zusammen zu sein – auf dem Dorf gibt es genug Heiratsmaterial. Du brauchst jemanden, der auf dich aufzupassen weiß.« Ylvie sprach kühl und abgeklärt. Ihre Worte waren so schneidend, dass Sia geplättet zurückblieb.

Kapitel 24

Es war mitten in der Nacht, als Sia durch ein Rumpeln und Gestöhne aufwachte. Verena und Anton hatten Sex. Obwohl sie unten im Schlafzimmer ihrer Tante übernachteten, hörte man sie durch das schlecht isolierte Haus.

Sia hielt sich die Ohren zu, aber es half nichts, selbst unter der Decke konnte sie ungewollt mithören. Ganz nett, dass die beiden bis jetzt gewartet hatten, dennoch fühlte sich Sia wie eine Zuschauerin. Die Arbeit auf dem Hof machte ihre Freunde eindeutig nicht müde genug.

Als sie sich das Kissen ins Gesicht drückte, half es ein wenig über die Tonkulisse hinweg, aber wieder atmen zu können, war auch ganz schön.

Müde richtete sich Sia auf. Alles in ihr sträubte sich. Sie wollte nicht zuhören, wie Anton es ihrer besten Freundin nach allen Künsten der Liebe besorgte. Bei allem Respekt, aber die beiden waren wie Geschwister für sie.

Ehe sich Sia aus Verzweiflung Taschentücher in die Ohren stopfen konnte, bemerkte sie die Landmaschine, die spät in der Nacht die Straße hochfuhr. Für einen Moment übertönte es die freudigen Laute ihrer besten Freundin. Doch dann wurden die beiden lauter, als würde der Lärm des Traktors sie anspornen.

Sia musste raus. Mit glühenden Wangen warf sie sich schnell etwas über und verließ auf Zehenspitzen das Haus.

Zum Glück waren Anton und Verena nur für ein verlängertes Wochenende zu Besuch.

Draußen vor der Tür bemerkte Sia, dass es der Traktor von Ylvie war. War sie etwa so spät noch auf den Feldern gewesen?

Ylvie stieg aus ihrem Fahrzeug aus, das Licht vom Hof ging automatisch an und sie schlenderte ausgelaugt zum Bungalow.

Sia schlüpfte in ihre Stiefel und kam ihr nach, sie wusste nicht, wo sie sonst um diese Uhrzeit hinkonnte. Um bei den Kühen zu übernachten, war es noch zu kalt.

Leise schlich Sia ins Gebäude, den Flur entlang in die Küche und entdeckte Ylvie, die sich aus dem Kühlschrank ein kühles Bier gönnte.

Als sie die Flasche an die Lippen setzte, stockte sie. »Was suchst du denn hier?«, flüsterte sie verwundert.

»Ich konnte nicht schlafen«, gestand Sia. »Meine Gäste sind nicht gerade … ruhig.«

Ylvie lachte leise. »Magst du auch eins?« Sie hielt ihr Bier hoch. Nachdem Sia nicht ablehnte, brachte sie ihr eins an den Küchentisch.

»Was hast du so spät noch draußen gemacht?«, fragte Sia, obwohl sie es sich denken konnte.

»Der Bodenfrost ist dieses Jahr schon früher weg, ich habe wieder viel zu tun.«

Sia schaute fragend.

»Erst wenn der Boden nicht mehr zu kalt ist, kann ich säen, sonst würde die Saat vertrocknen.«

»Dann muss ich auch anfangen.«

Ylvie nickte und nahm einen weiteren Schluck. Sie war so erschöpft, ihr war nicht wirklich nach einer Unterhaltung.

Sia betrachtete sie aus dem Augenwinkel heraus. »Die Rechnung für das Futter und für das Holz ist noch nicht angekommen.«

Ylvie zuckte müde mit den Schultern. »Ist vermutlich auf dem Postweg verloren gegangen. Ich schicke sie noch einmal raus.«

»Du kannst sie mir in den Postkasten stecken oder über den Zaun in die Hand drücken.«

»Über Rechtswege ist mir Post lieber und sicherer«, entgegnete Ylvie.

Sia fand es albern, aber trank still ein paar Schlucke aus der kühlen Flasche.

Nach einer Weile seufzte Sia. »Meinst du, ich kann wieder nach Hause?« Sia schüttelte sich und brachte Ylvie zum Lachen.

»Du kannst die Nacht auf der Küchenbank verbringen«, bot Ylvie an.

»Warum soll ich auf der ungemütlichen Küchenbank schlafen?« Sia wurde mürrisch.

»Gut«, sagte Ylvie. Eigentlich hatte Sia mit Gegenwehr gerechnet, aber Ylvie schien zu erschöpft für Diskussionen zu sein. »Den Gang, die erste Tür links«, sagte sie. »Mach es dir bequem.«

»Was ist denn da?«, fragte Sia.

Ylvie schmunzelte. »Mein Schlafzimmer.« Sie konnte kaum noch die Augen aufhalten.

Sia knibbelte an dem Etikett ihrer Bierflasche. Die Küche war ein Durchgangszimmer. Ylvie wollte ihr also ihr Allerheiligstes überlassen? Es fühlte sich falsch an, aber vorzuschlagen, gemeinsam im Bett zu liegen, kam Sia dumm vor. Aber um keinen Preis würde sie auf der ungemütlichen Küchenbank übernachten.

Sia ging in den Flur, der zu den Schlafzimmern führte, und tastete im Dunkeln nach der Türklinke. Als sie die Tür öffnete, kam ihr Ylvies Geruch entgegen, ein wenig mild zugleich auch herb.

Gegenüber der Tür war das Fenster. Die dunklen Gardinen standen noch offen. Ylvies Zimmer schien hinter dem Fuhrpark zu liegen. Ihr Bett stand links mittig vom Eingang. Es wirkte modern und schlicht. Auf jeden Fall war es nicht mehr ihr Jugendzimmer. Ihre Möbel waren dunkel und sonst alles in dunklem Blau und Grau gehalten. Ylvie mochte Dunkelblau, das war ihre Lieblingsfarbe gewesen.

Sia ließ die Tür einen Spalt offen und huschte zum einladenden Bett rüber. Sie machte es sich bequem und freute sich über die fluffige Daunendecke und das Kissen. Sie hatte es gemütlicher als in dem alten Bett, in dem sie die Nächte verbracht hatte.

Auch wenn Sia müde war, war sie irgendwie aufgedreht. Dabei half ihr Bier eigentlich, ruhiger zu werden. Sie war in Ylvies Zimmer. Die neue Ylvie, die Sia gerade wieder kennenlernte. Sie war anders, wesentlich mürrischer und hatte jetzt das Sagen. Früher war sie still und zurückhaltend gewesen. Die Jahre veränderten einen.

Ratlos sah sich Sia aus dem Bett heraus um. Gegenüber stand eine Kommode mit einem Spiegel. Hinter der Tür hatte sie einen montierten Kleiderhaken. Rechts vom Bett stand ein breiter Schrank. Ylvies Zimmer war vielleicht doppelt so groß wie das von Sia und doch hatte sie nicht wirklich viele Sachen. Ein bisschen sah es aus wie in einer Männerhöhle.

Sia hatte Ylvie nur im Beisein ihres Vaters oder von Jochen, ihrer Aushilfskraft gesehen. Ob sie eine Freundin hatte?

Über dem Bett hingen ein paar Bilder. Sia setzte sich auf und sah sie sich an. Es waren welche von Freunden, ein Bild von ihrer Mutter. Sia fand irgendwie keine Ruhe. Ob sie wieder zurück nach Hause sollte? Dann könnte Ylvie in ihrem Bett schlafen.

Sia stand auf, als sie an dem schmalen Bücherregal mit Fachliteratur über Landwirtschaft vorbeiging, entdeckte sie Gänseblümchen. Sie waren getrocknet und sahen auf den ersten Blick wie Unkraut in einem ordentlichen Zimmer aus. Aber sie entlockten Sia ein sanftes Lächeln. Sie nahm eines am Stängel und zwirbelte es zwischen Daumen und Zeigefinger. Ylvie hatte sie behalten. Es waren die Gänseblümchen, die sie für sie gepflückt und in die Brotdose gesteckt hatte. Als Dankeschön für die Butterbrote. Das Lächeln in Sias Gesicht wurde breiter.

Vielleicht waren es die Dunkelheit und das Gefühl, wieder ein Stück in der Vergangenheit zu stecken, als Sia zurück in die Küche schlich und sich zu Ylvie auf die Bank legte.

Sie war so forsch, dass Ylvie überrascht murrte, aber Sia ließ es sich nicht nehmen, es sich neben ihr gemütlich zu machen. Die Heizung brannte, es war schön warm und mit Ylvie gemeinsam kam ihr die Küchenbank kein bisschen ungemütlich vor.

»Sia«, mahnte Ylvie schläfrig. »Ich muss in fünf Stunden wieder raus.«

»Ich auch«, moserte sie, was Ylvie zum Schnauben brachte.

»Was ist falsch an meinem Bett?«, fragte sie.

Es dauerte einen Moment, bis Sia einigermaßen die richtige Liegeposition gefunden hatten. »Es ist zu groß«, sagte sie und rückte mit dem Hintern näher an sie heran.

»Wenn du so auf meinem Arm schläfst, dann fällt er mir ab«, nörgelte Ylvie.

»Früher hat es dich auch nicht gestört«, entgegnete Sia trotzig, als würde sie nicht verstehen, wie eng es auf der harten Bank wurde. In der Ferienzeit hatten sie fast jeden Tag zusammen geschlafen. Wenn die Schule wieder anfing, war es so ungewohnt, alleine zu liegen, dass Sia weinend in das Bett ihrer Eltern geflüchtet war.

»Früher hattest du auch nicht so einen Dickschädel«, erwiderte Ylvie, sodass Sia ihr empört den Ellenbogen zwischen die Rippen stieß und sie schmerzhaft zum Stöhnen brachte.

Plötzlich wurde es hell. »Kinder, warum geht ihr nicht ins Bett?«

Ylvies Vater kam mit einer kleinen Laterne in die Küche. Er trug ein langes Nachthemd, so wie es Sias Opa immer getragen hatte. Er ging zum Kühlschrank, nahm sich eine Wurst und verließ die Küche.

»Er holt sich jede Nacht einen Snack«, erklärte Ylvie auf Sias verwirrten Blick hin. Sie stöhnte angestrengt. »Ich denke, deine Freunde sind mittlerweile am Schlafen. Du kannst sicher nach Hause.« Für einen Moment blieben sie regungslos liegen. Bis Ylvie mit schweren Gliedern aufstand und sich in ihr Schlafzimmer begab. Sie bemerkte sehr wohl, dass Sia ihr nachkam. »Sia? Ich bin echt müde«, sagte sie.

»Ich auch«, gab Sia zurückhaltend von sich.

Erschöpft und zu müde, um sich zu streiten, zog Ylvie ihre Hose und ihr Oberteil aus. Sie legte sich mit Slip und T-Shirt ins Bett, in das ihr Sia folgte. Es war groß genug für beide.

Während es sich Ylvie auf der Seite gemütlich gemacht hatte, lag Sia auf dem Rücken und starrte an die Decke. Es war nichts dabei, zwei Fast-Freundinnen, die gemeinsam in einem Bett lagen, und doch schlug Sias Herz schneller.

»Warum haben wir uns nicht mehr gesehen, zumindest nicht mehr geschrieben?«, fragte sie leise.

Es war still, sodass Sia glaubte, dass Ylvie direkt eingeschlafen sein musste.

»Morgen, ja«, vertröstete Ylvie sie dann doch noch und döste augenblicklich ein. Sia drehte sich auf die Seite und beobachtete sie.

Vielleicht lag es an Ylvies ruhigem Atem. Sia selbst wurde ruhiger, bis ihr schließlich die Augen zufielen und sie endlich einschlief.

Kapitel 25

Sia öffnete die Augen. Als sie merkte, dass es hell geworden war, richtete sich erschrocken auf. Erst war sie verwundert, doch augenblicklich erinnerte sie sich, dass sie gestern zu Ylvie ins Bett gekrabbelt war, als wäre sie wieder zwölf Jahre alt.

Ihr Herz schlug schneller, sie fühlte sich unwohl und war sogleich erleichtert, dass sie alleine im Schlafzimmer war. Ylvie war sicher schon draußen auf den Feldern und arbeitete, während Sia es gemütlich hatte.

Sia tastete nach ihrem Handy, das sie in die Seitentasche ihrer Strickjacke gesteckt hatte. Es war bereits zehn Uhr! »Verflucht«, flüsterte sie. Sia hatte wirklich mehr als nur verpennt. Sie müsste die Tiere versorgen, aber beruhigte sich damit, dass Anton und Verena da waren und ungefähr wussten, welche Arbeit zu erledigen war.

Sia legte sich zurück. Sie sollte gehen, aber im Bett war es so kuschelig und warm, dass sie nur noch für ein paar Minuten die Augen schließen wollte. Heute erlaubte sie sich, ein wenig faul zu sein, und kostete es aus, dass ihre Freunde zu Besuch da waren. Schließlich waren sie nicht ganz unschuldig, dass Sia das Weite gesucht hatte.

Von hinten schlug die schwere Eingangstür zu. Jemand kam durch die Küche in den Flur. Sia verkrampfte, als die Schlafzimmertür aufging. Trotz des Schreckmoments schaffte sie es, ruhig liegen zu bleiben und so zu tun, als würde sie noch schlafen.

Sia überlegte, die Augen aufzuschlagen und sich zu entschuldigen, irgendetwas zu tun und es dann belächeln, weil es ihr mittlerweile peinlich war, dass sie die Nacht mit Ylvie verbracht hatte. Ob Ylvie in der Zwischenzeit ihre Arbeit niedergelegt hatte, um sie zu wecken? Dabei wollte Sia so gerne liegen bleiben. Vielleicht hatte sie aber genauso wie Sia verpennt. Weil sie sich genauso wohlgefühlt hatte?

Die Tür schloss sich, Sia glaubte, aufatmen zu können, doch Ylvie war noch im Zimmer. Auf leisen Sohlen kam sie ans Bett.

Sia fühlte sich wie ein Rehkitz, das sich irgendwo in den Büschen vor dem großen bösen Wolf versteckt hatte. Dabei lag sie offen präsentiert im Zimmer.

Sia zwang sich, ruhig liegen zu bleiben. Sie konzentrierte sich auf eine gleichmäßige Atmung, damit es schien, als würde sie schlafen.

Ylvie blieb vor ihr stehen. Sia wartete darauf, dass Ylvie sie weckte, aber sie setzte sich vorsichtig zu ihr ans Bett. Sia bemerkte noch, wie sich ihr Sichtfeld verdunkelte, und dann war ihr Ylvie so nahe, dass sie ihren warmen Atem spürte, gefolgt von ihren weichen Lippen.

Kurz hielt Sia die Luft an und verstand gar nichts mehr. Sie erschrak vor sich selbst. Fast hätte sie Ylvie umarmt. Ihr Herz hämmerte von jetzt auf gleich gegen ihren Brustkorb. Sie fürchtete, Ylvie würde es bemerken. Was sollte sie tun?!

Standhaft hielt Sia die Augen geschlossen und war ratlos. Sie wollte niemanden verletzen, besonders nicht Ylvie.

Dann ging es ganz schnell, Ylvie löste sich von Sias Mund. Dafür, dass sie gerade jemanden heimlich geküsst hatte, stand sie zu abrupt auf und verließ in Hast das Zimmer. Als konnte Ylvie selbst nicht glauben, was sie getan hatte.

Sias Körper prickelte vor Kälte, aber es war diese angenehme Kälte, die einen durchwanderte, wenn man drohte innerlich zu verbrennen.

Sie hatte Ylvie als Erste geküsst, indem sie sie voller Wut gegen die Wand gedrängt hatte. Doch das hier war eine ganz andere Situation mit einer unglaublichen Zärtlichkeit.

Sia war von Dario schon oft im Halbschlaf geküsst worden, selbst wenn er bemüht war, liebevoll zu sein, waren seine Küsse fester und mit Dominanz verbunden. Kein Vergleich zu Ylvies Vorsicht.

Draußen schlug die schwere Tür zum Bungalow zu und Sia traute sich, die Augen zu öffnen. Sie atmete scharf ein, ihr ganzer Körper war angespannt. Warum hatte Ylvie sie geküsst?

Sia spürte den Kuss noch auf ihren Lippen und berührte sie mit Fingerspitzen, als hätte sich vielleicht etwas an ihnen verändert. Die seichte Berührung kitzelte und übertönte das Gefühl von vorhin. Sia wollte nicht, dass der Kuss verschwand, und biss sich auf die Lippen, doch damit machte sie es nur noch schlimmer.

Rasch richtete sich Sia auf, als könnte sie damit etwas einholen, was nicht mehr war. Sie ärgerte sich, dass sie das Gefühl kaputt gemacht hatte. Ylvies Kuss war nur noch eine Erinnerung.

Als Kinder hatten sie sich oft geküsst. Besonders nach Naschereien, wenn sie Softeis gegessen hatten. Süß, mit kalter

Zunge und kühlen Lippen, die schon vom Eis geschwollen waren und noch ein Stück röter wurden. Jetzt der Kuss, er war nicht ungeübt und viel zu gierig, sondern sanft und mit Sehnsucht verbunden.

Sias Herz raste, dass sie sich die Hand auf die Brust legte, um sich zu beruhigen. Aufgewühlt stand sie aus dem Bett auf. Sie schlich aus dem Zimmer, den Flur entlang in die Küche, von dort wollte sie raus. Da zog jemand die Tür auf und stand draußen vor der Schwelle. Sia bekam den Schreck ihres Lebens.

Ylvie kreuzte die Arme unter der Brust und schaute grimmig. Die Zärtlichkeit von eben und ihr böser Blick hätten nicht ungleicher sein können.

»Na, Schlafmütze?«, sagte sie rau. Anscheinend wollte sie einen weiteren Versuch starten, Sia zu wecken. Hätte Ylvie sie dann noch einmal geküsst?

Verstohlen blickte Sia auf Ylvies Mund und bekam plötzlich eine Gänsehaut, sodass sich ihre Vorhöfe schmerzhaft zusammenzogen. Was war nur los mit ihr?!

Sia lächelte verlegen. »Ich habe ziemlich gut geschlafen. Dein Bett ist superbequem.« Sie führte sich albern auf, aber was sie sagte, war immerhin die Wahrheit. »Entschuldige bitte.« Sia schlich an Ylvie vorbei. »Kommt nicht wieder vor«, versprach sie und verließ strammen Ganges den Hof. Sia spürte Ylvies Blick im Nacken, aber traute sich nicht, sich nach ihr umzusehen.

Eilig kletterte sie zwischen die Zaunstege, da entdeckten sie Verena und Anton, die noch im Stall standen.

Ihre Freundin warf ihr einen fragenden Blick zu. Sia weitete die Augen, was Verena als Zeichen vernahm, dass sie ihr unauffällig folgen sollte.

Sia ging ins Haus und ihre Freundin kam ihr einen Augenblick später nach.

»Was ist los? Wo warst du heute Morgen?«, fragte sie.

Sia hielt sich das Gesicht und fühlte ihre hitzigen Wangen.

Verena nahm ihr die Hände runter und sah sie eindringlicher an.

»Sie hat mich geküsst«, sprach Sia leise. Für mehr fehlte die Kraft.

»Wie? Wann? Warum?« Verenas Stimme wurde dafür schriller. Sie wusste direkt, wen Sia meinte.

Sia setzte sich aufgebracht hin und fuhr sich durchs Haar.

»Ihr … ihr wart gestern so laut, dass ich flüchten musste. Da kam Ylvie von den Äckern zurück und ich wollte wissen, was sie so spät draußen gemacht hat. Irgendwie wollte ich nicht nach Hause und habe erst in ihrem Bett geschlafen …«

Verena zog den Stuhl vom Küchentisch und setzte sich Sia gegenüber. »Wie, du hast in ihrem Bett geschlafen?«, fragte sie geschockt.

»Nein, so nicht«, erwiderte Sia und kniff die Augen zu. »Wir haben nicht miteinander geschlafen, wenn du das glaubst«, fügte sie leise hinzu. »Sie hat mir ihr Bett überlassen, weil ich nicht auf der Küchenbank schlafen wollte. Dafür hat sie dort übernachtet und … und ich habe es nicht ohne sie ausgehalten. Es war dumm. Ich meine, es fühlte sich in dem Moment wie früher an und früher haben wir immer gemeinsam geschlafen.« Sia seufzte angestrengt.

»Was ist dann passiert?« Verena schien vor Neugier zu platzen und trotzdem schaute sie wie eine Mutter, deren Tochter ihr gleich ihr erstes Mal beichten würde.

»Ich bin in die Küche und habe mich zu ihr gelegt, als wir laut wurden, ist ihr Vater gekommen …«

»Warte, warte, warte.« Verena hielt beide Hände hoch, auf einmal ging es ihr dann doch zu schnell.

Sia rollte mit den Augen. »Wir haben nicht miteinander geschlafen«, wiederholte sie.

Die Tür ging zu. »Mit wem hast du nicht geschlafen?« Anton kam mit hochgezogenen Augenbrauen herein.

Sia wurde knallrot. Er hatte ihr noch gefehlt.

Verena erzählte ihm kurz, was passiert war. »Sia hat mit Ylvie im Bett geschlafen.«

Anton zeigte erstaunt auf Sia, dann durchs Fenster in Richtung Ylvies Hof. »Also du und sie, ihr habt …« Das *du* und *sie* zog er lang, weil er nicht genau abwägen konnte, was nun wirklich geschehen war.

»Nein!«, rief Sia angespannt. »Wir, wir haben nicht miteinander geschlafen.« Das vorpubertäre Gefummel früher verschwieg sie ihnen lieber. »Wir hatten uns gezankt, dann hat uns Ylvies Vater gebeten, ins Bett zu gehen. Ich, ich wollte bei ihr sein. Ich weiß auch nicht warum. Jetzt kommt es mir selbst so dumm vor.«

Ihre beiden Freunde hörten interessiert zu.

»Heute Morgen hat sie mich, glaube ich, wecken wollen und mich geküsst.« Sie sprach den letzten Teil des Satzes zu leise, sodass sie befürchtete, sich wiederholen zu müssen.

»War es gut?«, fragte Anton.

Sia sah auf. Sie wurde verlegen und schaute weg. »Es war schön.«

Da klatschte sich Anton bestätigt in die Hände. »Bisexuell«, sagte er. »Ich wusste es«, meinte er dann.

»Was?«, verwirrt schauten Sia und Verena zu ihm auf.

Anton stützte sich an Verenas Stuhllehne und zuckte mit den Schultern. »Ich hatte da schon eine Ahnung. Wenn wir gemeinsam unterwegs waren, hast du dir Frauen gerne ein bisschen länger angesehen. Besonders, wenn sich Verena heiß aufgetakelt hatte.« Er imitierte seine Frau, indem er anzüglich die Hüften schwang, sodass Verena ihm gegen den Arm schlug.

»Ich bewege mich kein Stück so«, gab sie verärgert von sich und musste doch lachen.

Anton grinste. »Ihr hast du auch immer einen längeren Blick auf gewisse Regionen zugeworfen.« Er hielt die Hände hoch und tat so, als hätte er einen üppigen Busen.

»Was?! Das habe ich nicht«, erwiderte Sia schockiert.

Verena schaute nachdenklich und rieb ihr Kinn. »Wo du es sagst.« Sie lächelte schief. »Du stehst also auf mich?«

Sia sprang aufgebracht auf. »Das tue ich nicht!«

Verena war gekränkt. »Bin ich dir etwa nicht hübsch genug, oder wie?«

»Darum geht es doch gar nicht!«, rief Sia. »Ich habe einen Freund!«

Anton schnaubte. »Der Vollpfosten, der nicht mit uns mitkommen wollte?«

Sia wurde still. »Ich, ich bin nicht lesbisch«, sagte sie und merkte schnell am Klang ihrer Stimme, dass sie selbst nicht sicher war.

Verena zuckte gleichgültig mit den Schultern. »Ist doch nichts dabei. Du magst halt beide Geschlechter.«

»Das tue ich nicht«, wurde Sia wieder wütend.

»Dafür, dass du es nicht tust, hängst du ziemlich viel an Ylvie«, sagte Anton und ließ Sia verstummen.

Kapitel 26

Anton und Verena waren nur für ein verlängertes Wochenende da gewesen und doch hatten sie Sia unter die Arme greifen können. Umso mehr tat Sia der Abschied weh, sodass ihr die Tränen kamen. Auch Verena schien ziemlich mitgenommen. Sie umarmte ihre beste Freundin fest. Anton stand schon mit halbem Bein im Auto und lachte.

»In zwei Wochen seht ihr euch wieder«, sagte er.

Verena löste sich nicht ganz von Sia und sah sie nachdenklich an.

»Was ist?«, fragte Sia und bemühte sich, ihre Traurigkeit wegzulächeln.

»Hab keine Angst, deinem Herzen zu folgen«, sagte sie.

Sia sah ihre Freundin für den ersten Moment verständnislos an und lachte dann. »Was war das bitte für eine Lebensweisheit?«

Verena drückte Sias Arme und gab ihr so zu verstehen, dass sie sich darüber nicht lustig machen sollte. »Das weißt du selbst am besten.«

Ihre Freundin wurde unruhig. »Ich würde es niemals schaffen, ganz alleine einen Hof zu führen«, tuschelte sie, weil ihr die Furcht vor der Verantwortung die Kehle zuschnürte. »Ich stehe die ganze Zeit im Mist und kann es kaum erwarten, wieder in der Stadt zu sein. Sobald ich zurück bin, werde ich Tante Evie so gut es geht finanziell unterstützen.« Sia merkte es nicht, aber die Panik stand ihr ins Gesicht geschrieben.

Verena lächelte bedrückt. »Das meinte ich nicht ganz.« Ihr Blick ging über Sias Schulter auf den Hof nebenan. Ehe Sia verstand, was ihre beste Freundin andeutete, löste sich Verena aus der Umarmung und stieg ins Auto.

»Ich habe viel Bildermaterial. Mal schauen, was ich daraus zaubern kann«, sagte Verena noch.

Zum Abschied winkte Sia ihnen zu. Sie folgte dem Auto den Hof runter bis zur Straße und sah zu, wie das Fahrzeug kleiner wurde und als dunkler Fleck von der grünen Idylle verschluckt wurde.

Sia seufzte angestrengt. Das Glucksen eines Huhns lenkte ihre Aufmerksamkeit zurück auf den Hof. Sia war verwundert, es musste aus dem Stall ausgebüxt sein. Das Wetter war gut und das Huhn wusste es auszunutzen.

Hinten am kleinen Hühnerschuppen war ein Stück Holz herausgebrochen. Sie drückte gegen die morschen Latten, die nachgaben. Würde sie ein wenig mehr Kraft aufwenden, könnte sie ohne Mühe ein weiteres Stück herausbrechen. Es war an der Zeit, sich auch diesem Problem zu widmen. Einen neuen Zimmermann aus dem nächsten Ort hatte sie schon aus dem Internet, das ihr ihre Freunde zur Verfügung gestellt hatten, herausgesucht. Sie musste nur noch anrufen und fragen, was der Bau kosten würde. Das Material sollten die Handwerker diesmal selbst stellen. Sia wollte Ylvie nicht noch einmal bitten. Nach dem, was passiert war, brauchte sie Distanz. Besonders, weil sie sich Ylvie wieder mit ihrer Kettensäge vorstellte. Zum Glück wusste niemand, was in ihrem Kopf vorging, und doch schämte sich Sia vor sich selbst.

Sie richtete sich auf und sah rüber zum Hof nebenan. Ylvie war nicht da und vermutlich auf den Feldern. Sia müsste auch bald raus. Die Zeit mit Verena und Anton hätte sie besser nutzen sollen, aber es war so schön mit ihnen gewesen, als sie mit Arbeit zu verbringen.

Sia blickte auf das Haus, dessen Riss nur noch neu verputzt werden musste. Hoffentlich würde sich Tante Evie darüber freuen.

Sia atmete tief ein, noch zwei Wochen, dann wäre sie hier fort.

Kapitel 27

Seit Tagen hatte Sia Ylvie nicht mehr gesehen, sie kam meist spät abends nach Hause und ging anscheinend dann auch schon direkt ins Bett.

Während auf dem Hof nebenan viel los war, fühlte sich Sia ziemlich einsam. In Ylvies Abwesenheit kümmerte sich ihr Vater um die Verkäufe vom Saatgut.

Heute, nachdem Sia die Tiere versorgt hatte, wollte sie ebenfalls raus auf die Felder.

Angespannt stand sie vor dem uralten Fahrzeug, den noch ihr Großvater gefahren hatte. Eigentlich sah der alte Deutz D-06 wie ein überdimensionales, verrostetes Kinderspielzeug aus. Der grüne Lack war an einigen Stellen abgeblättert. Nur die Reifen schienen einigermaßen neu. Keine Elektronik, kein GPS, kein Navisystem. Der Traktor war klein, verkommen und kein Vergleich zu Ylvies hochmodernen Landmaschinen.

Wie schade. Neben dem Bauernhof war der Traktor Opa Pepes ganzer Stolz gewesen. Er hatte ihn gepflegt und gehegt. Alle Wartungsarbeiten hatte er selbst durchgeführt. Auch Ylvie war ihn gerne gefahren. Weil er kleiner war, als die Maschinen auf dem Betrieb ihrer Eltern. Schon damals hatte man ihr ihre Berufung angesehen.

Sia war aufgestachelt wie ein Stierkämpfer und schüttelte die Scheu vor dem Blechschrott ab. Sie hatte einen Führerschein und konnte ziemlich gut seitlich einparken. Das hier sollte keine wirkliche Herausforderung sein.

»Los gehts«, gab sie dennoch verunsichert von sich.

Der Aufbau eines Traktors wich nicht sonderlich von dem eines Pkws ab. Allerdings sollte man es schon einmal gezeigt bekommen haben. Wie Sia von ihrem Großvater.

»Zündschlüssel rein und Teufelsknopf ziehen.« Sia führte Selbstgespräche. Sie glaubte, sich so besser konzentrieren zu können. Sie tat genau das, was sie sagte, und traute sich, das Monstrum von Altblech zu starten. Der Traktor röhrte auf und hustete, als hätte der Haufen Metall eine Erkältung. Sia wusste nicht, was dem Fahrzeug fehlte. Genug Treibstoff war getankt. Sie wollte sich nicht anstellen, schließlich war Tante Evie damit auch gefahren. Doch die nächste Hürde stand ihr bevor. Die Schaltung für die Kupplung saß zwischen ihren Beinen. Nur ein Hebel und zwei Gruppen an Geschwindigkeiten. Einmal fürs langsame Fahren, dann fürs schnelle Fahren. Sia rauchte der Kopf, ehe sie überhaupt vom Platz gekommen war. Für Rückwärtsfahren gab es ebenfalls ein paar Gänge. Die Pedale saßen weit auseinander. Links war die Kupplung, rechts unten das Gaspedal und oben die Bremse. Der Lärm des Motors war ohrenbetäubend, aber Sia war so abgelenkt, dass sie es nicht wirklich zur Kenntnis nahm.

Jetzt musste sie es nur schaffen, die Fräse hinten an die Zapfwelle anzudocken. Sie hatten zwar eine kleine Version eines Grubbers, wie Ylvie ihn einsetzte, aber die Zinken waren abgenutzt, dass sie nicht mehr lang genug waren, tief in die Erde zu dringen.

Sia fuhr vorwärts aus dem Schuppen raus. Bei ihnen war die Einfahrt nicht so breit und so groß wie Ylvies Halle, wo allerlei Maschinen standen.

Mit vibrierendem Fahrzeug setzte Sia den Rückwärtsgang ein und fuhr zurück. Sie lenkte so, dass sie in Richtung der Fräse fuhr. Leider war es im Verschlag dunkel, dass sie nicht gut sehen konnte. Sia hatte sich darauf eingestellt, dass es dauern würde. Doch als sie abstieg, um zu schauen, wie weit weg sie stand, war sie verblüfft, dass ihr Können ausgereicht hatte. Begeistert schlug sich Sia in die Hände, als hätte sie gerade einen guten Preis mit einem Großkunden ausgehandelt.

In der ganzen Euphorie fiel ihr Blick auf das Futter der Kühe. Sia müsste bald nachbestellen und war frustriert. Es gab so vieles, woran sie denken musste, und die Hälfte vergaß sie. Sie nahm sich vor, eine Liste mit allen Dingen zu erstellen, die sie in den letzten Tagen auf dem Hof noch zu erledigen hatte.

Sia stieg wieder auf, lenkte vorsichtig auf den Hof, Richtung Ausfahrt. Vermutlich würden alle, die sie auf der Straße sahen, über sie lachen, aber sie hatte Angst und drosselte ihr Tempo auf Schrittgeschwindigkeit. Es war das erste Mal, dass Sia einen Traktor manövrierte. Das stimmte nicht ganz. Ihr Opa hatte sie ab und zu mitgenommen. Als sie kleiner war, saß sie oft auf seinem Schoß und durfte mitlenken. Die Gedanken an ihren Großvater gaben ihr Stärke. Sia fühlte sich sicherer und beschleunigte auf 25 km/h.

Die Wege zu den Feldern kannte Sia noch und wusste ungefähr, welche ihrer Tante gehörte. So viele wie Ylvie hatte sie nicht, aber wenn sie mit ihrer Arbeit die Hälfte des Futters für die Kühe rausbekommen würde, dann war es doch gut.

Links und rechts von der Landstraße arbeiteten Ackerbauern. Mit einem Mal war Sia stolz auf sich, dass sie ein Teil von ihnen war, und ließ sich nicht davon beirren, dass sie nur ein klitzekleines Zahnrad in der ganzen Maschinerie war.

Als sie auf den Feldern ankam, wackelte es auf dem Sitz des Traktors so sehr, dass Sia glaubte, sie würde jeden Moment durch die Windschutzscheibe fliegen, aber der Gurt hielt sie zum Glück fest im Sattel.

In der Nähe fuhr Ylvie, Sia erkannte ihre Landmaschine sofort. Nicht jeder besaß so ein modernes und großes Fahrzeug wie sie.

Sia musste sich eingestehen, dass Ylvie eine ziemlich starke und mutige Frau war, die mit so einer gigantischen Landmaschine umgehen konnte.

Wachsam fuhr Sia an den Rand der Felder, die in der Nähe des Waldes lagen. Die Wochen zuvor hatte Tante Evie die Feldwege und Büsche gemäht und aufgeräumt. Auch einige der tiefen Äste vom Waldrand hatte sie abgeschnitten. Der Wald, der Sias Großeltern gehört hatte, der nun Ylvies Eigentum war.

Sia war voller Kampfgeist, sie würde alles tun, damit sie ihn zurückkaufen konnte. Ylvie würde den Wald eh nur platt machen, um daraus Ackerfläche zu gewinnen. Ob das so einfach ging? Vielleicht konnte Sia in Erfahrung bringen, ob es dort Tiere gab, die dem Artenschutz unterlagen.

Sie atmete scharf durch und betätigte den Hebel, mit dem sie die Fräse anschaltete, der durch die Zapfwelle vom Motor angetrieben wurde. Das Rucken ging durch ihren ganzen Körper. Sia würde lügen, wenn sie behaupten würde, dass sie wüsste, was sie tat.

»Du kriegst das schon hin«, sprach sie sich selbst Mut zu.

Mit Herzklopfen fuhr sie die erste Reihe ab und konnte es nicht unterlassen, hin und wieder zu Ylvie rüberzuschauen. Sie fuhr viel genauere Strecken als Sia. Natürlich. Ihr halfen auch ein Bordcomputer und die Satelliten im Weltall.

Während bei Ylvie alles so leicht aussah, machte der Widerstand des Bodens Sias Traktor zu schaffen. Etwas holprig wendete sie über den Feldweg zurück aufs Feld und lachte. Sia fuhr wirklich einen Traktor! Sie hätte sich gewünscht, Anton und Verena wären hier, um sie zu sehen und ein paar Bilder für die Ewigkeit zu schießen.

Kaum war Sia in die Mitte des Feldes angelangt, verhakte sich die Fräse in etwas. Das Fahrzeug kam zum Stehen, selbst als Sia mehr Gas gab, kam sie nicht weiter. Überfordert und ungeduldig zugleich stieg sie ab.

Die Stahlblätter der Fräse außen drehten sich noch. Doch in den mittleren Blättern hatte sich ein dicker Ast verfangen, den Sia gar nicht gesehen hatte. Er muss unter der Erde gewesen sein.

Ratlos zog sie mit ganzer Kraft am oberen Ende des Astes, der so dick war wie ihr Oberschenkel, aber das verwitterte Holz, wollte sich nicht lösen.

Jemand hupte. Genervt sah Sia sich um. Es war Ylvie, die ihr Fahrzeug angehalten hatte und ihr anscheinend etwas sagen wollte.

»Was hat die denn?«, nörgelte Sia. Der Motor lief, sie wollte sich beeilen, um schnell weiterfahren zu können. Zu Hause wartete genug Arbeit auf sie.

Diesmal trat Sia gegen den unteren Teil des Astes. Es knackte. Die Fräse zertrümmerte das morsche Holz und schleuderte die dicken Brocken um sich. Ein Teil des zersplitterten Holzes traf Sia fest am Kopf, ein anderer Teil erwischte sie am Schienbein und am Bauch, sodass sie stürzte.

Sia stöhnte durch den stechenden Schmerz, ihr war kurz schwindelig.

»Au, autsch«, jammerte sie. Jetzt erst verstand sie, warum Ylvie so aufgebracht gewesen war. Sia war so dumm, in eine laufende Maschine zu greifen.

Als es ihr endlich bewusst wurde, wurde ihr ein wenig flau im Magen. Unter Schmerzen stand sie auf und klopfte sich den Hintern sauber. An ihrer Stirn brannte es. Sia würde sicher eine dicke Beule bekommen. Durch die Schürfwunde an ihrem Bauch, sickerte helles Blut auf ihr Oberteil.

Ylvies Landmaschine kam näher. Sie schaltete den Motor ab und sprang gleich von ihrem Fahrzeug runter.

»Habe ich richtig gesehen?!«, rief sie wütend und kam rüber.

Angespannt ging Sia zu ihrem Traktor und schaltete ihn aus. »Es ist nichts passiert«, sagte sie.

»Das sehe ich«, knurrte Ylvie und begutachtete Sias Verletzungen genauer. Ihre Hände waren so warm.

Sia löste sich aus ihrem Griff. Sie wollte nicht umsorgt werden, der Schreck steckte ihr in den Knochen und jemand, der ihr Vorwürfe machte, brauchte sie nun wirklich nicht.

»Das alte Ding hat keine Sicherung«, knurrte Ylvie. Sie bückte sich um Sia herum und schaute in der Fahrerkabine nach. »Du hast nicht mal einen Verbandskasten dabei«, schimpfte sie gleich weiter.

»Woher soll ich denn wissen, dass so etwas passiert?«, wurde Sia laut und hielt sich den Kopf, dabei berührte sie ihre Schramme an der Stirn und hatte Blut an den Fingern. Ihr Hirn fühlte sich wie Glibbermasse in einem Behälter an. Sia zitterte.

»Hey, alles in Ordnung?«, fragte Ylvie. Diesmal war sie behutsamer und führte Sia an die Fahrerseite, wo sie sich hinsetzen konnte. »Du bist blass um die Nase. Hast du gegessen?«

»Heute Morgen«, antwortete Sia träge.

»Wir haben Nachmittag«, nörgelte Ylvie. »Genug getrunken hast du vermutlich auch nicht.«

Sia antwortete nicht.

»Fall mir nicht um.« Ylvie eilte zu ihrem Fahrzeug zurück, kletterte hoch und kam mit einer Tasche und einer Box runter.

Sie reichte Sia zu trinken und öffnete den Verbandskasten, den sie auf dem Motor ablegte. Mit Desinfektionsmittel tupfte sie die brennende Schramme an Sias Stirn ab und überhörte ihr schmerzvolles Brummen. Fürsorglich klebte sie die Wunde mit einem Pflaster ab. Ylvie zog vorsichtig Sias Oberteil über den Bauch. Der Kratzer war wesentlich größer.

»Der Ast hätte dich aufspießen können. Du hättest …«

»Ist gut«, sagte Sia matt, sie hatte keine Lust mehr, angeranzt zu werden. Im nächsten Moment schnappte sie nach Ylvies Schulter und krallte sich in ihr Hemd. Das Desinfektionsmittel brannte höllisch, sodass ihr die Tränen kamen.

Ylvie vereiste in ihrer Haltung. Erst einen Augenblick später suchten ihre Augen die von Sia. Sie schien verunsichert zu sein. Sia ließ sie gleich los und atmete wieder.

Mit ein wenig mehr Fassung senkte Ylvie ihren Blick und schaute auf Sias Bauch, auf das Muttermal, das den Rand ihres ovalen Nabels schmückte.

Sia stürzte von einem Gefühl ins nächste. Eben zitterte sie durch den Schock, jetzt, weil sie sich an etwas erinnerte und es fast ausgesprochen hatte. Es lag ihr noch auf der Zungen und Sia war voller Panik.

Beinahe hätte sie ausgesprochen, dass Ylvie die Stelle damals gerne geküsst hatte, versteckt im Stall, wo sich das Liegeheu der Kühe häufte. Dort, wo die Sonne durch die Fenster hineinschien und ihre nackten Körper wärmte. Weil Sias Bauch so weich war. *Wie Mäusespeck.*

Sia reichte Ylvie ihre Trinkflasche zurück. »Danke, ab hier schaffe ich das alleine.« Nervös nahm sie Ylvie das Pflaster ab und klebte es sich grob auf die Haut. Sia wollte nur noch von Ylvie und den Bildern in ihrem Kopf flüchten. Auf der einen Seite, weil es ihr unglaublich peinlich war, als Kind so frühreif gewesen zu sein und Ylvie zu solchen Dingen gelockt zu haben, und zum anderen, weil ihr ungemein warm durch die Gedanken wurde.

Ylvie fühlte sich vor den Kopf gestoßen, vermutlich war sie zu ruppig mit Sia umgegangen. Sie sagte nichts und trat zurück, damit Sia weiterarbeiten konnte.

Sia schaltete den Motor ein, es ruckelte, sie wollte anfahren, doch der Motor würgte ab. Sia versucht es nochmals, doch das Problem blieb bestehen.

»Scheiße!«, fluchte sie und sah mürrisch zu Ylvie, die überheblich grinste. Sia blieb keine andere Wahl, als abzusteigen.

Von oben herab sah Ylvie auf sie herunter. »Sag, bitte, bitte liebe Ylvie, kannst du meinen Motor reparieren?«

Sia musterte sie skeptisch und verschränkte die Arme vor der Brust. »Kannst du das überhaupt?«, fragte sie, obwohl sie wusste, dass Ylvie ihre eigenen Maschinen in Gang bringen konnte. Aber Sia fuhr einen Oldtimer, es war nicht so hochmodern wie die Fahrzeuge von Ylvie.

»Na klar«, antwortete Ylvie und wartete geduldig, bis sich Sia durchrang, den Mund zu öffnen.

»Bitte«, sagte Sia schließlich und klang kein Stück erfreut.

Ylvie hob die Brauen. »Das war nicht ganz richtig.«

Sia zappelte und sprang einmal mehr über ihren Schatten. »Bitte, bitte liebe Ylvie«, zischte sie durch zusammengebissene Zähne. »Kannst du meinen Motor reparieren?«

»Zu Befehl!« Ylvie schmunzelte und machte sich lustig über die Situation. Sie reichte Sia die Tasche mit dem Essen.

Achtsam setzte sich Sia auf das Trittbrett des Traktors, während Ylvie sich des Motors annahm.

»Was fehlt dem Ding denn?«, fragte Sia und packte die Trauben aus, die Ylvie mitgebracht hatte.

Die Jungbäuerin tauschte ihr Werkzeug aus und als sie bei Sia stand, streckte sie ihr zwei Trauben hin. Ylvies Hände waren schmierig vom Öl, dass sie sie mit den Lippen von Sias Hand pflückte.

»Die Einspritzpumpe verabschiedet sich gerne einmal«, antwortete sie und schritt zurück an den Motor.

Sia streckte den Arm, um Ylvie erneut ein paar grüne Trauben zu reichen, während sie selbst die fruchtigen Köstlichkeiten zerkaute.

»Hast du den Motor auch immer von meiner Tante repariert, ehe du ihr alles abgekauft hast?« Sia klang bissig, sodass Ylvie sie für einen Moment ansah, ehe sie sich wieder an die Arbeit machte.

»Ja, das habe ich. Nachdem dein Onkel verstorben war, war sie auf sich alleine gestellt.«

Der Gegenstich verschlug Sia die Sprache. Sie wurde traurig.

»Warum haben wir uns nicht mehr gesehen oder uns nicht mehr geschrieben?«, fragte sie schließlich. Es war die unbequeme Frage, die sie schon einmal gestellt, aber keine Antwort bekommen hatte.

Ylvie sah auf. Sia sah ihr direkt an, dass sie den Grund kannte. »Und?«, fragte sie und hoffte, die Antwort würde nicht zu unbequem werden. Vielleicht so etwas Einfaches wie, man hätte sich aus den Augen verloren.

Als Ylvie nicht wirklich gewillt war, es auszuspucken, schaute Sia wütend.

Ylvie brachte den Schlauch wieder an seinen Platz und versuchte, ihn festzubekommen, damit er sich beim nächsten Mal nicht so leicht löste. Sie sträubte sich, die Wahrheit zu erzählen.

»Ich warte«, nörgelte Sia, sodass Ylvie eigentlich keine andere Wahl blieb. Irgendwann würde sie sich auch daran erinnern.

»Na ja …«, gab Ylvie zögerlich von sich. Sie schraubte weiter herum, wodurch ihre Hände dreckiger wurden.

Sia beobachtete sie aus dem Augenwinkel heraus, es war beeindruckend, wie sehr sich Ylvie mit den Gerätschaften auskannte. Sie war wie ein Kerl in einer wunderschönen Prinzessinnenausführung.

»Du warst ziemlich sauer auf mich und wolltest nie wieder etwas mit mir zu tun haben«, erklärte Ylvie schließlich.

Ehe Sia fragen konnte, was sie meinte, durchdrang sie ein ungutes Gefühl, das durch ihren ganzen Körper ebbte. Nur so fühlte man sich, wenn man betrogen und hintergangen wurde. Fassungslos rutschte Sia von ihrem Platz und starrte Ylvie an.

»Genau«, flüsterte sie fahrig. »Du hast einfach Patrick geküsst.« Für Sia war es ein absoluter Schockmoment. Die letzten Worte hauchte sie nur.

»Nein, er hat mich geküsst«, erwiderte Ylvie.

»Ihr habt wild rumgefummelt!«, rief Sia plötzlich aus und sah alles bildlich vor sich.

»Wir haben rumgealbert und dann ist es halt passiert«, verteidigte sich Ylvie.

Sia war entsetzt. »Halt passiert?! Du hast nur noch Zeit mit ihm verbracht.«

»Weil du nur noch mit Anika unterwegs warst!«, erwiderte Ylvie.

»Anika und ich mochten Pferde! Du nicht! Ich habe dich immer gefragt, ob du mitkommen willst.«

»Damit ich zuhöre, wie ihr über bescheuerte Pferde quatscht, oder wie?« Ylvie war angesäuert.

»Warte mal!«, rief Sia. »Du bist an allem schuld und dann, als wir uns das erste Mal wieder begegnet sind, behandelst du mich wie die Pest?!«

»Was heißt hier an allem schuld?« Ylvie verzog das Gesicht.

»Wer von uns beiden hat denn Patrick geküsst?!«, fauchte Sia, als wäre sie wieder zwölf Jahre alt.

»Wer sagt mir denn, dass du nicht mit Anika geknutscht hast?!«, blaffte Ylvie zornig.

»Das lass ich mir nicht bieten! Ich habe nichts falsch gemacht!« Sia war außer sich und stampfte wütend davon.

»Wohin willst du denn jetzt?« Ylvie rief ihr nach.

»Ich suche mir einen anderen Mechaniker!«

»Ich bin doch hier.« Ylvie war genervt.

»Verbring doch deine Zeit mit Patrick!«, spuckte Sia dafür Feuer.

»Sia, das ist kindisch. Er wohnt ja nicht mal mehr in der Gegend«, erklärte Ylvie.

»Dann zieh ihm doch nach!«

Ylvie stöhnte laut. Sie wollte nicht mehr schreien, aber die Wut ließ gar nichts anderes zu.

»Was regst du dich eigentlich auf?! Du warst mein erster Kuss und mein erstes Mal! Dann haust du plötzlich ab, tauchst Jahre später wieder auf und erinnerst dich nicht einmal mehr daran!«

Sia vereiste, sie hätte niemals geglaubt, dass Ylvie es so einfach aussprechen würde. Sie sah sich nach ihr um und blickte ihr zornig in die Augen. Ylvie umfasste ihr Werkzeug fester, als würde sie es ihr vor Wut an den Kopf pfeffern wollen.

Sia nahm es ihr verdammt übel, dass sie es ausgesprochen hatte. »Du bist eine saublöde Kuh!«

»Was?! Wiederhol das«, knurrte Ylvie und stand wohl wirklich kurz davor, das Werkzeug zu werfen.

»Du bist eine saublöde Kuh!«, rief Sia erneut und kehrte ihr eingeschnappt den Rücken zu.

Plötzlich ließ Ylvie ihren Schraubenschlüssel fallen, sie lief ihr hinterher und schnappte sie, wodurch Sia aufschrie.

»Lass mich los!«

Ylvie hörte nicht und warf sie wie einer ihrer Saatsäcke über die Schulter. Mit voller Wucht schlug sie Sia auf den Hintern, wodurch sie einen schwarzen Ölabdruck ihrer Hand hinterließ.

»Aua!« Sia zappelte und bekam rote Wangen. Das letzte Mal hatte sie als Kind den Hintern versohlt bekommen.

»Benimm dich, oder ich schwöre dir, ich begrabe dich in einem der Felder und niemand wird dich jemals wiederfinden«, drohte Ylvie.

Sia erinnerte sich an einen alten Thriller, den sie mal gelesen hatte, und bekam es mit der Angst zu tun. *Das würde Ylvie nicht wagen, oder?!*

Wie ein erlegtes Wildschwein trug Ylvie sie zurück zum Traktor und setzte Sia an der Fahrerseite ab.

»Rein da«, drängte sie. Sia rieb sich mürrisch die schmerzende Pobacke.

Genauso mürrisch reichte Ylvie ihr die Essentasche. »Iss etwas, dann kannst du wenigstens nicht reden.«

Sia brodelte innerlich, sie konnte nicht mehr verdrängen, wie Ylvie Patrick geküsst hatte. Es war wie eine aufgepulte Wunde, die nicht mehr aufhörte zu bluten und dabei entsetzlich brannte.

Sie hatte Ylvie aus ihrer Erinnerung gelöscht und jetzt war alles wieder da!

Frustriert biss Sia in eins der Butterbrote. Ylvie hatte ein paar mehr geschmiert, sie war noch immer dabei, die Einspritzpumpe zu befestigen. Sia biss in jedes Brot einmal rein, obwohl sie gar keinen Hunger mehr hatte.

»Hey«, mahnte Ylvie.

Provoziert leckte Sia alle Stullen quer ab und steckte sie zurück in die Tasche. »Guten Appetit«, schnauzte sie.

Ylvie verzog angeekelt das Gesicht. »Du verhältst dich, als wärst du zwölf.« Ylvie legte ihr Werkzeug zurück in die Tasche.

»Verräterin«, spuckte Sia.

»Was?« Ylvie fasste es nicht, dass sie wegen des Geschehens aus der Vergangenheit so nachtragend war. »Ich verstehe nicht, was du hast. Die ganze Knutscherei war doch dafür, damit wir irgendwann

Jungs küssen. Nur weil ich es vor dir getan habe, musst du nicht so ein Fass aufmachen.«

Sia schaute bitterböse. »Du kannst mir für deine Arbeit eine Rechnung schreiben. Ich wohne nebenan, wirf sie mir einfach in den Briefkasten!« Sie schlug die Tür zu und schaltete den Motor ein, der diesmal gesünder klang als zuvor.

»Tritt beiseite!«, rief Sia und fuhr an. Im Rückspiegel sah sie Ylvie, wie sie ihre Sachen einsammelte und zurück zu ihrem Fahrzeug ging. Sie wirkte niedergeschlagen. Kurz hatte Sia ein schlechtes Gewissen, aber dann hasste sie Ylvie wieder, wie es nur ein verzogenes kleines Mädchen konnte.

*

Es war Nacht, Sia war aufgewühlt und wollte aufhören zu denken, aber es war, als wäre ihr Kopf ein Vulkan, aus dem alles heraussprudelte, was sonst vor der Welt verborgen blieb.

Es war nichts dabei, sie waren Kinder gewesen und doch hasste sie Ylvie abgrundtief, da konnte sie noch so hilfsbereit sein. Ab heute würde Sia alles alleine machen. Alles!

Ein großes Fahrzeug fuhr die Straße entlang auf den Hof nebenan.

Sia zog alle Glieder eng an sich, es war Ylvie. Es war so spät und sie war erst nach Hause gekommen?

Sia strich sich über das Pflaster auf der Stirn und stand auf. Die Schürfwunde an ihrem Bauch tat weh, wenn sie sich bewegte, und doch begab sie sich ans Fenster und schaute durch den Spalt der Gardinen.

Das Licht vom großen Hof war an und ein langer Schatten kam in ihre Richtung. Sia zuckte vor Schreck zusammen.

Beim Zaun blieb Ylvie stehen und machte Anstalten rüberzuklettern.

Sie wollte wirklich zu ihr? Sias Herz hämmerte gegen ihre Rippen.

Aber Ylvie nahm sich zurück. Sie stellte sich auf, sah zur Haustür und kehrte mitten in der Nacht zum Bungalow zurück.

Diesmal hatte Sia nichts, an dem sie sich festhalten konnte.

Kapitel 28

Ylvie hatte schon recht, dass sich Sia kindisch verhielt. Das hatte sie mittlerweile eingesehen und dennoch war sie so wütend, dass sie es sich nicht mal erlaubte, zum Hof nebenan zu schauen.

Die beiden Zimmermänner aus dem Nachbarort waren da und besprachen mit Sia den Aufbau des neuen Hühnerstalls.

»Also, die Richtlinien für Bioeier sehen vor, dass circa fünf Legehennen pro Quadratmeter Fläche im Stall haben. Plus vier Quadratmeter Auslauffläche.« Sia hatte sich die Stichpunkte aus der Internetseite des *Bundesministeriums für Ernährung und Landwirtschaft* herausgesucht.

Die Männer verfolgten aufmerksam die Anweisungen der Skizzen auf dem Blatt Papier, die sie in der Hand hielt.

Sia wollte den Stall nicht nur größer haben, sondern auch mit mehr Boxen, dafür weniger Sitzstangen. Sie wollte auch einen Auslaufbereich.

»Der Auslaufbereich soll umzäunt sein, dennoch hätte ich gerne eine Luke, mit dem ich die Hühner von Zeit zu Zeit raus auf die Felder lassen kann.«

Die Futterumstellung war kein großes Problem. Die Hühner fraßen zumal nicht so viel wie die Kühe. Die Schwierigkeit war eher der Preis für den neuen Hühnerschuppen. Auch wenn es ihr Konto sprengte, willigte Sia ein.

Die beiden Zimmermänner versprachen, in den nächsten Tagen das Material zusammenzusuchen und sich dann zu melden. Spätestens nächste Woche würden sie anfangen.

Sia verabschiedete sich. Als sie merkte, dass sie beobachtet wurde, bemühte sie sich um ein Lächeln. Sie musste nicht hinsehen, um zu wissen, dass es Ylvie war.

Müde um ihre Wut kehrte Sia ins Haus zurück und rief Verena an.

»Hallo«, grüßte Sia und versuchte, fröhlich zu klingen. »Kann ich dich vielleicht bitten, noch ein paar Dinge aus meiner Wohnung zu verkaufen?« Sie fackelte nicht lange.

Verena stockte am Hörer. Ohne Worte verstand Sia, dass es ihrer besten Freundin nicht passte, dass sie erneut Sachen verkaufen wollte. Aber was hatte Sia denn für eine Wahl? Die Reparaturen für den Dachstuhl musste sie auch noch begleichen.

Zum Glück sagte ihr Verena nicht ihre Meinung und Sia war froh, sich nicht erklären zu müssen, dennoch seufzte sie schwer.

»So schlimm?«, fragte Verena.

»Ich stecke in der Trotzphase eines 12-jährigen Mädchens, würde Ylvie vermutlich sagen«, antwortete Sia ausgelaugt.

Verena kicherte. »Läuft wohl nicht gut«, stellte sie fest.

»Nein, ganz und gar nicht«, erwiderte Sia. Kurz schwiegen sie und Verena verstand, dass ihre Freundin nicht darüber reden wollte. Auch wenn es ihr schwerfiel, übte sie sich in Geduld.

Während sie an ihrem Gespräch anknüpften, fuhr ein Wagen auf den Hof. Sia stand auf und sah vom Küchenfenster, dass es nicht die Zimmermänner waren, die vielleicht etwas vergessen hatten.

»Dario!«, rief Sia wie ein Groupie aus. »Er ist wirklich hier!«, erklärte sie. »Verena, ich leg auf. Ich melde mich später!«

Kaum hatte sich ihre Freundin verabschiedet, lief Sia aus dem Haus ihrem Freund entgegen, der sie gleich in die Arme nahm und sie herumwirbelte.

»Mit dir habe ich gar nicht gerechnet!«, sagte Sia lachend und küsste ihn sogleich, als er sie wieder absetzte.

»Ich wollte dich überraschen«, antwortete er. Er sah so schick aus, als würde er gleich mit Freunden auf einer Jacht eine Party schmeißen. Dabei war er auf einem Bauernhof.

Dario betrachtete den Schorf an Sias Stirn. »Was ist dir denn passiert? Dein hübsches Gesicht«, sagte er und inspizierte sie wie ein plastischer Chirurg.

Sia tat es als belanglos ab, aber ihr wurde unwohl, als sie wieder die Blicke vom Nachbarhof spürte. Doch Sia tat so, als würde sie nichts merken. Sie wusste nicht, ob es Ylvie war, aber sie nahm Dario an die Hand und zog ihn mit hinein ins Haus. Hinter verschlossener Tür küssten sie sich innig. Dario fasste Sia gleich ungeduldig fest am Po, aber rümpfte dann die Nase.

»Du solltest vielleicht erst duschen«, sagte er unverblümt.

Sie war peinlich berührt und wich zurück. »Wir sind auf einem Bauernhof und ich muss gleich raus, du kannst mir ja helfen«, meinte sie und fand ihr Lächeln wieder.

Dario lachte tief. »Ganz sicher nicht. Ich bin doch kein Bauer.«

Sias Freude verstummte. »Warum bist du dann gekommen?«

»Na, weil ich dich sehen wollte. Du hast dich nicht gemeldet«, meinte er vorwurfsvoll.

»Ja.« Sia löste sich aus der Umarmung. »Es ist echt viel los.« Sie hätte seine Hilfe wirklich gebrauchen können, aber sie mochte ihn nicht zwingen.

Es war fast Abend. Sia musste noch einmal durch den Stall, die Kühe melken und füttern.

»Ruh dich von der Reise aus, mach dir einen Kaffee. Es dauert nicht lang«, meinte sie schließlich.

Sia freute sich, dass Dario sie mit seinem Besuch überrascht hatte, und streckte sich für einen Kuss, doch er rümpfte erneut die Nase.

Zu Anfang war Sia der Geruch vom Hof auch zuwider gewesen, aber da waren die Verhältnisse ganz anders. Die Tiere standen Tage in ihrem eigenen Mist, aber jetzt war der Stall sauber und trocken.

*

Nach der Reihe gingen die Kühe in die Melkanlage und gaben ordentlich Milch. Sia wollte Frischmilch abzwacken und Dario bringen. Sicher wäre er begeistert.

In der Zwischenzeit schnupperte Sia an sich. Sie roch nach Schweiß. Nach einem harten Arbeitstag hatte sie sich ungeduscht zu Ylvie ins Bett gelegt. Sie hatte keinen einzigen Mucks über Sias Geruch von sich gegeben und dennoch fühlte sich Sia mit einem Mal unglaublich klein.

Als die Kühe fertig versorgt waren, schleppte sich Sia zurück ins Haus. Ihr tat alles weh, morgen wollte sie Saat kaufen und auf die Felder. Sie wusste noch nicht, wo sie die Saat herbekommen sollte, doch ganz sicher nicht bei Ylvie.

Sia brachte die Milch hinein und zeigte Dario ihre Ausbeute. »Magst du einen Schluck?«, fragte sie und strahlte übers Gesicht.

»Näh. Frisch vom Euter, bitte nicht«, antwortete er und schaute sich weiter im Fernsehprogramm um.

»Vielleicht, wenn ich sie abkoche?«, fragte Sia leise.

»Warme Milch mag ich doch nicht«, gab Dario genervt von sich. »Sag mal, wann gibt es denn Essen?«

Sia sah ihn sprachlos an. »Ich bin den ganzen Tag auf den Beinen und komme eben aus dem Kuhstall.«

»Das riecht man von hier aus«, stellte Dario lachend fest. Er sah fantastisch aus, wenn er lachte, doch jetzt fand es Sia so unattraktiv wie noch nie.

»Wir können uns ja was bestellen«, schlug er vor.

»Ja, in die Pampa«, meinte Sia spöttisch. »Versuch es«, sagte sie gereizt.

Dario schaute angestrengt auf sein Handy. »Ich habe mein Datenvolumen aufgebraucht, kannst du gucken?«

»Hab schon lange keins mehr.« Sia wollte sich hinsetzen, aber Dario hielt sie auf.

»Bitte geh dich erst duschen«, flehte er und duldete sie keinen Moment länger in seiner Nähe.

Obwohl Sia erst gestern unter der Dusche gestanden hatte, folgte sie seiner Bitte.

Irgendwie war sie genervt und versuchte, ruhig durchzuatmen. Früher hatte sie nicht genug von Dario bekommen. Kaum hatten sie 30 Minuten miteinander verbracht, war es ihr schon zu viel geworden. Vermutlich war sie einfach durch die ganze Arbeit gestresst.

Später kam Sia wieder nach unten. In der Küche roch es lecker nach Essen, ihr grummelnder Magen freute sich.

Dario hatte Nudeln gekocht und war in das Abendprogramm vertieft. Als Sia in den Topf blickte, sah sie nur eine halbe Portion der italienischen Spezialität.

»Du isst ja keine Kohlenhydrate, aber etwas anderes hattet ihr nicht«, meinte Dario und schaufelte sich das Essen rein, während seine Augen nur noch an der Glotze hingen.

Sia war für vier Wochen Bäuerin, natürlich aß sie Kohlenhydrate und das bis zum Umfallen, weil sie es brauchte. Aber Darios Verhalten verdarb ihr den Appetit. Dafür nahm sie sich die frische Milch aus dem Kühlschrank und war erstaunt, wie gut sie schmeckte. Mit dem bitteren Beigeschmack, dass die Kälber niemals davon einen Schluck bekommen hatten.

Sia war traurig. Ihr Blick ging zu Dario, der sich kein Stück mehr für sie zu interessieren schien. Sie mochte es nicht und versuchte, seine Aufmerksamkeit auf sich zu lenken. »Was hältst du von dem Hof?«, fragte sie.

»Bisschen alt«, hielt er sich kurz.

»Ja, der Hof ist wohl über 500 Jahre alt. Ich wäre die 10. Generation«, gab Sia stolz preis. Aber Dario lächelte nur und schaute gleich wieder zum Fernseher.

»Magst du vielleicht einmal die Kühe sehen? Denen geht es schon viel besser, seit ich für sie da bin.«

Dario lachte. »Ich hätte ein Stück von der Kuh gerne auf meinem Teller, nicht im Stall.« Er fand sich selbst so witzig, dass er noch eine Weile über sich lachte.

War Dario wirklich schon immer so gewesen? Er hätte auch zu Hause bleiben können, um Fernsehen zu gucken.

Sia stöhnte gereizt, sodass Dario sie genauso entnervt ansah. »Was hast du denn wieder?«, fragte er allen Ernstes.

»Bist du wegen mir zu Besuch oder wegen des Fernsehers?«, fragte Sia.

Dario sah sie verwundert an. »Sonst ist es doch auch okay, dass ich fernsehe.« Er verstand wohl gar nichts mehr.

Natürlich. Sia hatte ihm alles durchgehen lassen, damit er es gut und bequem bei ihr hatte. Damit er sich bei ihr wohlfühlte, weil sie fürchtete, ihm sonst nicht genug zu sein. Aber auf dem Hof ihrer Tante hatte sie ganz andere Probleme als zu Hause. Hier war sie Sia, die sich mit einer der größten Ackerbäuerinnen anlegte. Ihr Freund war in ihren Augen plötzlich ein verwöhnter Prinz.

»Warum bist du nicht mit Verena und Anton hergekommen?«, fragte sie.

»Ach, weißt doch. Die reden ständig so viel und ich hatte keine Lust auf sie.«

Es war etwas, was Sia ungemein kränkte. Vermutlich hätte sie vor drei Wochen noch ganz anders reagiert.

»Das sind meine besten Freunde. Ich finde es nicht in Ordnung, dass du so über sie redest, und ehrlich gesagt gefällt mir auch nicht, dass du so über sie denkst.«

Dario sah sie wieder so verwundert an. »Hast du deine Tage?«, fragte er gleich heraus.

»Zum Glück nicht«, antwortete Sia übellaunig. »Sonst hätte ich dir den Kopf abgerissen.«

Sie stand auf und wartete erst gar nicht auf seine Reaktion. »Räum die Küche auf, bevor du nach oben kommst.«

Vor der Zeit auf dem Hof hätte Sia gekuscht. Jetzt war sie müde, weil sie Trecker fuhr und sich um 500 Kilo schwere Kühe kümmerte.

Nachdem Sia sich die Zähne geputzt hatte, legte sie sich zurück ins Bett. Dario hatte es sich gemütlich gemacht. »Ohne Internet ist es so langweilig. Ich fühle mich wie ein Steinzeitmensch«, moserte er und kuschelte sich an seine Freundin, die nicht mehr nach Kuhmist miefte, sondern herrlich nach Blumen und Minze duftete.

Eigentlich war Sia wütend und ihr war nicht wirklich zum Kuscheln, doch ließ sie es zu. Kaum konnte sie Darios Nähe genießen, spürte sie etwas Hartes an ihrem Oberschenkel. In Sia zog sich alles zusammen, als würde sie plötzlich mit einem wildfremden Mann das Bett teilen.

Davon unbemerkt grinste Dario und drückte sich an seine Freundin, gab ihr einen Kuss an den Hals, um sich dann an ihr zu reiben.

Früher wäre Sia bereit gewesen, mit ihm zu schlafen, um ihm einen Gefallen zu tun, aber jetzt kam es ihr falsch vor. »Ich bin müde, ich möchte nicht«, sagte sie schließlich.

Verwundert hob Dario den Kopf und sah sie an, als würde sie einen schlechten Scherz machen. Er grinste und nahm ihre Aussage nicht wirklich für voll. Er küsste sie auf die Wange, noch mal und noch mal, bis Sia ihn von sich schob. Sie gab nicht wie sonst nach und wollte einfach nur schlafen. Alleine wie er sie ansah, brachte sie dazu, dass sie sich unwohl in seiner Nähe fühlte.

»Okay«, sagte Dario. Es war nur ein einziges Wort und doch steckte seine ganze Unzufriedenheit darin, als wäre Sia nicht mehr bei Verstand. Dabei war Sia klarer als die letzten Wochen, Monate und Jahre zusammen. Sie war froh, dass sie sich nicht hatte überreden lassen.

Dario drehte sich von ihr weg. In seinen Augen hatte Sia wohl wegen ihres Nichtwollens keine Zuneigung mehr verdient.

Eine Landmaschine fuhr die Straße entlang. Sia horchte, es war Ylvies Fahrzeug. Sie war wieder so lange draußen gewesen? Bei so vielen Feldern wohl kein Wunder.

Das erste Mal seit ihrer Ankunft wünschte sich Sia, nicht in ihrem Bett zu schlafen.

Kapitel 29

Sia hatte sich wieder um die Tiere gekümmert und kam gegen 9 Uhr ins Haus, wo Dario verschlafen die Treppe runterkam.

Er gab Sia einen Kuss und rümpfte die Nase. »Gibt es Frühstück?«, fragte er.

Sia war verärgert, aber ließ es sich nicht sofort anmerken. »Tut mir leid, ich war draußen und habe mich seit sechs Uhr morgens um die Tiere gekümmert.«

Ihr Freund verstand ihren Sarkasmus nicht. »Nicht schlimm. Gibt es Brötchen?«, fragte er und ging rüber zur Küche, um in den gähnend leeren Kühlschrank zu schauen.

Sia konnte keinen Augenblick länger hierbleiben, sonst würde sie noch explodieren. »Die Straße runter gibt es einen Bäcker«, meinte sie und verheimlichte ihm, dass er ein paar Kilometer fahren müsste. »Ich muss mit der Kreiselegge raus.«

»Was?« Dario schien regelrecht erschüttert. »Ich dachte, wir verbringen ein bisschen Zeit zusammen.«

»Das ist ein Bauernhof, kein Ferienhof.« Sia konnte das Haus nicht schnell genug verlassen. Wie beim letzten Mal schloss sie den alten Traktor an den Aufsatz, den Sia für ihre Arbeit brauchte.

Als der knarrende Motor ertönte, musste Sia an Ylvie denken und kniff kurz die Augen zu. Heute ärgerte sie alles. Sie fuhr aus dem Stall und hätte fast die Wand angefahren. Nachdem der Schrecken verflogen war, bemerkte Sia, dass sie beobachtet wurde, und das nicht von Dario.

Sie wohnten nur paar Hundert Meter voneinander entfernt und doch fühlte es sich an wie eine Ewigkeit, dass Sia und Ylvie sich in die Augen gesehen hatten. Zumal Sia es sich verbat, rüberzuschauen. Sie war zu stolz, wegen so etwas Dummes wie einem Kinderkuss. Patrick und Ylvie waren gerade einmal zwölf Jahre alt gewesen.

Sia war bewusst, dass sie sich anstellte, aber dieser innere Groll hielt einfach an. Sie straffte die Schultern und atmete durch. Sia hatte Arbeit zu erledigen und musste sich konzentrieren.

Keine fünf Minuten waren verstrichen, da bemerkte sie ein großes Fahrzeug, das sich von hinten näherte.

Im Rückspiegel erkannte sie, dass es Ylvies Landmaschine war. Sia seufzte, das hatte ihr jetzt noch gefehlt. Schneller fahren konnte sie, aber traute es sich nicht. Sie drosselte das Tempo, damit Ylvie sie besser überholen konnte, was sie aber nicht tat. Selbst dann nicht, als Sia sie aus dem Rückspiegel aus direkt ansehen konnte.

Erbost hielt Sia ihren Traktor an, auch Ylvie blieb im sicheren Abstand stehen.

»Was soll das?«, zickte Sia. Sie hatte keine Lust auf Spielchen. Sie fuhr weiter und Ylvie passte sich ihrem Tempo an.

Stur schaute Sia auf die Straße. Sie brauchte kein Kindermädchen, sie schaffte das ganz alleine mit dem Hof!

Die Schürfwunden an ihrer Stirn und an ihrem Bauch sagten etwas ganz anderes.

Zum Glück trennten sich ihre Wege auf den Feldern. Diesmal musste Sia keine besondere Gerätschaft bedienen, die sie vielleicht Arme und Beine kosten könnte. Solange sie nicht, ohne nachzudenken, reingriff.

Saat hatte Sia noch keine. Ylvie aufgrund der Handwerkerarbeiten außen vorzulassen, war ja okay, aber wegen der Saat?

Sie straffte wieder die Schultern, sie war Ylvie nichts schuldig, dabei wusste sie, dass es gelogen war. Aber sich selbst zu belügen, war einfacher, als der Wahrheit ins Auge zu blicken.

*

Vor dem Abendbrot war Sia zu Hause. Sie hatte sich zwar eine Kleinigkeit mitgenommen, aber nun hatte sie richtigen Hunger.

Als sie ankam, hatte sich ihr Freund an allem bedient, was noch übrig war.

»Warum hast du nichts gekocht?«, fragte Sia.

Dario sah sie an, als würde er es nicht verstehen.

»Ich war den ganzen Tag draußen, du hättest einkaufen fahren können«, erklärte sie.

»Ohne Internet weiß ich nicht, wohin ich kann«, erwiderte Dario.

»Da fällt dir nicht ein, dass du irgendjemanden fragen könntest?«, entgegnete sie.

»Wen denn?«, gab Dario schnippisch von sich.

Sia zeigte nach nebenan, wo Jochen auf dem Hof herumwuselte. Sia platzte innerlich, leise. Hatte sie jemals Liebe für ihren Freund empfunden?

Es war noch hell. Sia ging in die Küche, nahm sich altes Brot und schmierte sich mit dick Butter eine Stulle. Ohne Aufschnitt, weil keiner mehr da war. »Ich bin morgen den ganzen Tag unterwegs«, erzählte sie.

»Was? Wohin?«, fragte Dario.

»Ich bin auf den Feldern«, antwortete Sia.

»Ach so.« Dario dachte nach. »Dann kann ich heute ja schon fahren«, schlug er vor.

Sia hatte erwarten können, dass ihr Freund ihr anbot, mitzukommen oder dass er sich in ihrer Abwesenheit um die Tiere kümmerte, zumindest, dass er einkaufen fuhr und für sie kochte. Aber das, was er gesagt hatte, hatte Sia wirklich erwartet. Es verletzte sie nicht einmal, sie wollte Dario nur noch loswerden und hatte deswegen gelogen. Sie musste gar nicht den ganzen Tag auf den Feldern sein. Sie wollte Saat kaufen, sie endlich aussäen und hoffte darauf, dass ihre Tante dann im Sommer ernten konnte.

Sia zuckte mit den Schultern. »Das musst du selbst wissen.«

Dario stand auf. Seine Freundin machte ihm keine Szene, also glaubte er wohl, dass es in Ordnung war.

In der Zeit, in der er seine Sachen packte, fuhr der Traktor von Ylvie die Straße hoch.

Dario hatte nicht viel dabei gehabt und hatte schnell alles in seine Sporttasche gesteckt, als könnte er es kaum erwarten zu verschwinden. Auch wenn Sia Fassung bewahrte, tat es ihr weh. Nicht einmal zwei Tage hatte er es alleine mit ihr ausgehalten.

Als Dario seine Sachen hatte, gab es auch keine große Verabschiedung, bei der er Sia innig für ein paar Minuten umarmte, sehnsüchtig ihren Duft einsaugte und sie liebevoll küsste. Er führte sich auf wie ein Kind, das zu spät zum Fußballtraining kam. Die Tür ging auf, Dario ging hinaus. Erwartungsvoll stand er dann an seinem Wagen und wartete darauf, dass Sia ihm entgegenkam. In ihr sträubte sich wieder alles. Am liebsten hätte Sia die Haustür zugeschlagen und ihn im Regen stehen lassen. Aber ihr fehlte die Kraft für diese Szene.

Schlapp kam sie aus dem Haus und verabschiedete ihren Freund.

»Bis nächstes Wochenende«, sagte Dario und sah sie ein wenig skeptisch an. Anscheinend war ihm endlich aufgefallen, dass etwas nicht stimmte. Vielleicht fehlte ihm auch einfach nur, dass Sia ihn wie sonst anbetete und anflehte, bei ihr zu bleiben.

Sie nickte nur und winkte ihm zu. Als sie bemerkte, dass sie wieder beobachtet wurde, winkte sie Dario ein wenig mehr zu, gab sich mehr Mühe und warf ihrem Freund eine Kusshand zu. Für einen kurzen Moment spielte sie heile Welt, in der sie nicht genug von Dario bekam. Es war eine Scharade und trotzdem zog sie es durch. Sie wollte Ylvie verletzen, so wie sie sie damals mit Patrick verletzt hatte.

Kapitel 30

Sia beobachtete vom Wohnzimmerfenster aus, wie Ylvie in ihre Landmaschine stieg und langsam vom Hof fuhr. Sie verfolgte sie mit den Augen, bis sie die Straße runter und vom Küchenfenster aus nicht mehr zu sehen war. Das war Sias Chance. Sie nahm ihre Schlüssel, schloss die Tür und lief zum Traktor. Es war heute so gutes Wetter, wie man es sich zum Frühling nur wünschen konnte.

Mit dem Traktor fuhr Sia auf den Hof nebenan. Sie beeilte sich. Auch wenn Ylvie weggefahren war, fürchtete Sia, dass sie vielleicht durch irgendeinen Umstand zurückkommen könnte.

Sia wollte sie nicht sehen. Sie war durcheinander und das konnte sie bei so viel Arbeit nicht gebrauchen. Sia hatte keine Lust, sich mit ihren Gefühlen auseinanderzusetzen. In einer Woche wäre sie weg, in einer Woche war sie zu Hause und könnte alles wieder vergessen. Mit dem Gedanken atmete sie das erste Mal seit Tagen auf.

»Papa?« Sia stieß die Tür zum Bungalow auf und stockte, weil sie Ylvies Vater so genannt hatte.

Ludwig schien es nicht zu stören, er lächelte und schaute von den Papieren auf seinem Schreibtisch auf. »Hallo Sia. Was kann ich für dich tun?«, fragte er. Er war viel freundlicher als seine Tochter.

»Ich würde gerne raus und ein bisschen anpflanzen«, antwortete sie leise, weil sie noch ein wenig davon mitgenommen war, dass sie Ludwig Papa genannt hatte.

»Hast du die Felder schon alle vorbereitet?«, fragte er.

Sia machte stolz einen langen Rücken. »Ja, alles erledigt«, antwortete sie energisch. »Ich möchte gerne das gute Futter anbauen«, meinte sie dann.

»Ah.« Ludwig dachte kurz nach und stand auf. Er ließ den PC laufen, führte Sia nach draußen und schaltete überall die Lichter aus. »Ich glaube, ein paar Säcke habe ich noch. Für ein paar Felder sollte es reichen. Ich werde die Tage nachbestellen.«

Ludwig schloss die Tür zum Bungalow ab, mit einem Chip betätigte er das Rolltor, das sich automatisch für sie öffnete. »Du hast Glück, ich wollte gerade los. Zu ein paar Bauern in der Gegend und fragen, ob sie was brauchen. Mit Telefon ist es leichter, aber man schnackt ja doch lieber, wenn man sich gegenübersteht.« Ludwig lachte und entlockte Sia ein Lächeln, was ihn zum Seufzen brachte.

»Wie lange bist du noch hier?«, fragte er.

»Nächste Woche bin ich weg«, meinte Sia. Sie wollte dem alten Mann helfen, aus dem unteren Fach der Hochregale den großen Sack mit der Saat herauszuholen, aber er war Sia zu schwer. Dafür warf sich Ludwig einen der letzten Säcke gekonnt über die Schulter, auch wenn er stöhnte, brachte er einen nach dem anderen zu Sias kleinem Traktor und füllte die Saat ein.

»Was schulde ich dir?«, fragte Sia.

Ludwig lachte. »Ich schicke dir die Rechnung per Post.«

Sia sah ihn ungläubig an. »Das sagt Ylvie auch immer wieder und komischerweise bekomme ich nie eine Rechnung.«

Ludwig lachte diesmal lauter, er war auf dem Sprung und wollte Richtung Fuhrpark. »Sie mag dich halt.«

Alles in Sia verkrampfte sich. Am liebsten hätte sie ihm nachgerufen, dass sie Ylvie aber nicht mochte und sie eine saublöde Kuh war. Aber sie schaffte es, sich noch zusammenzureißen, ehe sie wieder ausflippte. Der Moment auf dem Hof nebenan tat ihr nicht gut, ihr war flau im Magen. Egal, wie kindisch es war, Sia wollte nicht, dass Ylvie jemand anderen küsste. *Bald bin ich hier weg!* Sia beruhigte sich langsam.

Ludwig manövrierte seinen alten grünen Mercedes rückwärts aus der Halle. Als er an Sia vorbeifuhr, hob er die Hand, hupte und verließ den Hof.

Sia atmete tief ein und setzte sich schließlich in ihren Traktor. Sie startete den Motor, der sich mittlerweile viel besser anhörte. Ylvie hatte ein wirkliches Händchen und dabei dachte Sia an den festen Schlag auf ihren Hintern. Sie räusperte sich und versuchte, die aufkommenden Gefühle hinunterzuschlucken. Ihre Wangen röteten sich. Dafür, dass Ylvie schlank war, war sie verdammt stark.

Sia fuhr vom Hof runter, die Sonne strahlte ihr warm ins Gesicht, sodass sie langsam auf andere Gedanken kam. Vor ihrer Auffahrt blieb sie stehen. Das Wetter war schön. Sia schaltete den Motor aus. Eine kurze Überlegung, dann lief sie rüber zum Kuhstall und schob das Rolltor so weit auf, wie es nur möglich war. Die Kühe schauten neugierig auf, doch keine machte Anstalten, herauszukommen. Auch als Sia Oskars Box öffnete, blieb er skeptisch an seinem Platz. Ob es den Kühen noch zu kalt war? Dabei mochten sie eher mildere Temperaturen.

Sia ließ das Tor zum Stall offen, vielleicht würden die Kühe später mehr Mut finden und die strahlende Sonne genießen. Um sie nach oben auf die Felder zu bringen, dafür war Sia nicht mutig genug und wollte hiermit ihr schlechtes Gewissen beruhigen.

Sie eilte zurück zur Auffahrt und rückte mit aller Kraft das alte Hoftor zu, damit die Kühe nicht auf die Straße gelangten. Hoffentlich würden sie sich über das Stück Freiheit freuen.

*

Ylvie entdeckte Sias kleinen Traktor. Neugierig schaute sie auf und war froh, dass ihre Maschine fremdgelenkt wurde, sonst wäre sie vermutlich ein paar Schlenker gefahren. Seit sie ihr das mit Patrick erzählt hatte, war Sia so aufbrausend. Warum war sie nur wegen eines dummen Kusses wütend, der vor Jahren stattgefunden hatte? Er war ja nicht mal gut gewesen. Ylvie ekelte sich ein wenig vor der Erinnerung.

Niedergeschlagen lehnte sie sich zurück und beobachtete Sia, wie ihre Maschine Saat ausstreute. Sie machte es recht gut dafür, dass sie ein altes Gerät bediente. Ylvie verzog ein schiefes Lächeln, auch wenn sie niedergeschlagen war, war sie zufrieden mit Sias Leistung.

Unerwartet klingelte ihr Handy. Es war ihr Vater, Ylvie nahm gleich ab. »Hallo Paps, was gibts?«, fragte sie.

»Du, ich bin bei Gunter auf dem Hof, wenn du mich suchen solltest.«

»Ah, gut zu wissen. Bist du zum Mittag wieder zu Hause?«

»Mal schauen, ich wollte noch rüber zu Dietmar, den habe ich nach dem Tod seiner Frau nicht mehr gesehen«, erzählte Ludwig.

»Das klingt gut«, meinte Ylvie und vermisste zugleich ihre eigene Mutter. Ihr Vater und Dietmar waren alte Freunde, die das gleiche Schicksal teilten. Es würde ihnen guttun, ein wenig Zeit miteinander zu verbringen.

»Lad ihn zum Mittagstisch ein«, schlug Ylvie vor.

»Das sollte ich machen.« Ludwig legte eine kurze Pause ein. »Ist Sia schon auf den Feldern?«

»Äh.« Ylvie stockte. »Ja«, antwortete sie knapp und beobachtete sie noch immer.

»Sie war auf dem Hof und hat Saat bekommen. Es ist nicht viel, wäre nett, wenn du nachbestellst«, bat er.

»Wir haben doch genug auf Lager«, meinte Ylvie.

»Jaaa«, zog ihr Vater in die Länge. »Aber ich habe ihr die Premium-Saat gegeben.«

Ylvie schmunzelte. »Bin also nicht die Einzige, die sie um den Finger wickelt?«

Ihr Vater lachte. »Stimmt schon.« Er seufzte belustigt und wurde ruhiger. »Das ist ihre letzte Woche auf dem Hof … Vielleicht nutzt du die Gelegenheit und klärst einige Dinge mit ihr.«

Ylvie wurde wütend. Ehe sie ihren Vater anranzen konnte, verabschiedete er sich und legte auf. Genervt steckte sie ihr Handy weg und sah wieder rüber zu Sia.

Was sollte sie denn mit ihr bereden? Dass sie einen absolut bescheuerten Freund hatte, der rein gar nichts taugte? Dass sie aufhören sollte, wegen Patrick so auszuticken? Dass Sia sie aus Wut geküsst hatte und Ylvie wie besessen davon war, sie wieder zu küssen, sodass sie sie heimlich im Schlaf überfallen hatte?!

Ylvie kamen vor Wut die Tränen, die sie zurückzuhalten wusste. Was sollte sie denn Sia sagen, wenn sie ihr nicht mal mehr in die Augen sehen wollte?!

Aufgebracht wechselte Ylvie das Feld und bekam den Kopf nicht frei, obwohl sie sich konzentrieren musste. In einer Woche wäre sie weg und dann würden sie sich nie wieder sehen. Vielleicht mit den Jahren, wenn Sia mal zu Besuch kam, um ihrer Tante zu helfen. Wenn sie diesen Arsch von Freund heiratete, sie gemeinsam Kinder bekamen und die Ferien hier verbrachten.

Jeder Muskel saß in Ylvie fest. Innerlich rastete sie aus.

Paps hat echt gut reden! Was soll ich denn tun?!

*

Sias Traktor ruckelte über die Felder und verteilte die Saat. Auch Ylvie war anwesend, aber diesmal weiter entfernt. Ihre Landmaschine sah aus wie ein kleiner Minitraktor.

Ob sie hersieht?, fragte sich Sia. Ob sie überhaupt bemerkte, dass sie da war? *Ist doch egal, was sie macht!*

Sia bemühte sich, auf andere Gedanken zu kommen, und konzentrierte sich auf ihre Arbeit. Als sie fertig war und die Felder verließ, brach Ylvie ihre Aussaat ab.

Sia war verwundert. Vielleicht gönnte sich Ylvie eine kleine Pause. Sie dachte gleich an ihre Butterbrote und biss sich auf die Unterlippe, weil sie wieder Hunger verspürte. Sia gab ein wenig mehr Gas und fuhr schneller.

Später auf der Straße bemerkte sie im Rückspiegel Ylvie, die ihr nachkam.

Ob irgendetwas passiert war? Sia mahnte sich erneut, das konnte ihr egal sein.

Als sie am Hof ankam, musste Sia lachen. Zwei ihrer Kühe standen bei der Ausfahrt am Gatter und hielten ihre Gesichter in Richtung Sonne. Je näher Sia mit ihrem Fahrzeug kam, umso unruhiger wurden die Tiere und machten ihr freiwillig Platz.

Sia parkte am Straßenrand, sie musste noch das Tor öffnen, um auf den Hof zu kommen.

Plötzlich blieb ihr gefühlt das Herz stehen. Die Kühe bewegten sich nicht nur frei auf ihrem Grundtsück, sondern hatten sich auch Eintritt in Ylvies Lager verschafft. Das elektrische Rolltor stand komplett offen. Wie war das passiert?! Wie waren sie überhaupt rüber gekommen?!

Ylvie hatte die Kühe ebenso bemerkt und gab mehr Gas. Sie fuhr an Sia vorbei, hupte laut und verschreckte das Vieh.

Sia sprang vom Traktor ab, vergaß, ihn auszumachen. Kopflos kehrte sie zurück und legte den Schalter um.

Die Tiere hatten den Zaun zerstört und tummelten sich auf dem Hof nebenan.

Ylvie kam auf ihrer Auffahrt zum Stehen und sprang von ihrer Maschine. Sie rief den Kühen zu, pferchte sie zusammen und trieb sie durch den kaputten Zaun zurück in den Stall.

Sia war unfreiwillig zur Zuschauerin geworden. »Es tut mir so leid«, entschuldigte sie sich panisch. »Ich hätte niemals gedacht, dass sie zu euch rüber kommen.«

Ylvie hörte nur mit halbem Ohr zu. Außer Atem riss sie das große Rolltor vom Kuhstall aus seiner Verankerung und verbarrikadierte es, während die Kühe aufgebracht muhten.

»Ich habe dir gesagt, du sollst dich um deinen Zaun kümmern!«, schrie Ylvie und verließ außer sich den Bergmanns-Hof und verschwand in Richtung der Lagerhalle.

Sia war überfordert. Sie wusste nicht, ob es in Ordnung war, Ylvie zu folgen. Sie wollte sehen, was ihre Kühe angerichtet hatten und wie groß der Schaden war. Es war schrecklich.

Ihre Kühe muhten, als wenn ihnen nicht bewusst war, warum sie so grob behandelt wurden.

Sia öffnete das Gatter, fuhr den Traktor rein und wartete vor dem zerstörten Zaun, was als Nächstes passieren würde.

Ylvie fluchte, doch die Lagerhalle war so gut isoliert, dass Sia sie nicht genau verstand. Es machte ihr Angst, sie flüchtete ins Haus und wartete auf das Donnerwetter, das ihr bevorstehen würde. Hoffentlich hatten ihre Kühe nicht allzu viel zerstört.

Keine halbe Stunde später stand Ylvie vor der Türschwelle und stampfte wütend hinein.

Sie warf Sia Rechnungen entgegen, die sie knapp auffing, indem sie das bedruckte Papier mit Ylvies Firmenlogo an die Brust drückte und erst dann sehen konnte, was es damit auf sich hatte.

Es waren all die Rechnungen für die Gefallen, die Ylvie für Sia getan hatte. Für das Futter, für das Holz, für die Saat und den Schaden der Kühe.

Die Summe belief sich insgesamt auf knapp 20.000 Euro. Sia starrte die Zahlen ungläubig an. Sie hatte das Gefühl, den Boden unter den Füßen zu verlieren. Passierte das wirklich?

»Ich, ich habe nicht so viel Geld«, stotterte sie wie ihr kaputter Traktor zuvor.

»Dann überlass mir den Hof«, gab Ylvie scharf von sich. Ihre Miene war steinhart.

»Das kann ich nicht, meine Tante hat nichts anderes«, haspelte Sia, sie stand unter Schock.

»Das tut sie dank dir. Keinen Cent mehr hätte ich für den Hof geboten und niemand wird es überbieten«, sprach Ylvie. »Der Hof ist veraltet, der Abriss alleine kostet mehr als 30.000 Euro.«

»Ich kann das nicht tun! Der Hof gehört mir nicht!« Sia flehte Ylvie an.

»Was meinst du, warum deine Tante nicht mehr gut auf mich zu sprechen ist?! Ich habe ihr den Wald und die Felder für einen guten Preis abgekauft, niemand außer mir hat ihr geholfen! Sie hat es nicht mehr aus eigener Kraft geschafft, Sia, und ihr alle habt sie im Stich gelassen! Sie hat Kälber hinter dem Haus verdursten lassen, weil sie sie nicht durchbringen konnte! Ich habe das Veterinäramt gerufen! Frag mich mal, wie es ist, zu den Lauten von sterbenden Kälbern einzuschlafen!«

»So etwas würde Tante Evie niemals tun!« Sia versuchte gegen Ylvies rasende Wut anzureden.

Aufgebracht kam Ylvie ihr einen Schritt näher und deutete mit dem Finger auf den Boden. »Natürlich hat sie das! Das haben alle Milchbauern gemacht! Weil es dem Endverbraucher scheißegal ist! Er will sein billiges Fleisch und seine billige Milch! Jedes männliche Kalb ist da zu viel! Sie sehen einen beschissenen fröhlichen Aufdruck eines falschen Bauernhofes und fressen das kranke

Fleisch, ohne einmal nachzudenken! Ich bin der Buhmann, weil sie zu stolz ist, diese Bruchbude aufzugeben!«

»Das ist keine Bruchbude.« Sia weinte bitterlich. »Das sind alles Erinnerungen.«

Ylvie schnaubte. »Auf einem Haufen toter Kühe und ihrer Kälber.« Sie wurde ruhiger und doch stand sie da wie die Bosheit in Person. »Vierzehn Tage hast du Zeit. Sammele das Geld zusammen oder ich reiche Klage ein. Alles, was ihr habt, wird gepfändet und der Hof wird zwangsversteigert.«

Ylvie sah sich um. »Keiner im Ort redet mehr gut über diesen Hof. Ihn wird niemand kaufen wollen.« Sie sprach atemlos. »Deine Tante wird auf einem Haufen Schulden sitzen bleiben, weil du deinen Mist nicht beisammen hast, weil du für das hier nicht geschaffen bist.« Ylvie verließ mit eiligem Schritt Haus und Hof.

Hilflos klammerte sich Sia an die Rechnungen. Wie sollte sie jemals so viel Geld auftreiben?

*

Als sich Sia einigermaßen gefasst hatte, rief sie bei ihrer Tante an. Sia räusperte sich und versuchte, kühl zu klingen.

»Tante Evie?«, fragte sie gleich. »Hast du im Notfall eine Versicherung für den Hof?«

Ihre Tante schwiegt erst. »Du weißt ja … dein Onkel Mario war Versicherungskaufmann. Wir …« Sie korrigierte sich. »Ich hatte eine … aber die Beiträge konnte ich nicht mehr bezahlen«, gestand sie leise.

Sia verstand und tat so, als wenn nichts passiert wäre.

»Ist denn alles in Ordnung?«, fragte ihre Tante besorgt. »Spinnt die Milchpumpe etwa wieder?«

Sia beruhigte sie und bemühte sich zu lächeln, während ihr erneut die Tränen über die Wange rollten. »Ich wollte es nur wissen, für den Fall der Fälle.«

Kaum legte sie auf, heulte sie los und klammerte sich an ihr Handy. Was sollte sie bloß tun?

Kapitel 31

Kurzfristig hatte sich Sia einen Termin bei der Bank im Ort verschafft. Sie war nervös und hatte sich so gut, wie es ihr möglich war, hergerichtet. Ihre Hosenanzüge waren alle zu Hause, sie hätte niemals im Leben geglaubt, dass sie sie auf dem Dorf brauchen würde.

Sia trug ihre schwarzen Pumps, die sie auch bei ihrer Ankunft angehabt hatte. Den vertrockneten Mist hatte sie den Tag zuvor abgewaschen. Sie strich den Rock ihres schwarzen Polyester Kleides glatt, der mit roten Blumen und grünen Blättern bestickt war. Ihr Haar trug sie offen und glatt geföhnt. Sie war nach Tagen wieder geschminkt und hoffte, so die Bankerin ein wenig beeindrucken zu können.

»Wir können Ihnen leider für den Hof keinen Kredit anbieten.« Die adrett gekleidete junge Frau erblickte Sias entsetztes Gesicht und erklärte sich. »Sie sind Alleinverdienerin und der Hof, für den Sie das Geld benötigen, ein Risikoinvestment.«

Sia war sprachlos. Gerade brach ihr alles vor die Füße nieder. Sie hatte gehofft, sich mit einem Kredit retten zu können. Nun nahm man ihr den Rettungsring, der sie vor dem Ertrinken bewahren sollte.

Die Bankerin lächelte traurig. Sia hätte um einen Kredit betteln können, aber das kleine Stück Würde wollte sie behalten. Sie nickte mechanisch und bedankte sich mit einem aufgesetzten Lächeln für die Beratung.

Sia war wie traumatisiert, sodass sie nicht bemerkt hatte, wie sie die Filiale der Bank verlassen und draußen in der Kälte stand.

Ihren Wagen hatte sie zu Hause bei ihren Eltern stehen lassen, vielleicht bekam sie noch 8.000 Euro für ihn. Wenn sie ihre Wohnung kündigte und wieder bei ihrer Mutter einzog, nein, vielleicht eine WG?

Der Taxifahrer, der Sia hergefahren hatte, wartete auf sie. Er schaute ungeduldig, weil sie wie angewurzelt vor der sich immer wieder öffnenden und schließenden automatischen Eingangstür befand. Die Fahrt würde mindestens zwanzig Euro kosten. Wobei Sia jetzt jeden Cent brauchte.

Niemals im Leben würde sie es in Pumps zu Fuß nach Hause schaffen. Schließlich stieg Sia ein und schrieb Verena altmodisch eine SMS, dass sie sich melden sollte, sobald sie Zeit hatte.

Mit ihren Eltern konnte Sia nicht reden, sie fürchtete Vorwürfe und andere harte Worte. Durch Ylvies Wut war Sia so aufgewühlt, dass sie innerlich zitterte.

Zu Hause angekommen, entdeckte Sia die beiden Zimmermänner, die schon mit ihrer Arbeit begonnen und den alten Hühnerstall entsorgt hatten.

»Morgen«, begrüßte sie der Ältere der beiden, von denen Sia glaubte, dass es Vater und Sohn sein mussten. »Es war niemand da, deswegen haben wir die Hühner zu den Kühen gescheucht, weil wir nicht wussten, wohin sie sonst konnten.«

Sia nickte betreten und versuchte, dankend zu lächeln. In dem ganzen Stress mit Ylvie hatte sie komplett vergessen, dass sie den Auftrag für den Hühnerstall längst erteilt hatte. Dabei kostete das auch alles Geld. Aber Sia konnte sie nicht wegschicken, schließlich hatte sie auch keinen Hühnerstall mehr.

Das Handy klingelte in ihrer Tasche und riss Sia aus ihren Gedanken, im Eilschritt hastete sie ins Haus und nahm ab.

»Hallo Sia, was ist los?«, fragte Verena.

»Ich habe Mist gebaut, gewaltigen Mist.« Ohne dass ihre beste Freundin fragen konnte, was sie meinte, erzählte Sia drauflos.

»Ich habe die Kühe auf den Hof rausgelassen und sie haben irgendwie den Zaun zerstört, der die beiden Höfe voneinander trennt. Sie haben sich an Ylvies Lagerhalle zu schaffen gemacht und jetzt will sie 20.000 Euro von mir, die ich nicht habe. Dazu kommt noch der Hühnerstall, den ich ganz vergessen habe, und die Zimmermänner sind schon voll dabei.«

Sia schnappte nach Luft und sprach ohne Punkt und Komma weiter. »Ich weiß nicht, wie ich das bezahlen soll. Du musst alles, was ich habe, irgendwie verkaufen. Für meine Kleidung bekomme ich nicht viel, aber sicher etwas für meine Markenhandtaschen. Oder meine Ausgehschuhe, die jeder bewundert. Vielleicht kann Anton meinen Fernseher verkaufen, den Trockner brauche ich wirklich nicht. Vielleicht verkaufst du auch den restlichen Schmuck, aber bitte nicht den von meiner Oma, den ich geerbt habe. Das ist eine dünne Kette, mit einem Engel als Anhänger.«

»Sia, Sia«, bat ihre Freundin sie zur Ruhe. »Wir schauen, was wir machen können.« Verena atmete angestrengt, sie schien genauso mitgenommen zu sein, wie es Sia war, und war bemüht, ruhig zu bleiben. »Eigentlich sollte es eine Überraschung sein, aber schau heute Abend auf dein Konto. Es ist nicht viel. Aber es wird dir sicher helfen, den Hühnerstall zu bezahlen«, sagte sie.

»Was?« Sia verstand nicht, was ihre Freundin meinte.

»Warte, du hast kein Internet oder? Ich schicke dir die Bilder trotzdem. Ich hatte doch gesagt, dass ich die Fotos vom Bauernhof verkaufen wollte.«

Sia hörte Verena gespannt zu.

»Bilder lassen sich mit einer Geschichte viel besser verkaufen. Ich habe sie in der Galerie ausgestellt und die Tage zuvor auf den sozialen Medien von dir erzählt, wie du versuchst, den alten Bauernhof deiner Großeltern zu retten.«

Sia musste sich setzen, um das zu verdauen. Derweil erklärte Verena begeistert weiter.

»Die Leute haben mir die Bilder aus den Händen gerissen, weil sie dich unterstützen wollten. Ylvie hat mittlerweile ziemliche Fans. Wenn sie noch nicht vergeben ist, habe ich ein paar Handynummern für sie. Als lesbische Ackerbäuerin kam sie echt gut an.«

Verena lachte, was Sia nicht wirklich passte. Jedenfalls nicht, dass fremde Frauen Ylvie gerne daten wollten.

»Ist das dein Ernst? Ich meine, nicht das mit Ylvie, sondern das mit den Bildern?«, fragte Sia angespannt.

»Ja, total. Sie wollten auch Produkte von euch kaufen.« Verena scherzte. »Ich mache in meiner Galerie noch einen kleinen Bauernmarkt für euch auf.« Dann seufzte sie. »Aber für die ganz große Summe reicht es nicht. Vielleicht redest du mit Ylvie, dass du den Schaden bei ihr abarbeitest?«

»Wie denn? Ich bin nächste Woche wieder zu Hause«, entgegnete Sia.

»Wirklich?« Es raschelte am Telefon, als würde Verena das Ohr wechseln, an das sie den Hörer hielt. »Du willst das alles hinter dir lassen und zurück in dein kleines Hamsterrad?«

Sia wurde still.

»Geh, rede mit ihr«, ermutigte sie Verena. »Versuch, eine Lösung zu finden.«

»Sie hat mich angeschrien, ich weiß nicht, ob sie mit mir reden will«, gab Sia leise von sich.

»Bestimmt«, erwiderte Verena.

Für einen Moment schwiegen sie am Telefon. Als wüsste Verena, dass ihre Freundin in ihrem Beisein ihre Gedanken ordnete.

Schließlich verabschiedeten sie sich. »Ich wünsche dir viel Glück. Wenn du wütend auf sie bist, küss sie einfach wieder.«

»Verena!«, schimpfte Sia. Ihre Freundin lachte und legte auf.

»Wie gemein«, murrte Sia.

Verena hatte recht, sie musste mit Ylvie reden und eine andere Lösung finden. Aber die Ylvie, die außer sich war, saß ihr noch in den Knochen.

Zögerlich richtete sich Sia auf. Das Handy fest an der Brust, als würde ihr Verena noch beistehen. Schließlich fand sie den Mut, öffnete die Tür und verließ das Haus.

Dort, wo der Zaun gebrochen war, kletterte sie über die zusammengefallenen Latten auf das Nachbargrundstück. Die betonierte Fläche war schmutzig von den Kühen. Sia sollte sich eigentlich rasch eine Schüppe holen und die Fladen einsammeln. Aber dafür war auch noch später Zeit.

Niemand war auf dem Hof. Es fühlte sich an, als würde sie sich in einer Geisterstadt befinden und nicht wissen, was dort auf sie lauerte. Doch Sia wusste genau, wer dort sein würde – Ylvie.

Als sie der Lagerhalle näher kam, vibrierte plötzlich das Handy in der Tasche, was ihr einen Schreck einjagte. Ein Bild nach dem anderen trudelte ein, die Verena auf dem Hof geschossen hatte.

Je mehr Sia über den Bildschirm scrollte, umso begeisterter war sie vom Talent ihrer Freundin. Bei einem Bild hielt Sia an. Es war das, wo Ylvie und sie am Zaun standen und sich anlächelten. Es war so schön, dass Sia selbst wieder lächeln musste, aber Ylvies Wut ließ das Gefühl nicht lange zu.

Das Tor ging auf. Sia schreckte erneut zusammen, als wie heraufbeschworen Ylvie auftauchte und geschädigtes Saatgut schulterte. Aus der angefressenen Verpackung rieselte die Saat auf den Boden. Gereizt riss Ylvie den Sack ganz auf, um den Inhalt in ihre Maschine zu geben. Anstatt es wegzuschütten, benutzte sie die Saat. Dann war nicht alles verloren. Sia war ein kleines Stück erleichtert.

Aufgebracht ließ Ylvie den leeren Sack liegen und holte den nächsten. Sia kam langsam näher, als Ylvie sie entdeckte, ließ sie den Sack wütend fallen, um ihn aufzureißen. Ihr Gesicht verfinsterte noch mehr.

Sia war hilflos wie noch nie in ihrem Leben. Sollte sie gehen? Weggeschickt hatte Ylvie sie nicht.

Sie kam näher. »Ich, ich war bei der Bank«, sagte sie leise.

Sia wusste nicht, ob Ylvie ihr zuhörte.

Ylvie leerte den Sack, warf den Beutel hin und holte einen weiteren. Dabei hielt sie die löchrigen Stellen zu, damit sich nicht alles auf dem Boden verteilte. Das Chaos, das die Tiere hinterlassen hatten, war nicht zu übersehen. Sia wäre nie auf die Idee gekommen, dass Kühe Plastiksäcke anknabbern würden.

Sie lief Ylvie nach. »Ich, ich bekomme einen kleinen Kredit«, log sie. Sia hatte sich vorgenommen, eine andere Bank zu finden. Wo sie diesmal wohl oder übel um einen Kredit betteln musste. »Wenn ich meinen Wagen verkaufe, bekomme ich vielleicht 8.000 Euro.« Sie redete schnell, weil sie nicht glaubte, dass Ylvie ihr mehr Zeit einräumte.

Die Jungbäuerin antwortete nicht, lief hin und zurück. Sia lief ihr nach und wartete auf eine Antwort.

»Ich, ich könnte vielleicht auf dem Hof aushelfen«, schlug sie schließlich das vor, was ihr Verena geraten hatte. Doch es ließ Ylvie lediglich verachtend schnauben und sie ignorierte Sia weiter.

»Ylvie!« Sia wurde laut, weil sie ihr nicht zuhörte. »Bitte«, fügte sie leise hinzu. »Ich bekomme das Geld irgendwie zusammen.«

Ylvie ließ den nächsten Sack fallen, dabei verteilte sich die Saat auf ihrem Schuh und um sie herum. Sie hatte ihre ganze Arbeit mit einer Schubkarre oder ihrem Gabelstapler erledigen können, aber Sia glaubte, dass sie versuchte, ihren Frust loszuwerden.

»Du machst mehr Schulden, um andere Schulden zu begleichen. Wie willst du das jemals zusammenbekommen? Was dann? Willst du den restlichen Betrag etwa mit Kleinstbeträgen bei mir monatlich abstottern, weil du der Bank auch noch etwas zurückzahlen musst? Wie lange soll ich darauf warten, bis du das Geld zusammen hast? Jetzt ist Aussaat, jetzt brauche ich die Ware und das Geld. Nicht erst im Sommer oder in fünf Jahren.«

Sia war wieder so hilflos »Wie … wie kann ich es gutmachen?«

Endlich schien Ylvie zuhören zu wollen. Sie atmete schwer, ihre Mimik war nicht zu deuten. Sia war aufgewühlt und zwang sich zur Ruhe. Sie gab Ylvie die Zeit, die sie zum Nachdenken brauchte. Dann kam ihr Ylvie unerwartet nahe. Sie stellte sich aufrecht hin und verschränkte die Arme vor der Brust. Ylvie war noch immer so wütend. Diese Abneigung gegen Sia war schlimmer als zu Anfang ihrer Begegnung. Es traf Sia, dass sie wieder kurz vorm Heulen stand.

»Heirate mich«, sagte Ylvie mit einem Mal.

Sia zuckte zusammen und starrte sie an. Hatte sie richtig gehört?

»Wie … bitte?«, hauchte sie.

»Heirate mich«, wiederholte Ylvie schon fast gleichgültig. »Dann geht der Hof irgendwann automatisch auf mich über, sowie der Rest der Felder. Deine Tante hat noch welche weiter oben und ich könnte mich von meiner Abmachung lösen, den Wald nicht zu roden, um daraus Ackerfläche zu bauen.« Das mit der Erbschaft war nicht so einfach. Aber Ylvie verheimlichte es und glaubte nicht, dass Sia sich auskannte. Sonst hätte sie direkt etwas gesagt. Ylvie verfolgte einen ganz anderen Plan. Ihr Herz donnerte gegen ihren Brustkorb. Sie selbst wunderte sich, wie klar ihre Stimme klang.

Dafür wurde Sia eiskalt. Ihre Fingerspitzen waren taub, ihr ganzer Körper fühlte sich an, als würde sie gleich umfallen, aber sie stand da und sah Ylvie an, die so einfach so etwas Wichtiges im Leben mit dem Geschäftlichen verknüpfte.

»Das … das kann nicht dein Ernst sein?«, flüsterte sie, weil sie nichts mehr herausbekam, ihre Kehle war wie zugeschnürt.

»Das oder Pfändung.« Ylvie sprach es aus, als wäre es nichts.

Für 20.000 Euro? Nur so viel war Sia wert?

»Ich, ich bin aber nicht lesbisch«, stotterte sie, als könnte sie so die Katastrophe abwenden.

Ylvie zuckte mit den Schultern. »Es wäre rein geschäftlich. Meine Mutter hat meinen Vater auch nur geheiratet, weil er eine gute Partie war.« Ylvie grinste wie ein fieser Wolf, sie war wieder so überheblich. Sias Wut zog sie aus ihrem Schockzustand heraus.

Es war also ihr voller Ernst?

Ylvie schaute sie an. Sie forderte Sia regelrecht heraus, als wüsste sie, dass sie niemals zustimmen würde. Warum hatte sie dann gefragt?

Sias Herz schlug schneller. Das Nein lag ihr auf der Zunge. Als sie schluckte, war es ihr, als würde sie daran ersticken. Was sollte sie tun?

»Wann … wann denn?« Sia hatte etwas mehr Kraft in der Stimme und erkannte in Ylvies Blick ein Funken Unsicherheit. Diese kleine Veränderung in ihrem Gesicht empfand sie wie eine Chance. Vielleicht ein Schlupfloch? Sia wollte zeigen, dass sie nun die Oberhand hatte.

Mutig trat sie Ylvie einen Schritt entgegen. Sie waren sich so nahe, dass sie sich hätten berühren können. Was Ylvie ein Stück weit mehr zu verunsichern schien. Doch dann schaute sie wieder so mürrisch, nachdem sie einen Blick auf ihre Armbanduhr geworfen hatte.

»Jetzt. In zwei Stunden schließt das Amt«, knurrte sie.

Sia war es im ersten Moment nicht bewusst, wie entsetzt sie schaute. Bis Ylvie erneut so wölfisch grinste. Sie war sich sicher, dass Sia den Schwanz einziehen würde.

Sia haderte. Was für eine andere Möglichkeit hatte sie denn? Außerdem, war es überhaupt möglich so kurzfristig zu heiraten? In der Stadt sicher nicht. Aber hier auf dem Land, wo die Einwohnerzahl wesentlich niedriger war?

»Gut«, sagte Sia letztendlich und konnte selbst nicht fassen, welchen Entschluss sie gefällt hatte. »Solange niemand davon erfährt.«

Ylvie sah sie an, wartete, als würde sie darauf warten, dass Sia einen Rückzieher machte.

In diesem Moment wäre ihr nichts lieber, aber Sia hatte ihre Tante in den Ruin getrieben, sie musste handeln. Zumindest wollte sie irgendjemand heiraten. Nach zwei Jahren Beziehung war Dario nicht bereit, nicht mal für Kinder. Er wollte sein Leben genießen. Mit eigener Familie konnte man das in seinen Augen nicht.

»Kein Sterbenswort«, raunte Ylvie.

Sie sahen sich starr in die Augen. War das echt? Es fühlte sich an, als wären sie wieder Kinder und schlossen einen harmlosen Pakt, den man die Tage später wieder vergessen würde.

»Ich kann bei der Stadt anrufen und unsere Geburtsurkunde anfragen.« Sia klang schnippisch. Ylvies vorherige Unsicherheit gab ihr den Mut, den sie brauchte. Sie führte sich so trotzig auf, als hätte sie sich erst wieder daran erinnert, dass Ylvie Patrick geküsst hatte.

Vielleicht war es auch, dass Sia glaubte, Ylvie würde einen Rückzieher machen. Aber da täuschte sie sich.

Ylvie biss die Zähne zusammen. Man merkte es daran, wie sich ihre angespannten Kaumuskeln durch ihre Haut abzeichneten. »Dann ruf an«, forderte sie Sia von Neuem heraus.

Sia hielt kurz die Luft an, aber der Groll ließ sie gar nicht anders handeln. Mit Ylvies WLAN fand sie die Nummer vom örtlichen Amt.

Während das Freizeichen ertönte, schauten sich Ylvie und Sia in die Augen, als wären sie im Wilden Westen und würden sich duellieren. Es stand außer Frage, dass Ylvie der Bösewicht war und kleine Kinder zum Frühstück verspeiste.

Eine Dame meldete sich am Telefon. Sia wendete ihren Blick ab, sonst würde sie sich nicht auf das unangenehme Gespräch konzentrieren können.

»Guten Morgen, mein Name ist Arens. Ich benötige einige Unterlagen«, sagte Sia. Eigentlich hatte ihre Mutter geplant, dass ihre Tochter eine Bremerin werden sollte, aber Sia hatte andere Pläne und war plötzlich zwei Wochen zu früh über Nacht auf dem Hof ihrer Großeltern zur Welt gekommen. Die Geburtsurkunde sollte somit kein Problem werden.

»Ich bräuchte auch kurzfristig einen Termin für eine Eheschließung.« Sia zögerte, ehe sie fortführte. »Eine standesamtliche Blitzhochzeit.« Sie spürte Ylvies Blick auf sich, wie sie es die Tage zuvor getan hatte.

Die Dame am Telefon war irritiert. Man hörte heraus, dass sie so etwas noch nicht miterlebt hatte. Sia biss die Zähne zusammen und fragte nach den Dokumenten von Ylvie.

»Ich … ich bräuchte auch die Unterlagen meiner Partnerin.« Das letzte Wort zog sich wie Kaugummi in Sias Mund. Jeder Außenstehende würde alleine deshalb stutzig werden.

Die Frau auf der anderen Seite war wegen etwas ganz anderes überfordert.

»Wie, wie bitte?«, fragte sie ungläubig. Sia war es auch.

»Ich brauch sie … um meine Partnerin zu ehelichen.« Alles in ihr sträubte sich. Als die Frau am Telefon wieder stockte und es Sia noch schwieriger machte, wurde sie grantig. »Ist das ein Problem für Sie?«

»Nein, nein!«, haspelte die Angestellte. »Ich schaue, dass ich auf die Schnelle die Abstammungsurkunde und die Aufenthaltsbestätigung Ihres Wohnortes bekomme. Denken Sie bitte an ihre Personalausweise und die Gebühren.« Sie wollte sich um alles kümmern.

Als sie auflegte, hob Sia langsam den Kopf und sah Ylvies erstauntes Gesicht.

»Wir können los«, gab sie mürrisch von sich. Doch beide blieben stehen. Es war wieder dieses Zögern, in dem sie die Spielchen sein lassen und zu Vernunft kommen konnten. Aber keiner von ihnen gab nach.

Ylvie atmete angestrengt. Sie ließ Sia schließlich stehen und ging zur Fahrerseite ihrer Landmaschine. Sie kletterte die Sprossen von ihrem Traktor hoch, schlug die Tür auf und ließ den Motor an.

Sia brauchte ein paar Sekunden. Sie versuchte, nachzudenken, aber der Lärm des Motors ließ es nicht zu. Vielleicht sollte sie noch einmal Verena anrufen. Sia wusste nicht mehr, was richtig oder falsch war. Mürrisch stieg sie schließlich auf und schaute stur auf die Straße. Sie konnte nicht fassen, in welches Desaster sie sich manövriert hatte. Eine Ehe, die auf rein Geschäftlichem basierte?

Momentan war Sia viel zu wütend, um verletzt zu sein. Dennoch, je länger die Fahrt dauerte, umso ruhiger und trauriger wurde sie. Ihre Hochzeit hatte sie sich ganz anders vorgestellt.

Ein romantischer Antrag in Paris oder eine kleine Überraschungsparty mit Freunden. Wo ihr Liebster auf die Knie gehen und ihr davon erzählen würde, dass er nicht mehr ohne sie leben konnte. Dass Sia vor Freude zu Tränen gerührt wäre. Alle wären da, ihre Mama, ihr Papa, ihr Bruder, Anton und Verena.

Was war mit ihrem Traum, kirchlich zu heiraten, mit einem wunderschönen Kleid. Vielleicht auch in einem Einteiler. Sia wusste nicht mal, ob sie der Typ dafür war. Ylvie war groß, ihr würde es vermutlich fabelhaft stehen.

Sia wollte zu ihr schauen, aber hielt ein. Ihr Blick war bis auf Ylvies Bein gelangt, auf dem ihre Hand ruhte. *Ein Ring?* Das war doch mit das Wichtigste. Keine Ringe für eine geschäftliche Hochzeit.

Sia verschränkte die Arme. Nicht, weil sie wütend war, sondern weil sie wieder Halt brauchte.

Das war es also? So, total unromantisch?

Für 20.000 Euro heiratete Sia eine Frau.

Kapitel 32

Die Straßen zur Stadt waren schmal. Doch Ylvie schaffte es geübt, die engen Wege zu passieren. Ein Auto wäre angebrachter gewesen, aber Ludwig hatte den alten Mercedes mitgenommen.

Ylvie stellte den Motor aus, mit ihrem Traktor belegte sie drei Parkplätze vor dem Rathaus. Sie saß da und sah nach draußen. Auf den Straßen fuhren einige Pkws, in der Nähe gab es ein kleines Einkaufcenter und Supermärkte. Passanten wurden auf das riesige Fahrzeug aufmerksam, einer machte sogar ein Foto, sodass Sia mulmig wurde. Aber vermutlich saßen sie so weit oben, dass man sie nicht erkannte. Sia hoffte auf die Spiegelung der Fenster der Fahrerkabine.

Das Rathaus war ein altes Gebäude, das ein wenig aussah wie eine Kirche, also gar nicht mal so schlecht.

Sia war froh, noch etwas sitzen zu können, obwohl ihr Herz härter gegen ihre Rippen schlug. Nervös blickte sie aus dem Augenwinkel heraus zu Ylvie. War ihr der Umstand, für Besitz zu heiraten, wirklich so egal? Schließlich war sie auch eine Frau und müsste den Wunsch haben, gewollt zu werden. Jemand, der vor ihr auf die Knie ging?

Mit einem unerwarteten Ruck, öffnete Ylvie die Fahrerseite und kletterte die Sprossen runter. Sie ging in das Gebäude und ließ Sia für sich alleine. Vielleicht, um ihr die letzte Chance einzuräumen, es sich anders zu überlegen.

Sia sah ihr nach. Sie könnte davonlaufen, aber das Problem würde weiter bestehen und ihrer Tante schaden, weil Sia bis zu einem gewissen Punkt nicht weitergedacht hatte. Sie hatte den Kühen doch nur eine Freude bereiten wollen. Wie konnte es nur so eskalieren?

Träge öffnete sie die Tür. Als würde ihr die Kraft für mehr fehlen, kletterte sie langsam und vorsichtig die Stufen von der breiten Landmaschine runter. Zum Glück hatte sie sich für die Bank hergerichtet und würde nicht in Gummistiefeln und Latzhose heiraten.

Sia wartete am Traktor. Vielleicht würde sie gleich aus dem Albtraum erwachen. Aber nichts geschah.

Schließlich folgte sie Ylvie, die sich am Empfang angemeldet hatte. Sie wurde gebeten, Platz zu nehmen.

»Sie werden gleich aufgerufen«, sagte die Frau hinter dem Tresen mit einem breiten Lächeln, was Sia nur mit Qual erwidern konnte.

Sia stand verloren vor dem Ausgang. Nur langsam ging sie zu Ylvie rüber, die bereits saß. Am liebsten hätte sich Sia einen Stuhl weiter von ihr gesetzt, aber das wäre sicher zu offensichtlich gewesen.

Sie kam nicht einmal dazu aufzuatmen, als sie mit einem Mal aufgerufen wurden. Sia zuckte panisch zusammen.

Ylvie stand auf. »Es ist nur eine Unterschrift«, knurrte sie und wartete.

So wenig bedeutete ihr das alles? Wie Ylvie mit ihr umging, bestätigte einmal mehr, wie schwer es sein musste, Sia von Herzen zu lieben. Selbst Dario schaffte es nicht, ein ganzes Wochenende mit ihr zu verbringen.

Sia fügte sich und wollte es nur noch hinter sich bringen. Eine Unterschrift auf ein Stück Papier. Mehr nicht.

Ganz unerwartet streckte ihr Ylvie die Hand aus. Es war wie ein Funken, wie ein Kerzenlicht in einer dunklen Höhle. Sia ergriff ihre Hand, um Halt zu finden. Doch als Ylvie sie ungeduldig mit sich zog, wurde dieser winzige Funken durch die Dunkelheit überschattet. Als hätte sie das Kerzenlicht so einfach ausgepustet.

Hier war keine Liebe im Spiel. Sie waren nicht durchgebrannt und wollten ohne das Wissen ihrer Eltern ihre eigene Familie gründen. Es ging rein ums Geschäft. Für Sia war es zumal kein gutes, weil ihre Tante letztendlich doch irgendwann alles verlieren würde. Aber dann wäre sie tot und würde von dem Rechtsstreit nichts mitbekommen.

Tante Evie hatte keine Kinder. Sia wollte ihr eins sein und war kläglich gescheitert. Ihr kamen die Tränen, und als wenn Ylvie es wusste, drückte sie ihre Hand fester, so fest, dass Sia wieder atmen konnte. Die ganze Zeit hielt sie ihre Hand. Selbst als die Standesbeamtin sie begrüßte.

»Oh wie schön.« Die Augen der älteren Frau leuchteten. »Eine standesamtliche Blitzhochzeit mit einem homosexuellen Paar hatten wir ja noch nie!«

Ylvie und Sia nahmen ihr gegenüber Platz.

Das Lächeln der Beamtin verblasste, als ahnte sie, dass etwas nicht stimmte. Sie musterte das angeblich glückliche Paar. »Ist alles in Ordnung?«, fragte sie Sia.

Sia fühlte selbst, wie ihr die Farbe aus dem Gesicht wich. Am liebsten wäre es aus ihr herausgeplatzt, dass sie sozusagen gezwungen wurde zu heiraten, aber sie entschied sich dagegen.

»Ich freue mich und bin ein wenig nervös«, sagte sie mit dünner Stimme.

Es war eine Lüge und als würde Ylvie sie dafür bestrafen, drückte sie ihre Hand fester. Sie saßen so eng, dass es nicht wirklich auffiel, aber Sia spürte Ylvies Anspannung, als wäre sie plötzlich ein Mensch aus Stein, jedenfalls war es ihr Herz.

Die Beamtin lachte. »Das glaube ich sofort. Ich war nur ein wenig verwundert, dass es so kurzfristig sein musste.«

Sia wollte nicht reden, doch zwang sich zu lächeln. »Ich bin für vier Wochen auf dem Hof meiner Tante und helfe aus. Danach geht es für mich zurück nach Bremen und ich … *wir* wollten es schnell hinter uns bringen.«

Die Beamtin lachte entzückt und rückte die Zettel vor sich, die nach den benötigten Unterlagen aussahen und dem Trauschein.

»Ylvie«, sagte die Frau. »Du hast wirklich eine bildschöne Frau gefunden.«

Sia sah fragend zu ihrer bald Zukünftigen. Die beiden kannten sich? Ja, sie waren auf dem Dorf. Jeder kannte hier jeden. Es würde sich wie ein Lauffeuer verbreiten, dass Sia und Ylvie standesamtlich geheiratet hatten. Bis dann einer von den Freundinnen von Sias Mutter sich bei ihr melden würden, um ihre Glückwünsche auszusprechen.

Sia schloss vor Panik die Augen, Ylvies Griff wurde lockerer, dabei hätte Sia den festen Halt sehr wohl gebraucht.

»Ja«, sagte Ylvie leise und mit solch einer warmen Stimme, dass Sia erstaunt aufsah. »Das habe ich.«

Da war er wieder, dieser kleine Funken, ein winzig kurzer Moment, in dem sich alles richtig anfühlte.

Die Standesbeamtin fragte nach ihren Ausweisen. Ylvie hielt noch immer Sias Hand und schien nicht gewillt, sie loszulassen. Um ehrlich zu sein, brauchte Sia das auch.

Sie fischten beide nach ihren Karten und legten sie der Beamtin auf den Schreibtisch. Sie prüfte kurz und lächelte.

»Ihr habt es eilig, dann möchte ich euch nicht weiter hinhalten«, meinte sie. »Liebe Ylvie, liebe Sia. Es ist schön, zu sehen, dass ihr euch als Paar entschlossen habt, den ewigen Bund der Ehe einzugehen und den Rest eures Lebens miteinander zu verbringen.«

Rest eures Lebens? Sia hätte sich vor Bauchkrämpfen übergeben können, aber wie liebevoll die Standesbeamtin sprach, beruhigte sie. Es war alles nur eine Illusion und doch fühlte sie sich mit der Zeit wohl damit. Sia sah auf ihre Hand, die von Ylvie gehalten wurde. Ihre Hand war größer, ihre schmalen Finger lang. Auch damals hatte Ylvie immerzu Sias Hand gehalten. Wenn sie eigentlich um die Wette rennen wollten und Sia nicht hinterherkam und quengelte. Wenn Sia sich nicht traute, über den schmalen Bach zu springen, und Ylvie ihr die Hand reichte. Diese Geborgenheit, wie hatte Sia das alles hinter sich lassen können?

Die Beamtin sprach weiter und Ylvie senkte den Blick, als würde sie plötzlich so etwas wie Reue empfinden.

»Ylvie kenne ich von klein auf«, sagte die Beamtin und suchte Sias Blick. »Sie gehörte schon immer zu den Stillen, aber ist dennoch jemand, der sieht, wenn andere Hilfe brauchen.« Der Blick der Beamtin festigte sich. »Sia, dich kenne ich noch nicht, aber ich weiß, dass du mit Ylvie eine Partnerin fürs Leben gefunden hast.«

Sia sah sie sprachlos an.

Schließlich reichte die Beamtin ihnen das Dokument zur Eheschließung. »Welchen Namen nehmt ihr denn an?«, fragte sie.

»Meinen«, gaben Sia und Ylvie gleichzeitig wieder.

»Was?«, zickte Sia.

»Du hast noch deinen Bruder, der euren Familiennamen weitertragen kann. Ich habe keine Geschwister«, meinte Ylvie streng. Sia wollte protestieren, da drückte Ylvie ihre Hand fester. Sie hätte ihr das Schriftstück um die Ohren hauen können.

»Ich will, dass du meinen Namen annimmst«, sagte Ylvie mit bebender Stimme, von der Sia glaubte, dass ihr Herz so stark schlug.

Sia wurde innerlich ruhig und nickte dann.

Zuerst unterschrieb Ylvie, dann rückte sie das Blatt Papier zu Sia. Als sie ihre Hand lösen wollte, ließ Ylvie es nicht zu. Jetzt erst merkte Sia, dass sie ein wenig zitterte und kein Stück mehr grimmig schaute. Ihre Wangen röteten sich. Machte das hier sie gerade glücklich?

Sia riss sich zusammen, auch wenn ihr Herz trommelte, unterschrieb sie das Dokument wie jedes banale Schriftstück.

Nun standen ihre Namen beieinander. Sias Augen suchten die von Ylvie, doch sie schaute wieder betreten zu Boden. Sie sah verlegen aus, so unglaublich süß, dass Sia alles andere als Wut empfand.

Die Standesbeamtin sprach freudig und erzählte etwas von: »Sie dürfen Ihre rechtmäßige Frau nun küssen.«

Ylvie machte keinerlei Anstalten. Sia wurde klar, dass sie sie zumindest zu dem nicht zwingen würde. Auf Papier heiraten war okay, aber kein Kuss, der ihre Ehe beschließen würde?

Es war ihr innerer Antrieb, als Sia sich vorbeugte und den Kopf so drehte, dass sie ihre Lippen auf die von Ylvie legte. Sia schloss seicht die Lider, sie wollte es nicht verpassen, sollte Ylvie sie ansehen. Doch sie kniff die Augen zu. Sia konnte nicht wirklich ausmachen, ob es ihr gefiel. Sie spürte nur, wie angespannt Ylvie war.

Sia hätte ihr einen Schmatzer geben können, aber sie küsste sie noch einen Moment länger. Die vertraute Wärme lockte sie. Sie umschloss Ylvies Lippen ein Stück mehr, als wäre das wieder ein Spiel, um zu zeigen, wer der Stärkere der beiden war. Ihr Kuss wurde schließlich so intensiv, dass sie Ylvie einen fast lautlosen Seufzer entlocken konnte. Erst dann nahm sich Sia zufrieden zurück.

Für einen kurzen Moment hatte Sia vergessen können, in welcher Situation sie steckte. Als die Frau im grauen Hosenanzug über beide Ohren strahlte, wurde Sia verlegen.

»Ach wie schön«, sagte sie. »Hiermit entsende ich euch als Frau und Frau.« Sie stand direkt auf, ging zur Tür und rief den Flur entlang. »Silvie? Silvie?«, wiederholte sie lauter. »Bringst du bitte die Kamera? Eine homosexuelle Trauung haben wir nicht alle Tage. Das muss in die Tageszeitung.«

»Was? Nein. Teresa, danke, aber lieber nicht. Unsere Eltern wissen es ja nicht mal.« Beschämt rieb sich Ylvie den Nacken, sie stand auf und hielt Sias Hand. Ihr war ein Stein vom Herzen gefallen. Ein Zeitungsartikel hätte ihnen jetzt noch gefehlt.

Teresa war enttäuscht. »Aber zumindest ein Foto als Andenken«, forderte sie mit Schmollmund.

Sia hoffte, Ylvie würde dieses ebenso ablehnen, aber diesmal erwiderte sie nichts. Im Gegenteil, sie zog Sia mit sich hinaus auf den Flur, wo Silvie schon mit der Kamera kam. Mit dem Traubuch in der einen Hand und Sia an der anderen wartete sie geduldig, bis die beiden älteren Frauen sich mit der Technik der Kamera vertraut machten und es schließlich losging.

»Die Altbautür im Hintergrund sieht wirklich schick aus. Enger zusammen«, sagte Teresa, die sie eben standesamtlich getraut hatte. »Ihr seid doch verheiratet«, meinte sie und lachte.

Teresa wuselte um sie herum und wirkte so glücklich, man hätte glauben können, das alles wäre echt. Das war es auch, aber ohne Gefühle. Sia machte gute Miene zum bösen Spiel und legte den Arm um Ylvies Taille und Ylvie legte ihren Arm auf ihre Schulter. Ihr Geruch war ihr so vertraut, so wohltuend und beruhigend, dass Sia sich näher an sie herantraute.

Für ein Foto lang war es die perfekte Illusion, aber die brauchte Sia. Selbst ein weiterer falscher Kuss wäre ihr lieb gewesen.

*

Sie saßen wieder stillschweigend im Traktor. Das schöne samtblaue gebundene Stammbuch lag lieblos auf der staubigen Armatur. Zwischen den Seiten ein Polaroid.

Ylvies Traktor war sauber, so sauber, wie es ein Arbeitsfahrzeug sein konnte und doch hätte das Buch eher auf Sias Schoß gehört. Wie einen Schatz, den sie hüten sollte.

Ylvie fuhr auf den Bergmanns-Hof. Sie stellte den Motor ab, sie wollte sich unterhalten, aber Sia war kein bisschen danach. Sie verließ das Fahrzeug und ging ohne Umwege ins Haus. Die Tür schlug hinter ihr zu und sie setzte sich in die kleine Küche, für dessen alte Erinnerungen sie sich verkauft hatte.

Angespannt startete Ylvie den Motor, sie fuhr auf den Hof nebenan. Eigentlich musste sie auf die Felder, aber nicht so, nicht mit der Urkunde ihrer Eheschließung.

Ylvie nahm es zur Hand und hielt es fest. Schloss kurz die Augen und stieg aus. Im hastigen Schritt trat sie in den Bungalow. In der Küche setzte sie sich und legte das blaue Buch vor sich hin.

»Was habe ich nur getan?«, stöhnte sie und fuhr sich angespannt durchs Gesicht.

Kapitel 33

Sia saß am Küchentisch, obwohl sie sich längst hätte umziehen und sich um die Tiere kümmern müssen.

Nachdenklich starrte sie in die Leere und wusste selbst nicht, was sie glauben sollte. War ihr das wirklich passiert? War sie so dumm gewesen, sich alleine um den Hof ihrer Tante zu kümmern? Sie hatte ihr einigermaßen bequemes Leben für vier Wochen aufgegeben, um zu malochen wie ein Tagelöhner?

Sia hatte die Flucht aus ihrem Leben gesucht und war in ein monströses Desaster geraten. Die Aushilfsbäuerin seufzte ausgelaugt und stützte ihren tonnenschweren Kopf. Immerhin war sie verheiratet, bevor sie 30 geworden war. Dario wäre doch niemals auf die Knie gegangen.

Als wäre Ylvie auf die Knie gegangen, spottete Sia.

Plötzlich riss sie die Augen auf und sprang vom Stuhl, dessen Holzbeine über den Dielenboden quietschten.

»Scheiße«, fluchte Sia. In dem Ganzen hatte sie zwar an Dario gedacht, aber kein bisschen daran, was er davon halten und wie er reagieren würde, wenn er erfuhr, dass Sia eine Frau geheiratet hatte! Was sollte sie ihrem Freund erzählen, wenn er doch noch um ihre Hand anhielt?

Sia verfiel in Panik und ging nervös im Raum auf und ab. Was sollte sie tun? Sie nahm ihr Handy und ließ bei Verena klingeln.

Kaum nahm sie ab, überfiel sie sie am Hörer. »Egal, was du tust, lass es stehen und liegen, selbst wenn jemand deine Galerie leer kauft.«

»Oh mein Gott, Sia. Was ist los?«, flüsterte ihre Freundin. Sie hatte anscheinend wirklich Kundschaft im Laden.

»Ich, ich, ich …«, stammelte Sia und wusste nicht, wo sie anfangen sollte zu erzählen. Doch dann platzte es aus ihr heraus. »Ich bin verheiratet«, sagte sie.

»Was?!« Diesmal wurde ihre Freundin lauter. Sia konnte durch das Telefon hindurch hören, wie sie mit Absätzen den Raum durchschritt und sich vermutlich im kleinen Pausenraum verbarrikadierte, wo sie sich schon oft auf einen Kaffee getroffen hatten.

»Sia«, mahnte ihre beste Freundin. »Das ist ein schlechter Scherz, oder?«

Sia ließ sich zurück auf den Stuhl fallen und pustete die Luft aus aufgeblähten Backen. »Ich wünschte, das wäre so«, antwortete sie.

»Sag mir nicht, du hast plötzlich Dario geheiratet und das auch noch ohne mich!«

Sia musste lächeln. Sie hatte geheiratet und das waren ihre ersten Gedanken? »Nein«, antwortete Sia und zögerte, ehe sie die Bombe platzen ließ. »Ylvie.«

»Nicht dein Ernst?! Wie ist das denn passiert?«, fragte Verena geplättet.

Sia fasste sich an den Kopf, sie konnte es doch selbst nicht glauben.

»Sie war noch immer stocksauer. Ich habe ihr davon erzählt, wenn ich meinen Wagen verkaufe, könnte ich einen Teil der Schulden tilgen. Sie ist nur noch wütender geworden und meinte dann, ich solle sie heiraten.«

»Sie ist mitten im Streit auf die Knie gegangen?«, fragte Verena fassungslos.

»Es war kein Stück romantisch«, nörgelte Sia. »Sie hat nur gefragt, weil später ohne große Probleme das Grundstück auf sie übergehen kann. Aber da kennt sie meine Familie nicht. Na ja, sobald Ylvie den Geldbeutel zückt, werden sie wohl alle den Mund halten.«

»Sia? Du bist echt verheiratet, auch noch mit einer Frau?« Verena war überrumpelt.

»Ja, bin ich«, erwiderte Sia brummig. »Mit beurkundeter Unterschrift.«

Sias Freundin schwieg für einen Moment. »So schlimm ist das gar nicht«, sagte sie schließlich.

»Wie meinst du das?«

»Habt ihr einen Ehevertrag?«, fragte Verena.

»Was? Nein, haben wir nicht. Warum?«

»Alles, was während eurer Eheschließung erwirtschaftet wird, gehört euch gemeinsam. Also alles, was Ylvie verdient, gehört zu einem Teil dir. Wenn sie dich so eiskalt ausnutzt, solltest du es genauso tun. Sie ist deine Frau, sie muss sich um dich kümmern«, antwortete Verena, als wäre sie einmal mehr bei einem Rechtsstreit dabei gewesen.

»Aber, so war das gar nicht abgesprochen«, sagte Sia leise und dachte über Verenas Worte nach.

»Habt ihr es irgendwo schriftlich niedergelegt?«

»Nein«, antwortete Sia zögerlich.

»Na siehst du. Jetzt ist deine Zeit gekommen, nutz es, um den Bauernhof zu retten«, gab Verena voller Überzeugung von sich.

»Aber, wie soll ich das machen?« Sia zweifelte.

»Setz die Pläne um, die du dir vorgenommen hast.«

»Welche Pläne?«, fragte Sia irritiert.

Verena seufzte angestrengt. Sia tat sich wirklich schwer. »Wenn du mal Internet hast und online bist, schickst du mir wie eine Bekloppte einen Link nach dem anderen, was Biobauern in Deutschland so umgesetzt haben, damit ich mir die Artikel auch einmal durchlese. Zieh es durch. Du hast mal geschrieben, dass du gerne die Stadtmenschen mit ihren Kindern aufs Land holen würdest, um ihnen zu zeigen, wie schön es ist und wie gut es ihnen tun würde, weil es dir als Kind so erging.« Verena atmete erleichtert auf. »Mach deinen Bauernhof öffentlich für alle, die Fragen haben und schleife Ylvie hinter dir her. Das meinte ich damit, nutze es aus. Wenn sie Nein sagt, klagst du dein Recht als Ehefrau einfach ein. Ein kleines Taschengeld ist sie dir bestimmt verpflichtet.«

»Aber, ist das nicht ein wenig wie Erpressung oder Ausnutzen?« Sia war nun total verunsichert.

»Sia!«, schimpfte Verena. »Was hat sie denn bitte schön bei dir gemacht?!«

Sia nickte kampfbereit. Was ihre beste Freundin sagte, stimmte. »Und wie erkläre ich das Dario?«

Diesmal stöhnte Verena, weil Sia wirklich eine Menge vor sich hatte. »Liebst du ihn aus vollem Herzen oder bist du nur mit ihm zusammen, weil du sonst keinen anderen Typen abbekommen hast?«

Sia wurde traurig, die Unterstellung tat ihr weh. Ihre Freundin schien nichts bemerkt zu haben, oder sie überspielte es.

Verena machte einen nachdenklichen Laut. »Hmmm. Ich glaube, die These von Anton stimmt.«

»Welche These?«, fragte Sia.

»Dass du bisexuell bist. Du hast dir mit Dario nicht wirklich einen Mann ausgesucht. Dein Freund ist so wehleidig und gefühlvoll, top gestylt. Isst dies nicht und jenes nicht. Er trinkt ja nicht mal Bier.«

Sia wurde wütend. »Auch Männer dürfen Gefühle zeigen und müssen keine typischen Klischees bedienen.«

»Du hast dir eine männliche Tussi ausgesucht und Ylvie ist zumindest jemand, die anpacken kann«, warf ihre Freundin ein.

»Er ist … ich meine … Hey!«, protestierte Sia.

Verena lachte. »Der Hof tut dir wirklich gut«, meinte sie daraufhin.

»Was?«, fragte Sia.

»Du bist so lebendig wie lange nicht mehr. Alleine wie du sprichst, hat mehr Ausdruck als vor drei Wochen.«

»Wenn ich die Missstände ignoriere, ist es wirklich schön, hier zu sein. Es fühlt sich an, als wären meine Großeltern noch da und würden sich darüber freuen. Klingt sicher albern, aber ich stelle mir vor, wie sie gemeinsam auf der Bank in der Sonne sitzen und mir zusehen.« Sia lachte. »Ich kann sogar meine Großmutter meckern hören, weil ich die Arbeit nicht ordentlich genug mache.«

Ihre Freundin stimmte in das Lachen ein. »Das ist eine wundervolle Anekdote. Ich glaube, die werde ich für das Bild, das ich von der Bank gemacht hatte, benutzen.«

Sie wurde verlegen. »Danke für das Geld. Ich weiß nicht, wie ich das wiedergutmachen soll. Die Zimmermänner sind fleißig dabei. Die Hühner sind bei den Kühen und machen sie kirre, weil sie sich ständig auf ihre Rücken setzen.«

»Mist, hätte ich dir bloß meine Kamera dagelassen. Du musst Fotos schießen und mir schicken, von jeder Kleinigkeit«, bat Verena.

»Das mache ich gerne, muss mich nur auf Ylvies Hof schleichen, um sie dir schicken zu können.«

»Ich hatte hier letztens eine Kindergartengruppe zur Besichtigung der Galerie, gemeinsam mit ihren Eltern«, erzählte Verena.

»Wow. Die Kleinen haben jetzt schon ein Auge für die Kunst.«

Verena kicherte. »Nicht wirklich. Sie waren hier, um deinen Bauernhof zu sehen. Ich hatte eine ganz tolle Aktion, in denen ich Umrisse von den Kühen ausgedruckt hatte und die Kleinen auf der Leinwand ausmalen durften. Für den Eintritt habe ich natürlich Geld verlangt. Der Andrang war so groß. Die Jungs wollten viel mehr Traktoren. Es wäre schön, wenn du vielleicht ein paar von Ylvies fotografieren könntest, damit ich die bearbeiten kann.«

»Du willst das noch einmal machen? Ist das nicht zu aufwendig?«, fragte Sia.

»Ich tue das für dich. Das ist kein Aufwand. Ehrlich gesagt bereitet mir das wirklich Freude und ich hatte lange nicht mehr so viele Menschen mit solch einem großen Interesse in meiner Galerie.«

»Schade, dass ich nicht dabei war«, sagte Sia traurig.

»Das können wir gerne ändern, mach mir nur ein paar mehr Bilder. Und du weißt …«

»Kamera draufhalten und nicht sofort wegziehen.«

»Ja, du Wackelbildkönigin«, scherzte Verena.

»Was ist das bitte für ein Name?«

»Für dein Untalent für Bilder schießen.«

»Untalent? Ist das überhaupt ein echtes Wort?« Sia war sich unsicher und doch fand sie es lustig.

Verena lachte. »Ich vermisse dich.«

»Ich bin nächste Woche zurück. Ich überlege noch, ob ich am Freitag nach Hause komme oder bis Sonntag bleibe und dann direkt Montag wieder mit der Arbeit beginne.«

Ihre Freundin schwieg, was Sia nicht wirklich deuten konnte.

»Okay«, sagte Verena schließlich. »Ich muss noch ein paar Bilder verkaufen.«

»Ich drücke dich.«

»Ich dich auch.«

»Verena?« Sia hielt ihre Freundin auf, ehe sie auflegen konnte.

»Ja?«

»Danke, dass du mir keine Vorwürfe gemacht hast.«

»Deine Mutter wird dir zur Genüge welche machen.« Die beiden lachten lauter und legten schließlich auf.

Sia atmete durch, sie fühlte sich um einiges leichter. Auch, wenn der Umstand sich nicht geändert hatte, freute sie sich darüber, dass sich so viele Menschen für ihre Arbeit am Hof begeistern konnten.

Apropos Hof, Sia musste sich noch um ihre Kühe kümmern. Die Zimmermänner fuhren auch wieder auf die Auffahrt. Sie hatten wohl Mittagspause, daran hatte Sia gar nicht gedacht.

Früher hatte ihre Großmutter die Arbeiter am Hof mitversorgt, gute Hausmannskost, aber Sia hatte nicht einmal das Talent, sich ein leckeres Brot zu schmieren.

Sie band sich die Haare zu einem Dutt, zog sich um und verließ das Haus. Als sie die Zimmermänner grüßte, startete Ylvie den Motor ihrer gigantischen Landmaschine.

Sia versteinerte. Hatte sie etwa mit ihrer Arbeit gewartet, bis sie aus dem Haus gekommen war?

Da war er wieder, dieser winzige Funke.

Kapitel 34

Am nächsten Tag waren die Zimmermänner wieder fleißig am Arbeiten und störten sich nicht daran, dass Sia ein paar Fotos von ihnen schoss oder sie filmte.

Die beiden Männer hatten sogar den Zaun geflickt, ohne dafür entlohnt werden zu wollen. Der Jüngere der beiden machte sich die Mühe zu erzählen, welche Arbeitsschritte es brauchte und worauf man achten musste.

Sia war mit ihrer Ausbeute zufrieden. Sie war zwar nicht so eine gute Fotografin, wie es Verena war, aber einige Motive gefielen sogar ihr sehr gut.

Ylvie war nicht auf dem Hof und doch stand ihre Landmaschine vor dem Rolltor.

Sia erinnerte sich an Verenas Wunsch, dass sie ihren Traktor fotografieren sollte, für die Jungs, die sie ausmalen wollten.

Da niemand auf dem Hof schien, kletterte Sia zwischen die zwei Zaunstege und schlich sich auf das benachbarte Grundstück. Mit dem Handy schoss sie ein paar Fotos von dem Monstrum, das vielleicht dreimal so groß war wie Sia selbst, und schickte die Bilder gleich rüber.

Anschließend schlich sie sich zum Fuhrpark und schoss von den anderen Maschinen Fotos. In der Halle war es dunkel, sodass sie das Blitzlicht benutzen musste.

Als Sia gerade den großen Anbau verließ, war sie so sehr in die Bilderauswahl vertieft, dass sie Ludwig nicht bemerkte. Wie beim ersten Mal stieß sie in ihn und stolperte fast.

Der alte Mann lachte und fing sie auf. »Was machst du denn? Ylvie ist nicht da, wenn du sie suchst.«

Sia wurde verlegen. »Nein … nein«, sagte sie ein wenig durch den Wind. »Entschuldige bitte. Ich fotografiere die Traktoren. Meine Freundin hat eine Galerie, sie ist Fotografin und gestaltet aus den Bildern Vorlagen für die Kinder, damit sie sie ausmalen können.«

»Das gefällt mir.« Ludwig freute sich. »Die sollen mal lieber alle Mann herkommen. Dann können sie es sich in echt ansehen und mitfahren.«

»Ich glaube, die Kinder würden es toll finden.«

»Wie geht es deiner Tante?«, fragte Ludwig und wechselte das Thema.

»Ehrlich gesagt weiß ich es nicht genau. Ich hatte so viel um die Ohren und bin nicht wirklich dazu gekommen, sie anzurufen oder zu besuchen.« Eigentlich ging Sia den Telefonaten aus dem Weg, weil ihre Tante nur wieder meckern und ihr tausend Sachen auftragen würde, die Sia schon auf dem Schirm hatte, aber nur nicht so schnell war, wie es ihre Tante gerne hätte.

Ludwig nickte. Er verstand Sia wohl. »Du hast deiner Tante ziemlich unter die Arme gegriffen. So viel Hilfe hatte sie ewig nicht mehr.«

Das Kompliment machte Sia sehr stolz.

Als Ludwig zurück zum Bungalow wollte, kam sie ihm nach. »Du? Papa?«, fragte sie und stockte gleich, weil sie ihn wieder unerwartet so genannt hatte.

Ludwig lachte und ging weiter. »Früher hast du mich auch Papa genannt. Man musste fragen, welchen Papa du denn nun meinst. Dann hieß es immer Ylvies Papa oder Sias Papa. Ich hatte dich gerne als Tochter«, sagte er.

Sia wurde wieder so verlegen und war froh. »Ich brauche noch Saat«, sagte sie.

»Du brauchst auch Pflanzenschutzmittel«, empfahl Ludwig.

»Ich wollte erst mal keine Pestizide spritzen«, meinte Sia.

Ludwig verzog die Mundwinkel. »Es wächst kaum noch was, wenn der Sommer wieder so trocken ist, wird es noch weniger.«

»Ich würde es gerne auf meine Art ausprobieren, vielleicht ein anderes Mittel nehmen, das die Umwelt nicht so belastet. Aber wirklich beeinflussen kann ich es nicht, weil dann Tante Evie sich um alles kümmern wird.«

Es wurde wieder still zwischen ihnen. Es war dieses Unausgesprochene, dass Sia bleiben sollte. Aber Sia hatte in Bremen ein Leben und einen Job.

Ludwig ging ins Lager rüber und nahm Sia mit. Auf einer Sackkarre packte er ihr die Menge für den heutigen Tag ein.

»Wo … ist denn Ylvie?«, fragte Sia leise. Normal war sie ohne Traktor nicht unterwegs.

Ludwig brummte. »Sie hat heute einen Tag frei und holt eine Freundin vom Bahnhof ab.«

»Freundin?« Sia war irritiert, ihr wurde unwohl zumute.

Ylvies Vater seufzte. »Eine junge Frau, die wegen ihres Studiums für ein Jahr bei uns am Hof gearbeitet hat. Mehr oder weniger haben Ylvie und sie den Hof so aufgerüstet.«

»Ein Jahr?«, fragte Sia leise.

»Es wäre mir lieber, sie wäre nicht gekommen.«

»Warum?« Sia wurde neugierig.

»Wegen ihr ist Ylvie in die Stadt gezogen und hat dort ihre kaufmännische Ausbildung gemacht. Es hat vier Jahre gedauert, bis sie begriffen hat, dass sie nach Hause gehört.« Ludwig hob den letzten Sack auf den Karren und schnaubte angestrengt.

»Ylvie ist jung, ich kann es ihr nicht verübeln. Du bist auch nur für vier Wochen auf dem Hof deiner Tante. Die Arbeit des Bauern ist nicht einfach. Das ist kein Acht-Stunden-Job mit 30 Tagen Urlaub im Jahr. Aber ohne Ylvie wird es diesen Hof nicht mehr geben. Wir bauen selbst an. Ich kümmere mich zwar um den Ankauf und Verkauf, aber bin nicht mehr der Jüngste. Ylvie macht die körperliche Arbeit und unterstützt mich zusätzlich im Büro. Ohne sie müsste ich den Hof an jemand anderen abtreten, vielleicht sogar für einen schlechten Preis verkaufen.«

Ludwig konnte Sia nicht mehr in die Augen sehen. So viele Gefühle schienen ihm unangenehm zu sein. »Ich habe Angst, dass sie ihr wieder in die Stadt folgt und mich zurücklässt.« Er machte eine schweifende Handbewegung. »Ach, was erzähl ich dir da.« Er lächelte verlegen. »Aber ich wünsche mir, dass Ylvie die Frau fürs Leben findet und glücklich wird. Mit ihrem alten Vater wird sie es nicht.«

Wie niedergeschlagen ihr zweiter Papa guckte, ertrug Sia nicht und umarmte ihn fest. Ludwig schniefte und klopfte ihr verlegen auf den Rücken. »Schlimm. Ich hatte ewig keine Umarmung mehr.«

»Dann sollte ich öfter für eine vorbeikommen«, meinte Sia und gab ihn frei. Am Bungalow verabschiedeten sie sich und Sia begab sich mit dem Rollwagen bis zum Zaun. Sie war ein wenig verwirrt. Die Tatsache, dass Ylvie eine andere Frau auf den Hof brachte, verunsicherte sie. Dabei konnte es ihr egal sein. Sie hatte mit der Eheurkunde ihre Schulden fürs Erste beglichen.

Als Sia versuchte, einen Sack anzuheben, scheiterte sie. Es war zu schwer. Sia schaute auf. Die Zimmermänner waren zur Mittagspause weg. Ratlos sah sie sich um, sie wollte Ludwig nicht bitten, ihr zu helfen, schließlich war Sia viel jünger als er.

Bei ihrem nächsten Versuch bemerkte sie den alten Mercedes, der die Straße entlang auf den Hof nebenan fuhr.

Sia stockte der Atem, sie fühlte sich mit einem Mal wie eine Maus, die panisch ein Schlupfloch mit ihrer Beute suchte. Ylvie parkte vor dem Bungalow. Sie stieg aus und beobachtete sie.

Sia verkrampfte, als sie auf einmal auf sie zukam. Gleich würde es Ärger geben, für was auch immer. Als Ylvie in voller Größe vor ihr stand, hatte Sia solche Angst, dass ihr fast das Herz in die Hose rutschte. Doch Ylvie grinste nur. Ohne Worte hob sie die schweren Säcke und warf sie nacheinander zwischen die Zaunlatten rüber. Sie kletterte hindurch und brachte die paar Säcke zum Traktor.

Sia harrte aus, jeden Moment erwartete sie giftige Worte. Anstatt einer Schelte kletterte Ylvie die Zaunstege zurück auf den Hof. »Das nächste Mal fährst du mit dem Rollwagen über die Straße. Das ist einfacher«, sagte sie.

»D-danke«, stotterte Sia und wäre am liebsten im Erdboden versunken.

Die Autotür vom alten Mercedes schlug zu und Sia entdeckte die Frau, von der schon Ludwig erzählt hatte.

Sie war in etwa so groß wie Ylvie. Ein wenig kühl und reserviert, sie sah aus wie die Tochter einer wohlhabenden Familie. Kein Wunder, dass Ylvie wegen ihr alles zurückgelassen hatte. Das war also ihre Freundin? Ob sie von der standesamtlichen Eheschließung wusste?

Sia war verunsichert, doch Ylvie sagte nichts, nahm den Rollwagen mit und brachte ihn zurück auf den Hof.

Als die junge Frau Sia in Augenschein nahm, wusste Sia zunächst nicht, wie sie sich verhalten sollte. Beschämt hob sie die Hand zum Gruß, doch Ylvies Freundin ignorierte sie einfach und begab sich mit ihrem Gepäck in den Bungalow.

Sias Herz raste, ihr Körper fühlte sich merkwürdig an. Sie machte einen Schritt und hielt sich dann mit einer Hand am Zaun fest. Fast wäre sie Ylvie nachgelaufen. Aber warum?

Kapitel 35

»Hallo, Tante Evie, entschuldige bitte, dass ich erst jetzt anrufe. Und tut mir leid, dass ich dich noch nicht besuchen gekommen bin, aber ich habe wirklich viel zu tun«, meldete sich Sia.

Ihre Tante lachte matt und war ihr kein Stück böse. »Mach dir wegen mir keine Sorgen, durch die Medikamente schlafe ich die meiste Zeit.«

»Wie geht es dir denn?«, fragte Sia und ging gemächlich vom Wohnzimmer in die Küche und wieder zurück.

»Auftreten kann ich noch nicht, der Arzt sagt, dass es wohl eine Zeit dauern wird, bis die Entzündung komplett zurückgegangen ist.«

»Hauptsache, die im Krankenhaus geben auf dich Acht. Wann kommst du denn raus?«, fragte Sia.

Ihre Tante antwortete erst nicht und sprach dann doch. »Vielleicht in ein oder zwei Wochen. Sie wollen mich hiernach direkt in die Reha schicken und überlegen, ob sie mir danach den Rücken operieren.«

»Operieren?«, gab Sia entsetzt wieder.

»Der Körper geht bei so viel Arbeit kaputt. Es ist ein Dauerleiden, die Ärzte wollten schon früher ran, aber ich hatte nicht die Zeit dafür.«

Sia war geplättet, sie konnte ihre Tante nicht daran erinnern, dass sie nur noch eine Woche hier war.

»Weißt du ungefähr, wie lange die Reha dauern würde?« Es war unmöglich. Tante Evie konnte mit einem entzündeten Knöchel und einem kaputten Rücken nicht arbeiten.

»Ich glaube bis zu vier Wochen. Kann auch um zwei Wochen verlängert werden.«

Sia schwieg und ließ es sacken. »Hast du noch genug Kleidung?«

»Die Schwestern sind ziemlich gut zu mir und waschen meine Wäsche. Ich erzähle allen, dass meine Nichte für mich alleine auf dem Hof arbeitet.« Die alte Evie lachte, diesmal klang sie zufriedener, was Sia glücklich stimmte.

»Das mache ich gerne. Ich habe auch noch eine Überraschung für dich, wenn du zurück bist«, sagte sie.

»Wirklich?« Ihre Tante klang wie ein ungläubiges Kind.

»Ja.« Sia kicherte und machte ein Geheimnis aus dem neuen Hühnerstall. »Ruh dich aus. Ich schaue, ob ich die nächsten Tage vorbeikommen kann, spätestens diesen Sonntag.«

»Warst du schon auf den Äckern?«, fragte Tante Evie, ehe Sia auflegen konnte.

Sia grinste. »Ja, bin fleißig dabei.«

»Dass du das geschafft hast … ich danke dir, Sia«, sagte Tante Evie leise und dennoch konnte ihre Nichte heraushören, wie schlecht es ihr wirklich ging.

Kapitel 36

Heute war das Internet besonders lahm. Sia stand in ihrem schlechten Versteck, wo Ylvie sie schon einmal erwischt und geschimpft hatte. Doch Sia musste wissen, welches Schutzmittel sie als Biobäuerin nehmen konnte. Auch wenn sie nicht spritzen wollte, musste Sia wirtschaftlich handeln, um ihre Nutzpflanzen zu schützen.

Es gab tausendmillionen Einträge. Der eine von *Quarks* brachte ein wenig Klarheit. Es war die Rede von Kupfer, Schwefel, Bienenwachs oder sogar Pflanzenöl. Sia runzelte die Stirn, eine Flasche Rapsöl würde sicher nicht für die Felder reichen. Kupfer wirkte bei den Schädlingen bei Kontakt und half gegen Pilz. Aber sie wollte nicht, dass Regenwürmer starben. Der Boden brauchte sie doch. Niembaum-Extrakt entfaltete sich erst im Darm des Insektes und blockierte die Atemwege. Sia fand das schrecklich und bekam bei dem Gedanken selbst kaum Luft.

Sia war überfordert und verlor die Geduld. Ylvies Landmaschine stand nicht auf dem Hof. Sie musste also auf den Feldern sein. Ludwig konnte ihr sicher einen Rat geben.

Im schnellen Schritt marschierte Sia in Richtung Büro und war halb in ihr Handy versunken, vielleicht fand sie ja »den« Onlineartikel, der ihr die Augen öffnen würde. Auf Socken betrat sie das Gebäude.

»Du? Papa?«, fragte Sia, ehe sie das Büro betrat, und drückte die angelehnte Tür auf. »Wenn ich biologisches Pflanzenschutzmittel verwenden möchte, welches Schutzmittel würdest du empfehlen? Hast du überhaupt …?«

Als er sie nicht wie sonst begrüßte, hob Sia den Kopf und bekam den Schreck ihres Lebens.

Ylvie schaute grimmig zur Tür. Anstatt ihrem Vater saß sie vor dem PC und diese merkwürdige Fremde saß auf dem Sofa. Auf ihrem Schoß lagen ein Buch und um sie herum Notizen.

Sia ging einen Schritt zurück »En-Entschuldigung«, stammelte sie. »Das Internet ist heute so lahm. Ich dachte, dein Papa wäre da. Ich wollte nicht stören.« Sie schaute zwischen ihnen hin und her und erwartete so etwas wie ein Hallo, aber beide schwiegen. Sia wollte direkt wieder gehen.

Ylvie räusperte sich und wendete sich wieder ihrem PC zu. »Mit Kupfer würdest du die Richtlinien einhalten. Es reichert sich zumal nicht in der Pflanze an.«

»Aber was ist mit den Regenwürmern, die dadurch sterben oder verschwinden?«

Sia erkannte Verwunderung in Ylvies Augen. Ja, sie hatte sich eingelesen und war ziemlich stolz auf sich.

»Der Boden hat vermutlich mehr Kupfer, als du sprühst. Zum Vergleich ist Kupfer für die Umwelt besser als konventionelle Pestizide.« Ylvie zog erzürnt die Augenbrauen zusammen. »Langsam nervt es, leg dir einen eigenen Internetanschluss zu.«

»Äh, ja«, gab Sia kleinlaut von sich.

Die Fremde sah zu Ylvie. »Warum nennt sie deinen Vater Papa?«

Aha, kein Wort zur Begrüßung, aber direkt Fragen stellen? Sia flammte auf. »Weil er mein zweiter Papa ist«, zickte sie und verschwand gleich darauf, dabei schlug sie aufgebracht die Tür hinter sich zu.

Sia stolperte fast über ihre Stiefel. Ihr war es so unangenehm. Nicht ihr Benehmen von eben, sondern weil sie schäbig aussah und nach Arbeit stank.

Hastig zog Sia ihre Stiefel an und legte sich fast wieder hin. Ehe sie den Hof verließ, ging sie online und suchte einen Internetanbieter. Einen Moment später öffnete sich eine Seite, von der Sia ein Screenshot schoss. Es wäre wirklich besser, wenn sie sich einen eigenen Internetanschluss besorgte.

Ylvie sah noch zur Tür.

»Und das ist die Frau, auf die du seit klein auf stehst?«, fragte Tessa.

Ylvie seufzte. »Ich habe wohl eine Schwäche für ausgewachsene Zicken.«

Kapitel 37

Sia hatte ihren Vater in der Leitung und erzählte ihm, was sich alles am Hof getan hatte.

Erwin lachte in den Hörer. »Ich habs schon gesehen. Du schickst deinem Bruder ständig Bilder, der ist bereits total genervt.«

»Der sollte nicht genervt sein, der sollte lieber mit anpacken«, nörgelte Sia. »Du, Papa?«, fragte sie dann. »Kann jemand von euch den Hof von Tante Evie übernehmen, bis sie aus der Reha zurück ist?«

»Ja, hab auch schon von deiner Mutter mitbekommen, dass sie zur Reha muss. Da muss ich passen. So lange kann ich nicht von der Arbeit wegbleiben. Dein Bruder zeigt mir den Vogel und deine Mutter einen Strick. Mit denen kannst du genauso wenig rechnen.« Er lachte zwar, aber wie sich ihre Familie aufführte, fand Sia nicht wirklich witzig.

»Wie soll ich das denn sonst machen? Ich muss nächste Woche Montag bei der Arbeit sein und ich kann die Kühe schlecht unbeaufsichtigt lassen.« Sia war aufgebracht und hilflos. Am liebsten hätte sie weitergemeckert, aber es half alles nichts.

»Mama hatte mir gesagt, dass sie Geld übrig hätte, dass sie mir schicken würde«, meinte sie dann flapsig.

»Was?«, fragte Erwin entsetzt. »Was ist mit unserem Urlaub?«

»Den könnt ihr ja hier machen. Ich brauche jeden Cent!«, erwiderte Sia.

Ihr Vater lachte wieder. Es tat ihm gut, wie lebendig seine Tochter war. »Wenn du bis zum Sommer da bleibst, dann gerne. Du weißt ja, du schlachtest das fetteste Huhn für uns.«

Sia protestierte. »Ich werde ganz bestimmt kein Tier schlachten, weil ihr zu Besuch kommt!«

»Natürlich! Das ist Familientradition. Deine Oma hat immer eins für uns geköpft und gerupft.«

»Papa!«, mahnte Sia und hielt sich die Augen zu, weil sie sich wieder daran erinnerte, wie Oma dem Huhn den Kopf abgehackt und das Tier noch mehrere Meter gelaufen war, bis es irgendwann umfiel.

»Ruf deine Tanten und Onkel an, vielleicht helfen sie dir aus«, meinte Erwin.

Sia rollte mit den Augen und wusste, was sie erwartete. »Ja, das sollte ich.«

»Du machst das ziemlich gut, Sia. Ich habe es dir anfangs nicht zugetraut, aber ich bin stolz auf dich. Ich weiß nicht, ob es hilft, den Hof zu retten, aber deine Tante hat jetzt ein wenig Ruhe.«

Sia war froh um die aufbauenden Worte ihres Vaters. Er hatte eine entspanntere Haltung als ihre Mutter.

»Ja, darum ging es mir eigentlich«, sprach Sia gedrückt.

»Auch wenn es für sie ist, kommt es mir vor, dass es dir dort ziemlich gut geht.«

»Ich bin nur viel zu müde, um zu meckern«, antwortete Sia, womit sie ihren Vater wieder lauthals zum Lachen brachte.

Schließlich verabschiedete sich Sia. »Passt auf euch auf, ich werde versuchen, ein bisschen Geld einzutreiben. Ich hätte das alles schon viel früher machen müssen!« Aber Sia hatte geglaubt, es alles alleine zu schaffen. Sie hatte nicht gedacht, dass es mit dem Bauernhof eine so große Sache werden würde.

Erwin schniefte, weil er Tränen gelacht hatte. »Viel Erfolg, lass dich nicht so leicht abwimmeln.«

»Mach ich nicht!« Sia war voller Tatendrang.

Wie gedacht, keiner von Sias Tanten und Onkeln war bereit, sich so kurzfristig von der Arbeit beurlauben zu lassen.

Wütend drum, pumpte Sia sie alle um Geld an. Tante Tanja fragte die gleiche Frage wie ihre Geschwister zuvor. »Was ist mit unserem Urlaub?«

»Den könnt ihr hier verbringen!«, erwiderte Sia aufgebrachter als zuvor.

Als ihr Onkel Gustav ein totes Huhn wollte, war Sia so gereizt, dass sie ins Telefon schrie.

»Ich werde kein Tier für euch schlachten! Meine Kontodaten schicke ich per SMS!«

Nach sechs Telefonaten war Sia mit ihren Nerven am Ende. Sie würde zwar Geld bekommen, aber war ohne Hilfe. Niemand der Geschwister ihrer Mutter war bereit, einzuspringen und sich um die Tiere zu kümmern.

Sia hatte noch Urlaub, aber der war doch zum Ausruhen gedacht. Sie wollte ihn nicht zum Arbeiten gebrauchen. Ihr blieb keine andere Wahl, als bei ihrer Firma anzurufen und der Personalleiterin ihr Problem zu schildern.

»Meine Tante ist noch in Behandlung und ich habe niemanden, der sich sonst um den Hof kümmern könnte. Und das Geld, um jemanden einzustellen, habe ich leider nicht.« Sia biss sich in die Wange und bangte auf die Antwort.

Frau Thiele atmete schwer ins Telefon. »Ihr Posten ist nicht besetzt und Ihre Kollegen und Kolleginnen haben Schwierigkeiten, Ihre Arbeit aufzufangen.«

»Wenn meine Tante ihr Bein weiter belastet, läuft sie Gefahr, dass ihr Fuß amputiert wird«, warf Sia ein und brachte die Personalleiterin zum Schweigen.

»Gut«, sagte sie dann. »Ich rechne Ihnen den kompletten Urlaub ein. Aber«, fügte sie hinzu. »Wenn Sie danach wieder verhindert sind, muss ich Ihre Stelle notgedrungen anders besetzen.«

Durch die Blume sprach sie aus, dass sie Sia kündigen müsste.

»Vielen Dank für Ihr Verständnis. Nach meinem Urlaub bin ich wieder zurück.« Sia war beunruhigt, aber zu ihrem Erstaunen nicht geschockt. Jetzt hatte sie noch einmal die Kurve bekommen. Aber was war nach ihrem Urlaub? Wer würde sich dann um den Hof kümmern?

Sia war ratlos. Sie glaubte nicht, dass ihre Tante das ewig so weiterstemmen konnte. Zumindest hatte sie für den Moment eine Lösung.

Über den Tag verteilt bekam Sia immer wieder eine Nachricht, dass man ihr Geld eingezahlt hatte. Als sie nachschaute, waren es wirklich ihre Verwandten, die wie versprochen ihrer Nichte ihr Urlaubsgeld überwiesen hatten.

Als kleines Dankeschön schickte Sia ihnen Fotos vom Hühnerstall, vom renovierten Dachstuhl und dem Stall mit den Kühen.

Sie bekam sentimentale Nachrichten, wo ihr auch die Tränen kamen. Besonders freute sie sich über die Nachricht, dass ihre Oma und ihr Opa ziemlich stolz auf sie gewesen wären.

Sia wollte ihr Versteck auf Ylvies Hof verlassen, da bemerkte sie sie draußen bei ihrer Landmaschine. Auch Ylvie entdeckte den Eindringling und schaute bitterböse.

Davon ließ sich Sia nicht mehr verunsichern. Genervt streckte sie ihr die Zunge raus. Bevor Ylvie mit ihr schimpfen konnte, verließ sie den Hof und kletterte durch die Zaunlatten. Sie warf ihr noch einen letzten bösen Blick zu, schnappte sich die alte Schubkarre und beeilte sich in den Stall zu den Kühen.

Ylvie atmete tief ein. »Junge«, flüsterte sie mit Herzklopfen und sah Sia nach, obwohl sie nicht mehr zu sehen war.

Kapitel 38

Es war wärmer als die Tage zuvor. Die Sonne schien, die Obstbäume standen in voller Blüte und wurden von fleißigen Bienenarbeiterinnen besucht. Dicke Hummeln flogen quer über den Hof zu ihren Verstecken. Sia musste lachen. Sie wusste nicht, ob die Hummeln zu viel Ballast mit sich trugen oder einfach nur einen vom vielen Nektar sitzen hatten.

Der Frühling war längst da und die grauen Tage endlich vorbei.

Sia hatte das Futter verteilt, die Kühe gemolken und wollte jetzt den Kuhstall ausmisten. Als sie mit der beladenen Schubkarre auf dem Weg nach draußen war, entwischte ihr eins der Hühner durchs Stalltor.

Sie ließ alles stehen und liegen, um dem Huhn hinterherzulaufen. Die Zimmermänner versuchten, das Tier für Sia einzufangen, scheiterten aber kläglich. Bis das Huhn dann unter den alten Koppelzaun auf das benachbarte Grundstück entwischte.

Amüsiert gingen die Männer an ihre Arbeit zurück und überließen Sia die Jagd nach der Legehenne. Wirklich wütend konnte sie nicht sein. Die Hühner sahen alle viel besser aus. Sie wirkten nicht mehr mager, das Federkleid glänzte und war an den kahlen Stellen nachgewachsen.

»War ja klar«, murrte Sia, als die Henne aufgebracht in Richtung Bungalow flatterte. »Du weißt wohl genau, wo das gute Zeug liegt.« Damit meinte sie das Tierfutter in Ylvies Lager. Sia beeilte sich. Sie wollte das doofe Huhn schnappen, bevor jemand sie sah.

Sie lief dem Tier zu, das verräterisch laut gackerte. Mit einem gefühlten Hechtsprung schnappte sie das flatternde Federvieh an den Krallen. Trotz ihres Unbehagens musste Sia lachen und schaffte es, das Huhn am Körper zu fassen, sodass es nicht mehr aufgeregt mit den Flügeln schlagen konnte.

Als Sia aufblickte, sah sie erst schicke hohe Schuhe. Ihr Blick ging zögerlich die langen Beine entlang, die mit einer dunkelblauen, seidenen Schlaghose bekleidet waren. Der Stoff wirkte edel. Sias Augen wanderte höher zu einem tiefen, sehr tiefen V-Ausschnitt.

Ihr blieb der Mund offen, als sie Ylvie aufgetakelt in einem schicken Jumpsuit entdeckte. Das Kleidungsstück war ärmellos und es noch zu kalt, sodass Ylvie im gleichen Material ein Jackett trug. Sie hatte goldene kleine Stecker in den Ohren und ein schmales, filigranes Kettchen um den Hals. Ihr schwarzes Haar glänzte wie die Mähne eines dressierten Pferdes, ihre dezent geschminkten Augen funkelten amüsiert. Sie sah aus, wie ein Fernsehstar.

Das Tier in Sias Händen gluckste und holte sie zurück in diese Sphäre.

»Sehe ich so gut aus?«, fragte Ylvie belustigt, weil Sia sie sprachlos anstarrte. Erst einen Augenblick später schaltete ihr Hirn.

»Ja«, hauchte sie. »Ja«, wiederholte Sia und schluckte. »Sehr sogar.«

Ylvies Gesichtszüge änderten sich, plötzlich wirkte sie nicht mehr überheblich, sondern verlegen, was ihr Gegenüber zum Grinsen brachte. Sie hatte anscheinend nicht damit gerechnet, dass Sia ehrlich antworten würde.

Doch als die Fremde durch die schwere Tür auftauchte, verging Sia das Lachen. Fast wäre ihr das Huhn aus den Händen geflattert.

Ylvies Freundin trug ein hellblaues Kleid, das ihr knapp über die Knie ging. An den Ärmeln und am Saum ihres Rockes war es mit Spitze versehen.

Auf den ersten Blick sahen sie aus wie ein Paar. Ylvie scharf und dominant und ihre Freundin zuckersüß und edel.

Sia trat zurück. Als Ylvies Vater den Bungalow verließ, fand sie ihr Lächeln wieder.

»Ihr seht alle sehr schick aus«, sagte sie, während sie in Bauernkluft und einem Hühnchen unterm Arm vor ihnen stand.

»Heute wird Hochzeit gefeiert«, meinte Ludwig. »Wir wollten zum Standesamt. Das halbe Dorf ist eingeladen.« Er lachte.

»Ich wünsche euch viel Spaß«, sagte Sia, ehe ihr die Luft knapp wurde. Sie vermied es, Ylvie noch einmal anzusehen, und zwang sich dazu, nicht allzu auffällig den Hof zu verlassen.

Obwohl sie die Blicke der anderen spürte, traute sie sich nicht, sich nach ihnen umzusehen. Sie würde es nicht schaffen, falsch zu lächeln. Ihr war so ungemein schwer, gefühlt mit letzter Kraft kletterte sie zwischen die Zaunlatten und brachte das Huhn in den Stall zurück. Sie schloss das Tor, ging einige Schritte, ließ das Tier los und fing an zu weinen.

Es kam ganz unvermittelt. Weil sie schäbig aussah, weil Ylvie und sie standesamtlich geheiratet hatten, aber es ihr nicht wichtig genug war, sich dafür vorzubereiten. Dazu stimmte das Gerücht, dass der Hof ihrer Tante keinen guten Ruf mehr hatte. Früher wurden sie zu jedem Fest mit eingeladen, selbst wenn man die

Leute nur vom Sehen kannte. Niemand hatte sie gefragt, ob sie mitkommen wollte.

Sia schleppte sich unter Tränen den Gang entlang zum Heu und heulte, bis eine der Kühe sich zu ihr legte und sie muhend anstupste. Sia streichelte die weiche Schnauze. »Mir geht es gleich besser«, hickste sie. Aber es wurde nicht besser.

Nach einer Weile dröhnte Sia der Kopf. Sie wischte ihren Schnodder an ihrem T-Shirt ab, weil sie kein Taschentuch zur Verfügung hatte und nicht mit verquollenen Augen zu den Männern nach draußen wollte. Vermutlich würden sie glauben, dass Sia alles zu viel geworden war, dabei war es das ja auch.

Das Huhn von eben tauchte wieder auf. Sia warf ihm einen bitterbösen Blick zu. Doch sie bemerkte, dass mit dem Tier etwas nicht stimmte. Als es dann auch noch vom Hahn bedrängt wurde, flatterte es gegen die verschlossene Tür.

Sia stand auf und schubste den Hahn beiseite, da entdeckte sie, dass die Henne auf dem Rücken verletzt war. Sie blutete zwar nicht, doch die Wunde sah unter dem Federkleid entzündet aus.

Vermutlich war es der Hahn gewesen und das Huhn wollte deswegen abhauen.

Ohne groß zu überlegen, holte Sia ihr Handy hervor und rief den Tierarzt an.

Jürgen meldete sich gleich und erkannte Sia an ihrer Stimme. »Ich bin in der Nähe, habe eben einer Kuh beim Kalben geholfen«, erklärte er.

Keine zwanzig Minuten später fuhr Jürgen auf den Hof, begrüßte die Männer und kam zu Sia in den Stall, wo ihn gleich der Gockel angriff.

Peinlich berührt war Sia drum bemüht, das wilde Federvieh vom Tierarzt fernzuhalten, indem sie den Besen zur Hand nahm. »Das tut mir so leid. Seit er wieder gesund ist, ist er kaum auszuhalten. Mit mir macht er das auch ständig«, quietschte Sia und brachte sich in Sicherheit, als ihr das aufgedrehte Tier um die Ohren schlug.

Jürgen lachte, ein beherzter Griff und er hatte den Hahn am Hals. Der bunte Gockel zappelte und krächzte, als würde man ihm die Gurgel umdrehen.

»Oh Gott«, gab Sia erschrocken von sich. Ehe sie Jürgen daran hindern konnte, das Tier umzubringen, wurde der Hahn ruhiger.

»Manchmal muss man dem anderen zeigen, dass man stärker ist.« Schließlich ließ er den Hahn frei, der ein wenig taumelte und sich in Sicherheit brachte.

»Er ist zu einer gefährlichen Nervensäge geworden. Hoffentlich war ihm das eine Lehre.« Als Sia das Huhn mit der Verletzung entdeckte, schnappte sie nach ihm.

Jürgen begutachtete die Wunde am Rücken und nickte. »Das passiert meist, wenn der Hahn sie besteigt, weil die Krallen zu lang sind.« Er strich die weichen, braunen Federn auseinander. »Ich reinige die Wunde, dann kommt da ein Spray drauf, das wie ein Pflaster wirkt. So kann es sich nicht mehr entzünden.«

Sia hielt das Huhn so fest, dass Jürgen ohne Probleme an die Verletzung kam.

»Das machst du gut«, lobte er. »Wenn du deine Arbeit in der Stadt aufgeben solltest, wäre ich jederzeit bereit, dich einzustellen.«

Sia kicherte, das Kompliment schmeichelte ihr.

Jürgen schaute sie an, er hatte längst bemerkt, dass sie geweint hatte.

»Sonst geht es dir gut?«, fragte er, als er das Desinfektionsmittel zurück in seinen Koffer packte.

Sias Lächeln verstummte, sie nickte und versuchte, nicht erneut in Tränen auszubrechen. »Es ist nicht einfach und heute war es dann doch zu viel«, gestand sie leise.

»Kann ich gut verstehen«, meinte Jürgen, während er das silberne Spraypflaster draufgab. »Aber die Kühe sehen viel besser aus. Das Futter ist wirklich gut.«

Es war wie ein Stich. Durch die Anmerkung erinnerte sich Sia gleich an Ylvie in ihrem schicken Aufzug, die perfekt zu ihrer Freundin passte.

Als das Huhn verarztet war, setzte es Sia ab und das Tier flatterte aufgebracht davon, gluckste nörgelig, als würde sie den anderen erzählen, was passiert war.

Jürgen sammelte seine Sachen ein und gab Sia zwei Plastikfläschchen. »Das nächste Mal verarztest du die Tiere bei den kleinen Wunden selber. So viel traue ich dir zu«, meinte er. »Diesmal schicke ich die Rechnung«, scherzte er dann und brachte Sia wieder zum Lächeln.

Sie begleitete ihn den Stall hinaus. »Bist du auch auf dem Weg zur Hochzeit?«, fragte sie.

Jürgen verzog ein wenig das Gesicht. »Um ehrlich zu sein, habe ich mich gedrückt und zum Glück hatte ich dann eine Geburt.« Sia lachte und Jürgen sah sie einen Moment länger an. »Aber ich wollte auf ein Feierabendbier, das habe ich mir nach so einem stressigen Tag verdient.« Er zögerte den Abschied heraus. »Magst du vielleicht mitkommen?«, fragte er schließlich.

Sia strich sich verlegen eine Strähne hinters Ohr, welche sich aus ihrem Dutt gelöst hatte. Sie sah an sich herab.

»Ich komme gerade auch aus einem Kuhstall«, meinte Jürgen und zuckte mit den Schultern.

Sia schmunzelte und fühlte sich gleich wohler in ihrer Haut.

*

Sie waren in der Kneipe, wo Sia schon mit Holger gewesen war und mit Ylvie zum Mittagstisch. Während jeder sein Bier hatte, unterhielten sie sich über Kühe.

»Wie lange gibt denn eine Kuh Milch?«, fragte Sia. Früher hatte sie einiges gewusst, aber mit der Zeit alles vergessen.

»Ungefähr zwei Jahre. Meist werden die Kühe alle 12 bis 15 Monate gedeckt, sprich, sie bekommen ihr Kalb, in der Zeit nimmt dann die Milchleistung ab.«

Sia nickte und nahm einen Schluck von ihrem kühlen Bier. »Ich hätte niemals gedacht, dass ich meine High Heels gegen Gummistiefel tausche«, sagte sie und brachte Jürgen damit zum Grinsen. Er war eine Frohnatur. Seine Gesellschaft tat Sia wirklich gut.

»Hast du die Zeit auf dem Hof, trotz Arbeit, genießen können?«, fragte er.

»Ich gehe seit Langem mit einem guten Gefühl ins Bett und kann die Nächte durchschlafen. Das letzte Mal habe ich als Kind so tief geschlummert«, antwortete sie.

Jürgen nickte. »Ja, mir geht es da nicht anders. Mein Vater wollte von mir, dass ich Chirurg werde, mit Menschen arbeite und nicht mit Tieren. Aber draußen ist es um einiges schöner.«

»Mit Menschen?«, fragte Sia.

»Ja.« Jürgen schüttelte den Kopf. »Ein Graus.«

Sia lachte und fand es herrlich, wie gut sie sich verstanden.

*

Es war spät abends. Nach dem Bier waren sie in der Kneipe noch zum Abendessen geblieben. Die Zeit war wie im Flug vorbeigezogen. Sia war unglaublich entspannt, als Jürgen sie gegen 22 Uhr vor der Haustür ablud.

Er schaltete den Motor ab, kletterte eilig aus dem Auto, um dann Sia die Beifahrerseite zu öffnen. Wer hatte ihr jemals die Autotür aufgemacht? Sie wurde so verlegen.

»Ich bin zwar alt, aber topfit«, scherzte Jürgen. Sia warf ihm einen mahnenden Blick zu, sie wollte nicht, dass er so über sich sprach.

Er reichte ihr daraufhin die Hand und half ihr aus dem Auto. Sias Herz klopfte schneller. Jürgen war zuvorkommend und bemühte sich. Er brachte sie sogar die paar Schritte bis zur Haustür.

»Danke für den Abend. Das habe ich heute wirklich gebraucht. Auch wenn die Tiere da sind, fühlte ich mich sehr einsam.« Sia sah Jürgen in die Augen. Er senkte den Blick und nickte. In der nächsten Sekunde, ließ sie sich von ihren Gefühlen leiten. Sia zeigte hinter sich an die Haustür. »Ich kann nicht wirklich kochen, aber einen guten Kaffee schaffe selbst ich.« Sie lächelte. »Wenn du magst … komm doch rein.«

Es war das Codewort. Sia brauchte die Gesellschaft. Dass sie sich einsam fühlte, war nicht gelogen. Sie wollte jemanden bei sich haben, selbst wenn es ohne Gefühle war. Sie empfand Jürgen gegenüber Zuneigung. Für eine Nacht würde es reichen.

An Dario dachte sie nur kurz. Seit seinem Spontanbesuch hatte er sich nicht mehr bei ihr gemeldet. Vermutlich wollte er sie mit seinem Schweigen dafür bestrafen, dass sie das letzte Mal so patzig zu ihm gewesen war. Es fehlte nur noch ein Gespräch, ein Telefonat oder eine SMS, dass die Beziehung eigentlich beendet war.

Eine Zukunft mit dem Tierarzt?

Jürgen kam einen Schritt die Treppe hoch. Er grinste dieses typische Grinsen eines Mannes, der sich freute, aber auf eine respektvolle Art, die Sia in ihrem Handeln ein Stück mehr bestätigte.

Ein wenig ungeduldig schloss sie die Tür auf, knipste das Licht an und ging direkt in die Küche, um den Kaffee aufzusetzen.

»Wenn du magst, setz dich ins Wohnzimmer. Am Abend ist es dort wärmer. Ich glaube, in der Küche muss das Fenster erneuert werden.«

Jürgen sah sich um, wie jemand, der schon einmal hier gewesen war und nur sehen wollte, ob sich etwas verändert hatte. »Ein altes Haus, aber es hat seinen Charme«, meinte er und nahm Platz.

Sia kam hinüber und verschränkte die Arme unter der Brust. Sie lächelte verlegen, weil der Arzt sie so liebevoll ansah, dass es ihr im

Bauch kribbelte. Sie klemmte eine Strähne hinters Ohr und wollte sich zu ihm setzen, bis der Kaffee durch war. Wenn sie überhaupt dazu kommen würden, ihn zu trinken.

Ganz unerwartet klopfte es an der Tür. Sia schaute verwundert hinter sich. Bis auf das Licht im Haus war es draußen stockdunkel. Alleine hätte sie vermutlich niemals die Tür um diese Zeit geöffnet, aber Jürgen gab ihr Sicherheit.

Vielleicht war es einer der Zimmermänner. Aber was konnte nicht bis morgen warten?

Sia hatte mit allem gerechnet, aber nicht mit Ylvie. Sie lächelte nicht wirklich, aber sie verzog die Lippen so weit, dass es eins andeutete.

»Hey«, sagte sie erschöpft, als wäre sie den ganzen Abend auf der Tanzfläche gewesen. In ihrer Hand hielt sie einen Pappteller, der mit einem zweiten abgedeckt war.

»Ich habe Licht gesehen …«, meinte sie und stockte, als sie den Tierarzt auf dem Sofa entdeckte.

Ihre Mimik verfinsterte sich um einiges. Ungebeten kam Ylvie herein und stellte den zugedeckten Pappteller auf der Kommode neben dem Eingang ab.

»Jürgen?«, raunte sie. »Ist ein bisschen spät, findest du nicht?« Sie stierte ihn wütend an. Er öffnete den Mund, doch Ylvie fiel ihm ins Wort. »Ist deine Tochter um diese Zeit alleine zu Hause?«

Jürgen schloss den Mund und stand auf. »Entschuldige Sia, ich glaube, ich gehe lieber«, haspelte er und verschwand durch die Tür. Er schaute ihr nicht einmal mehr in die Augen. Der Umstand mit seiner Tochter hatte ihn anscheinend in Verlegenheit gebracht. Sia war gar nicht in den Sinn gekommen zu fragen, ob er Kinder hatte. Für sie war es kein K.-o.-Kriterium, aber sie hätte ihn nicht so spät noch zu einem Kaffee eingeladen.

Überfordert sah sie Jürgen nach, wie er vom Hof fuhr.

»Was sollte das denn?«, fauchte sie. »Hast du denn nicht gesehen, dass draußen sein Wagen steht?!« Sia war außer sich.

»Es ist stockdunkel«, knurrte Ylvie und wollte gehen. »Ich merke schon, du testest dich einmal durchs Dorf.«

Sia ergriff sie forsch am Arm. Sie wollte sich das nicht gefallen lassen. »Das geht dich wohl gar nichts an! Was suchst du überhaupt um die Zeit hier?«

»Ich wollte dir Kuchen bringen«, knurrte Ylvie.

»Ich hab dich nicht darum gebeten«, zickte Sia.

Ylvie riss sich los und ging zur Tür.

»Viel Spaß mit deiner Freundin!«, rief ihr Sia schnippisch nach. »Meinen hast du mir ja verdorben.« Unverblümt gab sie preis, was sie eigentlich heute vorgehabt hatte.

Ylvie sah sich wütend zu ihr um. »Sie ist nicht meine Freundin«, zischte sie. Mit einem Mal kehrte sie zurück. Sie zog sie forsch zu sich und überrumpelte sie mit einem festen Kuss. Es war ihr warmer Mund, ihre unglaublich weichen Lippen, die Sia paralysierten, dass sie erst gar nicht reagieren konnte. Nur ein kurzes Zögern, bis sie sich fallen lassen konnte und Ylvies Kuss erwiderte. Sie suchte Trost und Ylvie gab ihn ihr. Sie küsste Sia mit einmal so innig, als würde sie Besitzansprüche geltend machen. Sie war verlangend, dass sie Sia weiter in die Küche drängte und sie gegen den Tisch stieß, den sie dabei verrückten. Als Sia fast stolperte, löste sich Ylvie atemlos von ihr. Mit halb offenen Lidern und wackeligen Beinen wartete Sia darauf, dass es weiterging. Es war noch nicht genug, sie wollte mehr.

Ylvies aufgebrachter Atem schlug ihr heiß gegen die Lippen. »Schön, dass du eifersüchtig bist«, flüsterte sie scharf.

Geschockt riss Sia die Augen auf. »Ich, ich … Ich bin nicht eifersüchtig!«, stammelte sie.

»Das sehe ich«, redete Ylvie von oben herab, obwohl sie selbst noch atemlos war und ihr Blick auf den geröteten Lippen von Sia lagen. »Ich gehe lieber, bevor du komplett die Beherrschung verlierst.«

»Was?! Wer hat denn hier wen geküsst?!«

Mit einem unzufriedenen Blick gab Ylvie sie frei und warf die Haustür hinter sich zu.

Sia war außer sich vor Wut, vor Lust. Ihr Herz raste. Sie wollte Zuneigung, jetzt hatte sie welche bekommen und es war nicht genug.

Verlegen richtete sie ihre Kleidung. Der Kuss von eben bereitete ihr eine Gänsehaut. Sie hatten sich wieder geküsst, diesmal hatte Ylvie sie aus Wut geküsst. Warum?

Sias Blick ging zu den Papptellern auf der Kommode. Ihr Herz schlug langsamer, obwohl sie noch so aufgeregt war. Sie nahm das Mitbringsel von Ylvie und lächelte ein wenig. Der Kaffee war durch. Mit weichen Knien schenkte sich Sia ein und setzte sich mit dem Hochzeitskuchen vor den Fernseher.

Ein Kuss, den sie noch immer spürte, und ein Stück Kuchen. Es war wie in einer der vielen Erinnerungen, die Sia vergessen hatte.

Als Kinder hatten sie sich zu Feierlichkeiten mit aufgerüschten Kleidern und Kuchenstücken unter den Tischen versteckt und heimlich wie Braut und Bräutigam das Küssen geübt.

Wie süß Ylvie damals geschmeckt hatte. Die Sommer mit ihr waren die schönsten in Sias Leben gewesen. Es war plötzlich gar nicht mehr so schlimm, mit ihr auf einem Stück Papier verheiratet zu sein.

Kapitel 39

Sia wachte auf, ehe der Hahn krähte oder ihr Wecker klingelte. Sie lag in ihrem Bett, bewegte sich nicht und erinnerte sich gleich an den Kuss von gestern Nacht.

Verlegen biss sie sich auf die Unterlippe und spürte, wie sich ihren Wangen röteten.

Früher waren Ylvie und sie unzertrennlich gewesen. Sias Mutter war genervt, Ylvie hier, Ylvie da. Gefühlt verkaufte der Schreibwarenhandel in ihrem Ort, sein ganzes Schreibpapier an Sia, weil sie Ylvie immerzu schreiben musste. Sie schrieb ihr alles, von den Problemen ihrer Mathehausaufgaben, bis hin, wie sehr sie Ylvie vermisste. Damals waren ihr solche Dinge leichtgefallen.

Mindestens jede zweite Woche schickte Sia von ihrem Taschengeld Ylvie einen Brief und Ylvie schickte ihr welche. Ylvie war so unglaublich schön, so ruhig und wusste so viel, dass sie Sia immer wieder ins Staunen versetzen konnte.

Einmal, da hatte sie eine Libelle gerettet, indem sie sie in Salz gelegt hatte, und sie war wie von Geisterhand wieder auferstanden.

Alles machte mit Ylvie mehr Spaß, ohne ihr Lachen fehlte etwas. Mit anderen verabredete sie sich kaum. Die Schönste im ganzen Dorf. Die Schönste, die Sia heimlich küsste, sie heimlich berührte, weil sie es mochte, weil sie für die Jungs üben wollten, aber sie niemals wirklich Jungs küssten.

Das hatte zumindest Sia geglaubt, bis Ylvie Patrick geküsst hatte. Dieser Moment hatte alles in ihrem Leben verändert. Sia war doch nur ein paarmal mit Anika ausreiten gewesen, sie hatte neue Pferde im Stall und Fohlen. Ihre damalige beste Freundin war plötzlich wie ausgewechselt und stritt sich ständig mit ihr. Dabei war Sia so verliebt in sie gewesen.

Wie konnte jemand einem nur so wehtun? Sie war Ylvie gleichgültig gewesen. Wenn ihre Küsse Ylvie nichts bedeuteten, wie hätten sie dann jemand anderen etwas bedeuten können?

Seitdem buhlte Sia um Liebe und war mit dem noch so kleinsten Stück Zuneigung zufrieden.

Mit einem Ruck richtete sich Sia auf, weil sie es nicht mehr mit ihren Gedanken aushielt. Sie schniefte die Tränen runter, die sie nicht weinen wollte, und zog sich an. Sie war mit Ylvie auf einem Stück Papier verheiratet. Ylvie, die der Umstand nicht gestört hatte, dass ihre Hochzeit ohne Emotionen war.

Aber was waren dann der Kuss von gestern Nacht und der Kuss, als Sia so getan hatte, als würde sie schlafen?

»Vermutlich Reviermarkierung«, schnauzte sie. »Ich sollte das tun, was Verena mir geraten hat, und die Situation eiskalt ausnutzen!«

Sia wollte die Felder, die ums Haus lagen. Für Erdbeeren, Kürbisse und Blumen. Online hatte sie gelesen, wie Biobauern jedes Jahr zur Kürbisernte die Stadtbewohner oder Bewohner im näheren Umfeld zum Selberpflücken auf ihren Hof einluden und sie in Scharen kamen. Die Blumen waren für die Bienen, die wegen der Pestizide starben. Die Felder sollten nicht mit Schadstoffen belastet werden. Je natürlicher der Kürbis wuchs umso besser. Vielleicht könnte Sia so auch Milch verkaufen und ihre Eier.

Es kribbelte ihr in den Fingern. Sobald sie ihre morgendlichen Arbeiten erledigt hatte, musste sie rüber.

*

Es war noch keine neun Uhr. Sia war mit den Kühen fertig, als sie Ylvie und ihre komische Nicht-Freundin entdeckte, wie sie sich vor dem Traktor unterhielten.

»Muss die blöde Kuh überall dabei sein?«, murrte Sia. Sie legte ihre Jacke über den Zaun, weil es ihr zu warm geworden war, und ließ die beiden nicht aus den Augen.

Da Ylvie nicht hersah, glaubte Sia, sie hätte sie nicht bemerkt. Sobald sich die Möglichkeit ergab, wollte sie mit ihr alleine reden. Was sie genau sagen würde, wusste Sia noch nicht, aber es würde sich schon ergeben. Wütend genug war sie.

Ylvie bemerkte sehr wohl, dass sie von Sia beobachtet wurde.

»Tessa? Kann ich dich um einen Gefallen bitten?«, fragte sie. Ihre Freundin schaute zu ihr auf.

»Kannst du mich küssen?«

»Was?«, gab Tessa verwirrt von sich, obwohl sie sie ziemlich gut verstanden hatte.

»Küssen?«, wiederholte Ylvie.

Ihre Freundin bemerkte, wie angespannt sie war. Es war ein Gefühl, als sie auf den Hof nebenan sah und Sia mürrisch am Zaun entdeckte. Tessa lächelte süffisant.

»Du schuldest mir danach einen weiteren Gefallen. Sie wird mir die Augen auskratzen.«

Ylvie grinste. »Ich denke, ich werde sie schon davon abhalten können.«

Sias Herz schlug aus, als sie mitbekam, wie sich Ylvie vorbeugte und sich ihre Freundin ihr entgegenstreckte. Es fühlte sich an, als würde ihr die Welt entgleiten. Sia konnte nicht verhindern, dass die beiden sich küssten.

»Hey!«, rief sie außer sich. Ihr Puls schoss hoch, fahrig kletterte sie durch den Zaun und lief zu ihnen hin. Sie schubste Ylvie von der Fremden weg.

»Du kannst sie nicht küssen«, japste sie entsetzt. »Sie ist meine Frau!« Sia wurde laut, weil sie sich nicht zu helfen wusste. Dieses unglaublich schreckliche Gefühl schnürte ihr die Kehle zu.

»Was?«, fragte Tessa.

»Ich habe sie standesamtlich geheiratet.« Sia rang nach Atem. »Du kannst sie nicht küssen.« Das schreckliche Gefühl lag ihr wie ein tonnenschwerer Fels auf der Brust. Als hätte sich eine Kuh mit ihrem eckigen Hintern auf sie gesetzt.

Ylvie zog Sia von Tessa fort. »Als heterosexuelle Frau ist es nicht gerade angebracht, eifersüchtig auf zwei Frauen zu sein.«

Sia kamen die Tränen, es quoll einfach aus ihr heraus. »Halt den Mund!«, schimpfte sie überfordert und riss sich los. »Ich habe dich geliebt und alles, was du tust, ist, mir nur wehzutun!«

Ylvie weitete die Augen. Wie erstarrt musste sie zusehen, wie Sia in Tränen ausbrach. »Sag, sag das noch einmal«, stammelte Ylvie. Sie wollte Sia greifen, doch sie schlug ihre Hand fort.

»Fass mich nicht an!«, rief sie und erstickte fast an ihren Tränen.

»Sia!« Ylvie wurde laut, schon fast panisch zerrte sie sie zu sich.

»Was ist hier los?!« Jetzt war es Ludwig, dessen Stimme über den Hof hallte. Sie erblickten sein zorniges Gesicht und konnten nur erahnen, was er alles aufgeschnappt hatte.

»Ihr beide sofort in die Küche!«, rief er mit hochrotem Kopf.

Ylvie und Sia saßen nebeneinander auf der Küchenbank, während Ylvies Vater ihnen gegenüber auf einem der Stühle saß. Er hatte die Hände gefaltet und auf den Tisch gelegt. Ylvie lehnte an der Bank und hielt ihren Blick gesenkt. Sia hatte den Kopf weggedreht. Sie schniefte und wischte sich die Wuttränen von den Wangen.

Ylvie hatte ihrem Vater erzählt, was passiert war. Er dachte nach, vermutlich darüber, was für zwei Idioten sie waren.

Er öffnete die Hände und schloss sie wieder. Ludwig sah hilflos zu Sia und wusste wohl auch nicht, was er sagen sollte.

»Was passiert ist, tut mir leid.« Er sah zu seiner Tochter. »Ich bin von dir enttäuscht. Ich hätte nicht gedacht, dass du zu so etwas fähig bist.«

Kurz war betretene Stille. »Ihr solltet die Ehe so schnell wie möglich annullieren lassen.«

Mit einem Mal sprang Sia auf, sie wollte das nicht hören. Wo sie doch einen Plan hatte, würde sie sich nicht scheiden lassen. Ylvie gehörte ihr und niemand anderem!

Gereizt donnerte sie die Hand auf den Tisch und schaute Ylvie direkt in die Augen. »Ich will die Felder um den Hof herum! Ich will, dass du da Erdbeeren säst und Kürbis. Ich will eine Blumenwiese für die Bienen! Alles ohne chemische Pestizide! Ich bin deine Frau, also tust du das, was ich dir sage, und kümmerst dich um mich!«

Sia verließ die Küche und stieß unsanft gegen Tessa, die sie aus dem Flur heraus belauscht hatte.

Hastig wischte sie sich eine Träne unter dem Kinn fort und bäumte sich ihr gegenüber auf, obwohl sie kleiner war als Tessa.

»Du lässt die Finger von ihr«, zischte sie. Sia hatte das Gefühl, vor Wut zu platzen. »Sonst verspreche ich dir, ich verfütter dich an meine Kühe.«

Sia wartete gar nicht darauf, was Tessa zu sagen hatte, und stürmte den Gang hinunter zur schweren Tür, die sie mit voller Kraft aufschlug.

Tessa kam mit erhobenen Brauen in die Küche. »Wow, die hat Feuer.«

»Sie hat mich ihre Frau genannt«, gab Ylvie wie in Trance wieder und konnte es nicht glauben. Sie sprang von der Küchenbank auf und lief Sia nach.

»Ylvie!«, rief ihr Vater ihr mahnend nach, aber da war sie schon draußen und fing Sia ab.

»Warte, lass uns reden«, bat Ylvie.

»Auf einmal?!« Sia riss sich frei und ging stur weiter.

Ylvie ließ sie nicht. »Bitte. Bitte Sia, lass uns reden.«

Nur kurz kochten die Worte Sia weich. »Nein!«, erwiderte sie dann. Es war einfach zu viel.

Sia kletterte durch den Zaun und zeigte auf Ylvie. »Wenn sie es wagt, rüber zu kommen, zimmert sie an die Wand!«, rief sie den Arbeitern zu.

Die beiden Männer richteten sich auf und Ylvie blieb zurück, das fand sie wohl sicherer.

Kapitel 40

Am Nachmittag war es noch hell. Mit jedem Tag blieb die Sonne länger und tauchte alles in eine warme Röte, obwohl es mit zwölf Grad noch recht frisch war.

Sia war aufgebracht, sie wusste nicht, ob sie weinen, schreien oder etwas kaputt machen sollte. Da sie nicht mehr weinen wollte und das andere zu viel unnötige Energie kostete, steckte sie ihre Kraft in die Arbeit, worüber sich wenigstens die Kühe freuten.

Was war nur in sie gefahren, warum war sie dazwischengegangen, als Ylvie jemand anderen geküsst hatte? Es tat so unglaublich weh. Die Wut vernebelte ihre Gedanken. Erst Sia küssen und dann diese Tessa? Sia kamen die Tränen, die sie hinunterschluckte. Sie hatte sich nicht mehr unter Kontrolle.

Aber dafür hatte sie keine Zeit, weil der Milchtankwagen vom örtlichen Molkereibetrieb vorbeikam. Er fuhr die Auffahrt rückwärts hoch. Heute war der Fahrer später. Jeder normale Mensch hatte um diese Uhrzeit schon längst Feierabend und saß mit seinem platten Hintern auf dem Sofa.

Der Fahrer zapfte die Milch an, um eine kleine Kostprobe zu nehmen. »Bin begeistert. Wie früher, wenn nicht sogar besser. Zuvor hat es kaum nach etwas geschmeckt«, erklärte er.

Sia war glücklich über das Kompliment. »Das kommt vom Futter«, meinte sie und als sie wieder an Ylvie denken musste, stach es diesmal so sehr in der Brust, dass sie ihre Hand darauflegen musste. Warum war sie nur so empfindlich?

Als der Fahrer weg war, brachte Sia den beiden Zimmermännern frische Milch. Sie waren noch da, weil sie die letzten Sonnenstrahlen für ein paar Arbeiten ausnutzen wollten und tranken die Milch voller Genuss.

Eigentlich wäre Sia zufrieden, wenn sie nicht gleich wieder an Ylvie gedacht hätte. Ob sie ihr welche bringen sollte? Sie hatte doch das Futter besorgt und früher hatte sie auch so gerne Frischmilch getrunken. Am besten schmeckte sie eisgekühlt.

Als hätte Sia sie mit ihren Gedanken heraufbeschworen, hörte sie einen Traktor aus der Ferne. Mittlerweile wusste sie, wie die Landmaschine von Ylvie klang.

Sia wartete bei den Zimmermännern, die mit der Milch eine kleine Pause einlegten.

Ylvie drosselte das Tempo ihres Kraftfahrzeuges, schon ehe sie am Bergmanns-Hof ankam. Als wollte sie nachschauen, ob Sia auf dem Hof war.

Der Gedanke bereitete ihr Herzklopfen und dann wirklich, Ylvie hielt Ausschau nach ihr, ihre Blicke trafen sich. Sie fuhr langsamer, dafür schlug Sias Herz schneller. Sie sollte wütend sein, sie sollte die alte Flinte ihres Opas herauskramen und Ylvie vor die Nase halten.

Ylvie drehte sich nach ihr um, kaum war sie in Richtung ihres Hofs, fuhr sie den Rest der Strecke schneller, um ihre Landmaschine parken zu können. Sie stieg aus und wollte zu Sia.

»Nein!«, rief sie und brachte Ylvie wie einen gehorsamen Hund zum Stehen.

Die Zimmermänner hoben erstaunt die Köpfe und dachten im ersten Moment, sie wären gemeint, aber merkten schnell, dass es sich hier um Ylvie handelte. Sie schmunzelten über das streitende Paar.

Die Reaktion der beiden brachte Sia in solche Verlegenheit, dass sie sich auf den Weg nach Hause machte. Hastig sprang sie die paar Stufen ins Haus und warf die Tür hinter sich zu. Mit rasendem Herzen entfernte sie sich vom Eingang, doch ihre Augen blieben am Fenster neben der Tür. Ylvie kam rüber zum Zaun. Ihr Blick war auf die Haustür gerichtet. Sia konnte von Glück sprechen, dass sie sie nicht durch die Gardinen sehen konnte.

»Lass gut sein, Ylvie, weißt doch, wie es mit den Frauen ist«, sagte der ältere Zimmermann.

Sie kannten sie. Wer kannte Ylvie nicht?!

»Was macht ihr denn, wenn eure Frauen wütend auf euch sind?« Sie legte lässig die Arme auf den Zaun und sah den Männern zu.

Was soll das denn bitte heißen?! Sia verkrampfte.

Der jüngere der Zimmermänner zuckte mit den Schultern. »Das Übliche, sie erst in Ruhe lassen, wenns dann nicht besser wird, gibt es ihre Lieblingsschokolade und einen Kuss.«

Sein Vater lachte. »Wenn du das falsche Timing hast, pfeffert sie dir eine.« Die beiden Männer grinsten und brachten Ylvie zum Schmunzeln.

»Das hätte ich wohl verdient«, sagte sie niedergeschlagen und ging mit gesenktem Kopf.

Sia hatte bekommen, was sie wollte, nämlich ihre Ruhe. Warum war sie dann noch immer so unzufrieden?

Kapitel 41

Sia stand am nächsten Morgen mit zwei Glasflaschen Milch in den Armen vor dem Zaun. Die Landmaschine stand nicht vor dem Bungalow und Sia konnte nicht abschätzen, ob Ylvie zu Hause im Büro oder unterwegs war. Sie war noch nicht bereit, sie zu sehen, aber sie wollte Ylvie Milch bringen. Sie sollte selbst probieren, wie gut sie schmeckte und der Hof nicht mehr verloren war, weil Sia sich um alles kümmerte.

»Also, ich würde mich freuen«, sagte einer der Zimmermänner.

Sia zuckte sichtlich zusammen, ihr selbst war gar nicht bewusst gewesen, wie auffällig sie sich benommen hatte. Sie warf dem Mann einen bösen Blick zu, der sich lachend wieder an die Arbeit begab.

Der Plan sah so aus, dass sie in die Küche gehen, die Milch in den Kühlschrank stellen und wieder verschwinden würde. Schnell rein, schnell raus, wie ein Ninja.

Sia nahm ihren Mut zusammen und kletterte mit den zwei Glasflaschen zwischen die zwei Zaunstege auf das Nachbargrundstück. Ihr Gang wurde schneller, vor dem Bungalow zog sie wie immer ihre Stiefel aus. Sie ging hinein direkt in die Küche und wenn sie die Glasflaschen nicht eng an die Brust gedrückt hätte, wären sie ihr vermutlich aus der Hand geglitten.

Sie saßen gemeinsam am Tisch. Tessa und Ylvie sahen auf, als sie Sia an der Küchentür entdeckten.

Na toll, dachte Sia. War es wohl Ludwig, der unterwegs war.

Auf dem Küchentisch lagen aufgeschlagene Fachbücher und Zettel, auf die sie mit Bleistift Kästen angeordnet hatten. Sia konnte nur spekulieren, dass sie die Felder planten.

Wütend bückte sich Sia, stellte die Flaschen auf dem Boden ab und drehte den beiden Frauen den Rücken zu. Bei ihrem Glück war es doch klar, dass die heute ausgerechnet in der Küche arbeiteten. Immerhin lagen sie nicht halb nackt aufeinander.

»Hey! Sia!«, rief ihr Ylvie nach, sodass sich ihr die Nackenhaare aufstellten.

»Nein!«, gab Sia von sich und stampfte weiter.

»Warte doch«, bat sie Ylvie und lief ihr nach.

»Lass mich.« Sia war noch nicht gewillt, mit ihr zu reden.

»Dann eben so.« Ylvie fing Sia mit beiden Armen, sodass sie sich nicht mehr bewegen konnte.

»Fass mich nicht an!«, schimpfte sie.

»Lass uns reden«, meinte Ylvie. Ihre Stimme klang sanft und liebevoll. Ganz anders als in den letzten Wochen und Tagen.

»Ich will aber nicht.« Sia bemühte sich, sich aus der festen Umarmung zu befreien.

»Du kannst nicht ewig vor mir wegrennen«, sagte Ylvie und drückte Sia einen Kuss auf die Wange, dann auf den Mund. Es kam so unerwartet. Das Gefühl ihrer Lippen lähmte Sia ein weiteres Mal, sodass sie die Berührung gewollt ungewollt über sich ergehen ließ.

Als Ylvie sich dann von ihr löste, folgte Sia ihr unweigerlich. Ihr wurde klar, dass sie mehr Küsse suchte und das in aller Öffentlichkeit.

»Das ist total gemein!« Sia riss sich aus der Umarmung frei und schubste Ylvie, die tief aus ihrer Brust lachte. Ihr Lachen haute Sia wieder um, sodass sie sie einen Moment länger ansah und eingeschnappt vom Hof ging.

»Danke für die Milch!«, rief ihr Ylvie nach, woraufhin Sia sie böse anfunkelte und über den Zaun kletterte.

»Und den …«

»Wehe!«, drohte sie und bekam einen hochroten Kopf. Sie wollte nicht, dass sich Ylvie für den Kuss bedankte.

Die Zimmermänner hatten mehr als genug gesehen und grinsten.

Kapitel 42

Schon seit einigen Nächten konnte Sia nicht mehr wirklich schlafen. Auch diese Nacht hielten sie ihre Gedanken wach. Es war schwer, Ruhe zu finden, obwohl sie so müde war.

Pausenlos dachte sie an Ylvie. Als Kind hatte sie alle Erinnerungen, die nur ansatzweise mit dem Hof zu tun hatten, verdrängt. Der vergessene Groll lag ihr schwer im Magen und Ylvie küsste sie einfach.

Sia war so unglaublich dumm. Sie wünschte, alles wieder ausblenden zu können. Aber der Strom ihrer Gedanken überflutete sie. Besonders der Vergleich der Küsse von heute und damals. Früher waren sie ungeübt. Jetzt waren sie voller Sehnsucht, dass Sia sie selbst in diesem Moment schmecken konnte.

Schon wieder röteten sich ihre Wangen. Ylvie konnte ziemlich gut küssen. Genug Zeit zu üben, hatte sie ja gehabt. Vermutlich übte sie gerade mit der doofen Fremden. Die Vorstellung drehte ihr den Magen um.

»Soll sie küssen, wen sie will«, zischte Sia. Aber wie sehr sie es auch wollte, dass es ihr egal war, wurde es nur noch schlimmer. Ihr würde noch der Kopf explodieren.

Sia richtete sich auf und schaltete die alte Nachttischlampe an. Es fühlte sich an, als wäre sie aus einem unangenehmen Traum aufgewacht, dabei hätte ihr etwas Schlaf schon gutgetan. In fünf Stunden musste sie wieder raus.

Sia wurde ein wenig ruhiger und erlaubte sich diesmal, an Ylvie zu denken.

Eine Frau zu küssen, war anders. Männer küssten mit einer Art Dominanz, selbst wenn sie zärtlich sein wollten. Doch Ylvie war warm und weich, so unglaublich sanft.

Sias Wangen glühten mittlerweile, als hätte sie Fieber. Damals hatten sie mehr getan, als nur küssen. Wobei, wie echt war vorpubertäres Gefummel? Aber Ylvie selbst hatte ihr nachgerufen, dass Sia ihr erster Kuss und ihr erstes Mal gewesen war.

Es war merkwürdig, aber dass Ylvie es so sah, stimmte Sia irgendwie zufrieden.

Sia rutschte tiefer ins Bett und fühlte sich um einiges wohler. Ylvie war auch ihr erster Kuss gewesen. An den ersten Sex glaubte sie nicht, weil … ehe sie ihren Gedanken beenden konnte, klopfte es zaghaft unten an der Haustür.

Sia horchte auf. Hatte sie richtig gehört? Wer klopfte um diese Uhrzeit an die Tür? Sie bekam es mit der Angst zu tun.

Es klopfte wieder. »Sia?«, klang es dumpf von draußen.

»Ylvie?«, flüsterte sie schockiert. Was suchte sie um diese Zeit hier? Und warum war vor der Tür nicht das Licht angegangen? Hatte Sia etwa vergessen, es einzuschalten?

Sie wartete, dass Ylvie erneut klopfte, was sie aber nicht tat. Wenn sie ausharrte, ob sie dann vielleicht ging? Aber Sia gefiel der Gedanke nicht, dass Ylvie alleine im Dunkeln stand. Sie stand aus ihrem warmen Bett auf, verließ ihr Zimmer und beeilte sich die Treppe runter.

Als sie die Tür öffnete, fröstelte Sia. Ylvie stand im Schlafanzug und offener Jacke vor ihr, die Schultern bis zu den Ohren hochgezogen und schniefte.

»Was suchst du hier?«, flüsterte Sia scharf und machte ihr dennoch Platz, damit sie reinkam.

Ylvie lächelte, sie war wie ausgetauscht. Sie war weder frustriert noch wütend wie sonst. Selbst als die Tür zu war, lächelte sie, was Sia ein wenig irritierte.

Es war Nacht, es war ein Reflex, als sie wieder nach oben, zurück in ihr warmes Bett wollte. Erst als sie auf der Mitte der alten Treppe stand, verstand sie, wie unangemessen das eigentlich war. Aber das mit Ylvie fühlte sich so vertraut an, als würde ihr Leben an dem vor 16 Jahren anknüpfen. Mehr als ihr halbes Leben hatten sie voneinander verpasst. Wirklich? Waren es schon 16 Jahre?

Ylvie zog ihre Jacke aus und warf sie aufs Sofa. Sia wusste nicht genau, was sie dachte, aber ihr musste es anscheinend nicht ganz anders ergehen, als sie ihr nach oben folgte und kurz darauf wartete, dass sie weiterging. Schließlich kannte sie jede Nische in diesem Haus, sie übersprang sogar die zweite Stufe, die lauter quietschte als die anderen.

»Ich konnte nicht schlafen und habe bei dir Licht gesehen«, meinte Ylvie leise. Sie sprachen beide, als wäre noch jemand anderes im Haus, dabei waren sie alleine.

Sia ging mit Herzklopfen weiter. Ihre Füße waren kalt, sie wollte ins Bett und Ylvie folgte ihr. Erst schlüpfte Sia unter die Bettdecke, dann kam ihr Ylvie nach.

»Gott bist du kalt«, bibberte Sia und verstand, dass ihr unerwarteter Gast längere Zeit draußen gestanden haben musste. Es hatte sie wohl Überwindung gekostet, anzuklopfen. So war

Ylvie schon früher gewesen, immer musste Sia die Initiative ergreifen.

Ylvie lächelte und Sia sah sie wieder so an, als wäre sie ein Gemälde, schöner als die Mona Lisa.

Sie wurde verlegen. Ylvie stieß Sia mit der Schulter und als sie das tat, beugte sie sich vor. Es passierte das, was passieren musste, wenn man sich nachts in einem kuscheligen Bett traf. Ylvie küsste Sia. Ihre Lippen waren kalt, so wie ihr ganzes Gesicht, sodass Sia ihre warmen Hände an ihre Wangen legte und Ylvie wohlig aufstöhnte. Es war ein zärtlicher Kuss, anders als heute Morgen.

Ylvie löste sich und wollte sehen, ob sie wütend war und ihr vielleicht gleich eine pfeffern würde. Aber sie schaute nur mit halb offenen Lidern auf, ihre Wangen waren gerötet, was ihr so gut stand.

Diesmal neigte sich Ylvie weiter vor und bettete Sia mit ihrem Kuss auf den Rücken. Sie umarmte sie fest und Sia legte ihre Arme um sie. Es war, als würden sich endlich ihre durch den Stress angespannten Muskeln lockern, sodass Ylvie sich streckte und erleichtert Sia gegen die Lippen seufzte, ohne vom Kuss abzulassen. Doch anstatt den Moment geschehen zu lassen und ihn zu genießen, schlug ihr Sia gegen die Schulter.

Fragend schaute Ylvie auf. Sia war unzufrieden und doch stieß sie sie nicht von sich. Das war gut. Es fühlte sich unglaublich an, in ihren Armen zu liegen, und Sia musste es wohl nicht anders gehen, wenn sie das alles zuließ.

»Warum bist du auf einmal so nett und anhänglich?«, motzte sie leise.

»Weil wir verheiratet sind«, antwortete Ylvie.

»Das waren wir die Tage zuvor auch, aber da …«

Ylvie unterbrach sie. »Da wusste ich noch nicht, dass du mich liebst.«

»Ich liebe dich n…«, erwiderte Sia und sprach zum Glück nicht weiter, es hätte Ylvie sonst verletzt.

»Zumindest hast du es«, flüsterte sie und küsste Sia noch einmal kurz und doch fest. »Das wusste ich damals nicht.«

»Wirklich nicht?«, fragte Sia. Dabei hatten sie früher so viel Zeit gemeinsam verbracht.

»Ich dachte, das damals war alles nur, um für die Jungs zu üben«, antwortete Ylvie.

Sia wurde einiges klar, auch wenn sie es nicht zugeben wollte, musste sie sich eingestehen, dass nicht nur Ylvie Fehler in der Vergangenheit gemacht hatte. Sie waren Kinder.

Sia senkte den Blick. »Wenn ich es dir gesagt hätte, hättest du Patrick dann nicht geküsst?«

»Nein, ganz sicher nicht. Ich war so eifersüchtig auf Anika, dass ich dich wütend machen wollte.«

»Das ist dir ziemlich gut gelungen«, sagte Sia matt und suchte Ylvies Blick. »Ich war nur ein paarmal mit ihr ausreiten. Du weißt gar nicht, wie sehr du mich damit verletzt hast. Ich dachte, wenn ich es dir nicht wert bin, bin ich es niemandem wert.«

Es musste die Nacht sein, die Wärme, die Ylvie ihr vermittelte, dass sie es einfach aussprach.

»Nein.« Ylvie schüttelte den Kopf. »Bitte sag das nicht.« Sie küsste Sia wieder, diesmal mit so viel Sehnsucht, dass sie sich regelrecht an Sia klammerte und ihr jeden Zweifel der Vergangenheit zu nehmen versuchte.

»Ich habe keinen einzigen Brief mehr, kein einziges Foto«, gestand Sia, sobald Ylvie sie wieder zu Wort kommen ließ.

»Ich dafür noch jeden einzelnen.« Sie kletterte Sia zwischen die Beine und küsste sie nochmals.

Sia wurde auf das Geständnis hin unglaublich warm, sie drückte Ylvie an den Schultern von sich und sah sie an. Ylvie wollte sie wieder küssen, doch Sia hielt sie auf Abstand, obwohl sie ihr bereits zwischen den Beinen lag.

»Hast du mich denn geliebt?«, fragte sie zurückhaltend.

Ylvie neigte sich mit mehr Kraft, Sia ließ sie gewähren und ließ sich wieder von ihr küssen. Ylvie stieß sie mit der Hüfte, so, wie sie es früher getan hatten. Es war nur eine einzige feste Bewegung und doch raubte es Sia den Atem. Das bittersüße Gefühl in ihrem Schoß ebbte durch ihren Körper, bis in ihre Fingerspitzen, sodass sie Halt suchte und ihn bei Ylvie fand.

»Ich habe nie damit aufgehört«, hauchte Ylvie und küsste sie um den letzten Rest Verstand.

All die verpassten Jahre, alles wegen Eifersucht, verletzter Gefühle und falschem Stolz. Wenn doch Sia nur gefragt hätte, wenn sie doch nur etwas gesagt hätte. Sie war mit so vielen Männern zusammen gewesen und niemand hatte im Ansatz so viele Gefühle in ihr wecken können, wie es Ylvie in diesem Moment tat.

Dann vereiste Sia. Sie öffnete die Augen, woraufhin Ylvie atemlos aufschaute und nicht wusste, was wieder war. Es war ungemein erregend, ihren bebenden Körper über sich zu haben, aber Sia konnte es nicht sein lassen.

»Wer ist sie?«, fragte sie und war fast genauso atemlos wie Ylvie.

Ylvie seufzte und ließ sich ausgelaugt auf die Seite fallen. Sie schloss die Augen. »Können wir ein anderes Mal darüber sprechen?«

»Seid ihr zusammen?«, fragte Sia.

»Sia«, mahnte Ylvie und schlug die Lider auf. »Weiß dein Freund, dass wir verheiratet sind?«

Ihre Bettnachbarin wurde still und schüttelte den Kopf.

Ylvie stöhnte, sie drehte sich auf den Rücken und schaute an die Decke. »Ich sollte gehen, oder?«

Sia antwortete nicht, ihr Blick ging auf Ylvies von den Küssen gerötete Lippen, sodass Sia sich selbst auf die Unterlippe biss.

Ylvie hatte zwar gesagt, dass es besser wäre zu gehen, aber ihre Augenlider schlossen sich mit der Zeit, sie blieb liegen und döste langsam ein.

Sia beobachtete ihren seichten Atem, sie waren beide erschöpft von der Arbeit. Mit Ylvie an ihrer Seite fand Sia so etwas wie Ruhe. Ohne ihren Blick von ihr zu nehmen, streckte sie sich mit langem Arm nach dem Nachtlichtschalter und knipste das Licht aus.

Es war dunkel, doch erkannte Sia Ylvie, wie sie wieder die Augen aufschlug. Sie drehte sich zu ihr und es war wie in einer Endlosschleife, als würde man einen Film sehen, den man schon 100 Mal gesehen hatte. Sia drehte sich mit dem Rücken zu Ylvie und schmiegte sich an. Ylvie war immer der große Löffel gewesen.

Es war so vertraut, wie sie ihren Arm unter Sias Kopf legte und ihre andere Hand auf ihren Bauch bettete, um Sia ein Stück näher an sich zu drücken. So eng, dass man es normal kaum aushalten würde. Aber selbst in den hitzigen Sommernächten hatten sie so innig beieinander geschlafen.

»Morgen fällt mir sicher der Arm ab«, flüsterte Ylvie, wodurch Sia leise auflachte.

Der Schlaf kam so schnell, dass Sia zuckte und glaubte zu stürzen. Ylvie zog sie noch ein Stück enger an sich. »Ich hab dich«, nuschelte sie schlaftrunken in ihr Haar.

Es war unbeschreiblich, wie wohl sich Sia fühlte.

Kapitel 43

Bevor ihr Wecker losging, wachte Sia auf. Es war der Umstand, dass sie nicht alleine im Bett war und sie genau wusste, dass nicht Dario neben ihr lag. Sondern Ylvie, ihre rechtmäßige Ehefrau.

Sia hatte geheiratet, weil sie Mist gebaut und Ylvie ihr ein ziemlich fieses Ultimatum gestellt hatte. Ylvie. Ihre erste große Liebe, die ihr so sehr wehgetan hatte, dass sich Sia dazu gezwungen hatte, sie zu vergessen. Jetzt, nach knapp 16 Jahren, lagen sie wieder nebeneinander.

Sia hätte über alles wütend werden können, aber ihr ewig währender Groll loderte nur noch mit einer kerzengroßen Flamme. Sia wollte Ylvie küssen, aber fürchtete, sie damit zu wecken und ihr dann in die Augen sehen zu müssen.

Es war so merkwürdig. Sia schämte sich, weil sie sich freute, dass sie verheiratet waren, aber es war falsch, weil sie es wegen eines falschen Vorwands getan hatten.

Zumal wussten Sias Eltern von nichts und Sia war noch offiziell mit Dario zusammen.

Wegen der Küsse mit Ylvie hatte sie kein schlechtes Gewissen, obwohl es angebracht wäre. Aber sie schob die unbequeme Wahrheit einfach beiseite. Letztendlich war es besser, Dario gehen zu lassen. Es schmerzte Sia nur, dass sie gegen ihre eigene Moral verstoßen hatte und fremdgegangen war. Sie hatte mit Ylvie keinen Sex gehabt, aber kam das, was sie getan hatten, dem nicht sehr nahe?

Mit geröteten Wangen schlich Sia aus dem Zimmer, schloss die Tür hinter sich und ging nach unten. Sie setzte Kaffee auf und deckte den Tisch. Dabei war sie ein wenig überfordert. Sollte sie für Ylvie mitdecken? Vielleicht blieb sie? Vielleicht ging sie? Vielleicht wollte Sia sie gar nicht hier haben, obwohl sie sie bei sich haben wollte? Sia stand kurz davor, durchzudrehen, als sie bemerkte, dass Ylvie hastig die Treppe runterkam. Auf halbem Weg blickten sie sich in die Augen. Etwas zu hektisch, wendete sich Sia ab und kramte nach dem Besteck. Der Kaffee war gerade durch.

Ylvie übersprang die vorletzte Stufe und kam in die Küche.

Sia legte ihr ein Brotmesser hin. »Ich … ich wusste nicht, ob du frühstücken wolltest«, sagte sie mit dünner Stimme.

Ylvie antwortete erst nicht, dann setzte sie sich zögerlich an den Esstisch. »Wenn ich bleiben darf?«, fragte sie.

Sia wurde ein bisschen panisch. Sie goss Ylvie einen frischen Kaffee ein und reichte ihn ihr mit der frischen Milch. Das sollte als Antwort reichen.

Keiner von ihnen sprach darüber, was passiert war. Es war ganz gut und vielleicht auch ein wenig zu früh am Morgen. Dennoch war Sia nervös, dass Ylvie es merkte und sie an der Hand nahm. Dabei war Sia wieder so flau im Magen, sie konnte nicht essen, nicht einmal Kaffee trinken, den sie sonst literweise schlürfte.

Ylvie schmierte dafür ein Brot, biss ab und reichte es Sia, um gleich das nächste für sich zu belegen.

Sia musste lächeln, auch wenn sie noch angespannt war.

Ylvie trank ihren Kaffee, als wäre es ganz normal, nebeneinander zu sitzen, obwohl sie gestern fast – vielleicht auch nicht. Aber was passierte denn meist nach hitzigen Kussmomenten, wenn man nicht gleich das Killerthema, eine andere Frau, erwähnte?

Ylvie beugte sich unerwartet vor. Ihre Hand wanderte an Sias Nacken und sie küsste sie auf die Wange, dann auf den Mundwinkel, sodass Sia überrascht den Kopf zu ihr drehte und den nächsten Kuss direkt auf die Lippen bekam.

»Besser?«, fragte Ylvie und meinte den ganzen Umstand. Sia nickte dankend, so etwas in der Art hatte sie gebraucht. Ihr Herz klopfte wild, aber mehr vom Kuss als durch die Nervosität. Sie wusste einfach nicht, wie sie mit der Situation umgehen sollte.

Ylvie küsste sie noch einmal, etwas länger, spaltete Sias Lippen und beließ es dabei, doch es verfehlte seine Wirkung nicht, sodass Sia das Gefühl hatte zu fliegen. Blind tastete sie nach Ylvies Hand, die noch an ihrem Hals ruhte, und hielt sich an ihr fest, weil sie fürchtete, nach dem Kuss hart aufzuprallen.

Ylvie unterbrach die Zärtlichkeit. Ihre Augen suchten die von Sia, sie wollte sehen, ob es in Ordnung war. Wodurch Sia nur wieder verlegen wurde und den Blick senkte. Es war wunderschön, zugleich zu viel auf einmal. Sia wusste noch nicht, wie sie sich fühlen sollte. Schließlich war Ylvie ziemlich gemein zu ihr gewesen.

Ylvie löste sich von ihr und nippte an ihrem Kaffee. »Die nächste Zeit ist viel zu tun«, erzählte sie und nahm ihr Frühstücksbrot zur Hand. Sia sah auf.

»Unsere Felder sind fast alle bestellt, jetzt sind die anderen Bauern dran.« Ylvie biss ab und kaute ein paarmal. »Ich habe demnächst mehr Lieferverkehr, kann sein, dass mitten in der Nacht ein Lkw auf unseren Hof fährt.«

Sie erzählte weiter. Es war, als wollte sie Sia von ihren Gedanken ablenken oder ihr vielleicht durch die Blume sagen, dass sie hiernach mehr Zeit hatte, nachzudenken.

Sie frühstückten zu Ende, auch Sia hatte es geschafft, ein paar Bissen zu essen.

Ylvie stand auf, sie zog sich ihre Jacke an und küsste Sia wieder, die sie vor der Tür verabschieden wollte. Ein kurzer Moment und doch war es ein Hoch an Gefühlen, als wäre Sia ein Heliumballon, der jederzeit abheben konnte.

Ylvie ließ vom Kuss ab und seufzte, als könnte sie ebenso nicht genug davon bekommen. Sie entdeckte die alten Rechnungen auf der Kommode, die sie Sia vor Wut entgegengeworfen hatte. Ein kurzes Zögern, dann nahm sie sie mit.

Beschämt verschränkte Sia die Arme vor der Brust und biss sich auf die Lippen. Die Rechnung für den Schaden, den ihre Kühe angerichtet hatten, das hätte sie nicht bezahlen können, aber das Futter oder das Holz. Doch der Hühnerstall hatte ihr ganzes Budget aufgebraucht und sie war so sauer auf Ylvie gewesen, dass sie es nicht eingesehen hatte, ihr auch nur einen Cent zu geben.

Ylvie steckte die Rechnungen ein. Sie sah zu Sia und Sia glaubte, sie würde wütend mit ihr werden. Doch Ylvie blieb ruhig.

»Es ist deine Sache, aber … du solltest dich vielleicht mit deinem Freund unterhalten.« Ylvie sah niedergeschlagen zu Boden. »Wobei sich deine Mutter über einen Schwiegersohn sicher mehr freuen würde.«

Es war ein Impuls, als Sia sich Ylvie entgegenstreckte, um sie wieder zu küssen. Danach konnte sie ihr nicht mehr in die Augen sehen. Dafür legte ihr Ylvie erneut die Hand in den Nacken und küsste Sia auf die Stirn. Wer hatte ihr das letzte Mal einen Stirnkuss gegeben? Es war eine einfache Geste, aber Sia fühlte sich wie im siebten Himmel.

»Das, was ich dir gestern Nacht erzählt habe, war nicht gelogen«, hauchte Ylvie und verließ das Haus.

Sia hatte plötzlich Sehnsucht, dabei spürte sie Ylvies Lippen noch auf ihrer Haut.

Ylvie platzte regelrecht vor Energie, im schnellen Gang kehrte sie auf ihren Hof zurück, wo ihr Vater schon nach ihr suchte.

»Wo warst du?«, fragte er, da reichte ihm Ylvie die alten Rechnungen aus ihrer Jackentasche, damit er sie entsorgen konnte.

Verwirrt studierte Ludwig das Papier. »Aber der Schaden war nicht höher als 2.000 Euro. Von wo kommt der Betrag von 20.000 Euro her?« Er folgte seiner Tochter in die Küche.

»Ich habe bekommen, was ich wollte, oder?«, antwortete sie und ging rüber in ihr Schlafzimmer, um sich umzuziehen.

Kapitel 44

Immer wieder sah sich Sia nach ihr um. Ylvie hatte nicht gelogen, dass sie viel zu tun haben würde. Fast stündlich kam ein Lkw, der Ware lieferte oder ausliefern sollte.

Wie einen Kirmeswagen fuhr sie ihren Gabelstapler. Sia kam es vor, als könnte sie die Wege mit verbundenen Augen fahren. Einmal hatte Ylvie einen Lkw gefahren, um Ware abzuholen, die nicht geliefert werden konnte.

Ihre Blicke suchten und fanden sich. Es war schön, schon fast mit einem berauschenden Gefühl verbunden. Sia hätte am liebsten Ylvie in den Kopf geguckt, um zu wissen, an was sie dachte. An sie? An die letzte Nacht? An die unglaublich guten Küsse? Sia wurde fast verrückt. Zum Glück hatte sie so viel auf dem Bauernhof ihrer Tante zu tun, dass es sie ablenkte.

Der Hühnerstall war endlich fertig geworden. Sia schoss Tausende Fotos und postete sie in den Familienchat. Sie alle waren hellauf begeistert, eine Nachricht nach der anderen trudelte ein.

Sia schickte auch Verena die Bilder und bedankte sich für ihre Hilfe, schließlich hatte sie ausgeholfen.

»Ohne deine Unterstützung hätte ich das alles selbst bezahlen müssen«, schrieb Sia.

Sie versteckte sich wieder an dem Fleck auf dem Hof, von wo sie Ylvie heimlich etwas vom Internet abzapfte. Gespannt wartete sie darauf, was Verena antworten würde, und las noch ein paar Kommentare ihrer Verwandten.

Plötzlich packte sie jemand und zog sie auf die Beine, sodass Sia fast das Handy aus der Hand gefallen wäre. Ylvie hob mahnend die Augenbrauen. Sie sah so ungemein müde aus.

»Woher weißt du eigentlich immer, wo ich bin?«, fragte Sia schnippisch. Woraufhin Ylvie nur grinste und Sia an Ort und Stelle küsste. Sia wollte nicht zickig sein, sie hatte das genauso gebraucht. Sie wusste gar nicht, wie lang ein Tag ohne Küsse sein konnte. Nach einem kurzen Moment löste sich Ylvie von ihren Lippen, doch hielt sie noch fest.

»Der Hühnerstall ist wirklich etwas geworden«, lobte sie, worüber sich Sia freute.

»Hast du Feierabend?«, fragte sie.

Ylvie lachte. »Nein, noch nicht. Ich muss noch an den PC.«

Dann sahen sie sich schweigend an. Sia glaubte, Ylvie würde sie wieder küssen wollen, doch nichts geschah.

Obwohl sie sich erst eben geküsst hatten, war Sia irgendwie gekränkt. Sie wollte mehr, aber schämte sich, es zu verlangen.

»Es ist kalt«, meinte Ylvie dann.

»Ja, ich sollte rein«, erwiderte Sia. Zögerlich verabschiedeten sie sich voneinander. Ylvie sah ihr nach, bis sie ins Haus verschwand.

Etwas niedergeschlagen kam sie ins Büro zurück, wo Tessa ihrer Arbeit nachging.

»Du könntest das Passwort fürs Internet ändern oder ihr sagen, dass sie sich direkt unter einer der Überwachungskameras versteckt.«

Ylvie lächelte und nahm am Schreibtisch Platz. »So macht es mir aber mehr Spaß.«

Tessa seufzte angestrengt. »Als du mich eingeladen hast, meinen Urlaub mit dir zu verbringen, habe ich es mir anders vorgestellt.«

Ylvie grinste schadenfroh und öffnete das Programm für die Buchhaltung. »Meist kommt es ganz anders.«

Kapitel 45

Von sechs bis neun kümmerte sich Sia um die Tiere. Manchmal musste sie auch früher raus, dann, wenn die Kühe nicht mehr warten wollten, wenn ihr Muhen so laut wurde, dass Sia nur noch kuschte.

Kaum hatte Sia den letzten Karren Mist aus dem Stall gebracht, fuhr ein unbekannter Wagen auf den Hof.

Eine Frau stieg aus und begrüßte Sia aufgeregt aus der Ferne. Sie eilte an ihren Kofferraum, um einen Milchkanister herauszuholen.

Sia war verwundert, bis die Frau ihr im hastigen Schritt entgegenkam und ihr die Hand reichte.

»Guten Morgen!«, gab sie eifrig von sich und schüttelte Sias Hand ein wenig zu fest, obwohl sie viel kleiner und schmaler war als sie. Ihr Haar war hellbraun und toupiert. Sie schien nicht von hier zu sein, eher wie jemand aus der Stadt.

»Mein Name ist Sibylle Müller, ich komme gerade aus Bremen. Ich bin durch Verena auf ihren Hof aufmerksam geworden und wollte selbst sehen, wie es vor Ort zugeht. Ich wollte anrufen, aber es gab keine öffentliche Telefonnummer im Internet.«

Sia war baff. »Hallo, ich bin Sia«, stellte sie sich vor.

Erst war sie unbeholfen, doch dann nahm sie die Frau mit und entschloss sich, ihr den Hof zu zeigen. Sie nahm ihr den Milchkanister ab und führte sie direkt zum neuen Hühnerstall.

Die Hühner gackerten, ein paar von ihnen flatterten wild, wodurch sich die Besucherin erschreckte.

»Das ist der neue Stall der Hühner. Er wurde gerade erst fertiggestellt, aber die Tiere fühlen sich sichtlich wohl. Sie haben mehr Fläche und können durch die Luke in den eingezäunten Bereich nach draußen, wann immer sie wollen.«

Sia sah sich um. »Das war dank der Spenden, die Verena gesammelt hat, und der finanziellen Hilfe meiner Familie und Verwandten möglich.«

Frau Müller klatschte entzückt in die Hände, als sie ein Ei fand, das eins der aufgeschreckten Hühner zurückgelassen hatte. Es war sogar noch warm, als sie es an sich nahm. »Oh Gott«, sagte sie und hielt es wie etwas Besonderes.

Sia lächelte. Sie hatte sich genauso aufgeführt, als die Hennen ihr neues Zuhause angenommen und fleißig ihre Eier gelegt hatten.

»Wenn du möchtest, sammele einige für dich ein«, sagte sie und reichte ihrem Gast einen alten Eimer.

Frau Müller bahnte sich ihren Weg vorsichtig durch den Stall. Danach brachte Sia sie zu den Kühen, die so friedlich waren, dass sie sich von der fremden Person streicheln ließen. Auch Frau Müller wirkte zufrieden.

»Ist das Biofutter und sind das jetzt Biokühe?«, fragte sie interessiert.

Sia musste es verneinen. »Leider noch nicht. Die Umstellung wird bis zu zwei Jahren dauern. Aber sie bekommen mittlerweile besseres Futter«, ergänzte Sia. Sie erinnerte sich daran, wie matt die Kühe vom vielen Kraftfutter gewesen waren.

»Meiner Tante ging es sehr schlecht, sie hat es aus eigener Kraft nicht geschafft, sich ausreichend um die Tiere zu kümmern. Seitdem ich auf dem Hof bin, sind die Klauen der Tiere geschnitten worden. Das war etwas, was sie sich nicht mehr leisten konnte.«

Frau Müller streichelte eine weitere Kuh, die genüsslich das getrocknete grüne Gras fraß. »Gibt es so eine Art Kuhpatenschaft? Dass man online beobachten kann, wie es der Kuh geht? Oder vielleicht auch die Milch bis nach Hause geliefert bekommt?« Frau Müller wollte wohl auf diese Art Sia ein wenig unter die Arme greifen. »Jede Woche ganz hierher zu kommen, wäre umständlich«, meinte sie daraufhin.

Sia überlegte. »Das neue Konzept vom Hof ist noch nicht ganz durchdacht, aber ich denke schon länger über Milchautomaten nach, die man in der Stadt in den Supermärkten aufstellen könnte.«

Frau Müller nickte. »Mein Mann und ich würden das gerne unterstützen. Uns ist es wichtig, zu wissen, woher unsere Lebensmittel kommen und wie mit den Tieren umgegangen wird. Man sieht so viele Missstände. Wir haben unseren Fleisch- und Milchkonsum eingeschränkt, aber ganz verzichten können und wollen wir nicht. Ich habe vier Kinder, die sind alle in der Schule, ich möchte ihnen gerne vermitteln, was es bedeutet, ein Tier zu essen. Sie holen sich mal schnell bei einer Fast-Food-Kette einen Burger für einen Euro und fragen sich nicht einmal, wie das überhaupt möglich ist.«

Sia zapfte für Frau Müller die Milch ab und gab ihr einen Becher zu trinken. »Man soll ja eigentlich keine Frischmilch trinken, ehe sie nicht behandelt ist, aber ich finde, sie schmeckt einzigartig. Ich habe die Euter auch ordentlich gereinigt«, versicherte Sia.

Frau Müller war begeistert und nahm gleich ein paar Schlucke mehr. »Die ist wirklich gut.« Sias unangekündigter Besuch atmete erleichtert auf. »Ehrlich gesagt bin ich hergekommen, weil ich geglaubt habe, dass es alles Geldmacherei ist, dass kein Cent ankommt und der Bauer wieder ohne nichts dasteht. Aber jetzt bin ich beruhigt.«

Sia trug ihr den vollen Kanister bis zum Auto. »Ich habe fast alle Ferien auf dem Hof verbracht. Im Sommer ist es warm genug, dass man mit den Kühen im Stall oder in der Scheune übernachten kann. Komm doch zu Ostern oder in den Sommerferien mit den Kindern zu einem verlängerten Wochenende her. Ihr müsst natürlich mit anpacken.« Sia lachte und Frau Müllers Augen leuchteten.

Sia zeigte zu den Ackerfeldern, die um die beiden Höfe herum lagen. »Meine Frau«, sagte sie und stockte gleich, doch bemühte sich, weiter zu erzählen, als wenn nichts wäre. Doch ihre Wangen röteten sich purpurrot. Sia hatte es wirklich vor jemand Fremdem ausgesprochen.

»Sie wird Erdbeeren und Kürbis säen. Auch Blumenwiesen für die Bienen sind geplant. Das werden die ersten Felder ohne chemische Pestizide werden. Auf meinen Feldern wächst das erste Biofutter für meine Kühe. Es dauert, aber es wird.«

Sia hatte es noch nicht mit Tante Evie besprochen, aber nach dem Besuch von Frau Müller würde sie sich viel mehr dafür einsetzen.

Frau Müller sah sich genauso enthusiastisch um, wie Sia es tat.

Nach einem Augenblick der Ruhe verabschiedeten sie sich, aber nicht ohne ihre Handynummern auszutauschen. Das nächste Mal würde Frau Müller mit ihrer Familie kommen und sich vorher melden.

Als sie ihre Geldbörse zückte, hinderte Sia sie. »Nein, das ist schon in Ordnung. Sieh es als Vorgeschmack.« Sia grinste, aber Frau Müller ließ es sich nicht nehmen, ihr einen 50-Euro-Schein in die Hand zu drücken.

Sia war überrumpelt, mit so viel hätte sie niemals gerechnet.

»Wie du weißt, ist es mir wichtig, dass es den Tieren gut geht, dann darf es auch ein wenig mehr sein«, meinte Frau Müller.

Sie stieg in ihr Auto ein, fuhr vom Hof und ließ Sia perplex zurück. *Der Wahnsinn!*

Sia lief rüber auf den Hof und zog hastig ihre Stiefel aus. Sie polterte regelrecht ins Büro, um Ylvie voller Elan den Geldschein auf den Glastisch zu hauen.

»Mein erster richtiger eigener Verdienst!«, gab sie von sich. »Jemand ist ganz aus der Stadt gekommen, um zu sehen, wie es den Tieren geht. Ich habe ihr von meinen Plänen über den Biobauernhof erzählt und sie fand es klasse! Ich habe ihr von den Kürbisfeldern und dem Futter für die Tiere erzählt, die ohne künstliche Pestizide! Sie will noch einmal mit ihren Kindern kommen und vielleicht übernachten sie sogar! Ich könnte in Zukunft Gäste aufnehmen, um den Hof finanziell zu stützen!« Sia sprach hastig, aufgedreht, dass sie die Worte überschlug.

Dafür gewann sich Ylvie nur ein müdes Lächeln ab. Sie lehnte sich in ihrem Bürostuhl zurück und hörte Sia zu, die versuchte, sie mit ihrem Enthusiasmus anzustecken.

»Siehst du, es gibt einen Markt. Du könntest mit einsteigen und auf deine Chemiekeulen verzichten.«

Ylvie schob sich ein wenig vom Tisch weg und verschränkte die Arme vor der Brust. »Für mich gibt es keinen Markt.«

»Was?«, fragte Sia. Die Freude wich ihr aus dem Gesicht.

»Die Biolandwirtschaft zieht mehr Aufwand mit sich, weniger Ertrag mit mehr Kosten.« Tessa mischte sich ein, die von Sia einen vernichtenden Blick erntete, aber sich nicht davon beeindrucken ließ.

»Wenn plötzlich alle Biobauern werden würden, würde das Gleiche wieder passieren. Du würdest kaum etwas verdienen.«

»Ich will nicht reich werden«, antwortete Sia schnippisch.

Tessa zuckte mit den Schultern. »Natürlich kannst du das sagen. Du stürmst hier rein wegen 50 Euro und einer kleinen Gruppe Menschen, die Interesse an deinem Hof haben. Du schnorrst dir das Geld zusammen und lässt dich von Ylvie aushalten, die ihren Gewinn durch die herkömmliche Agrarwirtschaft erwirtschaftet.«

Sia war gekränkt. Sie wollte kontern, aber ihr fehlten die Worte. Peinlich berührt schnappte sie sich ihr Geld und verließ im Eilschritt das Büro. Sie wollte sich das mit dem Biobauernhof nicht miesreden lassen.

Verzweifelt und diesem Gefühl gegenüber ohnmächtig, rief Sia Verena an. In kürzester Zeit hatte Sia ihr alles erzählt, was passiert war.

»So eine Giftnudel!«, erwiderte Verena.

»Absolut!« Sia kamen die Tränen, sie warf die Haustür hinter sich zu.

»Weißt du was? Wir ziehen das gemeinsam durch. Ich helfe dir dabei«, meinte Verena.

»Wobei?«, fragte Sia.

»Ich bastele dir eine Homepage! Die kleine Gruppe an Interessenten muss größer werden. Viel mehr Menschen suchen den Bezug zurück zum Tier.«

»Aber ist das nicht zu viel Arbeit? Ich kann das nicht bezahlen.« Sia war niedergeschlagen, sie hörte sich an wie Tante Evie.

»Irgendwann wirst du mich bezahlen können!«, gab Verena energisch wieder.

Dieses irgendwann baute Sia ungemein auf.

*

Am Nachmittag fuhr erneut ein fremdes Auto auf den Hof. Mit Erstaunen beobachtete Sia die ältere Frau, die ihr Milch abkaufen wollte.

Während Sia die Milch abzapfte, sah sie sich um. »Früher habe ich die Milch hier gekauft. Aber mit der Zeit schmeckte sie uns nicht mehr. Als dann Paul erzählte, dass die Milch wieder Qualität hat, musste ich herkommen.« Die Frau kam zur Zapfsäule.

»Paul?«, fragte Sia und drehte den Hahn ab.

»Das ist der Molkereifahrer. Er hatte früher auch mal einen Bauernhof, musste aber Insolvenz beantragen. Nach der BSE-Krise war sein Hof nicht mehr zu retten.«

Sia sah die ältere Frau an und trug ihr den schweren Kanister bis zum Auto. Das war der Mann, über den schon ihre Mutter gesprochen hatte.

Als die ältere Dame zahlen wollte, verlangte Sia den aktuellen Milchpreis mit ein wenig Gewinn. Die Frau zahlte den Betrag centgenau ab. Sia kam das Geld für die Mühe ihrer Kühe und ihrer eigenen Arbeit zu wenig vor. *Ein paar Groschen.*

Als die Frau weg war, kehrte Sia zurück in den Stall. Sie streichelte die dicke Berta.

»Irgendwann bin ich mutig genug und treibe euch hoch zu den Feldern, wo Opa seine Kühe hingebracht hat. Irgendwann.« Dieses Wort bedeutete ihr momentan alles und gab ihr wieder Hoffnung.

Sie verließ den Stall und schlenderte den Hof entlang zu den äußeren Koppelstellen. Sia war aus der Übung und doch schaffte sie es, den Zaun hochzuklettern und sich oben aufzusetzen. Sie schaute auf die brachliegenden Felder. Mit dem Wind im Rücken ließ sie die Idylle auf sich wirken.

»Irgendwann«, wiederholte sie und war für den Moment wieder zufrieden.

Plötzlich röhrte hinter ihr der Motor von Ylvies Traktor. Sia sah sich nach ihr um. Wollte sie etwa um die Zeit noch einmal raus?

Ylvie fuhr vom Hof, aber auch nicht weiter, sondern wühlte die Erde um das Grundstück auf. Ihre gigantische Landmaschine brachte den Boden zum Beben, als sie in Sias Richtung kam.

»Willst du mitfahren?«, rief ihr Ylvie zu. Sia ließ sich kein zweites Mal bitten. Sie sprang vom Zaun und konnte nicht schnell genug die Sprossen zum Traktor hoch erklimmen.

Sia schlug die Beifahrerseite zu und krabbelte über den Sitz auf Ylvies Schoß, weil sie manuell lenken wollte. Es machte ihr einen Heidenspaß, bis sie Schlenker fuhr und ein paar Stellen des Ackers nicht bearbeitete.

»Getrunken hast du nicht, oder?«, fragte Ylvie.

»Nein.« Sia lachte und doch fühlte es sich ein bisschen danach an. Sie schafften zwei Felder, als ein Lkw die Straße hochkam und auf den Bergmanns-Hof fuhr.

»Der ist falsch abgebogen«, sagte Sia und beobachtete ihn.

Der Fahrer grüßte sie und Ylvie grüßte zurück.

»Das ist Torben«, meinte sie. »Er baut das beste Biofutter im Landkreis an. Es kostet, aber er benutzt rein biozertifiziertes Spritzmittel.« Ylvie seufzte. »Ich habe eben ein wenig länger mit ihm telefoniert. Die Einbußen sind zu verkraften.«

Ylvie musste gar nicht zu Ende reden, damit Sia verstand, worauf sie hinauswollte. Sie dachte darüber nach, ihr Spritzmittel zu wechseln.

Fassungslos umfasste sie Ylvies Gesicht und blickte ihr in ihre wundervollen blaugrauen Augen, deren Farbe so warm war, dass sie nicht aufhören konnte, sie anzusehen.

Ylvie grinste, sie streckte sich zu ihrer Tasche und brachte eine Brotdose hervor.

»Ich kümmere mich um meine Frau«, sagte sie dann. Aber Sia dachte gar nicht daran, zu essen. Sie küsste Ylvie mit ganzem Herzen.

Kapitel 46

Als hätte sie zu viel getrunken, taumelte Sia vom Traktor nach Hause. Spätestens jetzt wussten alle, dass sie eine Schwäche für Ylvie hatte. Als wäre ihr Kopf im Stand-by-Modus, bewegte sie sich durch die Räume.

Sia machte sich fürs Bett fertig und legte sich hin. Ihre Lippen brannten, aber nicht von der Minze ihrer Zahnpasta. Sie hatte ungehemmt mit Ylvie geknutscht. Mit einer Frau! Plötzlich war Sia aufgekratzt und flippig wie ein Teenager. Unruhig wälzte sie sich von der einen Seite des Bettes auf die andere. Sie hielt es alleine in ihrem Kopf nicht aus. Sie musste unbedingt mit jemandem reden und wählte den letzten Kontakt, den sie angerufen hatte.

Es war nachts um elf. Kaum ging Verena ans Telefon, flüsterte Sia: »Ich glaube, ich bin verliebt.«

»In Ylvie?«, fragte Verena gleich. Sia schwieg, sie hätte es sagen können, aber das Übel direkt beim Namen zu nennen, war dann doch zu viel. Dafür kicherte ihre beste Freundin ins Telefon. »Das ist doch schön, oder? Ihr seid dazu auch noch verheiratet.«

»Ich habe es meinen Eltern noch gar nicht erzählt«, gestand Sia und war nachdenklicher als zuvor.

»An deiner Stelle hätte ich es vermutlich auch nicht getan«, antwortete Verena leise.

»Wer ist das? Sia?«, fragte Anton schlaftrunken. Im Hintergrund raschelten die Bettlaken.

»Sie erzählt, dass sie verliebt ist«, flüsterte Verena.

»Was?« Anton klang erschrocken. »Nicht etwa in den Idioten, mit dem sie zusammen ist?«

Sia rollte mit den Augen.

Verena kicherte wieder. »Ich glaube, du musst ein paar Dinge klären, bevor du das mit Ylvie wirklich zulassen kannst.« Sie seufzte in den Hörer, als wüsste sie ganz genau, wie sich Sia fühlte. »Habt ihr schon miteinander geschlafen?«, fragte sie geradeheraus.

Sia wurde knallrot. »Nein, noch nicht«, antwortete sie und hielt wegen dem »noch nicht« den Atem an. Dachte sie wirklich daran, mit ihr zu schlafen? Sie fantasierte nicht davon, es waren meist nur Erinnerungen, die sie im Kopf abspulte, aber anscheinend reichte es, dass sie unterbewusst für mehr bereit war.

Ylvie war erwachsen, sie sah nackt sicher vollkommen anders aus. Sia wurde verlegen, es war zu viel für sie, als dass sie es mit

Verena hätte im Augenblick bereden können. »Gute Nacht«, sagte sie und verabschiedete sich.

»Ruf wieder an, wenn zu viel in deinem Kopf los ist«, meinte Verena noch schnell.

»Das mache ich.« Sia lächelte. Sie legte das Handy beiseite und bemühte sich, einzuschlafen. Auch wenn ihre Augen geschlossen waren, fand sie keine Ruhe.

Sie sah zum Fenster, dessen Gardinen ein ganzes Stück offener standen als sonst. Obwohl sie das Nachtlicht nicht brauchte, brannte es. In letzter Zeit tat sie es öfter. Leugnen half nichts, sie hoffte, Ylvie würde deswegen wieder vor ihrer Tür stehen und so etwas sagen wie: *»Ich habe dein Licht gesehen und konnte nicht schlafen.«* Aber auch diese Nacht leuchtete ihr Nachtlicht umsonst.

Sia war ratlos. Warum kam sie nicht rüber? Sie hatte ihr im Traktor doch gezeigt, was sie für sie empfand. Wollte Ylvie etwa, dass sie es sagte?

Überfordert presste Sia die Augen zu. Warum konnte sie nicht über ihren Schatten springen?

Ausgelaugt von ihren Gedanken, richtete sie sich auf und rief den alten Chatverlauf von Dario auf. Seitdem sie auf dem Hof war, war ihre Unterhaltung fast zum Erliegen gekommen. Zuvor hatte sie ihn ständig angeschrieben: *Wollen wir essen gehen? Ins Kino? Es gibt ein neues Restaurant. Ich vermisse dich* und, und, und.

Sia wurde bewusst, wie sehr sie sich um ihn bemüht hatte. Zu oft war sie es gewesen, die sich bei ihm gemeldet und Pläne geschmiedet hatte, ihn unter idiotischem Vorwand bat, vorbeizukommen. Es tat ihr weh, besonders weil sie so blind gewesen war.

Nun, wo sie zu kaputt war und nicht wirklich die Zeit hatte, meldete sie sich natürlich nicht bei ihm und er ebenso nicht. Das war doch keine Beziehung mehr. *Schon lange nicht mehr*, korrigierte sie ihren Gedanken.

Sia richtete sich im Bett auf. Der folgende Schritt bereitete ihr Herzklopfen. Als sie dann den Mut fand, Darios Nummer aufzurufen, klopfte es noch viel schneller. Todesmutig ließ sie bei ihrem Freund klingeln, doch er ging nicht ran. Sia ließ zu ihrem Leid noch etwas länger klingeln, aber zum Glück, oder doch eher zu ihrem Pech, nahm er nicht ab.

Wo konnte er um diese Uhrzeit sein? So tief und fest konnte er doch gar nicht schlafen. Vermutlich war er wieder mit seinen

Kumpels unterwegs. Sia war angefressen, er hätte Bescheid geben können, oder?

Dario war wirklich dreist, sodass Sia sich erlaubte, es ebenso zu sein. Sie nahm den einfachsten Weg des Widerstandes und schrieb ihm eine SMS, dass er sich melden sollte, wenn er Zeit hatte, sie müssten sich unterhalten.

Wir müssen uns unterhalten, war dieser Code für Schlussmachen. Wenn er nicht dumm war, wäre er auf das Gespräch vorbereitet, und Sia glaubte, dass es schnell vorbei wäre. Es würde ihn vermutlich nicht mal hart treffen, schließlich war sie es, die sich um die Beziehung bemüht hatte.

Die ganze Zeit schaute sie ungeduldig auf ihr Handy. Sie wollte das hinter sich bringen, was schon so lange im Raum stand. Die halbe Stunde, die Sia wartete, kam ihr unendlich vor. Dario hatte doch sonst auch ständig das Handy in der Hand. War er wirklich mit allem anderen so beschäftigt und Sia nicht mal ein einziger Gedanke wert?

Wie blind war sie nur auf der Suche nach Liebe geworden, dass sie nicht bemerkt hatte, wie schlecht sie eigentlich behandelt wurde?

Es war wie eine kleine Erlösung, als sie Dario eine Abschied-SMS schrieb. Darin stand, dass Sia die nächsten Wochen auch bleiben würde, dass sie sich nicht sahen und es ihn anscheinend auch nicht interessierte. Dass sie das Gefühl nicht loswurde, dass sie die Einzige war, die an dieser Beziehung festhielt. Sie schrieb auch, dass sie die Beziehung beendete. Nicht dass es besser wäre oder sie es beenden sollten, alleine die Worte waren ein Aufhänger, um an etwas weiter anzuknüpfen, was eigentlich nicht mehr zu retten war.

Die SMS war raus und Sia glaubte, nie wieder von ihrem jetzt Ex zu hören. Die letzte Hürde waren nun Sias Eltern. Aber sie würde ihnen heute, mitten in der Nacht, nicht mehr gestehen, dass sie mit einer Frau verheiratet war. Vielleicht auch nicht die nächsten Tage.

Sia dachte wieder nur an Ylvie. War Sia zu bedürftig? Sie hatte Sehnsucht nach ihr, obwohl sie den Nachmittag miteinander verbracht hatten. Es reichte ihr nicht und Sia fühlte sich so angreifbar. Ylvie hatte ihr ihre Liebe gestanden und doch kam Sia gegen das Gefühl nicht an. Sie hatten sich innig geküsst, nebeneinander geschlafen, wenn auch noch nicht miteinander. Da war es wieder, dieses »noch nicht«.

Sia wurde unruhiger. Sie beide waren erwachsen und doch wusste sie nicht, wie man mit einer anderen Frau Sex hatte. Sicher hatte Ylvie Ahnung. Ob sie mit Tessa schon im Bett gewesen war? Ob sie in einer Beziehung waren? Ylvie hatte doch gesagt, sie wäre nicht ihre Freundin. Aber wegen ihr hatte sie damals den Hof ihres Vaters verlassen und jetzt verbrachten sie die Zeit gemeinsam unter einem Dach.

Ylvie selbst hatte gesagt, ihre Ehe wäre rein geschäftlicher Natur.

Sia richtete sich ruckartig auf. Sie wurde wütend, sie wollte nicht, dass Ylvie mit Tessa gemeinsam in einem Bett lag. Mit vor Wut flauem Magen zog sie sich etwas über und verließ in der Dunkelheit das Haus Richtung Nachbargrundstück.

Die schwere Eingangstür war verschlossen. Sia drückte noch einmal, um sicherzugehen. Aber was hatte sie denn erwartet? Dass jeder ein und aus gehen konnte, wie er mochte?

Sia war niedergeschlagen und musste zurück. Um diese Uhrzeit an der Haustür klingeln, würde sie ganz sicher nicht. Sie schlenderte den Hof entlang zum Zaun, der die Grundstücke voneinander trennte. Als sie an ihrem schlechten Versteck vorbeikam, dachte sie daran, dass sie vielleicht heimlich durch Ylvies Fenster schauen konnte, ob jemand bei ihr war.

Sia schlich um das Gebäude am Fuhrpark entlang und wunderte sich über sich selbst, dass sie sich das überhaupt traute.

»Mist«, fluchte sie leise. Die Gardinen von Ylvies Zimmer waren zugezogen, aber es brannte Licht. Sie schlief noch nicht? Warum? Sia wurde skeptischer. Wenn sie Tessa bei ihr im Bett fand, würde sie ihr die blonden Haare ausreißen!

Sie schlich näher heran und lauschte, kein Gekicher oder wildes Sexgestöhne. Das war gut, oder? So gut, dass Sia zaghaft ans Fenster klopfe.

Jemand stieg aus dem Bett und zog mit einem Ruck die Gardinen auf. Ylvie sah Sia entgeistert an, bis sie im nächsten Moment das Fenster öffnete.

»Was suchst du denn hier?«, fragte sie besorgt.

Sia lächelte verlegen und hampelte von einem Bein auf das andere, weil es so kalt war. »Die Tür war verschlossen.«

Ylvie schaute misstrauisch und half ihr, durch das Fenster hineinzuklettern. »Da dachtest du, du kannst das Fenster nehmen?«, fragte sie und verriegelte es.

»Ich habe Licht gesehen und konnte nicht schlafen«, sagte Sia leise, dabei wiederholte sie Ylvies Vorwand, die die Arme verschränkte und überheblich grinste.

»Du hast mich also vermisst?«, meinte sie daraufhin.

Sia fühlte sich vor den Kopf gestoßen. So direkt einem etwas unter die Nase reiben, war nicht wirklich nett. Dabei hatte Ylvie doch recht.

Ehe Sia wusste, wie sie am besten darauf reagierte, ohne patzig zu werden, vibrierte ihr Handy und das ein paarmal mehr. Verwundert schaute sie nach. Es waren WhatsApp-Nachrichten. Ihr Handy hatte sich automatisch mit dem Netz von Ylvie verbunden.

Sia starrte die Kurznachrichten an, die nach und nach eintrudelten. Dario hatte ihr geschrieben, anstatt auf ihre SMS zu antworten, hatte er es über die App versucht.

»Du bist ein Bauernmädchen und gehörst auch dahin«, war das Netteste, was er getippt hatte. Die fieseste Unterstellung war, dass sie vermutlich für die Dorftrottel die Beine breit machen würde.

Sia wurde blass.

Mit einem Mal nahm Ylvie ihr das Handy ab. Sie war nicht begeistert, dass sie jemand störte und Sia nur noch Augen für ihr Mobiltelefon hatte.

Sia schämte sich und wollte ihr Smartphone wieder haben. Ylvie sollte nicht lesen, wie hässlich der Mensch war, mit dem sie ihr Leben geteilt hatte.

Ylvie verzog keine Miene, sie scrollte den Bildschirm hoch und weitete die Augen. »Du bleibst noch?«, fragte sie.

Sia antwortete nicht sofort. »Ich hatte mich vier Wochen freistellen lassen, ein weiteres Mal wollten sie nicht, deswegen habe ich meinen Jahresurlaub am Stück genommen.«

Ylvie nickte und tippte auf dem Handy herum, als wäre es ihr eigenes. Sie stellte erst den Kontakt stumm und löschte ihn an Sias Stelle. »Dem Idioten wirst du zumindest nicht hinterhertrauern«, meinte sie.

Ylvie drehte sich von Sia weg, damit sie sie nicht mehr stören konnte, und tippte weiter.

»Hey«, mahnte Sia, da hatte sie ihr Handy wieder zurück. Die Nachrichten, alles das, was sie von Dario gelesen hatte, war gelöscht. Sia war dankbar und erschüttert zugleich.

Schon fast unberührt von dem Vorfall kehrte Ylvie ins Bett zurück. Bevor Sia am Fenster gestanden hatte, hatte sie in einem ihrer Fachbücher gelesen. Auf dem Nachttisch lag ihre Brille. Ylvie klopfte neben sich auf die Matratze und bat Sia zu sich, die schlapp ihrer Aufforderung nachkam. Sie zog ihre Jacke aus, ließ sie kraftlos auf den Boden fallen und schlüpfte zu ihr unter die Decke.

Ylvie legte gleich ihren Arm um sie und Sia kuschelte sich dankbar in ihre Armkuhle. Das tat nach dem Schreckmoment unglaublich gut. Was Ylvie für sie getan hatte, war wie Seelenbalsam. An ihrer Stelle hätte Sia versucht, Dario zu beschwichtigen, damit sie im Guten auseinandergehen konnten, aber manchmal war ein klarer Cut das Beste.

Ylvie gab Sia einen seichten Kuss auf die Schläfe. »Du hast Schluss mit ihm gemacht?«, fragte sie, obwohl sie es gelesen hatte. Sia nickte und kuschelte sich ein wenig mehr an sie.

»Wegen mir?«, fragte Ylvie. Ihre Stimme klang ein Stück weicher. Sia zögerte und nickte erneut, ihr wollte kein Wort aus dem Mund kommen und für falschen Stolz war sie zu verletzt.

»Danke«, hauchte Ylvie, wodurch Sia sie fester umarmte.

Eine Weile lagen sie eng beieinander und sprachen nicht, bis Ylvie ihr Handy vom Nachttisch nahm. Sia schaute neugierig auf, da vibrierte erneut ihr Handy. Sia war gar nicht gut dabei, doch wie Ylvie lächelte, nahm es ihr die Unsicherheit.

»Hi«, stand da.

Sia lachte, Ylvie hatte zuvor Sias Nummer an ihr eigenes Handy geschickt.

Sia antwortete gleich. *»Hi.«*

»Wenn du Internet hättest, dann könnte ich dir Bilder von mir schicken. Dann hättest du jeden Tag etwas zum Angucken und hättest nicht so viel Sehnsucht nach mir«, gab Ylvie ein wenig aufgeblasen von sich.

Sia knuffte ihr mürrisch in die Seite, ihre Wangen röteten sich und um ehrlich zu sein, hätte sie ganz gerne wieder ein paar Fotos von ihr. Sie trauerte um jedes einzelne, das sie vor Wut zerrissen und in den Müll geworfen hatte.

Ylvie seufzte erleichtert, sodass Sia fragend aufsah. Doch sie lächelte nur und gab ihr einen innigen Kuss auf ihren Scheitel.

Sia war froh. Ein Kuss auf die Lippen nach der Geschichte mit Dario hätte sich falsch angefühlt und sie vielleicht zu etwas verleitet, was sie später bereut hätte. Doch das hier gab ihr Geborgenheit.

Kapitel 47

Sia fühlte sich endlich richtig wohl mit Ylvie. Dass sie verheiratet waren, daran dachte sie kaum noch. Wenn niemand sie sah, dann umarmten sie sich, küssten sich und schliefen gemeinsam in einem Bett. Miteinander geschlafen hatten sie noch nicht, obwohl Sia spürte, dass Ylvie es wollte. Aber Sia war noch nicht so weit und Ylvie schien es zu verstehen.

Man sagte, es dauerte 30 Tage, bis der Körper und der Geist sich an etwas Neues gewöhnten und es zur Gewohnheit überging. Sias Arbeit war keine wirkliche Arbeit mehr, sondern eine Art Lebensaufgabe geworden. Es gab ihr ungemein viel, ihren Kühen zu fressen zu geben und sich um sie zu kümmern. Sie bürstete jede Einzelne von ihnen. Die Kunden auf dem Hof wurden mehr, sodass Sia ein wenig mehr als den üblichen Milchpreis nahm.

Die Tage wurden wärmer und überall fingen Blumen an zu sprießen. Sia war draußen, stand mitten in der Natur und konnte das alles sehen.

Im Büro saß sie die ganze Zeit vor ihrem Computerbildschirm, mit ihren Kollegen, grau in grau. Wie sollte sie das hier je wieder eintauschen können?

Nachdenklich verließ Sia den Stall. Tante Evie brauchte die Hilfe am Hof. Aber sie verdienten nicht genug, um jemanden zu beschäftigen. Es war ein Gedanke, weit nach hinten geschoben, als würde er außen am Grundstück stehen. Was wäre, wenn Sia wirklich blieb?

Sia dachte an ihren Job und ihre Wohnung. Als Milchbäuerin verdiente sie wenig und würde sich ewig nichts leisten können. Wenn sie mal Geld hatte, dann würde sie es eher in die Tiere und den Bauernhof investieren als in neue High Heels. Wer fuhr schon mit High Heels Traktor?

Sie hörte aus der Ferne ein Fahrzeug, aber schaute nicht auf, weil sie niemanden erwartete, als der Pkw die unebene Auffahrt rauffuhr.

Der alte Volvo kam zum Stehen, ihr Vater öffnete die Fahrerseite und stöhnte angestrengt.

»Papa!«, rief Sia und lief ihren Eltern in ihren zu großen Gummistiefeln entgegen.

»Sia!«, gab Erwin begeistert von sich, da stieg Sias Mutter Ursula auf der Beifahrerseite aus. Sie stemmte die Hände an die Hüfte und schaute sich auf dem Hof um.

Sias Bruder Pascal saß auf dem Rücksitz, im Schneidersitz zockte er auf seinem Handy ein Spiel. Seine Mutter hatte den Wagen wieder mit so viel Gepäck beladen, dass sie selbst den Fußraum in Anspruch genommen hatte.

Ursula ging zum Kofferraum. »Macht hin! Ich habe Wurst im Auto, sie muss in den Kühlschrank«, drängte sie. Sia kam ihrem Vater zu Hilfe und ließ es sich nicht nehmen, ihrer Mutter einen Kuss auf die Wange zu geben.

»Schön, dass ihr gekommen seid«, sagte sie. Sia nahm die Kühlbox und eine mit Lebensmitteln gefüllte Tragetasche. »Mit euch habe ich gar nicht gerechnet.«

»Ich hoffe, du siehst das auch noch die nächsten Tage so. Wir wollten bis Sonntag bleiben«, meinte Erwin und hob die schweren Koffer heraus.

»Erde an Pascal! Wir sind angekommen!«, rief er genervt. Erst dann schaute sein Sohn auf und machte sich daran, aus dem Wagen zu kommen.

Keine zwei Minuten im alten Haus ihrer verstorbenen Eltern, schimpfte Ursula. »Das sieht hier aus wie in einem Saustall. Du hättest wenigstens mal Staub wischen können.« Sias Vater und ihr Bruder lachten.

Ehe Erwin das Haus betrat, sah er sich draußen den Riss an der Fassade an, es sah nicht mehr danach aus, als würde das Haus jeden Moment in zwei Hälften fallen.

»Du musst dir gleich als Erstes den Hühnerstall ansehen und dann die Kühe. Die sehen richtig gesund aus«, schlug Sia vor, obwohl sie die letzten Tage und Woche Millionen Bilder an ihre Familie versendet hatte. Ihr Vater reichte die Tragetaschen seinem Sohn über die Schwelle, wo Ursula alles an seinem Platz verstaute.

Gemeinsam schlenderten sie rüber zum Hühnerstall, den Erwin wie ein Fachmann in Augenschein nahm, und dann rüber zum Kuhstall ging.

»Ich hätte nicht gedacht, dass das etwas wird«, meinte er wahrheitsgemäß und war davon beeindruckt, was seine Tochter geschafft hatte.

»Ich auch nicht«, meinte Sia und konnte nicht böse darüber sein.

Erwin beugte sich zum Futter der Tiere und nahm eine Handvoll hoch. Auch mit dem Auge eines Laien konnte er feststellen, wie gut es war.

»Wie hast du das bezahlt?«, fragte er und warf das Futter den Kühen zurück, die gemütlich schmatzten.

»Ylvie hat mir ein bisschen geholfen«, gestand Sia und musste mit dem Gedanken an sie grinsen.

»Ylvie?«, fragte ihr Vater. »Das kleine Mädchen von nebenan, mit der du früher so gerne gespielt hast?«

Sia nickte und ihr Vater freute sich, dass sie sich vertragen hatten. »Ich habe geglaubt, ihr würdet nie wieder miteinander reden.«

Sia stockte und es tat mehr weh, als sie gedacht hatte.

»Wo wir bei Streitigkeiten sind«, meinte ihr Vater unverblümt. »Mach dich mal fertig, wir wollen gleich zu Tante Evie ins Krankenhaus. Deine Mama meinte, sie soll wohl die Tage zur Reha.«

Sia sah ihren Vater erstaunt an. »Sie reden wieder freiwillig miteinander?«

»Ja, seit deine Tante Hilfe bekommt, ist sie umgänglicher.« Erwin tuschelte. »Und deine Mutter schmückt sich ein bisschen damit, dass du das mit dem Hof so gut hinbekommen hast.«

»Das hat sich eben aber nicht so angehört«, moserte Sia und beeilte sich ins Haus.

Sie duschte schnell, föhnte sich das Haar und zog sich an.

Als sie ihren langen Pony zur Seite flocht und sich vor dem Spiegel betrachtete, sah sie wieder so süß aus wie eine junge Frau vom Land. Ihr buntes Polyester Kleid war mit rosa und weißen Blumen bedruckt. Darüber trug sie ein Strickjäckchen, das länger war als der Rock vom Kleid. Sia lächelte. Passend zum Kleid trug sie, wie früher, Overkneestrümpfe und alte weiße Chucks.

Sia tuschte sich noch die Wimpern, weil sie nicht allzu jung wirken wollte, und hoffte, Ylvie würde sie so noch sehen, ehe sie losfuhren. Bis jetzt hatte sie Sia nur im Blaumann gesehen.

Sia fror in ihrer Bewegung ein. Ganz stimmte es nicht. Am Tag ihrer standesamtlichen Eheschließung hatte sie sich rausgeputzt, um zur Bank zu fahren. Sia lächelte, das Gefühl jetzt überschattete die schrecklichen Momente. Sie konnte Ylvie gar nicht mehr böse sein, weil sie sie schon immer geliebt hatte.

»Sia? Wo bleibst du denn?!«, rief Ursula nach ihrer Tochter.

Sia beeilte sich, ihre Familie hatte das Haus schon verlassen und wartete draußen auf sie. Als sie die Haustür hinter sich schloss, entdeckte sie Ylvie am Koppelzaun, wie sie sich mit ihrem Vater und ihrem Bruder unterhielt, während Sias Mutter einen Koffer im Gepäckraum verstaute.

»Deine Tante hat mir noch aufgetragen, ein paar Sachen mitzubringen, damit sie gleich zur Reha kann«, meinte Ursula, als sie Sias fragenden Blick sah. Dabei hörte ihre Tochter nur mit halbem Ohr zu, weil ihr Blick den von Ylvie suchte.

Ylvie sah auf. Sias Herz schlug schneller, sodass sie aufgeregt zum Zaun rüberlief. Sie wollte unbedingt wissen, was sie zu bereden hatten.

»Wir müssen los, wenn wir zum Abendessen wieder zu Hause sein wollen. In ein Fast-Food-Restaurant steckst du mich nicht noch einmal«, schimpfte Ursula.

Ylvie und Sia kicherten. Es gab Dinge, die änderten sich wohl nie. Erwin verabschiedete sich und drängte seinen Sohn, sich zu beeilen.

»Du siehst wundervoll aus«, flüsterte Ylvie. Sie hatte die Arme auf dem Zaun verschränkt, sie stützte ihr Kinn ab und betrachtete Sia verträumt, sodass sie wieder so verlegen wurde.

»Wir wollen zu meiner Tante«, sagte sie und schaffte es nicht mehr, Ylvie in die Augen zu sehen.

»Das hat dein Papa mir eben auch schon erzählt«, meinte Ylvie und sah sie noch immer so an. »Ich würde dich sehr gerne küssen.«

Sia wurde rot im Gesicht und räusperte sich. »Ich dich auch«, gestand sie.

Ylvie grinste. »Wenn ich mein Fenster heute Abend offen lasse, kletterst du vielleicht rüber, wenn ihr zurück seid?«

Sia biss sich auf die Unterlippe, sie wollte nicht lächeln, aber schaffte es nicht, sich zusammenzureißen.

»Sia!«, rief ihre Mutter ungeduldig. Alle waren schon im Auto und angeschnallt.

»Ich muss«, sagte sie eilig.

»Grüß deine Tante von mir«, bat Ylvie.

Schweren Herzens löste sich Sia vom Zaun und entfernte sich. »Sie wird sich sicher freuen«, meinte sie spöttisch.

»Bestimmt so sehr, dass sie mir den Kopf abreißen würde.« Ylvie lachte.

Sia beeilte sich und setzte sich auf die Rückbank. Bis sie vom Hof gefahren waren, konnte sie ihre Augen nicht von Ylvie nehmen. Wie seltsam, kaum war der Sichtkontakt abgebrochen, hatte sie Sehnsucht.

*

Tante Evie freute sich so sehr über den Besuch, dass sie jeden heulend aus ihrem Bett heraus umarmte. Sias Mutter meckerte, dass sie sich zusammenreißen solle, aber auch ihr kamen die Tränen.

Es war schön, ihre sonst so strenge Tante voller Gefühle zu sehen, die Pause vom Hof hatte ihr gutgetan.

»Sia, du musst mehr essen«, sagte Tante Evie und tastete über ihren Körper. »So sehnig nimmt dich kein Mann.«

Sia schmunzelte, solche Kommentare hätte sie früher schrecklich gefunden.

»Du weißt ja, wie sie ist«, seufzte Ursula. »Den Kopf immer in den Wolken, sodass sie das Essen vergisst. Stress bekommt ihr nicht gut.«

Tante Evie lächelte. »So etwas würde mir guttun, dir aber nicht.« Dann wollte sie alles über den Hof wissen. Ehe Sia erzählen konnte, rückte ihre Mutter den Stuhl näher ans Krankenbett und zeigte ihrer älteren Schwester übers Handy die Fotos.

»Erwin meinte, die Ylvie hätte der Sia schon viel unter die Arme gegriffen«, sagte Ursula, woraufhin Tante Evie ein wenig einschnappte.

»Sie ist ein gutes Kind. Sie hat die Felder ums Haus für einen fairen Preis abgekauft, auch Papas Wald und sie hat versprochen, ihn nicht zu roden«, brummte Tante Evie angestrengt und lehnte sich zurück.

»Nachdem der Kuhstall fertig und Mario gestorben war, war ich trotz seiner Lebensversicherungen auf einem Berg Schulden sitzen geblieben. Wenn Papa wüsste, dass ich seine Felder verkauft habe, würde er sich im Grab umdrehen.«

Ursula legte ihre Hand auf die ihrer Schwester. »Du hast es so gut gemacht, wie du konntest.«

Tante Evie lächelte schwermütig und sah wohl nicht ein, sich selbst zu vergeben.

Aber Sia war sich sicher, dass alles besser werden würde. Dafür würde sie schon sorgen. Über die Pläne für den Biobauernhof hatte sie mit ihrer Tante wohl wissend noch nicht gesprochen, sie wäre vermutlich nur wieder dagegen. Ganz langsam wollte sie sie an die Umstellung gewöhnen.

Kapitel 48

Zu Hause war Sias Mutter wieder in Eile, das war typisch für die Frauen vom Bergmanns-Hof. Sie waren alle so wuselig und betüddelten jeden, bis sie dann erschöpft und ausgelaugt am Abend auf dem Sofa bei dem Fernsehprogramm einschliefen.

»Kannst du Ylvie und Ludwig Bescheid geben, dass sie zum Abendessen vorbeikommen sollen?«, fragte Ursula, während sie alles für das Essen auf der kleinen Arbeitsfläche zusammensuchte.

Sias Augen leuchteten, ihr Herz ging auf. Sie gab ihrer Mutter einen Schmatzer auf die Wange. »Für was war der denn?«, fragte Ursula und lachte. Sia konnte nicht antworten, sie war schon mit den Gedanken bei Ylvie, es fühlte sich mit einem Mal wie früher an.

Erwin sah seiner Tochter nach, wie sie aus der Tür stürmte. »Der Hof tut ihr wirklich gut.« Er gab seiner Frau auch einen Kuss und streichelte ihr liebevoll über den Rücken.

Ursula sah zu ihrem Sohn, der irgendwelche Spiele spielte. »Sia hatte schon immer eine Verbindung zu diesem Ort.«

Sia kletterte durch die Zaunlatten, doch anstatt den Eingang zum Bungalow zu nehmen, beeilte sie sich an der angrenzenden Halle vorbei, entlang zu Ylvies Zimmer. Wie sie gesagt hatte, stand das Fenster offen.

Sia wollte heute noch unbedingt ihren Kuss haben, weil sie später nicht mehr dazu kommen würde. Ihre Eltern würden sicher Fragen stellen, wenn sie abends aus dem Haus schlich oder am nächsten Morgen bei Ylvie verpennte, weil sie noch etwas länger bei ihr sein mochte.

Irgendwann musste sie ihnen erzählen, dass sie verheiratet war. Der Umstand würde sie sicher nicht erfreuen und Sia hatte sich erst daran gewöhnt. Sie wollte keinen Ärger und den Moment heimlich genießen.

Vorsichtig kletterte sie über die Fensterbank. Es drangen Stimmen aus der Küche, vielleicht war es auch das Echo aus dem Büro. Sia kicherte sich ins Fäustchen und schlich sich zu Ylvies Bett. Sie setzte sich und holte ihr Handy hervor.

»Der Adler ist gelandet.«

Keinen Moment später antwortete ihr Ylvie mit einem lachenden Smiley.

»10 Minuten, dann bin ich fertig.«

Sia kniff die Lippen zusammen, weil sie sich so sehr freute. Wann hatte sie sich das letzte Mal mit einem Partner so wohlgefühlt? Sie musste nicht den Bauch einziehen, den BH auspolstern und sich schminken. Ylvie mochte sie auch in ihrer Bauernkluft, selbst wenn sie Kuhmist am Stiefel hatte, küsste sie sie.

Die Erinnerung an ihre Küsse prickelte Sia auf den Lippen. Sie berührte sie und das Gefühl wanderte von ihren Fingerspitzen durch ihren ganzen Körper. Vor Glücksgefühlen hätte sie aufschreien können, aber ließ sich aufs Bett fallen. Albern wälzte sie sich auf der Decke und rutschte mit dem Oberkörper die Matratze runter, sodass ihre Haare den Boden berührten. Der Rock ihres Kleides zog sich dadurch hoch. Sie wollte es zurechtrücken, verlor das Gleichgewicht und fiel unsanft mit dem Kopf voran auf die Fliesen.

»Autsch«, jammerte Sia und rieb sich die schmerzende Stelle. Ihre Mutter hätte sicher mit ihr geschimpft, kein Wunder, wenn sie sich in ihrem Alter wie ein Kind verhielt.

Sia grinste über sich selbst. Als sie sich aufrichten wollte, entdeckte sie unter dem Bett eine alte Pappkiste.

Für einen kurzen Moment hielt sie still, bis der Strom ihrer Gedanken wieder losging. Konnte es sein? Es dauerte, bis sie den Mut fand, die Box aus ihrem Versteck zu holen. Ihr Herz schlug schneller. Es schickte sich nicht, in fremden Sachen zu wühlen. Aber vielleicht lagen hier die letzten Erinnerungsstücke aus ihrer gemeinsamen Vergangenheit.

Ylvie hatte ihr einst gesagt, dass sie noch jeden einzelnen Brief und jedes einzelne Foto von ihnen hatte.

Sias Hände ruhten auf dem verstaubten Deckel. Diesen hatte lange niemand mehr angerührt. Was war, wenn die Box leer war? Dann könnte sie Ylvie bitten, ihr die alten Sachen zu zeigen.

Auch wenn Sia sich gut zusprach, fürchtete sie sich vor der Enttäuschung. Sie wollte alleine in ihrer Vergangenheit wühlen. Es beschämte sie noch immer, dass sie alles vernichtet hatte. Dass sie so einfach jemanden aus ihrem Leben gelöscht hatte.

Schließlich rang sich Sia durch. Sie hob den Deckel an. Kaum war er oben, überfluteten sie plötzlich Millionen alte Erlebnisse. Vergilbte Briefumschläge mit buntem Briefpapier, die mit blauer Tinte beschrieben waren, füllten die große Box. Durch die Zeit war die Tinte verblasst, doch konnte man noch jedes Wort lesen. Jedenfalls konnte Sia sie entziffern. Es war ihre Handschrift. Ordentliche Schreibschrift, die in der Schule benotet worden war.

Sia blätterte die Briefe durch, als wären sie Karteikarten. Ein Blick genügte und sie wusste plötzlich genau, was sie geschrieben hatte. Bis ins kleinste Detail. Sia entdeckte alte Bilder von ihnen am See. Wie schön es gewesen war. Sobald es das Wetter erlaubte, musste Sia wieder dort hingehen. Ob sie noch so eine gute Schwimmerin war? Diesmal würde sie Ylvie gewinnen lassen. Eine winzige Entschuldigung für die verpassten Jahre. Sia lächelte vor sich hin und fand andere alte Fotos mit Rotstich, wie Ylvie und sie in Sommerkleidern eng beieinanderstanden und man schon da erkennen konnte, wie sehr sie sich liebten. Nur ihnen beiden war es nicht klar gewesen.

Sia fand noch ein anderes Bild mit Ylvie, wie sie bei ihrer Oma zu Hause auf dem Sofa saß und mit der alten Katze kuschelte. »Merlin«, flüsterte sie. Der alte Kater hatte noch einen Tag vor seinem Tod eine Maus für sie gefangen und ihr vor die Füße gelegt.

Sia sah Ylvie auf dem Foto länger an. Sie ging mit den Erinnerungsstücken behutsam um, als fürchtete sie sich davor, etwas kaputt zu machen. Es war bereits genug kaputt gegangen.

Vorsichtig hob sie einen alten Blütenkranz aus Gänseblümchen hervor, den sie für Ylvie geknotet hatte.

»Für meine Prinzessin«, flüsterte sie und erinnerte sich, wie sie Ylvie den selbst gesteckten Blütenkranz auf ihr schwarzes Haar gelegt hatte, das durch die Sonne ganz warm geworden war.

Für den Moment hatte Sia das Gefühl, wieder oben auf der Wiese zu sitzen, während die Kühe friedlich grasten und sie zwischen ihnen saßen, mit dem Geruch der Wildblumen.

Sia kamen die Tränen. 16 Jahre war das alles her? 16 Jahre hatten sie keinen Kontakt mehr gehabt? Wie hatten die beiden das nur ausgehalten?

Ganz unten, als hätte es jemand vergraben wollen, fand Sia einen Brief, der so viel wog, als wären 100 Nachrichten darin geschrieben. Er war frankiert, aber ohne Poststempel. Der Umschlag war mit Sias alter Adresse adressiert, doch niemals abgeschickt worden.

Die Stimmen aus der Küche wurden lauter. Ylvie und Tessa diskutierten.

»Können wir das nicht morgen bereden?« Ylvie war ungeduldig.

»Sonst bekommst du auch nicht genug von der Arbeit«, nörgelte Tessa.

Sia bekam es mit der Angst zu tun. Sie dachte keinen Augenblick daran, die Sachen wegzuräumen. Sie wollte nur noch wissen, was in diesem Brief stand.

In Hast kletterte sie über die Fensterbank. Sia lief vom Hof und versteckte sich bei den Kühen. Drinnen im Stall war es so schön warm wie an einem der ersten Sommertage. Die Abendsonne fiel durch die Teile des Wellblechdachs, das aus transparentem Plastik war, damit die Kühe auch etwas vom Tageslicht hatten.

Sia versteckte sich dort, wo das Heu aufgehäuft lag, bereit, um es am nächsten Tag zu verteilen. Es roch trocken und frisch zugleich.

Sia hielt den Brief mit beiden Händen. Ylvie hatte ihn geschrieben, das letzte Stück Vergangenheit. Es war nicht alles verloren, weil Sia aus Wut alles zerstört hatte. Solch eine Aufregung durchdrang sie, dass ihre Hände zitterten. Keinen Moment hielt es Sia länger aus. Sie öffnete den Umschlag an der Klebestelle und las den Brief, dabei hörte sie die Stimme der jungen Ylvie, die, die noch nicht so dunkel und kratzig klang.

»Liebe Sia,

ich vermisse dich so sehr. Was mit Patrick passiert ist, war total dumm von mir. Ich bin nur so eifersüchtig auf Anika gewesen und bereue es so sehr.

Mama wollte wissen, warum ich so traurig bin. Ich habe ihr gebeichtet, was ich angestellt habe und wie sehr ich in dich verliebt bin. Ich habe ihr gesagt, dass ich dich heiraten wollte.«

Sia weitete die Augen, dass die dicken Tränen ihr durch ihr eigenes Gewicht vom Wimpernrand tropften. Sie klappte den Brief auf und ihr fiel ein Ring entgegen, der im Heu landete. Panisch hockte sich Sia hin und suchte danach. Der Stein glitzerte zum Glück in der Sonne, sonst wäre er vermutlich für immer verloren gewesen.

Mit Tränen in den Augen las Sia weiter.

»Das ist der Ring meiner Oma, er ist ein Familienerbstück. Ich habe keinen Bruder, aber meine Mama hat ihn mir gegeben, damit ich ihn dir irgendwann anstecken kann.

Du willst nicht mehr mit mir reden, wenn ich bei euch zu Hause anrufe. Ich habe Angst, dich nie wieder zu sehen, weil du auch diese Ferien nicht gekommen bist. Deswegen schicke ich dir diesen Brief. Ich vermisse dich unglaublich doll und hoffe, du hast mich nicht vergessen.

Bitte verzeih mir. Ich liebe dich so sehr und hätte dir das viel früher sagen sollen. Bitte ruf mich wieder an oder schreib mir. Du darfst mich gerne schimpfen, das habe ich verdient. Ohne dich fühle ich mich so kaputt. Kein Kuss fühlt sich so echt an wie der mit dir.

Deine Ylvie.«

Sia schluchzte und schlug die Hand vor den Mund, sie zögerte keinen Augenblick, sich den Ring anzustecken, der ihr eigentlich viel zu groß war und doch einfach nur passte. Sia las die letzte Zeile.

»PS: Bitte verzeih mir. Ich liebe dich.«

Ylvie lief über den Hof. Sie sah das offene Tor zum Stall und hielt instinktiv an. Die Box hatte sie direkt hierhergeführt. Sie entdeckte Sia mit dem Brief, den sie hätte vor Jahren abschicken sollen. Ihr war mulmig zumute, sie war peinlich berührt. Es war in ihr tief vergraben und doch hatte Sia ihre Erinnerungen gefunden. Jeden Tag hatte Ylvie vor der Post gestanden und sich Mut zugesprochen, den Brief endlich abzuschicken. Aber Sia war ihr gegenüber so abweisend gewesen, dass sie fürchtete, der Brief würde für immer unbeantwortet bleiben.

Ylvie kam kein einziges Wort über die Lippen. Ihr Körper war tonnenschwer, als sie auf Sia zukam und den Ring an ihrem Finger funkeln sah.

»Du hast geweint?«, sagte Sia leise und schluchzte. Das Briefpapier war an einigen Stellen gewellt und die Tinte dort fast unleserlich. Aber nicht Sias Tränen waren daran schuld.

Ylvie beruhigte sich, sie musste reden. Sie nahm Sia den Brief ab und schaute auf die Zeilen, die ihre Handschrift trugen.

»Ich habe sehr oft geweint, weil du nicht mal mehr mit mir am Telefon sprechen wolltest.« Ylvie überflog die Zeilen und traute sich, Sia in die Augen zu schauen. »Das mit dir hat mir so sehr das Herz gebrochen, ich glaube, ich hatte noch nie solch einen Liebeskummer. Meine Mutter war gestorben, sie war weg, ich konnte sie nicht zurückholen. Aber du, du warst da draußen irgendwo und wolltest mich nicht mehr.«

Unter Tränen sprang Sia ihr um den Hals. »Ich wollte dich immer«, haspelte sie und brachte mit ihrem Kuss Ylvie zum Taumeln, sodass sie gemeinsam in den Heuballen fielen, der sie wie ein weiches Bett auffing.

»Ich liebe dich, Ylvie. Ich habe dich immer geliebt«, gab Sia gequält von sich, sodass Ylvie sie küssen musste. Ein wenig zu aufdringlich, wie von selbst glitten ihre Hände unter Sias Rock.

Sie hörten Stimmen vom Hof, die beiden wurden ruhiger und doch atmeten sie schwer. Erwin holte eine weitere Tragetasche aus dem Auto, Ursula rief ihm noch etwas zu, was er mit: »Ja, ja«, quittierte und dann zurück ins Haus ging.

Sia saß auf Ylvies Schoß, es war gut, dass sie sich zur Ruhe zwingen mussten.

Ylvie legte ihre Hand auf Sias Wange, an die sich Sia liebevoll schmiegte. Mit der anderen Hand fuhr sie durch ihr Haar und zog sie zu sich, damit sie sich wieder küssen konnten.

»Ich habe dich vermisst«, hauchte Ylvie gegen Sias Lippen. »Du hast dich verändert, besonders dein Körper«, sagte sie. Sia schenkte ihr einen weiteren Kuss und lauschte mit halb geschlossenen Augen. Ylvies Hände wanderten sanft über ihren Körper, bis sie die Knöpfe von Sias Kleid nach und nach öffneten.

»Früher war mein Busen größer gewesen, jetzt ist es deiner«, flüsterte sie und knöpfte ihr die Knöpfe bis zum Bauchnabel auf.

»Die dicke Berta wäre eifersüchtig auf so eine Oberweite«, sagte Ylvie mit einem Grinsen.

»Ich bin keine Kuh«, erwiderte Sia trotzig, woraufhin Ylvie nur heiser lachte und den Kopf für einen weiteren Kuss hob.

Ylvies Hand verschwand in Sias BH, sie umfasste ihren weichen Busen, wodurch Sia erregt aufseufzte.

Ihre Laute stachelten Ylvie so sehr auf, dass sie die Geduld verlor und Sia den BH über ihre Brüste zerrte. Sia war wie im Rausch, als Ylvie zaghaft ihre dunklen Vorhöfe zwischen die Zähne nahm.

»Weißt du noch, damals?«, flüsterte Ylvie und leckte mit weicher Zunge über die harten Spitzen. Sie hielt ihre Lust nicht aus und rückte den Rock von Sias Kleid über ihre Schenkel. »Als wir uns mit Unterwäsche aneinander rieben und du es nicht mehr ausgehalten hast? So einfach hast du das Stück Stoff beiseitegeschoben. Haut auf Haut«, stöhnte sie.

»Ständig musste ich die Initiative ergreifen«, klagte Sia.

»Ich möchte das wieder«, sagte Ylvie. Während sie Sia in die Augen schaute, rückte sie den Slip an ihrer Mitte beiseite. Früher waren es gepunktete Baumwollschlüpfer, nun trug Sia einen aufreizenden String. Als Ylvie endlich einen Blick riskierte, stockte ihr der Atem. Sia war vollkommen glatt. Ihre nackte Haut erregte Ylvie so sehr, dass sie sich ruckartig aufrichtete und Sia beinahe von ihrem Schoß stieß.

Ylvie atmete durch und brachte Sia dazu, sich hinzuknien. Das Heu pikste, aber Sia war zu sehr vom Moment mitgenommen.

Ylvie streifte ihren runden Hintern und glitt mit Fingerspitzen über ihre schmalen Beine. Als Ylvie ihre Mitte berührte, zuckte Sia und stöhnte unkontrolliert.

»Nicht so laut«, flüsterte Ylvie. Dabei hätte sie nichts lieber gehört.

Die Erregung ließ Ylvie wieder ungeduldig werden. Verlangend biss sie sich auf die Unterlippe. Sie bemühte sich, sich zu kontrollieren, doch durch Sias weiche Haut verlor sie jegliche Hemmung. Sie beugte sich vor und nahm ihren Busen tief in den Mund. Als könnte sie sich nicht entscheiden, welcher ihr besser schmeckte, wechselte sie hin und her. Ihre rechte Hand glitt derweil von Sias Oberweite zwischen ihre Beine.

»Du bist so feucht«, flüsterte Ylvie und tauchte einen Finger in die fremde Wärme.

Sia suchte Halt und krallte sich in Ylvies Hemd.

»Bereit?«, fragte Ylvie und wartete nicht auf eine Antwort, als sie einen weiteren Finger dazunahm. Sie dehnte Sia ein wenig mehr und drang tiefer in ihre nasse Enge. »Ich wollte das schon so lange mit dir machen«, sprach sie mit heißem Atem. Sia wurde mitgerissen, sie wusste nicht, ob sie atmen durfte, weil sie fürchtete, sonst laut zu werden und sie beide zu verraten.

Ylvies Hände waren magisch, als könnte sie Gedanken lesen und wüsste genau, was und wie Sia es mochte. Während sie mit einer Hand ihre tiefste Stelle berührte, umkreiste Ylvie ihre pochende Knospe.

Es passierte schnell und so unerwartet, dass Sia lautlos den Mund öffnete und ihren Höhepunkt mit zitternden Gliedern erlebte. »Oh Gott«, japste sie mitgenommen. Es war ihr peinlich, dass sie hätte im Erdboden versinken können. So schnell war sie noch nie gekommen. Ylvie lachte heiser und küsste Sia voller Verlangen. Langsam und vorsichtig entzog sich sie ihr. Sie erlaubte

Sia aufzuatmen, aber Sia wollte keine Zeit verlieren, sie bestand darauf, ihr das zu geben, was sie eben erlebt hatte. Blind knöpfte sie ein paar Knöpfe von Ylvies Hemd auf und küsste sie. Als sie versuchte, den Knopf an Ylvies ausgewaschener Jeans zu öffnen, gab ihr Ylvie einen Kuss auf die Wange, an den Hals und dann wieder auf die Lippen. Sia lächelte verlegen, um so viel Zuneigung, und zog langsam den Reißverschluss runter. Sie war mutig, noch nervös, aber entspannter, besonders weil Ylvie nicht die Finger von ihr lassen konnte. Es war liebevoll, wie sie sie hielt, sie mit Küssen umsorgte, damit sich Sia weiter geliebt fühlte.

Sia rückte ihr die Hose von der Hüfte und entdeckte Ylvies dunkle, glatte Schambehaarung. Sia versuchte, cool zu spielen, aber Ylvie sah mit ihrer Körperbehaarung unglaublich erwachsen aus. Sie war nicht der Typ, der sich von der Werbeindustrie verbiegen ließ.

»Das nennt man Körperbehaarung«, neckte Ylvie und küsste Sia erneut so innig, dass sie alles um sich ausblendete. »Würdest du mir aufs Gesicht klettern?«, hauchte Ylvie gegen ihre Lippen und überrumpelte Sia damit.

»Aber … aber sollte ich nicht …« Sia bekam keinen richtigen Satz zu stande, dabei war sie eine erwachsene Frau.

»Sagen wir, es ist eine kleine Fantasie von mir«, gestand Ylvie. »Die ich von dir habe«, fügte sie hinzu und schien kein bisschen verlegen drum zu sein. Sie gab Sia nicht wirklich die Möglichkeit, selbst zu entscheiden, als sie sie um den Verstand küsste und sich an ihr herunterschlängelte. Sia war noch nie jemanden aufs Gesicht geklettert. Auch wenn ihre Beine zitterten, gab sie nach. Ylvie legte sich hin, mit verliebtem Blick schaute sie auf ihre nackte Mitte und küsste die Innenseite ihrer Schenkel. Es fühlte sich warm an, so liebevoll. Wer hatte sie dort jemals geküsst?

Dann hob Ylvie den Kopf und berührte mit den Lippen Sias Vulva hingebungsvoll, sodass Sia vor Wonne den Kopf in den Nacken warf. Die fremde Wärme durchdrang sie von ihrer Knospe bis in den tiefsten Punkt ihres Körpers, sodass sie Ylvie am liebsten den ganzen Schoß ins Gesicht gedrückt hätte. Ihr Mund war so unglaublich warm und ihre Zunge glatt. Sia stöhnte leise und stützte sich an der Wand ab. Sie schaute über ihre Schulter und beobachtete Ylvie, wie sie sich selbst berührte, während sie mit geschlossenen Lidern Sias winzige Perle liebkoste. Mit weicher Zunge glitt sie über ihre Vulvalippen, als wäre sie schmelzendes Softeis. Der Anblick erregte Sia so sehr, dass sie es kaum noch aushielt. Als Ylvie durch die Anstrengung ihren Kopf zurücknahm, traute sich Sia, sich etwas tiefer zu setzen.

»Ylvie«, flehte sie und der Klang ihrer Stimme gab preis, wie kurz sie wieder davorstand.

»Brich mir nicht das Genick, okay?« Ylvies Grinsen warf Sia komplett aus der Bahn. Sie lachte und wollte eigentlich nur einen Spaß machen, aber es ging Sia zu nahe.

Mit einem Ruck brachte Ylvie sie sicher zu Fall und half ihr, sich auf den Rücken zu legen. Noch immer mit einem schiefen Grinsen im Gesicht zog sie ihre Hose aus und setzte sich auf Sias Schoß. Das Gefühl von ihrem Gewicht war unbeschreiblich. Noch nie hatte sich eine erwachsene Frau so auf sie gesetzt, wie ungemein erregend.

Ylvie trug keinen BH, Sia küsste ihre geschwollenen Brustwarzen. Wenn sie weich waren, schmeckten sie anders, als wenn sie sich aufstellten. Daran erinnerte sie sich wieder.

Ylvie stöhnte so süß, dass Sia sie an ihrem Hintern enger an sich drückte, um sie ganz bei sich zu haben.

»Ich kanns nicht glauben«, haspelte Ylvie gegen Sias Lippen. »Ich kann nicht glauben, dass ich mit dir schlafe.« Sie hatte ihr halbes Leben nur auf diesen Moment gewartet. Ylvies Haut war warm und nass. Ihr Geruch so betörend, dass Sia sie hätte lecken können. Jetzt hätte sie sich getraut, weil sie so heiß auf Ylvie war, die rhythmisch ihren Körper bewegte und sich immerzu an ihre empfindlichste Stelle drückte. Sia küsste Ylvies Busen, küsste jedes Stück Haut, das ihr unter die Lippen kam.

Ylvies Laute wurden wehleidiger. »Ich will, dass du mit mir kommst«, flehte sie und drängte Sia zurück ins Heu. Sie presste ihr die Hände über den Kopf und eiferte mit geschlossenen Augen ihrem Orgasmus nach.

Sia war angetan. »Ein bisschen fester«, bat sie. »Ein bisschen fester«, wiederholte sie und brachte Ylvie vollkommen um den Verstand, sodass sie sich unkontrolliert an Sias feuchter Haut rieb.

Sie bewegten sich noch, der Orgasmus dauerte bei beiden an. Ausgelaugt stürzte Ylvie hinab und küsste Sia. Sie küssten sich atemlos, dass es durch den Kuhstall hallte, und sie hofften, niemand hatte sie gehört.

»Ich liebe dich«, sagte Ylvie und suchte erneut nach Sias Lippen.

Kapitel 49

Es war lange nicht mehr so viel im Haus los gewesen wie an diesem Abend. Ylvie und Sia saßen nebeneinander, während Sias Mutter die Suppenschüssel auf den Tisch stellte und ihr Vater das Graubrot in dicke Scheiben schnitt.

»Erwin, doch nicht so dick«, schimpfte Ursula.

»Nur so wird man satt«, erwiderte er und brachte die anderen am Tisch zum Schmunzeln.

Tessa und Ludwig waren auch anwesend. Sie unterhielten sich mit Sias Bruder Pascal und fragten ihn nach seinen Zukunftsplänen aus.

»Wie wäre es mit Landwirt?«, fragte Ludwig und klopfte ihm fest auf den Rücken. »Ylvie kann jemanden wie dich gut gebrauchen.«

Pascal zeigte ihm den Vogel. »Ich bin doch nicht verrückt! Hast ja gar keine Freizeit mehr.«

»Ja«, erwiderte Erwin. »Keine Zeit mehr zum *Gameboy* spielen.«

»Das ist kein *Gameboy*, sondern eine *Switch*«, korrigierte ihn sein Sohn und konnte nicht fassen, dass sein Vater den Unterschied nicht kannte.

Sie lachten darüber. Es war schön beieinander, so lebendig, dass das Essen besser schmeckte und sich das Leben gut anfühlte.

Sia entging Tessas Blick nicht. Sobald sie ihn erwiderte, schaute sie weg. Ob sie etwas bemerkt hatte? Sie sah nicht unzufrieden und arrogant aus wie sonst. Eher traurig.

Als sich Sias Mutter endlich setzte, fischte sie ihrer Tochter einen Strohhalm aus dem Haar und warf ihn achtlos auf den Boden, doch an dem funkelnden Ring an ihrem Finger hielt sie sich auf.

»Der ist aber schön, wo hast du den denn her?«, fragte Ursula.

Sia sah das Schmuckstück an, auch wenn sich Ylvies Miene versteinerte, lächelte sie verlegen. »Ein altes Geschenk von Ylvie, das ich wiedergefunden habe«, meinte sie daraufhin. Ihre Stimme klang zu gefühlvoll, sodass sie sich räusperte, um sich wieder zu fangen.

Ursula und Erwin sahen sich an. Ludwig senkte den Blick und widmete sich seinem Essen. Er würde nichts sagen, was ihm den Kopf kosten könnte. Sollte seine Tochter das selbst ausbaden.

Unter dem Tisch suchte Sias Hand nach der von Ylvie und ließ sie nicht mehr los, bis sie zum späten Abend aufstanden und gehen mussten.

Es war herzzerreißend, wie sich die beiden voneinander verabschiedeten, ohne dass jemand Verdacht schöpfte. Ylvie legte einen Arm um Sia und drückte sie einen Moment länger, als es sich schickte. Kurz sahen sie sich in die Augen. Tessa und Ludwig waren schon draußen. Sia merkte, dass Ylvie nicht gehen wollte, doch etwas unbeholfen verabschiedete sie sich bei ihren Eltern und folgte den anderen den Hof runter. Immer wieder sah sie sich nach Sia um.

»Noch einen schönen Abend!«, rief Erwin und winkte noch einmal zum Abschied. »Mach die Tür zu, Sia, es zieht«, sagte er und half seiner Frau beim Abräumen, während es sich Pascal mit seinem Gameboy auf dem Sofa gemütlich gemacht hatte.

Ylvie ist gleich nebenan, beruhigte sich Sia. Sie gehörte jetzt zu ihr. Nervös fummelte sie an dem Ring an ihrem Finger und schloss die Tür.

*

In der Nacht kam Sias Mutter zu ihr ans Bett. Es war fast wie früher, als würde sie ihrer Tochter noch einen Gutenachtkuss geben und sichergehen, dass sie zugedeckt war. Doch Sias Mutter wirkte beunruhigt.

Sie setzte sich zu Sia ans Bett und strich ihrer Tochter durch ihr brünettes, seidiges Haar. »Das mit dir und Ylvie …« Sie hielt inne und haderte wohl mit sich.

Sia war erstaunt. Ihr Herz klopfte, sodass sie den Kopf hob, um ihre Mutter genauer zu betrachten. Ihre Mutter musste es nicht aussprechen, Sia erkannte, dass sie bereits ahnte, was sich zwischen Ylvie und ihr abspielte. Sia nahm ihr die unangenehme Frage ab.

»Ob wir zusammen sind?«, fragte sie.

Über diese Offenheit war Ursula ein wenig entsetzt und doch nickte sie.

»Man hört so vieles, selbst wenn man nicht mehr auf dem Dorf lebt«, erzählte sie.

»Dass Ylvie lesbisch ist?«, fragte Sia wieder geradeheraus, was Ursula erneut ein wenig Fassung kostete und sie nickte, weil ihr für den ersten Moment die Worte fehlten.

»Ist das ein Problem für dich?«, wollte Sia wissen.

Diesmal schüttelte ihre Mutter den Kopf. »Nicht wirklich … nur …« Sie legte eine Pause ein und Sia ließ sie zur Ruhe kommen.

»Ihr habt nicht mehr geredet und dann … du warst plötzlich so verschlossen. Du hast niemanden mehr an dich ran gelassen und hast auch nichts mehr gegessen …«

»Das wird nicht noch einmal passieren«, sagte Sia. Sie musste unterbinden, dass ihre Mutter einen Teil ihrer Vergangenheit hervorholte. Sia war eine schlechte Esserin, wenn sie gestresst oder traurig war. Aber eine künstliche Sonde würde man ihr nie wieder durch den Rachen ziehen müssen.

»Ylvie kümmert sich um mich«, versicherte Sia.

Sias Mutter sah ihre Tochter an, sie nickte verständnisvoll und doch wirkte sie besorgt. Sie gab Sia einen Kuss und ging.

Kaum war die Zimmertür verschlossen, leuchtete Sias Handy auf. Als sie nachsah, klopfte ihr Herz schneller als zuvor. Ylvie hatte ihr geschrieben.

»Ich vermisse dich.«

Zufrieden legte sich Sia ins Bett und betrachtete überglücklich die drei digitalen Worte. Sie war sich sicher, Ylvie würde auf sie aufpassen und nie wieder etwas Dummes tun, das ihre Beziehung gefährden könnte.

Kapitel 50

»Was Verena für mich macht, ist unbezahlbar.« Sia reichte ihr Handy mit den Bildern, dir ihre beste Freundin geschickt hatte, in die Runde am Frühstückstisch. Ihre Mutter brauchte schon lange eine Brille, aber weigerte sich, eine anzuschaffen, weil sie glaubte, noch nicht so alt zu sein. Zum Glück fuhr sie nur selten Auto und lieber mit der Straßenbahn.

Sie kniff die Augen zu und lächelte, als sie die Kinder auf den Bildern sah, die mit viel zu großen Pinseln dunkelgrüne Farbe auf weiße Fläche malten. Verena hatte ein kurzes Video geschickt, das Ursula abspielte. Das Video brachte auch Sias Vater zum Lächeln, der nebenbei von seinem Frühstücksbrot abbiss und neugierig zuschaute, was Verena alles auf die Beine gestellt hatte.

Selbst Pascal wurde aufmerksam. Er nahm seiner Mutter das Handy ab und durchstöberte den Verlauf.

»Ich hätte nicht gedacht, dass Menschen so viel Interesse daran haben, was so ein einfacher Bauernhof macht.« Ursula war beeindruckt.

»Schade, dass man das nicht weiter aufrecht halten kann«, meinte Erwin daraufhin.

»Ja«, meinte Sia nachdenklich und rührte in ihrer Kaffeetasse. »Auf Dauer ist es eine finanziell zu hohe Belastung für Verena. Sie bezahlt von den Spenden die anfallenden Kosten für die Materialien, aber sie kann ja nicht ewig in ihrer Galerie für mich ausstellen. Ich habe mir überlegt, ob ich nicht vielleicht dafür Automaten in der Stadt aufstelle, die ich dann mit den Eiern und der Milch vom Hof beliefern kann.«

Ursula nippte an ihrer Tasse. »Wie willst du das mit den Kosten machen?«

Sia sah auf und verstand sehr wohl, was sie damit meinte. Die Milch würde durch den Aufwand teurer werden.

»Vor ein paar Tagen ist eine Frau ganz aus Bremen gekommen, um zu sehen, was ich so mache. Sie hat mir für vier Liter Milch und ein paar Eier 50 Euro in die Hand gedrückt. Ihr war es wichtig, dass es den Tieren gut geht.«

Sias Mutter war beeindruckt.

»Die Miet- oder Kaufkosten des Automaten muss ich auf die Milch verrechnen. Vielleicht kann ich mit meiner Milch solche Menschen ansprechen, die nicht wirklich auf die Kosten achten, sondern auf das Tierwohl. Wenn ich das jetzt nicht mache, werde ich mich ewig fragen, ob es geklappt hätte.«

Ihre Eltern schwiegen. Sia sah in ihren Gesichtern Unsicherheit. Sie fanden es keine gute Idee. Für Sia war es genauso riskant gewesen, als sie herkam, um ihrer Tante Evie zu helfen. Nun ging es dem Hof so gut wie lange nicht mehr.

»Irgendwie muss ich das schaffen. Vielleicht indem ich zwei Stunden früher aufstehe, die Kühe nach dem Füttern melke und gleich in die Stadt fahre, um die Ware auszuliefern. Ich würde mein Auto abholen und vor Ort, ich weiß nicht, vielleicht komme ich einmal die Woche vorbei und befülle die Automaten.« Sia kaute nachdenklich auf ihrer Unterlippe. Sie sprach nicht wirklich mit ihren Eltern, sondern gedankenverloren mit sich selbst. Die Milch musste zuerst behandelt werden und dann gekühlt. Wo sollte sie solche Gerätschaften herbekommen und das lagern?

Ursula sah verblüfft Erwin an. »Und was ist mit deinem Job?«, fragte sie.

Sia kam gar nicht dazu, zu antworten, als ihr Vater nun etwas gedankenverloren einwarf. »Ich kenne da jemanden, der ständig seine Oldtimer zu uns in die Werkstatt bringt. Er hat mal erzählt, dass er alte ausgemusterte Automaten repariert und verkauft, um sich die Reparaturen der Fahrzeuge zu leisten. Wenn wir sie aufstellen, könnte ich die Wartungsarbeiten durchführen.«

Anstatt wie gewohnt dagegen zu reden, fügte sich Ursula. »Ich könnte im Dorf rumtelefonieren und fragen, ob jemand vielleicht einen Kühlwagen hat und selbst Dinge in der Stadt erledigen muss.«

Pascal sah von seiner *Switch* auf. »Ich habe ein paar Freunde, deren Mütter auf so Fairtrade-Dinge achten. Die rasten sicher aus, wenn die erfahren, dass es frische Milch aus weniger als 100 km Umkreis gibt.«

Sia kamen die Tränen, die sie versuchte, herunterzuschlucken. Es war so befreiend, dass ihr niemand wie befürchtet einen Vorwurf machte oder sie für verrückt erklärte. Keiner von ihnen sagte noch, dass der Hof verloren wäre und sich die Mühe nicht lohnte.

Sias Mutter streckte ihre Hand aus und legte sie auf die ihrer Tochter. »Der Bergmanns-Hof war unser Zuhause. Schön, dass du es wieder zu einem gemacht hast.«

Ursula saß zu weit weg, sodass sich Sia schluchzend an die Brust ihres Vaters warf, der lachte und versuchte, seine Tochter zu trösten.

*

Am Sonntag nach dem Mittagessen verabschiedete Sia ihre Familie.

Draußen am Auto umarmte Ursula ein letztes Mal ihre Tochter. Ylvie hatte es sich nicht nehmen lassen, eben schnell vorbeizukommen, die nun Erwin zum Abschied umarmte.

»Pass gut auf mein Mädchen auf«, bat er und klopfte ihr auf die Schulter.

Ylvies Blick ging direkt zu Sia. »Das werde ich«, sagte sie leise, ein wenig zu sanft, wodurch Erwin stutzig wurde, aber doch lächelte.

Es war der funkelnde Stein in der Sonne, der Erwin auf Sias Hand aufmerksam machte. Sie trug wieder diesen Ring, der ihr ein wenig zu groß war und schief an ihrem Ringfinger hing. Erwin blickte vom Schmuckstück zu Ylvie und dann zu seiner Tochter, die Ylvie schon fast wie verliebt ansah.

Ehe er etwas sagen konnte, drängte ihn Ursula ins Auto.

»Warte … was?«, gab Erwin überrumpelt von sich.

»Wir reden im Auto«, mahnte seine Frau und zwang ihn auf die Fahrerseite. Erwin schaute bitterböse, doch Ursula ließ ihn nicht zu Wort kommen und schlug ihm gegen die Schulter, damit er endlich den Motor anließ.

Sia lächelte verlegen, besonders dann, als Ylvie ihre Hand nahm und sie ihren Eltern gemeinsam zum Abschied zuwinkten.

Unzufrieden lenkte Sias Vater den Wagen aus der Ausfahrt.

»Jetzt fahr endlich, Erwin!«, schimpfte seine Frau.

»Ich werde doch nicht …« Ursula ließ ihn wieder nicht aussprechen.

»Nun fahr!« Diesmal haute sie ihm fest gegen die Brust, sodass ihm eigentlich keine Wahl blieb.

»Die halten Händchen! Warum halten die Händchen?!« Erwin gab ein wenig zu viel Gas.

»Sie haben doch früher auch Händchen gehalten«, gab Ursula unruhig von sich. Sie klang auch nicht gerade zufrieden.

»Warum trägt Sia plötzlich einen Ring?!« Erwin fuhr einen Schlenker, zum Glück gab es kein anderes Auto auf der Straße.

»Erwin«, schimpfte Ursula.

»Ich weiß gar nicht, was ihr habt. Ich habe Sia ewig nicht mehr so glücklich gesehen.« Pascal drückte die Taste auf seiner *Switch* fester, weil er es gerade noch schaffte, das nächste Level zu erreichen.

Ursula und Erwin warfen sich kurz einen Blick zu. Erwin beruhigte sich. Auch Ursula sah wieder auf die Straße.

Der Wagen war in der Ferne nur noch ein Punkt.

Ylvie lachte und steckte Sia damit an. Dann schubste sie sie in Richtung Haus.

»Hey«, mahnte Sia. Kaum hatten sie die Türschwelle übertreten, küsste Ylvie sie gierig und warf ungeduldig die Tür hinter sich zu. Sie hob Sia mit einem Ruck hoch, sodass sie sich mit den Beinen eng um ihre Hüfte klammerte.

»Halt dich gut fest«, hauchte Ylvie und brachte sie zu den Stufen.

Sia schlang sich um ihren Hals und schnappte nach dem nächsten Kuss. »Wenn wir hinfallen, tuts weh«, haspelte sie und suchte bereits den nächsten Kuss.

»Ich falle zumindest weich.« Ylvie grinste.

Sia schaute wütend auf. »Hast du mich gerade fett genannt?«

Ylvie lachte lauter und vergrub ihre Finger in Sias Hintern. »Nein, du bist einfach perfekt.«

Sia wurde verlegen. Das hatte ihr auch noch niemand gesagt.

Mit dem zusätzlichen Gewicht schaffte es Ylvie die Treppe hoch in die obere Etage. Bei der letzten Stufe musste sie stöhnen, aber brachte Sia sicher in ihr Schlafzimmer.

Sia war aufgeregt. Sie waren das erste Mal wieder alleine und fast offiziell ein Paar.

Ylvie schmunzelte, als könnte sie ihre Gedanken lesen. Sie ließ sich mit ihr aufs Bett fallen, direkt zwischen ihre Beine. Sia kicherte mit geröteten Wangen.

»Deine Mutter weiß es?«, fragte Ylvie und küsste Sia.

»Ich denke schon«, antwortete sie und drehte den Kopf leicht weg, um reden zu können. »Aber von der Eheschließung habe ich nichts erzählt. Das habe ich mich nicht getraut«, gestand sie.

Ylvie küsste sie wieder und stöhnte dabei erregt, als würde sie die Tatsache, dass sie wirklich verheiratet waren, anturnen. Auch Sia fühlte sich mit dem Umstand wohler.

Ylvies Kuss war unglaublich zärtlich, sodass es Sia auf den Lippen kitzelte. Als sie sich zu früh von Sia löste, hob sie unwillkürlich den Kopf, um sie erneut zu küssen.

»Dann sollte ich das machen«, meinte Ylvie.

»Finde ich eine gute Idee. Dann bekommst du den ganzen Ärger und nicht ich.«

»Das glaube ich auch«, gab sie amüsiert von sich.

Sia kicherte und Ylvie verlor sich in ihrer Freude. Sie neigte sich zu ihr, küsste sie so lange, bis sich jeder Muskel in Sias Körper lockerte, und sie hätte ewig weiterküssen können.

Ylvies Hand wanderte an ihre Seite und berührte ihre Rippen fest, als würde sie Sia das Gefühl geben wollen, dass sie bei ihr sicher war.

Diesmal trug Sia ein anderes Kleid, mit anderen Kniestrümpfen. Es war vielleicht ein Outfit, das sie sich extra ausgesucht hatte, genau für diesen Moment, weil sie um Ylvies Blicke wusste.

Damals hatte Ylvie diese Kombination sehr gerne gemocht. Sie hatte Sia immerzu auf die Beine geschaut und Sia hatte von ihr verlangt, dass sie ihr ihre heruntergerutschten Kniestrümpfe richtete. Ohne Widerworte war Ylvie ihrer Bitte nachgekommen. Dann, wenn Sia ein Eis schleckte und die Hände nicht frei hatte. Ylvie berührte sie gefühlt einen Ticken zu lange, zu gerne. Selbst wenn Sia sie bat, ihr die Schnürsenkel zu binden, tat sie das ohne Murren. Sobald sie sich dann aufrichtete, blickte sie auf das Stück freie Haut, das nicht vom Rock und ihren Kniestrümpfen verdeckt wurde.

Sehnsüchtig glitt Ylvies Hand nun über Sias Hüfte, über ihre Schenkel und streifte den Rock ihres Kleides hoch. Etwas, was sie sich damals niemals getraut hätte. Wie die Zeit Menschen doch veränderte.

Ylvies Hände waren so warm, Sia klammerte sich um ihren Hals und küsste sie wieder, diesmal ungeduldiger. Die Aufforderung blieb Ylvie nicht verborgen. Sie löste sich und biss sich verlangend auf die Unterlippe, während sie Sia ein wenig zu verträumt betrachtete, als würde sie diesen Moment verinnerlichen wollen. Erst dann richtete sie sich auf und kniete sich hin. Dabei griff sie Sia unter den Rock und streifte ihr den Slip von der Hüfte, ihre Beine hinab und erstarrte.

Sia wurde verlegen, als Ylvies Augen ihre suchten. »Du musst das nicht tun«, sagte Ylvie, wodurch sich Sias Wangen nur noch mehr röteten.

Ylvie lachte wieder so warm. Sie beugte sich über Sia und stemmte sich rechts und links über ihren Schultern ab. »Du musst dich nicht für mich rasieren.«

Sia war so verlegen, dass sie vor Scham ihr Gesicht unter ihren Händen verbarg. »Ich dachte, du würdest es mögen«, kam ihre Stimme dumpf durch.

Ylvie war zufrieden. »Es ist schön, sehr sogar«, sagte sie leise. »Aber ich bin erwachsen, das bisschen macht mir nichts. Oder willst du etwa, dass ich das auch für dich tue?«

»Nein.« Sia nahm die Hände runter. Sie wollte nicht, dass Ylvie sich für sie veränderte. Sie war unglaublich, so wie sie war.

»Und warum nicht?« Ylvie neckte sie zwar, aber Sia antwortete ehrlich.

»Du siehst damit sehr erwachsen aus … es … es steht dir.«

Anzüglich hob Ylvie die Augenbrauen. »Es steht mir also?« Sie lenkte Sia ab, als sie sie mit der Hand zwischen den Beinen berührte und das bittersüße Gefühl Sias Gedanken für einen Moment vernebelte. Ylvie nutzte ihre Sprachlosigkeit und rückte das Kleid höher. Sie bückte sich und küsste ihren weichen Bauch, küsste ihn entlang bis zum Bauchnabel und von dort hinab.

»Stadtmenschen schauen zu viele Pornos«, seufzte Ylvie. Sie küsste Sia innig an ihrer empfindlichsten Stelle und entlockte ihr ein leises Wimmern. Dann, ganz sanft glitt sie mit weicher Zunge über ihren winzigen Hügel und küsste sie wieder, sodass Sias Beine zu zittern anfingen.

Sia wurde laut und presste die Lippen zusammen, was Ylvies Aufmerksamkeit weckte.

»Wir sind alleine«, hauchte sie mit warmem Atem gegen die nasse Stelle und küsste die zarte Haut erneut, sodass sich Sia diesmal erlaubte, ihre Stimme zu erheben. Sie schloss die Augen und ließ es geschehen.

Ylvie berührte sie ganz sanft, so, wie es Sia zu Anfang mochte. Nicht fest, nicht grob. Das kam später, wenn man es in seiner Haut nicht mehr aushielt.

Sie verteilte ihre Küsse über ihre glatte Haut und benutzte ihre Zunge vorsichtig, bis sie weitere Küsse auf die Innenseite von Sias Oberschenkel verteilte. Sie brach das Liebesspiel ab, um es augenblicklich fortzuführen.

Dann kletterte Ylvie von der Matratze und rückte Sia mit einem kräftigen Ruck bis an die Bettkante. Sie kniete sich auf den Boden und brachte Sias Beine auf ihre Schultern, um sie wieder an ihrer intimsten Stelle zu küssen, diesmal intensiver und mit mehr Verlangen.

»Früher habe ich es mir vorgestellt, das bei dir machen zu dürfen. Aber ich habe mich nie getraut. Ich hatte gehofft, du würdest mich bitten. Ich hätte keinen Moment gezögert«, wisperte Ylvie.

Ihr Geständnis erregte Sia so ungemein, dass sie qualvoll aufseufzte. Sie zog die Beine enger an ihren Bauch und hob den Kopf, doch der Anblick nahm ihr den Atem, sodass sie ihn zurückwarf, um nach Luft zu schnappen.

Ylvie konnte es so gut. Sie war liebevoll, doch benutzte sie ihre Zunge und ihre Lippen im richtigen Augenblick mit mehr Druck, sodass Sia unvermittelt ihren Höhepunkt erreichte. Sie schrie kurz tief und laut auf, um sich dann wieder den Mund zu verbieten. Zu spät erinnerte sie sich daran, dass sie alleine waren.

Obwohl Sia ihren Höhepunkt erreicht hatte, blieben Ylvies Lippen noch etwas auf ihrem Lusthügel liegen, ganz sanft und doch war Sia so empfindlich, dass sie zusammenzuckte. Ylvie ließ sich nicht wegdrängen, bis Sia wieder diese Lust von Neuem spürte. Es war der Wahnsinn.

Wie benommen lag sie da und schaffte es nicht, die Augen zu öffnen. Das Pochen ihrer Lenden lähmte sie. Ylvie stand auf. Sie öffnete ihren Gürtel und mit dem Klimpern schlug Sia ihre schweren Lider auf. Sie beobachtete sie, wie sie langsam die Schnalle aufzog, als würde sie Sia auf die Folter spannen wollen, und es gelang ihr.

Sie blickte in Ylvies Augen, in denen die Lust brannte. Alleine dadurch brachte sie alles in Sia durcheinander.

Ylvies sonst rosige Lippen waren röter als zuvor. Ungeniert leckte sie sich die Nässe von der Unterlippe. Sie zog ihr taubenblaues T-Shirt hoch und entblößte ihre nackte Haut. Man sah, dass sie hart arbeitete, an ihrem Bauch, an ihren Armen und ihren Händen. Sia sehnte sich regelrecht nach Ylvies Berührungen und richtete sich auf.

Ihre Liebste bückte sich, küsste Sia, die sich selbst von ihren Lippen schmecken konnte und wieder so verlegen wurde. Als sich Ylvie aufrichtete, streifte sie ihr liebevoll das Haar hinters Ohr. Die Berührung war so fürsorglich, dass Sia ihren Handballen zum Dank küsste. Sie spürte die rauen Schwielen an ihren Lippen und küsste sie noch einmal, was Ylvie ungeduldig aufseufzen ließ. Wie konnten hart arbeitende Hände nur so behutsam sein?

Sia ließ sich von ihren Gefühlen leiten. Sie hakte sich in Ylvies Hosenbund, den sie fahrig für sie öffnete. Sia hob den Kopf und tauchte ihre Lippen in Ylvies Wärme. Sie war bereits so feucht, dass Sia ihren Geschmack gleich auf der Zunge hatte. So etwas hatte sie zuvor noch nie getan und doch gefiel es ihr. Es fühlte sich gut an.

Ylvie roch süß und schmeckte nach Honig, der ihr auf die Zungenspitze tropfte.

Jeder Muskel saß in Ylvies Körper fest. Passierte das wirklich? Lag Sia halb nackt vor ihr und befriedigte sie ohne Ekel, dafür mit solch einer Hingabe?

»Ich könnte glücklich sterben«, brummte Ylvie mit zittrigen Knien.

Sia sagte erst nichts, mit flackernden Augenlidern schaute sie auf, während ihre Zunge das nachahmte, was Ylvie zuvor bei ihr getan hatte. Sie hätte sie weiter lecken können, aber die Liegeposition tat ihr nicht gut.

Sie stand auf und ging auf die Knie. Sie rückte näher an Ylvie heran und berührte sie mit der Hand, wodurch sie stöhnte, es sich aber nicht nehmen ließ, Sia erneut zu küssen.

»Ich brauche dich noch«, flüsterte Sia. Sie zog Ylvie zu sich ins Bett.

»Ich will dich nackt sehen. Ganz nackt«, haspelte sie und zog ihr hungrig die Kleidung aus. Dann hielt Sia inne und betrachtete Ylvies Körper. Ihre Haut war ebenmäßig und glatt. Sia glaubte, sie würde jeden Moment schimmern, wie die Schuppen von Meerjungfrauen. Bis auf das leicht schiefe Grinsen war Ylvie makellos, wobei ihr Lächeln alles andere als ein Makel war.

»Du bist so schön«, hauchte Sia und brachte Ylvie in Verlegenheit.

»Nicht so schön wie du«, sagte Ylvie und küsste Sia, die langsam wieder Mut gewann. Sie setzte sich mit nacktem Schoß auf sie. Für den Moment war es wie früher, versteckt im Stall.

»Du magst es, oder?«, fragte Sia und rieb sich vorsichtig an ihr. »Wenn ich auf dir sitze?«

»Ja«, antwortete Ylvie knapp und schnappte nach Atem. »Ich liebe es, dich mit meinem ganzen Körper zu spüren.«

Mit dem Geständnis entlockte sie ihrer Liebsten ein Lächeln, das Sia sogleich verging, als das drückende Gefühl zwischen ihren Beinen wieder die Oberhand übernahm.

»Ich liebe dich, Ylvie«, haspelte Sia. »Ich liebe dich.«

Kapitel 51

Es war der Moment, ehe der Wecker klingeln würde. Ein paar Minuten hatte sie noch, ein paar Minuten Ruhe, bevor alles wieder losging.

Mit geschlossenen Augen lag Sia da und fühlte den warmen, nackten Körper hinter sich. Ylvie war ihr so nah und doch war es Sia nicht genug. Sie rutschte weiter zu ihr, bis ihr Po fest an Ylvies Schoß drückte. Wie ein Puzzle, das zusammenpasste.

Ylvie atmete tief ein, sie wachte langsam auf und stöhnte. »Mein Arm fällt mir ab«, sagte sie und lachte heiser. Es war der Arm, auf dem Sia schlief. Sie kicherte und war nicht gewillt, ihn freizugeben. Noch ein bisschen sollte sie es aushalten.

Gestern hatten sie es so oft getan, dass sie es beide in jedem Zentimeter ihrer Körper spürten. Ylvie kuschelte sich an Sia, küsste ihren Hinterkopf und tauchte ihre Nase in ihr Haar. Dann lagen sie still da, bis die ersten Kühe nach Sia riefen.

»Ich könnte ewig liegen bleiben«, flüsterte Ylvie.

Sia drehte sich nach ihr um, sah, wie sie mit geschlossenen Augen dalag, ihre Nähe suchte und solch liebe Dinge sagte. Ihr Ex hatte sich meist nach einer kurzen Kuscheleinheit zur Seite gedreht. Oder, solange Sia auf der Toilette war, sich so sehr in sein Handy vertieft, dass er sie nicht mehr bemerkte, wenn sie ins Zimmer kam. Das mit Ylvie war neu und wunderschön.

»Ich auch«, flüsterte Sia, aber von draußen drang das dröhnende Muhen einer Kuh zu ihnen, sodass sie lachen musste. »Aber Berta sieht es wohl anders.«

Ylvie streckte sich. »Die dicke Berta sollte froh sein, dass sie nicht auf dem Grill landet.«

»Hey«, mahnte Sia und richtete sich auf. »Red nicht so über meine Kuh.« Sie hielt ihre Oberweite bedeckt, dagegen lag Ylvie halb nackt neben ihr, es schien sie nicht zu stören. Sie biss sich auf die Unterlippe und zog Sia die Decke weg, um wieder ein wenig nackte Haut zu sehen. Ihr Blick verriet, dass sie noch etwas anderes im Sinn hatte.

Sia wurde verlegen, wie konnte Ylvie nur so cool bleiben?

»Ich bin …« Sia schaffte es nicht, zu sagen, dass sie von gestern noch mitgenommen war. Wer konnte schon behaupten, dass er mehr als vier Mal in einer Nacht gekommen war?

»Ziemlich wund?«, fragte Ylvie unverblümt, wodurch ihr Sia empört auf den Arm schlug.

»Aua.« Ylvie lachte und richtete sich ebenfalls auf. »Du musst zugeben, es hat seine Vorteile, mit mir verheiratet zu sein.«

Sia war bemüht, ein beschämtes Lächeln zu verkneifen. »Es ist gar nicht mal sooo schlecht«, gestand sie, was Ylvie zum Grinsen brachte. »Besonders, wenn du mir gleich beim Duschen den Rücken schrubbst.«

Ylvie lachte mit einem Mal laut auf. »Das lässt sich einrichten.« Sie sah Sia gebannt zu, wie sie unter der Bettdecke hervorkam und vollkommen entblößt den Raum verließ. Ruckartig sprang Ylvie auf und folgte ihrer Jugendliebe ins Bad.

Später in der Küche saß Sia auf Ylvies Schoß. Sie frühstückten wie verliebte Teenager und tauschten ununterbrochen Zärtlichkeiten aus.

»Darf ich heute wieder bei dir übernachten?«, fragte Ylvie. Mit gestrecktem Hals sah sie zu Sia auf und forderte einen weiteren Kuss.

»Muss ich mir überlegen«, antwortete sie und hob mahnend die Augenbrauen. »Ich habe die halbe Nacht nicht geschlafen.«

»Bitte«, quengelte Ylvie und schob die Unterlippe vor. Durch die kleine angeborene Lähmung sah sie unglaublich süß aus, sodass Sia sie wieder küssen musste.

Ylvie grinste. »Das war dann wohl ein Ja.« Sie gab Sia einen leichten Klaps auf den Po, damit sie aufstand. Es war langsam an der Zeit, ihr Vater fragte sich sicher, wo sie war. Wobei er es sich vermutlich auch denken konnte.

»Wenn du vor neun fertig bist, habe ich eine Überraschung für dich«, sagte sie und stand auf.

»Was?«, fragte Sia perplex.

»Beeil dich«, trug Ylvie ihr auf, ohne mehr zu verraten.

Sia kam ihr nach. »Warte mal. Was denn für eine Überraschung?«

Ylvie beugte sich für einen Abschiedskuss. »Sagte doch, eine Überraschung.« Sie wandte sich zur Tür. »Also bis neun, sonst fahre ich ohne dich.«

»Hey!« Es war unfair, dass Ylvie nichts verriet. Sia lehnte sich an den Türrahmen und sah ihr nach, wie sie im schnellen Gang über den Hof eilte, den Zaun durchkletterte und ihr ein bezauberndes Lächeln schenkte.

Ihre Knie wurden weich. Sia war froh, dass Ylvie es nicht mitbekam, sonst hätte sie sich wohl ziemlich darüber gefreut, welche Wirkung sie auf sie hatte. Sia biss sich auf ihre Unterlippe, die durch die vielen Küsse und den unendlichen Liebesakt empfindlicher geworden war.

»Beeil dich!«, rief ihr Ylvie noch zu, bevor sie in den Bungalow verschwand.

Sia wurde hibbelig. »Mach ich ja!«, rief sie und schloss die Haustür. Sie räumte den Tisch ab und trank ihren Kaffee aus. Auch wenn sie der Muskelkater von letzter Nacht überallhin begleitete, war sie beschwingt. Während sie das Haus in Richtung Kuhstall verließ, überlegte sie angestrengt, was Ylvie wohl geplant hatte.

Was könnte ihre Überraschung sein? Das Erste, an was Sia dachte, war eine echte Hochzeit. Vielleicht eine kirchliche mit einer kleinen Fete danach? Sia war aufgeregt. Unerwartet war sie voller Vorfreude, aber dann kam es ihr idiotisch vor. Wenn Ylvie glaubte, dass Sia ohne ihre Familie heiraten würde, hatte sie sich geschnitten.

Gedankenverloren ging sie ihrer Arbeit nach. Sie fütterte die Tiere und brachte sie rüber zum Melken. Heute gaben sie mehr Milch als in den letzten Tagen. Sia war glücklich. Vermutlich waren die Kühe durch die Fürsorge entspannter.

Sia konnte es kaum erwarten, bis ihr Vater sich wegen der Automaten melden würde. Es kribbelte ihr in den Fingern, sie musste unbedingt mit Verena darüber sprechen, besonders über das, was die Tage zuvor passiert war.

Als die letzte Kuh durch war, schrieb Sia ihrer besten Freundin eine SMS, dass sie sich melden sollte, sobald sie konnte. Da vibrierte es auch schon.

»Was gibt es?«, fragte Verena.

»Meine Eltern haben mich dieses Wochenende überrascht. Glaub es oder glaub es nicht, wir waren sogar gemeinsam im Krankenhaus bei meiner Tante«, erzählte Sia, ohne Zeit zu verlieren. Gleich müsste sie auch schon los.

»Nicht dein Ernst«, gab Verena verwundert von sich. »Wie geht es Tante Evie?«

»Viel besser, aber sie soll in die Reha. So ganz ohne Krücke schafft sie es nicht«, antwortete Sia.

»Das klingt doch schon einmal gut. Dann hat sie noch ein wenig mehr Ruhe.«

»Genau, es wird langsam. Weswegen ich eigentlich anrufe«, sagte Sia schließlich. »Papa hat vorgeschlagen, mir Automaten zu besorgen, mit denen ich meine Milch und meine Eier in der Stadt verkaufen kann.«

»Was für eine tolle Idee!« Verena lachte. »Ich werde deine Produkte dann doch aus meiner Galerie heraus verkaufen müssen.«

Sia würde es ihrer Freundin nicht zumuten wollen, dennoch war sie ihr dankbar. Gemütlich schlenderte sie aus dem Stall auf den Hof, dabei entdeckte Sia Ylvie, die an einen der kleineren Traktoren einen Anhänger für Viehtransport ankoppelte. Sia wurde stutzig.

Ylvie winkte ihr zu und klopfte sich auf die Armbanduhr.

Sia kicherte, wodurch Verena aufhorchte. »Was ist los?«

»Ylvie. Sie hat mir heute eine Überraschung versprochen«, antwortete Sia.

»Das klingt ja interessant.« Sia konnte sich gut vorstellen, wie erstaunt Verena in diesem Moment schaute. Verlegen drum kehrte Sia zurück in den Stall, an die Stelle, wo sie das erste Mal mit Ylvie geschlafen hatte. Ihr Herz klopfte aufgeregt, man hätte sie erwischen können, aber zum Glück hatte sie niemand gesehen.

»Wissen eigentlich deine Eltern, dass ihr verheiratet seid?«, fragte Verena.

»Nein, aber …«

»Was aber?«

Sia bekam einen roten Kopf und druckste noch herum, bis Verena plötzlich still wurde. »Nein!«, entfuhr es ihr. »Ihr habt …? Wirklich?«

Sia lachte verlegen.

»Wie war es?«, wollte ihre Freundin gleich wissen.

»Sanft, anders. Ich mochte es.« Sie sprach leiser als zuvor. »Ich bin gestern Nacht ganze sechs Mal gekommen. Ich wusste gar nicht, dass das geht«, flüsterte Sia.

Verena war fassungslos.

Plötzlich berührte Sia etwas. Im ersten Moment dachte sie, dass sie sich gestoßen hätte und ihr Handy gefallen wäre, doch als sie aufsah, erblickte sie Ylvie, die mürrisch auf sie herabschaute.

Sia stockte der Atem, entsetzt rappelte sie sich auf. Seit wann stand Ylvie da und wie viel hatte sie mitbekommen?

Verena sprach ins Telefon und erwartete eine Antwort. Da hielt sich Ylvie das Handy ans Ohr.

»Hallo Verena, hier ist Ylvie«, antwortete sie und sah das Entsetzen in Sias Augen. »Ich hoffe, es geht dir gut. Was macht

Anton?« Ylvie klang freundlich, aufgeweckt. Wie jemand, der schnell Freundschaften schloss. Ganz anders als früher.

»Sia macht sich ziemlich gut. Kommt gerne wieder zu einem verlängerten Wochenende vorbei. Wenn ihr wollt, plant sogar euren Sommerurlaub bei uns. Wir würden uns freuen«, meinte sie. »Sia werde ich so schnell nicht gehen lassen.«

Sia war überrumpelt, weil sie einfach Dinge über ihren Kopf hinweg entschied. So lange würde sie ganz sicher nicht auf dem Hof ihrer Tante malochen.

Schließlich legte Ylvie auf und reichte Sia ihr Handy zurück.

Erzürnt verschränkte sie die Arme vor der Brust und schüchterte sie ein Stück mehr ein. Jeden Moment erwartete Sia eine Standpauke, aber es war Verena und besten Freundinnen vertraute man solche Ding doch an.

»Wir müssen los«, sagte Ylvie ein wenig kühl und verließ den Stall. »Du mochtest es also«, wiederholte sie Sias Worte und klang gekränkt. »Ich denke, da ist noch Steigerungspotenzial.«

Sia wurde knallrot. Peinlich berührt lief sie Ylvie nach, die ihren Traktor auf der Straße geparkt hatte.

»So, so war das gar nicht gemeint.« Sia kam in Erklärungsnot, aber Ylvie schien es nicht mehr zu interessieren.

Mit schlechtem Gewissen kletterte Sia die Sprossen hoch auf die Beifahrerseite. »Wohin bringst du mich?«, fragte sie.

Ylvie lächelte endlich wieder. »Zu einem anderen Bauernhof.«

*

Es war der Bauernhof von dem reichen Milchbauern, dem Sia damals einen ihrer Gummistiefel um die Ohren gehauen hatte. Kevin führte sie rum, prahlte mit den Zahlen, als wären Sia und Ylvie Investoren.

»Die Kühe leben fast eigenständig«, erklärte er mit einem breiten Lächeln. »Nach der Geburt bekommen sie einen Chip und ein Halsband und werden so rund um die Uhr überwacht. Bei so vielen Kühen ist es schwer, alle im Auge zu behalten. Die Kameras erkennen, wenn die Kuh lahmt oder wenn sie an der Milchstation zu wenig Milch gibt.« Kevin musste gegen den Lärm der Maschinen und der Kühe anreden. Es war wie in einer Fabrik. »Mit einem Klick haben unsere Herdenmanager alles im Blick.«

Herdenmanager? Sia verschlug es die Sprache, auch wenn die Kühe fast ein eigenständiges Leben in einer Herde fristeten, war so viel Personal da, das sich um die Kühe kümmerte. Sie warteten

Maschinen und Geräte. Überprüften Daten am Computer und reinigten die Kühe. Es waren Holstein-Kühe, der Inbegriff einer leistungsstarken Milchkuh. Sie waren schwarz-weiß gefleckt, kastenförmig und hatten dicke Euter, die fast zum Boden reichten.

Nach und nach begaben sich die Kühe in eine Art Kuh-Karussell, in dem ihnen die Milch abgepumpt wurde. Überall roch es nach Desinfektionsmittel und es war vermutlich hygienischer als jedes Krankenhaus. Zumindest sahen die Kühe zufrieden und gesund aus, gesünder als es Sias Kühe zuvor gewesen waren.

Kevin brachte sie zu einer provisorischen Überdachung nach draußen, zu den Ständen der Kälber. Sias Augen strahlten, sie streichelte das erste Kalb, das den Kopf nach ihr ausstreckte und sie war hin und weg. Erstaunt sah sie zu Ylvie.

Der Mann brachte sie die Reihe weiter nach hinten. »Die letzten drei könnt ihr mitnehmen. Zwei Jungs, für die bekomme ich kaum was und das Mädchen ist krank, die Medikation ist teurer als sie selbst.«

»Was?«, hauchte Sia und nahm erschrocken Ylvies Hand.

Kevin betrachtete beide und hob anzüglich die Augenbraue. »Wir wollten sie entsorgen, aber als Ylvie nachgefragt hat, habe ich sie gelassen«, meinte er dann.

Sia sah zu Ylvie und traute ihren Ohren nicht. Er wollte was mit diesen süßen Kälbern machen?

Ylvie lächelte bedrückt, als sie die Tränen in Sias Augen sah.

»So ist das Milchgeschäft. Ein Bulle gibt halt keine Milch und künstlich befruchten ist mittlerweile günstiger und effektiver.« Kevin seufzte. »Wärt ihr mal früher gekommen. Letzten Monat hatte ich zwei weitere Jungs.«

Sia wich die Farbe aus dem Gesicht. Sie drückte Ylvies Hand fester.

Kevin schaute die beiden einen Moment zu lange an.

»Meine Frau«, sagte Ylvie und nahm ihm jegliche Spekulationsgrundlage. Es kam wie aus der Pistole geschossen. Sia empfand es nicht mal als merkwürdig, nur gewöhnungsbedürftig.

»Ah.« Kevin grinste. »Deswegen der Stiefel das letzte Mal.«

Sia schaute nun bitterböse. »Ich habe noch einen zweiten.«

Ihre Drohung brachte Kevin zum Lachen. Am liebsten wollte sie ihm die Leviten lesen, aber der Griff von Ylvie wurde fester. Sie reichte Kevin zum Abschied die Hand.

»Ich danke dir, melde dich wieder, wenn du etwas hast«, sagte sie freundlich, was Sia gar nicht passte.

»Ist gut zu wissen, dass die Kälber noch ein wenig Zeit haben.« Der Mann streichelte die Jungen ein letztes Mal. Sia wurde endlich ruhig. Der knallharte Geschäftsmann hatte doch eine Seele.

Kevin gewann sich ein müdes Lächeln ab und zeigte auf Ylvie, ehe er ging. »In zwei Wochen kommen noch mal Kälber. Ich habe genug für die Aufzucht.«

»Melde dich, wir holen sie ab«, sagte Ylvie.

»Der Preis für das Futter bleibt?«, meinte er dann in Eile.

Ylvie nickte. »Ja, er bleibt.«

Zufrieden schlug sich Kevin in die Hände und ging.

Sia verstand gerade nicht, was vorgefallen war.

»Ein Gefallen zwischen Geschäftsleuten«, meinte Ylvie. »Er lässt sich normal nicht reinreden, aber ich habe ihn überzeugen können, die Tiere nicht …« Ylvie sprach nicht weiter.

Sia fiel ihr in die Arme und vergrub ihr Gesicht in ihrem Hemd. »Danke«, gab sie dumpf wieder.

Ylvie lächelte. »Die Jungs kannst du großziehen und sie später, wenn sie erwachsen sind, verkaufen. Für gutes Fleisch zahlen die Menschen. Du musst sie zwar kastrieren, aber dann wären sie ruhiger und könnten zusammenbleiben. Oben auf den Feldern ist im Sommer Platz. Das Mädchen …«

»Ich kaufe ihr alle Medikamente, die sie braucht«, gab Sia quengelig von sich.

Ylvie lächelte. »Das habe ich mir schon gedacht.« Sie wurde nachdenklich. »Du machst Verlust, aber wenn du besagte Investoren findest, die die Kühe begleiten, vielleicht schaffst du es, mehr von ihnen aufzunehmen. Damit sie ein gutes Leben haben, bis es so weit ist.«

Ylvie streichelte eins der Jungen. »Erinnerst du dich noch, wie wir früher gemeinsam die Kälber gefüttert haben?«

Sia nickte. »Sie waren so gierig.« Sie kicherte und schmiegte sich in die tröstende Umarmung von Ylvie.

»Selbst wenn du länger weg warst, wussten sie noch, wer du warst, und haben sich gefreut, wenn du wieder zu Besuch kamst.«

Sia nickte wieder. Mit der Erinnerung kamen auch die weniger schönen Momente zum Vorschein. Dann wenn die Jungbullen auf den Anhänger der Metzger mussten und Sia sich heulend gewehrt hatte. Sie war weinend den Kühen hinterhergelaufen, aber sie war nie schnell genug gewesen.

»Wir Menschen sind grausam, oder?«, fragte Sia leise.

Ylvie seufzte und antwortete nicht direkt auf ihre Frage. »Aber du kümmerst dich jetzt um sie.«

Sie lächelte. »Das werde ich.«

Ylvie schaffte es, das kranke Kalb auf die Arme zu hieven. »Keine 35 Kilo«, stöhnte sie angestrengt und brachte das Mädchen zum Anhänger.

Sia hingegen hatte Schwierigkeiten, eins der Jungen zum Fahrzeug zu dirigieren, sodass Ylvie ihr lachend zu Hilfe kam.

Auch wenn sie zuvor ein wenig aufgebracht waren, verhielten sich die Kälber im Stroh ruhig, als wüssten sie, dass sie nun in Sicherheit waren.

Im Traktor schmiegte sich Sia an Ylvie, umschlang ihren Arm, den sie eigentlich zum Fahren brauchte. »Danke«, sagte sie. »Das ist vermutlich die beste Überraschung, die du mir machen konntest.«

Ylvie konzentrierte sich darauf, die Ausfahrt auf dem gigantischen Grundstück zu finden. »Du warst schon immer so lieb«, schmunzelte Ylvie. »Dir haben die Tiere leidgetan. Alle haben geglaubt, du würdest Tierärztin werden.«

»Das wollte ich auch!«, gab Sia energisch von sich.

»Was ist passiert?«, fragte Ylvie und achtete auf den Raser, der sie auf der Landstraße überholte.

»Nichts«, antwortete Sia. »Es ist zu schwer gewesen«, erklärte sie. Sie löste sich von Ylvie und konnte nicht sagen, dass sie mit diesem Berufswunsch nur immer wieder an sie gedacht hätte. Dass sie alles mit dem Hof und den Tieren verabscheut hatte, obwohl sie es liebte. Wie sie Ylvie verabscheut hatte, obwohl sie sie liebte. Sia hatte alles daran gesetzt, sie zu vergessen.

»Hey«, hauchte Ylvie und legte die Hand auf Sias Knie. Sie schaute kurz zu ihr und lächelte, was Sias Unruhe ein wenig legte.

*

Auf dem Hof sprangen die kleinen Bullen herum und liefen in Richtung Stall, als könnten sie riechen, dass es gleich Milch geben würde.

Sia öffnete das Tor. Es war kurz Unruhe, die Kälber versuchten es bei einigen Kühen, die sie aufgeregt wegschubsten. Nach einer Weile beruhigte sich die Lage und die Kälber fanden sogar Kühe, bei denen sie trinken durften.

Ylvie brachte das kranke Kalb in einen isolierten Bereich.

»Ich rufe gleich Jürgen an«, sagte Sia und holte ihr Handy hervor.

Ylvie verfinsterte das Gesicht, erst als Sia klingeln ließ, wurde ihr bewusst, warum.

Ylvie stellte sich vor sie und bückte sich für einen Kuss. Sie hielt Sia fest, damit sie nicht zurückweichen konnte. Im nächsten Moment meldete sich eine Männerstimme aus dem Hörer. Mit großer Not befreite sich Sia von Ylvie und schnappte nach Luft. »J-Jürgen?«, haspelte sie überfordert. »Ich bin es, Sia«, sagte sie und stieß Ylvie von sich.

»Komm zum Mittag vorbei«, sagte Ylvie erbost und verließ den Stall. Hilflos sah Sia ihr nach und konzentrierte sich wieder auf das Telefonat.

»Jürgen?«, wiederholte Sia. »Ich habe ein krankes Kalb. Kannst du vielleicht vorbeikommen und es dir ansehen?«

Der Tierarzt antwortete nicht gleich. Sia kniff die Augen zu. Na klar, deswegen war Ylvie eben so wütend gewesen. Die Nacht, in der sie Kuchen gebracht und Jürgen kopfüber das Haus verlassen hatte. Wie dumm, Sia hatte es fast vergessen.

»Bitte Jürgen«, bat sie, weil sie nicht wusste, wen sie sonst anrufen konnte.

»Gut«, antwortete er. »Ich bin in einer halben Stunde da.«

»Danke.« Sia atmete erleichtert auf und betrachtete das Kalb, das kraftlos den Kopf schaukelte.

Jürgen war zehn Minuten eher als besprochen da und begutachtete das kranke Kalb.

»Sie hat einen harten Bauch.« Er tastete die Region um den Bauchnabel herum ab. Das Kalb war erschöpft und konnte kaum alleine stehen.

»Sie hat Untertemperatur«, stellte Jürgen fest, als er aufs Thermometer sah. »Normal wären 38, 39 Grad. Sie hat jetzt 32,5. Das ist nicht gut.«

Er stützte das Kalb, doch es konnte sich nicht mehr aufrecht halten und sackte auf den Boden, während es vor Schmerz muhte.

Sia kniete sich gleich zum Kalb und streichelte es, um es zu beruhigen.

»Ich gehe davon aus, dass es Koliken sind.« Jürgen kramte in seinem Koffer und zog ein Mittel auf eine Spritze. »Ich gebe ihr ein schmerzstillendes Medikament und hoffe, dass der Bauchraum bis morgen weicher wird.« Jürgen schaute skeptisch. »Wenn es nicht besser wird, kann es sein, dass sich der Magen verdreht hat. Dann müsste ich sie operieren.«

Der Tierarzt versuchte, es so schonend wie möglich zu übermitteln. »Kein Bauer würde so viel Geld in ein Kalb stecken, es sei denn, es wäre ein preisgekröntes Tier für die Nachzucht. Aber die Schwarzbunten sind nur noch eine Art Massenware. Anders als die Kühe, die sich dein Großvater zu seiner Zeit angeschafft hat.«

Sia nickte. Es war ihr egal, welche Rasse ihr Kalb war. Sie wollte, dass es gesund wurde.

Jürgen wirkte dennoch kühl und ein wenig abweisend. Er war nicht mehr so überfreundlich, wie es zu Anfang gewesen war. Ylvie hatte ihn wohl ziemlich verunsichert.

Sia ergriff die Gelegenheit. »Das, was letztes Mal passiert ist. Das tut mir leid.«

Jürgen sah auf und schaute zurück in seinen offenen Koffer. Es kostete ihn Überwindung, zu sagen, was er dachte. »Ylvie hat mir früher mit meiner Tochter sehr geholfen. Nachdem sich meine Frau von mir hat scheiden lassen, wollte sie nicht mit ihr mit, aber fühlte sich ohne sie sehr einsam. In den Sommerferien ist Ylvie mit Jessica auf den Feldern gewesen und hat sie mit ihren zehn Jahren Traktor fahren lassen.« Jürgen lächelte. »Sie will Landwirtin werden und strengt sich in der Schule mächtig an. Jedes Jahr, wenn ihre Noten gut sind, darf sie die Ferien hier verbringen und geht ganz früh mit Ylvie auf die Felder.« Verstohlen suchte Jürgen den Blick von Sia. »Es war mir nur sehr unangenehm, jemanden den Hof machen zu wollen, den Ylvie anscheinend sehr mag.«

Jürgen hatte sein Kompliment gut verpackt und doch blieb es Sia nicht verborgen. Sie lächelte sanft. Ylvie war einfach unglaublich.

»Ist alles in Ordnung zwischen uns?«, fragte sie.

»Natürlich.« Jürgen lachte und schloss seinen Koffer. »Die Rechnung kommt«, sagte er und verließ den Hof.

Das kranke Kalb war mittlerweile eingeschlafen. Sia ließ die Box auf, sie glaubte, dass sich vielleicht die Jungs später zu ihr legen würden.

Es war Mittagszeit. Sia ging rüber auf den Hof nebenan, in der Küche machte ihr Ludwig Platz und Tessa blätterte in irgendwelchen Papieren, worüber sich Ylvie aufregte.

»Kannst du nicht einmal beim Essen die Arbeit ruhen lassen?«, schnauzte sie.

Tessa hob echauffiert die Brauen. »Kaum verheiratet, schon hängt der Haussegen schief?«

»Hey!«, mahnten Sia und Ylvie gleichzeitig. Ylvie schaute zu ihr und guckte genervter als zuvor. Keiner sprach mehr am Esstisch. Als Ludwig und Tessa aufgegessen hatten, standen sie direkt auf, stellten ihr Geschirr in die Spüle und verließen die Küche. Ylvie und Sia waren alleine und doch schien Ylvie noch immer nicht mit ihr reden zu wollen.

»Wie lange willst du wütend auf mich sein?«, fragte Sia vorsichtig.

Ylvie brummte unzufrieden. Sie hatte sich zurückgelehnt, die Arme verschränkt und die Augen geschlossen. Sie versuchte, sich auszuruhen, aber ihre Wut ließ sie nicht zur Ruhe kommen.

»Es ist doch nichts passiert«, meinte Sia dann.

Ylvie warf ihr einen giftigen Blick zu. »Wenn ich nicht vorbeigekommen wäre …«

»Ich bin immer noch eine Frau, die frei entscheiden kann«, entgegnete Sia.

»Du bist meine Frau!«, wurde Ylvie laut.

Für den Augenblick wusste Sia nicht, ob sie erregt oder wütend sein sollte. Es war ja wirklich nicht die beste Entscheidung, jemanden zu heiraten und gleich mit dem Nächstbesten in die Kiste zu steigen, nur weil man sich einsam fühlte.

Es war überhaupt nicht emanzipiert, aber Sia mochte es, dass Ylvie eifersüchtig war. Schon damals mochte sie Sia nicht mit anderen Freunden teilen.

Sia kletterte ihr auf den Schoß und legte Ylvie die Arme um den Hals. »Was muss ich tun, damit du nicht mehr böse bist?«, fragte sie kokett und brachte Ylvie ein wenig aus der Fassung. Sie murrte unzufrieden.

»Ich mach alles«, wisperte Sia und küsste Ylvie, die sie nicht richtig zurück küsste.

»Wirklich?«, fragte sie nörgelig.

»Versprochen«, versicherte Sia und lächelte.

Zufrieden war Ylvie noch nicht. Sie hob Sia von ihrem Schoß auf den Tisch und blickte ihr tief in die Augen. »Gut. Vergiss dein Versprechen nicht«, mahnte sie dann.

Sia war verwirrt, wie einfach sie Ylvie auf den Tisch gehoben hatte.

Rechts und links stemmte Ylvie die Arme auf den Tisch. Obwohl sie noch wütend auf Sia war, legte sie sanft ihre Lippen auf ihre. Ylvie atmete tief ein und küsste Sia mit ein wenig mehr Verlangen, wodurch ihre Liebste süß aufstöhnte.

»Also Kinder, bitte. Nicht in der Küche«, schimpfte Ludwig, als er zurückkehrte und die beiden erwischte.

»Entschuldigung, Papa«, sagten Ylvie und Sia im Chor, sodass Ludwig schmunzeln musste, als er in Richtung Schlafzimmer ging.

Ylvie räusperte sich und richtete sich auf. Sie warf Sia einen mahnenden Blick zu und ging rüber ins Büro.

Sia rückte vom Tisch runter und berührte ihre Lippen, mit hochrotem Kopf verließ sie den Hof.

Als sie im Stall war, um nach den Kälbern zu sehen, entdeckte sie die dicke Berta bei dem kranken Kalb, das sich an die große Kuh angeschmiegt hatte, während sie gemütlich wiederkäute.

Sia war glücklich darüber und streichelte Berta. »Danke, dass du dich um sie kümmerst.«

Kapitel 52

Endlich, der Techniker war da gewesen und hatte das Internet angeschlossen.

Sia schickte Verena so viele Bilder von den Kälbern wie nur möglich, auch in den Familienchat schrieb sie. Während ihre Onkel und Tanten darüber moserten, dass sich Sia nur mehr Arbeit aufhalste, waren es ihre jüngeren Cousinen, die total begeistert waren und in den Sommerferien vorbeikommen wollten. Bis dahin würden die Kälber größer werden, aber Sia lockte sie dennoch damit, dass sie sie füttern dürften. Sie schickten Sprachnachrichten, Bilder- und Videobotschaften. Es war ein komplettes Durcheinander.

Doch Sias Herz blieb stehen, als ihr Vater ein Bild mit zwei ramponierten Automaten schickte. Verrostet und zerbeult. Es waren zwei verschiedene Bauarten, dennoch sollten sie nach der Reparatur ihre Aufgabe erfüllen. Schrotthaufen, die Sia überglücklich stimmten.

Sia lief rüber auf den Hof nebenan und stürmte ins Büro, wo Ludwig und Tessa saßen.

»Wo ist Ylvie?«, fragte sie aufgeregt.

»In der Stadt«, antwortete Tessa.

»In der Stadt?« Ylvie hatte nichts davon erzählt, dass sie weg wollte. Sia war lange nicht mehr draußen gewesen, sie wäre liebend gerne mitgegangen. Doch dann erinnerte sie sich an die Kälber und war lieber bei ihnen.

Dem kranken Kalb ging es mittlerweile viel besser. Jürgen hatte mit seinem Verdacht richtig gelegen und zum Glück waren es nur die Koliken. Eigentlich trennte man die Kälber aus hygienischen Gründen von ihren Müttern, aber Sia brach es das Herz, die Jungen von den Alten zu trennen. Mittlerweile funktionierte es gut, die Kälber wirkten kräftiger, tranken, wann sie mochten von den Muttertieren und lernten von ihnen. Den Kühen war es egal, dass die Babys einer ganz anderen Rasse entstammten. Sia glaubte zu fühlen, dass ihre Milchkühe wesentlich ruhiger mit den Neuankömmlingen geworden waren.

Sia war hoch motiviert. Auch wenn sie Tessa nicht wirklich mochte, zeigte sie ihr das Bild vom Automaten auf ihrem Handy. Tessa schaute nicht einmal richtig und hob skeptisch die Augenbrauen. Wo sie nur Schrott sah, sah Sia ihre Zukunft.

Sia ließ sich nicht verunsichern und zeigte ihrem zweiten Papa die Bilder. Ludwig nahm ihr das Handy aus der Hand und schaute genau. »Das ist wirklich gut«, sagte er. »Vielleicht könnten wir zu Werbezwecken auch so einen Automaten anschaffen.«

Sia lächelte, sie nahm ihr Handy und verließ mit dem Kopf in den Wolken das Büro. Ehe sie über den Zaun kletterte, schrieb sie Ylvie eine Nachricht.

»Was machst du in der Stadt? Ich habe endlich Internet, jetzt muss ich mir nicht mehr dein Gemecker anhören.«

Sia grinste und dachte sich schon, dass Ylvie nur wieder zetern würde. Ehe sie ihr antworten konnte, schickte Sia Ylvie die Bilder von den zwei Automaten. Sie schickte die Bilder auch gleich an Verena weiter und konnte ihre Reaktion nicht abwarten.

»Ein bisschen Scheuermilch und die sehen aus wie neu«, antwortete Verena mit einem lachenden Smiley.

»Du solltest eine Facebook-Seite eröffnen und gleich die Bilder darauf posten. Wenn du mir später den Link dazu schickst, kann ich es mit der Homepage verknüpfen, an der ich gerade arbeite.«

»Ich weiß nicht«, antwortete Sia.

Dass Tessa ihr Vorhaben als dumm erachtete, war ihr egal. Aber was würden andere fremde Menschen davon halten? Sia wusste nicht, ob sie bereit für ihre Kritik war.

»Vielleicht findest du Follower, die dich und dein Vorhaben unterstützen würden.«

Das war wiederum ein Argument, das Sia vollstens überzeugte.

»Ich mach mich gleich ran«, antwortete sie hibbelig.

Im Hintergrund trudelten weiter neue Nachrichten ein. Sia wusste nicht, wem sie zuerst antworten sollte, doch als Ylvies Profilbild aufploppte, vergaß sie alle anderen Unterhaltungen und hatte nur noch Augen für sie.

Abgelenkt übertrat Sia die Schwelle ins Haus und schloss die Tür. Ihr Blick war noch aufs Handy gerichtet. Ylvie hatte ihr nicht zurückgeschrieben, sondern hatte ihr ebenso Bilder geschickt.

Es brauchte einen Moment, bis Sia verstand, wo sie steckte. Ihr Atem wurde flacher. Ylvie war in einem Shop, aber nicht in irgendeinem. Sie hatte den Laden von außen fotografiert und dann von drinnen an der Kasse, um zu zeigen, weswegen sie eigentlich in der Stadt war. Auf dem orangenen, abgerundeten Tresen lag etwas Blaues, Hartes, in Plastik verpackt.

Sia schluckte und starrte auf den Bildschirm ihres Smartphones. Sie brauchte nicht fragen, was das zu bedeuten hatte. Ylvie war in einem Sex-Shop.

War sie verrückt geworden? Warum kaufte sie das? Sia wurde verlegen, weil sie plötzlich innerlich nach etwas verlangte, was sie noch nie mit einer Frau getan hatte. Überfordert von ihren Gefühlen legte Sia ihr Handy beiseite.

Später ging Sia durchs Haus und über den Hof, als würde sie schleichen, als würde sie gleich jemand bei etwas erwischen, das sich nicht gehörte, dabei hatte sie nichts dergleichen getan. Noch nicht.

Sia hatte geduscht und trug ein Kleid, wieder mit Kniestrümpfen, so wie es Ylvie mochte. Der Rock war diesmal kürzer und doch hätte sie es beruhigt zu einer Familienfeier anziehen können. Sia kam sich dumm vor, Ylvie würde doch wissen, dass sie sich vorbereitet hatte. Es machte sie wieder so verlegen, dass sie sich nach einer Weile im Haus verschanzte und ein wenig in der Küche aufräumte.

Als sie von draußen einen Wagen auf der Straße bemerkte, horchte Sia auf und schaute aus dem Fenster. Es war der alte Mercedes von Ludwig, den Ylvie fuhr.

Sia wartete und beobachtete sie durch die Gardinen. Ylvie lenkte den Wagen in die Halle zu den anderen Fahrzeugen, aber machte keine Anstalten rüberzukommen, sondern ging zum Bungalow.

Es wurde Nachmittag, die Sonne schien rötlich auf die Felder, die langsam zu sprießen begannen. Vielleicht zehn Wochen, dann könnte Sia endlich Erdbeeren pflücken.

Die Facebook-Seite hatte sie bereits erstellt und dabei die Bilder von Verena verwendet, auch die Fotos, auf denen die Kinder

Traktoren auf Leinwände malten. Sia postete alles, was sich in den letzten Wochen auf dem Bergmanns-Hof verändert hatte.

In der kurzen Zeit, seit Sia zurück an den Hof ihrer Großeltern gekommen war, war so vieles passiert. So viel, dass sie jetzt mit einer Frau verheiratet war. Mit Ylvie, die sie schon als Kind geliebt hatte.

Sia postete gerade ein Bild mit ihrer Tante, wie sie im Krankenbett lag und gemeinsam in die Kamera lächelten. Auch, wenn es sich mittlerweile für Sia anfühlte, als würde der komplette Hof ihr gehören, schrieb sie, dass es der Milchbetrieb ihrer Tante Evie war.

Während sie allen ihren Freunden, Bekannten und Verwandten eine Freundschaftsanfrage schickte, ging Sia immer wieder von der Küche ins Wohnzimmer rüber, um aus dem Fenster nach Ylvie Ausschau zu halten.

Sia war ratlos. Warum kam sie nicht? Oder wollte sie etwa, dass Sia vorbeikam? Das würde sie ganz bestimmt nicht. Im Haus ihrer Tante waren sie alleine. Sia wusste nicht, ob sie sich bei Ylvie zu Hause unter Kontrolle hätte. An was dachte sie nur wieder? Sia wurde puterrot im Gesicht und hielt sich die glühenden Wangen. Was war das nur mit Ylvie? Kaum hatte sie ihr gesagt, dass sie sie liebte, waren alle bösen Erinnerungen, alles, was sie verletzt hatte, vergessen.

Während Sia am Küchentisch stand, auf den schwarzen Bildschirm ihres Handys blickte und darauf hoffte, dass Ylvie sich melden würde, klopfte es an der Haustür.

Gebannt sah Sia zum Eingang. Sie wusste genau, wer es war, und da verschaffte sich Ylvie schon Einlass. Sie wirkte verschlossen, als wäre sie noch wütend darüber, was damals mit Jürgen passiert war, und Sia ihn wegen einem kranken Kalb zurück auf den Hof geholt hatte.

Sia sah Ylvie an, ihr Blick wanderte von ihrem Gesicht zu ihrem Schritt. Sogleich schaute sie weg, weil die Stelle unter dem Reißverschluss gewölbt war, nicht flach wie sonst.

»Wo warst du so lange?«, fragte Sia leise. Sie wollte anklagend klingen, aber ihre Knie waren weich.

Ylvie hatte beide Hände in den Hosentaschen, vermutlich um von ihrer Mitte abzulenken. Sie wusste wohl selbst, dass es auffiel.

»Du hast nicht geantwortet und ich wusste nicht, ob es in Ordnung für dich war«, antwortete Ylvie. Sie kam näher und stellte sich hinter Sia. Sie nahm die Hände aus den Taschen und fuhr Sia über die Arme. Ihre Berührungen auf der Haut waren wie warme Wäsche aus dem Trockner, die knisterte, sobald man sie aus der Trommel nahm.

Sia schloss die Augen. Es war ihr unangenehm, aber sie konnte nichts dagegen tun, als ihr Körper vor Erregung leicht zitterte.

»Und jetzt ist es in Ordnung?«, flüsterte sie.

»Ich habs nicht länger zu Hause ausgehalten«, gestand Ylvie nah an ihrem Ohr, sodass Sia den Hals streckte, weil dieses Knistern nicht mehr aufhörte.

Ylvie trat näher und drückte ihre harte Mitte an Sias weichen Hintern. Sia schnappte nach Atem und doch blieb sie still stehen. Sanft berührte Ylvie ihren Hals und gab ihr einen Kuss auf die Wange. Ein einfacher Kuss, der so viel Sehnsucht in sich barg, dass Sias Herz gefühlt ein Rennen lief.

»Es ist eine kleine Sexfantasie«, erklärte Ylvie und tuschelte, als würde noch jemand anderes im Haus sein.

Sia kicherte. »Du hast ziemlich viele davon.«

Ylvie küsste sie erneut. »Ich möchte all das mit dir nachholen, was ich dir gerne beigebracht hätte, anstelle der Männer, mit denen du zusammen warst.«

Es war ein Stich, ein bissiger Kommentar, getarnt in solch einem erregenden Ton, dass Sia demütig den Kopf senkte. Aber Ylvie ließ es nicht zu, dass sie sich schlecht fühlte. Sie hob ihr Gesicht am Kinn und stieß Sia mit der Hüfte an den Tisch. Sias ganzer Körper war durch das erregende Gefühl wie gelähmt, als hätte Ylvie sie mit ihrem Geflüster hypnotisiert.

Von einem Moment auf den nächsten war es, als würde Ylvie all ihre Beherrschung verlieren. Ein wenig zu forsch brachte sie Sia dazu, sich vorzubeugen und ihre Hände auf der Tischplatte abzustützen. Hektisch zog sie ihr den Rock hoch und zerrte ihr fast schon brutal die Unterwäsche vom Hintern. Sia ließ es zu, sie war machtlos gegen Ylvies Dominanz. Mit dem Fuß stieß Ylvie Sias Beine auseinander und berührte sogleich ihren intimsten Punkt.

»Wow«, wisperte sie mit einem Lachen in der Stimme. »Du bist so feucht.«

Alleine dass sie es aussprach, erregte Sia so sehr, dass sie wehleidig wimmerte. Sie hatte Stunden gewartet, wessen Schuld war es denn?

Mit einem Mal war Ylvie wieder liebevoll zu ihr, obwohl sie so begierig atmete.

»Darf ich?«, fragte sie und öffnete bereits die Schnalle ihres Gürtels. Wie sexy konnte es noch werden?

Sia drückte ihren entblößten Hintern an Ylvie, doch das reichte ihr nicht als Antwort. Als Sia es begriff, nickte sie zaghaft. »Ja«, antwortete sie zurückhaltend.

Es war hart, anders. Dass Ylvie hinter ihr stand und sie festhielt, ließ sie vergessen, dass es ein Stück Plastik war, das Eintritt in ihre feuchte Spalte verlangte und vorsichtig tief in sie eindrang. Sia keuchte durch die Fülle in ihrem Leib, sie zuckte und musste sich daran erinnern zu atmen.

»Das hier ist für dich, nur für dich.« Ylvie gluckste selbstgefällig. »Natürlich ein bisschen auch für mich. Aber wir machen das so, wie es dir gefällt.« Der Klang ihrer dunklen Stimme prickelte Sia auf den Armen, auf dem Rücken, bis unter ihren Fußsohlen. Das hier war für sie.

Sie schloss die Augen, beugte sich tiefer und stützte sich nun auf den Ellenbogen. Ihre Finger lagen gespreizt auf dem Nylon der geblümten Tischdecke, die mittlerweile ihre Körperwärme angenommen hatte.

Langsam und vorsichtig bewegte Ylvie ihre Hüfte. Sie konnte es nicht sein lassen und sah zu, wie sie in Sias Schoß hineinglitt. Dabei vergruben sich ihre Finger in ihre weiche Haut.

Als sie das Gefühl hatte, dass sich Sia an ihr Spielzeug gewöhnt hatte, wurde Ylvie ein wenig gröber und schneller. Mit jedem Stoß drückte ihre Klit an die Platte des Strap-ons. Sias Laute durchfluteten den Raum. Mittlerweile stand sie auf Zehenspitzen, während ihre Beine zitterten. Ylvie berührte sie an ihrer empfindlichsten Stelle, aber Sia wollte noch nicht kommen. Sie zog ihre Hand fort und führte sie zu ihrem Busen.

»Bitte, bitte nicht so«, flehte sie. Auf diese Art hatte sie es oft genug besorgt bekommen.

Der Schweiß perlte Ylvie in dicken Tropfen den Rückenwirbel entlang. Sie beugte sich vor und strich Sias Haar beiseite. Sie küsste ihren Nacken und biss sie zaghaft in die Schulter. »Wie dann?«, fragte sie und küsste die Stelle, die sie mit ihren Zähnen gezwickt hatte.

»Tief und fest«, traute sich Sia zu sagen. Sie knickte fast ein, sodass Ylvie sie halten musste.

»So in etwa?«, quetschte sie heraus, als sie bestimmt zustieß. Die Erschütterung brachte Ylvie selbst zum Beben.

»Noch fester, noch tiefer«, erbettelte Sia und verlor jegliche Beherrschung. Sie verzog das Gesicht, als hätte sie Schmerzen, ihr kamen die Tränen. »Bitte, bitte … hör nicht auf«, flehte Sia. Sie hatte ihren Körper nicht mehr unter Kontrolle, als Ylvie fester auf ihre Öffnung aufschlug und es durchs ganze Haus zu hören war. Der Orgasmus überrollte sie. Er nahm ihr den Atem, die Körperbeherrschung, sodass es ihr nass die Innenschenkel hinablief.

»Oh, Gott.« Sia presste die Schenkel zusammen und fasste sich in den Schoß. Doch Ylvie pinnte ihre Hände zurück auf den Tisch.

»Ich liebe alles an dir. Es ist in Ordnung«, presste Ylvie atemlos hervor und machte weiter wie zuvor.

»Bitte, bitte, bitte«, wisperte Sia kraftlos. Ylvie ließ sie gar nicht zu Verstand kommen.

»Fuck«, fluchte sie. Einen Augenblick später stöhnte sie und ihre Laute betörten Sia so sehr, dass sie in kürzester Zeit noch einmal kam, nicht so heftig wie eben, aber sie hätte niemals geahnt, wie sehr ihre Scham pulsieren konnte.

Flach und regungslos lag Sia mit dem Oberkörper auf der Tischplatte. Das Herz schlug ihr bis zum Hals, sie schloss die Augen, war wie benommen und lauschte Ylvies scharfem Atem. Ihre Hände lagen fest an ihrer Hüfte, ein wenig noch zu verkrampft von den Anstrengungen.

Schwerfällig hob Sia den Kopf und blinzelte ausgelaugt.

Ylvie wollte sich aus ihr hinausziehen, doch Sia hielt sie auf, indem sie ihr die Hand auf den Bauch legte. »Nicht so schnell«, bat sie matt. »Langsam.« Die Innenseiten ihrer Strümpfe waren nass, es war ihr unangenehm. Sie befürchtete, dass noch mehr schiefgehen könnte.

Ganz langsam entzog sich Ylvie ihr und beobachtete Sias Gesichtszüge. Ylvie half ihr, sich aufzurichten, sie nahm sie auf den Arm und brachte sie zum Sofa, wo Sia müde ihre Socken abstreifte.

»Es tut mir leid«, nuschelte Sia. »Habe ich dich dreckig gemacht?«

Ylvie lachte heiser. »Alles gut«, antwortete sie und half Sia, die Socken herunterzuziehen. Kaum lagen sie auf dem Boden, kuschelte sich sie sich an Ylvie, legte ihr Ohr auf die Brust und lauschte ihrem schnellen Herzschlag. Es tat gut und beruhigte sie so sehr, dass sie den Daumen in den Mund nahm und nuckelte.

Ylvie war fassungslos, dennoch konnte sie sich das Grinsen nicht verkneifen. Ein paar Dinge änderten sich wohl nie.

»Hey«, mahnte sie. »Du sollst doch nicht mehr nuckeln.« Amüsiert zog sie Sia den Finger aus dem Mund, die unzufrieden murrte.

»Lass mich«, nörgelte sie, noch ehe sie wieder ihren Daumen in den Mund steckte, kam ihr Ylvie zuvor. Sias Mund war so warm, ihre Zunge weich und glatt.

Ylvie atmete schwer. »Du bist immer noch ein Riesenbaby«, flüsterte sie.

Wütend biss ihr Sia in den Finger. »Das bin ich nicht.«

»Autsch«, hauchte Ylvie und streichelte durch ihr langes Haar. Für die Geste kuschelte sich Sia ein Stück mehr an sie.

»War das eben gut?«, fragte Ylvie leise.

Sia nickte. »Es war richtig gut.«

»So richtig gut oder so richtig, richtig gut?« Vielleicht war es anmaßend, aber Ylvie klang ein wenig, als würde sie mit einem erwachsenen Kind reden.

Sia kicherte. »So richtig, richtig, richtig, richtig gut«, versicherte sie.

Ylvie nickte bestätigt. »Zwei richtig mehr, das ist mal was.«

Sia schmiegte den Kopf an Ylvie, als wäre sie ein Kätzchen. Erst lag die Daumenspitze an ihren Lippen, bis Sia wieder zu nuckeln anfing.

Ylvie lachte. »Warum machst du das?«

»Ich fühle mich so wohl«, nuschelte Sia schläfrig.

Ylvie genoss den Anblick. »Spätestens jetzt bin ich wohl die perverseste Frau der Welt.«

»Mann!« Sia war unzufrieden und musste doch lachen. Sie hob den Kopf, küsste Ylvie und stand dann auf. Da sie noch wackelig auf den Beinen war, reichte ihr Ylvie vom Sofa aus die Hand.

»Nicht, dass du mir umfällst.« Sie machte sich lustig über Sia, was ihr nicht wirklich passte. Sie musste auf Klo, aber ihre Beine fühlten sich an wie Wackelpudding.

Ihr Blick ging in Ylvies Schoß. Die Jeans hing ihr knapp an der Hüfte. Schwarze Bänder umrahmten sie, wodurch ihre Schambehaarung hervorblitzte. Ein komisch geformtes hellblaues Ding stand erigiert von ihr ab. Der Strap-on sah nicht aus wie ein männliches Glied, sondern wie ein Spielzeug. Wegen dem hatte Sia die Kontrolle über ihren Körper verloren?

Als sie aufblickte und Ylvies verruchten Blick sah, leuchtete ihr ein, dass es nicht das Plastikding alleine war, das ihr den Verstand vernebelt hatte.

»Soll … soll ich deine Hose auch waschen?«, fragte Sia und sammelte ihren Slip und die Socken vom Boden auf.

Ylvie sah an sich herab. »Wäre ganz nett.« Die Hose war nicht nass von dem Malheur, aber von dem, was eben passiert war. Wie ein Stempel war der feuchte Abdruck von Sias Mitte an ihrer dunkelblauen Jeans zu erkennen.

Ylvie versteckte das blaue Ding in ihrer Hose zurück, damit es nicht zu offensichtlich herausschaute und folgte Sia nach oben. Dabei schlug sie ihr auf den Hintern, sodass Sia sie mahnte. Auf dem Weg ins Bad kam ihr Ylvie nach.

»Ich muss auf Klo«, erklärte Sia.

Ylvie schaute arrogant. »Du hast an meinem Daumen genuckelt, beim Pinkeln könnte ich dir auch zusehen.«

»Lass das.« Sia schubste Ylvie raus in den Flur und verriegelte die Tür. Ihr Herz klopfte wieder wie wild, diesmal aber eher vor Wut als vor Aufregung.

Sia hob gleich ihren Rock und sah sich in den Schritt. Ihre Haut war noch etwas nass und klebrig. Sie war gerötet und geschwollen. Sia berührte sich selbst und war noch empfindlich. Was war das eben nur gewesen? Es schien alles intakt zu sein.

Sia wusste von Frauen, die beim Sex Wasser ließen, aber sie? Es war ihr peinlich und was sollte das mit dem Daumen nuckeln?

Für einen kurzen Augenblick hatte sie das gebraucht. Früher hatte sie das oft getan, doch als Dario sich lustig über sie gemacht hatte, hatte Sia sich bemüht, es aufzugeben. Wenn, dann hatte sie es sich nur heimlich erlaubt.

»Sia?« Ylvies Stimme kam aus dem Schlafzimmer.

Sia schluckte. Ihre Knie waren noch weich. »Bin gleich da«, antwortete sie.

Sie machte schnell, wusch sich die Hände und das Gesicht. Mit dem restlichen Wasser an ihren Händen fuhr sie sich in den Nacken und sah in den Spiegel. Ihr waren schon vor dem Orgasmus die Tränen gekommen. Sie hatte nicht fassen können, wie gut sich Sex anfühlte, auch noch mit einer Frau. *Mit meiner Frau*, korrigierte Sia ihren Gedanken. Sie war mit Ylvie verheiratet. Mit ihrer Ylvie.

Sia fühlte sich wieder selbstsicherer. Sie atmete durch, schloss die Badtür auf und ging rüber. Ylvie lag bereits nackt im Bett, bis auf das Spielzeug, das eng um ihre Hüfte lag.

Gab es für solch einen Anblick eine Beschreibung? Sia betrachtete das Bild einen Moment zu lange, dass Ylvie ein schiefes Lächeln verzog.

»Gefalle ich dir?« Es war eine neckende Frage, eine, von der Ylvie wusste, dass Sia nur wieder wütend werden würde. Aber Sia hielt still.

»Ja«, antwortete sie leise. »Sehr sogar.«

Ylvie war verblüfft und konnte es nicht wirklich verstecken. Besonders nicht, als Sia langsam die Knöpfe ihres Kleides aufknöpfte und den Stoff zaghaft von ihren Schultern streifte.

Sie trug noch einen BH mit weißer Spitze, dessen sie sich entledigte und vollkommen nackt im Raum stand. Mit langsamen Schritten, als würde sie Ylvies Geduld herausfordern wollen, kam sie ans Bett. Als Ylvie sie zu sich ziehen wollte, hielt Sia sie auf.

»Ich möchte es tragen. Ich möchte gerne sehen, wie du kommst«, sagte sie.

Ylvie hatte Sias Hand in ihrer, sie zögerte. Hatte sie Angst, dass sie schwach wirken könnte? Nach allem, was eben passiert war?

Schließlich entledigte sich Ylvie des Spielzeugs und half Sia, es anzuziehen. Die Schlaufen waren bei ihr größer, sodass Ylvie sie enger ziehen musste. Als das Konstrukt an ihrer Hüfte saß, betrachtete Ylvie sie und berührte ihre Beine.

Sia war wie gebannt. Würde sie Ylvie genauso den Verstand rauben können, wie sie es eben bei ihr getan hatte?

Liebevoll berührte sie ihr Gesicht und fuhr mit dem Daumen über ihre Unterlippe, wodurch sie Ylvie verlegen zum Lächeln brachte. Sia mochte dieses Lächeln so sehr, dass sie sich vorbeugte und sie küsste. Sie spaltete ihre Lippen mit ihren, ganz sanft, ohne Zungenspiel.

Sobald sie sich aufrichtete, berührte Sia das Spielzeug mit den Fingerspitzen. »Ich würde gerne sehen, wie du es in den Mund nimmst«, sagte sie.

Ylvie schaute sie an, als würde sie es nicht ernst meinen. Doch das tat Sia. Ihre Augen waren halb offen, ein wenig verträumt. Alleine die Vorstellung, wie die blaue Farbe zwischen Ylvies rosigen Lippen verschwand, rötete ihre Wangen.

Sia hatte schon so oft vor Männern gekniet, sie wollte sehen, wie Ylvie dabei aussah. Sie mit ihrem Prinzessinnengesicht, mit ihren graublauen Augen, ihren dichten dunklen Wimpern und ihren rosigen Lippen, die jeder Mann nur zu gerne geküsst hätte.

Ylvie zögerte sichtlich, doch dann ging sie Sia zuliebe auf die Knie.

»Hast du jemals mit einem Mann geschlafen?«, fragte Sia leise.

Ylvie schüttelte den Kopf. »Ich finde Männer nicht erregend.« Sie nahm den hellblauen Schaft in die Hand und öffnete den Mund.

»Ein bisschen mehr«, hauchte Sia. Sie berührte Ylvie am Kinn und bat sie, den Mund weiter zu öffnen. »Ich werde das Gefühl nicht los, dass ich dich kaputt gemacht habe«, sagte sie dann. »Du hättest sicher schon eine Familie mit irgendjemanden«, gab sie wieder und dachte daran, wie sie sich als Kinder geküsst hatten.

Ylvie ließ sich nicht von dem, was Sia sagte, beirren. »Es schmeckt nach dir«, sagte sie nur und meinte damit den Kunstpenis, der eben noch in Sia gesteckt hatte.

Es war hart an der Grenze, etwas, was Sia niemals von sich geglaubt hätte zu tun. Aber jetzt verstand sie alle Männer dieser Welt, die ihre Spitze ein Stück zu tief in den Rachen einer Frau drückten. Es war, als würde Sia brennen und der Wind um sie die Flammen vergrößern.

Ylvie hustete und nahm den Kopf zurück, besorgt half ihr Sia aufs Bett und reichte ihr das Wasser von heute Morgen. Ylvie nahm einen Schluck und räusperte sich. Sia nahm ihr das Glas ab und streichelte ihre Wange.

»Du bist so schön«, wisperte Sia und küsste Ylvie, küsste sie so fest, dass sie gemeinsam auf die Matratze stürzten. Sia wurde ungeduldig, so wie es wohl eben Ylvie ergangen war. Sie lag zwischen ihren langen Beinen und drückte die Spitze des Spielzeuges in ihre weiche Spalte. Ylvie verzog das Gesicht, was nicht wirklich nach Lust aussah.

»Was ist?«, fragte Sia und hielt ein. »Soll ich aufhören?«

Ylvie zögerte, ehe sie sich zu einer Antwort durchrang. »Ich mag es nicht wirklich. Es ist mir zu hart. Ich habe mich nie damit anfreunden können. Finger sind mir lieber«, gestand sie schließlich.

Sia wurde panisch, aber mahnte sich zur Ruhe. »Ich bin vorsichtig«, sagte sie und glitt langsam aus ihr heraus. Sia wollte es wiedergutmachen und küsste Ylvie, küsste sie weiter, während sie sich den Strap-on von der Hüfte zurrte.

»Warum machst du denn Dinge, die dir wehtun?«, fragte Sia erbost.

»Weil du es ausprobieren wolltest«, antwortete Ylvie. »Ich wollte dein erstes Mal sein.«

Sia ließ sich auf ihr nieder. »Es ist nicht in Ordnung, wenn du dich zu etwas zwingst.«

Ylvie lächelte verlegen, woraufhin ihr Sia in den Busen biss. Anstatt vor Schmerz stöhnte Ylvie vor Lust. Sia schaute auf, biss wieder zu, rückte dabei tiefer und biss ihr in die Brustwarze, wodurch sie Ylvie einen weiteren verlangenden Seufzer entlockte. Dann biss sich Sia ihren Weg hinab zwischen Ylvies Beine. Mit den Zähnen zwickte sie ihre Innenschenkel. Als Ylvie erwartete, dass Sia ihr in die Schamlippen beißen würde, küsste sie ihre Mitte hingebungsvoll.

Ylvie seufzte erleichtert und genoss die Berührung. »Das ist die schönste Sexfantasie von allen«, hauchte sie mit viel zu süßer Stimme.

Kapitel 53

Die beiden Automaten waren repariert und einsatzfähig. Einer von ihnen stand bei Verena in der Galerie, wo sie eigentlich ihre Kunst anbot. Der andere stand in einer Supermarktkette, die sich für regionale Produkte interessierte. Es war der Wahnsinn. Sias Mutter hatte sogar jemanden gefunden, der die Rohmilch abholte, abfüllte und auslieferte. Für die Arbeit nahm er natürlich Geld, dementsprechend war die Milch teurer, aber es gab Leute, die sie bis auf die letzte Flasche abkauften. Auch die Eier waren der Hit.

Verena scherzte am Telefon. »Ich zieh mir einen Strohhut an und ein kariertes Hemd. Dann gehe ich sicher auch als Bäuerin durch.«

Sia lachte. »Ganz bestimmt.« Während sie mit Verena am Handy telefonierte, entdeckte sie Ylvie auf dem Hof. Sia winkte ihr zu und kletterte auf den Zaun, geduldig wartete sie darauf, dass Ylvie zu ihr rüberkam, um sich einen Kuss abzuholen. Es war süß, es war kitschig, aber Sia genoss es, weil sich alles mit Ylvie mittlerweile richtig anfühlte. Das erste Mal in ihrem Leben konnte sie sich fallen lassen.

Ylvie hatte zwar angeboten, ihren Eltern zu beichten, dass sie verheiratet waren, aber Sia glaubte, dass es besser war, wenn sie es selbst tat. Um ehrlich zu sein, wollte sie nicht, dass ihre wunderschöne Ylvie Ärger bekam.

Sia redete weiter, auch wenn sie die Augen nicht mehr von ihrer Liebsten nehmen konnte. »Das mit dem Biobauernhof wird noch ein ganzes Stück dauern, aber wir sind auf dem richtigen Weg.«

»Wie geht es dem kranken Kalb und den anderen beiden Jungs?«, fragte Verena.

Sia grinste. »Dem Mädchen geht es besser, ich kann nicht fassen, dass jemand von Facebook ihre Rechnung bezahlt hat. Ich habe sie auch zur Patin gemacht, sie durfte den Namen für das Kalb aussuchen und war superhappy. Bald müssen die drei auch enthornt werden.«

»Oh, Gott. Das hört sich schrecklich an.«

»So schlimm ist es nicht. Mein Opa und Onkel Mario haben das selbst gemacht. Aber ich denke, ich lasse da lieber den Tierarzt ran.«

»Der bohrt den Babys dann in den Kopf, oder wie?« Verena war komplett außer sich.

»Nein, quatsch.« Sia lachte. »Das Horn bildet nicht der Schädelknochen, sondern die Lederhaut. Die Stelle wird herausgebrannt. Zuvor bekommen die Kälber ein Beruhigungs- und Schmerzmittel. Kühe können auch im Alter noch spielerisch sein, oder wenn sie mal wütend werden, dann ist es ganz gut, wenn sie ihre Hörner nicht mehr haben. Auch untereinander gibt es ab und zu Rangeleien. So können sie sich nicht so leicht gegenseitig verletzen.«

Verena atmete erleichtert in den Hörer.

»Das Mädchen ist ein wenig schüchtern, aber die Jungs sind echte Randalemacher. Die halten die erwachsenen Kühe richtig auf Trab«, erzählte Sia mit einem breiten Grinsen.

»Also bald heißt es Kastration?«, fragte Verena.

Sia seufzte. »Ja, anders ist das nicht machbar. Ich merke schon, wie unruhig Oskar wegen ihnen geworden ist. Vermutlich sieht er Rivalen in ihnen, obwohl sie noch so jung sind.« Dennoch ließ sich Sia davon nicht die Laune verderben.

»Hast du den Post auf Facebook gesehen? Ich bekomme nächste Woche zwei weitere Kälber und suche nach Paten. Vielleicht magst du ja?«, fragte sie.

Verena quietschte plötzlich in den Hörer. »Oh mein Gott!« Sia sah regelrecht die Herzchen in ihren Augen.

In der Zwischenzeit kam Ylvie an den Zaun, Sia streckte sich zu einem kurzen Schmatzer und grinste. »Ja, rede mit Anton. Hab schon jemanden, der möchte die Patenschaft für seine Tochter haben.«

»Ich rufe ihn gleich an!«, rief Verena und legte auf.

»Was ist los?«, fragte Ylvie und küsste Sia noch einmal.

»Ich habe Verena von den Kälbern erzählt, die nächste Woche kommen.«

Ylvie nickte. »Sie will auch eins haben?«

»Ja, ich dachte es mir schon, deswegen habe ich nur eins für die Patenschaft online gestellt.«

Sia stand auf der ersten Zaunsprosse und konnte Ylvie so mühelos umarmen. »Es haben sich auch Familien gemeldet, die gerne von Freitag auf Samstag mit ihren Kleinkindern ihre Zeit auf dem Bauernhof verbringen wollen.« Ylvie schaute beeindruckt. »Es ist noch zu kalt, als dass sie draußen im Stall übernachten könnten. Deswegen werde ich ihnen die freien Zimmer herrichten.«

»Wird das nicht ein bisschen zu viel Arbeit?«, fragte Ylvie.

»Die Feriengäste sind ja nicht nur zum Gucken da, die sollen auf dem Hof mit anpacken.« Sia grinste frech, was Ylvie zum Lächeln brachte.

»Mit den Übernachtungen kann ich etwas verdienen. Nur das mit dem Kochen wird ein Problem. Frühstück stelle ich, aber zu Mittag?« Sia lachte, ihr war klar, dass sie nicht die beste Köchin war.

»Du könntest sie auf die Kneipe im Ort hinweisen. Die bieten Mittagstisch und Abendessen an. Wenn genug Gäste da sind, bieten sie sicher auch Frühstück mit Kaffee an.«

Sia protestierte und forderte einen weiteren Kuss. »Mein Kaffee ist der beste.«

Ylvie lächelte schief. »Ja, dein Kaffee ist wirklich der beste.« Das sagte sie zwar, aber meinte etwas ganz anderes.

»Du bist so ein Ferkel«, nuschelte Sia gegen ihre Lippen, was Ylvie nur wieder zum Schmunzeln brachte.

»Warst du schon auf den Feldern?«, fragte sie dann.

»Noch nicht.«

»Dieses Jahr ist es wieder so trocken. Der Boden hat kaum Feuchtigkeit speichern können. Ist die Frage, ob wir dieses Jahr künstlich bewässern.« Ylvie sah besorgt aus.

»Ylvie!«, rief jemand plötzlich nach ihr. Tessa stand an der Tür zum Bungalow und winkte ungeduldig mit einem Stapel Zettel in der Hand.

Ylvie rollte mit den Augen. »Ich muss.«

Demonstrativ zog Sia sie zu sich und küsste sie. »Du hast mir noch immer nicht erzählt, wer sie ist und was sie hier sucht.«

Ylvie küsste Sia eilig und befreite sich aus ihrer Umarmung. »Ich muss wirklich los«, sagte sie und machte sich davon.

»Hey!«, rief Sia ihr nach und schaute böse, was Ylvie wohl eher amüsierte als beängstigte.

»Komm später zum Abendessen rum«, meinte sie dann.

»Mach ich«, antwortete Sia und konnte nicht länger wütend sein. Sie lächelte, selbst, als Ylvie nicht mehr zu sehen war.

Kapitel 54

Sia sprang aus dem Bett und zog sich eilig an. Ylvie murrte müde. »Was ist denn los?« Fast blind tastete sie nach ihrem Handy. Ihr taten die Augen vom Deckenlicht weh. »Es ist erst fünf Uhr morgens. Du hast noch eine Stunde. Komm zurück ins Bett.«

Sia knöpfte sich ihr Hemd zu und suchte nach ihrem Slip, der irgendwo sein musste. »Heute kommen meine ersten Übernachtungsgäste, ich muss mich beeilen, wenn ich fertig werden will. Ich wollte den Stall ein wenig auf Vordermann bringen, das Füttern und Melken überlasse ich ihnen.«

Sia war aufgeregt und alles andere als müde.

Ylvie vergrub ihr Gesicht ins Kopfkissen. »Komm noch ein bisschen ins Bett. Nur für ein paar Minuten«, quengelte sie dumpf, dass Sia gar nicht anders konnte, als ihrem Wunsch nachzukommen. Doch anstatt sich zu ihr zu legen, legte sie sich auf sie.

Ylvie stöhnte. »Uff. Ich kümmer mich anscheinend ziemlich gut um dich, du bist schwerer geworden.«

Eingeschnappt kniff Sia ihr in die Brust. Ehe Ylvie sie packen konnte, stand sie auf.

»Das war nicht nett«, raunte Ylvie und rieb die gerötete Stelle.

»Du bist nicht nett«, zickte Sia und verließ im nächsten Moment das Zimmer. Gerade, als sie den Flur entlang wollte, stieß sie gegen Tessa. Sie hatte sich ein Glas Wasser aus der Küche geholt und schnappte empört nach Atem. Durch den Zusammenstoß hatte sie ihr Glas über sich verschüttet.

Sia blickte Tessa in den Ausschnitt, wo sich die Wassertropfen über ihren Busen in ihr Seidennachthemd verirrten. »Ups«, sagte sie und lächelte verlegen.

»Anscheinend seid ihr beide sehr glücklich«, knurrte Tessa.

Sia nahm den bissigen Unterton nicht wirklich wahr. »Ich denke auch.« Ohne sich zu entschuldigen, suchte Sia schließlich das Weite. Sie strahlte übers ganze Gesicht, nichts konnte sie heute noch aufhalten.

Bevor sie überhaupt an Frühstück dachte, ging Sia in den Stall und erledigte die groben Arbeiten, bis ihre Gäste wie besprochen ankamen.

Die Kühe muhten nörgelig, weil Sia sie nicht wie gewohnt fütterte, auch die Jungs stießen sie, aber Sia wollte, dass die beiden

Kinder die Fütterung übernahmen. Ein Junge und ein Mädchen. Sia konnte es gar nicht erwarten, ihre leuchtenden Augen zu sehen.

Als Sia mit der schmutzigen Arbeit, die sie der Familie nicht zumuten wollte, fertig war, war es auch schon fast halb acht. In Rekordzeit sprang Sia unter die Dusche, zog sich frische Kleidung an und putzte sich die Zähne. In der Küche deckte sie den Tisch und setzte Kaffee auf. Aufgeräumt und geputzt hatte sie den Tag zuvor. Die eingerahmten Bilder von ihren Großeltern und Urgroßeltern, die an den Wänden hingen, zogen kurz Sias Aufmerksamkeit auf sich. Es waren die Erinnerungsstücke, die sie bei den Reparaturarbeiten auf dem Dachboden in einem alten Koffer gefunden hatte. Sia hatte sie alle aufgehängt. Ein historischer Verlauf durch neun Generationen. Der Bauernhof war schon so lange in Familienbesitz und Sia musste es der Welt zeigen, indem sie auf Facebook einen Beitrag postete.

»Ich kann es gar nicht glauben, ich bin so aufgeregt. Gleich kommen meine ersten Übernachtungsgäste. Bitte drückt mir die Daumen, dass nichts schiefläuft!«

Sie bekam viele Likes, obwohl es noch so früh war. Ihre Onkel und Tanten fieberten wohl mit.

Als Sia noch eine Nachricht von Ylvie bekam, atmete sie erleichtert auf.

»Ich vermisse dich«, hatte sie geschrieben. Dabei waren sie erst drei Stunden voneinander getrennt.

*

Die Gäste fuhren auf den Hof. Mit Herzklopfen eilte ihnen Sia entgegen und begrüßte die kleine Familie, nachdem sie ausgestiegen war.

»Herzlich willkommen auf dem Bergmanns-Hof!« Sia bemerkte selbst, dass sie viel zu aufgedreht klang. Die Kinder hielten sich im Hintergrund. Natürlich, Sia war eine Fremde, aber das würde sich gleich schlagartig ändern, sobald sie die Kälber zu Gesicht bekamen. Dennoch reichte ihr der Junge die Hand.

»Hallo, ich bin der Felix«, gab er verlegen von sich.

Seine Schwester tat es ihm gleich. »Ich bin Linda.«

»Hallo Felix und Linda. Wie schön, dass ihr auf dem Bergmanns-Hof seid.« Die Kinder wurden ein wenig albern und lockerer. Sia kannte die Eltern bereits durch die telefonische Reservierung.

»Habt ihr gut hergefunden?«, fragte sie Margaret, während sie ihrem Mann Uwe dabei half, das leichte Gepäck ins Haus zu tragen.

»Ja, war eine etwas längere Fahrt aus der Stadt raus, aber so haben die Kinder auch mal etwas anderes gesehen.« Margaret mit ihren roten Naturlocken und den Sommersprossen sah aus wie Merida aus dem Disneyfilm, sodass Sia gar nicht anders konnte, als sich mit ihr und ihrer Familie wohlzufühlen.

Durch ihre eigene Ungeduld ließ Sia die Familie nicht wirklich zur Ruhe kommen. »Wollt ihr zuerst frühstücken oder gleich die Kälber füttern?«, fragte sie.

»Die Kälber füttern!«, rief Linda begeistert, sodass den anderen eigentlich keine andere Wahl blieb, als rüber zum Stall zu gehen.

Sia schob das Tor zu den Kühen auf, die die Fremden muhend begrüßten. Die Kinder erschraken.

»Die sind ja viel größer als die im Fernsehen«, gab Felix von sich und umklammerte die Hand seines Vaters.

»Und hier stinkt es«, meinte Linda unverblümt.

»Ja, daran gewöhnt man sich.« Sia lachte und verheimlichte zunächst, wie schlimm es zuvor gewesen war.

»So«, sagte Sia und ging voran. »Wer möchte zuerst die Kälber füttern?«

Auch wenn die Jungtiere bei den Kühen trinken durften, mischte Sia mindestens einmal am Tag ihren Milchaustausch mit Trockenvollmilch zusammen. Was den Kindern nicht entging. Zögerlich und noch ein wenig verunsichert folgten sie Sia mit ihren Eltern an der Hand den langen Gang zu den Liegeplätzen der Rinder.

»Warum sehen die Babykühe so anders aus?« Felix war komplett überfragt.

»Sie sind eine ganz andere Rasse, deswegen sehen sie so anders aus«, antwortete Sia und wusste nicht, ob sie genauer ins Detail gehen sollte.

»Warum trinken die Babys nicht direkt von ihren Mamas?«, fragte Felix daraufhin und hatte das vorherige Thema anscheinend für sich abgehakt.

»Das tun sie auch, aber so kann ich besser kontrollieren, wie viel sie zu sich genommen haben. Frische Milch ist nicht so lange haltbar wie die Trockenvollmilch«, erklärte Sia geduldig und ihre kleinen Gäste hörten ihr gebannt zu.

»Ab der 9. Woche kann ein Kalb bis zu neun Liter Milch am Tag trinken. Das ist schon eine Menge.«

»Boah.« Felix war überwältigt. »Das sind neun Packungen Milch. Das würde ich niemals schaffen.«

Sia brachte die beiden zu den Kälbern, die den neuen Besuch mit Vorsicht genossen. Aber die Milchflasche kannten sie und kamen näher.

Felix war mutiger als seine Schwester und nahm Sia die Flasche ab. Die Kälber waren gierig und stärker als der schmächtige Junge, sodass sie ihn schubsten. »Hey!« Auch wenn die Kälber ein wenig rabiat waren, lachte Felix.

Linda blieb lieber im Hintergrund an der Hand ihrer Mutter. »Ab wann essen die Babys denn Gras?«, fragte sie.

»Ungefähr, wenn sie drei Wochen alt sind. Sie machen die Großen nach und fressen ein wenig. Aber die Milch schmeckt ihnen besser.«

Linda kicherte. »Ich mag auch Milch mit Kakao ganz gerne.«

»Mir schmeckt Kakao auch«, sagte Sia und entlockte dem verunsicherten Mädchen ein weiteres Lächeln.

Mit den Gästen auf dem Hof war es viel lebendiger. Sia ging mit ihnen um, als wären sie alte Bekannte, was ihr Besuch zu schätzen wusste. Sie halfen tatkräftig mit, sich um die Kühe zu kümmern, und fütterten sie. Während der Vater und die Kinder die alten Heugabeln schwangen, machte die Mutter Fotos mit ihrem Handy.

Beim Melken der Kühe war Uwe gleich Feuer und Flamme. Er war so interessiert, dass er Sia die Arbeit abnahm und jede Kuh behandelte, als wäre es sein täglich Brot.

»Zuvor wurde die Milch vom großen Molkereibetrieb hier in der Gegend alle zwei Tage abgeholt. Jetzt arbeiten wir mit einer etwas kleineren Molkerei zusammen, die unsere Milch abfüllt und in der Stadt in Automaten zum Verkauf bereitstellt.« Sia erzählte noch viel mehr von den vorherigen Missständen, vom Futter der Kühe und ihren Klauen. Sie erklärte auch, dass die Kälber von einem anderen Hof stammten.

»Alle 12 bis 14 Monate bringt eine Kuh ein Kalb zur Welt. Nach drei Monaten könnte sie wieder tragend werden, aber dadurch würde die Milchleistung abnehmen. Dem Tier würde es vermutlich nicht wirklich guttun, so schnell trächtig zu werden.« Sia bereitete die folgende Kuh vor, ehe sie an die Reihe kam, abgepumpt zu werden.

»Nach der Geburt eines Jungtieres geben sie bis zu 40 Liter Milch. Aber unsere Rasse ist eine andere. Sie ist nicht auf Hochleistung getrimmt, sondern eher auf ein langes Leben mit qualitativ hochwertiger Milch. Das war meinem Großvater sehr wichtig.«

Auch wenn es ihr das Herz brach, musste sie erzählen, was es mit den männlichen Kälbern auf sich hatte. »Die weiblichen Kälber werden zur Nachzucht meist behalten oder verkauft. Während die männlichen Kälber für die Fleischproduktion heranwachsen. Ein Teil von ihnen wird auch entsorgt.«

Der Schock saß tief. Die Kinder klammerten sich an ihre Mutter. Alle vier hatten bleiche Gesichter. Sia sah in den Augen der Eltern die Panik, dass sie besser nicht weiterreden sollte. Aber warum dieses ganze Versteckspiel? Warum durfte man Kindern in der Hinsicht nicht aufklären? Weil man sie traumatisierte? War es nicht eher traumatisierend, ein acht Tage altes Kalb auf die Schlachtbank zu schicken oder es zu erschlagen, weil es keinen Gewinn einbrachte?

»Kranke Kälber können nicht verkauft werden. Ein zwölf Tage altes Kalb bringt gerade einen Preis von 8,50 Euro zustande. Das ist erschreckend wenig, wenn der Tierarzt 60 Euro kostet.«

Die Kinder klammerten sich verängstigt ein Stück mehr an ihre Eltern. Sia musste ihnen nicht erklären, dass die Kälber dann getötet wurden. Sie wollte ihnen zumal nicht sagen, dass ihre Tante aus Verzweiflung ihre Kälber hinterm Haus hatte verdursten lassen. Alleine bei der Vorstellung graute es ihr.

»Die Kuh gibt nicht plötzlich Milch und das dann lebenslang. Sie muss dafür Kälber kriegen und nicht alle Kälber sind weiblich. Es ist wichtig, dass wir den Tieren ein gutes Leben geben. Sie sind für uns da, damit wir zu essen haben und deswegen müssen wir respektvoll mit ihnen umgehen. Respekt bedeutet, dass wir nicht zu viel kaufen und es dann wegwerfen. Respekt gegenüber dem Tier bedeutet auch, dass wir das Fleisch nicht billig im Discounter kaufen, sondern darauf achten, wo es herkommt. Bei Fleisch zu sparen, ist der falsche Ansatz. Um ein glückliches und zufriedenes Tier zu halten, muss der Verbraucher bereit sein, mehr für seine Lebensmittel zu zahlen.«

*

Es war Mittag, die kleine Familie wollte sich auf den Weg zum Mittagstisch machen. »Kann ich heute einen Traktor fahren?«, fragte Felix.

Sein Vater lachte. »Dafür bist du noch zu klein.«

Als wäre es ein Stichwort, startete die große Landmaschine auf dem Hof nebenan. Ylvie fuhr die Auffahrt runter auf die Straße und blieb mit ihrer gigantischen Maschine vor ihnen stehen. Sie schaltete den Motor aus und sprang die Kabine runter.

Linda schwang die Hand ihrer Mutter. »Können Mädchen Traktor fahren?«

»Anscheinend schon«, antwortete sie.

Wie eine Selbstverständlichkeit grüßte Ylvie Sia mit einem Kuss und reichte jedem der Familienmitglieder die Hand.

»Hallo, ich bin Ylvie. Ich bin Sias Frau«, stellte sie sich vor, wodurch Sia die Haare zu Berge standen. Das hätte sie jetzt nicht sagen müssen. Sia geriet in Panik. Wie würde eine konventionelle Familie darauf reagieren, dass sie mit einer Frau zusammen war?

Vielleicht war es Ylvies selbstsichere Art, dass sich das Ehepaar ganz normal verhielt. Die Kinder schien der Umstand überhaupt nicht zu interessieren, sie wollten nur noch mit dem Traktor fahren.

»Ich kann euch gerne ein Stück mitnehmen, genug Platz ist oben«, schlug Ylvie vor.

Felix sprang an der Hand seines Vaters auf und ab und ließ ihm gar nicht mehr die Möglichkeit, abzulehnen.

Ylvie forderte das kleine Mädchen auf. »Na, komm«, sagte sie. Linda ließ gleich die Hand ihrer Mutter los, um die von Ylvie zu schnappen.

Margaret war von dem großen Traktor ein wenig eingeschüchtert und tat sich schwer, nach oben zu klettern, ihr Sohn hingegen war flinker.

Ylvie gab Sia einen Abschiedskuss. »Trockne deine Haare, sie sind noch nass und vergiss nicht, zu Mittag zu essen.«

»Okay«, sagte Sia. Sie sah Ylvie nach, wie sie dem kleinen Mädchen hoch half und sie auf ihren Schoß Platz nehmen durfte. Sie winkten ihr zum Abschied und fuhr los.

Sias Herz klopfte, Ylvie konnte gut mit Kindern. Ob sie irgendwann auch welche bekommen würden? Das wäre verrückt, oder?

*

Am Abend fuhr Ylvie ihren Traktor auf den Bergmanns-Hof. Anscheinend hatte sie die Familie auf dem Heimweg abgeholt. Als Sia die Haustür öffnete, liefen ihr schon die Kinder entgegen.

»Es riecht nach Pizza!«, riefen sie freudig.

Sia lachte und wischte sich die mehligen Hände an einem Küchentuch ab. »Es ist kein Desaster geworden«, versicherte sie.

Ylvie kam als Letzte herein und schaute erstaunt. »Du und backen?«

Sia nickte selbstbewusst und verheimlichte Ylvie, dass es vermutlich das einzige Rezept war, das sie wirklich beherrschte. Aber auch nur, weil sie von Verena einen Gutschein für einen einmaligen Kochkurs geschenkt bekommen hatte.

Damals wollte Sia den süßen Koch beeindrucken, hatte sich extra viel Mühe gegeben und ihm später mutig angeboten, ihm eine Pizza bei ihr zu Hause zu backen. Kaum waren sie im Bett gelandet, hatte auch schon seine Ehefrau angerufen. Sia hatte wirklich kein Händchen für Männer.

Begeistert gab Ylvie ihr einen Kuss. Diesmal küsste sie sie etwas länger, es war kein erregender Kuss, aber einer voller Hingabe, sodass Sia leise seufzen musste.

»Ich hatte ewig keine Pizza mehr«, meinte Ylvie und blickte verliebt, sodass Sia rote Wangen bekam.

»Magst du Papa und Tessa Bescheid geben, dass sie vorbeikommen sollen? Ich habe genug für alle gemacht«, schlug Sia verlegen vor.

Ylvie kramte gleich nach ihrem Handy. »Die freuen sich bestimmt.«

Die Kinder aßen vor dem Fernseher und waren doch mit halbem Ohr bei den Erwachsenen am Küchentisch, die über den Hof und ihre Arbeiten redeten.

»Ylvie und Sia kennen sich schon von klein auf«, erzählte Ludwig. »Sia war jede Ferien bei ihren Großeltern auf dem Hof. Sie waren unzertrennlich, wie Pech und Schwefel.« Er schmunzelte.

Margaret sprach es offen an. »Entschuldigt bitte, wenn ich euch zu nahe trete. Wir erziehen unsere Kinder recht tolerant und klären sie auf, dass es keine Unterschiede zwischen Menschen anderer Abstammung gibt und auch dass es gleichgeschlechtliche Liebe gibt. Aber wie ist das auf dem Land, habt ihr hier mit Vorurteilen zu kämpfen?«

»Als ich mich meinem Vater gegenüber geoutet habe, hat er erst mal eine Woche nicht mit mir gesprochen. Eigentlich wollte ich es ihm gar nicht sagen, aber er hat mich ständig dazu gedrängt, jemanden zu heiraten, um den Hof weiterzuführen. Mit 20 war es mir dann zu viel.«

Ludwig nickte. »Wir haben im Dorf schwule Jungbauern, über die hat man zu Anfang nicht gut geredet. Aber mit der Zeit haben wir uns an sie gewöhnt, weil sie auch sehr hilfsbereit sind. Bei ihnen war es Stadtflucht, sie haben sich gut eingelebt. Also, Homosexualität ist nichts Neues, nur …«

Ylvie schnaubte ein Lachen. »Paps hatte sich das Hirn zermartert, wie er denn an Enkelkinder kommen würde und wer nach mir den Hof übernehmen würde.«

Ludwig sah Sia an und lächelte matt. »Sie hat mir die Tür vor der Nase zugeknallt und mir schon damals gesagt, dass sie wartet, bis Sia irgendwann zurückkommt. Ich denke, dass sie der Stadt auch nur deswegen den Rücken gekehrt hat.«

Sia war verwundert, zugleich wurde sie so verlegen, dass sie Ylvies Hand fest in ihre nahm.

»Das ist ja romantisch«, sagte Margaret und betrachtete das Paar. »Du warst also in der Stadt?«

Während Ylvie erzählte, dass sie ihre Ausbildung in Bremen gemacht hatte, rückte Sia näher an sie heran. Sie wäre so gerne mit ihr allein, um sie zu küssen. Wie unglaublich es war, dass Ylvie nach all der Zeit nicht aufgehört hatte, sie zu lieben. Gab es solch eine Romantik in dieser Zeit noch?

Sia bemerkte Tessa, wie sie sie vom Tisch gegenüber betrachtete. Sie war die ganze Zeit still gewesen und hatte nicht wirklich viel gegessen. Für einen Moment sahen sie sich länger in die Augen. Ob sie verletzt war? Für sie war es sicher kein schöner Abend. Als würde Sia demonstrieren, dass Ylvie jetzt zu ihr gehörte, schmiegte sich enger an sie. Tessa tat ihr leid, aber ihr eigenes Glück war ihr wichtiger.

»Warum gibt es von euch beiden keine Fotos, wenn ihr verheiratet seid?« Die Erwachsenen sahen sich nach den Kindern um, die auf dem Sofa die Reste ihrer Käsepizza vertilgten. Felix und Linda suchten vergeblich die Bilder im Wohnzimmer nach Ylvie und Sia ab.

Ylvie lächelte freudlos und führte ihre Finger zwischen die von Sia. »Es war …«

»Eine Spontanhochzeit«, fiel ihr Sia ins Wort und wollte nicht, dass sie die Wahrheit sagte. »Wir sind noch nicht dazu gekommen, ein Foto zu machen.« Es war gelogen. Das Foto vom Standesamt war, wie die Eheurkunde, in Ylvies Besitz. Ihr war gar nicht in den Sinn gekommen, danach zu fragen. Um ehrlich zu sein, war Sia noch immer ein wenig verletzt. Es war kein schöner Umstand gewesen, so zu heiraten.

»Dann gib her«, forderte Margaret von Sia ihr Handy.

Verunsichert reichte sie es ihr. Dafür lächelte Ylvie zufrieden und rückte noch ein Stück näher an Sia heran.

Sogleich schoss Margaret ein Foto. »Moment. Das war eins mit geschlossenen Lidern.« Ylvie sah zu Sia, die leicht schüchtern den Kopf gesenkt hatte und sich an ihre Schulter lehnte.

»Ich finde, wir sollten für Facebook ein gemeinsames Bild schießen«, schlug Uwe dann vor.

»Ich will auch drauf«, gaben die Kinder nacheinander von sich und sprangen vom Sofa auf. Ylvie nahm das Handy, lehnte es gegen die alte Mikrowelle und stellte die Kamerafunktion so ein, dass es nach einigen Sekunden den Selbstauslöser einschaltete.

»Zur Sicherheit machen wir ein paar mehr«, sagte Ylvie und beeilte sich, zum Stuhl zu kommen.

Sie hielten alle still und lächelten belustigt in Richtung des Smartphones. Als Ylvie sich gerade hinsetzen wollte, ging es auch schon los. Sie lachte, weil die Kamera sie vermutlich in einer blöden Position getroffen hatte, aber ließ sich deswegen nicht die Laune verderben. Im Gegenteil, während die Kamera weiter Bilder schoss, neigte sie sich vor und küsste Sia auf die Wange.

»Schlafen wir bei den Kälbern?«, fragte Linda, als sie mit dem Gruppenfoto durch waren.

»Seid ihr schon müde?«, fragte ihre Mutter und umarmte ihre Tochter. Sie sah zufrieden zu ihrem Mann, der Bauernhof hatte ihnen in der kurzen Zeit wirklich gutgetan.

»In der Nacht ist es noch recht frisch«, meinte Sia. Die Kinder waren unzufrieden und schmiegten sich müde in die Arme ihrer Eltern.

»Aber ich möchte so gerne draußen bei den Kälbern schlafen.« Die Augen des kleinen Mädchens füllten sich mit Tränen. Dabei war sie zuvor von den Tieren verunsichert gewesen. Jetzt traute sie sich anscheinend, wo sie doch morgen fahren mussten.

»Wir kommen wieder. In den Sommerferien wird es sicher wärmer«, flüsterte ihre Mutter.

Diese Antwort stimmte Sia so zufrieden, dass sie Ylvies Blick suchte.

Die Eltern brachten die Kinder nach oben, wo nebenan auch das Elterngästezimmer war.

»Wir sollten langsam los«, meinte Tessa. »Ist schon spät.«.

Ludwig ließ es nicht noch einmal sagen und verabschiedete sich. »Wir sehen uns morgen.«

Sia wartete, dass Ylvie auch gehen würde. Aber sie blieb, was Sia verwunderte. Nachdem Ylvie die Tür schloss, kam sie zu ihr und legte ihr die Hände um die Hüfte, um sie an sich heranzuziehen.

»Wir sind verheiratet. Wäre doch sehr merkwürdig, wenn ich gehen würde.« Sie grinste wölfisch, was Sia in Verlegenheit brachte. So weit hatte sie gar nicht gedacht.

Oben halfen die Eltern ihren Kindern beim Zähneputzen und verfrachteten sie dann in ihre Betten, während Ylvie und Sia den Tisch abräumten.

Die beiden kamen vor der Bettruhe noch einmal die Treppe runter. Sie seufzten angestrengt und lächelten doch glücklich.

»Danke für den heutigen Tag. Wir haben uns richtig wohlgefühlt und es ist das erste Mal seit Langem, dass die Kinder ohne Theater ins Bett gehen«, meinte Margaret.

Ylvie stand hinter Sia und rieb ihr stolz über die Schulter. »Das freut mich«, antwortete Sia.

Die Eltern verabschiedeten sich für die Nacht und kehrten zurück nach oben. Sia hatte noch eine unbenutzte Zahnbürste für Ylvie gefunden.

Müde fielen sie in das Bett, in dem damals noch ihre Großeltern gelegen hatten. Es war kuschelig und weich. Angestrengt entledigte sich Ylvie ihrer Hose und kletterte zu Sia unter die Decke. Sie küsste sie, küsste ihr übers Gesicht und wollte mehr, sodass Sia sie lachend auf Abstand hielt.

»Morgen, wenn sie weg sind. So oft du willst«, versprach sie, weil Ylvie unzufrieden schaute.

»Ohne Genörgel?«

»Was? Ich nörgel doch nicht«, protestierte Sia.

»Wohl.« Ylvie hielt dagegen und küsste sie auf die Wange.

»Du bekommst den Hals nicht voll«, moserte Sia.

»Siehst du, du nörgelst schon wieder.« Ylvie kuschelte sich an sie und legte ihr den Kopf auf die Brust.

Es war ungemein süß, sodass Sia ihr durch das rabenschwarze Haar fuhr.

»Danke, dass du mitgemacht hast. Die Kinder haben sich über die Treckerfahrt wirklich gefreut.«

»Ich kümmere mich halt um dich«, nuschelte Ylvie leise. Sia strich ihr mit den Fingern weiter durchs Haar.

»Was machst du da?«, fragte Ylvie im Halbschlaf.

»Gucken, ob du Läuse hast«, stichelte Sia, aber anstatt darauf anzuspringen, schmuste sich Ylvie fester an ihren Busen. Anscheinend mochte sie die Berührungen so sehr, dass sie im nächsten Augenblick seelenruhig einschlief.

Sia konnte sich nicht daran erinnern, wie sie das Nachtlicht ausgeschaltet hatte und warum Ylvie nicht mehr auf ihr lag, sondern hinter ihr die Aufgabe vom großen Löffel übernahm.

Es war noch mitten in der Nacht. Sia schreckte durch das gleichmäßige Auf und Ab über ihnen auf.

Ylvie schlief ebenfalls nicht mehr. War sie durch das Geräusch wach geworden?

Das Ehepaar hatte gerade die Etage über ihnen Sex.

»Ich sag es dir«, flüsterte Ylvie. »Es liegt an der Landluft.« Sie grinste und drückte Sia noch enger an sich. »Zum Glück sind sie nicht laut.«

Dennoch hielt sich Sia verlegen die Ohren zu.

»Wollen wir zu mir rüber?«, fragte Ylvie und der Klang ihrer Stimme bereitete ihr eine Gänsehaut. »Wir könnten auch einfach bleiben und du kletterst auf mein Gesicht«, meinte sie unberührt.

Sia war entsetzt. »Ganz bestimmt nicht. Es sind Kinder im Haus.«

Ylvie lachte leise. »Die hören das nicht, die sind vom Tag total k. o.«

»Dann hören uns eben die Eltern.«

»Die sind mit sich selbst beschäftigt«, meinte Ylvie, als würde sie es kein Stück stören.

Sia schaute skeptisch.

»Dann nur ein bisschen fummeln«, verhandelte Ylvie.

»Du bist unmöglich«, zeterte Sia.

»Ich bin eher verrückt nach dir.«

Sia musste lachen und ließ Ylvie ein wenig gewähren, indem sie ihr erlaubte, mit den Händen unter ihr Schlafshirt zu rutschen. Sie umfasste Sias Busen und massierte ihn. Sie genoss die Berührung und drehte sich zu Ylvie, um sie zu küssen.

»Das mit uns ist ziemlich schiefgelaufen, oder?«, fragte Sia und klang ungemein traurig.

Ylvie hatte die Augen geschlossen und suchte wieder nach ihren Lippen. »Ich hatte Angst, dich zu verlieren, und habe mit Patrick alles noch viel schlimmer gemacht.«

»Ich habe geglaubt, mir deine Zuneigung nur eingebildet zu haben, und dass du mich gar nicht wirklich liebst.«

»Ich habe dich immer geliebt, Sia«, sprach Ylvie scharf und zugleich atemlos.

»Und du hast niemals damit aufgehört.« Sia erinnerte sich an Ludwigs Worte.

»Ich habe es versucht. Ganz oft hatte ich aufgegeben zu glauben, dich jemals wiederzusehen.«

»Aber jetzt sind wir verheiratet.«

Ylvie grinste und schlug die Augen auf. »Das ist das Allerbeste daran.«

Die Umstände verdrängte Sia, besonders als Ylvie ihr das Oberteil auszog. »Ich schlafe viel lieber nackt mit dir im Bett«, raunte sie. Sia kicherte. Ihr ging es damit nicht anders.

Kapitel 55

Es waren nur noch ein paar Tage, bis Sias Urlaub enden würde. Sie war nervös, wodurch ihr flau im Magen wurde. Aber sie konnte es nicht mehr hinauszögern. Sie musste bei der Arbeit anrufen und fragen, ob ihr eine weitere Verlängerung genehmigt werden würde.

Sia ließ es klingeln und hoffte auf das Beste. Doch das Gespräch entwickelte sich ganz anders, als Sia es sich gewünscht hätte. Die Personalleiterin war diesmal nicht gerade verständnisvoll. Würde Sia nach dem Urlaub nicht zur Arbeit erscheinen, würde man ihr kündigen müssen.

Sia legte auf und wusste nicht mehr weiter. Was sollte sie nur tun? Zurück in ihr altes Leben? Alles in ihr sträubte sich. Sie wollte nicht mehr in ihre Wohnung, sie wollte nicht mehr in die Stadt und ihren Bürojob. Aber es war das Einzige, was sie machen konnte, oder? Alles aufgeben und bleiben? Bei den Kühen? Bei Ylvie?

Wie würde es laufen, wenn Sia zurückfahren würde? Vielleicht kam sie jedes Wochenende zurück auf den Hof? Eine Wochenendbeziehung? *Wochenendehe*, korrigierte Sia ihren Gedanken.

Sie wurde unruhiger und ging zwischen Wohnzimmer und Küche hin und her. Schließlich nahm sie erneut ihr Handy zur Hand, diesmal ließ sie es bei Verena klingeln und erzählte ihr alles.

»Was sagt dein Herz?«, fragte Verena.

Sia saß mittlerweile draußen auf den Stufen vor der Haustür und beobachtete Ylvie, wie sie einen Lkw-Fahrer dirigierte und ihm zurief, wo er noch Platz hatte.

»Ganz ehrlich?«, antwortete Sia und seufzte. »Lass alles hinter dir und bleib.«

Sias beste Freundin schwieg. Sie beide ließen es wohl sacken.

Dann seufzte Verena in den Hörer. »Ich kann mich um alles kümmern. Um deine Möbel und das andere Zeug, das du bis jetzt nicht gebraucht hast.« Das Nächste zählte sie zögerlich auf. »Ich könnte mich darum bemühen, dass du schnellstmöglich einen Nachmieter bekommst und die Wohnung kündigst.«

»Ich soll so einfach mein Leben aufgeben?«, fragte Sia.

»Du hast es doch eben selbst gesagt. Kannst du dir vorstellen, wieder eingesperrt in einem Büro zu sitzen, wo nonstop das Telefon klingelt? Mit einem Chef, der nicht zu würdigen weiß, was du alles für ihn tust? Außerdem … was ist mit Ylvie?«

Sia kicherte. »Der Sex ist der Wahnsinn«, tuschelte sie und biss sich verlegen auf die Lippen, wohl wissend, dass Ylvie mit ihr schimpfen würde, wenn sie erfuhr, dass Sia wieder Verena ihre Bettgeschichten erzählte.

Ihre Freundin lachte in den Hörer. »Das kann ich mir gut vorstellen.«

»Es ist plötzlich alles ganz anders. Alle meine Pläne, alles, was ich mir für die Zukunft ausgemalt hatte. Das mit Ylvie tut mir unglaublich gut.«

»Aber es fällt dir schwer, deine vorherigen Vorstellungen über Bord zu werfen?«, fragte Verena.

Sia war sprachlos und doch hatte ihre Freundin es auf den Punkt gebracht. Es stimmte.

»Aber nachdem dein Ex dich so mies behandelt hat, würdest du ihn sicher nicht mehr heiraten wollen und Kinder mit ihm bekommen?« Es war keine wirkliche Frage von Verena, eher ein Vorwurf.

»Kein Stück«, spuckte Sia regelrecht Feuer. »Was für ein Arsch«, sagte sie und brachte Verena damit zum Lachen. Auch Sia bekam wieder gute Laune. »Die Homepage ist richtig gut geworden«, lobte Sia. »Ich danke dir für all deine Mühe.«

»Das habe ich wirklich gerne gemacht.«

»Durch die sozialen Medien habe ich fast jedes zweite Wochenende Besucher, die mit ihren Kindern auf dem Hof aushelfen wollen und dafür bezahlen.«

»Ich hoffe, damit kannst du auf Dauer auch die anfallenden Kosten für die Tiere decken. Was ist eigentlich mit dem Automaten, kannst du damit etwas verdienen?«

»Bis jetzt schon«, antwortete Sia. »Die Lieferung einmal in der Woche reicht. Den Rest der Milch kauft die kleine Molkerei, um daraus Käse zu machen.« Sia grinste und konnte kaum abwarten, bis der Käse reif war, dass sie ihn auch mal probieren konnte. »Papa meint, dass wir vielleicht weitere Automaten aufstellen könnten. Ich habe überlegt, Flyer zu drucken.«

»Das ist eine gute Idee. Vielleicht klappt es und du findest mehr Kunden und Gäste.«

»Ich bin gespannt, was die Zukunft bringt.« Sia stöhnte. Ihr neues Leben war einfach zu ungewiss.

»Hoffentlich nur Gutes«, meinte Verena.

Nach einer Weile verabschiedeten sich die beiden und Sia beobachtete von ihrem Platz aus noch immer Ylvie bei ihrer Arbeit.

Alles war an ihr so sexy, ihre langen Beine, ihr knackiger Hintern. Sie war schlank und doch muskulös. Normal trug sie ihr gewelltes Haar offen, mit einem alten Cappy, das sie vor der Sonne schützte. Doch heute hatte sie die Haare zu einem Pferdeschwanz zusammengebunden.

Es stand ihr, besonders weil ihr herrlich langer Hals so besser zur Geltung kam. Ylvie war wirklich eine unglaublich attraktive Frau. Mit einer Selbstverständlichkeit lenkte sie den Gabelstapler und lud die neue Lieferung Futter ins Lager, das vermutlich morgen schon wieder raus musste. Sie bewegte sich mit dem technischen Gerät fast wie eine Eiskunstläuferin auf dicken schwarzen Rädern.

Sia biss sich auf die Unterlippe. Sie hielt es auf ihrem Platz nicht länger aus und beeilte sich ins Haus nach oben in ihr Zimmer. Sie zog sich um und trug wieder eins ihrer Kleidchen, mit denen sie aussah wie ein Teenie. Diesmal nahm sich Sia die schwarzen Overkneestrümpfe, die, die etwas dünner waren und sich mehr an ihre Beine schmiegten, aber auch leichter rutschten.

Vielleicht würde Sia Ylvie bitten, sie für sie hochzuziehen. Sia wuschelte sich durchs Haar, für mehr Volumen am Ansatz. Fürs Schminken war sie zu ungeduldig. Wimperntusche hatte sie schon drauf, dafür nahm sie einen Pflegestift für die Lippen, der nach Kirschen schmeckte.

Mit Herzklopfen polterte Sia die Treppe runter, früher hätte ihre Mutter mit ihr geschimpft, weil sie sich noch das Genick brechen würde, aber jetzt war Sia erwachsen und würde gleich in der Mittagspause, nachdem Ylvie mit ihrer Arbeit fertig war, unaussprechliche Dinge tun.

Sia verschloss die Haustür, stand da und sah rüber zu Ylvie, die noch beschäftigt war. Sia zwang sich zur Ruhe, sie wollte anmutig wirken. Sie überquerte den Hof, kletterte durch den Zaun und ging dann doch im etwas schnelleren Gang am Gebäude entlang zu Ylvie. Die ihre Liebste gleich entdeckte und langsamer fuhr. Sie bückte sich für einen Begrüßungskuss, für den sich Sia strecken musste.

»Hey«, sagte sie und schaute Sia wieder so verträumt an. »Ich habe dich heute Morgen nicht gesehen.«

»Ich hatte zu tun und wollte dich schlafen lassen«, antwortete sie.

Ylvie lächelte. »Ich mache das schnell fertig und komm zu dir.« Ylvie wollte noch einen Kuss. »Du siehst umwerfend aus«, merkte sie an.

Sia nahm ihren Mut zusammen. »Kannst du mir gleich die Kniestrümpfe hochziehen? Sie rutschen die ganze Zeit.« Sie bemühte sich, verrucht zu klingen.

Es war ein Funken Erregung in Ylvies Augen zu sehen. Sie grinste verschmitzt. »Jetzt muss ich mich superschnell beeilen.« Ungeduldig fuhr sie rückwärts und drehte das Lenkrad.

»Geh schon mal rein!«, rief sie. Sia winkte ihr zu und öffnete die schwere Tür zum Bungalow.

Im Büro saß Ludwig, der gleich aufstand. »Hallo Sia«, begrüßte er sie, aber schien in Eile. Er hatte ein paar Papiere mit Durchdruck in der Hand und stürmte hinaus.

»Die letzte Palette ist nicht unsere!«, rief er, sodass Ylvie gleich zum Stehen kam. Die Tür fiel zu und Sia stand mit Tessa alleine im Büro. Sie saß wieder auf dem Sofa, umringt von Büchern.

»Was machst du da?«, fragte Sia.

Tessa hob den Blick und sah sie von Kopf bis Fuß an. Sia wurde verlegen, mochte sie ihr Outfit etwa nicht?

Tessas Blick hing an ihren Beinen. Der eine Strumpf war ein wenig hinuntergerutscht. Sia wusste es, aber sie wollte es nicht richten, sie wartete auf Ylvie. Dafür strich sie sich eine Haarsträhne hinters Ohr. »Besser?«, fragte sie. Tessa sah ihr wieder in die Augen.

»Ich führe eine Analyse anhand der bestehenden Daten aus. Das Wachstum und die Ernte der letzten Jahre und berechne daraus eine Prognose. Ylvie überlässt nichts dem Zufall. Sie ist knallhart und berechnend, wenn es um Kosten und Nutzen geht. Aber bei dir …« Tessas Blick glitt wieder auf Sias Beine, auf das Stück Haut, das zwischen Strumpf und Kleid frei lag.

Wirklich unangenehm war es Sia nicht, dennoch war es ihr ein wenig zu viel. »Kennst du dich mit den Programmen hier aus?«, fragte sie.

»Ja, warum?«

Sia zögerte und verzog den Mund ein wenig. »Ich verdiene jetzt Geld mit dem Hof und würde gerne langsam den Schaden abstottern, den meine Kühe verursacht haben. Ob du mir vielleicht die Rechnung ausdrucken kannst, damit ich es bei mir als Aufwand buche? Du weißt ja, keine Buchung ohne Beleg.« Sia lächelte und fühlte sich albern, dass sie ihren damaligen Lehrer zitierte. »Ylvie und Ludwig wollen sie nicht rausrücken. Aber Ylvie macht so viel für mich. Ich möchte ihr nicht weiter auf der Tasche liegen.«

Tessa schmunzelte. Es sah fast so aus, als wäre sie zufrieden mit ihr. »Warum nicht.« Sie stand von ihrem Platz auf und ging an den Computer. Ein paar Klicks und schon ging der Drucker an.

Sia nahm sich das Papier und musste schlucken. Die Summe war hoch, aber nicht die erwartete Monstersumme.

»Das sind nur 2.000 Euro. Es müssten mehr sein«, meinte sie verunsichert.

Tessa sah noch einmal nach. »Es ist nichts anderes aufgeführt.«

Sia wurde stutzig. »Aber Ylvie hat mir damals eine Rechnung über 20.000 Euro ausgehändigt.« Mit einem Mal wurde ihr ganz anders.

Sias Herz schlug ihr tief in die Brust. Ylvie hatte sie ihr nicht gereicht, sie hatte ihr die Rechnung hingeworfen und sie angeschrien. Alleine durch die Erinnerung hätte Sia wieder heulen können.

Sie blinzelte die aufkommenden Tränen fort und bestand darauf, dass Tessa noch einmal nachschaute.

»Nein. Es gibt keine anderen Kosten. Letztendlich sind es nur Futter und Saatgut gewesen, das die Kühe zerstört haben. Selbst die Reinigungskosten sind mit aufgeführt.«

Sia wurde mulmiger als zuvor.

Ein Lkw fuhr vom Hof. Ylvie und ihr Vater unterhielten sich vor der Tür, bis Ylvie die Tür öffnete und mit einem strahlenden Lächeln herein kam. Es verging ihr, als sie Sia entdeckte, wie blass sie im Gesicht geworden war.

Sia atmete hektischer, als ihr endlich klar wurde, was es mit der Rechnung auf sich hatte. »Du, du hast mich angelogen«, hauchte sie. Sia hetzte an Ylvie vorbei nach draußen.

Tessa verstand die Welt nicht mehr. »Sie wollte nur eine Rechnung. Ich weiß nicht, was los ist«, erklärte sie.

»Scheiße«, fluchte Ylvie und lief Sia hinterher. »Sia!«, rief sie.

»Du hast mich angelogen«, gab Sia fahrig von sich. Sie bewegte sich, aber es kam ihr vor, als würde sie auf der Stelle stehen.

Ylvie schnappte sie am Arm und drehte sie zu sich.

»Du hast mich angelogen!«, rief Sia und riss sich frei.

»Hör mir zu …« Ylvie versuchte, auf sie einzureden.

Sia ließ es nicht zu. »Du hast mir weisgemacht, der Schaden würde sich auf 20.000 Euro belaufen, dabei waren es nur 2.000 Euro! Du hast mich angelogen! Du hast mich dazu gezwungen, dich zu heiraten!«

Die schrecklichen Gefühle kamen alle wieder hoch. Sia musste weg, von ihr, vom Hof. Am liebsten gleich sofort nach Hause in die Stadt.

»Bitte! Sia, hör mir zu! Du wärst nach vier Wochen einfach wieder verschwunden. Ich hätte niemals damit gerechnet, dass du bleiben würdest. Ich brauchte etwas, um dich …«

Sie drehte sich zu Ylvie und schnitt ihr das Wort ab. »Um mich an der Leine zu halten?! Um mich zu besitzen?! Ich bin doch kein Hund!«, schrie Sia. »Weißt du eigentlich, in welche Position du mich gebracht hast? Wie soll ich dir jemals wieder vertrauen!« Ungläubig schüttelte Sia den Kopf. Sie fühlte sich so benutzt. Sie hatte Ylvie ihre Liebe gestanden und sie hatte mit ihr gespielt. Alles aufgebaut auf einer Lüge!

»Sia, ich liebe dich«, flehte Ylvie.

»Menschen, die man liebt, denen tut man so etwas nicht an!« Keinen Moment länger hielt sie es in Ylvies Gegenwart aus.

»Sia! Bitte! Bitte, lass mich nicht wieder so zurück!«, rief ihr Ylvie nach. Ihre Stimme klang gebrochen, als würde sie jeden Moment weinen. Dabei war es Sia, die allen Grund dazu hatte.

Sie ballte die Fäuste und schloss die Augen. Ylvie glaubte vermutlich, dass sie sie verlassen und ignorieren würde, wie sie es damals getan hatte. Das war ihr gegenüber nicht fair gewesen. Sia wollte nicht, dass noch einmal 16 Jahre vergingen.

»Gib …«, sagte sie zögerlich und wusste nicht, ob es eine gute Antwort war. »Gib mir Zeit, ich muss nachdenken.«

»Sia«, flehte Ylvie. Sie wollte ihr nach.

Sia hielt sie mit ausgestrecktem Arm auf Abstand. »Nein, nicht. Wag es nicht«, drohte sie.

Ylvie sah sie an, sah ihr in die Augen. Nun endlich verstand sie, würde sie noch einen Schritt auf sie zukommen, würde sie Sia wohl für immer verlieren.

Kapitel 56

Ohnmächtig, oder wie fühlte sich jemand, der betrogen worden war? Ylvie hatte Sia belogen und ihr ziemlich übel mitgespielt. Sie hatte sie angeschrien und ihr solch schlimme Dinge gesagt, ihr solch eine Angst gemacht, dass Sia keine Wahl geblieben war, als auf ihren Vorschlag, sie zu heiraten, einzugehen.

Sie hätte … Sia stockte. Sie war ratlos. Was hätte sie denn anders machen können? Sie hätte die Rechnung genauer studieren müssen, ein Gutachten anfordern, ihren Anwalt einschalten.

Ylvie war zu Anfang so gemein zu ihr gewesen, warum war sie einfach auf ihre Forderung eingegangen? Als wäre es nur eine dumme Wette gewesen. Aber nein, sie hatte ein Papier unterschrieben, was sie für immer verband.

Sia kniete auf ihrem Bett und umklammerte ihr Kissen. Sie drückte es an sich, weil es sich anfühlte, als würde sie sonst fallen. Noch eben wollte sie in der Mittagspause mit Ylvie schlafen, jetzt fühlte sie sich schmutzig und benutzt.

Wie konnte Ylvie ihr nur so etwas antun? Tessa hatte recht, Ylvie überließ nichts dem Zufall. Sie war skrupellos.

Sia presste das Kissen fester an die Brust und schloss die Augen, sie wollte weg und nach Hause. Wie sehr sie sich wünschte, das alles wäre nur ein schlimmer Traum und sie würde jeden Moment aufwachen. Aber Sia schlief nicht. Es war echt. Sie war wirklich so dumm und naiv gewesen.

Wenn ihre Schuld- und Pflichtgefühle sie nicht so aufwühlen würden, wäre sie längst weg.

Ihr Handy vibrierte. Es war wieder Ylvie, die ihr geschrieben hatte. Sia hatte die Nachrichten zuvor schon nicht gelesen und wusste nicht einmal, was Ylvie von ihr wollte. Vielleicht schlug sie vor, die Ehe annullieren zu lassen. Ein Gedanke, der Sia hätte glücklich stimmen sollen, aber nicht einmal daran empfand sie Freude.

Das mit Ylvie hatte sich so echt angefühlt und nun ekelte sich Sia vor sich selbst und ihren Gefühlen einer Lügnerin gegenüber.

Sia stand vom Bett auf, sie ertrug den Gedanken nicht mehr, wie oft sie schon hier miteinander geschlafen hatten.

Eigentlich wollte sie sich nur verkriechen, aber die Tiere mussten gefüttert und umsorgt werden.

Das Handy vibrierte erneut. Vielleicht war es das Gefühl der Einsamkeit, das Sia dazu verleitete, endlich nachzusehen. Sie las sechs Nachrichten, in denen Ylvie sie um Verzeihung bat. Keine Rufzeichen, keine Emojis und doch fühlte Sia ihre Verzweiflung.

Sie mochte ihr nicht wehtun, aber was Ylvie getan hatte, war unverzeihlich.

Überfordert hob Sia den Arm und wollte ihr Handy an die Wand schmettern, da vibrierte es erneut.

»Ich liebe dich. Ich habe niemals damit aufgehört und werde es auch in Zukunft nicht tun.«

Es war ein wenig wie ein kalter Windzug auf verbrannter Haut. Doch ihre Glieder waren noch so taub, als würde jemand anderes für sie ihren Körper bewegen. Sia legte das Kissen aufs Bett und antwortete Ylvie.

»Ich weiß nicht, ob ich dich noch lieben kann.«

Sie wartete darauf, dass Ylvie etwas Nervtötendes zurückschrieb, das den Ekel in ihr vergrößern würde. Aber ihre Nachricht blieb unbeantwortet und endlich war Sia, als könnte sie atmen.

Kapitel 57

Sia war zufrieden. Es waren einige Tage verstrichen, in denen sie weder mit Ylvie gesprochen noch von ihr Nachrichten bekommen hatte.

Der Abstand tat ihr gut, doch sobald Sia an die Konfrontation dachte, war ihr, als würde eine ihrer Kühe ihr auf der Brust sitzen. Sie mochte nicht mit Ylvie reden und ihr verzeihen. Sia wollte ihre Arbeit machen und gut war.

Wie mit Scheuklappen lief sie auf dem Hof umher und räumte ihn auf. Sie verputzte den Riss an der Hauswand und war so in Gedanken, dass es ihr nicht mal wirklich auffiel, als sie fast von der obersten Stufe stürzte. Die Tage verbrachte sie damit, die Fassade neu zu streichen.

Als Sia die Scheune aufräumte, alte Planen zusammenfaltete, fegte und alte Kanister wegräumte, entdeckte sie eine lange Lichterkette. Sie suchte das Kabel nach einem Defekt ab, nachdem sie keine Bruchstelle gefunden hatte, brachte sie die Lichterkette mit den großen Glühbirnen an der Hausfassade an. Sia kletterte die morsche Leiter runter und betrachtete ihr Kunstwerk. Sie hatte nicht einmal getestet, ob die Lichterkette leuchtete, und doch lächelte sie. Das erste Mal seit Tagen.

Es war noch nicht dunkel, aber Sia steckte den Stecker außen an und sogleich glühten die dickbäuchigen Glühlampen auf. Wie ein Dreieck ohne Boden hing die Lichterkette herab. Der ganze Hof wirkte augenblicklich heimeliger. Als würde jeden Moment jemand zu einem Fest aufrufen. Sia atmete auf und betrachtete das alte Haus, in dem sie einen Teil ihrer Kindheit verbracht hatte. Alles war alt und krumm. Die Fensterläden bräuchten längst einen neuen Anstrich. Aber alles mit der Zeit.

Sia stemmte die Hände an die Hüfte und wünschte sich, ihre Familie wäre hier, um zu sehen, was sie wieder geschafft hatte. Sie sollte ein Foto schießen, aber Sia war zu kaputt dafür.

Dann überkam es sie wie ein kalter Schauer. Ehe sie es überhaupt gedanklich aussprechen konnte, flüchtete sie ins Haus. Ylvie kam mit ihrer Landmaschine die Straße hoch, Sia wollte nicht von ihr gesehen werden und schloss die Tür. Sie kniff die Augenlider zusammen, als würde sie so unsichtbar werden.

Der große Traktor fuhr langsamer. Das tat sie immer, um zu sehen, ob Sia noch auf dem Hof war. Diesmal blieb sie mit ihrem

Fahrzeug unerwartet auf der Straße stehen. Sia hielt inne und bekam es mit der Angst zu tun. Machte sich Ylvie etwa auf den Weg hierher?

»Bitte nicht«, flehte sie. Der Traktor stand noch an seinem Fleck, der Motor tuckerte. Niemand klopfte an die Tür. Sia wurde ruhiger, irgendwann kam ihr der Gedanke, dass Ylvie vielleicht ihre Arbeit betrachtete. Ob sie die Lichterkette genauso mochte, wie sie es tat?

*

Über den Tag war ihr Ekel verflogen, der Sia sonst die ganze Zeit begleitete. Doch sobald sie abends am Küchentisch saß und Abendbrot essen wollte, kam er wieder, sodass es ihr den Appetit verdarb. Ihr wurde so übel, dass sie sich übergeben musste, aber es noch rechtzeitig schaffte, sich zusammenzureißen.

Sia konnte selbst nicht mit Verena reden, auch wenn sie minutenlang bei ihr klingeln ließ, ging Sia nicht ran. Am Abend entschuldigte sie sich per Textnachricht, dass sie derzeit viel zu tun hatte, was auch stimmte. Sia bekam an diesem Wochenende wieder Übernachtungsgäste, Kleinfamilien mit Kindern, die von Freitag auf Samstag blieben und am Nachmittag abreisten. Den Sonntag bot Sia nicht an, weil sie die Pause einfach brauchte.

Es war geplant, jede zweite Woche eine Familie zu beherbergen, weil sie glaubte, dass es sonst zu viel werden würde. Aber jetzt konnte Sia nicht genug arbeiten, um sich abzulenken.

Pro Nacht bekam sie für zwei Personen 120 Euro, für die Kinder nahm sie je 25 Euro. Auf den ersten Blick mochte es teuer sein, aber die Menschen erlebten etwas und durften mit anpacken. Außerdem kostete ihr Aufenthalt Strom, Wasser und andere Ausgaben fielen an. Nicht zu vergessen, dass am Ende des Jahres noch das Finanzamt an die Tür klopfte. Auch wenn Sia zuvor nur im Vertrieb gesessen hatte, wusste sie einigermaßen, wie sie den Aufwand buchen musste.

*

Sia saß zum Mittag am Tisch. Sie sollte essen, aber sie hatte keinen Appetit, obwohl ihr Magen vor Hunger rebellierte. Sie hatte Kopfschmerzen, das war das erste Anzeichen, dass sie an ihre Grenzen kam. Aber sie bekam nichts runter und hasste sich zugleich dafür.

Sie war so abgelenkt gewesen, dass sie erst nicht mitbekam, als ein Traktor auf den Hof fuhr. Nicht irgendeiner, sondern der kleine von Ylvie. Vor Schreck sprang Sia vom Stuhl hoch, sie starrte aus dem Fenster und bemerkte den Anhänger.

Sia war so überfordert, dass ihr speiübel wurde. Was suchte Ylvie hier? Die Muskeln saßen so fest, dass Sia die Schultern bis zu den Ohren zog. Sie wollte das nicht, sie wollte nicht mit Ylvie reden, sie nicht einmal sehen!

Aber Ylvie kam nicht zu ihr ins Haus. Nachdem sie vom Traktor gesprungen war, öffnete sie die Laderampe vom Anhänger und trieb zwei kleine Kälber den Hof entlang zum Stall. Ylvie lächelte ein wenig zu gequält.

Sia hätte sich in der Küche verschanzen können, selbst wenn Ylvie an die Tür klopfte. Aber von ganz alleine öffnete sie die Haustür, erst einen Spalt und dann kam sie heraus.

Ylvie lächelte vor sich hin, als sie vom Stall zurückkam. Sie hatte wohl nicht damit gerechnet, dass Sia aus dem Haus herauskommen würde, solange sie auf dem Hof war. Schon fast erschreckt blieb sie stehen, als sie sie entdeckte.

Sia war angespannt. Warum war sie nur rausgekommen? Um sich zu bedanken? Den Mund bekam sie jedenfalls nicht auf.

Ylvie würde dafür irgendetwas sagen, vielleicht stammeln und Sias Magen würde sich umdrehen und sie konnte von Glück reden, dass sie ihr nicht Schaum vor die Füße erbrach, weil sie sonst nichts anderes im Magen hatte.

Doch es war nur dieses eine kurze Zögern von Ylvie, in denen sie sich angesehen hatten. Ohne ein Wort ging sie schließlich an Sia vorbei und kletterte die Sprossen ihres Traktors hoch. Anstatt sich auf die Fahrerseite zu setzen, streckte sie sich und verließ das Gehäuse. Im schnellen Gang kam sie dann Sia entgegen und reichte ihr aus sicherer Distanz eine Brotdose.

Sia war verblüfft, erst einen Augenblick später begriff sie, dass Ylvie ihr ein Brot geschmiert hatte. Ylvie sagte nichts und wartete einfach, bis Sia den ersten Schritt machen würde.

Sia sah sie an, sah die Brotdose und kam zögerlich auf sie zu, um Ylvie die Plastikbox abzunehmen. Kaum hatte sie Sia in der Hand, machte Ylvie auf Absatz kehrt zurück zu ihrem Traktor. Sie kletterte hoch, setzte sich und schlug die Tür zu. Ohne Sia anzusehen, startete Ylvie den Motor und wendete auf dem Hof, um mit dem Anhänger auf die Straße zu gelangen. Auf dem Hof gegenüber stieg Ylvie aus und eilte in ihr Büro.

Sia war ein wenig schwindelig geworden, aber jetzt bekam sie wieder Luft und richtig Hunger. Wann würde sie sich wieder normal bewegen können?

Sia fehlte die Energie, um ganze Schritte zu gehen. Dennoch gelangte sie in den Stall, wo die beiden neuen Kälber schon in der Box waren. Sie waren viel jünger als die anderen, vielleicht erst ein paar Tage von der Mutter getrennt. Sie waren nicht einmal gechipt. Erst nach sieben Tagen musste ein Kalb registriert werden. Eine ganze Woche, in denen man dafür sorgen konnte, dass ein männliches oder krankes Kalb verschwand.

Sia kamen die Tränen, wie grausam das war, einfach weg von der Mutter und dann getötet. Sia fuhr sich über die Augen, ehe ihr die Tränen über die Wangen rollten. Die Kälber waren bei ihr. Sia würde sich gut um sie kümmern, Berta würde sie hüten wie ihre eigenen Jungen.

Müde schleppte sie sich zu den Heuballen, setzte sich und öffnete die Plastikbox. Zwei Scheiben Brot, dick mit Butter bestrichen, aber nicht zu viel. Dafür doppelt belegt. An der Seite hatte sie geviertelte Äpfel, ohne ein Stück Schale, nicht mal ein winziger roter Streifen. Genauso, wie Sia es mochte.

Sie biss vom Apfel ab, es tat richtig gut, endlich etwas im Magen zu haben.

Kapitel 58

Gefühlt war es nur noch ein Machen und Tun. Alle zwei Tage kam der Fahrer vom Molkereibetrieb, pumpte die Milch ab, brachte sie fort, um sie dann an die beiden Automaten zu verteilen, wo die Stadtbewohner regionale Milch und Eier kaufen konnten. Um die Wartung und Probleme kümmerte sich Sias Vater, auch um die Lizenzierung bemühte er sich.

Eigentlich war es geplant gewesen, dass Sia Ylvie in kleinen Beträgen den Schaden abbezahlte. Das würde sie auch, aber erst wollte sie die nächsten Automaten haben.

Sia zog Betten ab, um sie neu zu beziehen. Waschen, bügeln, das Haus sauber halten, den Stall herrichten, die Kühe füttern, sie melken, sich um die Kälber kümmern, die Hühner füttern, die Eier einsammeln. Buchhaltung, unter Berücksichtigung der Einnahmen und Ausgaben. Und noch vieles mehr.

Sia bediente eine veraltete Software, in denen sie nachtrug, welche Kuh wie viel Milch gab. Heute bemerkte sie, dass die Kühe insgesamt weniger Milch gaben, dabei hatte sich ihre Milchbilanz zuvor um einiges gesteigert. Vielleicht war es der Stress durch die Besucher? Sia war verunsichert und nahm sich vor, es im Auge zu behalten.

Zuvor hatten die Kühe alle nur Nummern gehabt, jetzt hatten sie Namen, die ihre Facebookmitglieder gegen eine Spende aussuchen durften. *Milky Way* war einer davon, der Sia zum Schmunzeln brachte und ihr ein wenig die Rastlosigkeit nahm. Sie pflegte die Facebook-Seite, was mehr Aufwand war, als ihr lieb war, sodass sie sich abends eine feste Zeit einplante, in der sie auf Fragen oder Kommentare zu ihrem Hof eingehen konnte.

Sia hatte sogar angefangen zu kochen. Freitagabends gab es selbst gemachte Pizza. Der Teig mit Milch, was vermutlich jede Nonna an den Rand des Wahnsinns treiben würde. Den Kuchen zu Mittag backte Sia meist gemeinsam mit den Familien und ihren Kindern. Sie freuten sich, wenn sie die selbst abgezapfte Milch und die selbst gesammelten Eier verwenden durften.

Auch wenn die Arbeit Sia erfüllte, blieb es ein Hin und Her. Sie hatte so viel zu tun, dass sie sich eine Checkliste anfertigen musste. Der Kalender war ihr bester Freund. Sie notierte alles doppelt, damit sie ja nichts vergaß, sei es Leute, die gerne Fotos von ihren

Patenkühen und Kälbern haben wollten, oder die Buchung der Zimmer.

Zu den Osterferien war sie fast ausgelastet, dabei wollte Sia eigentlich zu ihren Eltern. Sie überlegte, sie auf den Hof einzuladen, aber für den Aufenthalt müssten sie schon zahlen. Sia fand es witzig, ihre Familie sicher nicht.

Als Sia im Bett lag, war sie zu aufgedreht, sie hatte zu lange am Internet gesessen. Es war dunkel, um diese Zeit schlief sie meist schon und doch kam der Schlaf nicht. Dafür schaltete sich draußen das Licht durch den Bewegungsmelder ein.

Sia erschrak, dachte aber gleich an einen Vogel oder ein anderes Tier, das den Sensor eingeschaltet hatte.

Sie wollte die Augen schließen, aber es war ein mulmiges Gefühl, das sie aufstehen ließ. Sia schlich ans Fenster.

»Ylvie«, hauchte sie überrascht. Sie stand mitten in der Nacht am Koppelzaun. Die Hände auf dem Holz, den Kopf zwischen den Armen, als würde sie Kraft sammeln, um über den Zaun zu springen.

Sia war merkwürdig zumute. Sie fühlte keine Wut und auch keinen Ekel. Ihr Herz schlug schneller, aber sie erlaubte sich nicht zu glauben, dass es etwas mit Freude zu tun hatte. Sie verbat sich, Sehnsucht zu empfinden.

Ylvie hatte Sia nicht bemerkt. Sie richtete sich auf und zückte ihr Handy. Kurz starrte sie darauf, um es dann zurück an seinen Platz zu stecken. Sie verließ den Zaun. Das Licht ging aus und sie schlenderte im Dunkeln nach Hause.

So war sie schon immer gewesen. Sie hatte nie den Mut, über ihren Schatten zu springen.

Was waren das wieder für Gedanken? Wollte Sia etwa, dass Ylvie zu ihr kam? Was war mit ihrer Wut? Was war mit ihrer Enttäuschung und dem Ekel?

Sia mochte das alles nicht, aber ihr Herz sprang auf und ab. Schneller als zuvor, als würde es einen Freudentanz aufführen, weil Ylvie nicht ohne sie konnte und sich nur ihretwillen zurücknahm.

Aber Sia war noch lange nicht bereit, ihr zu verzeihen.

Kapitel 59

Dieses Wochenende beherbergte Sia zwei Kleinfamilien. Dabei handelte es sich um eine Patchworkfamilie mit vier Kindern. Die neu zusammengefundene Familie wollte etwas gemeinsame Zeit auf dem Bauernhof verbringen.

Die Kinder waren alle angezogen wie kleine Bauern. Sia trug ihnen die Aufgaben auf und war gerührt, wie fürsorglich sie waren, als sie die noch warmen Eier aus den Legekästen holten.

Die kleinen Mini-Bauern waren so selbstständig, dass Sia kurz kontrollieren wollte, ob die Kühe noch genügend zu fressen hatten. Aber sie blieb am Stalltor stehen, als sie die Eltern erwischte, wie sie zwischen den Kühen miteinander scharf tuschelten.

»Ich fasse es nicht, dass du mit Elvina in der Kiste gelandet bist«, man hörte die Wut, doch auch wie verletzt die Frau war. »Ich habe geglaubt, dass mit deiner Ex-Frau alles vorbei wäre!« Sie wurde lauter.

»Jamila, es tut mir leid. Es ist einfach passiert. Es hat sich am Abend mit den Kindern angefühlt, als wären wir noch verheiratet. Ich habe einfach zu viel Wein getrunken«, erklärte sich ihr Freund.

»Was ist das bitte für eine Ausrede? Muss ich jedes Mal Angst haben, dass du mit ihr in der Kiste landest, wenn du gemeinsam mit deinen Kindern bei ihr zu Abend isst?! Wir sind seit einem Jahr ein Paar! Hat dir das in diesem Moment gar nichts bedeutet?« Ihr kamen die Tränen.

Sia war genauso entsetzt. Es war ihr so unangenehm, dass sie die Flucht ergriff.

Sie war heilfroh, dass Ylvie ihr so etwas nicht angetan hatte. Damals hatte sie Patrick geküsst, aber auch nur, weil sie verzweifelt war und nicht wusste, über ihre Gefühle zu reden. Sie waren Kinder, was wusste man da schon? Als Erwachsene gelang es ihr auch nicht wirklich gut.

Sia seufzte. Es war Jahre her. Sie sollte es langsam begraben.

Es war wie ein Verbot, das sie brach, als sie Personen auf dem Hof nebenan bemerkte und aufschaute. Ylvie unterhielt sich mit ihrem Vater, dabei waren ihre Augen auf Sia gerichtet. Wie lange schaute sie schon her?

Sia hielt ihrem Blick stand, als Ylvie ihrem Vater nicht antwortete, wurde Ludwig aufmerksam und sah von Ylvie zu Sia.

Er lächelte bedrückt, sodass Sia ihm zuliebe ein wenig die Mundwinkel hob. Doch sobald sie Ylvie ansah, verging es ihr.

Sia mahnte sich, wegzusehen, aber es erschauderte sie, wie sehr sie ihre Aufmerksamkeit vermisst hatte. Ihre graublauen Augen, die sie aus der Ferne nur noch erahnen konnte. Es war ewig her, dass sie sich das letzte Mal geküsst hatten.

Wo waren wieder ihre Gedanken? Sia senkte sogleich den Kopf und ärgerte sich über ihre Gefühle. Die ruckartige Bewegung brachte den Schwindel, Sia musste endlich etwas für ihren Kreislauf tun und essen.

Sie kam gar nicht dazu, sich zu beruhigen, als ein Taxi die Auffahrt hochkam. Die Kinder kamen mit dem Eimer aus dem Hühnerstall, in dem sie die Eier gesammelt hatten.

»Wer kommt denn da?«, fragten sie.

Sia wusste es sofort. Sie hatte ihre Tante auf dem Rücksitz erkannt und kam dem Fahrzeug entgegen.

»Was suchst du hier?«, fragte Sia scharf und half ihrer Tante, die sich schwerfällig aus dem Sitz hievte.

»Ich habe es keinen Tag länger in der Reha ausgehalten«, moserte sie und stöhnte angestrengt. »Sitzkreise, ich soll über meine Gefühle reden und dann so etwas wie Sport. Da kann ich ja gleich wieder arbeiten.« Tante Evie war genervt. Als sie die Kinder am Hühnerstall entdeckte, schaute sie skeptisch. »Wem gehören die?«, fragte sie.

»Das sind die Kinder der Familie, die ich beherberge«, antwortete Sia. Mit ihrer Tante hatte sie kein Stück gerechnet, wo sollte sie jetzt schlafen?

»Was?« Tante Evie sah zu Sia, als der Taxifahrer ihr die Taschen auf dem Boden abstellte und sich verabschiedete.

»Ich musste Geld verdienen und habe das Haus zur Pension umfunktioniert.« Sia verschränkte die Arme. Sie hatte keine Lust auf Diskussionen.

»Einfach so?« Tante Evie schaute gereizt, was Sia kalt ließ. Sie nahm die Tasche, weil ihre Tante noch immer auf ihre Krücken angewiesen war.

»Ein wenig Papierkram und ein paar Behördengänge«, antwortete Sia.

Tante Evie stemmte sich die Treppe hoch ins Haus. »Wo schlafen die?«, fragte sie.

»Im Haus. Wo sonst?«

»Na prima«, entgegnete Tante Evie. »Ich flüchte von der Reha, um meine Ruhe zu haben, und du stopfst mir das Haus mit Gesindel voll.«

»Die sind wirklich nett«, mahnte ihre Nichte.

»Was bekommst du?« Tante Evie fackelte nicht lang.

Sia legte die Taschen ab, während sich ihre Tante an den Küchentisch setzte. »Pro Paar 120 Euro und je Kind noch einmal 25 Euro.«

Tante Evie gab keine Widerworte mehr. Anscheinend war es ihr doch ganz genehm. »Essen tun sie hier?«, fragte sie dann.

Sia setzte sich zu ihr an den Tisch. Erst als sie sich im Stuhl zurücklehnte, merkte sie, wie kaputt sie wirklich war. Dabei war der Tag erst zur Hälfte um.

»Ich stelle das Frühstück. Am ersten Abend ihrer Anreise gibt es Abendessen. Mittags fahren sie ins Dorf. Danach backen wir mit den Kindern gemeinsam Kuchen.« Ihre Tante wirkte noch unzufrieden. »Die Familien sind meist pflegeleicht und sie packen mit an«, versicherte Sia.

Tante Evie nahm es wohl als Stichwort. »Ich schau mal, wie es den Kühen geht«, sagte sie und stand auf.

»Willst du dich nicht erst ausruhen?«, meinte Sia.

»Ich habe mich genug ausgeruht.« Tante Evie humpelte die offene Küche raus, nach draußen.

Im Stall entdeckte sie das streitende Paar. Das sich gleich verstellte und die glückliche Familie spielte. Dabei sah man, dass die Frau geweint hatte.

Das Paar verließ den Stall, die Auseinandersetzung war wohl erst mal auf Eis gelegt.

Tante Evie nahm das Buch mit dem Ertrag, den die Kühe geleistet hatten, zur Hand. »Warum geben die Kühe weniger Milch?«, fragte sie.

Es ärgerte Sia, anstatt dass sie sah, dass die Kühe zuvor mehr gegeben hatten, meckerte sie gleich.

»Ich weiß es nicht. Sie bekommen genug Futter«, meinte Sia schnippisch. Sie wusste wirklich nicht, woran es lag. Vielleicht rief sie die Tage Jürgen an, wenn es nicht besser werden sollte.

Tante Evie bemerkte endlich die Kälber. »Von wo kommen die denn her?«, giftete sie gleich. »Kein Wunder, dass die Kühe weniger Milch geben, wenn die Kleinen alles trinken. Du musst die Kälber in den Boxen halten.«

»Den ganzen Tag?« Sia war bestürzt. Das würde sie niemals zulassen. »Außerdem trinken sie nicht so viel. Sie bekommen ihre Trockenmilch.«

»Woran liegt es dann?« Ihre Tante war gereizt. Sie humpelte auf Krücken zu den Kühen und tastete ihre Bäuche ab. Sie ging die Reihe ab und wurde panisch.

»Die sind ja alle trächtig!«, rief sie aus.

»Was?«, hauchte Sia entsetzt.

»Wie konnte das passieren?! Wie ist Oskar an die Mädchen rangekommen?!«

»Was?« Sia kam ihrer Tante nach. »Woher willst du das überhaupt wissen, du bist gar kein Tierarzt.«

Ihre Tante funkelte sie wütend an. »Ich mache den Job wohl länger als einen Tag«, schimpfte sie. »Wie konnte das passieren?«, wiederholte sie aufgebracht. »Das geht nicht, dass alle Kühe tragen! Die Milch wird mit den Monaten knapper!« Tante Evie wurde lauter und beunruhigte die Kühe.

Angespannt hielt sich Sia den Kopf. »Ich habe die Kühe damals rausgelassen.« Der Tag, an dem sie den Koppelzaun umgeschmissen und Ylvies Futterlager zerstört hatten. Ihr wurde wieder flau im Magen.

»Sag mir nicht, du hast auch Oskar rausgelassen?!« Tante Evie weitete die Augen. »Sia?! Was hast du getan?! Das ist mein Ruin!«

»Wir bekommen das schon irgendwie hin«, gab ihre Nichte hilflos von sich.

»Wie denn?! Die ersten drei Wochen kostet mich jedes Kalb 150 Euro! Wenn nicht mehr! Jeder Hamster bringt mehr ein als ein Kalb!«

Sia starrte ihre Tante an und wusste nicht mehr weiter.

*

Am Abend hatte sich Tante Evie in ihr Schlafzimmer verschanzt und sprach kein Wort mehr mit ihrer Nichte. Die Anspannung war durch das ganze Haus zu fühlen, sodass Sia die Gastfamilie mit raus zum Melken nahm. Doch die Milchpumpe funktionierte nicht mehr.

»Oh nein.« Das Gerät war alt. Eigentlich hätte Sia sich nicht so schnell aus der Ruhe bringen lassen, aber der Schrecken vom Vormittag saß ihr noch in den Knochen.

Erst als der Jüngste anfing zu heulen, kam heraus, dass die Kinder heute gemeinsam mit der Pumpe gespielt hatten. Irgendetwas musste dabei kaputt gegangen sein.

Die Kühe muhten ungeduldig und warteten in der Schlange darauf, das gierige Metall-Baby mit ihrer Milch zu füttern und ihre Last loszuwerden.

Hilflos versuchte Sia, einen Mechaniker zu erreichen, und hoffte, dass er ihnen weiterhelfen konnte.

»Das tut mir wahnsinnig leid«, sagte der Vater. »Wir kommen natürlich für die Reparatur auf.«

Sia lächelte gezwungen. »Das kriegen wir schon irgendwie hin.« Sie wartete darauf, dass sie verbunden wurde, aber niemand nahm ab. Jetzt heulten alle vier Kinder, weil ihnen die Kühe leidtaten. Denn ihr Muhen wurde lauter. Sie glaubten, sie hätten Schmerzen.

Sias Herz raste. Überfordert steckte sie ihr Handy weg. Die Eltern versuchten, die Kinder zu beruhigen, aber das Geheule nahm kein Ende.

»Ich will nicht, dass die Kühe Schmerzen haben«, plärrte die Jüngste.

»Nein, die haben keine Schmerzen, die sind nur sehr ungeduldig«, meinte Sia und wusste es selbst nicht wirklich. Wie angenehm konnte es sein, einen prallen Euter mit sich herumzuschleppen? Sia hatte fünf Kälber, die sicher nicht in der Lage waren von 60 Kühen zu trinken.

Sia startete die Pumpe erneut, aber die Sauger brachten nicht genug Widerstand auf. Durch den ganzen Lärm um sie herum bekam Sia einen heißen Kopf und begann, schwarze Flecken zu sehen. Sie öffnete den Kasten der Elektrik und wollte suchen, was auch immer sie suchen musste.

Plötzlich packte sie jemand schroff am Arm. Im ersten Moment dachte Sia an den Vater der Kinder, bis sie ungnädig von ihrem Platz gerissen wurde, sodass ihr die Schulter schmerzte.

»Hast du den Verstand verloren?! Du kannst nicht in eine Maschine greifen, die am Stromkabel hängt! Das hatten wir schon einmal, oder?!«, mahnte Ylvie laut.

Sia sah sie fassungslos an. Was suchte sie hier? Ob der Lärm der Kühe sie auf sie aufmerksam gemacht hatte?

Als Sia wieder einigermaßen denken konnte, riss sie sich von Ylvie frei. »Ich mach das schon«, zischte sie.

»Das sehe ich«, entgegnete Ylvie wutentbrannt.

Aufgestachelt widmete sich Sia wieder dem Stromkasten und versuchte, sie zu ignorieren. Diesmal war Ylvies Griff fester, sie packte Sia am Handgelenk. Der Schmerz und ihre Nähe waren zu viel, Sia wurde so schwindelig, dass sie ihren Kopf nicht mehr halten konnte. Plötzlich wurde ihr schwarz vor Augen. Sie hörte noch Ylvie nach ihr rufen, da kippte sie um.

Kapitel 60

Sia wusste, dass sie in einem Krankenhausbett lag. Zu oft hatte sie als Kind und Jugendliche in einem gelegen. Sie spürte auch die kühle Infusion an ihrem Arm, dieses leichte, doch unangenehme Ziepen der Nadel, die einem in der Ader steckte. Nur, weil sie wieder nicht genug gegessen hatte. Ausgerechnet jetzt, wo sie eine erwachsene Frau war und kein Kind mehr.

Sia war mürrisch und müde, sie war nicht alleine im Zimmer. Es nervte sie, sie hätte weiter so tun können, als würde sie schlafen. Für einige Minuten zog sie es durch, aber es kam ihr merkwürdig vor, dass man sie beobachtete.

Kaum öffnete sie die Lider, sah sie als Erstes Ylvie an der Fensterseite. Sie sah aus, als würde sie jeden Moment weinen. Sie? Ylvie? Die Ackerbäuerin, die alleine eine riesige Landmaschine bediente und mit zweieinhalb Mann ein ganzes Unternehmen führte?

Sia konnte ihr nicht weiter in die Augen sehen und blickte zu ihrer Tante, die mitgekommen war.

»Du hast dich überarbeitet«, sagte sie. Ihre Stimme klang ungewohnt weich. Sie tätschelte Sias Hand.

Tante Evie schaute von Sia zu Ylvie. »Ihr seid also verheiratet?«, stellte sie fest. »Zumindest hat es Ylvie herumgeschrien, weil die Schwester sie nicht ins Untersuchungszimmer lassen wollte.«

Sia warf Ylvie einen giftigen Blick zu und schloss die Augen. »Nicht mehr lange, ich lass die Ehe annullieren.«

»Was?!« Ylvie sprang entsetzt vom Stuhl auf und verrückte ihn dabei. »Das lasse ich nicht zu!«, rief sie.

Sia schlug ihre Lider auf und schaute voller Zorn. »Ich bin gottverdammt kein Drittweltkind, das man zwangsverheiratet!«

»Sag das nicht«, erwiderte Ylvie verzweifelt.

»Was war es dann?! Du hast mir keine andere Wahl gelassen, du hast mir gedroht und mir Angst gemacht!«

»Das …« Ylvie unterdrückte ihre Tränen und doch glitzerten sie auf ihrer Wasserlinie. »Ich lass nicht zu, dass du dich von mir scheiden lässt«, sagte sie leise, aber bestimmt. Als würde sie sich wieder nicht trauen, etwas zu fordern, was ihr zustand.

Unerwartet klopfte es an der Tür. »Wir haben hier Kranke auf der Station. Ihre Unstimmigkeiten diskutieren Sie am besten ein anderes Mal aus.« Die Krankenschwester im weißen Kittel sah sie ermahnend an.

Ylvie kamen die Tränen, im Eilschritt verließ sie das Zimmer.

In Sias Brust brannte es, sie wollte so etwas wie Genugtuung verspüren, konnte es aber nicht.

»Ich weiß nicht, was du hast. Sie ist eine gute Partie, es hätte dich schlimmer treffen können«, meinte Tante Evie.

»Tante Evie«, mahnte Sia und war sogleich so ausgelaugt, dass ihr der Kopf zurück ins Kissen fiel.

Auch wenn Sia ihre Tante ermahnt hatte, redete sie weiter. »Sie hätte auch das andere Mädchen heiraten können.«

»Das andere Mädchen?«, fragte Sia gleich.

»Tessa«, meinte ihre Tante, als wäre es sonnenklar. »Sie waren eine ganze Zeit lang verlobt.«

Sia erstarrte. »Was?« Sie war fassungslos und ihre aufbrausenden Gefühle lähmten sie ein Stück mehr. Sie hatte bereits geglaubt, dass sie ein Paar gewesen waren. Aber dass sie verlobt waren und geplant hatten zu heiraten, das war ihr nicht in den Sinn gekommen.

Tante Evie schmunzelte, nach Sias Reaktion zu urteilen, war es ihr wohl nicht ganz egal, wie sie tat.

»Mit den beiden war es ein Hin und Her. Letztendlich hat Ylvie die Verlobung aufgelöst.« Tante Evie stand mit ihrem Krückstock auf, ehe sie Sia ihre Ruhe gab, stichelte sie noch einmal. »Dann lass dich scheiden. Tessa freut sich sicher. Sie ist bestimmt nicht umsonst zurückgekommen.«

Sia wurde grantig. »Ich glaube, die haben dich aus der Reha rausgeschmissen, weil sie dein Geschnatter nicht ausgehalten haben.«

Tante Evie lachte und verließ mit ihren Krücken das Zimmer. »Ruh dich aus, Spätzchen.«

Sia kniff die Augen zu, wodurch ihr wieder schwindelig wurde. Sie hielt sich den Kopf und mahnte sich zur Ruhe.

Wer kümmerte sich jetzt um den Hof?

Kapitel 61

Am nächsten Tag wurde Sia aus dem Krankenhaus entlassen. Ihren Eltern hatte sie nichts von dem Vorfall erzählt. Nur Verena war sie eine Antwort schuldig.

»Was ist in letzter Zeit nur los mit dir?« Verena bemühte sich, nicht anklagend zu klingen.

»Ich …« Sia war matt und müde von ihren Gedanken. Sie wusste nicht genau, was sie sagen sollte, und spuckte schließlich aus, was ihr durch den Kopf ging. »Ich habe das Gefühl, niemandem mehr trauen zu können.«

»Aber Sia!«, protestierte Verena. »Das ist wirklich nicht fair!« Durch den Hörer bekam sie mit, wie aufgebracht Verena mit dem Fuß aufstampfte. Es brachte Sia ein wenig zum Schmunzeln, zeitgleich auch zum Verzweifeln.

»Ich …«, fing sie wieder an. Als sie nicht mehr wusste, was sie sagen könnte, ohne ihre beste Freundin zu verletzen, schwieg sie.

»Ich bin es, Verena.« Sie klang so traurig, dass Sia ein noch schlechteres Gewissen bekam.

Sie sah vom Rücksitz aus den vorbeiziehenden Alleen zu, während der Taxifahrer sie sicher durch die Landstraße fuhr.

»Ylvie hat mich angelogen. Schon wieder. Sie hat mich eiskalt auflaufen lassen. Wenn jemand, den ich so sehr liebe, mich so sehr verletzt, wie sind dann andere Menschen zu mir?« Sia presste die Augenlider zusammen und fürchtete jeden Moment, dass Verena ausflippen würde. Aber ihre beste Freundin kicherte in den Hörer.

»Jemanden, den du so sehr liebst?«, wiederholte sie und verursachte bei Sia Herzklopfen mit Magenschmerzen, sodass sich alles in ihr zusammenzog. Es war, als hätte Sia einen dicken Gedankenkloß im Kopf, der schwer hin und her rollte.

»Ja«, antwortete sie und senkte den Blick.

»Ist das nicht das Wichtigste?«, fragte Verena. »Was Ylvie getan hat, war dumm. Aber …«

»Bitte nicht«, unterbrach Sia sie und wollte nicht, dass ihre Freundin weitersprach.

»Aber«, wiederholte Verena lauter. »Ich hätte nicht ganz anders gehandelt. Was sie getan hat, war nicht in Ordnung, aber den Mut, dass sie es durchgezogen hat, musst du ihr schon zugestehen.«

»Was soll ich ihr zugestehen? Dass sie mich belogen, betrogen und genötigt hat? Ich bin mit einer kriminellen Frau zusammen.«

Verena lachte, sodass Sia mürrisch brummte. »Ich finde das gar nicht witzig. Ich lege auf.« Das Taxi fuhr gerade die holprige Auffahrt auf den Bergmanns-Hof hoch.

»Warte! Sia«, lenkte Verena schnell ein. »Ich bin für dich da, immer«, ergänzte sie mit solch einer Sicherheit, dass Sia keine Zweifel mehr blieben.

»Ja, ich weiß«, antwortete sie, dabei huschte ein seichtes Lächeln über ihre Lippen.

Als der Wagen zum Stehen kam und sie die hintere Tür öffnete, fühlte sich Sia an den ersten Tag ihrer Ankunft zurückversetzt. Ihr Blick ging über den Hof, der die veraltete Erinnerung ihrer Kindheit war. Sie war mit den Jahren so verblasst wie der Milchbauernhof ihrer Großeltern.

Sias Blick wanderte weiter über den geflickten Koppelzaun, auf den Hof nebenan.

Ludwig fuhr den Gabelstapler und belud eine Palette mit Säcken, während Ylvie die Ladung sicherte. Es sah nach einer Auslandslieferung aus.

Ylvie sah zu ihr auf. Es war zum Verrücktwerden. Selbst von ihrem Platz aus bemerkte Sia, wie angespannt und traurig Ylvie war.

Sia schloss die Tür, der Taxifahrer reichte ihr die Tasche und fuhr vom Hof. Sie sah nicht mehr zu Ylvie hin. Es war wie bei einem Autounfall, man sollte nicht gucken, obwohl man es wollte.

Ehe Sia die Treppe hochkam, öffnete ihr Tante Evie die Haustür.

»Na schau mal einer an, wen das Krankenhaus aufgepäppelt hat«, spottete sie ein wenig über ihre Nichte. »Komm rein«, sagte sie dann. »Ich habe Brötchen besorgt und frischen Kaffee aufgesetzt.« Es war nicht gelogen. Die schwarze Brühe brodelte in der Kaffeemaschine und duftete verführerisch.

Skeptisch sah Sia auf die Krücke ihrer Tante. Ganz sicher war sie nicht losgefahren, um Brötchen zu holen. Ihre Gedanken waren wieder bei Ylvie. Ob sie das Frühstück besorgt hatte?

»Du solltest dich heute ausruhen«, meinte Tante Evie. »Deine Gäste sind schon gestern gefahren, weil sich die Kinder nicht mehr eingekriegt haben.« Sias Tante hob die Augenbrauen. »Ich glaube eher, die beiden konnten nicht schnell genug voneinander loskommen. Wir haben es so geregelt, dass ich die Nacht nicht storniere und sie die Reinigung nicht zahlen. Nach der gestrigen Katastrophe hat sich herausgestellt, dass die Kinder die Zapfen von der Melkmaschine als Staubsauger benutzt und die Düsen verstopft haben.«

Sia nickte betreten und konnte sich nur fragen, ob das Paar diese Krise meistern oder sich trennen würde.

»Was ist mit der Arbeit?«, fragte sie und nahm müde einen Bissen von ihrem Käsebrötchen.

»Ylvie hat sich gestern Abend und heute Morgen um alles gekümmert«, antwortete Tante Evie und schenkte den Kaffee ein.

Sia war entsetzt. »Ihre eigene Arbeit und dann hat sie auch noch hier ausgeholfen?«

Ihre Tante warf ihr einen verschwörerischen Blick zu.

Sia betrachtete etwas länger den gedeckten Tisch, den sie wohl Ylvie zu verdanken hatte. »Ich verstehe dich endlich«, sagte sie. »Warum du so wütend warst oder noch bist«, erklärte Sia dann.

Tante Evie nahm einen Schluck von ihrer heißen Tasse und hob die Augenbrauen, als könne sie ihren Ohren nicht trauen.

»Es ist diese Hilflosigkeit, weil man es alleine nicht schafft.«

»Aber du hast Ylvie«, antwortete ihre Tante.

Es dauerte, ehe Sia den Mund öffnete. »Ja … Ich habe noch Ylvie.« Verlegen senkte sie den Kopf. Es war unglaublich, ihren Namen auszusprechen, fühlte sich an, als würde man samtige Blütenblätter zwischen den Lippen halten. Für einen winzigen Moment war alles wieder gut.

Diesen Abend kümmerte sich Tante Evie um die Kühe. Ylvie war zwar vorbeigekommen, aber sie hatte sie weggeschickt, da sie schon heute Morgen im Stall ausgeholfen hatte.

Das Futter hatte Tante Evie mit dem kleinen Traktor ausgefahren und es irgendwie geschafft, so lange auf den Beinen zu bleiben, bis sie jede einzelne Kuh gemolken hatte.

Erschöpft kam sie nach getaner Arbeit ins Wohnzimmer und setzte sich in den Sessel gegenüber von Sia. »Ich denke, das mit der Reha sollte ich mir noch einmal überlegen«, sagte sie und stöhnte vor Schmerz.

Sia lächelte und lag eingekuschelt auf dem Sofa. Sie hatte den heutigen Tag vor dem Fernseher verbracht.

Tante Evie streckte sich schwerfällig nach der Fernbedienung. »Hoch mit dir und ab ins Bett. Du siehst hundeelend aus.«

Schwerfällig richtete sich Sia auf. »Ja, ich sollte wirklich schlafen.« Sie nahm ihr Handy und ging nach oben ins Bad, wo sie sich die Zähne putzte.

Vom Wohnzimmerfenster aus hatte sie heute heimlich Ylvie durch die Gardinen beobachtet. Obwohl sie sich ständig selbst ermahnt hatte, es zu unterlassen.

Ylvies Augen suchten nach ihr. Andauernd schaute sie von ihrer Arbeit auf. Wartete einen Moment, als würde sie darauf hoffen, dass Sia vom Fenster aus ihr zuwinken würde.

Als Sia im Bett war, kuschelte sie sich ein und hätte gleich einschlafen können. Doch sie kam nicht vom Gedanken an Ylvie los. Jetzt war nicht mehr nur ihr Körper betäubt, sondern auch die Wut auf sie.

Sia nahm ihr Handy zur Hand und öffnete den Chatverlauf. Sie biss sich auf die Lippen, als sie all die alten Nachrichten las, in denen ihr Ylvie schrieb, wie sehr sie sie vermisste. Ihre letzte virtuelle Unterhaltung war schon fast zwei Wochen her.

Sia verhielt sich so mies, wie es Dario getan hatte. Aber er war nicht unter falschen Tatsachen zur Ehe gezwungen worden.

Sie tippte auf die Tastatur und schrieb etwas Formelles, Ylvie sollte sich keine Hoffnungen machen.

Sia schrieb, dass sie sie für ihre Arbeit bezahlen würde, löschte den Teil aber. Ylvie als Arbeitskraft war sicher viel zu teuer und Sia hatte nicht das Geld. Nachdem sie den letzten Rest gelöscht hatte, tippte sie es doch erneut ein. Schließlich hatte Sia Schulden bei ihr, die sie begleichen musste. Schulden auf Schulden. Sia wurde wieder mulmig, sie erinnerte sich an den Streit, an die Dinge, die Ylvie gesagt hatte, als die Kühe ihr Lager verwüstet hatten.

Es fühlte sich nicht mehr richtig an, Ylvie zu danken. Sia löschte den Text komplett. Als sie das Handy weglegen wollte, erblickte sie das kleine Bild, das anzeigte, dass Ylvie dabei war, ihr eine Nachricht zu senden.

Sia erschrak. Hatte sie etwa gesehen, dass sie ihr schreiben wollte?! Panisch richtete sie sich auf.

»Ich lasse nicht zu, dass du dich von mir scheiden lässt.«

Wieder erschien das Symbol, doch diesmal das Wartesymbol, dass Ylvie ein Bild schickte. Warum schickte sie ihr ein Bild? Dann ploppte es plötzlich auf dem weißen Hintergrund auf.

Sia starrte so lange, bis sie sich daran erinnern musste zu atmen.

Ihr Bauch zog sich zusammen, auf ihrem Rücken prickelte es heiß.

Ylvie lag in ihrem Bett, vollkommen nackt. Nicht einfach so, nein, sie hatte sich so aufgenommen, als würde Sia mit dem Kopf zwischen ihren Beinen liegen. Ohne wirkliche Vorstellungskraft hatte Sia den Geschmack von süßen Tränen auf der Zunge.

Obwohl Ylvie nichts trug, sah man nicht viel. Ihre Arme verdeckten ihren Busen und die Kamera war so weit oben, dass nur der Ansatz ihrer glatten Schambehaarung hervorblitzte. Sia war überwältigt, erregt, zugleich erbost, weil Ylvie es gewagt hatte, ihr solch ein aufreizendes Foto von sich zu schicken. Wie unfair! Sia wollte es ihr schreiben, sie wollte mit ihr schimpfen, aber da tippte Ylvie schon.

»Ich bin deine Frau und du solltest dich um mich kümmern.«

Es waren die Worte, die Sia ihr einst an den Kopf geworfen hatte. Sia biss sich fest auf die Unterlippe. Sobald der Bildschirm erlosch, entriegelte sie ihn panisch, weil sich dieses erotische Bild in ihren Verstand einbrennen wollte. Es war ihr egal, dass man sehen konnte, dass sie online war. Die Erregung klebte ihr bereits an der Unterwäsche. Sia fasste sich in den Schritt. Das pochende Gefühl zwischen ihren Beinen sollte aufhören, aber es wurde nur noch schlimmer.

Kapitel 62

Am nächsten Tag hatte Sia wieder die Arbeit aufgenommen. Aber sie war nicht ganz bei der Sache.

»Den Gang hast du ja noch immer nicht sauber«, schimpfte Tante Evie. Sie stand am Rolltor und kam nicht herein, damit ihre Krücken nicht schmutzig wurden.

Sia rollte mit den Augen und erinnerte sich daran, was ihr Bruder Pascal erzählt hatte, als er die letzten Ferien zu Besuch da gewesen war. »Es hat auch gut vor dir geklappt«, mahnte sie, sodass ihre Tante murrend verschwand.

Beschämt senkte Sia den Blick. Egal, was sie heute tat, das Bild auf ihrem Handy begleitete sie. Sia war aufgestachelt, erregt und verärgert zugleich. Ylvie spielte unfair. Sobald sie auch nur ansatzweise spürte oder bemerkte, dass sie aus ihrem Büro raus und auf dem Hof herumlief, versteckte Sia sich. Sie konnte nicht gegen den Drang ankämpfen, sich das Bild noch einmal anzusehen.

Besser wäre gewesen, wenn sie es gelöscht hätte, aber alleine der Anblick erregte sie so sehr, dass sie wie bekloppt auf den Bildschirm ihres Handys starrte.

Mittlerweile wollte Sia mehr sehen und hasste Ylvie dafür. Sie wollte mehr Fotos, mehr nackte Haut, sie wollte Ylvie sehen, wie sie die Beine spreizte und …

»Sia?«, fragte ihre Tante plötzlich, sodass sie erschrak und sichtlich zusammenzuckte.

»Was ist denn?«, fuhr sie ihre Tante an. Sie hatte doch erst eben den Stall verlassen.

»Ich bin weg«, antwortete Tante Evie knapp.

»Wohin?«, fragte Sia.

»Heute ist eine kleine Bürgerversammlung, wollte hin und gucken, was es so Neues gibt.« Förmlich ausgedrückt hieß es, nach der Sitzung in der Kneipe einen über den Durst zu trinken.

»Hast du dir ein Taxi gerufen?«, fragte Sia und kam zu ihr ans Tor.

»Ludwig fährt mich.«

Sia war erstaunt.

»Nicht, was du denkst«, meinte ihre Tante zermürbt und humpelte den Weg zur Auffahrt, wo Ylvies Vater im alten Mercedes bereits auf sie wartete.

»Was denke ich denn?«, rief Sia ihr nach und neckte sie, wofür sie einen bitterbösen Blick erntete.

Sia folgte ihrer Tante bis zum Wagen, wo Ludwig die beiden aus dem Auto heraus begrüßte. Sia lächelte gezwungen.

»Ruft euch ein Taxi, wenn es ein bisschen spät werden sollte«, schlug sie vor.

Ylvies Vater wurde rot und fuhr gleich los. *Wie merkwürdig,* dachte sich Sia.

Kopfschüttelnd begab sie sich zurück in Richtung Stall und hatte dabei ihre Deckung vergessen, als sie Ylvie auf dem Hof nebenan bemerkte.

Sie schaute wütend, was Sia einschüchterte. Was war denn jetzt los? Ylvie stand erst regungslos da und starrte. Sie trug ihre alte Jeans und ihr verwaschenes taubenblaues T-Shirt. Mittlerweile war es so warm, dass man es draußen kurzärmelig aushalten konnte.

Ihre Haare hatte Ylvie hochgebunden und das Blau ihrer Augen blitzte heute mehr durch als sonst.

Sia schluckte, sie wollte gleich weiter, doch da fummelte Ylvie unerwartet an ihrem Gürtel. Lässig, schon fast provokant, streckte sie den Hals und öffnete die Lasche mitten auf dem Hof.

Fassungslos beobachtete Sia, wie Ylvie in der Ferne den Knopf ihrer Jeans löste und den Reißverschluss hinunterzog.

Ist sie verrückt geworden?! Sia wollte sich umsehen, ob es Leute gab, die sie sehen konnten. Aber Ylvie lenkte sie ab.

Gleichgültig glitt sie mit der Hand in ihre Hose und sah Sia dabei in die Augen.

Es war, als würde Sia rennen. Ihr schwerer Atem drückte ihr auf die Brust. Sie umklammerte ihren Besen fester, sodass ihre Handinnenflächen brannten und sie das alte Holz zum Knarzen brachte.

Als Ylvie ihre Hand aus der Hose zog, führte sie die Finger zu ihren Lippen und leckte sich die eigene Nässe von den Spitzen. Sia traute ihren Augen nicht. Ehe sie begriff, was gerade vorgefallen war, kehrte ihr Ylvie den Rücken zu und ging zum Bungalow.

Sias Herz schlug mittlerweile so heftig, dass es in ihrem Brustkorb vibrierte. Mit weichen Knien ließ sie den Besen fallen und kletterte durch den Koppelzaun hindurch. Sie lief über den Hof, stolperte fast, als sie sich die Stiefel auszog und die schwere Tür öffnete. Das Büro war leer. Es waren nur ein paar Schritte durch den Gang zur Küche, dort wartete Ylvie an der Wand gegenüber von ihrem Schlafzimmer.

Sias Blick ging direkt auf ihre offene Hose. Unbeeindruckt stieß sich Ylvie von der Wand und ging in ihr Zimmer.

Sias Verstand war wie vernebelt, sie kam ihr nach.

Ylvie setzte sich auf ihr Bett und zog sich ihre Schuhe aus, dann die Hose. Untenrum war sie komplett nackt. Sia wurde die Luft knapp. Sie wollte schimpfen, ob sie verrückt geworden war. Da löste Ylvie ihren Zopf und zog ihr T-Shirt aus. Schon fast resigniert hob sie die Beine auf die Decke und spreizte sie.

Erschrocken schlug Sia die Zimmertür zu. Sie war von der Situation und ihren eigenen Gefühlen überwältigt. Ihr Atem wurde flacher, ihr Blick hing zwischen Ylvies Beinen. Sia hatte sich nicht mehr unter Kontrolle. Mit wässrigem Mund stürzte sie vors Bett und kniete sich hin. Ohne Umwege oder irgendwelche Spielereien berührte sie mit ihren Lippen Ylvies intimsten Punkt, leckte ihn und nahm diese salzige Süße auf, nach der sie sich schon so lange gesehnt hatte. Ylvie stöhnte hitzig, was Sia in ihrer Handlung gieriger werden ließ, als würde sie jeden verstrichenen Moment der letzten Tage nachholen.

Erregt drückte Ylvie Sias Kopf enger an ihren Schoß, bewegte ihre Hüfte und seufzte lauter auf. Augenblicklich richtete sich Sia auf, um sich ungeduldig ihrer Arbeitshose zu entledigen. Darunter trug sie ihren Schlafanzug. Sia zerrte sich die Pyjamahose vom Körper und kletterte zu Ylvie aufs Bett. Erwartungsvoll klappte sie wieder die Beine auf, damit sich Sia direkt auf ihren nackten Schoß setzen konnte. Keiner von ihnen verlor ein Wort, als würde sonst alles kaputt gehen.

Sia rieb sich mit festen Stößen. Sie hatte keine Geduld, kein Schamgefühl. Nur noch Lust leitete sie. Sie hatte es verdient und nahm es sich so, wie sie es wollte.

Ylvies warme, doch rauen Hände glitten über ihre empfindliche Haut und reizten Sias Begierde um einiges mehr. Unter ihrer Kleidung berührte sie ihren weichen Busen und drückte sie an der Hüfte fester an sich.

»Ich komme«, gab Ylvie atemlos von sich und raubte Sia das letzte Stück Scham. Sie ritt sie zügellos, bis sie beide augenblicklich ihrem Höhepunkt erlagen. Selbst darüber hinaus bewegte sich Sia auf Ylvie, doch zärtlicher, sanfter und entlockte ihr noch den einen oder anderen gequälten Ton.

Ausgelaugt ließ sie sich schließlich nieder, sodass Ylvie sie fest umarmte und küsste. »Ich liebe dich, Sia. Ich liebe dich«, haspelte sie und mit einem Mal brach die Ernüchterung über sie ein. Sia sah Ylvie entsetzt an und kletterte von ihr runter.

Wie mies! Ylvie hatte sie wieder für ihre Zwecke manipuliert!

Sia konnte nicht schnell genug ihre Pyjamahose anziehen und das Zimmer verlassen. Dabei lief sie in Tessa hinein, die gerade den Gang hochkam.

Schockiert starrte Sia sie an. Sie wusste nicht, was sie tun sollte, und lief hinaus nach draußen.

Ylvie rang noch nach Atem und richtete sich auf.

Tessa stand an der Tür und war über Sias aufgewühlten Abgang erstaunt. »Kann mich nicht erinnern, dass du so schlecht im Bett warst«, sagte sie und musterte den Körper, den sie oft genug nackt gesehen hatte.

Ylvie grinste, in diesem Moment konnte sie nichts verletzen.

Tessa klopfte gegen den Türrahmen. »Ich hoffe, deine Koffer sind gepackt. Kann es kaum abwarten, von hier zu verschwinden.« Sie ließ ihre Freundin alleine und ging.

Ylvie ließ sich zurück ins Bett fallen. »Wow«, sagte sie und fuhr sich ausgelaugt durch die Haare.

Kapitel 63

Es war sieben Uhr morgens, als Sia das Taxi entdeckte, das auf den Hof nebenan fuhr.

Ylvie und Tessa kamen mit Rollkoffern und Tragetaschen heraus, begleitet von Ludwig, der sie verabschiedete.

Sias Herz klopfte schneller. Was hatte das zu bedeuten?

Ylvie lachte über ihren mürrischen Vater und umarmte ihn, während Tessa mit dem Taxifahrer die Koffer verstaute.

Sia ging an den Zaun, hielt sich fest und sah gebannt zu, als auch Tessa sich nun von Ludwig mit einer Umarmung verabschiedete.

Es war ein Abschied, aber … .

Sia wurde schlecht. Ylvie wollte zurück in die Stadt? Verwirklichten sich gerade Ludwigs Befürchtungen?

Warum auf einmal? Wegen gestern? Weil Sia einfach, nachdem sie miteinander geschlafen hatten, abgehauen war? Aber Sia war überfordert gewesen, das war sie noch immer.

Tessa nahm hinten auf dem Rücksitz Platz. Als Ylvie sich von der anderen Seite neben sie setzen wollte und halb im Taxi stand, bemerkte sie, wie sie aus der Ferne beobachtet wurde. Sie schauten sich in die Augen. Sia wollte etwas sagen, sie musste etwas sagen, aber der Moment verstrich. Ylvie setzte sich und schlug die Autotür zu.

Der Taxifahrer startete den Motor und fuhr vom Hof. Sia war so benommen, dass sie dem Fahrzeug nur noch nachschauen konnte, wie es die Straße an ihrer Ausfahrt vorbeifuhr.

Sie verstand rein gar nichts mehr, obwohl es offensichtlich war. Sie kletterte durch den Zaun.

»Papa?«, rief sie Ludwig nach, der wieder ins Haus wollte.

»Wohin … wohin fahren die zwei?«

Ludwig lächelte matt. »Ylvie war Tessa noch einen Gefallen schuldig«, erklärte er.

»Sie kommt doch zurück?« Das flaue Gefühl in ihrem Magen nahm wieder die Oberhand.

Ludwig wirkte traurig. »Ich hoffe es«, sagte er und wollte gehen, sodass Sia ihn panisch am Arm ergriff. »Wegen mir?« Der Schock stand ihr ins Gesicht geschrieben. »Geht sie wegen mir?«

Ludwig sah sie ratlos an und schaute dem Fahrzeug nach, das längst nicht mehr zu sehen war. »Sie hat mir erzählt, dass du die Ehe annullieren lassen möchtest, und ist todunglücklich darüber.«

»Das, das …« Sia kam ins Schleudern.

Ludwig sah sie wieder an. »Sie hat die Tage nichts anderes getan, als sich in den Schlaf zu weinen. Ich glaube, ein wenig Abstand vom Hof tut ihr gut.«

»Nein!«, rief Sia und hielt Ludwig fester am Ärmel. »Ich will nicht, dass sie geht!« Sie ließ ihn los und tastete in den Hosentaschen ihrer Latzhose nach ihrem Autoschlüssel, als ihr dann einfiel, dass sie gar nicht mit dem Auto gekommen war.

»Nimm den alten Mercedes. Fahr ihn aber nicht zu Schrott.« Ludwig grinste und kramte seine Schlüssel hervor.

Sia war so aufgeregt. Ehe sie in den Fuhrpark eilte, drückte sie ihm einen Schmatzer auf seinen Dreitagebart.

Der Mercedes lenkte sich schwer. Normal hätte so etwas Sia verunsichert, aber sie hatte keine Zeit, wenn sie Ylvie noch rechtzeitig vor dem Bahnhof abfangen wollte.

Sie musste sich auf die Strecke konzentrieren und bog doch einmal falsch ab, weil sie sich in der Straße geirrt hatte.

»Verdammt!«, schimpfte sie. »Bitte, bitte, bitte«, flüsterte Sia wie ein Gebet und hoffte, es noch zu schaffen.

Irgendwie hatte sie den richtigen Weg gefunden und parkte den schwer lenkbaren Mercedes über zwei Parklücken. Es war ihr egal, dass man mit ihr schimpfen würde. Sie wollte nur noch ein letztes Mal persönlich mit Ylvie sprechen.

Fast hätte sie den Schlüssel stecken lassen, kehrte zurück und riss ihn heraus. Der alte Mercedes hatte keinen Funkschlüssel und Sia fehlte die Geduld, manuell abzuschließen. Mit rasendem Herzen lief sie in Richtung der Bahnsteige und entdeckte Ylvie, wie sie mit Tessa darauf wartete, dass der Zug einfuhr.

Sia stand wie eine Säule da. Als Ylvie sie bemerkte, wurden ihre Gelenke weicher. Es war ihr Blick, ihre Augen, die sie wieder suchten, so verblüfft waren, dass sie kein Wort über die Lippen bekam. Ylvie hatte anscheinend alles andere erwartet, außer Sia noch ein letztes Mal zu sehen.

Sia wollte nicht weinen, doch die dicken Tränen rollten einfach über ihre Wangen. Hilflos lief sie zu Ylvie und warf sich ihr in die Arme. Ylvie drückte sie fest an sich.

»Sia?«, hauchte sie.

Sia bemerkte viel zu spät, dass sie in Arbeitskleidung war, und trat einen Schritt zurück. Doch Ylvie hielt sie bei sich.

»Was suchst du hier?«, fragte sie.

»Ich …« Beschämt nahm Sia Tessa wahr. Aber es war ihr egal, sie musste es sagen. »Bitte geh nicht!«, flehte sie. Die Tränen wollten gar nicht mehr versiegen. Wie ein Damm, der nicht mehr zu retten war.

Ylvie umfasste zärtlich Sias Gesicht und wischte ihr mit den Daumen die Tränen fort. Sie lächelte so besonnen, dass Sia knatschig wurde. Ylvie sollte sie nicht auslachen. Ihr tat das Herz weh. Der Zug pfiff in der Ferne. Sia hatte nicht mehr viel Zeit.

»Auch wenn ich wütend bin, werde ich nicht so einfach aufhören, dich zu lieben«, beichtete sie schließlich.

Ylvie küsste sie, mitten auf dem Bahnsteig, unter all den anderen Reisenden.

»Ich bin nicht für immer weg«, tuschelte Ylvie gegen ihre Lippen und küsste sie wieder.

»Was meinst du?«, moserte Sia und wischte sich die Tränen fort.

Tessa stöhnte, die plötzliche Romantik störte sie wohl. »Ylvie kommt nur für zwei Wochen mit mir mit. Sie unterstützt mich bei einer Tagung. Nur deswegen bin ich hergekommen. Ich habe ihr bei der Auswertung der Felder geholfen, dafür wird sie mich als Dozentin für Agrarforschung unterstützen.«

»Warum hast du mir nichts gesagt?«, schimpfte Sia.

Ylvie trat näher an sie heran. »Wie denn?«, sagte sie leise. »Du wolltest nicht mit mir reden und ich hatte Angst.«

Ylvie hatte befürchtet, Sia würde verschwinden, wenn sie aufdringlich werden würde.

Sia streckte die Arme für eine Umarmung, wofür Ylvie sie sehnsüchtig an sich heranzog. Es war Balsam für die Seele. Trauer und Wut machten einen so müde.

»Ich bin noch wütend auf dich«, quengelte Sia, was Ylvie nur wieder zum Lächeln brachte.

»Das verstehe ich«, sagte sie sanft, sodass Sia gar nicht mehr gewillt war, sie aus ihrer Umarmung freizugeben.

Die Menschen am Bahnsteig wurden unruhiger. Der Zug fuhr ein.

Tessa nahm ihre Koffer. »Du brichst jetzt nicht dein Versprechen«, zischte sie mit mahnendem Unterton.

Sia gab nach, als Ylvie sich nicht entscheiden konnte. »Ist in Ordnung. Zwei Wochen komme ich schon ohne dich klar.«

»Sicher?« Ylvie schmunzelte amüsiert und dachte vermutlich an all die Katastrophen, die Sia zuvor verursacht hatte.

Sia stellte sich auf Zehenspitzen und küsste sie. »Mach keinen Unsinn«, flüsterte sie.

»Versprochen.«

Ylvie wollte Sia gar nicht mehr loslassen, aber mittlerweile war der Bahnsteig leer und der Zugführer pfiff zur Abfahrt. Tessa war schon vorangegangen. Hand in Hand begleitete Sia Ylvie zur Zugtür. Ylvie drückte sie und wollte nicht loslassen. Sie haderte mit sich, auch ohne Worte bemerkte es Sia. Sie streckte sich erneut auf Zehenspitzen und gab ihr einen Kuss auf die Wange. Etwas zu gequält lächelte Ylvie und gab Sia schließlich frei.

Als sie im Waggon war, kamen Sia wieder unkontrolliert die Tränen. Es tat ihr so weh, sie hatten sich doch erst eben versöhnt.

Die Türen schlossen sich und der Zug fuhr an, Ylvie ging hastig durch die Waggons, damit sie Sia noch sehen konnte. Dann war sie weg und der Zug in der Ferne nur noch ein Punkt.

Sia war am Bahnsteig ganz alleine und weinte leise. Bis ihr Handy klingelte. Schluchzend hielt sie sich den Hörer ans Ohr.

Es rauschte auf der anderen Seite. »Nicht weinen, Sia, ich bin bald wieder da«, versicherte Ylvie. Die Verbindung war schlecht und Ylvies Worte kamen verzögert bei ihr an.

»Ich vermisse dich jetzt schon«, gestand Sia.

Ylvie lachte warm. »Ich dich auch.« Sie klang so liebevoll.

»Ich ruf dich an, sobald ich da bin. Fahr vorsichtig, wenn du dich auf den Weg nach Hause machst«, bat Ylvie.

Sia nickte, obwohl Ylvie es nicht sah. »Ja, ich passe auf«, antwortete sie, als es ihr einfiel.

»Ylvie?«, sprach Sia noch schnell.

»Ja?«

»Ich liebe dich.«

Ylvie lachte wieder so warm, dass Sia weiche Knie bekam. Langsam machte sie sich auf den Weg zurück zum Auto.

»Ich dich auch«, seufzte Ylvie. »Von ganzem Herzen.«

*

Ylvie konnte nicht wie versprochen anrufen. Sie war unter Zeitdruck, weil die Bahn Verbindungsprobleme hatte. Aber sie hatte Sia Nachrichten geschrieben, dass sie angekommen waren, dass sie schnell Mittagessen waren und am Abend gab sie Bescheid, dass sie mit einigen anderen Dozenten essen gehen würden.

Es waren kurze Nachrichten, von denen Sia wusste, dass Ylvie eigentlich keine Zeit hatte, aber sie sich für sie nahm. Irgendwie schaffte sie es damit, den Tag zu überbrücken.

»Ich spring schnell unter die Dusche. Möchtest du dann vielleicht telefonieren?«

Es tat gut, dass Ylvie ihr die Wahl ließ. Sie ahnte wohl, wie unangenehm es für Sia gewesen war, ihr mitten auf dem Bahnsteig eine Liebeserklärung zu machen.

Sia lag bereits im Bett.

»Gerne«, antwortete sie knapp, weil sie verlegen war.

Keine zwanzig Minuten später klingelte auch schon ihr Handy für einen Videocall. Es war so merkwürdig für Sia, dass sie sich beschämt die Augen zuhielt.

Ylvie lachte. »Du bist so süß«, sagte sie, dass Sia sich verlegen auf die Unterlippe biss.

»Ich wünschte, ich könnte das an deiner Stelle tun«, gab Ylvie verträumt von sich und räusperte sich, weil sie sich hatte gehen lassen.

Sia lächelte schüchtern. »Das kannst du ja, wenn du wieder da bist«, sagte sie leise.

Jetzt war es Ylvie, die sich verlangend auf die Unterlippe biss. Sie rutschte tiefer ins Bett und stöhnte erregt.

Sia fühlte sich gut, nur mit Kleinigkeiten schaffte es Ylvie, dass sie sich bei ihr wohlfühlen konnte. Sias Wangen glühten. »Wie war dein Tag?«, fragte sie.

Ylvie sah ihr auf die Lippen und hatte vermutlich den gleichen Gedanken wie Sia gestern Nachmittag.

»Es war stressig«, antwortete Ylvie ausgelaugt. »Wir waren zu spät und dann waren da tausend Leute.«

»Du willst sicher schlafen«, meinte Sia, woraufhin Ylvie den Kopf schüttelte.

»Nein. Ich habe mich den ganzen Tag darauf gefreut, dich zu sehen.«

Sia konnte ihre Verlegenheit gar nicht mehr verbergen. »Ich auch«, gestand sie schließlich.

Es war angebracht, wenn sie über alles reden würden. Aber Sia konnte es für den Moment ruhen lassen. Sie wollte die gemeinsame Zeit mit Ylvie genießen.

Ylvie legte sich auf die Seite, wodurch ihr Sia unabsichtlich in den Ausschnitt blicken konnte.

»Willst du mehr sehen?«, fragte Ylvie grinsend. Sias Blick war so offensichtlich gewesen und Ylvie glaubte, sie damit ein wenig aus der Bahn werfen zu können.

»Ja«, antwortete Sia entgegen ihrer Erwartung.

Ylvie war verwundert. Sie zögerte, richtete sich dann aber auf und zog sich ihr Shirt aus.

Sia atmete tief ein, als sie ihre nackte Haut zu Gesicht bekam. »Du bist unglaublich schön«, flüsterte sie. »Zeig mir mehr«, bat sie dann. »Wie auf dem Foto.« Das Bild ließ sie nicht in Ruhe.

»Hat es dir gefallen?«, fragte Ylvie und ihre Stimme klang tiefer als zuvor.

»Ja, sehr. Aber ich hätte gerne mehr gesehen«, antwortete Sia leise.

»Wie jetzt?«, fragte Ylvie und zog sich ihre Pyjamahose gemeinsam mit ihrer Unterwäsche aus. Sie trat die Decke zurück und lehnte ihr Handy daran. Vollkommen nackt und mit ihrem wundervollen schwarzen Haar, das sie auf die eine Seite ihrer Schulter gezogen hatte, saß sie da.

Sia fühlte sich, wie in dem Moment, als sie das erste Mal das Nacktbild von Ylvie zu Gesicht bekommen hatte. Das Verlangen in ihr wurde größer.

»Ich möchte gerne, dass du dich anfasst«, gab Sia ihre Gedanken preis.

Ylvie tat alles, was sie von ihr verlangte. So war es auch früher gewesen.

Sie lehnte sich zurück und berührte ihre Mitte. Langsam und sanft rieb sie ihre rosa Knospe im Kreis. »Ich wünschte, du wärst bei mir«, flüsterte sie, während ihr Finger tiefer glitt und Sia das Nass zwischen ihren Vulvalippen bemerkte.

»Noch einen Finger«, gab sie mitgerissen von sich.

»Ich möchte dich auch nackt sehen«, flüsterte Ylvie mit zittrigem Atem, während ihre Finger immer wieder in ihre eigene Wärme eintauchten.

Sias Blick hing an ihrem Handy, sie wollte keinen Moment von Ylvie verpassen.

»Kannst du dich auf ein Kissen setzen und dein Handy hinlegen?«, fragte Ylvie erregt. »Ich möchte gerne deine Brüste sehen.« Alleine, es auszusprechen, verlangte so viel von ihr ab, sodass sie kurz innehalten musste, um nicht zu früh zu kommen. Es war so ungemein erregend. Ylvie stand kurz davor, zu explodieren.

Sia schien es nicht anders zu gehen. Sie zog sich aus und nahm ihr Kissen zwischen die Beine. Ihre Brüste wippten, während sie sich sachte bewegte. Der Klang von Ylvies Stimme brachte Sia an ihre Grenzen. Jetzt war sie es, die kämpfen musste.

»Bitte mach weiter«, flehte Ylvie.

Es ging schnell, wie so oft, wenn sie miteinander schliefen. Sia schaffte es, ganz leise zu bleiben, damit ihre Tante sie nicht hörte. Doch Ylvie entwichen die Laute, ohne dass sie es wollte.

Außer Atem ließ sich Sia auf die Seite fallen und zog ihr Smartphone zu sich. Sie deckte sich zu und Ylvie tat es ihr gleich. Für den Moment waren beide glücklich.

»Kann das Handy anbleiben?«, fragte Sia. Sie wollte mit Ylvie gemeinsam einschlafen.

»Ja, natürlich«, hauchte sie und sah ihrer Liebsten zu, wie ihre Augen zufielen und sie langsam einschlummerte.

Ylvie lächelte, wie friedlich und gleichmäßig Sia atmete, dabei sah ihr Gesicht aus wie ein zusammengequetschtes Marshmallow.

»Ich liebe dich«, flüsterte Ylvie. Ihr kamen die Tränen. Sie schluchzte leise, wischte sich die Augen trocken, aber es half nichts. Die Angst, Sia würde nicht mehr so empfinden wie sie, saß noch immer tief.

Kapitel 64

Tante Evie saß am Küchentisch. Sie las in der Zeitung und schaute über ihre Brillengläser hinweg, als Sia die Treppe runterkam.

»Schick siehst du aus«, bemerkte sie und überflog den nächsten Artikel.

»Danke«, sagte Sia leise. »Ylvie kehrt heute zurück.« In ihrer Stimme steckte ein wenig Aufregung.

»Ah. Deswegen warst du so früh auf und ich habe mich gewundert, warum schon das Mittagessen auf dem Herd steht.« Entzückt hob ihre Tante die Brauen und trank ihren Kaffee.

Seit Sia auf dem Hof war, hatte sie sich angewöhnt, länger zu schlafen. Es war elf und sie hatte erst eben gefrühstückt.

»Ich dachte, dass sie vielleicht Hunger hat«, meinte Sia unruhig. Man sah ihr an, dass sie nervös war.

Sias Tante nickte. »Holst du sie ab?«

»Nein, sie hat darauf bestanden, mit dem Taxi zu kommen.«

Sias Herz raste. Noch eine halbe Stunde und sie würde Ylvie nach zwei Wochen wiedersehen, ohne das Handy.

Es war auszuhalten gewesen, sie hatten sich jeden Abend gesehen, um sich mehr oder weniger über den Tag zu unterhalten. Jetzt, frei von überschwappenden Hormonen, war Sia peinlich berührt, dass sie Telefonsex gehabt hatten, und würden sich heute in echt in die Augen sehen. Mit hochrotem Kopf schlug sie die Hände vors Gesicht.

Ihre Tante lachte. »So aufgeregt?«

Sia quengelte. »Ja.« Sie war eine erwachsene Frau und fühlte sich doch wie ein Teenager, der es kaum aushalten konnte, dass ihre Fernbeziehung zu Ende ging.

Mit einem Mal fuhr ein Wagen von der Straße auf den Hof. Sia sah durchs Küchenfenster und entdeckte ein Taxi. Ylvie war viel früher zurück! Sie lief aus dem Haus, die Stufen runter und blieb dann doch verlegen stehen, als Ylvie vom Rücksitz stieg und der Fahrer ihren Koffer reichte.

Ylvie lächelte und kam mit großen Schritten auf Sia zu, während der Taxifahrer rückwärts die Einfahrt verließ.

»Hey«, sagte sie und lächelte, als gäbe es nichts auf der Welt, für das es sich zu schämen lohnte. Sie sah fabelhaft aus und trug ein Hemd, eine Stoffhose und schwarze flache Lederschuhe. Die Farbe ihres Jacketts schmeichelte ihrer Augenfarbe, ihre lange Mähne trug sie wieder in einem Pferdeschwanz.

»Hi«, gab Sia leise von sich, was Ylvie noch breiter zum Lächeln brachte. Es funkelte kurz an Sias Hand. Es war der Ring von Ylvies Großmutter, der glitzerte, als würde er sie ebenfalls begrüßen wollen.

Ylvie atmete tief. Es war befreiend, wieder zu Hause zu sein, hier bei Sia. Sie war wirklich bei ihr, nicht in ihren Träumen, nicht in ihren Vorstellungen. Sie stand genau vor ihr.

Ylvie schaute ihr auf die Schuhe und bemerkte gleich, dass einer von ihnen offen war. Sie stellte ihren Koffer ab und seufzte. »Irgendwann brichst du dir was«, sagte sie und kniete sich nieder. Sie schnürte Sia den Schuh zu, wie befriedigend solch eine kleine Fürsorge sein konnte. Dabei legte ihr Sia die Hand auf die Schulter. Die erste Berührung nach zwei Wochen und Ylvie hatte das Gefühl, gleich alle Kontrolle zu verlieren.

Kaum kam sie aus der Hocke hoch, gab Sia ihr endlich ihren verdienten Begrüßungskuss. Fest, voller Sehnsucht, sodass Ylvie schnaufte und sie eng an sich zog.

»Ich habe dich vermisst«, hauchte Ylvie und küsste Sia erneut.

»Ich dich auch«, erwiderte sie atemlos und verlangte diesmal einen längeren Kuss.

»Wir sollten vielleicht rein«, meinte Ylvie schließlich, küsste sie noch einmal und nahm Sia an die Hand. Sie führte ihre Finger zwischen ihre und begleitete sie zum Haus.

»Hallo.« Tante Evie begrüßte Ylvie ein wenig kühl, aber sie schien sich nicht daran zu stören und setzte sich zu ihr an den Küchentisch.

Sia stellte ihr gleich einen Teller voll Essen hin. »Ich habe mir Mühe gegeben«, sagte sie.

Ylvie amüsierte sich darüber, doch es schmeckte ihr wirklich.

»Diesmal habe ich mir Zeit gelassen und nicht alles gleichzeitig in den Topf geschmissen«, meinte Sia stolz.

»Ja, so viel Zeit, dass die Zwiebeln angebrannt sind«, gab Tante Evie spöttisch von sich.

»Hey!«, mahnte Sia und funkelte ihre Tante böse an.

»Ist soweit alles gut auf dem Hof?«, fragte Ylvie und nahm den nächsten Löffel vom Eintopf.

»Die Kälber haben alle Paten«, gab Sia glücklich von sich. »Einige der Milchkühe haben auch welche, das sind auch die Leute, die gerne ihre Milch haben wollen und für die Lieferung extra zahlen.«

Ylvie lächelte zufrieden und lauschte Sia, die aufgeregt weitersprach.

»Wir haben fast jedes Wochenende Gäste gehabt. Seit Tante Evie im Haushalt mit anpackt, fällt es mir leichter. Es sind auch nur anderthalb Tage, die die Besucher hier sind. Es kamen auch schon die ersten Anfragen für längere Aufenthalte, aber ich weiß nicht, ob ich so lange fremde Menschen beherbergen kann.«

»Das Haus verkommt noch zu einem Hotel«, nörgelte Tante Evie und richtete den Knick in der Zeitung.

»Kommen wir mit den Gästen nun über die Runden?«, fragte Sia barsch, worauf ihre Tante nur verachtend schnaubte.

»Das ist ein Milchbauernhof, keine Pension«, nörgelte Tante Evie und stand auf, um es sich auf dem Sofa gemütlich zu machen.

»Mit dem zusätzlichen Geld haben wir zwei Automaten mehr aufstellen können«, gab Sia trotzig von sich und verstand nicht, warum ihre Tante so mürrisch war.

»Zwei weitere Automaten?«, fragte Ylvie und aß die letzten Reste von ihrem Teller.

Sia lächelte. »Ja, Papa hat sich darum gekümmert. Wir haben drei in Supermärkten stehen und einen in Verenas Galerie.«

Ylvie war erstaunt.

»Verena veranstaltet einmal die Woche eine Art Malkurs für Kinder. Dort erfahren sie und ihre Familien mehr über unseren Bauernhof. Das sind auch meist die Kinder, die ihre Eltern bitten, auf dem Hof einen Kurzurlaub machen zu dürfen.«

Ylvie legte ihren Löffel ab und hörte Sia gebannt zu.

»Es wäre gut, wenn wir in Zukunft ein kleines Ferienhäuschen für die Gäste anbauen könnten. Dann würden sie sich noch ein Stück wohler fühlen. Es ist zwar anstrengend, aber auch wirklich schön. Erst wenn die Leute vor Ort sind, verstehen sie die Arbeit und die Mühe des Bauern zu schätzen. Sie sind bereit, mehr für die Produkte zu bezahlen. Die Kinder bekommen eine ganze andere Sicht. Selbst manche Eltern wussten nicht, dass eine Kuh ständig kalben muss, damit sie Milch gibt. Wenn ich ihnen erzähle, dass männliche Kälber genauso Ausschussware sind wie männliche Küken, dann ist das Entsetzen ganz groß. Solange man nicht darüber redet und es nicht gezeigt bekommt, dann sieht man es nicht.«

»Du machst eine gute Sache.« Ylvie nahm Sias Hand. Sia wurde verlegen. So viel Lob von Ylvie war sie gar nicht gewohnt. Sie wollte abräumen, aber Ylvie zog sie auf ihren Schoß und küsste sie. Sia kicherte und ließ sich auf die Wange küssen, es war ein einfacher Schmatzer, dennoch bekam sie eine Gänsehaut.

»Im Sommer, wenn die Nächte wärmer werden und ich mutig genug bin, werde ich mit den Kühen den Hang hoch zu Opas alten Feldern gehen. Die Gäste will ich mitnehmen«, erzählte Sia leise, wohl wissend, dass ihre Tante sonst wieder irgendwelche Einwände hätte.

»Wie früher?«, fragte Ylvie.

Sia legte ihr die Arme um den Hals. »Wie früher«, antwortete sie.

Ylvie sah ihr tief in die Augen. »Wollen wir rüber?«, flüsterte sie.

Sias Wangen röteten sich, was Ylvie zum lächeln brachte. »Ich denke, wir sollten uns über einige Dinge aussprechen«, meinte sie schließlich.

Es hatte ein wenig etwas von kaltem Wasser, das Ylvie ihr über den Kopf kippte. Gerade war alles so harmonisch gewesen, keinen Moment hatte Sia in den letzten Tagen an Ylvies Grausamkeiten gedacht und nun prasselten sie auf sie nieder wie Platzregen.

Ylvies Lächeln wirkte erzwungen. Sia nickte letztendlich. Lieber jetzt, als es vor sich herzuschieben.

Tante Evie sah vom Fernseher auf. »Ihr wollt schon gehen?«

»Bin später wieder da«, meinte Sia und folgte Ylvie an der Hand nach draußen.

»Das glaube ich nicht«, sagte Ylvie und hob spielerisch die Augenbrauen, wodurch Sia verlegen wurde.

An der Hand folgte sie ihr über den Hof. Da Ylvie ihren Koffer dabei hatte, umrundeten sie den Koppelzaun über die Straße.

Als sie den Bungalow erreichten, war Ylvies Vater verwundert. »Du bist zurück?«

Ylvie lächelte und ging mit Sia im Schlepptau an ihm vorbei. »Bin auch schon wieder beschäftigt.«

Sia schlug ihr empört auf den Arm, was sie sagte, gehörte sich nun wirklich nicht.

»Gut«, meinte Ludwig daraufhin. »Ich geh dann rüber.«

»Bis später«, meinte Ylvie nur und zog Sia hinter sich her.

Sia war verwirrt. »Wohin?«

»Zu deiner Tante«, antwortete Ylvie. Sie schloss die Zimmertür, stellte ihren Koffer ab und zog ihr Jackett aus, das sie auf ihr Gepäck warf.

Ehe sie sich eine Antwort zusammenreimen konnte, knöpfte sich Ylvie die Knöpfe ihrer Bluse auf.

Für Ylvie schien es keine große Sache zu sein. »Sie sind beide alleine und manchmal …«

»Stopp«, mahnte Sia und Ylvie hielt in ihrer Bewegung ein, aber das hatte sie nicht gemeint. Sie wollte nur nicht hören, was Ludwig und ihre Tante gemeinsam taten.

»Das geht schon ein bisschen länger so. Ich mache ihnen keinen Vorwurf«, meinte Ylvie.

»Aber, aber …« Sia war sprachlos, nicht nur, dass ihre Tante ein Verhältnis mit Ludwig hatte, sondern weil Ylvie ihr Hemd bis zum Bauchnabel aufknöpfte und ihr schwarzer Spitzen-BH zum Vorschein kam.

Ylvies Busen war klein und doch reichte es, um Sia aus der Fassung zu bringen.

»Ich dachte, sie mag euch nicht«, sprach Sia abgelenkt.

»Ja, mich nicht. Aber von meinem Paps kann sie die Finger nicht lassen«, entgegnete Ylvie.

»Ih, Ylvie!«, meckerte Sia. Ylvie lachte und umarmte sie.

Sie gab Sia einen Kuss auf die Schläfe, auf die Wange und dann auf die Lippen.

»Wolltest du dich nicht mit mir unterhalten?«, murrte Sia und ließ die Küsse dennoch zu.

»Können wir«, sprach Ylvie abgelenkt.

»Aber nicht so.«

»Ich kann besser denken, wenn ich nackt bin.«

»Das glaube ich eher nicht«, warf Sia ein.

»Zumindest danach.«

»Ylvie!«, mahnte sie und wollte sich aus der Umarmung befreien, doch Ylvie ließ sie nicht und verteilte gefühlt 1000 Küsse auf ihrem Gesicht.

»Sag es noch mal, sag noch mal meinen Namen«, bat Ylvie verlangend und der Klang ihrer Stimme brachte Sias Blut in Wallung. Sie erinnerte sich an alles, an die getrennten Nächte und wie sie gemeinsam über das Smartphone die Sehnsucht zueinander gestillt hatten. Doch Ylvie war hier, bei ihr. Ihre Berührungen waren echt, sie war echt, nicht nur ein Bild und eine Stimme.

»Ylvie«, gab Sia atemlos wieder. »Ylvie«, flüsterte sie aufgeregt, wodurch die Küsse ihrer Liebsten intensiver wurden.

»Als ich den Hof betreten habe, hätte ich niemals im Leben geglaubt, dass ich acht Wochen später mit einer Frau verheiratet wäre.«

»Nicht wirklich schlecht, oder?«, fragte Ylvie und führte Sia blind zum Bett, weil sie nicht aufhören konnte, diese süßen Lippen zu küssen.

Erregt bahnte sie sich ihren Weg unter Sias Kleid und umfasste ihren Hintern, wodurch sie laut aufseufzte. Sie antwortete nicht und es verletzte Ylvie ein wenig.

»Entschuldige bitte«, hauchte sie und küsste Sia diesmal so begierig, dass sie stolperte und aufs Bett fiel.

Ylvie trat näher, trat zwischen Sias Beine, sie neigte sich vor und war froh, dass sie ihre Zuneigung zuließ.

»Ich hätte dir das nicht antun dürfen«, sagte Ylvie. Sie richtete sich auf, jetzt war wohl der Zeitpunkt, um darüber zu reden, was geschehen war.

»Ich hatte dich schon einmal verloren und ich wollte nicht, dass es mir wieder passiert. Ich wusste nicht, wie ich es anders schaffe, dich zu behalten.«

Sia konnte Ylvie nicht mehr in die Augen sehen, doch sie öffnete langsam die restlichen Knöpfe von ihrem Hemd. »Du hättest mit mir reden können«, sagte Sia leise.

Ylvie war abgelenkt. »Wie denn, du hast dich in mein Bett gelegt, als wären wir wieder beste Freundinnen. Aber ich wollte nicht deine Freundin sein. Wie sagt man das, ohne etwas kaputt zu machen?«

Sia erinnerte sich an den Kuss an dem Morgen danach, als Sia so getan hatte, als würde sie noch schlafen.

»Du hast mich einfach vergessen. Du warst auf dem Hof, hast mich angesehen und dich nicht erinnert, wer ich bin. Ich wollte mich rächen. Ich wollte dir nie wieder die Möglichkeit geben, mich zu vergessen«, hauchte Ylvie rau.

»Ich hab dich nicht …« Sia wollte es sagen, aber das wäre gelogen, sie hatte ihre Erinnerungen verdrängt.

Ylvie streichelte Sias Wange. Sie schloss die Augen, genoss Ylvies Berührung und lehnte ihr Gesicht in ihre Hand. Wie konnte sie sich trotz der Lügen nur so geborgen fühlen?

»Ich habe so oft angerufen, so viele Briefe geschickt, dass deine Mutter mir letztendlich gesagt hat, ich solle es sein lassen, weil ich dir nicht guttue. Ich habe gedacht, ich würde sterben, Sia. Ich habe niemanden so sehr geliebt wie dich. In meinem ganzen Leben nicht.« Ihre Stimme zitterte und Sia schloss die Augen, weil sie fürchtete, sonst in Tränen auszubrechen.

»Was ist … was ist mit Tessa?«, fragte Sia vorsichtig.

»Sie ist lesbisch, ich bin lesbisch … wir waren beide einsam, oder besser gesagt, wir haben uns einsam gemacht.«

Ylvie hob Sias Gesicht am Kinn. Ihr Griff wurde fester, es tat nicht weh, aber es hatte etwas Gebieterisches. Sie verlangte von Sia, dass sie zu ihr aufsah.

»Keine ist wie du«, hauchte Ylvie und nahm Sia den Nährboden für jeden anderen Gedanken.

»Kannst du … kannst du mir meine Strümpfe richten?«, fragte Sia leise, was Ylvie erregt zum Lächeln brachte.

»Du hast doch gar kein Eis in der Hand«, antwortete Ylvie und beugte sich vor. »Aber ich hätte etwas anderes, das du lecken könntest.«

Es war schamlos und doch schlug Sias Herz schneller. Dann nickte sie, wie es artige Mädchen taten.

Kapitel 65

Die Tage wurden länger und wärmer. Die Vögel auf den Obstbäumen zwitscherten schon fast ohrenbetäubend. Sia stand am Briefkasten und hielt den Brief in den Händen, den sie bereits erwartet hatte.

Es war ein Musterschreiben, nichts Persönliches. Nichts, was auf ihre Arbeit im Unternehmen hinwies, für das sie so lange tätig gewesen war.

Sia verlor gerade ein Stück ihres Lebens, einen festen Job, für den sie sich den Arsch aufgerissen hatte. Es fühlte sich an wie eine alte Erinnerung, dabei war es erst drei Monate her, dass sie entschieden hatte, auf dem Hof ihrer Tante auszuhelfen.

Sia war niedergeschlagen. Sie verdienten zwar Geld mit dem Hof, aber lange nicht so viel wie als Sachbearbeiterin. Mit der fehlenden Sicherheit fühlte sie sich unwohl. Was würde die Zukunft bringen?

Sie war selbstständig. Sia musste nun so viel Geld verdienen, dass sie über die Runden kam und ihre Kassenbeiträge zahlen konnte. Zum Glück war sie verheiratet und würde sich über Ylvie familienversichern lassen. Auch wenn Sia sie liebte, war ihr unwohl bei dem Gedanken, sie wieder einmal um Hilfe bitten zu müssen.

Nachdem ihr gekündigt worden war, stand Sia Arbeitslosengeld zu. Aber dann müsste sie sich arbeitsuchend melden, das hieß, sie müsste sich neu bewerben und für jeden anderen Job abrufbereit sein, oder? Sia war verunsichert. Klarheit hätte sie erst, wenn sie vor Ort einen Termin vereinbaren würde.

Sie hatte auf dem Hof genug mit den Kühen und den Kälbern zu tun. Sia wollte nicht mehr weg und sich lieber um die Tiere kümmern.

Das Scheppern einer Glocke aus Blech, riss Sia aus ihren Gedanken. Sie sah sich um, der nachhallende tiefe Klang war unverkennbar. Augenblicklich dachte sie an ihren Opa, der mit den Kühen von der Weide zurückkehrte. Doch egal, wie lange sie wartete, ihre Erinnerung blieb eine Erinnerung. Die Kühe stampften nicht müde die Auffahrt hoch und freuten sich auf ihr weiches Bett. Ihr Opa rief ihnen nicht zu, wenn sie sich aus der Reihe bewegten oder weiter wandern wollten. Sia schmunzelte über sich selbst.

Als dann gleich mehrere Blechglocken schellten, war sie sich sicher, dass sie sich nicht verhört hatte. Es kam aus dem Stall. Sia lief hin, normal war das Rolltor einen Spalt offen, sodass Sia hindurch konnte, aber nicht die Kühe.

Sie war doch erst eben hier gewesen, ob Tante Evie bei den Kühen war?

Kaum hatte Sia das schwere Rolltor aufgeschoben, wuselte etwas umher, sodass sie erschrak.

»Überraschung!«, riefen Verena und Anton zugleich. Sia hätte vor Schreck schreien können, aber sie hatte ihre besten Freunde direkt erkannt.

»Was sucht ihr denn hier?«, japste sie und legte die Hand auf ihr trommelndes Herz. Ehe die beiden ihr antworteten, entdeckte Sia ihre Familie, die versteckt bei den Kühen stand.

Ylvie war neben Berta, die eine Kuhglocke mit einem breiten dunklen Lederhalsband trug und einen Blumenkranz auf dem Kopf, den sie wohl lieber gefressen hätte.

Die anderen Kühe schüttelten sich, auch ihre Blechglocken läuteten. Die Kälber hatten Schwierigkeiten mit ihrem Halsschmuck und suchten Schutz bei den Muttertieren, denen es nichts auszumachen schien.

»Was …« Sia war für einen Moment sprachlos. »Was ist hier los?«, fragte sie schließlich und glaubte ihren Augen nicht. Ihre Eltern und ihr Bruder lachten. Sie umarmten Sia und waren froh, dass ihre Überraschung geglückt war.

Ylvie grinste und streichelte Berta. »Es ist an der Zeit, die Kühe auf die Felder zu bringen.«

Sia war fassungslos.

Verena umarmte ihre Freundin. »Ylvie hat uns eingeladen und meinte, wir könnten Fotos machen. Da musste ich dabei sein.«

Sias Augen suchten die von Ylvie. Sie grinste nur und machte keine Anstalten, sich zu erklären.

Verena nahm ihre Freundin an die Hand. »Wir putzen dich schnell für die Bilder raus.« Sia war zwar geduscht, aber nicht wirklich für das Vorhaben gekleidet.

Verena nahm sie mit ins Haus, auch die anderen folgten ihnen, während die Blechglocken der Kühe läuteten.

Alle waren aufgeregt, unten telefonierte man und tuschelte miteinander. Als ein Transporter auf den Hof fuhr, lugte Sia durchs Fenster. Zwei Männer stiegen aus und luden weiße Gartenstühle und Zelte aus.

»Was soll das draußen werden? Etwa eine Grillparty heute Abend?«, fragte Sia. Sie freute sich, aber suchte genervt nach Ylvies Ring, der eigentlich in der Schublade von ihrem Nachttisch war. Sie fand ihn nicht.

»Eine tolle Überraschung, oder nicht?« Verena klang ein wenig zu sentimental.

Sia lächelte. »Auf jeden Fall.«

Ihre Freundin nahm sie wieder in die Arme und drückte sie. »Du bist so unglaublich mutig.« Ihr kamen fast die Tränen, sodass auch Sia kurz davor stand zu heulen.

»Das mit dem Bauernhof war schon eine riesige Herausforderung. Aber …« Sia schluchzte. »Ylvie hat mir ziemlich geholfen.«

Verena lachte. »Das mit euch kann nur noch besser werden.«

Sia atmete tief durch, um sich zu sammeln. Sie hatte sich erst eben geschminkt und mochte es nicht ruinieren.

Als sie sich etwas zum Anziehen heraussuchen wollte, was einigermaßen dem Anlass gebührte, klopfte ihre Mutter an die Tür.

»Schau mal, was ich gefunden habe«, sagte Ursula. »Das ist mein Hochzeitskleid.«

Sia erkannte es sofort von den alten Bildern von zu Hause. Früher hatten sie nicht viel, deswegen war das Kleid ihrer Mutter kein pompöses geworden. Es war schlicht und fließend. Rüschen zierten dafür die kurzen Ärmel und die Brust. Es war hochgeschlossen und sah auf den ersten Blick wie ein fabelhaftes Sommerkleid aus.

Sias Mutter stemmte die Hand an ihre pralle Hüfte. »Ich war auch einmal rank und schlank.«

»Mama, ich wusste gar nicht, dass dein Hochzeitskleid hier war«, gab Sia leise von sich und berührte den Tüllstoff. Wie sehr sie sich mit einem Mal wünschte, dass Ylvie und sie heute heiraten würden. Aber sie waren es schon und wie sollte das Sia ihren Eltern beichten, ohne das Familienfest dadurch zu ruinieren? Sie schluckte ihren sehnlichsten Wunsch hinunter und lächelte.

»Deine Oma hat die Brautkleider von all ihren Töchtern wohl wissend aufbewahrt. Ich denke, heute ist ein guter Anlass, um es zu tragen.«

Ursula half ihrer Tochter in das Kleid hinein und klatschte begeistert die Hände zusammen. »Mein Gott, siehst du schön aus.«

»Du siehst einfach traumhaft aus«, pflichtete Verena bei.

Sia lachte. »Ich hoffe, Ylvie gefalle ich auch.« Sie sah sich im schmalen Spiegel am Wandschrank an und schwang den langen Rock, der sich wie fließendes Wasser ihrer Bewegung anpasste. Der Ring würde perfekt zu dem Outfit passen.

Sia suchte erneut in der Schublade. Diesmal räumte sie den Krimskrams komplett raus aufs Bett. Sie durchsuchte alles, aber der Ring war nirgends zu finden.

»Was suchst du denn?«, fragte Verena.

»Meinen Ring«, erwiderte Sia.

»Schlicht, ohne Schmuck, siehst du auch wunderschön aus«, meinte sie.

»Aber …« Sia schaute ertappt auf. Fast hätte sie verraten, dass der Ring eine Art Ehering war.

Verena und Ursula warfen sich einen Blick zu. »Wir sind unten«, gab Sias Mutter Bescheid und die beiden verließen das Zimmer.

»Ich komme gleich nach«, meinte Sia abgelenkt. Da rief schon ihr Vater nach ihr.

»Sia, wir warten alle«, meinte er ungeduldig.

Sia war angespannt und wollte nicht ohne den Ring los. Sie verließ das Zimmer und suchte im Bad. Ihre Wangen röteten sich vor Wut, weil sie wieder mal nicht aufgepasst hatte und er jetzt irgendwo war. Sie hatte ihn nicht verloren, da war sie sich sicher. Nur, wo steckte er dann?

Als ihr Vater erneut nach ihr rief, blieb Sia keine Wahl. Sie konnte die anderen nicht länger warten lassen.

Am Treppenaufgang standen sie versammelt. Verwundert blieb Sia auf der letzten Stufe stehen.

In der Zwischenzeit hatte sich auch Ylvie umgezogen. Sie trug braune flache Lederschuhe, die zu ihrem Gürtel passten. Dazu eine marineblaue Hose, die nach Lichteinfall elegant schimmerte. Sia sah sie das erste Mal mit Hosenträgern. Ihr reinweißes Leinenhemd war glatt gebügelt. Es war ungewohnt, Ylvie mit einer Fliege um den Hals zu sehen, und doch stand es ihr.

Ylvie lächelte und kam ihrer Liebsten mit einem Blumenkranz mit fliederfarbenen Blüten entgegen. Sias Herzschlag nahm zu. Ihre Knie wurden weich. War das der Moment, auf den sie heimlich schon so lange gewartet hatte?

»Für mich?«, fragte sie ein wenig zittrig. Da setzte Ylvie ihr schon den Kranz auf ihr gelocktes Haupt.

»Früher hast du mir Blumenkränze geflochten. Ich dachte, jetzt bin ich an der Reihe.« Ihre Stimme klang sanft.

Sias Aufregung löste sich, sie lächelte, hauptsächlich über sich selbst, weil sie geglaubt hatte, dass Ylvie die Frage aller Fragen stellen würde. Diesmal mit mehr Romantik. Heute wollten sie nur Fotos von ihnen und dem ersten Weidegang der Kühe machen. Es reichte, mehr musste es gar nicht sein. Diesmal war Sias Lächeln breiter.

»Du siehst wundervoll aus«, hauchte Ylvie schon fast ehrfürchtig, sodass ihr Sia am liebsten um den Hals gefallen wäre. Sie wurde verlegen und vergaß die Wut über den verschwundenen Ring. Auch wenn ein Stück fehlte, machte Ylvie den Moment komplett.

Sia schaute zu ihrem Vater. »Ich werde heute in diesem Kleid kein Huhn schlachten«, mahnte sie.

Erwin lachte. »Nein, schon gut. Das Catering kümmert sich um das Essen.«

Kaum waren sie aus der Tür raus, fotografierte Verena Sia und Ylvie dabei, wie sie Hand in Hand die Treppe runter stiegen.

»Das wird sich sicher richtig gut in den sozialen Medien machen«, sagte Sia begeistert, woraufhin Ylvie zustimmend nickte. Ihr Blick war heute weicher, viel liebevoller.

»Ist alles in Ordnung?«, fragte Sia.

Ylvie lachte erst. »Du siehst nur so bezaubernd aus«, meinte sie dann. Sia fühlte sich geschmeichelt. Es war so schön, mit ihr und ihrer Familie den ersten Weidegang der Kühe zu feiern. Sia nahm sich vor, jedes Jahr ein kleines Familienfest zu veranstalten. Vielleicht könnte sie auch die anderen aus dem Dorf einladen und etwas damit verdienen. Sia kicherte.

Ylvie ging voran und öffnete das Stalltor, selbst da schoss Verena Fotos mit ihrer superteuren Kamera.

Die Kühe wussten nicht recht, wie ihnen geschah, als Ylvie hineinkam und Berta sachte auf den Hintern klopfte. »Wollen wir los, mein Mädchen?«, fragte sie, woraufhin Berta muhte und mit jedem Gang läutete die Kuhglocke.

Sia konnte gar nicht mehr aufhören zu lächeln. Selbst Pascal hatte sich durchgerungen, die Kühe aus dem Stall zu führen. Die gefleckten Kälber sprangen verspielt herum, als wären sie Antilopen und brachten die Anwesenden zum Lachen.

Sia streckte den Arm nach Ylvie aus und umfasste ihre Hand, sie würde sie heute nicht mehr loslassen.

Gemeinsam trieben sie die Kühe im gemächlichen Gang die Straße hoch ins Dorf. Die Strecke war lang und doch verging die Zeit mit den Kühen wie im Flug.

Die Leute traten neugierig aus ihren Häusern. Während Sia und Ylvie Hand in Hand durch die Herde schlenderten, winkten sie ihnen zu. Die beiden amüsierten sich über die verdutzten Gesichter und sahen sich in die Augen. In diesem Moment schoss Verena ein weiteres Foto.

Ludwig und Tante Evie fuhren am Ende mit dem alten Traktor nach, weil Sias Tante nicht richtig auftreten konnte. Sias Eltern gingen vorne weg.

»Hey!«, rief Ylvie, als eine der Kühe vom Weg abkam und gleich mit der Warnung zurück in die Herde gelangte.

Sia kicherte und drückte ihre Hand fester. »Danke«, sagte sie. Sie war so glücklich, dass ihr eigentlich ungewollt die Tränen kamen. »Nichts habe ich mehr gewünscht als das hier.«

Ylvie küsste ihren Handrücken und lächelte zufrieden. Kurz blieb sie zwischen den Kühen stehen und küsste sie. Verena nutzte den Moment und schoss ein weiteres Foto.

*

Das Gras oben auf den Feldern war üppig gegrünt. Es war lange niemand mehr hier gewesen.

Die Kühe machten sich nach der Reise direkt daran, zu fressen. In einer alten Wanne hatte sich Wasser gesammelt, das sie durstig tranken.

Ursula breitete Decken aus, damit sie es sich wie die Kühe gemütlich machen konnten.

Sia war erstaunt, als ihr Bruder ohne sein Handy bei einem Kalb lag und sich sonnte.

Sias Eltern, Tante Evie und Ludwig saßen beisammen. Sias Mutter lehnte sich zufrieden an ihren Mann und Tante Evie suchte die Nähe von Ylvies Vater.

Verena und Anton spazierten auf dem großen Feld umher und fotografierten abwechselnd Blumen und andere Pflanzen.

Von ihnen entfernt, weiter oben am Hang, saßen Sia und Ylvie. Sie sahen den Kühen zu, wie sie zufrieden das saftige Grün fraßen.

»Die Nächte sind warm genug, die Jungs lassen wir hier. Es wäre gut, wenn sie eine Unterstellmöglichkeit hätten.«

Sia lauschte den Plänen, die ihr besonders gut gefielen. Sie saß mit dem Rücken an Ylvie gelehnt. Ihr Herz klopfte im Takt, als würde es das Herz von Sia bitten, für sie aufzumachen.

»Du hast so viele Möglichkeiten ausgeschöpft, mit denen du den Hof weiterführen kannst. Es ist nicht leicht, Menschen zu beherbergen, sich um die Kühe zu kümmern und die Automaten zu pflegen. Aber du hattest keine Scheu wie wir anderen«, meinte Ylvie.

»Das mit dem Biobauernhof ist der richtige Weg. Alleine mit den Kühen erwirtschafte ich keinen Gewinn, aber das ist mir egal, dann sollen mehr Gäste kommen. Zwei Zimmer sind frei, vielleicht auch drei.«

»Wie meinst du das?«, fragte Ylvie.

Sia sah zu ihr auf. »Mir fehlt das Geld für das Ferienhäuschen. Ich schlafe bis dahin einfach bei dir. Dann ist ein Zimmer mehr frei und wenn Hochsaison ist, kann Tante Evie bei deinem Papa übernachten.«

Ylvie nickte, daran hatte sie gar nicht gedacht.

Sias Tante lachte und stieß Ludwig, der ebenso ausgelassen war. Erwin hatte etwas erzählt, ihre Mutter schlug ihm empört auf die Schulter und umarmte ihn dann.

»Ich sag doch, das liegt an der Landluft«, flüsterte Ylvie an Sias Ohr. Es war wieder der Klang ihrer Stimme, der ihr eine Gänsehaut bereitete. Sia streckte den Kopf, küsste Ylvies Kieferpartie. Woraufhin Ylvie ihr einen innigen Kuss auf die Lippen schenkte.

Kapitel 66

Auf dem Weg nach Hause stand die Sonne tief. Es war frischer geworden und doch so warm, dass man keine Jacke brauchte.

Sias Kühe gingen gemächlich die Straße entlang. Die Menschen traten wieder aus den Häusern, doch sahen schicker aus und folgten ihnen in Richtung des Bergmanns-Hof.

Sias Eltern begrüßten die Bewohner mit Handschlag und umarmten sich.

Sia hielt Ylvies Hand, während sie einem Kuhfladen auswich. »Wer sind die?«, fragte sie.

»Freunde«, antwortete Ylvie knapp und ging an Sias Seite weiter.

Sia sah hinter sich. Die Menschenmenge mehrte sich, als sie Sia sahen, lächelten sie und winkten. Verwundert grüßte sie zurück.

Verena lief mit Anton an der Spitze und schoss weitere Fotos. Von den Höfen fuhren Traktoren und schlossen sich ihnen an. Kleine und große, die Kühe wurden unruhig und gingen schneller, dennoch blieben sie in einer Reihe.

»Wer sind die?«, fragte Sia erneut, weil sie nicht verstand, was vor sich ging.

»Freunde«, erwiderte Ylvie diesmal lauter, um gegen den Lärm anzureden.

Als sie am Hof ankamen, war gefühlt das halbe Dorf dabei.

»Ich dachte, das heute wird nur eine kleine Familienfeier?« Sia entdeckte auf dem Hof ihre Tanten und Onkeln.

Das Catering stand bereits. Bänke und Tische mit bunten Frühlingsblumen dekorierten die asphaltierte Fläche. Lichterketten und Fackeln, es gab sogar eine kleine Band, die im Hintergrund zu dritt Musik spielte.

»Anscheinend nicht mehr«, antwortete Ylvie und gab Sias Hand frei. Sie trieb mit Pascal und Anton die Kühe zurück in den Stall. Ihre Glocken läuteten, sodass Sia die Erinnerungen von früher wieder einholte. Erst dann begrüßte sie ihre Verwandten, die sie sehnsüchtig drückten, weil sie sich Ewigkeiten nicht mehr gesehen hatten.

Ihre Tanten und Onkel waren grau geworden, ihre jüngeren Cousinen so groß, dass Sia sie erst auf den zweiten Blick erkannte.

Die Leute, die ihnen aus dem Dorf gefolgt waren, nahmen Platz, redeten miteinander und Sia begrüßte jeden einzeln.

»Ich bin Ylvies Tante.«

»Ich bin ihr Onkel.« Die ganze Zeit ging es so weiter.

»Wir sind verwandt«, meinte eine ältere Frau und zählte Sia auf, um wie viel Ecken, bis Sia ihre Probleme hatte, ihr zu folgen. Zum Glück drängte sie eine ungeduldige Frau fort, sonst hätte Sia noch weiter zuhören müssen.

Dann versperrten die Traktoren die Zufahrt zum Hof. Ylvie schloss mit Pascal das Tor zum Stall. Zufrieden legte ihm Ylvie die Hand in den Nacken und führte ihn zu den anderen. Es gab zu essen und zu trinken. Es dämmerte. Der Himmel wurde dunkler und die Sterne funkelten so klar wie noch nie.

Schließlich forderte Ylvie Sia auf, mit ihr zu tanzen. Sia war überfordert.

»Du stellst dich einfach auf meine Füße«, sagte Ylvie und brachte sie zum Lachen. Es war etwas, was sie als Kinder gemacht hatten. Ylvie war schon immer größer gewesen als sie.

Gemeinsam bewegten sie sich zu bekannten Schlagersongs, zu denen die Alten in die Hände klatschten und mitsangen. Bei den rockigen Songs tanzten sogar Sias Eltern mit. Dann schnappte sich Erwin seine Tochter und schwang sein Tanzbein.

Ursula jauchzte, als Ylvie sie umherwirbelte und sie auffing.

»Ich war noch nie so glücklich«, sagte Sia ihrem Vater und tanzte mit ihm zur nächsten romantischen Ballade.

»Ich sehe es dir an. Ich glaube, jeder sieht es dir an.«

»Bist du mir wegen Ylvie nicht böse?«, fragte Sia leise.

Ihr Vater lächelte schief. »Du bist mein Kind, Sia. Ich will nur das Beste für dich. Den richtigen Mann hast du nicht gefunden, aber ich hoffe, die richtige Frau.«

Sia war gerührt.

Schließlich kam Ludwig auf die Tanzfläche und forderte seine eigene Tochter zum Tanz auf. Sie war größer, doch sie überließ ihm die Führung.

Verena schoss ein Foto nach dem anderen.

Als sich Sia mit ihrem Vater drehte, erblickte sie ihre Mutter, die sich die Tränen fortwischte. Dann hörte die Musik abrupt auf.

Sia war irritiert, ihr war gar nicht aufgefallen, dass sich die Tanzfläche geleert hatte.

Erwin und Ludwig räumten den Platz. Nur noch Sia und Ylvie standen sich gegenüber.

»Hey«, sagte Ylvie leise und kam die paar Schritte auf ihre Liebste zu.

Der Umstand war merkwürdig, aber Sia konnte nicht anders, als zu lächeln. »Hey«, antwortete sie und kicherte verlegen.

Jemand auf den Traktoren hupte ihnen zu, die anderen schlossen sich an. »Wenn sie wegläuft, halten wir sie auf!«, riefen sie Ylvie zu.

Ylvie lachte. »Freunde«, erklärte sie kurz. Sia verstand und lächelte.

Ylvie nahm ihre Hand, sie schaute ihr in die Augen und brachte Sia damit in Verlegenheit.

»Bist du glücklich?«, fragte sie.

Sia sah sich um, alle schauten sie an. Sie war aufgeregt, aber antwortete ehrlich. »Von ganzem Herzen.«

Ylvie atmete so tief ein, dass ihr Brustkorb sichtbar anschwoll. »Ich habe vieles falsch gemacht. Aber ich habe niemals die Hoffnung aufgegeben, dass du eines Tages zurückkehren würdest.«

Das, was sie sagte, rührte Sia so sehr, dass es ihr kein Stück mehr unangenehm war, im Mittelpunkt zu stehen.

Ylvie griff in ihre Jacketttasche und holte ein nachtschwarzes Kästchen heraus, das sie für Sia aufklappte.

»Du hast den Ring?«, bemerkte Sia überrascht. »Ich hatte solche Angst, dass ich ihn verloren habe.«

Ylvie gab ihr einen innigen Kuss auf die Wange, den Sia genoss, obwohl so viele Leute sie beobachteten.

Dann ging Ylvie auf die Knie und nahm Sia den Atem.

»Sia«, sagte sie und schaute ihr in die Augen. »Willst du meine Frau bleiben?«

Sia starrte sie für einen Moment an. Ihr kamen die Tränen, die Worte wollten raus, aber es war, als wäre ihr Hals zugeschnürt. Sie konnte sich nur noch hilflos zu Ylvie bücken und sie küssen. Endlich verstand sie, was das alles sollte.

»Ja«, schluchzte Sia. »Ja, ich will«, antwortete sie.

Das Gehupe ging von vorne los. Diesmal dauerte es länger, sodass es die Kühe beunruhigte und sie gegen den Lärm anmuhten.

Ylvie stand sogleich auf und hob ihre Frau überglücklich auf den Arm. Sie drehte sich mit ihr im Kreis und jodelte wie ein alter Almbauer.

Sie bekamen Beifall und Ylvie steckte Sia endlich den Ring an, der ihr wie angegossen passte. Hatte sie ihn etwa ändern lassen?

Sia fiel ihr um den Hals. »Ich will mein ganzes Leben mit dir verbringen. Ich will die letzten 16 Jahre mit dir nachholen.«

»Das werden wir«, haspelte Ylvie und küsste sie nochmals. Sie konnte nicht fassen, dass ihre Jugendliebe ihr gerade die Ewigkeit versprochen hatte.

Es war ein Durcheinander. Alle gratulierten ihnen und umarmten sie. Die Band spielte freudige Musik und brachte die Gäste trotz voller Bäuche zum Tanzen.

Nach zwei Stunden war auch der letzte nüchterne Besuch betrunken. Einige Traktoren standen noch vor dem Hof.

Ylvie schnappte sich Sia. Gemeinsam kletterten sie, von den anderen ungesehen, durch die Zaunstege des Koppelzauns. Sia kicherte und Ylvie bemühte sich, sie zur Ruhe zu bringen, aber musste selbst lachen.

»Wohin bringst du mich?«, fragte Sia und konnte es sich schon denken. Doch sie lag falsch, als Ylvie sie anstatt in ihr Schlafzimmer auf den Traktor hob.

»Kannst du überhaupt fahren?«, fragte Sia und kicherte angetrunken.

»Ich habe weniger getrunken als du«, meinte Ylvie belustigt und startete ihre Landmaschine. Die verbleibenden Gäste drehten sich nach ihnen um und schimpften angeheitert darüber, dass sie so einfach verschwinden würden.

»Jetzt aber schnell«, meinte Ylvie mit ihren 30 km/h. Hupend fuhr sie die Straße entlang und brachte Sia fort, die müde aufseufzte und sich an Ylvie schmiegte.

»Ich habe eine kleine Überraschung für dich«, verriet Ylvie.

Sia sah zu ihr auf. »Noch eine?«

Ylvie nickte und konzentrierte sich auf die Straße. Sie brachte Sia in Richtung der Felder. Ehe Sia mosern konnte, dass sie keine Lust auf Arbeit hatte, erkannte sie brennende Fackeln in der Ferne.

»Was ist das?«, fragte sie nervös.

Ylvie grinste. »Ein Bett im Kornfeld.«

»Was?« Sia lachte. »Das ist nicht dein Ernst?«

Ylvie brachte ihren Traktor in unmittelbarer Nähe ihrer Felder zum Stehen. Jemand war hier gewesen und hatte Fackeln aufgestellt. Das Korn war an den Stellen abgemäht und eine Art Gang führte sie mitten in den hochgewachsenen Weizen. Auf dem Boden waren weiße und rote Rosenblätter verteilt, die sie wie ein Wegweiser leitete.

Als Sia die letzte Sprosse vom Traktor runterspringen wollte, hielt sie Ylvie auf und nahm sie auf die Arme, um sie zu tragen. Sia war beschwipst und genoss es. Kichernd hielt sie sich an Ylvies Hals fest, die sie zum mit Rosenblüten bedeckten Gang brachte und sie hindurchtrug.

Sie war begeistert. Ihr Kleid blieb immer wieder hängen, aber dann tat sich ein Bett mit Heuballen vor ihnen auf. Mit Bettdecke, Bettlaken, Kissen und Sekt. Selbst zu essen stand für sie in einem Korb bereit.

Waren das etwa Ylvies Freunde gewesen?

Der Wind verteilte die Rosenblätter, während im Hintergrund das Feuer der Fackeln knisterte. Die Sterne standen über ihnen und leuchteten. Sia konnte sich nicht an der Romantik sattsehen.

»Alles für meine Frau«, sagte Ylvie und bettete sie auf die Heuballen. Ehe sich Ylvie aufrichten konnte, zog Sia sie zu sich und küsste sie.

»So etwas Schönes hat noch nie jemand für mich getan«, beichtete Sia und erkannte die Tränen in Ylvies Augen.

Ylvie schluckte und lächelte. »Dann bin ich dein erstes Mal?«

»Ja«, antwortete Sia. »Das bist du schon immer gewesen.«

Ende

Leseprobe Underdog

Sias Herz pochte wild und vibrierte in ihrem ganzen Körper, als Ylvie ihr tief in die Augen blickte. Sie war so voller Reue, ihr nicht von Anfang an ihre Liebe gestanden zu haben. Vorsichtig nahm sie ihre Hand und führte sie zu ihrer Wange. »Ich liebe dich, Sia. Das habe ich von Anfang an«, hauchte sie mit Tränen in den Augen, die silbrig auf ihrer Wasserlinie glänzten. Sie hatten so viel Zeit verloren, ganze 16 Jahre, und doch standen sie sich jetzt hier gegenüber.

»Ylvie«, seufzte Sia sehnsüchtig ihren Namen. An dem Tag, an dem sie sich das erste Mal getroffen hatten, wusste sie nicht, dass sie ihr Leben mit ihr verbringen würde.

Ylvie neigte sich herunter. »Ist es in Ordnung, wenn ich dich küsse?«, fragte sie leise und zurückhaltend, was Sias Herz nur noch schneller schlagen ließ.

»Ja«, hauchte sie und drückte sogleich ihre Lippen auf die von Ylvie.

Draußen schrillte die Straßenbahn, ein Mann an der Kreuzung schrie im Anfall seines Touretts. In einigen Wochenabständen stand er immer wieder an der Langemarkstraße und rief seine unkontrollierbaren Ausbrüche in die Welt hinaus.

Doch Mina nahm den Mann und den Lärm der Straße nicht wirklich wahr. Zutiefst zufrieden saß sie vor dem Schreibtisch und blickte auf den Bildschirm ihres Laptops. In ihrem Schlaf- und Arbeitszimmer waren die Lamellen der grauen Jalousie halb aufgedreht, so wie sie es am liebsten mochte, wenn sie schrieb. Im Halbdunkeln fühlte sich Mina wie in einem Dämmerschlaf, als wäre sie nicht wirklich hier, sondern noch in einer Traumwelt, die ihr erlaubte, ihre Gedanken auf digitales Papier zu bringen.

Mina nahm die Hände von der Tastatur und ein sanftes Lächeln breitete sich auf ihren schmalen Lippen aus. Noch immer ganz in ihrer Welt lehnte sie sich in ihren Bürostuhl zurück und las den Absatz noch einmal. Die letzte Überarbeitung und es war perfekt. Alles war perfekt. Die Wortwahl und wie sich die Story einfach fügte. Ihr Dokument umfasste 375 Wordseiten, stimmige Zahlen, was Mina ebenso liebte. Bei 373 Seiten hätte sie sich nicht dazu gezwungen, zwei weitere aus dem Ärmel zu schütteln, aber es hätte sie ein wenig belastet. Doch jetzt war es wie in einer Vorsehung, als wäre Mina dazu bestimmt gewesen, diese Geschichte zu schreiben. Sie hatte es geschafft, endlich war ihr Roman zu Ende.

Am liebsten hätte Mina das Manuskript sofort an ihren Verlag rausgeschickt, aber sie wollte nicht voreilig sein. Vielleicht würde ihr in letzter Minute noch eine Kleinigkeit einfallen oder eine Idee, die sie später nicht mehr einarbeiten konnte.

Mina atmete tief ein, als dann ein Maunzen sie aus ihren Gedanken holte. Sie lächelte, als ihr grauer Kater gemütlich den Raum durchschritt, um seiner Besitzerin auf den Schoß zu springen. »Hallo Käpten. Hast du gut geschlafen?«, fragte Mina und streichelte ihrem Kater sanft durchs Fell. »Sag mir nicht, du hast Hunger.« Käpten maunzte wieder und meinte damit sehr wohl. Mina kicherte, schmuste noch ein wenig mit ihm und half ihm dann runter. »Geh schon einmal in die Küche, ich komme gleich nach.«

Als würde Käpten genau verstehen, was Mina sagte, verließ er im schnellen Schritt das Zimmer.

Mina wollte ihm nach, doch bevor sie den Computer runterfuhr, musste sie nachsehen, was ihre Leser so trieben. Sie loggte sich als gewöhnliche Userin auf eine Bücherplattform ein. Auf den sozialen Plattformen hatte Mina gestern ein bisschen durchsickern lassen, an was sie derzeit arbeitete, und war gespannt, was für Kommentare auf sie warteten. Sie hatte eine wirklich gute Fanbase, die sie supportete, und ohne sie wäre sie lange nicht da, wo sie jetzt war.

Mina hatte Schmetterlinge im Bauch. Was würden sie sagen? Waren sie genauso aufgeregt wie sie? Für ihre vorherigen Bücher hatte Mina in kürzester Zeit mehrere 5-Sterne-Bewertungen bekommen. Es war einfach ein Traum!

Mina war als Autorin auf einem Höhenflug, sie konnte wirklich vom Schreiben leben. Vor sechs Jahren hatte sie sich ihren eigenen Kindheitswunsch erfüllt und war sogar von ihren Eltern deswegen unterstützt worden. Eine Stütze in ihrem Leben, die Mina nicht missen wollte.

Wie hatte das alles überhaupt angefangen? Mina dachte gleich an ihre verstorbenen Großeltern, die sich trotz ihres hohen Alters um sie gekümmert hatten. Mina war ein absolutes Wunschkind und hatte es von allen Seiten ihrer Familie zu spüren bekommen. Wie schön es war, mit Oma und Opa Bücher zu lesen. Als sie noch klein war, hatten sie immerzu dieses Lesespiel gespielt, in dem Mina den ersten Satz las, Opa den zweiten und sie dann wieder den nächsten. In den Sommerferien verschanzte sie sich in den Blumengarten und schrieb eigene Geschichten, die sie ihren Großeltern später vorlas. Sie hörten ihr fasziniert zu, als wäre Mina eine preisgekrönte

Buchautorin. Dafür ließ Mina sogar ab und zu ihr Fußballtraining ausfallen, weil sie selbst so gespannt war, wie sich ihre Geschichte entwickeln würde.

Mit dem Usernamen *@Lesesuechtige123* meldete sich Mina im Buchforum an. Niemand kannte sie hier, einige Follower hatte sie jedoch durch ihre gelesenen Bücher ansammeln können, worunter auch ihre eigenen waren. Ein Klick auf ihren Autorennamen und sie konnte alle Unterhaltungen verfolgen, die darunter geführt wurden.

»OMG! Habt ihr gesehen, was Mina auf Instagram gepostet hat?!«
@VerliebtinBuecher

»Ich bin ehrlich so gespannt, was als Nächstes in ihrem Roman passiert.«
@Buchstabenmessi88

»Kann es kaum erwarten, bis es online ist. Mit Minas Büchern kann ich am Abend so gut abschalten.«
@xoLesehasexo

Die Kommentare gingen runter wie Öl. Mina kamen schon fast die Tränen, sie war so glücklich, dass es Leser gab, die darauf warteten, dass sie wieder etwas veröffentlichte. Millionen Bücher und ihre waren darunter aufgefallen. Es war ein Gefühl, das dem Verliebtsein ziemlich nahe kam.

Käpten mauzte ungeduldig aus der Küche. Mina wollte aufstehen, aber sie musste noch etwas mehr lesen.

»Ja, mir tun ihre Bücher abends vor dem Zubettgehen auch gut. Ein wenig wie eine Schlaftablette.«
@Linus789

Dieser Kommentar beunruhigte Mina, es war ein kleiner Seitenhieb. Sie versuchte, es nicht wirklich an sich heranzulassen, schließlich musste ein wenig Kritik sein. Wirklich schlechte Rezensionen wie einige ihrer Kolleginnen hatte sie zum Glück nicht. Auch wenn sie wusste, dass es ihr nicht mehr guttun würde, verfolgte sie die Unterhaltung von *@Linus789* weiter.

»Ihre Geschichten sind vorhersehbar und sorgen für einen ruhigen Puls. Der Schreibstil ist flüssig und harmonisch. Aber sie ist jetzt keine Autorin,

auf die ich aufmerksam geworden wäre, wenn man mir nicht ihr Buch geschenkt hätte. Ich lese lieber unentdeckte Talente mit ihren Ecken und Kanten, ehe sie ein Großverlag verbiegt. Habt ihr schon die Bücher von Medusa gelesen? Sie ist eine Indie-Autorin, also sie schreibt ohne die Hilfe eines Verlages. Ihre Bücher sind voller Action und gepaart mit den Problemen aus dem echten Leben. Keine Seifenoper, aber vielleicht spreche ich ja hier die falsche Leserschaft an.«
@Linus789

»Nein, gar nicht! Bin auch ein großer Fan von der Medusa. Habe alle Bücher von ihr auf meinem Reader. Bin durch Zufall auf sie gestoßen. Die ist heiß!«
@00Maxximlian00

»Jetzt bin ich neugierig!«
@VerliebtinBücher

»Hab eben auch geschaut und mir nach der Leseprobe direkt den Print gekauft.«
@xoLesehasexo

»Jetzt stehe ich wohl unter Zugzwang.«
@Buchstabenmessi88

»Wow, gerade das E-Book heruntergeladen. Weiß gar nicht, ob ich die Nacht noch schlafen kann, dabei habe ich Frühdienst!«
@Buchstabenmessi88

Mina war flau im Magen. In diesem Forenbereich sollte es um sie und ihre Bücher gehen, nicht um irgendeine Indie-Autorin, die nicht einmal einen Vertrag mit einem Verlag hatte.

Mina wollte *@Linus789* wegen unlauteren Wettbewerbs melden. Sollte er doch unter dem Namen der Indie-Autorin Werbung für sie machen. Mina wurde nervöser als zuvor. Konnte sie ihn überhaupt deswegen melden? Schließlich war es seine Meinung, aber er hatte Minas Romane als Schlaftablette bezeichnet und das war echt gemein.

Minas Unsicherheit wandelte sich in Wut. Entschlossen positionierte sie die Hände auf der Tastatur und wollte etwas unter die Beiträge posten. Ehe sie überhaupt ein Wort tippen konnte, hielt sie ein.

Das Internet war unberechenbar. Vielleicht zündete Mina ungewollt ein Feuer, dessen Flammen sie später nicht mehr löschen konnte. Vielleicht machte sie mit ihrem miesen Kommentar noch mehr Leser auf diese Indie-Autorin aufmerksam. Das wollte Mina nicht. Sie schaltete den Laptop aus und rückte mit einem unbehaglichen Gefühl vom Schreibtisch zurück. Hätte sie doch bloß nicht weitergelesen.

Jetzt war es so weit. Mina saß am frühen Morgen an ihrem Laptop. Das Licht des Bildschirms flutete den ganzen Raum. Käpten lag auf dem Bett und blinzelte müde, während er geduldig darauf wartete, dass es gleich Frühstück für ihn geben würde.

Über ein Jahr hatte Mina an ihrem Roman gearbeitet. Selbst im Urlaub konnte sie niemand davon abhalten, schnell noch eine Szene umzubauen oder zu erweitern. Es gab Tage, da brauchte Mina mehr als 45 Minuten, um die Unstimmigkeit in einem kleinen Absatz zu ändern. Das waren die dunklen Tage, die sich wie ein Schleier aus Blei um ihre Kreativität legten. Aber dann kamen die Tage voller Tatendrang und neuer Motivation, in denen sie es schaffte, in acht Stunden ein stimmiges Kapitel zu schreiben, ohne es zu überarbeiten. Nun würde sie ihre Arbeit endlich auf die Reise schicken.

Weitere Handlungen oder Ideen waren Mina am Tag zuvor und in der Nacht nicht mehr eingefallen. Es war auch nicht mehr allzu gut, in den fertigen Texten herumzubasteln. Sie würde alles verschlimmbessern. Fehler gab es sicher noch zur Genüge, aber Mina hatte den Roman jetzt schon so oft gelesen und durchgearbeitet, dass sie blind für ihre eigenen Fehler war.

Den Ablauf ihrer Geschichte fand Mina einwandfrei, obwohl sie nervös war. Was eigentlich gut war. Schließlich war ein sicheres Gefühl vor einer Klausur keine Garantie für eine ausreichende Punktzahl. Dennoch war Mina überzeugt, dass Jakob ihr Manuskript lieben würde. Schon die letzten Male hatte er ihr in kürzester Zeit Bescheid gegeben, dass sie ihre Geschichte veröffentlichen würden. Bis jetzt hatte Mina bei jedem Erfolg mit ihren Eltern angestoßen und sie konnte es kaum erwarten, dass ihr Vater den teuren Champagner kaufte.

Ihre Mama war nach Minas fester Freundin Laura ihr größter Fan. Sie kaufte alle Bücher in doppelter Ausführung und sobald sich eine Gelegenheit ergab, verschenkte sie sie zu Geburtstagen oder anderen feierlichen Anlässen. Es war Mina ein wenig peinlich, dennoch unterschrieb sie die Bücher gerne.

Mina atmete ein letztes Mal tief ein und mit aufgeblähten Backen klickte sie auf Versenden. Jetzt gab es kein Zurück mehr.

Als sie den Laptop zuklappte, stand Mina auf. Es dauerte, bis ihr Bauch nicht mehr krampfte und sich Mina ein Jauchzen erlaubte. Sie hüpfte kurz auf der Stelle und verübte so etwas wie einen Freudentanz. Dann drehte sie sich Richtung Bett und salutierte ernst.

»Käpten, einmal Frühstück für Sie?« Ihr Kater wälzte sich auf den Rücken, was Mina zum Lachen brachte. Sie kam auf ihn zu und hob ihn auf die Arme. »Nachdem du gegessen hast, habe ich heute ein besonderes Frühstück verdient«, sagte sie und trug ihren Käpten zur Küche.

*

Zu den Stoßzeiten waren die Straßenbahnen in Bremen überfüllt und alles so unglaublich hektisch. Aber davon ließ sich Mina heute nicht mitreißen. Mit einem zufriedenen Lächeln durchquerte sie die Seitenstraßen und spiegelte sich in den Fenstern der Gebäude, die direkt am Bürgersteig grenzten. Mina war knapp 1,76 Meter groß, schlank und hatte lange Beine. Sie war schon immer Brillenträgerin, aber draußen zu Fuß störte es sie. Schminken tat sie sich kaum, eine gute Tagescreme auf der Haut und ein Pflegestift auf den Lippen reichte ihr meist. Ihr kastanienbraunes Haar war von Natur aus wellig. Sie musste nicht viel damit machen und dennoch sah es aus, als hätte sie sich Mühe gegeben. Dabei gab es genau zwei Arten, wie sie ihr Haar trug, offen oder in einem unordentlichen Dutt.

Bald kam der Frühling und es war mittlerweile so warm, dass Mina ihren grauen Mantel nicht mehr zuknöpfen musste. Der frische Wind blies ihr ins Gesicht. Das tat wirklich gut.

Heute ging Mina in das Café, das sie sonst auch immer besuchte, wenn ihr zu Hause die Decke auf den Kopf fiel. Meist war sie dort, um zu schreiben. Es hing dann von ihrer Gefühlslage ab und wie viele Gäste vor Ort waren. Zwischen 10 und 12 Uhr war die perfekte Zeit, dann war kaum etwas los. Heute war Mina früher unterwegs, aber sie wollte ja nicht arbeiten.

Auf den letzten Metern wurde ihr Gang strammer und ihr Lächeln breiter, als sie die Ladentür *Zum Lenz* aufzog.

Ein paar Gäste saßen an den Tischen und tranken jeder für sich leise einen Kaffee, während sie in Zeitschriften oder einer Zeitung blätterten. Es war die Atmosphäre, die Mina immer wieder herzog. Sie mochte die dunklen Möbel mit den hellgrünen Akzenten. Es wirkte kuschelig, ein wenig dunkel, genau wie sie es fürs Arbeiten benötigte.

Minas Lieblingsplatz rechts außen in der Ecke war bereits durch ein älteres Paar belegt. Im ersten Moment ärgerte es sie, aber sie war heute nicht länger da als für ein Frühstück. Die Autorin setzte sich in die Mitte des Raumes und legte ihren Mantel ab. Als sie sich umsah, bemerkte sie eine Kellnerin, aber nicht die, die Mina sich sehnlichst wünschte.

Mina war seit zwei Jahren in einer glücklichen Beziehung und sie fand ihre Freundin Laura wunderschön, aber die Aushilfskellnerin mit den schokobraunen langen Haaren und den Kurven versetzte Mina so einfach ins Schwärmen. Ein bisschen gucken, mehr wollte sie gar nicht.

»Verdammt, Nele ist heute schon wieder nicht da«, sprach sie plötzlich die Kellnerin an, sodass Mina ertappt zu ihr aufsah. Die klein geratene Bedienung mit dem rotblondem Haar stellte sich an Minas Tisch und zückte gleich ihren Notizblock.

»Wie bitte?«, fragte Mina.

»Na ja, so sieht zumindest dein Gesichtsausdruck aus, wenn du herkommst und sie nicht hier ist«, antwortete die Kellnerin mit einem kecken Grinsen.

Mina zwang sich ein Lächeln auf. Hatte sie sich wirklich so auffällig verhalten?

»Du bist oft hier, dann fällt so etwas schon einmal auf. Wobei ich meinen Job eigentlich auch ziemlich gut mache.« Mina kannte Tina. Sie arbeitete jede zweite Woche im Café, sonst in der Bar. Das Geschäft, in dem sich Mina gerne aufhielt, war nämlich über den Tag ein ganz normales Café, aber abends wurde es zu einer Art Abendcafé, wo neben süßem, veganem Kuchen auch Alkohol ausgeschenkt wurde.

Am Abend war Mina noch nie hier gewesen, weil sie die Zeit lieber nutzte, um ihre Arbeit noch einmal durchzugehen. Wirklich Feierabend hatte sie nie. Autorin zu sein, bedeutete eigentlich 24 Stunden durchzuarbeiten. Ständig und immerwährend tüftelte man an seiner Geschichte, bis sie perfekt war. Das Tragische an dem Beruf: Die Arbeit, für die man Monate und Jahre brauchte, lasen Leser innerhalb von Tagen durch.

»Heute bist du ohne Laptop da?«, fragte Tina und führte sich auf, als würden sie sich ewig kennen.

»Ja.« Mina lächelte diesmal aufrichtig. »Heute ist Projektende und ich kann mal wieder in Ruhe frühstücken.«

Tina hob die Augenbrauen. »Glückwunsch. Habe mich schon gefragt, warum du früher da bist als sonst.«

»Anscheinend bin ich oft hier«, stellte Mina fest und fühlte sich mittlerweile ein wenig wohler in Tinas Gesellschaft.

Tina lächelte und wollte ihre Bestellung aufnehmen. »Wie immer ein Käsebrötchen mit einem starken Espresso?« Mina nickte zufrieden. »Und danach einen veganen Brownie?«, fragte Tina und notierte es sich, ehe ihr Gast entscheiden konnte.

»Ja, unbedingt«, antwortete Mina und lachte jetzt. Sie wollte sich entspannt zurücklehnen, aber Tina stand noch an ihrem Tisch. Sie sah sie abschätzend an und öffnete schließlich den Mund.

»Nele springt selten ein, nur dann, wenn es einen Engpass gibt und einer der Kollegen ausfällt.«

Mina war überrumpelt, weil Tina wieder das Thema von vorhin anschnitt. »Ähm … Danke«, gab sie verlegen von sich. Sie musste sich wirklich wie eine Spannerin aufgeführt haben. Dabei fand Mina Neles Gesicht einfach wunderschön und hatte die Hauptcharaktere ihrer Romane ein wenig wie sie gestaltet. Sowie den Klang ihrer hellen Stimme. Jetzt merkte Mina selbst, wie sehr sie abdriftete, und ihr wurde unbehaglicher als zuvor. In Zukunft sollte sie vielleicht woanders frühstücken.

Tina betrachtete Mina noch für einen Moment und verschwand dann schließlich in Richtung Küche. Am liebsten wäre Mina verschwunden, sie wollte sich selbst doch für ihre Arbeit belohnen und nicht vorgeführt werden, aber jetzt hatte sie ihre Bestellung schon aufgegeben.

Im nächsten Moment kamen zwei junge Frauen durch die Ladentür ins Café und waren von ihrem Gespräch ganz abgelenkt. Mit schweren Papiertüten setzten sie sich direkt neben den Tisch von Mina.

»Ich habe wieder so viel Geld für Bücher ausgegeben. Zum Glück hatte ich noch Gutscheine von Weihnachten übrig«, sprach die dunkelblonde Frau mit dem selbst gehäkelten Schal.

»Die Idee mit der Buchhandlung war echt gut. Ich war ewig in keiner mehr. Ich bestelle normal online. Du kannst halt schon von zu Hause in die Leseprobe gucken und gleich übers E-Book weiterlesen.« Ihre Freundin mit der lila Strähne im Haar setzte sich ihr gegenüber.

»Auf Dauer sind E-Books günstiger, aber mir fehlt das Gefühl von einem Buch in der Hand«, meinte die Dunkelblonde und legte ihren Schal ab.

»Ja, da sagst du was. Ich habe über den E-Reader die *Obsidianbücherreihe* von der *Armentrout* regelrecht verschlungen und dabei fröhlich einfach weitergeklickt, um sie schnell zu kaufen, bis ich dann später gesehen habe, dass ich die Printausgabe in einer Sammelbox hätte günstiger bekommen können. Darüber war ich echt traurig.«

Ihre Freundin nickte und verstand wohl das ganze Dilemma. »Ich habe jetzt noch einen 15-Euro-Gutschein für Amazon und wollte mir die Bücher von *Medusa* kaufen.« Die Dunkelblonde lächelte.

»Wer ist das?«, fragte ihre Freundin mit den lila Strähnen.

»Ich habe sie durch Zufall durch einen Blog gefunden, der ihre Bücher beworben hat. Sie ist eine Autorin ohne Verlag. Ich finde, man muss viel mehr Indiebrands unterstützen. Du kennst doch den Film der *Marsianer*, oder?« Sie sah ihre Freundin entrüstet an. »Der Autor von dem Buch war auch ein Indie-Autor. Alle Verlage haben seine Bücher abgelehnt, dann hat er sein Buch selbst veröffentlicht und guck, was passiert ist.«

Mina wurde unangenehm warm, sie hatte das Gespräch gar nicht belauschen wollen, aber die beiden Frauen hatten so laut gesprochen, dass man gar nicht anders konnte. Sie begann am ganzen Körper zu zittern. Gefühlt wurde plötzlich überall diese *Medusa* genannt! Mina zwang sich zur Ruhe, aber das panische Zittern wurde schlimmer. Eben das mit Nele und jetzt das. Es wurde ihr zu viel.

Augenblicklich sprang Mina von ihrem Platz auf und riss die Aufmerksamkeit der Bücherfanatikerinnen auf sich. Mina wollte von hier verschwinden, egal, ob sie etwas bestellt hatte. Sie warf einen Zehneuroschein auf den Tisch und stürmte aus dem Café, genau dann als Tina mit einem Tablett aus der Küche kam.

»Hey!«, rief sie Mina hinterher, aber da war sie schon aus der Tür.

Printed by Amazon Italia Logistica S.r.l.
Torrazza Piemonte (TO), Italy

22858056R00219